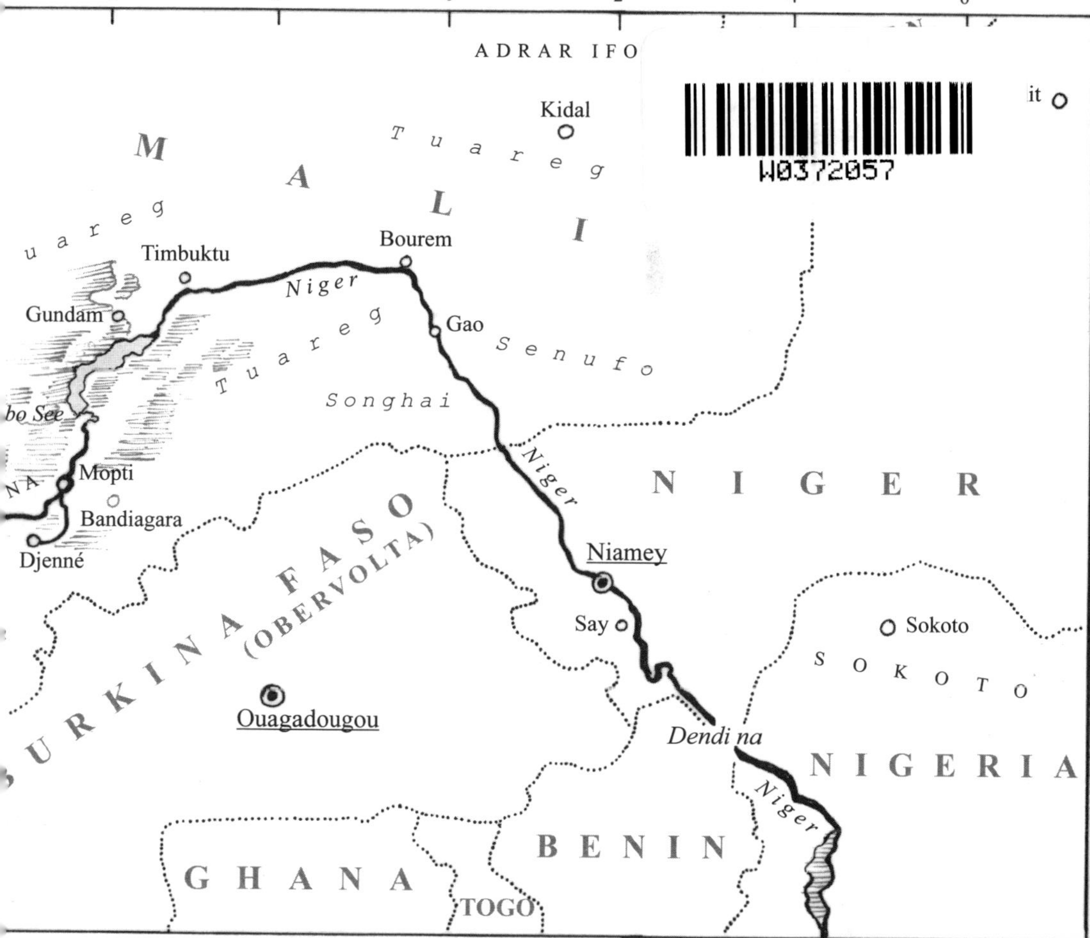

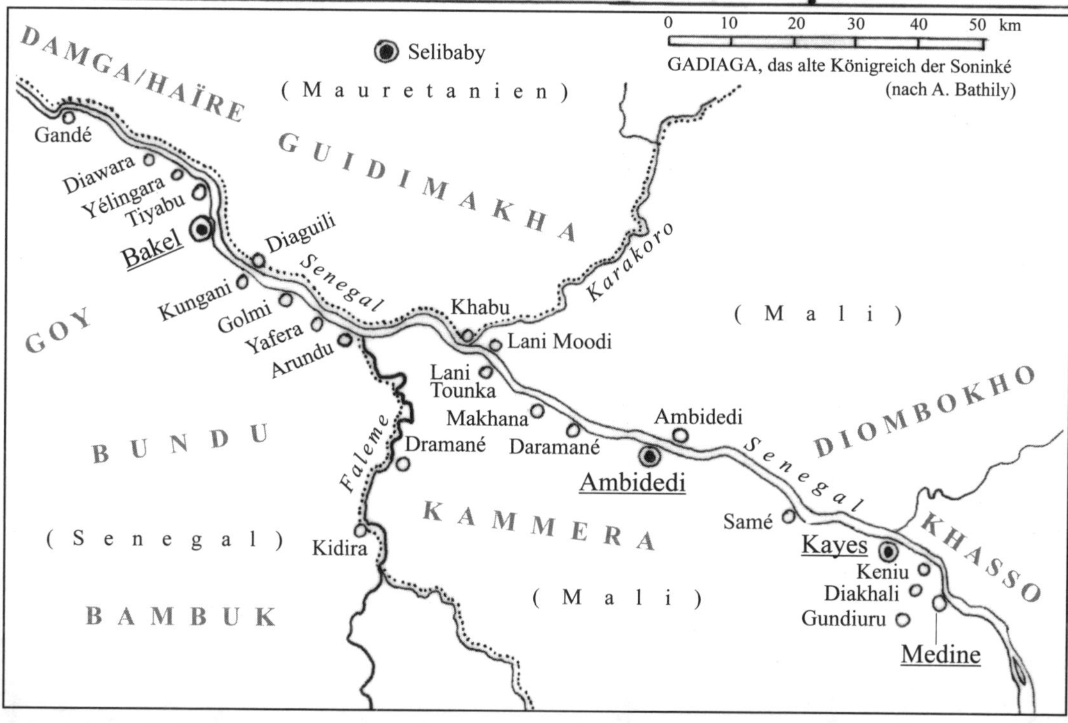

GADIAGA, das alte Königreich der Soninké
(nach A. Bathily)

Doris Byer

MALI

Eine Spurensuche

Mit Fotos von Abdoulaye Sima
und Archivaufnahmen

Literaturverlag Droschl

Für deinen Vater Mamadou Sima;
für deine Tante Moussokoro fe Ibrahim Sima;
und für alle Nachkommen der Sima.

Pour ton père Mamadou Sima;
pour ta tante Moussokoro fe Ibrahim Sima;
et pour tous les déscendents des Sima.

Wie alles begann

Vergiss es nicht: Wir trafen uns in der Oase Tigmart – oder Ait Beku –, diesem Wunder aus Dattelpalmen und Hirsefeldern inmitten einer farblosen Wüste aus Schotter und Geröll. In Tigmart bringen kupferfarbene Bewässerungskanäle das grellste Grün der Welt hervor. Einst suchten hier Tuareg und Mauren eine Atempause auf ihren Handelsreisen zwischen den Reichen am Niger und am Mittelmeer. Allmählich wandelten sich diese Reisen zur Flucht: Flucht vor den immer häufigeren Sandstürmen und dem Ausbleiben des Regens; Flucht vor den modernen Vernichtungswaffen europäischer Armeen; Flucht vor politischer Willkür und Verelendung in den postkolonialen Nationen südlich der Sahara. In der Oase Tigmart fanden alle Flüchtenden Frieden, zumindest einen Atemzug lang.

Auch du und ich, zwei Einzelgänger, zwei Touristen. In Wien oder in Paris hätten wir uns sicher nicht getroffen. Waren wir denn auf der Flucht? Eher zwei Fliegen, vom Wind zufällig auf dasselbe Fensterbrett geweht.

Die Wüste wäre ja einfach, sie ist der Raum des Todes. Das wissen die Wüstenbewohner ganz genau. Wir aber machen sie zu einem Ort, der uns mehr als Leben verspricht: Leben angesichts des Todes, Überleben. Manche sagen, die Wüste bietet jene Leere, die für das Gefühl des vollen Lebens nötig ist; die Wüste mache trunken, heißt es, und ließe einen immer enttäuscht zurück, sie mache süchtig wie Kokain. Die Wüste sei der Ort aller Entbehrungen und daher Raum aller Offenbarungen und Versuchungen, Raum für erhabene Weisheit und abgrundtiefen Stumpfsinn. Paul Virilio hat sogar eine »innere Wüste« im Herzen der Menschen ausgemacht, einen »Nicht-Ort aller Überschreitungen, der erbärmlichsten wie der erleuchtetsten.« Manche sagen auch, die Wüste sei rein. Doch neuerdings mehren sich Mahnungen von Agenten des »alternativen« oder »solidarischen« Tourismus, der Wüstentourist möge doch, bitte, auf Streichhölzer nicht vergessen, um sein Klopapier nach Gebrauch zu verbrennen. Klopapier sei nämlich unverwüstlich, selbst in der tödlichsten Wüste; und die Wüstenbewohner hätten nur mehr Verachtung übrig für diese Touristen, die nicht einmal ihre Notdurft verrichten können, ohne dem Gastland dauerhaft zur Last zu fallen. Einige Einheimische freilich erkannten die Gunst der Stunde und stellten sich in den Dienst der Touristen oder der Flüchtigen, als »Führer«, »Begleiter«, »Schlepper«, je nachdem. Doch letztlich macht die Wüste jede eitle Geschäftigkeit zunichte, selbst die der Abenteuertouristen, der Terroristen, der Meisterfotografen, der Schmuggler, Feldforscher, Entwicklungshelfer. Auch die zwanghaften, immer neuen Grenzziehungen des modernen Menschen halten der Wüste auf Dauer nicht stand. Die Wüste macht alle Grenzen nichtig. Auch die zwischen den Menschen. Kein Zufall, dass wir uns dort begegneten. Die Oase Tigmart lag in Äquidistanz zu deiner und meiner Welt.

Nordwestlich liegt Guelmim, ehemals berühmter Treffpunkt transsaharischer Karawanen auf ihrem Weg nach Agadir und dem imperialen Hafen Mogador, heute Essaouira, wo ich mehrere Jahre an einem Projekt über Immigranten aus Europa und den USA gearbeitet hatte und nun Erholung in einer weniger windigen und wärmeren Region suchte. Guelmim war heiß, laut und voll rotem, staubigem Beton. »Begleiter«, »Schlepper«, »Führer« nötigten mich bis zum Überdruss: Stopp! Ich zeig' dir das große Treffen der Kamelnomaden, nicht weit von hier, nur heute, nur für dich! Natürlich war mir klar, dass es hier längst keine Kamelnomaden mehr gab. Und auch kein Bett, das mir erträglich schien. Hatte nicht der Gastwirt in Sidi Ifni von einem Cousin erzählt, der irgendwo in einer Oase eine Herberge betrieb? Die Dämmerung brach bereits an, als ich mich doch noch entschloss, nach links auf eine sandige Piste zu biegen; und wirklich, nach einer halben Stunde leuchtete eine rosarote Fassade unter lilafarbenem Abendhimmel auf, das *Fort Akbar.* Der weitläufige Bau mit vier Türmen schien leer, aber das Hoftor stand offen. Ich staunte über bemalten Beton und Gips, den tiefen, natürlich leeren Swimmingpool mit türkisfarbenem, teils zerbrochenem Mosaik. Die Arkaden rundum waren mit roten Blumen, grünen Bergen und blauen Himmeln bemalt, denn Abdelkader, der Hausverwalter, war eigentlich Künstler. Trotz der späten Stunde begrüßte er mich mit überschwänglicher Freundlichkeit und bereitete mir sogar noch ein Omelett zu. Und es kränkte ihn keineswegs, dass ich seiner freundlichen Einladung, die Mahlzeit mit seiner Familie im Pförtnerhaus einzunehmen, nicht Folge leistete. Zahlende Gäste verirrten sich selten bis hierher. Und ich genoss unendlich den Luxus des großen Bettes in dem stillen Raum.

In der Nacht hörte ich Schritte an der Decke über mir; leichte Schritte, rasche, regelmäßige Schritte, auf und ab, ohne Ziel. Das ist einer aus Mali, der oben im Turmzimmer wohnt, ein *hali,* ein Bruder, erklärte Abdelkader anderentags auf meine Frage. – Ein Bruder? – Ja, früher lebten viele aus Mali hier. Sie waren unsere Brüder.

Es war unklar, ob Abdelkader sich auf das mittelalterliche Reich Mali oder die junge Republik bezog. Aber war das von Bedeutung? Das *Fort Akbar* war ja ebenfalls keine Kasba, sondern das Refugium eines in Belgien wohlhabend gewordenen Marokkaners aus Guelmim. Der da im Turmzimmer ist ein wenig seltsam, fügte Abdelkader noch hinzu. Jeden Morgen, lange vor Sonnenaufgang, geht er hinaus in die Wüste. Aber sonst ist er okay.

★

Dein Name war Abdoulaye Sima. Im Wiener Telefonbuch waren zahllose Sima vermerkt, hellhäutige, wahrscheinlich blonde Sima und wohl von jener charakteristischen Statur, die dem regelmäßigen Genuss von Wiener Schnitzel und Schweinsbraten zu verdanken ist. Dein Name war Sima, aber du warst schwarz und sehr schlank und kamst keineswegs aus Mali, sondern aus Burgund. Du erzähltest mir, dass du in Marseille den Bus genommen hattest, zwei Tage und drei Nächte, direkt nach Tiznit. Danach ging es weiter zu Fuß und per Anhalter bis Sidi Ifni, der Hauptstadt des ehemals spanischen Marokko. Auf der Strecke hattest du überall hilfsbereite Menschen getroffen und unmittelbar nach deiner Ankunft in Ifni nahm dich eine Gruppe freundlicher junger Männer in ihre Mitte. Sie wollten dich unverzüglich zur Anlegestelle der Fluchtboote bringen, denn zu jener Zeit waren die Kanarischen Inseln das aktuelle Ziel. Niemand glaubte dir, dass du Franzose warst, einfach ein Tourist aus Europa, der nach Afrika woll-

te. Doch beim Anblick deines französischen Passes wurde es plötzlich unheimlich still. In Sidi Ifni starben Menschen wegen Geringerem als einem französischen Pass. Noch vor Anbruch der Nacht machtest du dich heimlich davon, weiter in Richtung Süden.
Eigentlich wolltest du nach Mali, bis an die Ufer des Niger, woher deine Vorfahren stammen. Aber das Grenzgebiet zu Algerien war gesperrt und die Oase Tigmart war gar nicht so übel. Im leeren Turmzimmer des *Fort Akbar* hattest du Aussicht nach allen vier Himmelsrichtungen; und Abdelkader war tatsächlich »wie ein Bruder« zu dir.
Dabei dachte ich bei unserer ersten, zufälligen Begegnung, dieser Mensch kommt tatsächlich aus einer anderen Welt; lange schwarze Dreadlocks, ziemlich dunkle Haut, ungewohnt graziöse, für den zentraleuropäischen Blick beinahe androgyne Jugendlichkeit, ein flüchtiges Lächeln unter abwesendem, mandelförmigem Blick. Wenigstens würde ich keine Konversation machen müssen, was hätten wir einander auch zu sagen. Doch du wusstest bereits, wohin am Abend die Dromedare verschwanden, die mit verschleiertem Blick die Gluthitze des Tages im Schatten der Palmen neben dem Fort zubrachten. Jeden Abend, wenn die Venus am noch hellen Himmel aufdringlich grell zu glitzern begann, erhoben sich die Tiere mit röchelnden Schreien und schritten würdevoll in Richtung der Hügel am Horizont davon; nie war ein Mensch bei ihnen zu sehen, aber jeden Morgen lagen sie wieder im Schatten der Palmen beim *Fort Akbar.* Denn dort sprudelte das Wasser aus der Tiefe, das sich über gezimmerte Holzrinnen in drei verschiedene Richtungen in die Kanäle ergoss und über die gesamte Oase verteilte. Du wusstest bereits, dass die Hügel am Horizont die Ausläufer eines unendlichen Gebirges mit schroffen Gipfeln und schillernden Verwerfungslinien waren, mit Schluchten und Höhlen, riesigen Agaven und Distelgewächsen. Seit gestern wusstest du sogar, dass die Dromedare zum Zeltlager der Kel Aghert am Fuße einer schwarzen Felswand gehörten, an die drei Stunden Fußmarsch von der Oase entfernt. Also gab es doch noch Kamelnomaden in der Gegend. Leichthin sagtest du: Ich gehe jeden Tag ein Stück tiefer in die Wüste, und vielleicht komme ich einmal gar nicht mehr zurück. Und ich dachte heimlich, der ist offensichtlich auf der Suche, denn bekanntlich ist in der Wüste ja alles zu finden.

Jedenfalls ging uns der Gesprächsstoff nicht mehr aus. Und in den folgenden Tagen ermöglichte mir deine Begleitung bei Ausflügen in die nähere Umgebung anzuhalten, auszusteigen, herumzugehen wo immer ich wollte, ohne von Jugendlichen umzingelt und von Erwachsenen zu Erklärungen, Stellungnahmen, Käufen oder Besuchen genötigt zu werden. Deine Anwesenheit als Mann genügte, um Neugierige auf Distanz zu halten; für mich eine herrliche, ungewohnte Freiheit hierzulande. Eine Stunde südöstlich an der algerisch-marokkanischen Grenze liegt Assa, eine graue Garnisonsstadt. Das alte Dorf aus bröckeligen Lehmhäusern liegt etwas abseits in einer sandigen Mulde. Hier waren die Straßen asphaltiert, die Elektrizitätsleitungen hingen tief und dicht. Satte Männer in solidem Schuhwerk und einheitlicher Kleidung lehnten rauchend an Betonmauern, mit dem gelangweilt lauernden Ausdruck einer stets bereiten, aber nie angewandten Gewalt. Du sagtest: Garnisonsstädte kann ich nicht leiden. Sie haben einen bestimmten Geruch. Und erstmals erwähntest du deinen Vater in Dijon, einen Angehörigen der französischen Armee im Ruhestand. Meine Weigerung, das weithin sichtbare Stopp-Zeichen an der algerischen Grenze zu überfahren, machte dich ungeduldig, du warst jung und einem Abenteuer nicht abgeneigt. Dann aber folgtest du doch lieber nicht der grinsend an dich gerichteten Einladung eines marokkanischen Wachsoldaten zu »einem kleinen Abenteuer im militärischen Sperrgebiet«. Später, es war Vollmond, bat ich dich, mich bis zu diesem hügeligen Horizont in der Wüste zu begleiten, den du schon kanntest. Allein wagte ich mich nicht hinaus. Stundenlang gingen wir schweigend im milchigen Licht, begleitet von unseren fahlen Schatten, schwebend wie auf Wolken, verwundert und glücklich über jedes *objet trouvé*. Spielende Kinder.

★

Als ich in Richtung Europa aufbrach, fuhrst du einfach mit. Deine Begleitung erleichterte mir die Überwindung der vielen tausend Kilometer und du erspartest dir das Rückfahrticket. Vorab stelltest du klar, ich solle lieber nicht nach deinem Leben in Frankreich fragen. Doch wenig später schwärmtest du von den Weingärten in Burgund, und es war klar, dass du von deiner Heimat sprachst. Du erzähltest von deiner Arbeit am Theater, als Techniker, wie du betontest, den ermüdenden Nächten der Proben, den rauschenden Festen nach den Premieren, den Tourneen zu den großen Festspielstätten Europas, Avignon, Edinburgh, Baden-Baden, Aix-en-Provence, Venedig. Überall warst du schon. Auf einem Segelboot im Mittelmeer wärest du zusammen mit einem Freund bei einem Sturm fast ertrunken. Im südlichen Indien musstest du mit einem Einheimischen streiten, wer von euch beiden «ein Schwarzer« war, du oder er oder ihr beide. Tagelang musstest du dich anstellen in der Touristenschlange vor dem Taj Mahal; und schließlich war es gar nicht leicht, die Engländerin loszuwerden, die neben dir gewartet hatte und unbedingt weiter mit dir zusammen reisen wollte. Nein, niemals hattest du Probleme wegen deiner Hautfarbe. Und Arbeit hattest du immer genug. Andeutungsweise kamen auch deine ehemalige Lebensgefährtin in Marseille und deine beiden Kinder zur Sprache, und deine neue Freundin, die in Paris auf dich wartete. Für einen jungen Mann Mitte zwanzig fand ich deine Biografie ziemlich dicht. Und es klang vertraut, als du sagtest: Kaum fühle ich mich wo zu Hause, muss ich unbedingt weg.

Vielleicht war es jenes kaum vernehmbare Zischen aus deinem Mundwinkel, das Zweifel oder Missachtung ausdrücken konnte und das mir an meiner Tochter so vertraut war. Oder weil ich bemerkte, dass du ein sensibler Fotograf warst und mich die beinahe zärtliche Sorgfalt im Umgang mit deiner auf einem Flohmarkt erstandenen Kamera rührte; oder als du mir halfst, in einem zweitausend Meter hoch gelegenen Dorf im Hohen Atlas eine Arbeit zu beenden, die ich alleine nicht geschafft hätte, und dort wunderbare Fotos machtest; oder als du mit deiner afrikanischen Flöte den Berbermädchen in den entlegenen Bergen der Siroua ein Lächeln entlocktest. Oder, es war später, auf der atlantischen Küstenstraße, als du dich plötzlich an den Rand hocktest und einfach nicht mehr weiterwolltest, wie ein trotziger Junge; oder weil du meine gelegentlichen Anfälle von Traurigkeit ohne Fragen und ohne Urteil einfach hinnahmst, darüber hinweggingst mit der leichten Bemerkung: Ich kenne das. Jedenfalls stellte sich zwischen uns, die wir einander ferner nicht hätten sein können, allmählich eine Art von Vertrautheit ein, als gehörten wir zur selben Familie.

★

Es waren, wie ich jetzt weiß, Banalitäten. Doch ich war hingerissen, als du mir von deiner aus Mali stammenden Familie erzähltest, die seit einem halben Jahrhundert in Dijon lebte. Ihre Tischsitten, die du noch ohne Anflug von Ironie erläutertest, erschienen mir wie der Inbegriff einer geglückten transkulturellen Konvergenz: Das Abendessen wurde am gedeckten Tisch mit Besteck eingenommen, wobei Vater und Mutter die traditionellen Kleider aus Westafrika trugen; zu Mittag jedoch saß man am Boden um die gemeinsame Schüssel und aß mit den Fingern, wie dies in Afrika üblich war, jedoch in Jeans, Pullovern, T-Shirts oder Röcken. Deine fast pedantische Ordnungsliebe war mir längst aufgefallen, ebenso deine, wie mir schien, etwas demonstrative Neigung zur Askese: Einige Datteln und etwas Reis waren während unserer gemeinsamen Reise nach Europa deine bevorzugte Nahrung auch dann, wenn ich dich zum Essen einladen wollte. Fußgänger warst du aus Leidenschaft; dein Vater hatte euch frühzeitig unterrichtet: Wandern kostet nichts und bringt einem die Welt am nächsten. Erst seit Kurzem hattest du dich für islamische Autoren zu interessieren begonnen wie den großen Ibn'Arabi; und du schenktest mir *L'Aventure ambiguë* (*Der Zwiespalt des Samba Diallo*, dt. 1980) von Cheikh Hamidou Kane. Darin las ich von der »blendenden Sonne des Exils« und: *Quelquefois, la métamorphose ne s'achève pas; elle nous installe dans l'hybride et nous y laisse. Alors nous nous cachons, remplis de honte.*[1]
Als wir Marrakesch erreichten, veränderte sich deine Haltung; du bewegtest dich schnell, konzentriert, umsichtig, als wärest du ständig auf der Hut. Du wechseltest auf die andere Straßenseite, begleitetest mich nicht in Restaurants. Sogar die Verhandlungen in der Autowerkstätte musste ich alleine führen, obwohl du doch Mechaniker warst. Warum, so frage ich mich heute, hatte ich nie daran gedacht, dass meine Begleitung *dich* kompromittieren könnte? Ich dachte immer nur an mich. Bis wir in Spanien im schönen Anwesen von Freunden aus Wien eine Ruhepause einlegen durften und der Umstand, dass ich in deiner Begleitung aufgetaucht war, kommentiert wurde mit: Na, du hast offenbar eine Schwäche für exotische Männer! Und der da ist ja wirklich entzückend.

Natürlich war es als Scherz gemeint. Aber ich sah dich etwas außerhalb unseres Kreises in einem Fauteuil sitzen und uns mit deinem freundlich entrückten Allerweltslächeln beobachten. Es war klar, du hattest alles verstanden und sogar mehr, ganz ohne Deutschkenntnisse. Kaum waren wir wieder allein, meintest du denn auch: Reisen wir doch morgen ab. Das machte mich traurig, aber ich verstand es. Erst Jahre später erzähltest du mir, dass die zufällig anwesende, dir völlig unbekannte Verwandte der Gastgeberin dich in einem unbeachteten Augenblick unverblümt fragte: Schläfst du mit ihr? – Sie hat mich natürlich für einen Gigolo gehalten, was sonst könnte einer wie ich auch sein, fügtest du mit einem schmalen Lächeln hinzu.

Was ich bis dahin nicht hatte wahrnehmen wollen, war ab nun nicht mehr zu übersehen: die Blicke auf uns. Sie unterschieden sich je nach Region, waren in Granada anders als in Marseille, anders in Aix-en-Provence oder viel später in Wien. Manchmal stritten wir darüber, wie sie gemeint sein könnten, wobei dein Urteil meist treffender war. Du hattest darin mehr Erfahrung. Und insgesamt war deine soziale Sensibilität ungleich größer als meine. Du spürtest immer gleich, mit wem wir es zu tun hatten, im Guten wie im weniger Guten. Ich musste immer erst verstehen, um mich zu orientieren. Und ich verstand, dass es gar nicht so lange her war, dass mancherorts ein Schwarzer, den man damals »Neger« nannte, um sein Leben fürchten musste, wenn er einer weißen Frau ein Lächeln schenkte; und dass im Zeitalter des Sextourismus bei zunehmend asymmetrischer Verteilung von Reichtum und Macht der Anblick eines schwarzen Mannes in Begleitung einer weißen Frau Mutmaßungen provozierte, welche alle anderen Möglichkeiten zwischenmenschlicher Beziehungen außer einer sexuellen ausschlossen. Fantasien über fremde Sexualität waren und sind ein wesentliches Element von Rassismus und Stigmatisierung. Da spielte es keine Rolle, dass ich fast vierzig Jahre älter war als du, dass wir in getrennten Zimmern oder gar in verschiedenen Häusern übernachteten. Unter der Tarnkappe unserer verschiedenen Hautfarben waren wir willkommene Projektionsflächen für jedermanns Fantasien. Und schließlich verstand ich, dass wir in extremis etwas repräsentierten, was offenbar allen Menschen Probleme bereitet, nämlich ihre Differenz voneinander. Das war immerhin eine Basis.

Bereits 2002 entstand das erste Konzept für die gemeinsame Arbeit. Wir wollten die Geschichte deiner Familie erforschen, wobei unsere Ausgangsposition freilich denkbar unterschiedlich war. Du sprachst von deinen »Wurzeln« und dem »Ursprung deiner Familie«, ich wollte die generationsübergreifende Veränderung eines Familienverbandes vor dem zeitgeschichtlichen Hintergrund zweier Kontinente verstehen. Emotional bedeutete mir »Afrika« wenig – was sich im Verlauf unserer Arbeit freilich ändern sollte. Und ich war voller Zweifel. Was wäre noch zu sagen über diesen »dunklen Kontinent«, über den Europäer ohnehin schon viel zu viel, meist Irreführendes, im besten Fall Vergebliches geschrieben hatten. Verlockend schien mir jedoch, die Beziehungen zwischen den europäischen und den afrikanischen Teilen deiner Familie zu erkunden; als könnte dadurch die »zwischenräumliche Geschichte« der beiden Kontinente Afrika und Europa erhellt werden und würde dadurch verständlicher, was Europa *eigentlich* war, dieser von einer blinden Grenze zwischen postkolonialen und postnazistischen Nationen in zwei Teile gespaltene Kontinent, in dem der eine Teil kaum etwas vom anderen wusste – und kaum etwas wissen wollte. Und der sich trotzdem als eine für Menschen wie mich einzige identitätsstiftende Einheit erwies.
Würden deine Nachkommen noch eine Antwort wissen auf die Frage, warum sie mit ihrer dunklen Haut Europäer waren? Unser Projekt sollte ihnen eine Antwort leichter machen; es sollte die Absurdität des politischen Neologismus »Migrationshintergrund« aufzeigen und einen Beitrag zum Verständnis der neuen afrikanischen Diaspora leisten. Und ich persönlich könnte daraus lernen, was das eigentlich war und wie das funktionierte: »Die Familie als Gruppe einer ererbten Loyalität.«

I

Neuerdings durchstöberte Abdoulaye die Buchläden zwischen Rue des Écoles und Place Jussieu, dunkle Räumlichkeiten mit staubigen Stellagen, bis zur Decke vollgestopft mit alten und neueren Büchern, mit Zeitschriften und Katalogen auf den Tischen, Stühlen, Leitersprossen und sogar am Boden. Die Verkäufer und Verkäuferinnen lächelten nie; aber sie wussten genau, dass ein gutes Buch auch nach zehn oder mehr Jahren nicht veraltet ist. Und ihre Kunden wussten das auch. Es mochte Abdoulaye einige Überwindung gekostet haben, so einen Laden zu betreten. Immerhin hatte er kurz vor dem Abitur das Lycée abgebrochen, weil er angeblich »keine Lust« mehr gehabt hatte. Vermutlich war für ihn eine Atmosphäre exklusiver Gelehrsamkeit weder vertraut noch besonders anziehend. Nun aber hielt er stolz seine Entdeckung in Händen: *Parlons Soninké* von Christian Girier. »Ein Buch über die Sprache meines Volkes!«, rief er scherzhaft theatralisch, »zwanzig Jahre hat der Autor an der Transkription gearbeitet – stell dir das vor!« – »Wieso *deines Volkes*? Bist du nicht Franzose?« Sein gutmütiges Lachen verriet, dass er mit ihren kleinen Hinterhältigkeiten längst vertraut war. »Na und? Dennoch ist mein Vater ein Soninké und meine Mutter eine Peul.« – »Und wie sprechen sie miteinander?« – »Meistens Bambara, die Nationalsprache von Mali, und natürlich Französisch. Aber meine Mutter, nun, eigentlich ist das, was sie spricht, kaum Französisch.« – »Nach so vielen Jahren?« Er schwieg. Und auf ihre insistierende Frage, wie er denn als Kind mit der Mutter gesprochen habe, meinte er schnell: »Wir verstehen uns sehr gut, meine Mutter und ich. Seit sie ein Mobiltelefon hat, ruft sie mich jeden Tag an!«

Was ihn bewegte, war etwas anderes: In der historischen Einleitung des Buches schien sein Familienname auf: »*Sima*! Schau, hier steht es. Wir stammen von einer königlichen Familie ab!«

Tatsächlich bezog sich die Textstelle auf einen königlichen Familienverband namens Sima, der dem Kontext zufolge im 13. Jahrhundert am Oberlauf des Senegal, heute in der Republik Mali gelegen, geherrscht haben mochte.

»Ist das nicht ein bisschen lange her?«

Er achtete nicht auf ihren Scherz. »In Afrika verlierst du niemals die Zugehörigkeit zur Familie.«

»Aber in Frankreich?« Wieder überhörte er die Frage und erklärte nicht ohne Stolz:

»Meine Familie stammt eigentlich aus der Gegend von Timbuktu, manche meinen sogar aus Jemen.«

»Das mag sein. Aber ich finde, heute stammt deine Familie doch eher aus Burgund! Du bist in Dijon geboren, und deine Eltern leben seit einem halben Jahrhundert dort.«

»Aber ich bin doch aus Dijon weggegangen …«

Es war klar, dass sie sich auf diese Weise kaum über Fragen von »Identität« und »Abstammung« verständigen würden. Was bedeutete es, wenn ein Franzose heute sagte, ich bin Soninké, Peul oder Bambara? Ginge es nach den nationalstaatlichen Regeln, gäbe es nur Malier, Senegalesen oder Franzosen. Aber für Abdoulaye war das kein Problem. Die Frau aus Wien hatte ihm ein wenig vom Land ihrer Herkunft erzählt, von Österreich und seinen verschiedenen Nationen im alten Kaiserreich; und wie nach dem Auseinanderbrechen des Reiches eine von ihnen zur kleinen Republik »Deutsch-Österreich« geworden war und andere zu »Minderheiten.« Diesem neuen Nationalstaat verdankte die Frau aus Wien ihren Pass, obwohl sie noch in einem sogenannten »Tausendjährigen Reich« zur Welt gekommen war, das freilich nur drei Jahre nach ihrer Geburt bereits Geschichte war, trübe Geschichte. Doris war mitten im Krieg geboren, und danach gab es die »Zweite Republik«. Sie fand es nicht sehr ermutigend, zu erkennen, von welchen Umständen eine lebensbestimmende Staatsangehörigkeit abhängen konnte, und Abdoulaye war völlig ihrer Meinung. Er verglich Soninké und Peul mit Slowenen oder Kroaten, die jeweils eine eigene Sprache und kulturelle Tradition aufwiesen, gleichzeitig jedoch Österreicher waren.

★

Dijon war eine wohlhabende Bürgerstadt, mit seinem Dom, seinem Rathaus, den gepflegten Parks, den Palais aus altem Stein mit hohen *porte-fenêtres* und Aussicht auf die satten Weindomänen von Burgund; Dijon, mit seinen blassen Menschen, die kaum jemals lächelten, aber immer grüßten. Das fiel auf, wenn man aus Marseille kam wie sie. Seine Eltern wohnten in Longvic, einem ehemaligen Dorf, das nun Stadtrand war, *banlieu.* Aus Marseille hatte sie eine bestimmte Vorstellung von diesem Begriff. Zwar hätten sie einen Bus am Bahnhof nehmen können, aber sie zogen einen Frühlingsspaziergang vor, entlang der vierspurigen Parkallee mit Radweg und Laufstrecke, gesäumt von Kastanien in voller Blüte und den Bürgerhäusern mit Tennisplätzen und Pools. Sie durchquerten einen Park mit dicht stehenden Eschen, Eichen und Buchen, die aus der üppigen Erde Burgunds mächtig in den Himmel ragten. Im satten Frühlingsgrün spielten rund um einen alten Steinbrunnen Kinder verschiedener Hautfarben. Sie bogen nach links, folgten einem Radweg entlang der Ouche, einem munter rauschenden Fluss, vorbei an einer Wehrmauer und durch eine schmale, alte Eisenbahnunterführung. Das Wasser der Ouche war klar, die Ufer waren mit Schilf und runden Kieselsteinen gesäumt. In der stillen Sandbucht schlüpften die ersten Kaulquappen. Abdoulayes Kinderparadies.
Doch seinen Erzählungen zufolge war den Kindern ziemlich alles verboten, was Freude bereitet hätte. Es war offenbar nicht leicht gewesen, der Autorität des Vaters zu entwischen. Immer hatte er Angst, die Kinder könnten »stören«. Oder »in schlechte Gesellschaft geraten«. Oder »Probleme machen«. Welche? Als Zeichen seiner Ahnungslosigkeit zog er die Stirn in Falten und drehte die Handflächen nach oben. In den Vorgärten entlang des Ufers blühten Goldregen, Tulpen, Flieder. Unvermittelt tauchte die graue Ebene eines Fußballplatzes auf, mit meterhohem Drahtzaun und Tribüne; und unmittelbar daneben ragten riesige, dunkle Siedlungsblöcke empor. Die schmalen Balkone waren mit Wäsche verhangen und mit Parabolantennen gespickt.
Aber – nein. Hier wohnen seine Eltern nicht. Wieder bogen sie nach links, vorbei an einem kleinen Holzhaus inmitten eines großen Gemüsegartens, bis eine rote Tafel kündete: *Proprieté privée. Cité militaire.* Die Wohnanlage war hell, der Rasen gepflegt, die asphaltierten

Wege dazwischen waren gekehrt, die öffentlichen Telefonzellen nicht beschädigt, die Wände nicht beschmiert und die Aufzüge funktionierten. Am Rande der parkähnlichen Anlage leuchtete ein Kindergarten mit bunt beklebten, großen Fenstern. Abdoulaye führte Doris durch die Siedlung wie durch seinen Garten: Hier ist der Nussbaum, hier der Apfelbaum, da sind die Kirschen. Damals gab es auch Pflaumen. Er sagte: »Als Kinder haben wir uns nach der Reifezeit der Früchte orientiert. Raus kamen wir ja nie.« Verglichen mit anderen städtischen Randbezirken Frankreichs war diese *cité militaire* eine Idylle. Nichts an der gepflegten Wohnanlage machte seine Andeutungen über die Beschränktheit seiner Kindheit plausibel. Und sie dachte, es musste etwas anderes gewesen sein, das ihn fortgetrieben hatte, nur ein Jahr vor dem Abitur.
Sie waren bereits beobachtet worden. Und nun teilten sich hinter den spiegelnden Fensterscheiben im Parterre die weißen Spitzenvorhänge und gaben das Lächeln seiner Mutter frei. Sie öffnete das Fenster, eines ihrer Enkelkinder am Arm, und winkte ihnen zu. Sie war eher mager, ihr leicht ergrautes Haar war hinten zu einem dünnen Zopf gebündelt, ihr Alter entsprach ungefähr dem von Doris. Sie hatte Abdoulayes dunkle Hautfarbe, seine vollen Lippen und seine mandelförmigen Augen, aber ohne deren Glanz. Sie sprach mit einem warmen, breiten Lächeln ein für die Frau aus Wien ziemlich unverständliches Sprachgemisch. »Man kann sich kaum vorstellen«, sagte Abdoulaye, »wie es anfänglich für meine Mutter gewesen sein musste, als sie nach Dijon kam; nicht einmal Straßenschilder konnte sie lesen; und niemanden fragen. Immer noch liest sie keine Zeitungen, benutzt nicht einmal den Fernseher. Was soll sie auch anfangen mit dem daueraufgeregten Geschwätz und den Bildern von Gewalt und Nacktheit.« Und nach einer kleinen Pause:
»Manchmal möchte ich wissen, in welcher Welt sie eigentlich lebt.«

Die elterliche Wohnung bestand aus fünf kleinen Schlafzimmern und einem Wohnzimmer, immerhin hatte die Familie mit sieben Kindern aus neun Personen bestanden. Gegenwärtig freilich lebte nur mehr die acht Jahre nach Abdoulaye geborene jüngste Tochter mit den Eltern zusammen, eine Nachzüglerin, die sich eben auf das

Abitur vorbereitete. Im Wohnzimmer geblümte Polsterbänke, auf den Stellagen an der Wand ein Fernsehapparat, eine Stereoanlage, Familienfotos und Siegespokale von sportlichen Wettbewerben vergangener Zeiten; auch einige Bücher, die meisten aus der Schulzeit, etwa die *Erzählungen* von Franz Kafka. Hatte Abdoulaye jemals *Die Verwandlung* gelesen? Sein Vater Mamadou Sima war ein großer, etwas behäbiger Mann mit ergrauten Schläfen. Er trug die islamische Kopfbedeckung aus weißer, gehäkelter Baumwolle und heute, weil Ostersonntag und ein Teil der Familie versammelt war, den Boubou, die traditionelle Kleidung Westafrikas, die durch ihre verschwenderische Fülle an Baumwollstoff immer ein würdevolles Aussehen verlieh. Mamadou holte nun ein Buch aus dem Regal, eine Kolonialgeschichte für frankophone Schulkinder aus dem Jahr 1958, *L'Histoire de L'Afrique Occidentale Française.* Nur ein kurzes Kapitel war dem Davor gewidmet, dem Reich der Songhai. Der Vater zeigte auf Timbuktu und sagte nicht ohne Stolz: »Aus dieser Gegend stammen wir.« Abdoulaye hatte einmal erwähnt, sein Vater sei eigentlich ziemlich schüchtern. Aber nun zeigte Mamadou nicht die geringste Scheu. Unaufgefordert erzählte er bei diesem ersten, eher als Vorstellung gedachten Besuch von seinem eigenen, sehr strengen und unnahbaren Vater – ähnlich wie sein Sohn bei seiner ersten Begegnung mit Doris. An seinen Großvater erinnerte sich Mamadou nicht; von ihm wusste er nur, dass er in Saint-Louis gelebt habe und irgendwann in den 1930er Jahren gestorben sei. »Unsere Wege haben sich nicht gekreuzt«, sagte Mamadou, »vielleicht war er bereits ein *Tirailleur Sénégalais,* wie mein Vater!« Doch gleich fügte er hinzu: »Das war nur so ein dummer Begriff, denn die Soldaten der Kolonialarmee wurden ja aus der gesamten A.O.F rekrutiert.« Das Kürzel stand für *Afrique Occidentale Française,* denn zu seiner Zeit waren die heutigen Nationalstaaten Mauretanien, Senegal, Mali, Niger, Tschad, Elfenbeinküste, Burkina Faso, Guinea und Benin zu einer einzigen kolonialen Verwaltungseinheit zusammengefasst, zu Französisch-Westafrika. Mamadou sagte: »Grenzen gab es ja erst später. Zu meiner Zeit waren wir jedenfalls viel mobiler als heute.«

★

Großvater Ladji Sima (rechts) und sein Freund Wally N'Diaye, Kayes ca. 1943

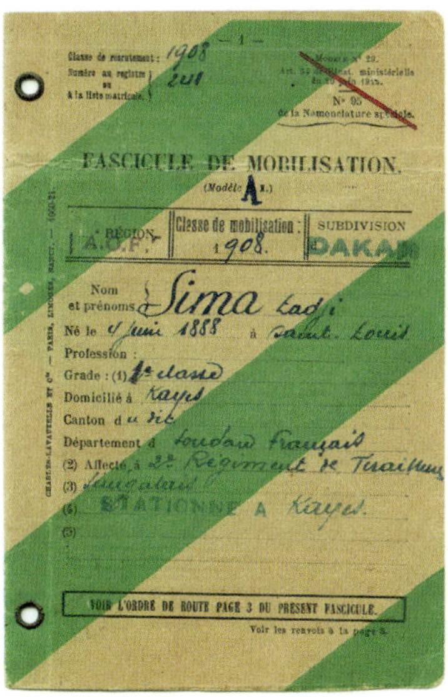

— 1 —

Classe de recrutement : 1908
Numéro au registre ou à la liste matricule : 241
Modèle n° 23.
N° 95 de la Nomenclature spéciale.

FASCICULE DE MOBILISATION.
(Modèle A.)

Région	Classe de mobilisation :	Subdivision
A.O.F.	1908.	DAKAR

Nom et prénoms Sima Ladji
Né le 4 juin 1888 à Saint-Louis
Profession :
Grade : (1) 1re classe
Domicilié à Kayes
Canton d
Département d Soudan Français
(2) Affecté à 2e Régiment de Tirailleurs
(3) Sénégalais
(4) STATIONNÉ A Kayes.
(5)

VOIR L'ORDRE DE ROUTE PAGE 3 DU PRÉSENT FASCICULE.

Voir les renvois à la page 2.

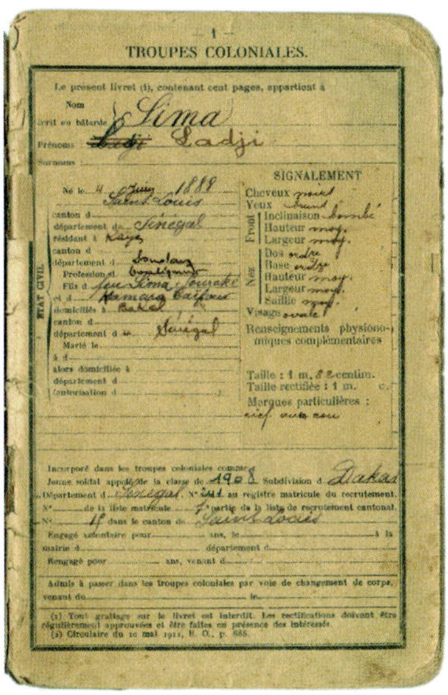

— 1 —
TROUPES COLONIALES.

Le présent livret (1), contenant cent pages, appartient à
Nom écrit en bâtarde Sima
Prénoms Ladji
Surnoms :

ÉTAT CIVIL.
Né le 4 Juin 1888
Saint-Louis
canton d
département du Sénégal
résidant à Kayes
canton d
département d
Profession d
Fils d
et d
domiciliés à
canton d
département d Sénégal
Marié le
à d
alors domiciliée à
département d
(autorisation d

SIGNALEMENT
Cheveux
Yeux
Front: Inclinaison, Hauteur moy., Largeur moy.
Nez: Dos, Base, Hauteur moy., Largeur moy., Saillie moy.
Visage ovale
Renseignements physionomiques complémentaires
Taille : 1 m. centim.
Taille rectifiée : 1 m. c.
Marques particulières :

Incorporé dans les troupes coloniales comme jeune soldat appelé de la classe de 1908 Subdivision d Dakar
Département d Sénégal N° 241 au registre matricule du recrutement.
N° de la liste matricule partie de la liste de recrutement cantonal.
N° dans le canton de Saint-Louis
Engagé volontaire pour ans, le à la mairie d département d
Rengagé pour ans, venant d
Admis à passer dans les troupes coloniales par voie de changement de corps, venant du le

(1) Tout grattage sur le livret est interdit. Les rectifications doivent être régulièrement approuvées et être faites en présence des intéressés.
(2) Circulaire du 10 mai 1911, B. O., p. 885.

Faszikel zur militärischen Einberufung 1908

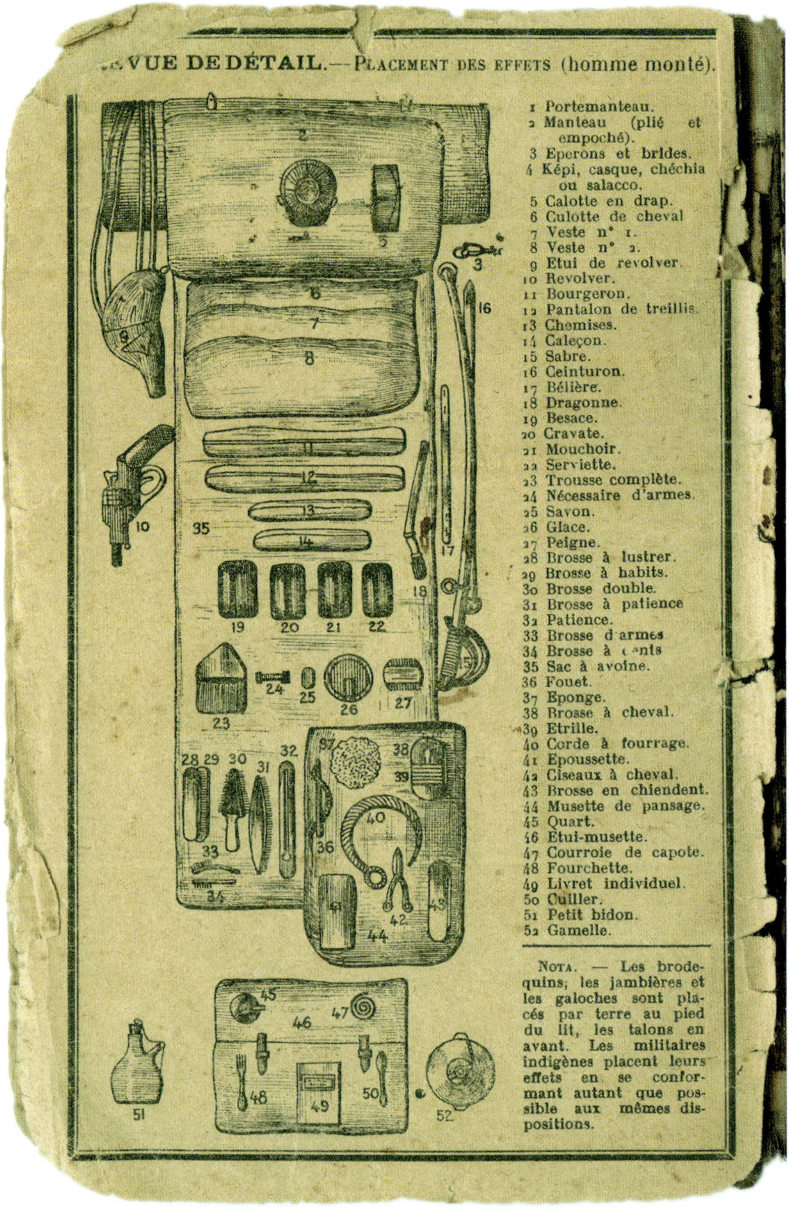

VUE DE DÉTAIL. — PLACEMENT DES EFFETS (homme monté).

1 Portemanteau.
2 Manteau (plié et empoché).
3 Eperons et brides.
4 Képi, casque, chéchia ou salacco.
5 Calotte en drap.
6 Culotte de cheval
7 Veste n° 1.
8 Veste n° 2.
9 Etui de revolver.
10 Revolver.
11 Bourgeron.
12 Pantalon de treillis.
13 Chemises.
14 Caleçon.
15 Sabre.
16 Ceinturon.
17 Bélière.
18 Dragonne.
19 Besace.
20 Cravate.
21 Mouchoir.
22 Serviette.
23 Trousse complète.
24 Nécessaire d'armes.
25 Savon.
26 Glace.
27 Peigne.
28 Brosse à lustrer.
29 Brosse à habits.
30 Brosse double.
31 Brosse à patience
32 Patience.
33 Brosse d'armes
34 Brosse à dents
35 Sac à avoine.
36 Fouet.
37 Eponge.
38 Brosse à cheval.
39 Etrille.
40 Corde à fourrage.
41 Epoussette.
42 Ciseaux à cheval.
43 Brosse en chiendent.
44 Musette de pansage.
45 Quart.
46 Etui-musette.
47 Courroie de capote.
48 Fourchette.
49 Livret individuel.
50 Cuiller.
51 Petit bidon.
52 Gamelle.

NOTA. — Les brodequins, les jambières et les galoches sont placés par terre au pied du lit, les talons en avant. Les militaires indigènes placent leurs effets en se conformant autant que possible aux mêmes dispositions.

Faszikel zur Mobilisation 1908, militärische Ausrüstung

Vater Mamadou Sima 1959

Mutter Djennabou Diallo, 1963

Nom de l'Établissement Collège Technique d'Industrie de Dakar

CARTE D'IDENTITÉ SCOLAIRE

Année scolaire 1951 - 1952

Signature du Titulaire

Je, soussigné, (1) Directeur du collège Technique et du centre d'Apprentissage certifie que M Sima Mamadou élève 2e CA né le 17 Décembre 1934 à Kayes est élève de mon établissement. 2e Année du Centre d'Apprentissage

(1) Titre du Chef de l'Établissement

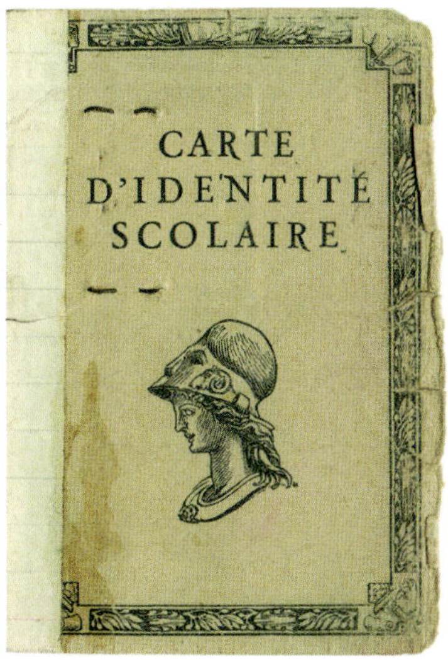

CARTE D'IDENTITÉ SCOLAIRE

Schulausweis von Mamadou Sima, Dakar 1951/1952

Mamadou Sima, Dakar 1963

Algerien 1961

Mamadou Sima und seine Frau Djennabou, Dijon 2000

Algerien 1961

Abdoulaye Sima, Selbstportrait

Von Abdoulayes drei Brüdern war nur einer anwesend, in Begleitung seiner beiden Kinder und seiner Frau, einer weißen Französin aus Dijon. Die Haare trug er ebenfalls als Dreadlocks. Außer der jüngsten Tochter waren noch zwei Schwestern zu Besuch, die älteste war diplomierte Krankenschwester in Dijon, und Abdoulaye schien mit ihr am vertrautesten zu sein; die mittlere war aus Nizza angereist, wo sie in einem Krankenhaus arbeitete. Ihrem kleinen Sohn fehlte die linke Hand, ohne dass jemand eine Bemerkung darüber verlor. Von Doris später darauf angesprochen, meinte Abdoulaye beiläufig: »Wahrscheinlich wegen irgendwelcher Medikamente.« Als wäre es das Natürlichste von der Welt, dachte Doris. Kinder und Erwachsene hatten sich teils am Boden, teils auf Stühlen oder auf dem Sofa rund um eine große Schüssel gruppiert, und es wurde deutlich, der Vater war der Herr der Speisen. Er war es, der gekocht hatte – seit er in Pension war und genügend Zeit hatte, widmete er sich gerne dieser Aufgabe; er war es, der die Speisen anrichtete, Reis, würzige Erdnusssauce und Fleisch, die er nach schwungvollem Schütteln der Gewürzflasche abschmeckte, bevor er die Portionen zuteilte und jeden einzeln aufforderte, ordentlich zu essen, nachfragte, ob es auch schmeckte. Die Mutter hatte die Speisen aufgetragen, leistete aber nun diskrete Gesellschaft auf einem außerhalb des Familienkreises platzierten Stuhl. Sie lächelte freundlich und sprach kein Wort; wie ihre Enkelkinder, die beim Essen sorgfältig darauf achteten, nicht zu patzen, nicht zu scherzen, zu schmatzen oder gar zu nörgeln, selbst der drei- oder vierjährige Bub gab keinen Laut von sich. Zum ersten Mal sah die Frau aus Wien Abdoulaye mit den Fingern essen, und dies mit großer Selbstverständlichkeit. Am Weg hierher hatte er sie noch scherzhaft gewarnt, sie werde mit der Hand essen müssen! Doch selbstverständlich wurde ihr ein Besteck gereicht, und auch die älteste Tochter, ein Enkelsohn und die französische Schwiegertochter gebrauchten Messer und Gabel. Nur er, Abdoulaye nicht, ostentativ. Und wie er von seiner Mutter, dachte Doris nun von ihm: Eigentlich habe ich keine Ahnung, in welcher Welt er lebt.
Nachdem die anderen Gäste gegangen waren, kam man zur Sache. Und ohne Umschweife machte Vater Mamadou klar, dass er das Vorhaben, in Afrika der Familie Sima nachzuspüren, für »sehr schwierig«

hielt. Er selbst habe seine Kindheit in Bakel* am Senegal verbracht, einem Ort an der Grenze zwischen Senegal, Mali und Mauretanien, seine Eltern hatten über hundert Kilometer stromaufwärts in Kayes** gelebt, und heute seien die Sima über viele Orte zwischen Bamako und Dakar verstreut und durch die Staatsgrenze getrennt. Er holte eine alte Straßenkarte hervor, um zu zeigen, dass zwischen Bamako, Saint-Louis und Dakar einige tausend Kilometer über schlechte Straßen und Pisten zu bewältigen waren: »Und heute kommen noch die Grenzkontrollen dazu, und da gibt es immer Probleme!« Abdoulayes Versicherung, dass sie einen bequemen Geländewagen mieten würden, quittierte er mit der abfälligen Bemerkung: »In Afrika gibt es keine verlässlichen Mietautos!« Und die beiden hätten ja keine Ahnung von den Problemen, die ihnen bevorstünden. Er jedenfalls sei seit 1950 nicht mehr nach Bakel, den Ort seiner Kindheit, zurückgekehrt. Das war das Stichwort: Hätte er nicht Lust mitzukommen? Es wäre für ihn doch eine Gelegenheit, Erinnerungen aufzufrischen – und sein Sohn Abdoulaye und die Frau aus Wien könnten ihn dabei begleiten! Doch Mamadou erklärte, er habe dort »nichts mehr zu suchen«. Wenn er nach Afrika fuhr, dann nach Dakar, wo noch Jugendfreunde lebten und sein Halbbruder Sourakhé, der Älteste der Familie. Und leise fügte er hinzu: »Vielleicht weiß der noch etwas über die Sima. Von ihm haben wir ja auch die Genealogie erhalten.« Am Tisch entfaltete er ein Blatt mit dem Diagramm des Stammbaums, unterbrach dann das Gespräch, um nebenan zu beten. Als er zurückkam, erklärte er unvermittelt: »Es war ja bei uns immer so, dass die Söhne weggingen, um in der Fremde Geld zu verdienen. Nur dass sie heute eben nicht mehr zurückkommen.«

Offenbar hatte Mamadou Sima immer schon gewusst, was der kanadische Soziologe François Manchuelle erstmals 1997 in einer breit angelegten Studie nachzuweisen suchte: dass die Arbeitsmigration der Soninké einer alten Tradition entsprach und seit jeher Bestandteil des Wirtschaftssystems in einem ökologisch labilen Raum gewesen war. Es waren keineswegs die Ärmsten, die in fernen Ländern persönliche Profilierung und ökonomische Vorteile suchten, sondern die Nach-

* Betonung auf der zweiten Silbe.
** Aussprache: Kai.

kommen der freien Eliten und der religiösen Würdenträger, der Marabus. François Manchuelle sah in der gegenwärtigen Immigration nach Europa und Amerika die Weiterentwicklung einer uralten Praxis. Er und andere Autoren betonten, dass die Soninké wie die meisten Völker am oberen Niger polygam und sehr konservativ waren. Es war dem Islam zu verdanken, dass die Anzahl der Ehefrauen auf vier beschränkt und männliche Willkür durch Ehegesetze, Erbrecht sowie durch bestimmte Verhaltensnormen eingeschränkt worden waren. Die Erbfolge war strikt patrilinear, und daher behielten früher die Frauen ihren vorehelichen Namen auch nach der Eheschließung bei, nicht etwa als Zeichen ihrer Emanzipation, sondern weil in alter Zeit die Ehefrau nie vollständig in die Familie des Mannes integriert worden war. Mamadou Sima erklärte, erst die Franzosen hätten den Namen der Gens zum gesetzlichen Familiennamen gemacht. »Bei uns war das nämlich so: Söhne erhielten als zweiten Namen stets den Namen ihres Vaters.« Er sagte immer »bei uns«, wenn er von Afrika sprach.

Nach diesem ersten Gespräch mit dem Vater war Abdoulaye schweigsam und zeigte nicht die geringste Lust, mit Doris die zahlreichen Fragen zu erörtern, die auf sie eingestürzt waren. Sie schrieb dies seinem offenbar gebrochenen Verhältnis zu seinem Vater zu. Immerhin wusste sie jetzt seinen vollen Namen: Abdoulaye Mamadou Sima, Sohn von Mamadou Ladji Sima; Sohn von Ladji Ahmadou Sima; Sohn von Ahmadou Sourakhé (Sima), Sohn von Sourakhé Ahmadou (Sima).

★

Natürlich begannen sie bei den ganz alten Zeiten »seines Volkes«, bei Herkunft und Ursprung der Soninké. Denn die versunkenen Großreiche südlich der Sahara gereichten allen zur Ehre, den ehemals Kolonisierten ebenso wie den ehemaligen Kolonialisten, und daher gab es darüber umfangreiche Literatur – ganz im Gegensatz zur jüngeren Geschichte. Seit Menschengedenken bewohnten die Soninké jene Zonen, die auf geografischen Karten meist mit bräunlich-gelber Farbe als »Weideland« oder »Sahel« gekennzeichnet waren. Und ihre ruhmreiche Epoche reichte in eine Zeit vor der Erfindung des Dualismus zwischen Natur und Kultur zurück, als Tiere und Menschen, Tote und Lebende noch miteinander kommunizierten, in die mythischen Anfänge ihres

Großreiches Wagadu. Von arabischen Reisenden wurde es das Reich Ghana genannt – nicht zu verwechseln mit dem modernen, tropischen Nationalstaat Ghana. Das Zentrum des alten Reiches lag zwischen den heutigen Staaten Mali und Mauretanien, in einem Dreieck zwischen Sokolo, Nioro und dem mauretanischen Nema, Orte, die auf jeder Karte zu finden waren. Nördlich grenzte sein Einflussgebiet an die Sahara, die damals vier bis fünf Breitengrade höher begann, östlich bis zu den Haussa-Staaten im heutigen Nigeria; im Süden kontrollierten die Soninké die wichtigen Handelsrouten bis an die Grenzen des Reiches der Ashanti; und im Westen wurde das Reich Wagadu von der Gold führenden Falémé begrenzt, heute Grenzfluss zwischen Mali und Senegal, der wie alle lebenswichtigen westafrikanischen Wasserläufe in den Bergen von Futa Djalon entspringt, im Norden von Guinea. Die westliche Provinz war an die zweitausend Kilometer von der Residenz Kumbi entfernt, aber sie war die reichste. Denn hier war jenes Gold zu finden, dem alle mittelalterlichen Reiche ihren Wohlstand verdankten – und die gefährliche Begehrlichkeit fremder Völker.
Der Ursprungsmythos des Reiches Wagadu weiß von einem Urvater namens Dinga, der aus Sonna stammt, woraus sich der Name Soninké herleitet und das heute unter dem Namen des ägyptischen Assuan bekannt ist. Dinga hat eine dunkle Haut, ist ein mutiger Jäger und ehrgeiziger Kriegsherr. Er ehelicht eine hellhäutige Frau namens Fatu Ganessi, doch gilt diese Verbindung in Sonna als illegitime Mesalliance. Warum? Wegen der Hautfarbe? Der Herkunft? Des sozialen Rangs? Darüber schweigt die Überlieferung. Jedenfalls wird Dinga die Aufnahme in den herrschenden Familienverband versagt und er ist daher genötigt, Ruhm und Wohlstand auf Kriegszügen zu suchen. Diese führen ihn zunächst auf die Arabische Halbinsel und nach Jemen, danach ins Zweistromland und zurück über das Rote Meer, und schließlich durchquert er mit seinem stetig wachsenden Gefolge die Sahara und gelangt bis zum großen Niger-Bogen. Dinga wird als stattlicher Mann beschrieben, die Art seiner Kopfbedeckung war in den mittelalterlichen Reichen immer noch gebräuchlich und erinnert an dunkelhäutige nubische Pharaonen: Dingas Haupt ist mit einer weißen Baumwollschärpe umwunden, deren beide Enden über den Nacken fallen, darüber trägt er eine Kappe mit einem Stirnband, das

je nach Anlass unterschiedlich gefärbt sein kann: rot für den Krieg, hellocker bei der Ausübung herrschaftlicher Pflichten, schwarz und ocker für Jagd und Magie. Sein Schutzamulett trägt Dinga in ein Band verknotet an der Schläfe. Er ist mit Pfeil und Bogen sowie mit metallbewehrten Lanzen und einer schlanken Keule aus sehr hartem Holz bewaffnet. Und er führt immer einen seiner sieben tönernen Krüge mit sich. Das Wasser, das er daraus vergießt, lässt Quellen entspringen und Flüsse entstehen. Er verfügt über magische Kräfte und die Gabe, mit Tieren zu sprechen, vor allem mit seinen treuen Begleitern, der Hyäne, dem Geier, dem *Kleinen Hund mit dem großen Glied*, dem Fuchs, dem Schwan und mit dem Büffel. Dieser Büffel ruht immerzu neben Dinga und schützt ihn vor Feinden, indem er sich bei Gefahr rechtzeitig erhebt und zu zittern beginnt. Diese Begleit-Tiere werden in späteren Generationen Elemente diverser initiatorischer Rituale; die Haut eines Büffels wird gar zum herrschaftlichen Thron.

Dinga folgt bei all seinen Kriegszügen einem bemerkenswerten Prinzip: Er verzichtet darauf, die von ihm besiegten Völkerschaften zu vernichten, sondern integriert deren Eliten in seine Gefolgschaft, was ihm bald eine wachsende Heerschar hervorragender, ihm ergebener Persönlichkeiten aus verschiedenen Völkern beschert. Die Bewohner von Kumbi jedoch besiegt Dinga nicht mit Waffen, sondern mit »Charme«, ein französischer Begriff, der Verführungskunst *und* Zauberei umschreibt. In Kumbi ehelicht Dinga drei Jungfrauen aus der lokalen Herrscherfamilie und kehrt mit ihnen in seine Heimat Sonna zurück, wo er sich nun als ruhmreicher Chef etablieren kann. Durch die drei Prinzessinnen aus dem Süden wird Dinga zum Begründer einer königlichen Dynastie. Aus ihren Nachkommen setzen sich später die Adelsgeschlechter der gesamten Sahelzone zusammen.

Eine der drei Prinzessinnen gebiert ihm die ungleichen Zwillinge Diabé und Bida. Der strahlende Diabé wird zu Vaters Liebling und zum Helden, Bida hingegen zum magischen Monster. Er kommt mit einem roten Pelz über dunkler Haut zur Welt und mit furchterregenden roten Augen inmitten eines unförmigen, riesengroßen Kopfs. Ihm werden die magischen Kräfte seines Vaters zugeschrieben, der jedoch das Zwitterwesen unverzüglich nach der Geburt wegsperren lässt, angeblich um niemanden durch seinen Anblick zu erschrecken. Aber am

vierzigsten Tag nach seiner Geburt ist das Monster plötzlich aus seinem Versteck verschwunden. Sein Vater Dinga verbietet nach ihm zu suchen, jede Frage nach ihm ist *tabu*. Bida aber macht sich auf in das Land seiner mütterlichen Verwandten jenseits der Sahara. Er reist teils über, teils unter der Erde, verwandelt sich in verschiedene Tiere und zuletzt in eine riesige Schlange, die sich schließlich in einem Labyrinth unterirdischer Wasserläufe nahe dem Ort Kumbi niederlässt, von wo aus das Ungeheuer die gesamte Region beherrschen kann.
Den in Sonna verbliebenen Söhnen wird unterdessen die Anerkennung weiterhin verwehrt, weshalb ihnen der Vater kurz vor seinem Ableben befiehlt, in das Land ihrer Mütter südlich der Sahara zu ziehen und dort ein Reich zu gründen. Ein Schakal und ein Geier werden beauftragt, den Söhnen dabei behilflich zu sein. Der Exodus von Dingas Kindern unter Führung von Diabé wird detailreich beschrieben und erinnert an den Auszug eines weiteren Volkes aus Ägypten: In ihrem Gefolge befinden sich unter anderem »über tausend Streitwagen«, eine Reiterarmee, eine Heerschar von Sklaven, sowie als Lebensgrundlage unermessliche Tierherden. Nach zahlreichen Abenteuern und Irrwegen stoßen die Auswanderer schließlich auf Kumbi und lassen sich am Rande einer Grundwasserschlucht nieder. Unverzüglich erscheint ihnen Bida in Gestalt einer Schlange von derart ungeheuren Ausmaßen, dass nur ihr riesiger Kopf am Rande der Schlucht sichtbar wird. Doch Bida ist keineswegs bereit, die Herrschaft mit seinen Brüdern zu teilen, erst nach langwierigen Verhandlungen unter Vermittlung von Schakal und Geier wird ein Kompromiss erzielt: Bidas Brüder erhalten das Recht, sich mit ihrem Gefolge niederzulassen, dazu werden ihnen Regen und Gold im Überfluss versprochen und sie müssen sich dafür verpflichten, alljährlich die schönste aller adeligen Jungfrauen auf einem Stutfohlen reitend in die Schlucht zu Bida zu stoßen. Es ist Diabé, der den unheilvollen Schwur auf Bida leistet und dafür auf einer Büffelhaut zum König der Soninké inthronisiert wird. Damit wird er zum Gründer des königlichen Familienverbands der *wage* und des Reiches *Wagadu,* welches tatsächlich unter ausgiebigen Regenfällen und durch die unermessliche Fülle von Gold erblüht, die unter einer dünnen Sandschicht leicht zugänglich ist. Doch alljährlich versammeln sich die Vornehmen der *wage* mit ihrem Priester am Rande

der Wasserschlucht, um Bida das versprochene Opfer darzubringen: ihre schönste Jungfrau auf einem Stutfohlen.
Bis etliche Generationen später eine geheime Verschwörung gegen den Kult um Bida entsteht. Der Einfluss einer »höheren Religion« findet Erwähnung, wahrscheinlich des Islams; doch es geht wohl um den Herrschaftsanspruch eines rivalisierenden Klans aus der Nachkommenschaft der beiden anderen Gemahlinnen Dingas. Und als bei der Auswahl der Jungfrau das Los auf die adelige Siyan fällt, nimmt das Drama seinen Lauf. Siyan wird als atemberaubende Schönheit beschrieben, die, heiß umworben, »mit goldenen Ketten beschenkt wird, um sie damit an ihr Bett zu fesseln«. Ihre Vorfahren lassen sich bis nach Sonna am Nil zurückverfolgen und sie ist mit einem jungen Mann aus Sama am Niger verlobt, dessen Mutter von einem Mann aus der Gefolgschaft der Zeit des Großen Exils abstammt. Sein Name ist Mamadi Seryan Koté, »der Mutige«, und er gehört dem verschwörerischen Geheimbund gegen den Kult um Bida an. Als das Los seine Verlobte trifft, lässt er zunächst sein Schwert von einem Schmied schärfen und mit magischen Kräften versehen und führt sie danach in Begleitung seines Mutterbruders auf einer weißen jungen Stute an den Rand der Schlucht. Als Bida den Kopf emporreckt, um Siyan zu verschlingen, trennt Mamadi ihn mit einem einzigen Hieb seines verzauberten Schwertes vom Rumpf. Sogleich wächst ein weiterer Kopf nach, der wieder abgeschlagen werden muss, der wieder nachwächst und wieder abgeschlagen wird. Sieben Mal wird Bida geköpft, bevor das Schlangenmonster durch die Lüfte entweicht, während das Geheul seines Fluchs die Erde erbeben lässt: »Sieben Jahre, sieben Monate und sieben Tage lang werdet ihr keine Wolke mehr am Himmel sehen und niemals wieder werdet ihr Gold finden.« Unverzüglich richtet sich nun der Zorn der herrschenden *wage* gegen den frevlerischen Helden Mamadi Seryan Koté. Dem gelingt es zwar, zusammen mit seiner Verlobten zu deren Mutter nach Sama am Niger zu fliehen, doch das Reich Wagadu wird in den folgenden sieben Jahren von zunehmender Dürre heimgesucht, die Goldvorkommen erschöpfen sich, Hungersnot und Aufruhr breiten sich aus, und mit der fortschreitenden Verwüstung von Norden nach Süden entvölkert sich allmählich das ganze Reich. Die Soninké zerstreuen sich in alle Himmelsrichtungen, die könig-

lichen Familien gehen Allianzen mit den Eliten anderer Völker ein und gründen neue Reiche.

Bida ist tot, das Reich Wagadu im Wüstensand versunken. Bestehen bleiben wird die Sehnsucht der Menschen nach Fruchtbarkeit und Wohlstand; und der Opferkult um die Schlange Bida, der sich als Ritus in immer neuer, symbolischer Form unter allen Völkern südlich der Sahara verbreiten wird.

★

So weit der Mythos. Die Wissenschaft lehrt, dass die Soninké ein Mischvolk sind und linguistische Analysen ihre Herkunft aus dem Tal des oberen Nil wahrscheinlich machen; dass der Verfall des Reiches Wagadu von jahrelangen Kämpfen rivalisierender Abstammungsgruppen begleitet war; dass die Hauptstadt Kumbi mehrfach geplündert und schließlich dem Erdboden gleichgemacht wurde. Gleichfalls sicher ist, dass die Anfänge des Reiches Wagadu lange vor die islamische Zeitrechnung zurückreichen. Im Verlauf unseres 12. Jahrhunderts wurden Teile seiner Bevölkerung von den Almoraviden islamisiert, einer berbersprachigen, islamischen Reformbruderschaft aus der Sahara, die uns durch ihr Wirkungsfeld nördlich der Sahara besser vertraut ist, nämlich durch ihr Zentrum Marrakesch und ihre Reichsgründungen auf der Iberischen Halbinsel und den Balearen. Die Soninké gehören damit zu den ältesten Vertretern islamischer Kultur im subsaharischen Afrika.

In die Endzeit des Reiches Wagadu fällt die Gründung von Timbuktu, jener Stadt, in deren Umgebung Vater Mamadou den Ursprung der Sima verortete. In der Genealogie wird als Heimat des Urahnen Stambula Ben Amir ein Ort namens »Gundabi« angegeben, womit wohl Gundam gemeint ist, eine Siedlung etwas westlich von Timbuktu. Die Entstehung der Stadt ist einer Handelskarawane der Tuareg zu verdanken, die am Nordufer des Niger, nahe von Arauan eine Rast einlegte. Vor ihrem Aufbruch in die Sahara ließen sie dort eine ältere Frau zurück, eine Unfreie, die einige Kranke versorgen und bis zur Rückkehr der Karawane auf Wertgegenstände achten sollte. Diese Alte wurde Tombuctu oder Timbuktu genannt, was etwa bedeutete »die Frau mit dem großen Geschlecht«. Andere etymologische Forschungen interpretierten den Namen als »Mulde zwischen zwei Dünen« oder als »Hüterin des Brunnens« – jeder mag seine Schlüsse daraus ziehen. Jedenfalls ließ die Frau einige Strohhütten errichten und einen Palisadenzaun rundherum, und bald war die Niederlassung diesseits und jenseits der Sahara unter ihrem Namen bekannt. Der Ort lag damals direkt am Ufer des Djoliba, den Europäer später Niger nannten und der mit seinem unberechenbaren Verlauf Forschern und Händlern über Jahrhunderte Kopfzerbrechen bereiten sollte. Reisende aus der Cyrenaika, aus Ägypten und Marokko auf ihrem Weg in die Reiche des tropischen Afrika legten in Timbuktu eine Rast ein und trafen dort auf Handelskarawanen am Weg in die Salzminen von Tuat und zu den Stadtstaaten am Mittelmeer. Einige Leute zogen es vor, dort zu bleiben, und Ende des 13. Jahrhunderts wurde die erste Herberge namens *biroqué kunda* errichtet, ein geräumiges Gebäude aus in der Sonne gebrannten Lehmziegeln, lange Zeit Luxusmaterial für Moscheen und Paläste und heute immer noch krisensicherstes Baumaterial der Region. Bald war Timbuktu zu einem bedeutenden Handelszentrum geworden, das sich seine Autonomie gegenüber dem Reich Wagadu und dem nachfolgenden Mali bewahren konnte. Denn die lange Agonie des Reiches Wagadu hatte 1215 mit der entscheidenden Schlacht an einem Ort am Niger namens Mali (Malei oder Mele) ein Ende gefunden, Sundiata (oder Sunt-Dyata) Keïta war als Sieger hervorgegangen und machte sich allmählich sämtliche im Zuge des Zerfalls von Wagadu unabhängig gewordenen regionalen Herrscher tributpflichtig. Sundiata Keïta war kein Muslim. Aber er verstand es, in diesem schier unermesslichen Raum die verschiedenen Völker mit muslimischen oder animistischen Glaubensvorstellungen in einem großzügigen Synkretismus zu einem Reich zu vereinen. Seinen Ruhm verdankte das Reich Mali jedoch dem *mansa* (Herrschertitel) Kango oder Kanga Mussa, einem Muslim, dessen Weisheit und handelspolitisches Geschick über die Grenzen des afrikanischen Kontinents hinaus berühmt wurden. Maßgeblich dafür dürfte sein überaus großzügiger Umgang mit Gold und Preziosen während seiner Pilgerreise 1325 nach Ägypten, Jemen und auf die Arabische Halbinsel gewesen sein. Auf seiner Rückreise hätten ihn angeblich die Bewohner von Timbuktu, der permanenten Plünderungen durch Gruppen der Tuareg überdrüssig, um seine Schirmherrschaft ersucht; anderen Überlieferungen zufolge habe sich Timbuktu keineswegs widerstandslos dem Herrscher von Mali unterworfen. In jedem Fall wurde die Handelsstadt unter der »Schutzmacht« von Kanga Mussa innerhalb eines knappen Jahrzehnts ein ruhmreiches Zentrum islamischer Weisheit, in dem zahlreiche Moscheen und Medresen errichtet wurden und die größten Mystiker und Gelehrten der Zeit wirkten. Doch wie so oft erwies sich nach dem Tod des *mansa* Mussa 1332 sein Nachfolger als weniger begabt. Das Reich Mali wurde von Unruhen erschüttert und schließlich von den Songhai erobert, einem aufstrebenden Handelsvolk im Nordosten, das dem Herrscher von Mali tributpflichtig gewesen war. Doch scheint es sich eher um einen Putsch einer anderen Abstammungsgruppe der Soninké gehandelt zu haben, denn die vornehmen Familienverbände der Songhai waren mit jenen der Soninké verwandt und verbündet, selbst der neue Herrscher war ein Soninké. Er machte Gao am Knie des Niger zu seiner Residenz – weshalb das Reich der Songhai auch Reich Gao genannt wurde – und erbaute 1495 jenen Palast aus Lehmziegeln, der das Grabmal der Askia werden sollte und heute eine von der UNESCO als »Weltkulturerbe« geschützte Touristenattraktion ist.

★

Die Verhältnisse in diesem Raum von der Größe halb Europas waren freilich komplexer, als diese Skizze ahnen lässt, schon deshalb, weil die Bevölkerung von einer heute unvorstellbaren Mobilität war. Die Menschen verbrachten einen guten Teil ihres Lebens unterwegs. Zeit wurde in Lebenszeit gemessen und an den alljährlich fruchtbringenden, aber rätselhaften und oft auch verheerenden Überflutungen des Djoliba. Für Hirten- und Handelsvölker waren fixe Grenzen weniger bedeutend als die ökologischen Bedingungen und eine tolerante und verlässliche Politik der Herrscher, die ihnen ein lukratives Wirtschaften ermöglichte. Die drei Großreiche Wagadu, Mali und Gao waren Jahrhunderte lang durchaus stabile Staatswesen, an deren Rändern freilich gelegentliche Razzien oder Plünderungen kaum zu vermeiden waren. Maßgeblich für die Erhaltung des Friedens war das Geschick der jeweiligen Herrscher, Rivalitätskämpfe zwischen den königlichen Abstammungsgruppen im Zaum zu halten. Man kann sagen, dass der

gesamte Raum südlich der Sahara von fünf oder sechs Geschlechtern beherrscht wurde, die in allen drei Reichen immer wieder aufschienen, eigentlich handelte es sich um den Herrschaftsbereich eines großen aristokratischen Sippenverbandes, dessen Mitglieder zwar miteinander verwandt waren, aber unterschiedlichen Völkern angehörten. Um die Mitte des 16. Jahrhunderts lebten im Reich der Songhai schätzungsweise eineinhalb Millionen Menschen. Etwa ein Drittel davon waren *Zerma*, eine Bezeichnung für Soninké, die im nördlichen Grenzgebiet der Republik Mali noch heute gebräuchlich ist.
Verschiedene *tarikhs* – auf arabisch transkribierte, mündliche Überlieferungen – beschrieben Sundiata Keïta und nachfolgende Herrscher auch als Magier. Ihre Magie kreiste vor allem um die Herstellung von »Giften«, die nötig waren, um Gold aus seinen mineralischen Verbindungen zu lösen. Und dieses Wissen war natürlich streng geheim. Da Prophet Mohammed jedoch »heidnische Magie« verpönte, ging nach der ersten Islamisierung der Region die Goldgewinnung stark zurück, bis Kanga Mussa eine pragmatische Lösung gefunden hatte: Statt die animistischen Meister der Malinké in den westlichen Provinzen gewaltsam zu islamisieren, verpflichtete er sie zur Ausbeutung der Goldminen und zu enormen Tributen. Denn zum Unterschied von heute war Gold damals auch in der Bevölkerung verbreitet.
Noch im 19. Jahrhundert berichtete der französische Afrika-Reisende Paul Soleillet aus der Region rund um Bakel, dass Frauen der Peul und Soninké sogar während der Arbeit ihre fein gearbeiteten, goldenen Reifen an Armen und Beinen, goldene Fibeln und schwere, goldene Ohrgehänge trugen. Und selbst in den 1920er Jahren wurden in der längst unter französischer Herrschaft stehenden Provinz Guidimakha, die heute in Mauretanien liegt, Soninké-Frauen mit goldenen Armbändern, Ohrringen, Anhängern und Halsketten gesehen. Der Schmuck war Eigentum der Frauen und bot ihnen Sicherheit für die Wechselfälle des Lebens. Von der Bedeutung weiblicher Erbfolge in vorislamischer Zeit zeugt der Ursprungsmythos von Wagadu, Sundiata Keïta und Kanga Mussa trugen noch die Namen ihrer mütterlichen Linie. Die Gründungsgeschichte von Timbuktu und anderer Städte belegt zudem die Bedeutung ökonomischer Initiativen von Frauen gleich welchen Standes; und dies galt nicht nur für die Tuareg, de-

ren matrilineare Organisation und machtvolle Stellung der Frauen sich ja bis in die Gegenwart erhalten haben – sofern sie der jüngsten islamistischen Bewegung standzuhalten vermochten. Aber die mittelalterlichen Großreiche verfügten kaum über einen wirksamen Verwaltungsapparat, um die tausende Kilometer entfernten Provinzen an das Zentrum zu binden, es gab keine spezialisierten Beamten. Hirten waren Gelehrte, Kaufleute gleichzeitig Diplomaten, und Elitesoldaten der Armee trieben die Abgaben ein. Der Zusammenhalt der vielen Völker in einem Reich habe sich auf die ausgewogene Verteilung von Ressourcen gegründet, steht in den Büchern; und dass die Herrscher in Gao so selbstsicher waren, dass sie glaubten, ohne schlagkräftige Armee auskommen zu können. Nicht einmal an den sonst so begehrten europäischen Musketen waren sie interessiert.

★

Bis im Jahre 1590 Ahmed al-Mansûr, »der Unbesiegbare«, Sultan von Marrakesch, seiner Gier den Vorrang gab vor den jahrhundertelang gepflegten diplomatischen und verwandtschaftlichen Verbindungen mit den Reichen südlich der Sahara. Seine eigene Mutter war zwar eine dunkelhäutige Peul aus dem Reiche Mali. Doch rivalisierende Geschlechter aus Fez stellten seine Legitimität infrage, und daher wollte der Sultan von Marrakesch sich durch Ruhm und Reichtum vor allen anderen profilieren. In Gao vermutete er ungeheure Goldschätze, und außerdem strebte er nach dem überaus lukrativen Salzmonopol der Songhai. Nach der spanischen Reconquista hatten sich in Marokko zahlreiche aus Andalusien vertriebene Flüchtlinge angesammelt, und was lag daher näher, als aus diesem reichen Fundus ein Heer zu rekrutieren und auf mehrere Feldzüge in die Wüste zu schicken. Viele Monate dauerte die Durchquerung der Sahara, Zigtausende kamen dabei um, bevor die Marokkaner endlich Gao erreicht hatten; doch dem Heerführer schien es nicht der Mühe wert, diese Stadt aus Lehm mit den freundlichen Bewohnern zu zerstören, er begnügte sich auf seiner Rückreise mit einer relativ mäßigen Plünderung von Timbuktu. Der Zorn des Sultans soll verheerend gewesen sein; ein neuerlicher Vorstoß unter einem weniger milden Heerführer namens Mahmud brachte 1593 die Lösung: Er besetzte Timbuktu, ließ dort sämtliche

Timbuktu um 1890, Moschee Djingareyber

Haus in Djenne um 1890

Große Moschee in Djenne um 1890

Bakel um 1900

Bäume fällen und aus dem Holz eine Flotte bauen, die, mit Infanterie und Proviant beladen, die Kavallerie bis nach Gao begleiten konnte. Diesmal war der marokkanische Sieg total: Die Elitetruppen der Songhai waren angeblich wunderschön gekleidet, aber nur mit Keulen und Messern bewaffnet und gegenüber der marokkanischen Kavallerie bewegungslos. Bis auf den letzten Mann wurden sie abgeschlachtet. Aber da auch diesmal Gao für die Marokkaner kaum etwas zu bieten hatte, außer etwas Goldschmuck der Frauen und dem im Vergleich zur Kotubia in Marrakesch gering erscheinenden Palast der Askia aus Lehm, zerstörten sie kurzerhand die Stadt und hielten sich auf dem Rückweg durch die vollständige Plünderung von Timbuktu schadlos. Die Bewohner der Stadt, darunter große islamische Gelehrte, wurden in Ketten gelegt und mit ihrem Hab und Gut sowie den wertvollen Bibliotheken quer durch die Sahara bis nach Marrakesch transportiert. Weder der Protest der Ulema in Fez noch jener der islamischen Gelehrten in Marrakesch konnte etwas gegen die unwürdige Behandlung ihrer Kollegen aus Timbuktu bewirken, dabei befahl der Koran doch selbst die Befreiung von Sklaven, sofern sie des Korans kundig waren.

Dies war der Beginn eines transsaharischen Sklavenhandels von beachtlichem Wachstum; ein Jahrhundert später wurden bereits an die hundertfünfzigtausend versklavte Afrikaner an die Küsten des Mittelmeeres verschleppt. Timbuktu blieb schattenlos zurück. Doch die marokkanischen Paschas fühlten sich dort wohl und der ansässigen Bevölkerung bald mehr verbunden als ihrem ungemütlichen Sultan jenseits der Sahara. Marokkanische Soldaten und Kaufleute nahmen die Sprachen ihres Gastlandes an, heirateten einheimische Frauen. Und in der modernen Republik Mali führen immer noch etliche Familien ihre Abstammung direkt auf den Propheten zurück und berufen sich dabei auf einen aufständischen Berberfürsten, einen Scheich, der im 17. Jahrhundert aus dem marokkanischen Tafilalt an den Niger geflohen war. Auch die Gens der Sima verweist auf einen Urahnen aus der Region von Timbuktu mit einem arabisierten Namen: Stamboula Ben Amir. Ein arabischer Name unter den Vorfahren galt schon deshalb als ehrenvoll, weil ein arabischer Schriftzug das Wort des Propheten nicht nur *vermittelt*, sondern auch materiell *verkörpert* – was im Übrigen einige Besonderheiten im Umgang mit dem Koran erklärt.

Seit dieser Zeit hatte der Niger seinen Lauf verändert, so dass die Stadt im 19. Jahrhundert an die zehn Kilometer vom Ufer entfernt mitten in der Wüste lag. Die benachbarten islamischen Reiche von Massina und Segu stritten sich um die Stadt, und nomadisierende Gruppen aus der Sahara plünderten sie regelmäßig. Was von Timbuktu übrig war, wurde 1893 von ehrgeizigen Franzosen militärisch eingenommen – angeblich ohne Wissen und Zustimmung des Kolonialministeriums in Paris.
Doch keine Armee der Welt konnte die besondere Aura des Namens Timbuktu zerstören, welche bis in die Gegenwart reicht, wo die Stadt Kreuzungspunkt von »Schmugglern«, »Schleppern«, »Illegalen« geworden sein soll und – wieder einmal – von Tuareg und »Islamisten« geplündert wird. Als könnten die Menschen einfach nicht verzichten auf einen imaginären Ort aller Verheißungen.

★

Vielleicht war es ja für alle Beteiligten einfacher, dass Abdoulaye diesmal »keine Zeit« hatte. Der Regen trommelte an die Fensterscheiben, Mamadou Sima und die Frau aus Wien fühlten sich im Wohnzimmer geborgen und beinahe vertraut, zwei Menschen der gleichen Generation. Er war kein Mann großer Worte. Ohnehin verbot es der Anstand, über sich selbst zu reden – oder gar über andere! Doch genau das erwartete Doris nun von ihm bei diesem Versuch einer Annäherung an die flüchtige Welt von Erinnerungen, die man »das Leben« nennt. Und allmählich war ihm ihr Interesse gar nicht unangenehm.
Mamadou wurde 1934 in Kayes geboren, damals eine blühende Stadt am oberen Senegal inmitten von Französisch-Sudan. Sein Vater Ladji Sima arbeitete dort als Buchhalter für eine der großen französischen Handelsgesellschaften, die Compagnie Ch. Peyrissac. Er war das offenbar gefürchtete Familienoberhaupt über siebzehn Kinder von vier Frauen, »ein richtiger Patriarch«. Mamadou war der ältere der beiden Söhne seiner dritten, aus Mauretanien stammenden Frau Khadisiatou Diagne. Bereits mit fünf Jahren wurde er von seiner Mutter getrennt und zusammen mit seiner älteren Schwester in die Obhut einer kinderlosen Schwester des Vaters in Bakel gegeben. Die Reise nach Kayes wurde damals auf Holzpirogen mit einem Schilfdach und einem kleinen Segel zurückgelegt, die von Hand gerudert und stromaufwärts

häufig gezogen werden mussten. Wochenlang konnte diese Fahrt dauern, und ab nun sah Mamadou seine Eltern nur mehr in Abständen von Jahren. Die Verteilung von Kindern unter entfernt lebenden Verwandten war – und ist – in diesem ökologisch labilen Lebensraum durchaus üblich. Lokale Versorgungsprobleme und andere Notlagen, etwa durch Krankheit oder Kinderlosigkeit, sollten dadurch gemildert werden. Für Mamadous Vater Ladji Sima gab es freilich einen anderen Grund, seine Kinder nach Bakel zu schicken. Kayes war die Stadt der Franzosen. Sie bot zwar wirtschaftliche Möglichkeiten, aber die Sitten waren locker und gesprochen wurde Französisch, Bambara, Pulaaren (die Sprache der Peul und der Tukuloor) – nicht aber Soninké. Bakel jedoch war das kulturelle Zentrum der Soninké, dort konnten die Kinder die Koranschulen bedeutender Marabus besuchen und in der Tradition und der Sprache der Soninké erzogen werden. Fünf Kilometer stromabwärts lag Tiyabu, wo noch in den 1950er Jahren ein *tunka* residierte, ein König aus dem Geschlecht der Bathily.

Tante Seynabou war mit dem um vieles älteren Marabu Alhaly Qébé verheiratet, der bald nach Mamadous Ankunft starb. Den Lebensunterhalt für sich und die Kinder bestritt sie mit allem, was sich ihr bot. An den Ufern des Stroms wurden Hirse, Mais und etwas Reis angebaut, sogar Baumwolle wurde gepflanzt, die zu Hause gesponnen, eingefärbt und von der Tante selbst verwebt wurde. Diese Stoffbahnen waren auf dem Markt sehr begehrt, und die Tante besaß dort sogar einen kleinen Laden. Dazu wurden noch einige Kühe, Schafe und Ziegen gehalten, und bei allen anfallenden Arbeiten kamen die Kinder zum Einsatz. Wahrscheinlich war dies sogar einer der unausgesprochenen Gründe ihres Aufenthalts bei der Tante. Mamadou und seine zwei Jahre ältere Schwester bestellten die Felder, versorgten die Tiere, transportierten Getreide, Futter und Waren auf ihrem einachsigen Eselskarren zum Markt. Auch bei der Herstellung der Ziegel halfen die Kinder mit, indem sie aus dem tiefen Flussbett Sand auf die Böschung schleppten, der dort, gesiebt, mit lehmiger Erde und Stroh vermischt und zu Backsteinen geformt, in der Sonne gebrannt wurde. Das Gehöft der Tante war bereits vor dem Ersten Weltkrieg von Mamadous Vater Ladji »mithilfe der Familie« erbaut worden und musste nach jeder Regenzeit ausgebessert werden. Die beiden Kinder waren erst sechs und acht Jahre alt, als sie erstmals quer durch den Hochwasser führenden Senegal schwimmend die Reisfelder in der Lagune am anderen Ufer erreichen mussten, ein Bündel von Kleidern und Proviant auf dem Kopf, immer auf der Hut vor vermeintlich giftigen Wasserschlangen und großen Krokodilen, die damals noch nicht ausgerottet waren. Mamadou schämte sich noch heute seiner Todesangst.

In die Grundschule war er nur zögerlich und vor allem zu spät geschickt worden. Die Leute sahen damals noch keinen Nutzen in der französischen Schule, meinte er, weniger aus religiösen Gründen, sondern weil die Kinder einfach als Arbeitskräfte gebraucht wurden. »Die Eltern verstanden nicht, was diese neue Schule bringen sollte, wir wurden ja für die Landwirtschaft erzogen, die unser Lebensunterhalt war. Erst als Kinder mit einem Schulabschluss gute Jobs erhalten und Geld nach Hause schicken konnten, änderten sie ihre Haltung.« Zum Spielen blieb den Kindern jedenfalls keine Zeit. Nicht einmal nach dem Abendgebet zum Sonnenuntergang durften sie den Hof verlassen. Im Haus jedoch wurde außer Gebeten kaum etwas gesprochen, aber gezüchtigt wurde viel. Beim geringsten Anlass gab es Schläge, mit der Hand, mit dem Stock und sogar mit der Peitsche. »Das war damals ganz normal«, meinte Mamadou ganz ohne Pathos. Einzige Zerstreuung waren religiöse Feiertage oder Familienfeste. »Aber sonst war das Leben damals, nun, *la misère*.« Er ließ das Wort beiläufig fallen, nichts lag ihm ferner, als zu klagen. Und insgesamt unterschied sich seine Kindheit eigentlich kaum von der eines österreichischen Bauernbuben zu jener Zeit. Oder doch?

»Weiße« kannte Mamadou damals kaum, mit Ausnahme des französischen Kommandanten im Fort von Bakel; manchmal kamen Weiße ins Dorf, vor denen sich alle fürchteten. Es kostete ihn einige Anstrengungen, diese Furcht zu überwinden, die ihn noch bis in seine Adoleszenz verfolgte.

»Das war nämlich so«, erklärte er, »immer, wenn irgendwo Krieg war, kamen sie und nahmen die jungen Männer mit. Früher rannten die Leute weg, wenn die Weißen kamen, und sie versteckten ihre Söhne im Busch oder in einer Scheune, und wenn doch einer gefunden und mitgenommen wurde, weinten die Mütter und das ganze Dorf trauerte, als wäre der Junge bereits tot. Zu meiner Zeit, da hatte man sich ja schon daran gewöhnt. Da weinten die Leute schon etwas weniger.«

»Zu seiner Zeit« war in Europa der Zweite Weltkrieg ausgebrochen.

★

Wie alle Kinder in Bakel besuchte Mamadou zunächst eine der Koranschulen, für die Bakel berühmt war. Es war die der heiratsverwandten Familie Diakithé. Die meisten Schüler dort studierten jahrzehntelang und konnten den Koran dann »bis in die Fingerspitzen«, wie Mamadou sich ausdrückte, offenbar inspiriert durch die damals üblichen Stockschläge auf die ohnehin von harter Arbeit gemarterten Kinderfinger. Nach Abschluss des Studiums verließen diese Koranschüler, die *talibe*, zumeist das Land der Soninké, wurden Kaufleute oder fanden Arbeit in Saint-Louis, in Dakar, an der Goldküste, im Kongo oder in Frankreich. Mit dem verdienten Geld mussten sie nicht nur ihre Eltern unterstützen, sondern auch ihren ehemaligen Lehrer, ihren Marabu, der ihnen seinen Segen mit auf den Weg gegeben hatte und verschiedene Amulette zur Abwehr des Bösen, diese so bedeutsamen *grisgris*. Jedes Amulett wurde individuell für den jeweiligen Träger angefertigt, je nachdem, was die magischen Befragungen des Marabu über den jungen Mann und dessen Zukunft offenbart hatten. Zur Herstellung eines *grisgris* verwendete der Marabu meist ein Stück Papier mit einem arabischen Schriftzug, etwa einer Sure, welches zusammen mit diversen magischen Beigaben in eine Hülle aus Leder gewickelt wurde. Das Täschchen wurde an einer Schnur um den Hals getragen, ein Leben lang. Sein Verlust bedeutete immer großes Unheil.

Mamadou gehörte damals zu den wenigen Koranschülern, die nur die wichtigsten Suren und Gebetstexte erlernten und danach die französische Grundschule besuchten. Gegen den Willen der Tante hatte sein Vater auf dem Schulbesuch bestanden, denn Ladji Sima kannte die Welt. Er war in Saint-Louis am Atlantik zur Welt gekommen, in der vergleichsweise weltoffenen alten Kolonie, und er wusste um die Bedeutung französischer Erziehung. Er freilich hatte sich erst als Erwachsener und als »Autodidakt in Abendkursen« jene französische Bildung aneignen können, die ihm seine berufliche Laufbahn schließlich

ermöglicht hatte. Immerhin war er als Chefbuchhalter in den Ruhestand getreten, wie Mamadou nicht ohne Stolz erklärte.
Die französische Schule war für ihn unbestreitbar das Beste, was der Kolonialmacht zu verdanken war. In Bakel konnte man damals ein Abschlusszeugnis der »Grundschule für Eingeborene« erwerben, ein *Certificat d'études primaires indigènes.* Die besten Schüler wurden für die höhere Schule in Saint-Louis ausgewählt, die *École primaire superieure,* dem heutigen Collège vergleichbar. Danach konnte man die Aufnahmeprüfung in das Lycée Faidherbe oder gar in die *École normale supérieure William Ponty* wagen, die zunächst in Goré und ab 1934 in Sébikotane östlich von Dakar etabliert war. Mit einem Abschlusszeugnis dieses Instituts wurde man Lehrer oder ein lokaler Beamter, es war auch die Voraussetzung für die Aufnahme in die Medizinhochschule in Dakar sowie für die Hochschule Pinet-Laprade, deren Absolventen im Staatsdienst zum Einsatz kamen. Diese beiden Institute boten für Afrikaner die höchste akademische Ausbildung in Westafrika an, ein Universitätsbesuch in Frankreich war damals nur vereinzelten Auserwählten möglich. Der Aufnahme ging jedoch ein zermürbender Selektionsprozess in Form mündlicher und schriftlicher Prüfungen voran, angeblich unter streng gehüteter Anonymität. Schaffte es einer in die *École normale supérieure William Ponty* in Sébikotane, musste er sich freilich um nichts mehr sorgen. Abgesehen von der Ausbildung erhielt er vom französischen Staat Nahrung, Unterkunft, Schuluniformen gratis und seine – freilich vorgeschriebene – berufliche Laufbahn war gesichert. »Das waren damals sehr gute Schulen«, erklärte Mamadou, »manche Schüler wurden später sehr erfolgreiche Männer, mächtige Politiker und sogar große Dichter.«
Sein Traum war es, Lehrer zu werden. Denn »Bücher und solche Sachen« hatten ihn immer schon fasziniert und er wollte unbedingt der bäuerlichen Existenz entkommen. Wie hoch dieses Ziel jedoch gesteckt war, lässt eine simple Statistik erahnen: 1936 kamen in ganz Französisch-Westafrika nur etwa vier Prozent der – männlichen – Bevölkerung in den Genuss einer Schulbildung. Zwar gab es in der Kolonie bereits ab den 1870er Jahren rudimentäre Grundschulen für eine Handvoll auserwählter Schüler, aber erst nach 1918 wurde das Schulsystem in die zur Zeit Mamadous gültige Form gebracht. Nur in Saint-Louis und

Dakar konnte man bereits ab 1910 ein Abitur erwerben, das mit jenem in Frankreich vergleichbar war; doch Sprachbarrieren und Altersschranken schlossen afrikanische Kinder davon praktisch aus.
Da Mamadou zwei Jahre zu spät in die Grundschule geschickt worden war, war er bereits zu alt für die Aufnahme in das Lycée. Sein Traum vom Lehrberuf war damit ausgeträumt. Aber das war nicht die einzige Enttäuschung. Saint-Louis bedeutete seit jeher für die Völker entlang des oberen Senegal das Tor zur Welt, und die Soninké bildeten dort seit langem eine gut organisierte Gemeinschaft. Mamadou jedoch fühlte sich in der Stadt völlig verloren. Warum er so unglücklich war, konnte oder wollte er nicht sagen, doch es war wohl eine schlimme Zeit für ihn, denn sein sonst so strenger Vater Ladji Sima gestattete ihm bereits nach einem Jahr die Übersiedlung nach Dakar, zu seinem um vierzehn Jahre älteren Halbbruder Sourakhé Sima. Der war in gehobener Position bei der französischen Post- und Telegrafengesellschaft tätig und wurde für den sechzehnjährigen Mamadou ein richtiger Vaterersatz. Dennoch war das Leben in der Großstadt keineswegs leicht. Gleichaltrige Jungen in Dakar hatten zumeist schon das Collège hinter sich, sprachen gut Französisch und kannten sich überall aus. Mamadou aber konnte nicht einmal Fußball spielen, und Fußball war schon damals weit mehr als ein Spiel. Die Trainer waren Götter, ihr Urteil bestimmte das Ansehen jedes Jugendlichen im gesamten Viertel. Mamadou aber hatte zuvor noch nie einen echten Fußball gesehen, jeder Achtjährige konnte besser damit umgehen als er und alle lachten über ihn. In Bakel hatte es allenfalls einen Fetzenball gegeben, der, gut mit Gras gefüllt und fest verschnürt, sogar ganz brauchbar gewesen war. Mamadou war ein Meister im Herstellen so eines Fetzenballs gewesen; auch im Reparieren von durchgetretenen Schuhen und verbogenen Brillen, von zusammengebrochenen Karren, gerissenen Körben und Taschen. Er lachte: »Zum Unterschied von den Stadtkindern habe ich nämlich hart arbeiten gelernt. Und bald hieß es überall, he, Sima, komm her, mach mir dies oder jenes; und nach einiger Zeit war ich beliebter als der beste Fußballspieler.«
Schließlich fand er »ganz allein«, wie er betonte, eine Schule, die an seinem fortgeschrittenen Alter keinen Anstoß nahm. Es war eine private, jedoch subventionierte Berufsschule, das *Collège technique d'industrie*

de Dakar, wo er nach Überwindung der strengen Aufnahmeprüfung sein Meisterdiplom für Mechanik erwarb. Er war eben zwanzig geworden und wurde sogleich zum Militärdienst eingezogen. Der achtzehn Monate lange Präsenzdienst begann im Herbst 1954, und Mamadou hatte Glück; wenige Monate vorher wäre er noch nach Indochina abkommandiert worden, nach Dien Bien Phu, wo dreitausend französische Soldaten gefallen, Zehntausende in Gefangenschaft geraten waren – zwei Drittel kamen »aus den Kolonien« – und Frankreich endgültig sein Kolonialreich in Indochina verloren hatte.

Die französische Armee war die bedeutendste öffentliche Institution und die einzige, die ihm eine höhere Ausbildung ermöglichen konnte. Und obwohl er nie an eine militärische Karriere gedacht hatte, suchte Mamadou daher nach Ende des Präsenzdienstes um Aufnahme in die französische Armee an: »Wegen der Ausbildung und um die Welt zu sehen«, meinte er. Frankreich kennenlernen, studieren, danach einen gut bezahlten Job annehmen und wieder heimkehren, so stellte er sich das vor. Und wirklich schickte ihn die Armee an ihre technische Hochschule in Nîmes, wo er ein französisches Meisterdiplom erwarb und danach dachte, nun habe er es geschafft; denn in der Zeit der anlaufenden Konjunktur waren Absolventen dieser angesehenen Armeehochschule begehrte Arbeitskräfte. Doch dann kam die bittere Überraschung: Das Diplom öffnete nur den Weißen die Tore zur Arbeitswelt, nicht aber den Schwarzen. Dieselbe Ausbildung, das gleiche Diplom, der gleiche französische Pass mit dem Stempel *liberté, egalité, fraternité* hatten nur für Weiße, nicht aber für Schwarze einen Wert.

»Wirklich, das hätte ich nie erwartet!«, sagte Mamadou. »Das war die größte Enttäuschung meines Lebens. Das machte mich wütend.« Nun entschloss er sich doch zu einer Karriere in der Armee. »Denn dort beurteilt man die Menschen eher nach ihrer Brauchbarkeit und ihren Fähigkeiten und weniger nach ihrer Hautfarbe«, meinte Mamadou. Als würden die Menschen durch die berufliche Nähe zum Tod auch im Leben ein wenig gleicher.

★

Ein »Cousin« wollte Abdoulaye sehen, einer, von dem Abdoulaye nichts wusste, außer dass er »ein Sima und daher irgendwie verwandt«

war. Das Treffen fand einige Tage vor der Abreise im *Foyer Sima* statt, nahe der Bastille in Paris. Und Doris durfte mit. Ihr wurde erklärt, ein *Foyer* sei ein Wohnheim, in welchem afrikanische Einwanderer eine vorübergehende Bleibe finden konnten, und das *Foyer Sima* sei eines der ältesten von Paris und eines der besten. Es war ein mehrstöckiges Haus mit Schlafräumen, einer Großküche, einem Aufenthalts- und Speiseraum, das im Eigentum eines Vereins der Soninké stand und hauptsächlich durch Beiträge der Bewohner finanziert wurde. Zwar war es von den Sima gegründet worden, doch längst wohnten auch Verbündete und Heiratsverwandte dort und die Kantine stand allen Parisern offen. Unter bedürftigen weißen Franzosen waren die durchaus genießbaren Mahlzeiten für zwei Euro achtzig Cent ein Geheimtipp. Da sein Vater Mamadou sich von der Gemeinde afrikanischer Einwanderer eher ferngehalten hatte, lernte Abdoulaye dieses *Foyer* erst im Verlauf seiner Nachforschungen zur Familiengeschichte kennen. Einmal war er dort zu einem »Familientreffen« eingeladen worden und hatte sich inmitten von fünfzig oder sechzig ihm gänzlich unbekannten Menschen wiedergefunden, als staunender Zeuge endloser Wechselgespräche zwischen zwei Gruppen, die im festlich geschmückten Gemeinschaftssaal einander gegenübersaßen, in der Mitte zwei Sprecher, die die jeweilige Gruppe vertraten. Und jedermann, der sich erhob, um das Wort zu ergreifen, auf Soninké, das Abdoulaye zu seinem Bedauern nicht hatte verstehen können, wandte sich nicht direkt an die andere Gruppe, sondern an deren Sprecher, der aufmerksam zuhörte und das Ganze dann seiner Gruppe gegenüber wiederholte. In der Versammlung hatten sich Menschen aus allen Schichten befunden, Arbeiter, Arbeitslose, Ärzte, Geschäftsleute, Mechaniker, Studenten, solche, die schon lange in Frankreich lebten und französische Staatsangehörige waren, ebenso wie neu Angekommene; und es hatten sich unter ihnen wohl auch einige *ohne Papiere* befunden, aber davon hätte selbstverständlich niemand etwas gewusst. Zum Schluss hatte die eine Gruppe der anderen eine seltsame Gabe übermittelt, nämlich das Horn eines Büffels. Und Abdoulaye hatte man erklärt, dieser feierliche Akt bestätige ein jahrhundertealtes Bündnis zwischen zwei Familien, die Versammlung werde regelmäßig nach einigen Jahren wiederholt, damit es für die im Exil geborenen Jungen nicht in

Vergessenheit gerate. Abdoulaye hatte weitere Fragen nicht zu stellen gewagt, ohne Kenntnisse des Soninké hatte er sich ohnehin als illegitimer Eindringling gefühlt.

Diesmal handelte es sich jedoch um ein informelles Treffen, und die Begleitung der Frau aus Wien war angekündigt worden. Im dritten Stockwerk betraten Abdoulaye und Doris einen hellen Raum mit vier Stockbetten, einem Tisch und mehreren Stühlen. Zwei fremde Männer dösten auf ihren Betten, ein weiterer blätterte auf einem Stuhl sitzend in einem Buch. Der »Cousin« hatte sie schon erwartet. Und auch ein Onkel von Abdoulaye war anwesend, Wally Sima, ein jüngerer Halbbruder seines Vaters, er war extra aus einem Pariser Außenbezirk angereist. Er trug ein Hemd mit Krawatte unter dem Pullover, das fiel ihr auf, denn er war als Einziger derart korrekt gekleidet. Während der folgenden Unterhaltung warfen die daran nicht beteiligten Anwesenden manchmal eine Bemerkung ein, die Doris zwar nicht verstand, die jedoch allgemeines Gelächter zur Folge hatte.

Der »Cousin« war ein etwa fünfzigjähriger, schlanker Mann mit breitem Grinsen im Fuchsgesicht. Er war Vorstand des Vereins der Soninké, lebte aber bereits seit über zehn Jahren nicht mehr im *Foyer Sima*. Das Vorhaben, in Mali der Geschichte der Familie Sima nachzuspüren, begeisterte ihn, und sein Gesicht verklärte sich förmlich, als er auf Ambidedi* zu sprechen kam, wo der Überlieferung zufolge im Mittelalter die Sima-Könige residiert hatten. Der »Cousin« war in Ambidedi geboren. Und schon drückte er Abdoulaye einige Papiere in die Hände, Botschaften an Verwandte und wichtige Persönlichkeiten, sowie ein Empfehlungsschreiben für den Dorfchef von Ambidedi, der niemand anderer als sein großer Bruder war.

Während darüber diskutiert wurde, wie der Besuch im Dorf am besten vorzubereiten sei, betrat eine weiße Französin mittleren Alters das Zimmer, die von der gänzlich naiven Frau aus Wien ganz klischeehaft zunächst für die Beamtin irgendeiner Behörde gehalten wurde. Doch sie war die langjährige Ehefrau des »Cousins« und schien sichtlich bewegt davon, dass Abdoulaye und Doris beabsichtigten, Ambidedi zu besuchen. »Ein wunderbarer Ort!«, schwärmte sie, die beste Zeit ihres

* Aussprache französisch, Betonung auf der letzten Silbe.

Lebens habe sie dort verbracht. »Kein Beton, keine Elektrizität, keine Autos, nur Häuser aus Lehm und gastfreundliche Menschen! Ambidedi, das ist wirklich noch authentisches Afrika!«
Was konnte das heute noch bedeuten, »authentisches Afrika?« Doris wusste, dass sich hinter der Berufung auf Authentizität so viel Künstliches, Kommerzielles, Verharmlostes, Projektives verbergen konnte. Aber die Französin mit ihrem leicht ergrauten Haar und ihrer dezenten Kleidung machte keineswegs einen exzentrischen Eindruck. Auf gewisse Weise beeindruckte ihre leidenschaftliche Schwärmerei, umso mehr, als sie dann beiläufig erzählte, dass ihr Mann bereits vor längerer Zeit »von unten« eine junge Zweitfrau hatte kommen lassen. Und das höfliche Erstaunen der Wienerin war der Pariserin nur ein lächelndes Achselzucken wert, das Doris umgehend zur eurozentristischen Spießerin degradierte.

★

Es stellte sich heraus, dass Ambidedi nur an die sechzig Kilometer stromabwärts von Kayes lag, der Stadt, wo Abdoulayes Vater Mamadou geboren war, wo sein Großvater Ladji bis zu seinem Tod 1965 gelebt hatte und wo gegenwärtig noch seine Schwestern lebten. Doch niemand von ihnen hatte jemals diesen Ort besucht, selbst Onkel Wally Sima nicht, obwohl er, wie er später erzählte, im Hause seines Großvaters in Kayes aufgewachsen war. Es habe ja keinen Anlass gegeben, dorthin zu fahren, meinte der Onkel, als er sie nachher ein Stück des Weges begleitete, er war gesprächiger als Abdoulayes Vater, und Doris gewann bald den Eindruck, im Gegensatz zu Mamadou hätte er sie recht gerne nach Afrika begleitet. Er war in Kita in der Provinz Khasso zur Welt gekommen, als Sohn der vierten Ehefrau von Ladji Sima, und war ebenfalls zur Tante nach Bakel geschickt und dort aufgezogen worden. 1966 war er nach Paris gezogen, doch im *Foyer Sima* hatte er nur die ersten Tage nach seiner Ankunft gewohnt. Er sei ein Mensch, der seine Ruhe brauche, meinte er, und bald habe er ohnehin eine kleine Wohnung gefunden. »Damals war das noch nicht schwer.« Wally Sima war nach Paris gekommen, weil die Süßwarenfabrik Crema vorzugsweise ihre Arbeitskräfte von dort rekrutierte, woher sie früher *Gummi arabicum* bezogen hatte, aus Bakel. Wally hatte gerne bei Crema gearbeitet, die komplizierte Herstellung der berühmten Kaubonbons hatte er »interessant« gefunden; und anschaulich schilderte er, wie die weiche Masse in riesigen Becken unter stetem Umrühren gekocht wurde, wie danach zentimeterdicke Bahnen dieser elastischen Schichten in Gelb, Rosa und Braun aus den Walzen in die Kühlbecken und von dort in die Schneidemaschinen gefahren wurden, um anschließend zu kleinen Rechtecken zerschnitten und in weiteren Maschinen in Papier gewickelt und sortiert zu werden. »Man musste höllisch aufpassen, damit die Kühlung immer richtig eingestellt war. Schon die geringste Abweichung hätte Tonnen von Bonbonmasse verderben können.« Es war eine angelernte Facharbeit, die Hygiene, Geschwindigkeit und viel Präzision erforderte und von einem gut organisierten Zusammenspiel der Belegschaft an den Mischbottichen, an den Öfen, an den Pfannen, am Fließband abhängig war. Man verdiente recht gut bei Crema; bis die Konjunktur einbrach und Arbeitskräfte, unter ihnen Wally Sima, freigesetzt wurden für andere Aufgaben bei einem Bauunternehmen oder der Autoindustrie.

So leicht klang das alles aus den Erzählungen des Onkels. Er versicherte, nirgendwo anders als in Paris leben zu wollen. Er liebte diese Stadt. Dreimal war er verheiratet gewesen und alle Kinder lebten in Frankreich, einer der Söhne als viel beschäftigter Kameramann. Doch nun war er gealtert, er wohnte allein in einem kleinen Zimmer in Montreuil; und jeden Cent musste er umdrehen; manchmal überkamen ihn Zweifel, ob er wirklich ein echter Franzose war. Sicher, er hatte einen französischen Pass und zahlreiche Freunde und Verwandte hier, er sprach perfekt Französisch, hatte über dreißig Jahre in Frankreich gearbeitet und Steuern gezahlt. »Aber ein Rest bleibt immer fremd«, meinte er lächelnd. »Man sieht es am Blick der anderen. Wenn ein Krokodil im Wasser lebt, ist es deshalb noch lange kein Fisch.«

Nach diesem Besuch im *Foyer* hatte Abdoulayes »Ursprung« einen Namen und die Reise ein Ziel: Ambidedi, ein Kreis um einen schwarzen Punkt auf der Karte von Mali.

★

Alte Fotos zeigten Mamadou als jungen Mann in weißer Parade-Uniform, im städtischen Anzug mit Hemd und Krawatte; in Arbeitsmontur und lässiger Pose im Führerhaus »seines« Armeelastwagens; zusammen mit weißen Kollegen über eine offene Motorhaube gebeugt. Mehrmals betonte Mamadou, dass er sein Leben in der französischen Armee als Privileg empfand. Als Unteroffizier standen ihm die Kantinen und Clubräume der weißen Offiziere offen, doch dank seiner Hautfarbe konnte er sich auch unauffällig unter die einfachen schwarzen Soldaten mischen, mit ihnen an muslimischen Gebeten teilnehmen und über Neuigkeiten aus der Heimat plaudern. Verwandte und Freunde in ihren Reihen hatten Zugang zu Informationen, die den weißen Armeeangehörigen verborgen blieben. Er sagte: »Eigentlich kannte ich die Armee besser als jeder andere.«

Im Verhältnis zum sogenannten freien Arbeitsmarkt herrschte dort tatsächlich eine Art von Gleichheit, zumindest bis in die mittleren Ränge. Mamadous Hautfarbe war nie ein Thema, doch fand sich etwas anderes, das Anstoß erregte: Er trank keinen Alkohol. Weniger aus religiösen Gründen, sondern aus der Überzeugung, dass »Selbstdisziplin die wichtigste Tugend eines echten Mannes« sei; das war gar nicht weit entfernt von religiösen Vorstellungen, fand Doris. Mamadou sagte: »Der Koran verbietet ja nicht den Wein, sondern den Missbrauch von Alkohol. Aber wann fängt Missbrauch an? Sobald einer trinkt, hat er sich schwerer unter Kontrolle und die Grenzen verwischen sich. Da fange ich lieber gar nicht damit an.«

Mit französischen Frauen hatte Mamadou bereits die Erfahrung gemacht, dass sie ihn nicht ernst nahmen, wenn er keinen Alkohol trank. Er hatte daher alle möglichen Tricks erfunden, um als Trinker zu erscheinen, bestellte etwa mit Kennermiene eine Flasche, und wenn die Dame nicht hinsah, schüttete er den Inhalt seines Glases in den Blumentopf. In der Armee war die Lage etwas anders. Da alle Kameraden weiße Franzosen waren und tranken, war in der Messe jeder Tisch mit sechs Gedecken und zwei Flaschen Wein gedeckt. Der erste, der zur Mahlzeit eintraf, schenkte automatisch alle Gläser voll. Als Mamadou erklärte, sein Glas bräuchte man nicht zu füllen, wurde er als Langweiler und Nervensäge verspottet und anderentags war sein Glas wieder voll. Er ließ es stehen und erklärte am dritten Tag angesichts seines wieder gefüllten Glases ungeduldig: »Hab ich euch nicht gesagt, dass ich nicht trinke?«, womit er freilich nur Gelächter auslöste. Am vierten Tag sahen ihn alle bereits bei seinem Eintreten erwartungsvoll an, sein Glas war wieder gefüllt. Da nahm er es wortlos und schmiss es unter den Tisch, so dass Glasscherben klirrten und Wein über die Füße seiner Tischgefährten spritzte. »Da haben sie es endlich kapiert«, meinte Mamadou. »Und allmählich war ich sogar willkommen, denn dort, wo ich saß, hatten die anderen eine Ration Wein mehr.« Es war ja völlig unsinnig gewesen, ihn so unter Druck zu setzen, er konnte lachen und Witze reißen, auch wenn er nur Wasser oder Fruchtsaft trank, freilich immer nur ein oder zwei Gläser, denn: »Zu viel Flüssigkeit ist nicht gut für mich. Nur Europäer trinken die ganze Zeit.« Er hatte auch nie etwas dagegen gehabt, wenn andere Alkohol tranken; viele seiner Freunde soffen wie die Löcher und einen hatte er eines Nachts sogar nach Hause tragen müssen und danach Mühe gehabt, wieder von ihm loszukommen, als der Mann, heute übrigens ein angesehener Anwalt in Dakar, darauf beharrte, in seiner Gesellschaft noch eine weitere Flasche zu leeren. Aber Mamadou hatte erklärt, er sei Familienvater, er habe Verantwortung, er könne so etwas nicht machen. Ja, er war stolz darauf, sagen zu können, dass er eine Militärkarriere gemacht hatte, ohne jemals Alkohol zu trinken.

Zu Beginn seiner Laufbahn war er an die Basis nach Rochefort geschickt worden, absolvierte dort eine Ausbildung zum Flugzeugmechaniker, und unmittelbar darauf ging es nach Algerien. Es war mitten im Krieg. Er war nicht bei der kämpfenden Truppe, sondern als Mechaniker an der Basis nahe bei Algier stationiert. »Bei der kämpfenden Truppe gab es viele Schwarze, da konnte jeder dienen«, erklärte Mamadou, »aber an der Basis nahmen sie nicht jeden. Dort waren fachliche Fähigkeiten gefragt, und ich war damals der einzige Schwarze dort.« Seine Aufgabe bestand in der Erhaltung und Instandsetzung der Ausrüstung, aber natürlich auch in der Verteidigung des Kriegsmaterials. Mamadou war keiner, der sich als Held brüstete. »Ach, dieser Krieg«, sagte er, »das war so eine Sache der Politiker, wie alle Kriege.« Aber da die Frau aus Wien zwar über andere Kriege, doch kaum über den »Algerienkrieg« Kenntnis hatte, sah sich Mamadou gezwungen, ihr einiges zu erklären. »Der Algerienkrieg war nicht wie andere Kriege, da gab es etwa keinen Unterschied zwischen Zivilisten und Soldaten. Jeder konnte der Feind sein, und rund um die Uhr musste man mit Überfällen und Sabotageakten rechnen. Sie schossen aus dem Hinterhalt oder legten Bomben und verschwanden dann im Nichts. Dann musste man diese Terroristen aufstöbern, ja, man nannte sie schon damals so.« Mit der Zeit wurden die Verhältnisse immer komplizierter. Ursprünglich waren die Feinde ja die aufständischen Algerier, die ihre Unabhängigkeit verlangten. Aber es gab zwei Arten von Algeriern: die muslimischen Algerier, *Algériens musulmans,* und die französischen Algerier, *Algériens français,* die weißen Siedler und ihre Nachkommen, die im Übrigen keineswegs nur aus Frankreich, sondern aus dem gesamten Mittelmeerraum nach Algerien ausgewandert waren. Und es gab zwei offizielle Armeen: die Armee Frankreichs und die Armee Französisch-Algeriens. Zunächst bekämpften beide Armeen die F.L.N. – *Front de la Libération nationale,* doch bald gab es auch zwei »Terrororganisationen«, die F.L.N. der muslimischen Algerier und die O.A.S. – *Organisation de L'Armée secrète* der französischen Algerier. Und später kämpften sogar die beiden Armeen gegeneinander und jede hatte ihre eigenen Geheimdienste und ihre eigene Untergrundorganisation, über die sie sich wechselweise unterwanderten. Und davon profitierte natürlich der ursprünglich gemeinsame Feind, die F.L.N. Zudem gab es französische Algerier und sogar Franzosen aus Frankreich, die auf Seiten der muslimischen Algerier standen; und muslimische Algerier, die in der französischen Armee kämpften, die *Harki.* Die französischen Algerier, die *colons* oder *pieds noirs* genannt wurden, was sie verabscheuten, unterstützten die O.A.S. und hassten alle anderen, die muslimischen Algerier genauso wie die Franzosen aus Frankreich. Mamadou meinte: »Wahrscheinlich wollten ohnehin die meisten Franzosen Algerien in die Unabhängigkeit entlassen. Aber nach hundertfünfzig Jahren war das eben nicht so leicht. Von den vier Generälen dieses Krieges waren ja drei in Algerien geboren und natürlich lehnten sie die Unabhängigkeit Algeriens leidenschaftlich ab. Aber die Franzosen in Frankreich hatten es satt, ihre Söhne zum Sterben auf die andere Seite des Mittelmeers zu schicken. Der Krieg war teuer und die Gewalt hatte sogar das Mutterland angesteckt. Schreckliche Dinge passierten. Aber dass die *colons* die Unabhängigkeit mit allen Mitteln verhindern wollten, war ebenso verständlich, denn sie befürchteten, nach der Unabhängigkeit verjagt zu werden, und dass es dann vorbei sein würde mit dem bequemen Leben. Und damit hatten sie ja auch recht.«

Als General de Gaulle schließlich die Unabhängigkeit Algeriens erklärte, wollten das viele nicht akzeptieren und nannten ihn einen Verräter. Dabei konnte sich Frankreich die Kolonien ganz einfach nicht mehr leisten, war Mamadou überzeugt. Sie waren zu teuer geworden, weil es, wenn es Probleme gab, nicht mehr genügte, einfach zu schießen oder Massenhinrichtungen zu organisieren. Gemäß der Kolonialreform, welche die »Entwicklung der Eingeborenen zur Selbstverantwortung« vertrat, war ein öffentliches Gesundheitswesen, waren Schulen und Arbeitsplätze auch für diese »Eingeborenen« notwendig geworden. Das war für Frankreich nach dem Zweiten Weltkrieg nicht mehr zu finanzieren, und de Gaulle hatte das klar erkannt.

Mit keinem Wort ging Mamadou auf die spektakulären Grausamkeiten dieses Krieges ein: systematische Folter auf höchsten Befehl, Bombenterror auf beiden Seiten, Massaker an friedlichen Demonstranten selbst in Paris, wo am 18. Oktober 1961 an die zweihundert algerische Arbeiter, die an einer Demonstration teilnehmen wollten, von der Polizei erschossen oder in der Seine ertränkt worden waren; der Verrat an den franzosentreuen *Harkis*, die nach Ende des Kriegs ihrem Schicksal überlassen wurden und als »Verräter« oft unter furchtbaren Umständen zu Tode kamen oder, sofern sie nach Frankreich fliehen hatten können, dort in Elendsquartieren vegetierten. Das alles erwähnte Mamadou nicht, er sagte nur: »Der Algerienkrieg war jedenfalls kein Krieg mit klaren Fronten, an denen man kämpfte und von denen man sich wieder zurückziehen konnte. Alle Soldaten standen ununterbrochen unter Druck, auch an der Basis, vier ganze Jahre lang. Man konnte sich niemals und nirgendwo zerstreuen, an jedem Ort, hinter jeder Bekanntschaft lauerte tödliche Gefahr. Klar, dass die meisten Soldaten damals dem Alkohol und härteren Drogen verfielen, die großzügig in Umlauf gebracht worden waren. Der Algerienkrieg war nicht nur ein Aufstand, ein Befreiungskrieg, ein Kolonialkrieg, ein Bürgerkrieg – er war alles auf einmal.«

Mamadou war sicher, von Anfang an die Gründe des algerischen Aufstandes durchschaut zu haben. »Es war dort ähnlich wie bei uns«, sagte er und meinte damit Französisch-Westafrika. »Die Franzosen hatten das Land erobert und später den Arabern Gleichheit und Freiheit versprochen. Aber die *colons* bekamen das beste Land, die gute Arbeit, die

Fabriken, und die Araber bekamen nichts, auch dann, wenn sie gut ausgebildet waren. Sie hatten weder die gleichen Chancen noch die gleichen Rechte. Dazu brauchte man die Eingeborenengesetzgebung gar nicht zu kennen. Das konnte jeder sehen.« Doch was hätte er tun sollen, er war ja hingeschickt worden, »um die Ordnung aufrechtzuerhalten.« Und es war zwar ein gefährlicher Einsatz, aber der Sold war gut und die Risikoprämie üppig. Nach vier Jahren Dienst in Algerien für wechselnde Kriegsherren war er Ende 1961 siebenundzwanzig Jahre alt. Er bekam dreißig Monate Urlaub und fuhr sofort nach Dakar. »Die folgenden drei Jahre waren die besten meines Lebens«, lächelte er. »In dieser Zeit entschloss ich mich auch zu heiraten.«

★

Dabei war er eigentlich ein durchaus glücklicher Junggeselle. Er sah gut aus, hatte viele Freunde, ein gutes Einkommen – sogar ein eigenes Auto! – und eine gesicherte Zukunft in der französischen Armee. Er sagte: »Die Frauen liefen mir nach, aber ich war wählerisch geworden. Und auf keinen Fall wollte ich eine Frau, die nur wegen des Geldes hinter mir her war.« Seine Lage war nicht ungefährlich. »Denn wenn sich eine afrikanische Frau etwas in den Kopf setzt, lässt sie nicht mehr locker. Und wenn sich eine zurückgewiesen fühlt, ist sie imstande, eine *maraboutage* zu inszenieren, schwarze Magie.« So einen Fall hatte Mamadou in seiner engsten Verwandtschaft erlebt, und davor fürchtete er sich am meisten. Also ließ er seine Eltern wissen, er sei nun bereit für eine Ehe.

»Bei uns war das nämlich so«, erklärte Mamadou, »die Ehe war in erster Linie dazu da, den Fortbestand des Familienverbands zu sichern. Es gab ja keine Sozialversicherung, und war man krank oder alt, bildete die Solidarität einer großen Familie den einzigen Schutz. Eine gute Heiratspolitik war von größter Bedeutung, und daher wurde die erste Frau immer von den Eltern bestimmt, dagegen konnte man nichts machen. Und das Wichtigste war die Herkunft der zukünftigen Schwiegertochter.«

Sie musste derselben Klasse und Kaste angehören wie die Familie des Bräutigams, und es wäre daher undenkbar gewesen, dass Mamadou etwa eine Musikerin, *eine Griotte,* zur Frau genommen oder die Tochter eines Schmieds oder eines Fischers und damit in eine Berufskaste eingeheiratet hätte. In den meisten Fällen wurden die Ehen zwischen Cousins und Cousinen geschlossen, damit der Besitz in der Familie blieb. »Wenn die Ehe funktionierte, war dies eine gute Lösung«, meinte Mamadou, »aber wenn nicht, war es eine Katastrophe! Dann hatte man die gesamte Verwandtschaft gegen sich. Häufig wurde die erste Frau auch aus einer befreundeten Familie gewählt. Wenn etwa ein Freund zum Vater sagte, du, ich habe da eine Nichte oder eine Tochter – schon musste man sie heiraten.«

Mamadou wusste seit langem, was auf ihn zukommen würde, denn die Eltern hatten ihn bereits einmal zur Ehe gedrängt, als er knapp über zwanzig war und im Begriff, nach Frankreich zu gehen. »Sie fürchteten, ich könnte dann bei einer Europäerin hängen bleiben. So eine hätten sie niemals akzeptiert.« Mamadou hatte damals zwei Bedingungen gestellt. Die Auserwählte sollte auf keinen Fall eine Cousine sein, und da er vorhatte, eine Zeit lang in Frankreich zu leben, sollte sie lesen und schreiben können. So eine aber war im damaligen Kayes kaum zu finden. Sein eigener Vater etwa hätte seine Töchter niemals in eine Schule geschickt. Die Wahl seiner Eltern fiel schließlich auf die Ziehtochter seiner Großmutter Taifour Camara. Sie war eine Enkelin ihres zweiten Ehemannes Buna Dramé, damals der Imam von Bakel. Mamadou kannte das Mädchen flüchtig aus seiner Kindheit. Nach dem Tod von Taifour Camara war sie in die Obhut von Mamadous Mutter Khadisiatou Diagne nach Kayes gegeben worden, und offenbar war seit langem entschieden, dass sie seine Frau werden sollte. Doch er wurde erst kurz vor dem Hochzeitstermin vor die vollendete Tatsache gestellt, zudem hatte das Mädchen nie eine Schule besucht und konnte weder lesen noch schreiben. Mamadou hatte diese Heirat daher abgelehnt. Das war nun acht Jahre her, und als er nach Dakar zurückkam, waren alle seine Freunde bereits verheiratet. Die meisten hatten Kinder und spotteten, he, Sima, du bist noch nicht verheiratet? Soll ich dir vielleicht meine Tochter geben? Wegen der Spötteleien und aus Furcht vor Hexerei wandte sich Mamadou schließlich an seine Eltern in Kayes, damit sie ihm erneut eine Frau aussuchten, »aber bitte eine gebildete!« Die Antwort seines Vaters dröhnte ihm noch heute in den Ohren: Mein Sohn, habe der Alte erklärt, wilde Tiere zähmt man sich, Frauen kann man erziehen.

»Nun, dann erziehen wir sie eben, habe ich gedacht«, lächelte Mamadou. »Doch dann, dann haben sie ausgerechnet diese Wilde für mich gefunden!« Er sprach von seiner Ehefrau, Abdoulayes Mutter, die er in Anwesenheit der Fremden übrigens niemals beim Vornamen Djennabou nannte. Freundlich lächelnd hatte sie hin und wieder den Raum betreten, um Mamadou an die Gebetsstunde zu erinnern oder ihm ein Telefonat zu übermitteln. Siebenunddreißig Jahre war er nun mit ihr verheiratet, sieben Kinder hatte er mit ihr. »Aber das mit dem Erziehen hat nicht so gut geklappt.« Mamadou lachte auf, aber nicht ohne Bitternis. Sie war eine Diallo, die Tochter eines Freundes seines Vaters, und dass sie keine Soninké war, spielte keine Rolle. »Sie war eine Tukuloor, das sind sesshaft gewordene Peul«, präzisierte Mamadou, »und die Sitten der Peul sind fast die gleichen wie die der Soninké.« Zudem war ihr Bruder der beste Freund von Mamadous jüngerem Bruder Ibrahim, den er sehr schätzte, »so weit war ja alles in Ordnung.« Aber auch dieses Mädchen hatte nie eine Schule besucht und die Familie war keineswegs wohlhabend; eine Verehelichung mit dem französischen Soldaten galt zweifellos als Versorgung für sie. Ein zweites Mal konnte Mamadou nun keinesfalls ablehnen, und er tröstete sich damit, dass die Auserwählte immerhin nicht zur Familie gehörte und mit ihren knapp siebzehn Jahren alles noch lernen konnte. Sein Vater schickte also einen Vermittler zu den Diallo, Geschenke wurden ausgetauscht, Termin und Trauzeugen bestimmt. Von Brautgeld und Ähnlichem war keine Rede. »Das war bei uns nicht üblich«, sagte Mamadou. Er war gerade in Atar stationiert, an der französischen Fliegerbasis in Mauretanien. Seinem Militärausweis war zu entnehmen, dass er im Juni 1962 einige Tage Heimaturlaub erhalten hatte, »aus familiären Gründen«. Man hatte ihm nur ein Foto von ihr gezeigt, Mamadou sah seine Braut erstmals auf dem Weg ins Rathaus von Kayes. Tags darauf kehrte er nach Atar zurück. Wieder in Dakar, ließ er seine junge Frau nachkommen. Die Dienstwohnung der Armee war komfortabel, der Sold gut, Spesen fielen nur für Strom und Wasser an, und Mamadou fand: »Uns fehlte es damals an nichts.« Wie seine junge Frau den Wechsel in die Großstadt und das Milieu der Armee erlebt haben mochte, war kein Thema. Mamadou fühlte sich in der senegalesischen Hauptstadt zu Hause, zwei seiner älteren Halbbrüder lebten dort und

seine besten Freunde. Und er dachte nicht im Entferntesten daran, nach Frankreich zurückzukehren.
Doch das Schicksal wollte es anders. Die Konföderation zwischen Senegal und Sudan war nach wenigen Monaten zerbrochen, zwei neue, einander nicht eben freundlich gesinnte Republiken Senegal und Mali waren entstanden, und die Sima in Bamako und Kayes waren von jenen in Bakel und Dakar durch eine unpassierbare Staatsgrenze getrennt. In Kayes erwartete man von der neuen politischen Ordnung wenig Gutes. Der Familienrat wurde einberufen, sogar ein Marabu konsultiert, und alle sahen die Zukunft Afrikas wesentlich düsterer als die Frankreichs. Schließlich wurde beschlossen, Mamadou sollte nach Frankreich auswandern, als Garant für die Sicherheit der Familie. Er war der erste und einzige der sieben Söhne, den der »Patriarch« Ladji Sima nach Europa ziehen ließ. Seine künftigen Kinder sollten wie Franzosen erzogen werden, nur Französisch sprechen, studieren und gehobene Berufe ergreifen, kurzum, »echte Franzosen« werden.

★

Was war das, ein »echter Franzose«? Mamadou besaß die französische Staatsbürgerschaft, er sprach ein korrektes Französisch mit einem leichten afrikanischen Akzent, den sein Sohn Abdoulaye freilich längst abgelegt hatte. Natürlich, es gab diese dunkle Hautfarbe in einer mehrheitlich hellhäutigen Bevölkerung. Aber ganz abgesehen davon, dass diese Hautfarbe die Soninké allenfalls zu »sichtbaren Minderheiten« machte, wodurch unterschieden sie sich von anderen in Afrika oder in Europa lebenden Völkern? Wie definierten sie sich selbst? Die Frau aus Wien lernte, dass sich Soninké über ihre Sprache, ihre Geschichte und ihr Gesellschaftssystem von anderen Völkern abgrenzten – oder abgegrenzt wurden, denn die systematischen Beschreibungen ihrer Gesellschaft stammten ja allesamt von Europäern oder afrikanischen Wissenschaftern, die an westlichen Universitäten ausgebildet worden waren.
Die Gesellschaft der Soninké wurde als ein gerontokratisches, stratifiziertes System von Kasten und Klassen beschrieben, dominiert von einem königlichen Familienverband, den *tunkalemu*, aus dem der jeweils Älteste zum König, dem *tunka*, bestellt wurde. Freie Landbesit-

zer und Kaufleute gehörten der vornehmen Kaste der *jambuuruni* an und hatten dem König gegenüber außer etwaigen Tributen keine Verpflichtungen. Hingegen waren die Berufskasten, die *nyaxamalo,* den Freien gegenüber durch genau definierte Dienstleitungen verpflichtet. Zu ihnen gehörten die Schmiede, Tischler und Jäger, aber auch die Griots, die Musiker, Sänger, Vermittler und Genealogen, die als identitätsstiftende Wissensträger großes Ansehen genossen. Sogar die islamischen Würdenträger, die *moodi*, gehörten einst den Berufskasten an. Die »marabutischen« Familien, aus denen Koranlehrer, Imame oder eben »Marabus« hervorgingen, galten als unmittelbare Nachkommen der ersten islamisierten Soninké. Sie waren vom Kriegshandwerk und allen politischen Positionen ausgeschlossen, nahmen jedoch gesellschaftlich eine bedeutende Sonderstellung ein und waren als erfolgreiche Kaufleute bekannt. Insgesamt waren Berufskasten aufgrund ihrer Fertigkeiten materiell oft besser abgesichert als die ihnen übergeordneten Freien, die nur über Grund und Boden verfügten und von politischen und ökologischen Veränderungen abhängiger waren. Betont sei, dass es sich bei sämtlichen Bezeichnungen um Übersetzungen und Transkriptionen handelt, die nur ungenau dem tatsächlichen Wirkungsfeld der einzelnen Gruppen entsprechen. »Schmiede«, »Jäger«, »Vermittler« oder »Genealogen« waren jedenfalls etwas anderes, als wir im Westen uns heute darunter vorstellen.

Auf unterster Stufe der sozialen Hierarchie standen die unfreien *kome* (Singular *komo*), von Europäern als *captifs* oder »Sklaven« übersetzt, von Soninké meist als *serviteurs,* also »Diener«. In jedem Fall konnten die *kome* nicht über sich selbst bestimmen. Sie wurden auf Kriegszügen erbeutet, auf Märkten gekauft oder auch ererbt, doch ihr Wirkungsfeld und ihr Status konnten sehr unterschiedlich sein. Ein *komo khaâso* im Besitz der königlichen Gens konnte am gesellschaftlichen Leben teilnehmen, als Steuereintreiber, Berater oder Soldat sogar öffentliche Aufgaben erfüllen. Andere »Sklaven« waren für ihren Herrn als Händler tätig und bereisten in seinem Auftrag fremde Länder. Die meisten wurden jedoch im Haushalt und in der Landwirtschaft eingesetzt. Ihr unfreier Status war erblich, doch ein Zusammenspiel verschiedener Institutionen bewirkte, dass ein *komo* nach drei Generationen im Besitz derselben Familie nahezu immer freikam.

In der Literatur über die Soninké wird ferner die große Bedeutung des »Klientelismus« betont, eine gesellschaftliche Institution, die freilich wenig mit den negativen Vorstellungen gemein hat, die in westlichen Demokratien darüber herrschen. »Klientelismus« war ein System von genau definierten Loyalitäten, welches die Gesellschaft auf verschiedene Weise zusammenhielt: *Laâda* war eine Allianz unter Ungleichen, etwa zwischen Freien und Berufskasten, die den Freien gegenüber zur Hilfestellung bei großen Ereignissen verpflichtet waren, etwa bei einer Taufe, einer Beschneidung, einer Heirat oder einer Trauerfeier. *Jonghu* hingegen war eine Allianz unter Gleichen, etwa zwischen Familienverbänden derselben Kaste oder zwischen verschiedenen Herrschern. Diese Allianzen beruhten auf Verträgen mit wechselseitigen Verpflichtungen, die durch den Austausch symbolträchtiger Geschenke besiegelt wurden. Klientelismus unter Gleichen war jedoch immer ein labiles Verhältnis und gefährdet durch die Ambivalenz von Ehre und Ehrlosigkeit. Denn der Bund mit einem Mächtigen war zwar ehrenvoll, barg jedoch immer die Gefahr einer entehrenden Abhängigkeit. Und »Ehre« war von zentraler Bedeutung und hing maßgeblich von der Fähigkeit des Einzelnen ab, einen erworbenen Wohlstand an möglichst viele Nachkommen zu vererben. Das Glücksstreben des Einzelnen war bei den Soninké stets untergeordnet unter die Sicherung der Gruppe – während die westliche Moderne das *Ich* erfand und aus dem *Subjekt* einen *Citoyen* machte, einen »Verfassungs-Bürger«, der als Freier unter Freien geboren wird und vor dem Gesetz der Nation als Gleicher unter Gleichen gilt. Zumindest in der Theorie. Denn jeder Gesellschaftsentwurf ist notwendigerweise Abstraktion.

Wenn Doris versuchte, diese Fragen mit Abdoulaye zu erörtern, empfand sie ihm gegenüber bald ein Unbehagen bei der Frage, was »sein Volk eigentlich« sei; als würde sie ihn dadurch persönlich infrage stellen. Es war unverkennbar, dass er wenig anfangen konnte mit dem kulturellen Essenzialismus der Fachliteratur. »In Wirklichkeit ist doch alles anders«, meinte er dann und hatte damit natürlich recht. Doch kein wissenschaftlicher Text kann und will »Wirklichkeit« bieten, sondern im besten Fall eine Abstraktion, die Orientierung, Vergleiche und Fragen ermöglichen soll. Und warum sollte eigentlich dieser Franzose aus Burgund viel mehr als sie, die Frau aus Wien, über diese afrikanische »Wirklichkeit« wissen? Die konstruierte Kohärenz von Sprache, Territorium und Geschichte zur Definition eines Volkes war jedenfalls eine Erfindung des Nationalstaates und seiner Ideologien. Und je mehr sie darüber las, desto verschwommener wurden die Konturen der Soninké. Sogar eine »weiße« Abstammung war ihnen im 19. Jahrhundert nachgesagt worden, weil europäische Kolonialisten für ihre im Vergleich zu tropischen »Buschnegern« angeblich so auffallende Attraktivität nur diese, natürlich unsinnige, Erklärung aufzuwarten hatten: »weißes Blut« unter »schwarzer« Haut.

Die Soninké waren ein Mischvolk, das wurde immer wieder betont, was jedoch wenig dazu beitrug, ihre Besonderheit gegenüber anderen Völkern zu definieren, waren doch alle mit anderen irgendwie »vermischt«. Am ehesten waren sie wohl über ihre Sprache zu definieren, doch dies würde Abdoulaye und alle anderen ausschließen, die sich als Soninké bezeichneten, ohne deren Sprache zu sprechen. Sicher ist, dass Soninké zerstreut in vielen Regionen lebten und unter zahlreichen Nominationen:

Sarakollé wurden sie von Wolof und Europäern am Delta des Senegal genannt;

Marka wurden sie von den Bambara und Malinké am Niger genannt;

Wagobe (auch *Sébé*) wurden sie von den Peul und Haussa bezeichnet, ein Name, der sich von *wage*, dem Namen der Herrscherclans des Reiches Wagadu ableitet;

Dakwaré wurden sie von den Songhai in Gao genannt;

Marasé oder *Yarsé* von den Mossi in Obervolta;

Wangara wurden sie von den Mandingo in Guinea genannt; oder einfach *Dioula*, was »Händler« bedeutet;

Diakhanké wurden sie in Gambien genannt, wo sie mit den Mandingo vermischt waren;

Toubakay wurden sie in der Provinz Futa Djalon genannt, denn es waren Soninké, die die Große Moschee von Tuba im heute senegalesischen Südosten gegründet hatten;

Gangara oder *Gangarinko* wurden sie im südlichen Mauretanien genannt, wo ihre Anwesenheit seit 1077 erwiesen ist;

Azer oder *Aswanik* wurden sie von den Mauren im Adrar-Gebirge genannt, im äußersten Nordosten von Mali. Und es hieß, dort hätte sich

ihre Sprache am reinsten erhalten, sieht man von einigen Leihworten des Tamasheg ab, der Sprache der Tuareg. Angeblich wurde zur Endzeit des Reiches Wagadu so gesprochen wie heute im Adrar Gebirge – und im alten Königreich Gadiaga am oberen Senegal, wo Abdoulayes Vorfahren sich einst angesiedelt hatten.
Nein, Doris wollte gar nicht wissen, wie die Soninké in Frankreich, in Kanada, in den USA, in Belgien oder Italien genannt wurden. Wer sollte sich das alles merken – und wozu? Anfangs war sie sogar skeptisch gewesen, als Abdoulaye Bücher über das Reich Wagadu angeschleppt hatte, wo seine Familie doch bestenfalls bis ins Kolonialreich der Franzosen zurückzuverfolgen war. Doch die Vielzahl der Exonyme verwies immerhin darauf, dass die Soninké in zahlreichen Regionen integriert waren und sich wohl auch verändert hatten – wie alle lebendigen Völker dieser Welt. Und dass sie sich immer noch als Soninké begreifen.

★

Sei es, dass Mamadou auf Beschluss des Familienrates ausgewandert war, wie Abdoulaye meinte, oder dass die Armee es verfügt hatte, wie die Darstellung Mamadous nahelegte: Jedenfalls landete er eines schönen Tages im April 1965 in Dijon, in der *cité militaire* von Longvic. Seine junge Ehefrau hatte es vorgezogen, ihren ersten Sohn bei Verwandten in Saint-Louis am Senegal zur Welt zu bringen. Sie kam ein halbes Jahr später nach, und ab nun führte Mamadou ein sesshaftes Leben. In zweijährigen Abständen stellte sich der Nachwuchs ein: »So weit war alles in Ordnung.«
Nur mit der »Erziehung« seiner jungen Frau klappte es offenbar nicht so gut. Sie zeigte nicht das geringste Interesse an ihrer neuen Umwelt und lehnte es ab, Französisch zu lernen. Alles, wirklich alles hatte Mamadou versucht, hatte sie in Kurse eingeschrieben, ihr Gesellschaft vermittelt, aber sie hatte alles abgelehnt. Sie sprach kein Wort mehr, verließ die Wohnung kaum, beschränkte sich auf die notwendige Versorgung der Kinder. Wie war dieses Verhalten zu erklären?
Mamadou hob schweigend die Schultern, eine Geste der Hilflosigkeit. Als Doris ihn ersuchte, seine Frau zu fragen, ob sie bereit wäre, mit ihr zu arbeiten und von ihrem Leben zu erzählen, ließ sie ihr ausrichten: Es

gebe nichts aus »ihrem Leben« zu erzählen; und außerdem sei ihr Französisch nicht gut genug. »Ich hab es dir ja gesagt«, meinte Mamadou, »so ist sie eben.« Allmählich ließ er durchblicken, dass ihr Verhalten in den ersten Jahren in Frankreich ziemlich belastend für ihn gewesen war. Zusätzlich zu seinem Dienst in der Armee hatte er für die Versorgung des Haushalts und die Erziehung der Kinder zu sorgen; und es war zu erahnen, dass nicht nur Abdoulayes Mutter in Dijon einsam gewesen war – auch sein Vater hatte seine Sorgen mit niemandem teilen können. Wie war es den Kindern dabei ergangen?

Abdoulaye hatte erzählt, seine Mutter konnte sehr zärtlich und fröhlich sein, sie habe getanzt und gesungen, freilich nur, wenn sie alleine mit den Kindern war, doch mit so viel Grazie, dass sie sicher bei jedem Publikum Bewunderung erregte hätte. Und später sei sie von der ganzen Familie am geselligsten gewesen und äußerst geschickt im gesellschaftlichen Umgang. Sie war es, die Beziehungen mit Nachbarn und Freunden gepflegt hatte, während der Vater immer ernst und eher zurückgezogen gewesen war. Abdoulaye war überzeugt, dass er nur seiner Mutter seine positiven Eigenschaften zu verdanken habe, wie Achtsamkeit den Menschen gegenüber, Geduld, Musikalität und nicht zuletzt einen ziemlich unerschütterlichen Humor.

Irritiert von diesen Widersprüchen zog Doris, die damals noch in Marseille lebte, eine befreundete Expertin zurate. Die vielseitige, aktive Frau stammte aus dem Senegal, war Mutter dreier Kinder und Lebensgefährtin eines weißen Franzosen. Sie selbst hatte einen Verein gegründet, der sich unter anderem um Probleme afrikanischer Einwandererfamilien kümmerte. Die angebliche Passivität von Abdoulayes Mutter überraschte sie keineswegs; Frauen, die unter Zwang verheiratet und obendrein in eine völlig fremde Umgebung versetzt wurden, reagierten häufig auf diese Weise. Der schweigende Rückzug in den häuslichen Raum sei ihre einzige Form des Widerstands gegen eine Welt, in der sie sich abgelehnt, bestenfalls geduldet fühlten. Und sie verweigerten jede Initiative für dieses Leben, das nicht ihres war, in dem sie nichts, gar nichts selbst bestimmen hatten können. Bei manchen Frauen ginge das so weit, dass sie selbst die eigenen Kinder bestenfalls passiv duldeten, geradezu vernachlässigten, was dramatische Auswirkungen auf deren Entwicklung haben könne. »In Afrika gibt es immer irgendwelche Tanten, Onkel, Cousins und Cousinen, an die sich die Kinder wenden können, wenn die Eltern Probleme haben«, meinte die Spezialistin. »Die Kinder können sich dann über die Beziehung zu anderen rekonstruieren. Aber in Frankreich kreisen alle Probleme innerhalb der Kernfamilie, zwischen Vater, Mutter, Kind. Und das ist für die meisten Einwanderer ein Schock.«

Für Mamadou Sima kam noch ein Problem hinzu. Bis jetzt hatte er sich innerhalb der Armee ziemlich privilegiert gefühlt, nun musste er erkennen, dass er und seine Familie in der *cité militaire* nicht gerade willkommen waren. Die anfängliche Ablehnung durch die Nachbarschaft traf Mamadou unvorbereitet und empörte ihn umso mehr, als Dijon ja keineswegs das Ziel seiner Wahl gewesen, sondern von der Armee vorgeschrieben worden war. »Ich wäre ohnehin viel lieber in Dakar geblieben«, meinte er bitter. Seinem Exil konnte er letztlich nur einen Sinn abgewinnen, und dem ordnete er sein ganzes Leben unter, nämlich seinen Söhnen jene wunderbare französische Schulbildung zu ermöglichen, deren strenges Abschlussritual, das Bakkalaureat, der Schlüssel zu sozialem Aufstieg und Wohlstand war. Mamadous Kinder sollten nur die besten Noten nach Hause bringen und durch nichts vom Studium abgelenkt werden. Er verbot ihnen jede Zerstreuung und vor allem den Umgang mit anderen Kindern außerhalb der Schule. Waren die Noten der einzige Grund? Immerhin ist für heranwachsende Kinder die Gesellschaft von Gleichaltrigen überaus wichtig, gab Doris zu bedenken. Und nach einigem Zögern räumte Mamadou ein: »Nun, es hatte Zwischenfälle gegeben.« Zwischenfälle?

Mamadou schwieg. Unwillig und zunehmend schlecht gelaunt brummte er dann: »Es gab Raufereien oder irgendwelche Spiele, bei denen was kaputt gegangen war, wie das bei Kindern eben vorkommt. Aber meine blieben dabei immer als Schuldige übrig, auch wenn sie gar nichts dafürkonnten. Und ich wollte keine Probleme.« Mamadou klagte niemanden an. Er betonte vielmehr, dass er und seine Familie »sehr gut integriert« seien – was immer auch darunter zu verstehen war, denn »Integration« war nur ein politischer Begriff unter anderen –, dass er nach nunmehr vierzig Jahren gerne in Frankreich lebte, wo er eine Menge Verwandter und auch Freunde hatte. Weihnachten etwa wurde immer gefeiert, wie es in Frankreich üblich war: »Man freut sich einfach mit den anderen«, sagte er, »auch wenn das Fest nichts mit dem Islam zu tun hat. Das war schon in Dakar so, als die Franzosen noch dort waren. Sie beschenkten uns zu Weihnachten und wir haben sie zu Tabaski eingeladen, das man hier wegen der vielen Algerier Aid el Kebir nennt, das große Opferfest. Das war ganz natürlich.« Weihnachten feierten die Sima ebenfalls, als Familienfest, »mit allem, was dazugehört, Lichterbaum, Geschenke, gutes Essen.« Früher, als die Kinder noch klein waren, hatte es kleine Geschenkpakete von kirchlichen oder anderen Organisationen gegeben, und heute versammelten sich zu Weihnachten immer noch alle Sima-Kinder in Dijon, »soweit es ihnen eben möglich ist«.

★

Der Islam war kein Thema zwischen den beiden. Es war offensichtlich, Mamadou war religiös. Er betete fünf Mal am Tag, und anfänglich empfand Doris diese Unterbrechung der Gespräche etwas störend. Nichts hatte sie noch von der Bedeutung dieses Rituals begriffen, das den Rhythmus seiner Tage angab, den er selbst aus freien Stücken übernommen hatte und der für Mamadou ein Luxus des Alters war. Bis dahin war sein Leben von fremdbestimmten Arbeitsritualen beherrscht gewesen, bei der Armee ab acht Uhr morgens, und später, als er nach seiner Pensionierung eine Autowerkstatt leitete, ab sieben Uhr. Alle sieben Kinder hatte er zwar nach den Vorschriften des Islam taufen lassen, ein verwandter Imam war extra aus Paris angereist. Hätte Mamadou in Dakar gelebt, wären die Kinder natürlich muslimisch erzogen worden. »Aber hier in Dijon gab es ja damals nichts, keine Moschee, keine Koranschule, nichts.« Er hatte zwar versucht, den Kindern selbst ein wenig vom Islam »zu erzählen«, aber in der Schule hatte man ihm davon abgeraten und ihm sogar empfohlen, zu Hause nur Französisch zu sprechen und keine afrikanische Sprache. »Sie sagten, das erleichtere den Kindern die Integration«, und er habe alles tun wollen, damit sie sich fühlen konnten wie alle anderen und keine Probleme hatten. »Heute ist man wieder völlig anderer Ansicht«, meinte Mamadou verächtlich, »wie könnte es auch gut sein, gar nichts über Religion zu wissen oder eine Sprache *nicht* zu lernen!?« Er selbst sprach immerhin vier Sprachen, Soninké, Bambara, Französisch, Poulaar und sogar ein wenig maurisches Arabisch. Auch ein paar deutsche Sätze kannte er, denn in Algerien hatte er sich mit einer Brieffreundin aus Hamburg regelmäßig ausgetauscht. »Das war nicht riskant und vertrieb ein wenig die Zeit«, schmunzelte er. Immer war er bestrebt gewesen, eine neue Sprache zu lernen, aber hier in Frankreich zeigten die Kinder überhaupt kein Interesse daran. »Bei uns im Sudan«, sagte Mamadou – denn Mali war für ihn immer noch der »Sudan« – »hatten wir ja das Problem, dass es sieben oder acht Sprachen gab; und wenn man Französisch dazurechnet und den Senegal mit einbezieht, kommen weitere vier Sprachen dazu.«[2]

Dabei wollte Mamadou doch nur, was alle Eltern wollen, nämlich den Kindern Probleme ersparen. Und da diese Probleme vorwiegend zwei Ursachen hatten, nämlich der Umgang mit anderen Kindern und das liebe Geld, wollte er ihnen offenbar beides ersparen. »Taschengeld« – schon das Wort fand er lächerlich! Jedenfalls eine äußerst verderbliche französische Sitte, und nicht nur deshalb, weil sein Gehalt bei der anwachsenden Kinderschar dafür eigentlich nicht ausreichte, sondern aus moralischen Gründen. Bereits sein Vater Ladji war der Überzeugung gewesen: Wenn man Kindern Geld gibt, begreifen sie nie, wie schwer man dafür arbeiten muss, und werden später zu Dieben. Seine Kinder bekamen keinen Cent in die Hand, aber für jedes hatte er ein kleines Sparkonto eingerichtet, für später, wenn sie erwachsen waren. Und er hatte alle wissen lassen: »Wer ordentlich arbeitet, den unterstütze ich; aber wer nichts tut, der darf nicht auf mich zählen.«

Und was war nun aus den Kindern geworden?

»Ach, es war damals alles nicht so leicht ...«, murmelte Mamadou ausweichend, bevor er sich doch zu ein paar trockenen Sätzen aufraffte. Seine drei Töchter hatten ihr Leben offenbar recht gut im Griff, die älteste und die jüngste hatten Abitur; die älteste war diplomierte Krankenschwester, verheiratet mit einem aus Afrika stammenden, tüchtigen Mann, und hatte drei Kinder. Die mittlere hatte eine Anstellung in einem Krankenhaus in Nizza und einen afrikanischen Partner, und die jüngste wollte Psychologie studieren und einen sozialen Beruf ausüben. Aber es waren ja »nur Töchter«. Auf ihnen lastete weniger Erwartung als auf den Söhnen. Und die waren eine andere Geschichte.

1965 wurde der erste geboren, er kam nicht über das Collège hinaus, geriet später »in schlechte Gesellschaft« und hatte schließlich »für eine Dummheit« eine kurze Strafe abgesessen. Natürlich hatte Mamadou nie mit ihm darüber geredet, geschweige denn ihn in der Strafanstalt besucht! »So etwas mache ich nicht!«, sagte er leise und voller Abscheu. Glücklicherweise war der Sohn rasch wieder auf die Beine gekommen und hatte nun eine gute Stellung bei einem Sicherheitsdienst.

Der zweite Sohn war »an sich ein guter Junge«, intelligent und erfolgreich in der Schule. Aber er hatte getrunken. Natürlich niemals vor seinem Vater, aber man hatte Mamadou davon berichtet, und der sah sich nur bestätigt: »Wenn einer trinkt, neigt er leicht zu Gewalt. Das ist immer so.« Offenbar litt sein Sohn bei bestimmten Gelegenheiten unter blindwütigen Ausbrüchen, und was er dabei anrichtete, brachte ihm einmal zwei Jahre Haft ein. Gott sei Dank hatte er danach mit dem Trinken aufgehört und nun eine Arbeit als Maurer, die ihm offenbar ganz gut gefiel.

»Ach, diese Kinder!«, seufzte Mamadou. »Zuerst denkt man immer, es sind ja noch Kinder. Aber dann sind sie eben plötzlich doch keine Kinder mehr …«

Der dritte Sohn hatte das Lycée ohne Probleme geschafft. Sechs Wochen vor den Prüfungen zum Abitur blieb er eines Morgens einfach im Bett liegen und erklärte ganz ruhig: Ich gehe nicht mehr hin, ich hab es satt. »Die Schule satthaben? Wie stellte er sich denn das vor?«, rief Mamadou in immer noch lodernder Empörung. »Gut, er sagte, er will arbeiten. Aber was will er denn arbeiten, wenn er nichts kann?!« Offenbar war auch er in »schlechte Gesellschaft geraten«, anders war dieses Verhalten nicht zu erklären. Er betrat das Lycée nie wieder, und Mamadou erfuhr nie die Gründe dafür. Später wollte er Musiker werden, spielte Saxofon und Gitarre und gründete eine Band, »wovon er natürlich nicht leben konnte«; gegenwärtig arbeitete er als Taxifahrer. »Aber was hätte alles aus ihm werden können!«, seufzte Mamadou.

Und dann kam Abdoulaye, der vierte Sohn, »ein wirklich guter Junge und der intelligenteste von allen!« Er war die große und letzte Hoffnung des Vaters.

»Abdoulaye brachte immer gute Noten nach Hause, vor allem in Mathematik und Physik, und er musste kaum dafür arbeiten. Alles fiel ihm wie von selbst in den Schoß!« Und dann, dann war er einfach von zu Hause abgehauen, ein Jahr vor dem Abitur. Und wieder hatte Mamadou nicht die geringste Erklärung dafür. »Plötzlich hatte er begonnen, sich in der Schule schlecht zu benehmen, wirklich sehr schlecht«, erzählte er. »Und schließlich haben sie ihn rausgeschmissen. Ich war zwar enttäuscht, habe dann jedoch gedacht, noch ist nicht alles verloren. Er ist ja begabt, und es gibt noch andere Möglichkeiten.« Etwa die Technische Hochschule für Armeeangehörige, die den besten öffentlichen Schulen entsprach; und die Schüler erhielten dort sogar ein monatliches Taschengeld! Abdoulaye war einverstanden mit dem Vorschlag, und Mamadou hatte mit einiger Mühe sämtliche Unterlagen und das Dossier für das Aufnahmeverfahren vorbereitet. Dann kam der Tag der Prüfung – und Abdoulaye ging nicht hin. »Das hat mir wirklich das Herz gebrochen«, murmelte Mamadou. Er hatte bis heute »keine Ahnung, warum«.

Vielleicht war dies der Augenblick, in dem er zugeschlagen hatte, dachte Doris, denn Abdoulaye hatte einmal erzählt, sein Vater habe ihn einmal »sogar geschlagen; nicht wie ein Kind, sondern wie einen Mann!«

»Wie kann man das verstehen«, meinte Mamadou leise. »Sie hatten doch alles, diese Kinder, sie waren intelligent, und keiner von ihnen hat studiert!« Wenn er dagegen an seine eigene Schulzeit in Afrika dachte, als ein Schreibzeug ein Wertgegenstand war, ein Schulbuch mit vier Schülern geteilt werden musste, es kaum genug Stühle und Tische gab, eine Kopiermaschine noch nicht einmal erfunden war und alles mit der Hand abgeschrieben werden musste. »Und dennoch hatten wir damals nichts anderes im Kopf gehabt als zu studieren! Was ist es nur, was hier in Frankreich nicht geklappt hat!?«

Im übrigen hatte Mamadou auf die Partnerwahl seiner Kinder niemals Einfluss genommen. »Wir sind ja, Allah sei Dank, Franzosen!«, lachte er. »Wenigstens diese Sorgen hatte ich nicht.« Doch während ihm die Partner seiner Töchter offenbar nicht weiter erwähnenswert schienen, konnte er seine Skepsis gegenüber den weißen Französinnen seiner Söhne nicht verhehlen. Er hätte lieber Schwiegertöchter mit afrikanischem Hintergrund gesehen. Es gebe doch immer irgendwelche Probleme mit diesen gemischten Paaren, meinte er, das werde sich niemals ändern. Und als Doris mit ihrem Optimismus dies nicht gelten lassen

wollte, beharrte er verstockt: »Es ist doch immer das Gleiche: Wenn ein Schwarzer mit einer Weißen bei der Türe hereinkommt, schauen die Leute anders als bei einem gleichfarbigen Paar.«
»Und? Was ist daran so schlimm?«
»Nun – und die Kinder wissen nicht, wohin sie gehören …«
»Aber Kinder von gleichfarbigen Paaren wissen dies doch oft ebenfalls nicht!« Doris wusste, wovon sie sprach, genügte doch ein aus dem Rahmen fallendes gesellschaftliches Milieu der Eltern, damit die Kinder die Orientierung verlieren konnten. Doch ihr war klar, sie redeten beide um den heißen Brei herum. Bis Mamadou bekannte, er fände die schwarze Rasse eben *schöner* als die weiße; und der Gedanke, dass seine Nachkommen keine Verbindung mehr zu Afrika haben würden, mache ihn ein wenig traurig. Außer Abdoulaye interessierte sich keines der Kinder für Afrika. »Eines Tages werden sie sich die Frage stellen, wer sie eigentlich sind – und was sie hier verloren haben unter all den Weißen.«
»Aus diesem Grund wollen wir ja die Geschichte der Sima erkunden«, warf Doris eifrig ein. »Wir machen diese Reise nach Afrika, damit die Verbindung wieder hergestellt wird, als Anhaltspunkt, als Orientierung für die Nachkommen. Wollen Sie uns dabei nicht helfen und uns begleiten?«
Doch Mamadou schüttelte nur den Kopf, bevor er sich erhob, um nebenan zu beten.

★

Warum hatte es bei keinem der Söhne mit dem Abitur geklappt? Was dachte Abdoulaye von den Ausführungen seines Vaters? Und bei nächster Gelegenheit, die freilich eine Zeit lang auf sich warten ließ, brachte sie diese Fragen zur Sprache. Bereits am Anfang ihrer Bekanntschaft hatte Abdoulaye ihr sein bitteres Bedauern darüber anvertraut, nichts über den Islam gelernt zu haben und keine afrikanische Sprache, auch wenn er heute seinem Vater nicht mehr die Schuld daran gab wie damals in seiner konfliktreichen Adoleszenz. »Damals waren wir die einzigen Schwarzen in der *cité militaire*«, hatte er erzählt, »sonst gab es hauptsächlich Portugiesen, Italiener, Marokkaner und Algerier, und alle sprachen mehr oder weniger gut Französisch. Aber sie hatten auch

ihre eigene Sprache, mit der sie sich zu Hause fühlten, in die sie sich zurückziehen konnten. Wir aber hatten nur Französisch.«
Sie hatte nie wirklich geglaubt, dass er seine Schule nur abgebrochen hatte, weil er »eben keine Lust mehr« hatte. Andererseits war diese allgemeine Formulierung sicher treffend, auch wenn er zögernd andere Gründe preisgab. Zwar war er immer stark in Mathematik und Physik gewesen, aber schriftliche Arbeiten in Französisch waren für ihn ein Problem; die Qualen, vor dem leeren Papier bis zum bitteren Ende der Stunde warten zu müssen, waren ihm noch in lebhafter Erinnerung. »Was hätte ich auch schreiben sollen bei Schulaufsätzen mit Themen wie ›Mein schönstes Erlebnis in den Ferien‹. Wir fuhren ja nie in die Ferien.« Doris wandte ein, man könne doch auch zu Hause einiges erleben. In jeder französischen Stadt gab es zahlreiche Angebote für Kinder während der Schulferien. Abdoulaye unterbrach sie: »Das war überhaupt das Schlimmste!« Dann schwieg er und Doris fragte sich heimlich, was denn so schlimm gewesen sein konnte an öffentlich organisierten Rätselspielen an den Ufern der Ouche, an Ausflügen ins Schwimmbad oder diversen sportlichen Aktivitäten. Da meinte Abdoulaye: »Immer und überall nur dieselben Gesichter! Wir kamen nie aus der *cité militaire* heraus. Die meisten Familien in der *cité* zogen nach ein paar Jahren wieder weg, nur die Sima blieben immerzu am selben Ort. Ich wollte einfach weg, irgendwohin!«
Dann diese »Besessenheit des Vaters«, jeden Cent dreimal umzudrehen! Rückblickend bewunderte Abdoulaye ihn ja, wie er mit dem bisschen Geld sieben Kinder über die Runden gebracht hatte. Aber damals gab er dem Vater die Schuld dafür, dass er, der Sohn, nicht auftreten konnte wie die anderen Kinder, nichts zu erzählen hatte, was die anderen gerne hören würden. Nie einen Cent Taschengeld, kein Kino, keine Einladungen, nichts gab es, was für andere Kinder selbstverständlich war. Wenn der Vater vom Supermarkt nach Hause kam, rechnete er die Rolle des Kassenbons nach, stundenlang. Und meist fand er wirklich einige Centimes, die ihm vorenthalten worden waren, das war sein Triumph. »Mit mir können sie das nicht machen«, brummte er dann vor sich hin, »nein, mit mir nicht!«, und ging den Filialleiter suchen. Der Sohn hatte das Verhalten des Vaters damals ziemlich lächerlich empfunden, Stunden hatte er vergeudet für ein

paar Centimes. Und noch heute schmunzelte Abdoulaye in Erinnerung daran. Des Vaters leidenschaftliche Sparsamkeit hatte den Sohn offenbar nachhaltig geprägt: Es war kaum zu übersehen, Abdoulaye verachtete Geld – und alle Menschen, die ihm seiner Meinung nach viel zu viel Wert beimaßen.

In Abdoulayes Kindheit gab es einen großen, geheimnisvollen Abwesenden, den zehn Jahre älteren Bruder, den Erstgeborenen. Nicht einmal fragen durfte man nach ihm. Erst »als alles vorüber war«, konnte Abdoulaye mit diesem Bruder sprechen, und heute war er der Meinung: »Er war das einsamste Kind von uns allen.« Als erster Schwarzer in der Schule wurde er von Anfang an verspottet, auch weil er »der Dicke« war – er hatte die mächtige, zu Adipositas neigende Statur des Großvaters geerbt. Alle Kinder lachten ihn aus, und er, er lachte eben mit. Er lachte über alles, was man ihm antat, was immer es war; er wurde zum Clown. Und war dann sogar ziemlich beliebt, weil er so gut war im Nehmen und Einstecken. Abdoulaye lachte ein wenig verlegen: »Na ja, und irgendwann hat er eben zu klauen begonnen.« Zuerst kleine Sachen wie Comics, Münzen, Bonbons, Stifte, Sonnenbrillen, Kappen und andere Dinge, die er dann meist wieder verschenkte. Er war ausgesprochen geschickt im Klauen, denn er war ein freundliches und gutmütiges Kind, und niemand hätte ihm so etwas zugetraut. Und natürlich machte er bei jedem Streich der anderen mit, dafür wurde er ja geschätzt. Bis die anderen sich aus dem Staub gemacht hatten und er übrig geblieben war. »Heute ist er zwar längst über alles hinweg, aber er lacht immer noch ziemlich viel.«

Er selbst war zwar nicht mehr der erste Schwarze in der Schule, doch immerhin der einzige in der Klasse; und auch er wurde verspottet. Es war immer derselbe dumme Kerl, bereits in der Früh am Schulweg fing er damit an und im Laufe des Tages zog er andere Schüler auf seine Seite. Aber Abdoulaye lachte nicht, sondern warnte den Kerl wiederholt, er solle aufhören oder es werde ihm schlecht ergehen! Und schließlich kam es dann zu einer Rauferei, und der dumme Kerl ging dabei so ungeschickt zu Boden, dass er sich einen Arm brach. Seine Eltern erstatteten natürlich Anzeige und Abdoulayes Vater, »nun, man kann sich ja vorstellen, wie der reagiert hat.« Der Beifall für die Tapferkeit seines Sohnes hielt sich jedenfalls in Grenzen. Und da schon einmal einer seiner Brüder beim Besuch eines Schulfreundes zu unrecht beschuldigt worden war, etwas zerbrochen zu haben, war diese Rauferei nun Anlass für den Vater, seinen Kindern jeden Umgang zu verbieten. Ab nun wurde nach Schulende zu Hause jede Minute gezählt, bis die Kinder vor der Türe waren, und wehe, man kam zehn Minuten zu spät. Hinter dieser Türe herrschte jedoch bald jene erstickende Atmosphäre, der zu entkommen Abdoulaye jeder Anlass willkommen war.

Irgendwann ereignete sich die Geschichte mit der »Boum«, die zu besuchen sein Vater ihm verboten hatte, obwohl er ihm doch hervorragende Noten hatte vorlegen können. Noch dazu war die Einladung zu dieser »Boum« völlig unerwartet von einem Mädchen gekommen, in das er schon seit langem heimlich verliebt war. Abdoulaye besuchte die Schule immer seltener und wenn, dann nur um Ärger zu stiften. »Eigentlich habe ich nur mehr Unsinn gemacht«, bekannte er ohne Reue. »In diesem Alter hat man ja nur Hasch und Sex im Kopf, und es ist gar nicht so leicht, da wieder rauszukommen. Viele schaffen es nie, ich habe Glück gehabt.«

Eines Tages am Schulweg blieb die Mutter eines Schulkollegen neben ihm stehen und lud ihn zu einem Picknick für nächsten Sonntag ein. Es war die Frau des Militärarztes, ein guter Bekannter des Vaters, weshalb dieser seine Einwilligung gab. »Es war das erste Mal, dass ich eine französische Familie kennenlernte«, meinte Abdoulaye, »nichts Besonderes, aber immerhin neue Gesichter und andere Gespräche.«

Nachdem er schließlich aus der Schule geflogen war, hatte sein Vater noch die verrückte Idee, ihn in diese Militärschule zu stecken. »Ausgerechnet mich! Kann man sich so etwas vorstellen?« Abdoulaye war immer noch erschüttert über diese Zumutung. Damals wagte er nicht seinem Vater zu widersprechen, sondern haute einfach ab. »Es war eine Frage des Überlebens.« Seit damals habe er sich ohne väterliche Hilfe durchgebracht, erklärte er nicht ohne Stolz und hatte keinerlei Verständnis für die Söhne aus betuchten Häusern, die immer jammern und den Eltern noch mit dreißig auf der Tasche liegen. Er war damals noch nicht ganz siebzehn Jahre alt, und weil er gut mit Kindern umgehen konnte, durfte er eine Zeit lang Hilfserzieher an einer Dorfschule sein, bevor er nach Marseille zog, zusammen mit der Lehrerin, seiner ersten großen Liebe. Dort fand er Arbeit im Maschinenpark eines

Handelskonzerns, wofür er eigentlich ein Mechanikerdiplom benötigt hätte, welches er freilich nicht besaß, dafür aber die nötigen Beziehungen, sich so ein »Papier« zu beschaffen. Über die erforderliche Kompetenz habe er ohnehin verfügt, der Boss war zufrieden und bot ihm bald eine fixe Anstellung an, die er freilich ablehnte. So ein Leben auf Dauer sei ihm nicht vorstellbar gewesen.

Was ihn damals faszinierte, waren das Theater und die Malerei. Er wäre gerne Bühnenbildner geworden. Aber an der Kunstschule in Marseille waren »keine Plätze mehr frei«, und so befolgte er den Rat eines freundlichen Professors und wurde bei einem kleinen Theater vorstellig, das einen Lehrling suchte, eigentlich eine Kraft für alles. »Die Leute dort sagten mir, versuch' es eben; und es hat funktioniert. Das war viel besser als die Kunstschule, denn ich erlernte den Beruf des Technikers und Dekorateurs von Grund auf in all seinen Facetten und bekam sogar noch etwas Geld dafür.«

So fing es an. Danach erhielt er das Angebot, für die Festspiele in Avignon zu arbeiten und später in Aix-en-Provence. Wenn in der Zwischensaison das Geld knapp wurde, half er in den Weindomänen von Burgund aus und erwarb dabei ganz nebenbei jene önologischen Kenntnisse, die für die gesellschaftliche Integration in Frankreich nicht unwesentlich sind. Denn zum Unterschied von seinem Vater hielt Abdoulaye wenig von Abstinenz, er war eben ein »echter Franzose«. Er war sehr jung, und in seinem Beruf konnte man sich kaum den gelegentlichen Strömen von Champagner entziehen. Abdoulaye erklärte das so: »Die Arbeit beim Theater konnte ziemlich hart sein, viele Theaterleute hatten außer der Bühne kein Zuhause; und jede Vorstellung war eine Frage der Existenz. Man exponierte sich ungeheuer und musste danach einfach feiern, um das Ganze überhaupt auszuhalten.«

Abdoulaye mochte das Milieu. Beim Theater traf man Menschen jeder Herkunft und Hautfarbe, und beides hatte keinerlei Bedeutung. Es gab zwar kleine Eliten, Seilschaften, die den Zugang zur Arbeitswelt am Theater kontrollierten, aber war man einmal drin, hob die Bühne die Grenzen zwischen den Menschen auf. Die meisten lebten von der Hand in den Mund, abgesehen natürlich von den großen Stars, aber selbst für die war Geld bedeutungslos im Vergleich zu ihrem Wunsch, auf der Bühne zu bestehen. Außenstehende konnten das meist nicht verstehen. Aber vor einer Premiere waren alle gleich – scheiterte einer, scheiterten alle; und wenn alles gut ging, feierten eben alle zusammen.

★

Heute bedauerte Abdoulaye natürlich, kein Abitur zu haben, besonders seit seine Kinder begannen, Fragen zu stellen. Die würden sicher nicht so dumm sein, die Schule abzubrechen, meinte er, aber er habe damals ja keine Ahnung von den Möglichkeiten gehabt, die ein Studium geboten hätte. »Bei uns zu Hause sprach man nur vom Geld und der guten Position, die das Bac bringen sollte; und das interessierte mich nicht.« Er lachte: »Oder zumindest nicht genug.«
Was ihn interessierte, war die Fotografie. Irgendwann auf seinen Reisen hatte er damit begonnen, als Amateur im französischen Sinn, eine ihn selbst überraschende Leidenschaft; als sei die Welt gebrochen durch das Objektiv besser zu ertragen; als hätte er unter dem Schleier seiner dunklen Haut einen klareren Blick auf sie gewonnen. Auf seinen Wanderungen entlang des alten Bewässerungskanals in der Côte d'Or waren es die putzigen Häuschen der Schleusenwärter aus dem 19. Jahrhundert, die ihn faszinierten. Vor kurzem waren einige mit öffentlichen Geldern aufwändig restauriert worden, aber als er das letzte Mal dort war, standen sie plötzlich leer. Die Kanäle waren privatisiert, die Schleusenwärter wegrationalisiert, und die neuen Besitzer vermieteten oder verkauften die idyllischen Häuschen an Touristen. Doch in einem lebte noch die alte Frau eines verstorbenen Schleusenwärters, die er aus seiner Kindheit kannte. Ihr und dem aussterbenden Beruf wollte er eine Dokumentation widmen, »bevor es zu spät war«. Seine sorgfältig inszenierten Bilder von Flüchtlingen in einer Notunterkunft, oder von Behinderten in einem Rehabilitationszentrum, oder von einer Gruppe Roma vor und nach deren polizeilicher Vertreibung, waren von einem Galeriebesitzer zwar gelobt worden, aber weil er befürchtete, es sich wegen der Bilder mit der Gemeinde, seinem Subventionsgeber, zu verscherzen, hatte er dann doch keine Ausstellung organisiert.
Er müsse eben Machtvisagen oder Stars fotografieren, scherzte Doris, das bringe das große Geld! »Und warum schreibst du Bücher, die niemand kauft?«, konterte er. Ob sie denn glaube, dass sich irgendwer in

den Cafés am Cour Mirabeau für die Geschichte der Sima interessiere? Oder jemand aus den sonntäglichen Massen im Einkaufszentrum in Les Milles? In dieser Zeit gingen sie öfters gemeinsam spazieren, denn unter den Frühlingspollen der Provence ließ es sich besser diskutieren, wenn man in Bewegung war. Als sie einmal einen Feldweg zwischen grellgrünen Maisschösslingen als Abkürzung einschlug, zögerte er und setzte seinen Weg schließlich auf der erheblich längeren, asphaltierten Straße fort. Hatte sie ihn mit irgendetwas vergrämt?, dachte sie bestürzt, während sie auf der anderen Seite des Feldes auf ihn wartete. Als er kam, meinte er beiläufig, ob sie das Schild »Privatweg« nicht gesehen habe. »Na und? Ich nehme immer diese kleine Abkürzung durch das Feld.« Doch seine Antwort war wie ein Hieb: »Du kannst dir das auch leisten. Aber wenn uns jemand zusammen auf deiner kleinen Abkürzung sieht, wirst du vielleicht aufgefordert, den Weg zu verlassen. Mich aber würde man zusammenschlagen oder die Hunde auf mich hetzen.« Erstmals ahnte sie, wie viel Energie seine unausgesetzte Achtsamkeit erforderlich machte. Wohin und wie weit er mit jemandem gehen konnte, war niemals selbstverständlich, sondern von jenen geheimnisvollen Ressentiments bestimmt, die freundliche Mitbürger innerhalb eines Wimpernschlags in Hyänen verwandeln konnten. Es war weniger die Ungerechtigkeit, die sie empörte, als die ihr dadurch auferlegte Beschränkung ihrer eigenen Freiheit, spazieren zu gehen mit wem und wo sie wollte.

Dabei betonte Abdoulaye doch immer, niemals Probleme wegen seiner Hautfarbe zu haben. Bis er einmal von seiner Wohnungssuche für die Festspielzeit in Aix-en-Provence erzählte, bei der telefonisch immer alles problemlos erschien, aber beim Besichtigungstermin die Wohnung regelmäßig bereits vergeben war. Ob Doris, die damals in der Nähe wohnte, ihn beim nächsten Termin nicht begleiten könnte? »Klar, mach ich gern. Kein Problem.« Aber es *war* ein Problem. In ihrer Begleitung klappte die Sache sofort. Abdoulaye konnte den Saisonvertrag für das kleine Steinhaus gleich abschließen. Doch irgendetwas daran war für sie und ihn gleichermaßen beschämend, was, konnte sie nicht sagen. Er überging das Ganze mit der Bemerkung, so etwas gehöre eben zum Alltag, und wechselte das Thema. Ein anderes Mal freilich zeigte er weniger Gelassenheit. Er hatte sich bei einem Unfall mit seinem leichten Motorrad eine gefährliche Schnittwunde am Handteller zugefügt, die Wunde wollte nicht recht verheilen und er fürchtete um seine Arbeitsfähigkeit. Nach einer wenig erfolgreichen Operation in Aix-en-Provence war ihm ein Neurochirurg in einem Pariser Nobelbezirk empfohlen worden, von weißen, gutbürgerlichen Franzosen, weshalb er auch gleich einen Termin erhielt und der Arzt seine Wunde mit der leutseligen Bemerkung kommentierte: Na, junger Mann, was war denn das für eine Messerstecherei? So wütend hatte Doris ihn noch nie gesehen. »Muss ich mir so etwas anhören? Aufgestanden bin ich und rausgegangen aus seiner feinen Ordination! Ist man schwarz, kann eine Verletzung ja nur von einer Messerstecherei herrühren! Dabei war ich auf dem Weg zur Arbeit, als mich das Auto streifte!«

Dass neuerdings Polizeibeamte ununterbrochen *Papiere* von ihm forderten, ihn dabei duzten oder abfällige Bemerkungen über seinen französischen Pass machten, den er nun immer bei sich trug, obwohl er als EU-Bürger in keiner Weise dazu verpflichtet gewesen wäre, veranlasste ihn nur zu einem Scherz: »Es ärgert sie wahnsinnig, wenn sie feststellen, dass ich kein Opfer bin.« Er hatte sich darauf spezialisiert, Polizisten auf der Straße zu fotografieren, das mache sie »ganz wild«, sei aber nicht direkt verboten.

Doris freilich fand das Verhalten der Polizei wesentlich empörender als die Dummheit und Unverschämtheit einzelner Bürger. »Das muss man doch anzeigen!«, meinte sie naiv. Wenn Rassismus erst einmal institutionell verankert sei, gefährde dies doch die Grundlagen der Republik! Die Machtposen der Exekutive gegenüber den Schwächsten der Gesellschaft sollten ja die Machtlosigkeit der Regierung kompensieren, um die Wähler zu beruhigen. So etwas Ähnliches hatte sie bei Etienne Balibar gelesen und ziemlich treffend gefunden, doch bei Abdoulaye kam das gar nicht gut an. »Wer sind denn diese Schwächsten?«, giftete er. »Ich etwa, der ich arbeite und Steuern zahle und ein durchschnittliches Leben führe? Oder gehörst du vielleicht dazu, weil du dich so aufregst, du, mit deinem Allradauto und deiner feinen Bildung? Was kann dir das Ganze schon ausmachen? Was geht es dich überhaupt an? *Qu'est ce que cela te fait?*«

Doris sah ihn verständnislos an. Wie sollte sie das nichts angehen! War sie nicht ebenso wie er ein Bürger Europas, das stolz war, die Idee der

Menschenrechte und der Bürgerrechte hervorgebracht zu haben, die Idee von der Gleichheit aller vor dem Gesetz? Und dies keineswegs als moralische Marotte, sondern zum Schutze des Gemeinwesens vor der eigenen, alle gleichermaßen bedrohenden Barbarei. Wenn Polizisten Abdoulaye gegenüber diese Gesetze missachteten, die sie eigentlich exekutieren sollten, dann sei auch sie selbst gefährdet, das sei doch klar. Er aber hörte gar nicht hin, sondern brummte: »Immer willst du mich nur als Opfer sehen!«

Da musste sie lachen. Bis jetzt hatte sie ihn eher als privilegiert empfunden, wegen seiner Jugend, seiner Unbefangenheit und seines offensichtlichen sozialen Geschicks. Doch sie ahnte, warum »Rassismus« für ihn kein Thema sein durfte. Rassistische Diskriminierung war in demokratischen Gesellschaften allemal gesetzlich untersagt und galt als moralisch verwerflich; sie aufzuzeigen kam einem Vorwurf gleich, der, wie jeder Vorwurf, kaum Einsicht, sondern meist nur schlechtes Gewissen bewirkte, das weitere Aggressionen auslösen konnte. Rassisten und andere autoritäre Extremisten fühlen sich ja prinzipiell verfolgt und daher zu einem gleichsam präventiven Gegenschlag berechtigt, weshalb Karl Kraus sie in den 1930er Jahren treffend als »verfolgende Unschuld« bezeichnet hatte.

★

Von ihrem letzten Gespräch vor der Abreise erhoffte sie sich von Mamadou einige Empfehlungen und, wer weiß, vielleicht doch noch seine Zustimmung, sie zu begleiten. Das letzte Mal hatte er immerhin durchblicken lassen, dass auch er keineswegs aus freien Stücken achtzehn Jahre am selben Ort verharrt war, eine Seltenheit bei der Armee. In den Ferien zu verreisen, war aus finanziellen Gründen undenkbar gewesen, jede freie Stunde hatte er für einen Zuverdienst genutzt. Außendienste oder gar eine Versetzung hatte sein Vorgesetzter immer zu verhindern gewusst. »Ich war für ihn unentbehrlich geworden, und er wollte mich einfach nicht mehr weglassen«, seufzte Mamadou. »Dabei wollte ich doch die Welt sehen!«

Nach der Pensionierung durch die Armee hätte sich dafür vielleicht eine Gelegenheit geboten, er war damals kaum fünfzig Jahre alt. Doch unverzüglich sah er sich nach einem Job um, für sieben Kinder war die Pension ja nicht gerade üppig. Und wirklich fand er bald eine attraktive Anstellung als Leiter einer Autowerkstatt für die gesetzlich vorgeschriebene Überprüfung von Kraftfahrzeugen. Dabei hätte er die Stellung um ein Haar gar nicht angetreten. Denn nachdem er unterschrieben hatte, sah der Besitzer ihn an und erklärte gönnerhaft, Monsieur, Sie haben großes Glück, Sie sind der erste Schwarze in meinem Betrieb! Mamadou empörte sich heute noch darüber: »Wieso habe *ich* deshalb Glück? Er, der Chef hatte Glück, weil er in mir eine erfahrene und fähige Fachkraft gefunden hatte! Ich stand auf und war schon bei der Tür – aber dann hab ich mir gedacht, was soll's.« Der Job war gut bezahlt und verantwortungsvoll, Mamadou hatte die Fahrzeuge entgegenzunehmen, die Reparaturen zu kontrollieren, die Zertifikate auszustellen und alles korrekt zu verrechnen. Vier Mechaniker arbeiteten unter ihm. Zunächst waren die »üblichen Schwierigkeiten« aufgetreten. Manche Kunden grüßten ihn beim Eintreten nicht einmal, sondern wandten sich zunächst an seine weißen Untergebenen mit der Frage: Wo ist der Chef? Wenn Mamadou dann erklärte, Monsieur, der steht vor Ihnen, taten sie erstaunt und einige verließen sogar das Büro. Einer der Mechaniker wollte ebenfalls keinen Schwarzen als Chef akzeptieren und verließ die Werkstatt. »Aber der war eine Ausnahme«, meinte Mamadou, »die anderen waren okay. Und allmählich gewöhnten sich die Leute an mich, wir haben korrekt gearbeitet, Kunden und Eigentümer waren immer zufrieden.« Es seien nur die Vorurteile der Eltern, die an die Kinder weitergegeben werden, »von allein« käme doch niemand auf die Idee, etwa zu behaupten, Schwarze seien schmutzig. »Ausgerechnet wir! Wir waschen uns mehr als jeder Franzose, mindestens fünfmal am Tag!«

Mamadou war überzeugt, alles sei eine Frage der Erziehung und kein Kind der Welt empfinde »von Natur aus« Furcht oder Ablehnung gegenüber Menschen mit einer anderen Hautfarbe. Er jedenfalls habe seine Kinder immer im Respekt vor den anderen aufgezogen. Finanziell ging es ihm in der neuen Stellung besser als zuvor, er konnte sogar kleine Ersparnisse anlegen und plante, ein kleines Haus in Dakar zu kaufen, für seinen Lebensabend, den er mit alten Freunden verbringen wollte. Da wagte Doris noch einmal die Frage, ob er sie nicht doch begleiten wolle. In Dakar könnte er Verwandte und Freunde besuchen

und in Bakel seine Schwester – doch er winkte ab. »Bakel ist doch ein völlig uninteressanter Ort. Du wirst es schon sehen. Er hatte ja nur als Stützpunkt der Franzosen einige Bedeutung.« Kaum jemand aus seiner Kindheit lebte noch dort. Seine jüngste Schwester war 1950 in Kayes zur Welt gekommen, als Mamadou bereits in Dakar gelebt hatte; und als sie später nach Bakel verheiratet worden war, lebte er bereits in Frankreich. »Ich kenne sie ja kaum.«
Schließlich stellte sich heraus, dass es vor allem das liebe Geld war, das ihm Sorgen bereitete, und daran änderte auch der Umstand nichts, dass er eingeladen war und er keine Fahrtspesen zu begleichen haben würde. Es gab zahlreiche Sima, und wenn er nach Afrika käme, erwarteten alle Geschenke von ihm. Früher hatte er vor jeder Reise eine genaue Liste aufgestellt, wer wie viel zu erhalten habe. Denn es war überaus wichtig, dass die Geschenke gerecht verteilt wurden und sich niemand benachteiligt fühlte. Voriges Jahr war er endgültig in den Ruhestand getreten und seine Rente war klein, seine Kinder hatten selber mit Schwierigkeiten zu kämpfen, und er hatte einfach nicht mehr die Mittel, die man »dort unten« von ihm erwartete. Ohnehin überwies er seinen Schwestern in Kayes einen monatlichen Unterhalt. Er half ja wirklich gerne, so gut er eben konnte, aber seit dem Tod seines jüngeren Bruders vor zwei Jahren hing alles an ihm. »Du wirst es ja selber sehen«, sagte er, »in Afrika wird man umgehend zur *bourse à pattes*!«
Auch seine Antwort auf die Bitte um Empfehlungen an Personen, die vor Ort bei den Nachforschungen über die Familie behilflich sein könnten, war wenig ermutigend. In Kayes sei für uns eine Verständigung mit den Schwestern wohl kaum möglich, sie waren ja nicht einmal in der Lage, ohne fremde Hilfe Mamadous Briefe zu lesen. Und in Dakar lebte zwar noch sein Blutsbruder aus der Kinderzeit in Bakel, aber der hatte sicher keine Zeit für »solche Gespräche«. Er war Vertrauensmann der Soninké, ein Tutor und mit allen möglichen Verpflichtungen überlastet. Mit den anderen Alten, die er kannte, verhielt es sich keineswegs besser, alle seien ununterbrochen mit Familienangelegenheiten beschäftigt, meinte er. »Das ist nämlich höllisch bei uns, wenn man in Rente ist, hat man keine ruhige Minute mehr.«

★

Dass Mamadou von seinem Großvater Ahmadou Sourakhé nicht mehr wusste, als dass er bereits in Saint-Louis gelebt, dort mit Großmutter Taifour Camara verheiratet gewesen und »irgendwann zwischen den Weltkriegen« gestorben war, wo und wie konnte er nicht sagen, fand Doris umso erstaunlicher, als sie im Militärausweis seines Vaters Ladji Sima entdeckt hatte, dass Großmutter Taifour Camara bereits als »Witwe« eingetragen war, wohnhaft in Bakel. Das *fascicule de mobilisation* war 1908 ausgestellt worden, Mamadous Großvater musste daher spätestens in den ersten Jahren des 20. Jahrhunderts verstorben sein. Hatte Mamadou dieses bemerkenswerte Dokument seines Vaters, in dem die komplette Ausrüstung des einfachen Soldaten im Stahlstich wie ein Kunstwerk dargestellt und mit einer Legende daneben bis ins kleinste Detail beschriftet war, nie einer eingehenden Prüfung unterzogen? Doch da es schon spät war, vermied sie weitere Fragen außer einer: ob ihm nicht doch irgendjemand in Mali oder Senegal einfiele, der noch etwas über den Großvater wissen könnte. Er zögerte ein wenig, bevor er schließlich seinen ältesten Halbbruder in Dakar nannte, Sourakhé Sima. Der war bereits 1920 geboren, der könnte noch etwas wissen. Es folgte ein kurzes Schweigen, bevor er etwas vom hohen Alter und von einer Krankheit murmelte und von seiner undeutlichen, kaum verständlichen Sprechweise. »Wahrscheinlich wird er euch nicht einmal empfangen, höchstens es gelingt euch, jemanden aus seiner Familie als Vermittler zu gewinnen. Ihr werdet ja sehen, ob das noch was bringt.«

Das dachte Doris ebenfalls auf ihrem Rückweg ins Hotel: Wir werden ja sehen, was das alles bringt. Es regnete wieder, und der Weg entlang der rauschenden Ouche war schlüpfrig und dunkel.

II

In Orly startete die Maschine mit Verspätung. Ein Passagier hatte sich geweigert, angeschnallt zu werden. Er wollte nicht nach Bamako zurück. Bis die Proteste anderer Passagiere gegen die Behandlung des Mannes bewirkt hatten, dass das Flugzeug schließlich ohne ihn abhob, war eine bedrückende Stunde verstrichen, doch die allgemeine Erleichterung danach war wie ein Fest.

Sie landeten um zwei Uhr nachts in Bamako, in einer sternlosen, auf 34 Grad angeheizten Dunkelheit; und die umnebelten sechseckigen Bungalows des Hotels mit hohen, fest verglasten Lichtscharten glichen Bunkern, in denen sich Touristen in Sicherheit wähnen sollten. Doch an der Schwelle zu ihrem Badezimmer hatte Doris eine feine Linie winziger, roter Ameisen entdeckt, einer Art, die ihr aus tropischen Regionen in wenig angenehmer Erinnerung war. Die Klimaanlage hatte nicht funktioniert, und als sie nochmals ins Freie trat, war sie unverzüglich überfallen worden: Schwärme riesiger Moskitos bedeckten ihre bloßen Arme und Beine mit einer grauen Schicht, bevor sie sich erschrocken in den Bunker zurückziehen hatte können, wo sie sich schlaflos bis zum Morgengrauen wiederholte, dass noch nichts entschieden war. Hier jedenfalls konnte sie nicht bleiben.

Doch beim Frühstück auf der Terrasse über dem glitzernden, trägen Niger und nach den Aufregungen der letzten Tage vor der Abreise erschien der Ort gar nicht übel und durchaus geeignet für ein paar ruhige Tage, um sich auf die Arbeit vorzubereiten. Abdoulaye sagte: »Genieße deinen Aufenthalt hier, das Hotel ist sicher der bequemste Ort unserer Reise.« Die Klimaanlage in seinem Zimmer hatte gut funktioniert, er war ausgeruht und übersiedelte nach dem Frühstück zu einer Tante am anderen Ende der Stadt. Doris schaute den bunten Pirogen zu, die, mit grellgrünem Futtergras beladen, im milchigen Licht dahinglitten wie bewegliche Inseln; das andere, weit entfernte

Ufer verlief sich im Nebel, nur Umrisse von Hoteltürmen und Banken waren zu erkennen. Doch es war nicht Feuchtigkeit, sondern Sand, der die Sicht verschleierte, und kaum war der Kaffee getrunken, legte sich eine schattenlose, völlig windstille Hitze über die fahle Landschaft, Vorbote des Harmattan, den alle fürchteten. Sie waren gewarnt worden: Die Jahreszeit war eigentlich zu weit fortgeschritten für das ganze Unternehmen, und jetzt schmunzelte der Gärtner: »Es kann nur schlimmer werden.« Aber er half Doris, die Klimaanlage in ihrem Bunker in Gang zu setzen.

Das Hotel gehörte einem ehemaligen Fußballstar aus Bamako, es gab sogar einen Pool, dessen Wassertemperatur sich freilich kaum von der der Luft unterschied, was einige Familien aus Bamako mit Kindern nicht abschreckte, sich hier tagsüber ein wenig zu erfrischen. Und heute Abend wurde den Hotelgästen auf der hölzernen Terrasse über dem Strom »echter afrikanischer Blues« geboten. Die Frau aus Wien bedauerte, dass sie Abdoulaye nicht hatte überreden können zu bleiben, aber sie konnte nachvollziehen, dass er im Land seiner Väter und Verwandten keinesfalls als Tourist, sondern als Afrikaner unter Afrikanern wahrgenommen werden wollte. Doch als sie nun in der Abenddämmerung auf der von Moskitos umschwirrten Terrasse die beiden Musiker Fode Sakko und Mamadou Sangaré eine Cora und eine Harmonika auspacken und ihre bescheidene Tontechnik arrangieren sah, fühlte sie sich als einziger Gast im mittleren Feld der Terrasse ein wenig verloren, bevor sich doch noch eine Gruppe amerikanischer Studenten mit ihrem Professor und ein paar einheimische Einzelgänger einfanden. Dem Cover einer aufliegenden CD entnahm sie, dass auf dieser Hotelterrasse bereits die berühmtesten Musiker aus Mali ihre Kunst dargeboten hatten, selbst Ali Farka Touré*, the king of the desert blues singers*. Während nun der jüngere der beiden Musiker auf seiner Harmonika Stimmung machte, trug der grauhaarige Mamadou Sangaré mit rauchiger Stimme gleichmütig Lieder über unerfüllte Liebe und andere Missgeschicke des Lebens vor und begleitete sich auf seiner Cora. Alle seine Lieder schienen auf irgendeine Weise die Lächerlichkeit vergeblichen Strebens zum Thema zu haben. Hin und wieder wurde er von einem lautlosen Lachen geschüttelt und bei all dem verlor er niemals seine Zigarette aus dem Mund. Es war wie im

Bamako, vom anderen Ufer aus

Film von Martin Scorsese, *Von Mali nach Mississippi* (2003), der den Weg dieser Musik vom Niger an den Mississippi, wo sie zum *Blues* geworden war, nachgezeichnet hatte. Das Einzige, was uns die Weißen nicht nehmen konnten, ist unsere Musik, sagt jemand im Film. Und die Frau aus Wien fühlte, dass diese Musik der ewig Besiegten die besten Seiten der Menschheit unbesiegbar vermittelte: Großzügigkeit und Klarsicht selbst im äußersten Dunkel der Existenz. Das befreite vom Desaster im Detail. Nach der Vorstellung erklärte der Grauhaarige der begeisterten, jedoch von der geringen Zuhörerschaft enttäuschten Frau mit großem Gleichmut, dass die meisten Touristen westliche Schlager vorzögen. Schalkhaft zupfte er die ersten Töne von *Ciao ciao Bambina* – so etwas mögen sie gern. Er schlug ihr vor, einen ganzen Abend lang für sie zu spielen, nur für sie, nur Musik aus Mali, wo immer sie wollte und »gar nicht teuer«. Sie fand das eine wunderbare Idee, sah sich die halbe Nacht irgendwo am Ufer des Niger in den Klängen der Cora baden; und nichts Verwerfliches darin, den Musikern einen zusätzlichen Verdienst zukommen zu lassen. Doch sie war ja nicht zum Vergnügen hier, Abdoulaye hätte ihr dieses touristische Verhalten vorwerfen können.

Er tauchte am folgenden Nachmittag auf, erklärte, seine Tante habe sich sehr über seinen Besuch gefreut, doch er wolle noch eine Weile zuwarten, um ihr das Projekt zu erklären. Doris fühlte, dass ihm weniger »das Projekt« als ihre Begleitung als Frau erklärungsbedürftig erschien. Doch sie konnte ihm nicht helfen. Es war seine Sache, damit klarzukommen. Sie wartete. Sie wartete einen Tag und den nächsten und übernächsten und ließ sich schließlich alleine auf ihre neue Umgebung ein. Doch das Viertel rund um das Hotel war eine wenig exotische Wohngegend mit Schlagbäumen und Gartenanlagen, wie sie für Wohlhabende in Entwicklungsländern üblich waren, wären da nicht Reste weit hergewehten Mülls gewesen, die als geschmolzene, dunkelgraue Plastikfetzen sämtliche Stauden verklebten, auch die der umliegenden Pflanzungen von Tomaten, Kartoffeln, Melonen. Gewohnheitsmäßig wollte sie das Zentrum der Stadt zunächst zu Fuß erkunden, aber nach wenigen Metern in der erstickenden Hitze, immer achtsam die offenen, überfüllten Kanäle am Straßenrand überspringend, hatte sie bald das unsinnige Gefühl, um ihr Leben zu laufen. Im

Bamako: Hotel Mendana, Bezirk Badalabougou

dichten Verkehr bildeten Radfahrer die Mehrheit, und es war eigentlich kaum zu verstehen, woher der ohrenbetäubende Lärm stammte. Tollkühn und ohne jemals zu straucheln bewegten sie ihre klapprigen Räder zwischen giftigen Abgasen donnernder Lastfahrzeuge und turmhoch beladenen Eselskarren, über schlüpfrige Schwemmlöcher und Müllhaufen. Mund und Nase hatten sie mit Staubmasken oder zumindest mit einem Tuch bedeckt, eine weise Maßnahme, dachte Doris, fasziniert von der Werbetafel eines Waschmittelkonzerns, die am Straßenrand in einem Haufen stinkenden Abfalls für das Produkt warb: *Lavez plus propre sans polluer l'environnement.* Schließlich rettete sie sich in die klimatisierten Hallen des Sofitel, eines Betonklotzes mit dem Namen *Hotel de l'Amitié*, auch auf Arabisch, denn es gehörte den Saudis. Erfreulicherweise beherbergten die weitläufigen Hallen auch eine Buchhandlung, die ziemlich alles auf Lager hatte, was in jüngerer Zeit zu Land und Leuten veröffentlicht worden war, wobei der Preis eines Buches das Monatseinkommen der meisten Menschen vor dem gläsernen Portal bei weitem überstieg. Als Abdoulaye später kurz im Hotel vorbeischaute, machte er denn auch eine bittere Bemerkung über »das Elend unmittelbar hinter dem Luxushotel und neben dem Golfplatz«; und sie fühlte sich schuldig, als sie ihm die erstandenen Bücher zeigte. Prompt erklärte er: »Was heißt schon ›wissen‹? Bedienen wir uns nicht des Elends für dieses ›Wissen‹?« Wo er das nur wieder herhatte. Was sollte sie darauf antworten. Sie waren doch wegen seiner Familie hier.

★

Während er weiter das Terrain der Sima sondierte, besuchte sie den »Berg der Macht«. Der Koulouba lag an der nördlichen Stadtgrenze, gegenüber dem »Berg der Weisheit«. Dazwischen, im Tal der Unwissenheit, wohnte das Volk. Der »Berg der Weisheit« war spärlich von einigen Einsiedlern, »Marabus«, Künstlern und Obdachlosen besiedelt, am »Berg der Macht« befand sich das Regierungsviertel aus der Zeit der Kolonialherrschaft, ein Stadtteil für sich, hoch über dem Volk. Der Fahrer weigerte sich, die leeren Parkalleen zwischen den Palästen zu befahren, obwohl kein Verbotsschild zu sehen war. Er fürchtete die Soldaten, die neben den Schlagbäumen an den Einfahrten zu den prächtigen Gebäuden dösten, er hatte Angst vor allen Uniformen. Vor einigen Jahren auf Arbeitssuche im benachbarten Burkina Faso hatte ihm so einer die oberen Schneidezähne ausgeschlagen. Warum? Das wusste er nicht. Nur, dass er niemals genügend Geld für einen ordentlichen Zahnersatz zusammengespart haben würde. Zur Demonstration nahm er seine silbrig glänzende Zahnimitation aus dem Mund, sie schmerzte ohnehin. Unschön klafften die Lücken an der vordersten Zahnfront in seinem sonst ebenmäßigen Gesicht, als er die Frau aus Wien nun auslachte wegen ihres exzentrischen Wunsches, alleine das weitläufige Gelände abzugehen – mitten in der bleiernen Hitze des Nachmittags! Er wartete lieber im Auto weit außerhalb des Areals.

Der Palast des Präsidenten war ein riesiger Komplex blütenweißer Kolonialarchitektur inmitten eines Parks, der von einem hohen Metallzaun und Militärsperren umgeben war. In der Parkallee davor war sie die einzige Menschenseele weit und breit; doch schon bog eine Militärstreife um die Kurve und hielt an ihrer Seite. Die beiden Gefleckten ließen sich jedoch von ihrem rein touristischen Interesse überzeugen, wünschten ihr freundlich einen schönen Aufenthalt und brausten davon. Zwischen duftendem Jasmin und knallfarbigen Bougainvilleen kreischten exotische Vögel, im Vorgarten des »Ministeriums für äußere Angelegenheiten und internationale Kooperation« tummelten sich ein paar Ziegen und ein Esel zwischen säuberlich gejäteten Gemüsebeeten. Nirgendwo ein Mensch. Es war das mächtigste Gebäude von allen; das »Ministerium für Gesundheit« dagegen war eher bescheiden und wesentlich jüngeren Datums. Es lag am anderen Ende des Hügels neben der ebenso armseligen »Schule für Medizin«; unmittelbar daneben befand sich ein Rundhaus aus Lehm mit Strohdach und einem kleinen Viehgehege davor. Eine junge Frau, in ein rotes Tuch gewickelt, platzierte ihren Eisentopf über glühende Kohlen zwischen drei Steinen. *Un campement peul,* erklärte der alte Mann, der nun des Weges gekommen war und sich als Gärtner vorstellte. Doris mochte Gärtner, überall auf der Welt. Eine Zeit lang stand er schweigsam neben ihr und blickte versonnen in die vom Sandnebel verschleierte Tiefe. Die Umrisse der »neusudanischen« Paläste waren zu erkennen, das Sofitel, das Sheraton, die Entwicklungsbank, und das fahle Glitzern des Nigerstroms teilte die Millionenstadt in zwei Hälften. Es war

ein prominenter Aussichtsplatz, der steile Abhang vor ihnen führte bis hinunter ins Tal und war gleichmäßig mit Müll bedeckt. Vielleicht war es ein Zeichen der hierzulande herrschenden Demokratie, dass die Müllhalden bis auf den »Berg der Macht« reichten.
Der alte Gärtner erzählte aus seiner Kindheit, als er einen stundenlangen Fußmarsch zurücklegen musste, um von Bamako, dem Dorf am Fuße des Koulouba, bis an das Ufer des Djoliba zu gelangen, um Wasser zu holen. Der Niger war damals eine endlose, wilde Wasserwelt, besiedelt von Nilpferden und Krokodilen und zahlreichen Fischarten. »Alle konnten davon leben«, sagte der Mann, »Menschen und Tiere. Ein Paradies.«

★

Der Palast am Koulouba war einst für den französischen Gouverneur erbaut und Anfang der 1960er Jahre von Modibo Keïta bezogen worden, dem ersten Präsidenten der Demokratischen Republik Mali. Auf alten Fotos erschien der neue Präsident als imposanter Mann, mit freundlichen Zügen unter der bestickten Kopfbedeckung des vornehmen Muslims. Seine Vorfahren ließen sich bis zu Sundiata Keïta zurückführen, dem Gründer des mittelalterlichen Reiches Mali, und anlässlich seiner Beisetzung schwärmte der damalige französische Botschafter in Bamako von der »Vornehmheit des Herrn der Savanne«; niemals habe Modibo Keïta sich mit Unbedeutendem oder Mittelmäßigem aufgehalten. Und selbst seine schärfsten Gegner mussten anerkennen, dass er völlig unbestechlich gewesen war, denn materielle Güter hatten für ihn keine Bedeutung.
Er war ein Eliteschüler des französischen Bildungssystems, danach Lehrer und bald auch Gewerkschafter im damaligen Französisch-Sudan, als ihm die Organisation einer antifranzösischen Demonstration gegen die Willkür eines Kommandanten eine empfindliche Haftstrafe einbrachte. Dessen ungeachtet und trotz seiner bekannt nationalistischen Haltung bekleidete er in den reformfreudigen 1950er Jahren zweimal die Position eines Staatssekretärs in Paris. 1959 wurde er Regierungschef der »Konföderation Mali«, ein Versuch, die beiden ehemaligen Kolonien Senegal und Französisch-Sudan zu einer mächtigen, unabhängigen politischen Einheit zusammenzufügen, der bereits im

August 1960 wieder Geschichte war. Lag dies wirklich nur, wie häufig behauptet, an der Gegensätzlichkeit der beiden Persönlichkeiten Modibo Keïta und Léopold Sédar Senghor? Keïta war Muslim und glaubte an einen afrikanischen Sozialismus, Senghor war ein frankophoner Dichter, der in den 1930er Jahren zusammen mit dem aus der karibischen Kolonie stammenden Aimé Césaire mit dem Konzept der *Négritude* eine Theorie zur kulturellen Identität aller Schwarzen entwickelt hatte. Zudem war Senghor katholisch getauft und glaubte an den Segen des französischen Kapitals. Aus senegalesischer (und französischer) Sicht war der Grund für das Scheitern der Konföderation der angebliche Führungsanspruch von Modibo Keïta. Man befürchtete die Dominanz des an Fläche und Bevölkerungszahl um ein Mehrfaches überlegenen »Sudan«, man fürchtete den revolutionären Anspruch von Keïta, der für die »progressiven Methoden« Senghors wenig übrighatte. Kulturell fühlten sich die Senegalesen seit jeher dem erst ein Jahrhundert später unterworfenen »Sudan« überlegen, und nun stellten sie immerhin den Hauptanteil des gemeinsamen Budgets. Modibo Keïta soll bei seinem Besuch in Dakar im August 1960 versucht haben, Verteidigungsminister Mamadou Dia zu entmachten und mit seinen Truppen diverse strategische Positionen zu besetzen. Jedenfalls wurde er verhaftet und kurzerhand zur Grenze zurückgeführt, während das Parlament unterdessen die Unabhängigkeit des Senegal erklärte. Gleichsam über Nacht – und wenig überraschend – erkannte Frankreich Léopold Sédar Senghor als ersten Präsidenten der Republik Senegal an und besiegelte damit den Bruch der Konföderation im Zwist. Mehrere Jahre blieben die Grenzen zwischen den beiden Ländern geschlossen.

In Bamako war die Enttäuschung über diese Entwicklung gewaltig. Die Menschen dort waren sich bewusst, dass die Kolonialmacht im Senegal die Infrastrukturen für die gesamte A.O.F geschaffen hatte, in Französisch-Sudan hingegen hauptsächlich Kasernen; dass die modernen Schulen und Handelszentren im Senegal lagen, in Französisch-Sudan dagegen die Gefängnisse und die aufgegebenen Plantagen. Eine Teilung des Gebiets konnte daher nur zu ihren Lasten gehen. Als Reaktion auf die einseitige Abspaltung des Senegal erklärte Modibo Keïta, ohne Frankreich zu konsultieren, seinerseits die Unabhängigkeit von Französisch-Sudan; er gab der neuen Nation den Namen des alten Großreiches Mali und die Verfassung einer »demokratischen Republik«. Frankreich zog sämtliche verbliebenen Beamten ab und hinterließ ein Chaos. Der Konflikt mit Paris spitzte sich weiter zu, als Modibo Keïta öffentlich den algerischen Unabhängigkeitskampf unterstützte, die französischen Atomversuche in der Sahara verurteilte und die Militärstützpunkte Frankreichs in Mali evakuieren ließ. Charles de Gaulle entsandte seinen Minister André Malraux nach Bamako, um seinem Unverständnis Ausdruck zu verleihen.

Zur geplanten Modernisierung der neuen Republik setzte Modibo Keïta auf die Bewegung der »Blockfreien«, die 1955 aus der Konferenz von Bandung in Indonesien hervorgegangen war. Im Kalten Krieg und in seinen heißen Stellvertreterkriegen erstrebten diese »blockfreien Nationen« Neutralität, schworen auf Demokratie und erhofften unter dem Schlagwort Autarkie wirtschaftliche Unabhängigkeit von den Industrienationen zu erreichen. Nahezu alle hervorragenden Persönlichkeiten der postkolonialen Welt hingen dieser Bewegung an, neben Kwame Nkrumah in Ghana, der die »Organisation für die Einheit Afrikas« gründete, auch Jawaharlal Nehru in Indien und Patrice Lumumba im Kongo. Und in Europa machte sich Josip Broz Tito zu einem von den USA umworbenen Führer der »Blockfreien«. Modibo Keïta erhoffte sich durch eine radikale Bildungs- und Gesundheitsreform eine Modernisierung der traditionellen Gesellschaftsordnungen, doch der Westen drängte sich keineswegs auf, diese finanziell zu unterstützen. Keïta strebte eine Reform der herrschenden Gerontokratie an und wollte den Einfluss der islamischen Würdenträger eindämmen; doch nur die Jugend war davon begeistert, und bald sah er sich mit dem Widerstand der Mächtigen im eigenen Land konfrontiert, die um ihre Privilegien bangten. Vom »demokratischen Westen« wiederum wurde er als Kommunist verteufelt, nicht zuletzt, weil er die Nationalisierung der Goldminen und Kraftwerke gefordert hatte. Modibo Keïta baute auch eine nationale Armee auf, die sich als kompetent und loyal erwies, doch die maßgeblichen Gefechte jener Zeit wurden längst an für sie unerreichbaren Fronten ausgetragen. Als die »Organisation für die Einheit Afrikas« unter ihrem Gründer und Leiter Kwame Nkrumah

Bamako: Bezirk Djelibougou

ihn für die Erfolge seiner Gesundheits- und Bildungsreform mit dem Lenin-Preis auszeichnete, begannen die Westmächte unverhohlen an der Destabilisierung seiner Regierung zu arbeiten. Sie verweigerten der notleidenden Republik jede Hilfe, und bald nahmen in den eigenen Reihen politische Obstruktion, Misswirtschaft und Inkompetenz bedrohliche Formen an. Dennoch wurde Modibo Keïta 1964 noch einmal zum Staatsoberhaupt gewählt. Zwei Jahre später inszenierte der US-Geheimdienst CIA in Ghana den gewaltsamen Sturz seines Freundes Kwame Nkrumah und im selben Jahr wurde im Kongo in einem Zusammenspiel von CIA und anderen westlichen Geheimdiensten sowie rivalisierenden Politikern der gewählte Regierungschef Patrice Lumumba nach nur drei Monaten Amtszeit entführt, schwer misshandelt und gedemütigt und schließlich erschossen. Den Westmächten und ihren lokalen Verbündeten ging es dabei um die Abspaltung der an Rohstoffen besonders reichen Provinz Katanga, und die Folge davon waren zwanzig Jahre blutiger Bürgerkrieg.
Auch der Kreis um Modibo Keïta wurde enger. Sein ohnehin schwieriger Versuch, eine modernisierte, kooperative Landwirtschaft aufzubauen, scheiterte an einer Dürreperiode von nie zuvor gekanntem Ausmaß. Und selbst die beträchtlichen Fortschritte bei der Alphabetisierung und der Eindämmung der Kindersterblichkeit verblassten angesichts dieser ökologischen und humanitären Katastrophe. Bamako wurde von einer Landflucht überrollt, der Hunger trieb die Massen zu Plünderungen, es kam zu politischen Demonstrationen, ersten Verhaftungen und sogar Hinrichtungen. 1967 sah sich Modibo Keïta gezwungen, das Parlament aufzulösen und mithilfe von Dekreten zu regieren. Und schließlich wurde er im November 1968 von einem jungen Leutnant aus dem Amt geputscht. Moussa Traore versprach die baldige Übergabe der Macht an eine zivile Regierung, hielt sich die nächsten dreiundzwanzig Jahre mit Unterstützung Frankreichs als korrupter Diktator an der Macht, und 1991 stand das Land vor dem Ruin.
Léopold Sédar Senghor starb 2003 zwar wenig beachtet, aber immerhin komfortabel in seinem Haus in der Normandie und im Kreise seiner Familie. Modibo Keïta war zu diesem Zeitpunkt bereits seit sechsundzwanzig Jahren tot. Er war 1977 im berüchtigten Lager von Kidal gestorben, über tausendfünfhundert Kilometer nordöstlich von

Ein Hof in Bamako

Bamako entfernt; und nicht etwa an den Folgen des extremen Klimas oder der Zwangsarbeit, sondern nach dem Konsum eines Hirsebreis. Als offizielle Todesursache war ein Lungenödem angegeben worden, doch niemand im Land glaubte daran. Die anhaltende Popularität von Modibo Keïta veranlasste Diktator Moussa Traore schließlich, eine »internationale Untersuchung« zur Ermittlung der Todesursache einzuleiten. Aber der Kronzeuge, der Lagerarzt Farad Samaké, der Modibo Keïta als letzter lebend gesehen hatte, schoss sich im Jänner 1978 eine Kugel in den Kopf; bis heute blieben die Umstände von Keïtas Tod »ungeklärt«.

★

Zu den beiden Schwestern seiner Mutter hatte Abdoulaye sie nicht mitgenommen, es sei dort »zu klein«. Danach schwärmte er, der Hof der beiden unverheirateten Frauen sei »so unendlich friedlich«, und er zeigte ihr seine Fotos von dem alten, fast verrotteten Baum in der Mitte, den bescheidenen Haushaltsgeräten rundherum. Die greisen Schwestern Diallo in ihrem hellen Gewand vor den grauen Mauern erschienen wie altgriechische Wächterinnen am Tor zwischen den Welten.
Dafür durfte sie Abdoulaye zu Großmutter Mamou Diagne begleiten. Sie war eine Schwester von Mamadous verstorbener Mutter Khadisiatou Diagne und lebte zusammen mit ihrer Familie am westlichen Stadtrand inmitten einer jener Betonsiedlungen, die für alle Zeit halb fertig schienen, da die Enden der Stahlträger aus den flachen Dächern ragten wie gegen Himmel gerichtete Dornen und das erdige Terrain dazwischen nie asphaltiert oder auf andere Weise als öffentlicher Raum gestaltet worden war. Die alte Frau wurde von einem Cousin in einem Rollstuhl in den Hof geschoben, ein Tuch über ihrem kahlen Kopf, ihre papierene Haut war beinahe weiß. Ihr Strahlen beim Anblick Abdoulayes war von jenseitiger Intensität. Wortlos legte sie ihre bleichen, knochigen Hände in seine dunklen, schlanken, und die lächelnde Sprachlosigkeit zwischen den beiden vermittelte innige Vertrautheit und unüberwindliche Distanz.
Vielleicht war es diese im Verlauf der Reise allgegenwärtige Antinomie, die Doris immer wieder in den Bann dieses unmöglichen Unternehmens ziehen würde.

Bamako: Die Schwestern der Mutter

Immer noch weigerte er sich, ihr die Tante, bei der er wohnte, vorzustellen. Dafür erschien er eines Nachmittags mit deren Sohn auf der Terrasse des Hotels, einem stattlichen jungen Mann, der in fließendem Französisch von seiner Arbeit als EDV-Spezialist erzählte und davon, dass er bald heiraten wolle, »sobald es die Umstände erlauben«. Abdoulaye verhielt sich diesem kaum älteren Cousin gegenüber beachtlich respektvoll, und später lernte Doris, er war als Sohn des Vaterbruders eigentlich gar kein Cousin, sondern ein Bruder, ein älterer noch dazu. Lange blieben die beiden Männer nicht, denn Abdoulaye hatte so viele Cousins und Cousinen zu treffen, dass Doris langsam den Überblick verlor, vielleicht auch deshalb, weil ihr zu diesem Zeitpunkt die Alten wichtiger und interessanter erschienen. Das ewige Warten im glühend umnebelten Bamako wurde allmählich zur Qual, sogar ein gemeinsamer Ausflug an die »Blaue Lagune« wurde zu einem erschöpfenden, grauen Unternehmen; kein Licht, kein Schatten, bleierne, farblose Windstille. Vergeblich suchten sie auf einem flachen Stein über dem Wasser etwas Kühlung, und erstmals tauschten sie Zweifel über das Gelingen des ganzen Unternehmens aus. Dabei war dies doch erst der Anfang.

Was fand Abdoulaye nur an dieser armen, zerrissenen Stadt, dass er sie offenbar gar nicht mehr verlassen wollte? Nach seinen Wanderungen durch die Armenviertel, die er allein unternahm, war sein Gesichtsausdruck fast verklärt. Seine Kamera hatte er immer dabei, aber er machte keine Bilder von diesem für viele Fotografen doch so fotogenen Elend. Und ihr entging hier offenbar alles. Natürlich, es gab den Niger, ein Strom wie das ewige Leben. Doch er war im Würgegriff der alles verschlingenden, über drei, seit kurzem sogar vier Brücken an das andere Ufer ausgedehnten Stadt. Diese Brücken repräsentierten die gesamte »Entwicklung«: *Le Pont des Martyres* war eine 1953 von der Kolonialmacht erbaute zweispurige Brücke, auf der in den 1980er Jahren friedliche Demonstranten erschossen worden waren; *Le Pont du Roi Fahd* wurde 1991 von Saudi-Arabien finanziert, das damals sein Interesse an Agrarland entdeckt hatte; schließlich wurde 2011 zwölf Kilometer östlich des Zentrums *Le Pont de l'Amitié Sino-Malien* eingeweiht, sechsspurig und doppelt so lang wie alle anderen Brücken, ein Ge-

Im Hof der Schwestern

schenk Chinas, das durch den Mineralreichtum des Landes und seinen Absatzmarkt zum Freund geworden war. Dazwischen gab es noch *Le Vieux Pont*, eine einspurige, flache Brücke, die in der französischen Pionierzeit zu Beginn des 20. Jahrhunderts unter Einsatz von Zwangsarbeitern erbaut worden war. Zur Regenzeit war sie unpassierbar. Sie war aus Felsblöcken zusammengefügt und erhob sich ein bis zwei Meter über eine schwarzfelsige Mondlandschaft, durchzogen von silbrig perlenden Stromschnellen, kleinen Seen und Sümpfen mit rosaroten Seerosen und Flamingos. Und jeder Weidenbusch, jede Agave, jedes Büschel Schilf war mit geschmolzenen Plastikfetzen verklebt.

Mehrmals wechselte sie das Hotel, eines war zu teuer, das andere zu deprimierend. In einer zum Gästehaus adaptierten Villa aus den 1930er Jahren hörte sie nach Einbruch der Nacht zerfetzte Klänge irgendwoher, wahrscheinlich aus einem nahen Lokal. Um auf andere Gedanken zu kommen, wagte sie sich allein in die Nacht, marschierte entlang einer mehrspurigen, jedoch stillen Autostraße in die Richtung, aus der die Musik immer lauter erklang, bis sie sich schließlich in einem Hof inmitten einer bunten Menge wiederfand, Paare, Familien, Freunde, Einzelgänger jeden Alters, alles Afrikaner. Niemand sprach ein Wort, alle lauschten andächtig den fünf Musikern auf der Bühne. Und kein Mensch würdigte sie auch nur eines Blicks, sie, die einzige Weiße, die Frau allein unterwegs. Als wäre sie nicht vorhanden. Geborgen in ihrer Unsichtbarkeit lauschte sie die halbe Nacht vor einem Glas Bier den betörenden Klängen einer Musik, die sie alles vergessen ließ, selbst den Grund ihres Hierseins.

★

Die Begebenheit hatte sich einige Kilometer nördlich von Bamako zugetragen und nicht das Geringste mit der Geschichte der Sima zu tun. Oder doch? Bei einer kurzen Rast am Straßenrand in einer verlorenen Gegend aus vertrockneten, steinigen Feldern, einigen krummen Akazien und vereinzelten Baobabs tauchten plötzlich zwei Knaben auf. Sie waren nicht dünner oder elender als andere Kinder am Land. Sie bettelten keineswegs, sondern beobachteten stumm und reglos in angemessener Distanz hinter einem Dornenbusch verborgen, wie die Reisenden ihr Sandwich auswickelten und zu verspeisen begannen,

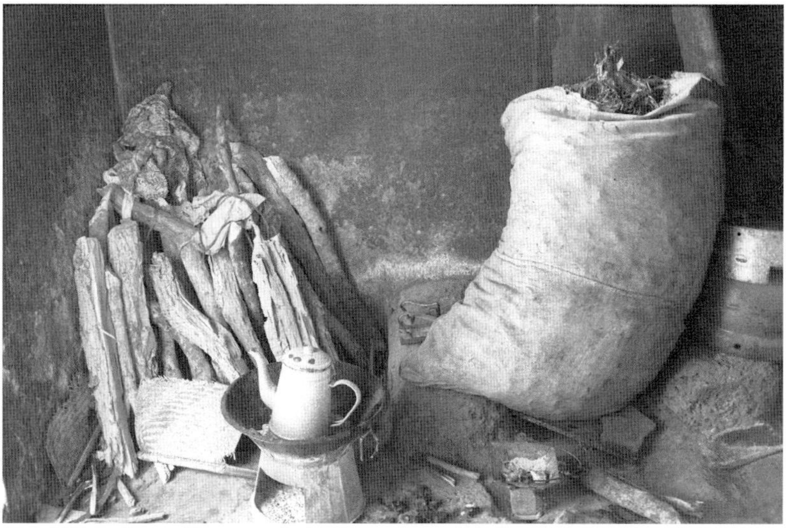

Drei Lebensgrundlagen: Feuerholz, Holzkohle, Teekocher

verfolgten unverwandt jede Bewegung, die eine Banane zum Vorschein brachte, die Hand, die eine Orange schälte und die Spalten zum Mund führte. Die Kinder mochten zwischen sechs und neun Jahre alt sein, vielleicht auch älter, sie hatten keine Hungerbäuche, auch nicht die skelettartigen Beine und die tief in den Höhlen liegenden glänzenden Augen, die in Europas Imagologie zum Markenzeichen des immerwährenden afrikanischen Hungers geworden sind. Aber etwas in ihrem unverwandten Blick war noch viel beunruhigender. Längst hatte die Frau aus Wien jeden Appetit verloren. Das waren keine Kinderaugen, diese Blicke brannten mit tödlichem Ernst auf ihrem trockenen Stück Brot. Doch diese beharrlich hinter dem Busch halb verborgenen Buben konnte sie nicht einfach mit einer Handbewegung verscheuchen, wie streunende Hunde. Unwillkürlich reichte sie ihnen einen Geldschein – *voilà, prends ça!* –, in der Hoffnung, sie würden daraufhin verschwinden. Der Junge, der sich etwas weiter vorgewagt hatte, machte keine Anstalten, das Stück Papier zu nehmen, sondern wich einen Schritt zurück, ohne den Blick von ihrem Brot abzuwenden, das sie ihm schließlich in quälender Verlegenheit entgegenhielt. Hastig ergriff er es, verschlang es ohne Dank und ohne Lächeln und zog sich wieder hinter den Busch zurück. Als die Reisenden vor ihrem Aufbruch den Kindern ihren restlichen Proviant überließen, drei Konservendosen, etwas Zucker, einige Orangen, zwei Schachteln Kekse, mehr hatten sie nicht dabei, sie würden ja bald wieder in Bamako sein, stürzten sich die beiden darauf, öffneten unter einigem Gerangel eine Sardinendose – die doch über eine bequeme Vorrichtung zum Öffnen verfügte – so ungestüm mit einem Stein, dass ein Teil des Inhalts auf die Erde fiel, worauf die Kinder die Kostbarkeit mit ihren Händen aus dem Staub kratzten. Schließlich prügelten sie sich auch noch um die restlichen Schätze, bis Abdoulaye dazwischentrat und Aufhören, aufhören! rief, so ginge das nicht, sie müssten lernen zu teilen! Und sich anständig benehmen! Ganz so, als handle es sich um einen Streit zweier französischer Knaben um das neueste iPad. Von ihrer schmachvollen Hilflosigkeit wie umnebelt hatte die Frau aus Wien nur einen Gedanken: Weg wollte sie, so schnell wie möglich.

Hastig setzte sie sich in den Wagen und drängte die anderen zum raschen Aufbruch, sie wollte nur der Trostlosigkeit der hungrigen Kinder entfliehen, was ihr auch gelang, nicht aber ihren Blicken, die sie weiter verfolgten.

★

Irgendwann war es dann so weit. Sie war zum Mittagessen bei Abdoulayes Tante eingeladen. Ihr Name war Moussokoro Sakko und sie war die Witwe von Onkel Ibrahim, dem jüngeren Bruder seines Vaters Mamadou. Während der Fahrt nach Djélibougou, ihrem Wohnviertel im Nordosten der Stadt, erhielt Doris ein kurzes Briefing. Die Tante sei viel in der Welt herumgekommen, lebte aber seit dem Tod ihres Mannes allein in Bamako und habe sich offenbar in die Religion geflüchtet. Sie habe Abdoulaye gefragt, wann er seinen »Vater« das letzte Mal gesehen habe. Erst nach seiner Antwort «kurz vor meiner Abreise aus Frankreich« habe sich das Missverständnis geklärt. Die Tante hatte mit »Vater« ihren verstorbenen Ehemann gemeint, Abdoulayes Onkel, auf Soninké jedoch Abdoulays Kleiner Vater. Das letzte Mal habe er die Tante 2002 anlässlich der Beisetzung ihres Mannes gesehen und ihr danach geholfen, einen Koffer voll mit »Papieren« zu verbrennen. Doris war entsetzt. Was für Papiere? Und warum verbrennen?! Immer dachte sie an die Arbeit. Abdoulaye wusste nichts und hätte die Tante selbstverständlich auch nie danach gefragt. Sie fühlte seine Befangenheit, als er sie ermahnte, die Tante nicht allzu sehr mit ihren Fragen zu belasten. Er glaube nicht, dass sie gerne über Vergangenes spräche. Er habe ihr zwar den Grund ihrer gemeinsamen Reise erklärt, aber es sei ihm nicht klar, wie sie darüber denke.
Tante Moussokoro bewohnte einen Bungalow umgeben von einem kleinen Garten mit blühenden Bougainvilleen, Bananenstauden und zwei Mangobäumen, »mit den besten Früchten im ganzen Land«. In der Garage neben dem Gartentor stand der alte Mercedes des verstorbenen Gatten, der nun dem Nachbarn gehörte, ihr bei Bedarf jedoch weiter zur Verfügung stand, ebenso wie der ehemalige Chauffeur des Gatten, der im Haus aus und ein ging, als gehörte er zur Familie, was vielleicht der Fall war. Das Wohnzimmer war mit schweren Vorhängen abgedunkelt und vollgestellt mit einem Kanapee, drei schweren Fauteuils, einem Teetisch, einem umfangreichen dunklen Fernsehmöbel, einem gewichtigen Speisetisch, zahlreichen Stühlen, zwei mächtigen

Kommoden und einer Glasvitrine mit Fotos, die Doris aus Diskretion zunächst nicht näher betrachtete. Man konnte sich ohnehin kaum einen Weg bahnen zwischen all den schweren Möbeln, die offensichtlich für größere Räume gedacht gewesen waren. Es gab zwei Schlafzimmer, das kleinere, in welchem nun Abdoulaye einquartiert war, verfügte über kein Fenster. Im gekachelten Badezimmer funktionierten alle Installationen, die »amerikanische Küche« im Stil der 1960er Jahre war makellos, wurde freilich offenbar kaum benützt. Jedenfalls bereitete die Köchin die Speisen in einem kleinen Küchenhaus im hinteren Teil des Gartens zu, auf glühenden Holzkohlen zwischen geschichteten Steinen. Neben dem Küchenhaus befand sich noch ein niedriges Gebäude mit drei kleinen Räumen für Kinder, Verwandte oder Gäste. Derzeit wohnte dort eine Cousine von Abdoulaye, die hübsche Tochter einer Tante aus Kayes, ein modernes Mädchen in Jeans und T-Shirt, die in Bamako ihr Abitur vorbereitete. Abdoulaye verschwand mit ihr hinter dem Haus, während Doris und Moussokoro sich auf der vorderen Terrasse in Rattan-Fauteuils niederließen und versuchten, eine Konversation in Gang zu bringen, bevor sie von der atemberaubenden Hitze in das Innere des Hauses getrieben wurden.

Von Anbeginn an fühlte Doris eine erstaunliche Vertrautheit gegenüber Moussokoro, die eigentlich durch nichts begründet war. Die einzige, immerhin beachtliche Gemeinsamkeit der beiden Frauen war ihr Geburtsdatum im Mai 1942. Moussokoro war religiös und strahlte in ihrem großen Boubou eine behäbige Würde aus, während die Frau aus Wien nicht gläubig war, eher dünn und in ihrem einfachen, dunkelblauen Kleid einen etwas verschwitzten Eindruck machte. Und während sie als überzeugte Einzelgängerin ihren Emotionen gerne freien Lauf ließ, war Moussokoro eine beherrschte, dezente Frau, umgeben von devoten Neffen, Nichten und anderen Verwandten, sowie ihrer Köchin und einem Hausburschen. Zu allen Mahlzeiten gab es unerwarteten Besuch, und immer gab es für alle Anwesenden »gerade noch genug« zu essen und zu trinken. Wie Mamadou in Dijon zog sich auch Moussokoro fünf Mal am Tag in ihr Zimmer zurück, um zu beten, oder, wie Doris vermutete, um einige kostbare Minuten ungestört verbringen zu können. Sie hatte trotz allem das unbestimmte Gefühl, in der gleichen Welt wie Moussokoro zu Hause zu sein, auch

wenn sie sich gegenüber der scheinbar in sich ruhenden Gemächlichkeit der Tante ein wenig lächerlich vorkam in ihrem etwas aufgeregten Bestreben, immer alles wissen, alles verstehen zu wollen. Gegenüber Moussokoros geregeltem Tagesverlauf rund um einen großzügig interpretierten Familienbegriff sehnte sie sich plötzlich nach einem Ende ihrer angestrengten Befassung mit dem allgegenwärtigen »Fremden«. Vielleicht war das der Grund, warum sich dieses seltsame Gefühl der Vertrautheit eingeschlichen hatte, sie hatte genug vom Fremdsein. Doch unvermittelt bekannte Moussokoro, dass auch für sie nicht alles selbstverständlich war. Es sei nicht immer leicht, ganz ohne männlichen Schutz auszukommen, meinte sie leichthin; seit dem Tod ihres Mannes glaube offenbar jedermann, Anspruch auf ihre Gefälligkeit, wenn nicht gar auf ihren Besitz zu haben, und die geringste Ablehnung würde als schwere Beleidigung aufgefasst. Das sei hier eben üblich, lächelte sie. Doch ihre kleine Pension sei alles, was sie habe, ausgenommen natürlich dieses Haus, das ihr Mann, *alhamdulillah,* noch kaufen konnte. Und nach einer Weile fügte sie hinzu: »Eigentlich würde ich gerne wieder reisen, so wie du, andere Menschen und Länder kennenlernen, unabhängiger sein.«
Vielleicht war das ja nur aus Höflichkeit hingesagt, doch für Doris war diese Bemerkung eine Solidaritätserklärung. Diese Tante hatte offenbar alles begriffen. Und ein flüchtiger Blick in ihr Zimmer ließ erkennen, dass sie sogar las! Im Regal standen französische Romane und arabische, wahrscheinlich religiöse Schriften, und sie erklärte, seit kurzem besuche sie einen Kurs, um ihr Arabisch zu verbessern, auch wenn sie die Zeit dafür sich förmlich stehlen müsse, immerzu hatten irgendwelche familiären Verpflichtungen Vorrang. Sie sagte: »Aber wenn wir in unserem Alter einmal aufhören, uns geistig zu beschäftigen, geht es bald ganz zu Ende.«
Sie hatte WIR gesagt! Bald plauderten die beiden Frauen tatsächlich wie alte Freundinnen, oder zumindest wie Doris sich das vorstellte. Es war lange her, dass sie eine Freundin gehabt hatte. Wie gerne hätte sie die Einladung angenommen, hier zu wohnen! Abdoulaye könnte auf der Terrasse schlafen, schlug Moussokoro vor, aber sie verstand gut, dass die Frau aus Wien bei nächtens vierunddreißig Grad auf eine Klimaanlage angewiesen war. Den einzigen Ventilator im Haus benötigte

Moussokoro selbst, auch ihr machte die zunehmende Hitze zu schaffen, obwohl sie doch hier aufgewachsen war. Um den heißesten Monaten zu entgehen, besuchte sie neuerdings ihre Töchter in Paris. Abdoulaye verwandelte sich in Gesellschaft der Tante mit einem Schlag in einen fügsamen, nahezu ehrfürchtigen Sohn, achtsam und immer bestrebt, gefällig zu sein. Diesen uneingeschränkten Respekt hatte Doris noch nie an ihm gesehen. Offensichtlich bedeutete ihm Tante Moussokoro viel. Es war ihr ein Rätsel, wie er in dem dumpfen, fensterlosen Raum Schlaf finden konnte. Während ihrer gemeinsamen Reise durch Marokko war ihm kein Zimmer luftig genug gewesen, am liebsten hatte er auf Dächern oder in Gärten geschlafen. Auf ihre Frage meinte er nur: »Nein, natürlich kann ich nicht schlafen. Ich liege einfach still, trinke viel, spüre, wie der Körper allmählich nass wird, und warte, bis die Nacht vergeht. Es ist schön hier, so wie es ist.«

★

Das konnte die Frau aus Wien kaum behaupten. Zurück im Hotel musste sie sich eingestehen, dass ihr der ehemalige Chauffeur des verstorbenen Onkels Ibrahim nicht sehr sympathisch war. Und nicht nur, weil sie seine übertriebene Freundlichkeit als unecht empfand. Was verband Abdoulaye nur mit diesem unansehnlichen Mann, der in keiner Weise an ihn heranreichte? Er hatte ihm Geschenke mitgebracht und legte offenbar viel Wert auf seine Aufmerksamkeit und sein Urteil. Dieser ehemalige Chauffeur des Onkels hatte einen »Cousin«, der Geländewagen vermietete, und bald war klar, der Mietwagen dieses »Cousins« musste akzeptiert werden, auch wenn er genauso viel kostete wie der vom Hotel angebotene Wagen. Doris konnte nur hoffen, dass zutraf, was Abdoulaye behauptete: »Meine Familie kann mir kein schlechtes Auto empfehlen.« Aber was hieß »meine Familie«? Gehörte der ehemalige Fahrer des Onkels dazu? Jedenfalls bestand er darauf, Doris und Abdoulaye in der verpesteten Hitze vor der Garage seines »Cousins« endlos warten zu lassen, bis dieser endlich in einer weißen Limousine vorfuhr, die zu mieten er dringend empfahl, »zum Vorzugspreis«, versteht sich, aus reiner Sympathie, ja, aus Familiensinn. Entsetzt lehnte Doris ab. Für die geplante unwegsame, dreitausend Kilometer lange Strecke kam dieses Gefährt doch nicht in Frage. Aber der Werkstattbesitzer gab nicht auf. Ob sie dieses »herrliche Fahrzeug« nicht wenigstens für eine »standesgemäße Besichtigung« der Stadt verwenden wollte, »gratis sogar«? Nein, die Frau aus Wien wollte Bamako keinesfalls durch die rauchigen Scheiben einer weißen Limousine besichtigen; zudem war sie überzeugt, dass nichts geschenkt war, weder hierzulande noch sonstwo auf der Welt. Während der ganzen Verhandlung stand Abdoulaye schweigend daneben, als ginge ihn das alles nichts an, aber natürlich wollte auch er die weiße Luxuskutsche nicht und war insgeheim erleichtert, die Bürde dieses »Nein« nicht tragen zu müssen. Später jedoch vermeinte Doris einen leisen Vorwurf aus seiner Bemerkung zu hören, der ehemalige Chauffeur seines verstorbenen Onkels fände sie »schwierig«. Umso besser, dachte sie grimmig und fühlte sich ein wenig im Stich gelassen. Endlos hatte die Feilscherei gedauert, bis sie schließlich mit einem über zehn Jahre alten *Landcruiser* mit Klimaanlage aufbrechen konnten. Der Wagen schien in Ordnung und auch sein Fahrer, dessen Engagement verpflichtend und angeblich im Preis inbegriffen war. Ohne Fahrer hätte es keinen Versicherungsschutz gegeben. Er war ebenfalls Soninké, seine Eltern waren während der großen Dürre in den 1980er Jahren aus Nioro nach Bamako gezogen. Er war Anfang dreißig, groß gewachsen und kahl geschoren, wie dies hier offenbar Mode war, schien intelligent und besonnen und gab an, außer Französisch mehrere einheimische Sprachen zu sprechen, was von Vorteil sein konnte.

Dennoch schien Doris eine Reise zu dritt zunächst wenig verlockend. Sie hatte auf Abdoulayes Fahrkünste und seine Qualität als Reisegefährte vertraut, die nicht zuletzt mit Gründe waren, warum sie sich auf dieses Unternehmen überhaupt eingelassen hatte. Eine lange Reise zu dritt entwickelte eine andere Dynamik, denn selbst wenn der Fahrer auf dem teilweise schwierigen Gelände sicher eine Hilfe war, würde er an allen Mahlzeiten teilnehmen, dadurch jeden Gedankenaustausch zwischen Abdoulaye und ihr zu Small Talk verdummen und eine ernsthafte Auseinandersetzung mit den Erfahrungen des Tages verhindern. Die beiden Männer würden vorne sitzend ihren Führungsanspruch geltend machen, während Doris auf der Rückbank mit den gebrochenen Federn gebeutelt werden würde wie auf einem durchgehenden Pferd. Stundenlang. Auf der gesamten Fahrt würde sie das irrsinnige

Rasen über Schotterpisten und Schwemmlöcher ertragen müssen, das Kettenrauchen des Fahrers, seine nicht unbeträchtlichen Launen und Malaisen und die volle Lautstärke der verzerrten Frequenzen seiner Musikkassetten. Abdoulaye würde die geringste Kritik an ihm als persönliche Beleidigung auffassen. Und nicht zuletzt würde Doris zwei Monate lang Kost und Quartier für den Fahrer bezahlen müssen, ganz abgesehen von entsprechenden »Geschenken«. Denn natürlich war die Behauptung des Garagenbesitzers, der Lebensunterhalt des Fahrers sei abgedeckt, blanker Unsinn. Abgesehen von alltäglichen Erfordernissen wurde der Fahrer von seinem Arbeitgeber in Bamako erst nach seiner Rückkehr bezahlt und hatte sich in Aussicht auf das bisschen Geld längst verschuldet. Eine Reise zu dritt war jedoch im Budget keineswegs eingeplant gewesen. Und während Doris zunehmend auf die Rolle der *tubab* mit dem Geld reduziert wurde, befreundete sich Abdoulaye mit dem seiner Meinung nach allwissenden Landsmann, in dessen Begleitung er sich nicht als Tourist, sondern als Teil Afrikas empfinden konnte – »seines« Afrika.

★

Entgegen Abdoulayes Bedenken war Tante Moussokoro ohne Umstände zu einer Zusammenarbeit bereit. Sie schlug die Terrasse des Hotels als Ort für gemeinsame Gespräche vor, dort sei es leichter für sie, sich zu konzentrieren. Die milchige Schwüle des frühen Morgens lag noch in der Luft, als sie in einer hellblauen, seidenen Tunika wie eine Königin vor der Hoteleinfahrt dem Wagen entstieg und vom Kellner an den Tisch geführt wurde, wo Doris schon mit dem Mikrofon auf sie wartete. Sie erzählte gerne, wählte ihre Worte bedächtig und ließ sich vor jeder Antwort Zeit, um ihren Erinnerungen Raum zu geben.
Als sie 1942 am Fuße des Koulouba zur Welt kam, war Bamako zwar längst die Hauptstadt der Kolonie Französisch-Sudan, dennoch »fast noch ein Dorf«. Innerhalb einer, nämlich ihrer Generation war die Stadt von zigtausend Einwohnern auf eineinhalb Millionen angewachsen. Ihren leiblichen Vater hatte sie kaum gekannt. Er hatte im Zweiten Weltkrieg als Soldat der französischen Armee in Italien gekämpft, war 1953 als schwerkranker Mann zurückgekommen und bald danach gestorben. Moussokoro wuchs zusammen mit ihren Ge-

Bamako 2005: Hotelterrasse am Niger

schwistern im Haushalt des »Kleinen Vaters« auf, einem jüngeren Bruder ihres Vaters, der ebenfalls Soldat in der französischen Kolonialarmee gewesen war. Der Onkel war verheiratet, aber noch kinderlos und Vorsitzender des Verbandes »alter Kämpfer«. Er war stolz auf dieses Amt, denn es handelte sich keineswegs um einen Verein von Kriegsveteranen zur Pflege von Reminiszenzen, sondern um einen notwendigen Zusammenschluss ehemaliger Soldaten, um die Solidarität unter den Überlebenden zu festigen und die Durchsetzung ihrer Ansprüche gegenüber der Republik Frankreich voranzutreiben. Das war eine existenzielle Frage. »In meiner Kindheit nach dem Krieg gab es für uns ja nichts mehr«, sagte sie, »wirklich gar nichts.« Zwar lebte ihre Mutter am selben Hof, doch für Moussokoro war sie keineswegs die wichtigste Person unter all den anderen Kriegswitwen, die ebenfalls im Hause des Onkels untergekommen waren. Einige waren nicht einmal verwandt. »Aber bei uns lebt eine Frau nie alleine, noch dazu wenn sie Kinder hat. Das ist undenkbar. Das ist nicht so wie in Europa.«
Eine dieser Frauen wurde ihr großes Vorbild. Auch sie hatte ihren Ehemann im Weltkrieg verloren, und Doris fragte sich allmählich, welcher »Sudanese« dieser Generation eigentlich nicht »mit dabei war, um Europa von den Nazis zu befreien«, wie Moussokoro es ausdrückte. Diese Frau war »die Seele des Hauses« gewesen, eine stolze, unbeugsame Frau, mit unerschöpflicher Energie und menschlicher Wärme. Ihrem Einsatz hatte Moussokoro zu verdanken, dass sie 1949 in die französische Grundschule geschickt wurde, was damals für ein Mädchen in Bamako höchst ungewöhnlich war. Noch ungewöhnlicher war, dass Moussokoro nach Abschluss dieser Grundschule in ein katholisches Internat gehen durfte, in Markala, nahe Segu. Es handelte sich um das erste und einzige Collège für Mädchen im gesamten Französisch-Sudan und war hauptsächlich für Kinder der *colons* bestimmt. Bis zu ihrem vierzehnten Lebensjahr wurde Moussokoro von katholischen Nonnen eines Marienordens aus Lyon betreut, und sie verband nur die allerbesten Erinnerungen mit dieser Zeit. Ausbildung, Nahrung, Komfort und Betreuung seien um vieles besser gewesen als in heutigen Schulen, meinte sie. Ob eine katholische Erziehung in einem muslimischen Land nicht problematisch gewesen sei, gab Doris zu bedenken; doch Moussokoro meinte leichthin, die katholischen Gebetsrituale seien zwar verschieden

von jenen im Islam, aber der Gott sei doch derselbe, oder etwa nicht? Außerdem waren die islamischen Lebensregeln erst ab der Adoleszenz verpflichtend, und da wechselte sie ohnehin in das französische Lycée in Bamako, das dem institutionellen Laizismus der Republik Frankreich verpflichtet war, der strikten Trennung von Kirche und Staat. Kein verpflichtender Religionsunterricht, keine Kreuze oder islamische Symbole an der Wand, das gestaltete den gemeinsamen Unterricht für muslimische und christliche Schüler problemlos. Die religiöse Ausbildung erhielt Moussokoro außerhalb der Schule. Die große Mehrheit der ungefähr fünfzig Schüler waren Knaben und kamen aus Kreisen der französischen Administration, nur drei waren Mädchen. Dass Moussokoro die Aufnahmeprüfung in das Lycée überhaupt bestanden hatte, war damals eine kleine Sensation. Sie lernte leicht und gerne, doch bis zum *Bac* brachte sie es nicht, da sie am Hof des Onkels als Arbeitskraft gebraucht wurde. Sämtliche halbwegs gesunden Männer hatten als Soldaten für Frankreich gedient, die Landwirtschaft war vernachlässigt, für Kriegsheimkehrer gab es einfach keine Arbeit; die Frauen aber, die für alles herhalten mussten, galten in dieser militarisierten Männerwelt noch weniger, als in der islamischen Gesellschaft damals üblich war. Nach Abzug der Franzosen brach auch die Verwaltung zusammen, die Kolonie war ja wie eine Militärdiktatur verwaltet worden und die Franzosen hatten kaum einheimische Beamte ausgebildet. Chaos wäre ausgebrochen, hätte es nicht traditionelle Gesetze und die Solidarität der Abstammungsgruppen gegeben. Modibo Keïta hatte freilich rasch erkannt, dass eine Modernisierung des Landes ohne Frauen nicht zu verwirklichen war. Er baute eine neue Verwaltung und ein neues Heer auf, organisierte eine Alphabetisierungskampagne und startete eine umfassende Gesundheitsreform. Dadurch erhielt auch Moussokoro eine Chance. Sie war gerade zwanzig, als ihr eine Ausbildung zur Krankenschwester angeboten wurde. Zwar hätte sie lieber Sprachen oder Medizin studiert, aber alles wäre ihr recht gewesen, um der zermürbenden, geisttötenden Plackerei zu entgehen, die den Alltag afrikanischer Frauen bestimmte, *la galère:* tagtäglich für die unzähligen Mitglieder des Haushaltes die Mahlzeiten organisieren, die Alten pflegen, die Kinder versorgen, putzen, waschen, und dies alles ohne Geld, ohne technische Hilfe und natürlich ohne fließendes Wasser, außer dem im *Djoliba.*

»Ich war einfach zu faul für dieses Leben«, meinte sie lächelnd. »Eigentlich wollte ich nur irgendwo in Ruhe sitzen und lesen.« Auch die von Frauen selbstverständlich erwartete Unterwürfigkeit fiel ihr nicht leicht. »Die Soninké sind sehr konservativ«, sagte sie, »und sie wollten einfach nicht wahrhaben, dass sich die Zeiten geändert hatten.« Viele Frauen hatten in einem französischen Haushalt gearbeitet und dort einen anderen Lebensstil kennengelernt. Und die Männer waren, sofern sie den Krieg überlebt hatten, aus ökonomischen Gründen immer weniger in der Lage, die Rolle des traditionellen Patriarchen mit der entsprechenden Autorität und Verantwortung zu übernehmen. Manche Frauen begrüßten die Gelegenheit zur Selbstständigkeit. Jedenfalls war etwas Grundsätzliches in Bewegung geraten.

Unter französischer Administration waren zur Versorgung von Kranken nur Militärärzte und Medizinmänner zuständig gewesen. Am Land behalf man sich bisweilen mit Magie. Unter Modibo Keïta wurden nun erstmals einheimische Frauen für eine moderne Krankenpflege und als Geburtshelferinnen ausgebildet, Frauen, die mit den lokalen Verhältnissen und dem weiblichen Körper vertraut waren. Das alles kostete natürlich Geld; und es war keineswegs der Westen, sondern die »blockfreien«, später auch die sozialistischen Länder, welche diese Pläne unterstützten. Die Aussicht auf eine ausgebildete Hebamme in der Familie war ausschlaggebend, dass der Onkel Moussokoros Berufsplänen doch noch zustimmte. Denn die häufigste Todesursache afrikanischer Frauen bestand in den Folgen einer Entbindung. Und natürlich war das Taschengeld, das sie während der Ausbildung erhielt, nicht unwillkommen. Höchstens zehn Frauen im gesamten riesigen Land erhielten damals eine derartige Ausbildung, und Moussokoro war sich ihrer Pionierrolle durchaus bewusst. Sie war stolz darauf, sagen zu können, dass sie ihr vergleichsweise freies Leben Modibo Keïta zu verdanken hatte.

Einen Teil der Ausbildung zur Krankenschwester absolvierte sie in Europa, aber nicht etwa in Paris, das ihr aus Schulbüchern vertraut war, sondern in Prag, einer ihr völlig unbekannten Stadt. Wie in allen Ländern des Ostblocks war in der Tschechoslowakei der frühen 1960er Jahre die »Befreiung der Dritten Welt« nicht nur ein Schlagwort, sondern gesellschaftspolitische Pflicht. Rassistische Ausschreitungen wä-

Bamako: Eine Küche

ren undenkbar gewesen. Und die Frau aus Wien fragte sich im Stillen, ob der damals diktatorisch verordnete Schutz vor der eigenen Barbarei nicht vielleicht der demokratisch ungehemmten Fremdenfeindlichkeit vorzuziehen wäre, jener *xénophobie décomplexeé,* die im gegenwärtigen Europa offenbar wieder mehrheitstauglich war. Aber das war natürlich kein Thema zwischen Moussokoro und ihr. Es schien sogar, dass zwischen ihnen alles erörtert werden konnte, außer diesem einen Thema Rassismus.

Umso lieber erzählte Moussokoro von der Freundlichkeit der Prager Bürger gegenüber den Studenten aus den »neuen Nationen« und von ihrem Staunen darüber, dass außer Paris noch eine andere Stadt über derart viele und prächtige Brücken über einen im Verhältnis zum Niger ziemlich schmalen Fluss verfügte. Am meisten jedoch beeindruckte sie die alltägliche Freiheit der Frauen, die ihr eigenes Geld verdienten, allein ins Kino gehen und selbst abends an den Ufern der Moldau ungestört auf einer Bank sitzen und lesen konnten. Nachteilig empfand sie die tiefen Temperaturen. Niemand hatte sie davor gewarnt, und in ihrer afrikanischen Garderobe war der Frost anfangs ein Schock für sie gewesen. Zwar halfen die Behörden ihr bald mit Jacke, Mantel und Schuhen aus, aber gewöhnen konnte sie sich an den mitteleuropäischen Winter nie.

Dass die großzügige Gastfreundschaft ihrer kommunistischen Gönner nicht frei von geopolitischen Interessen gewesen war, hatte für Moussokoro offenbar wenig Bedeutung. Sie lernte alles gerne, fand sogar den obligaten Kurs für Marxismus-Leninismus »ausgesprochen interessant«. Doch das Interessanteste war wohl die Begegnung mit dem Mann ihres Lebens. Er stammte aus ihrer Heimat, war Soninké von gleichem Stand, jung, ernsthaft und sehr intelligent. Denn während Abdoulayes Vater Mamadou in Französisch-Algerien »die Ordnung wieder herstellen« hätte sollen, stellte sich sein jüngerer Bruder Ibrahim in den Dienst der neuen Demokratischen Republik Mali. Zur Ausbildung war er in eine Verwaltungsakademie nach Prag geschickt worden und hatte zur gleichen Zeit denselben Kurs für Marxismus-Leninismus wie Moussokoro besucht. Es war Liebe auf den ersten Blick, *un coup de foudre.*

In ihrer Heimat Mali war es jedoch sehr ungewöhnlich und ziemlich

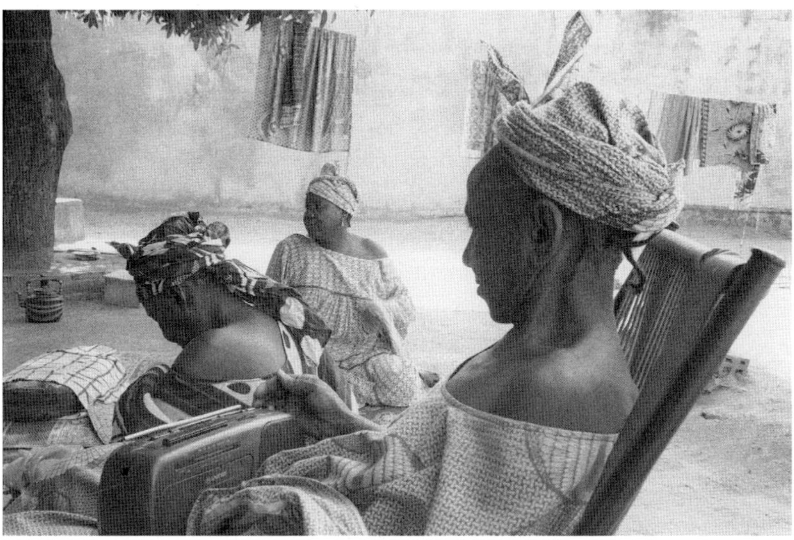
Bamako: Frauen in einem Hof

ungehörig, dass zwei junge Leute ohne Vermittlung ihrer Familien zueinander fanden. Und nach der Rückkehr war das junge Paar mit einigem Widerstand ihrer beider Familien konfrontiert, bis selbst für die strengen Väter offensichtlich war, dass die beiden jungen Leute in jeder Hinsicht zusammenpassten. Moussokoro sagte: »Ich war wirklich ein Glückskind. In meinem gesamten Umfeld war ich die einzige Frau, die den Mann heiraten durfte, den sie liebte.«

★

In Bamako arbeitete sie zunächst im ehemaligen Militärspital, dem einzigen Krankenhaus der Stadt. Und später, nach dem ersten Kind, das leider nur kurz überlebte, war sie als private Hebamme weiter tätig, bis sie schließlich eine Anstellung am INP erhielt, der von Modibo Keïta gegründeten Sozialversicherungsanstalt *Institut national de prévoyance sociale*. Ihr Ehemann Ibrahim Sima erhielt eine Stellung »bei der neuen Polizei«. In welcher Position, darüber schwieg Moussokoro, aber sie musste ziemlich bedeutend gewesen sein. Denn als Abdoulaye später im Polizeipräsidium in Bamako vorstellig wurde, um die neuen Grenzformalitäten zwischen Senegal und Mali zu erkunden, und sich auf seinen verstorbenen Onkel berief, erinnerte sich der leitende Offizier, ein älterer Herr, sogleich an Ibrahim Sima. Er bezeichnete ihn respektvoll als »großen Sicherheitsbeamten der ersten Stunde« und zeigte sich hocherfreut, seinen Neffen aus Frankreich kennenzulernen. Abdoulaye war sichtlich beeindruckt. Umgehend erhielt er auch alle nötigen Informationen und Empfehlungen für einen problemlosen Grenzübertritt mit dem alten Auto, die sich später gegenüber der senegalesischen Grenzpolizei freilich als völlig wirkungslos erweisen würden.

Lange war Onkel Ibrahim Sima offenbar nicht bei der Polizei, er wechselte bald in das prächtigste Gebäude auf dem Koulouba, in das Ministerium für Internationale Beziehungen. Und kurz darauf wurde er als Attaché für Kultur und Kommunikation an die neue Botschaft von Mali nach Paris entsandt. Moussokoro begleitete ihn. Sie arbeitete ebenfalls in der Botschaft als Beauftragte für Immigration, eine der wichtigsten Funktionen. Damals herrschte Hochkonjunktur und Frankreich holte zahlreiche »Sudanesen« als Arbeitskräfte ins

Hof im Sandnebel

Land, was wiederum der jungen Republik Mali bitter nötige Devisen brachte. Die Bedingungen dieser Arbeitsmigration waren in bilateralen Verträgen genau geregelt, doch wurden diese keineswegs immer eingehalten, weshalb Moussokoro beide Seiten zu kontrollieren hatte, sowohl die der Arbeitgeber als auch der Arbeitnehmer. Moussokoro legte Wert auf diese Äquivalenz, die in der Praxis wohl kaum so leicht durchsetzbar gewesen war. Doch sie hielt sich nicht mit Details auf, sondern betonte nur, dass sie ihre Arbeit als sinnvoll und befriedigend empfunden hatte. Sie liebte ihre Arbeit, sie liebte Paris, sie liebte ihren Ehemann Ibrahim; und über alle Maßen liebte sie ihre anwachsende Kinderschar, zwei Knaben und drei Mädchen wurden in Paris geboren.

In Bamako verschlechterte sich unterdessen die Lage dramatisch. Bald zog auch Moussokoros Bruder zu ihr nach Paris. Sie sagte: »Er hat uns nicht einmal gefragt.« Anfänglich sei es etwas eng bei ihnen geworden, zum Glück habe er jedoch bald Arbeit gefunden, er konnte sich selbstständig machen und gründete eine eigene Familie. In den Gesprächen mit Mamadou war in jedem Satz die Bewunderung zu spüren gewesen, die er für seinen jüngeren, »außergewöhnlich begabten« Bruder empfand. Ob Mamadou ihn beneidete? Ibrahim war dem Vater nähergestanden, er hatte seine Kindheit und Jugend bei den Eltern in Kayes verbringen und seine Laufbahn nach eigenem Willen gestalten dürfen. Das Lycée in Bamako, das Studium in Prag, alles hatte er selbst wählen können, während Mamadou immer dem Willen des Vaters zu folgen hatte. Sogar seine Ehefrau hatte Ibrahim selbst wählen dürfen, die Frau, die er liebte, noch dazu eine »gebildete Frau«, wie Mamadou sie sich immer gewünscht hatte. Eine resignative Bitterkeit mischte sich in den Ton, wenn Mamadou von seinem Vater sprach, der ohne Rücksicht über sein Leben verfügt hatte, während seinem jüngeren Bruder scheinbar jede Freiheit gewährt worden war. Doch der Plan des »Patriarchen« entsprach einer geopolitischen Strategie: Während sein älterer Sohn in Richtung Westen zog, nach Dakar und schließlich nach Paris, ging der jüngere nach Osten, nach Bamako und nach Prag; während der eine seine berufliche Laufbahn in den Dienst der ehemaligen Kolonialmacht stellte, wirkte der andere bei der Entstehung der Republik Mali mit.

In Frankreich kreuzten sich ihre Wege. Und in diesen Jahren entwickelte sich zwischen den Sima in Paris und den Sima in Dijon ein sehr enges Verhältnis. Als Armeeangehöriger hatte Mamadou fünfzig Prozent Ermäßigung bei der Bahn, alle vierzehn Tage war er in Paris bei seinem Bruder. Es waren Ausflüge ins Leben. Dafür machten Ibrahim und seine Familie Ferien in Dijon, die Luft in Burgund war besser, die Kinder konnten am Ufer der Ouche spielen, während die Eltern im Park die letzten politischen Ereignisse besprachen. Und davon gab es genug.

Damals kreuzten sich in Paris nicht nur die Wege der Brüder Sima, sondern auch die sämtlicher Geheimdienste und Befreiungsbewegungen der Welt, mit den widersprüchlichsten Interessen; Paris war die zentrale Bühne der heute sogenannten »68er Bewegung«, die freilich lange vor jenem Datum begann und sich keineswegs auf »Studentenkrawalle«, »Hippies« und andere Klischees reduzieren lässt, wie dies heute gerne geschieht. Die Widersprüche jener spannungsgeladenen Zeit spalteten nicht nur Kontinente und Länder, sondern stellten auch das Bewusstsein der Menschen vor eine Zerreißprobe. Der Eiserne Vorhang und die Berliner Mauer teilten das postnazistische Mitteleuropa, wo dumpfes Schweigen und lautes Lügen über eine »Vergangenheit«, die keineswegs vergangen war, Kultur und Politik lähmten und der neuen Generation unerträglich wurden. Westeuropa entließ unterdessen seine Kolonien in eine prekäre Freiheit, während weiterhin faschistische Diktaturen in Spanien und Portugal mit ihren Geheimdiensten und Folterkammern gehätschelt wurden. Der Alltag der Menschen war von gewaltbereiter Polizei, autoritärer Professorenwillkür an den Universitäten, Hungerlöhnen in den Fabriken bestimmt, im französischen Strafvollzug waren Exekutionen immer noch legal. Dazu kam die Eskalation des Grauens in Vietnam und die Inszenierung einer permanenten atomaren Bedrohung. Im August 1968 ließ General de Gaulle in der Sahara auf altem Territorium der Tuareg die erste französische H-Bombe zünden, um, wie es hieß, »den beiden Supermächten ein Gegengewicht« zu bieten. Und im selben Jahr wurde Frankreichs ungläubige Öffentlichkeit erstmals mit Berichten über Folter und Terror im Algerienkrieg konfrontiert. Zahlreich waren die Faktoren, welche die Menschen in Paris auf die Straße trieben und zum Generalstreik führten. Charles de Gaulle löste die Nationalversammlung auf und ließ die Metropole von Panzern umzingeln. Was im zweiten Jahrzehnt des 21. Jahrhunderts als »68er Bewegung« verniedlicht wird, umschreibt jenen kurzen Zeitraum, in dem ein Teil der Bevölkerung die intellektuellen und ideologischen Grenzen zwischen postkolonialen und postnazistischen Nationen in Europa aufzubrechen suchte.

★

Moussokoro brachte in Paris 1968 ihren ältesten Sohn zur Welt, während in Bamako Modibo Keïta aus dem Amt geputscht wurde. »Sie wollten ihn weghaben, das war doch klar«, stellte Moussokoro fest und meinte damit Frankreich und den Westen. »In einem armen Land werden sich immer Leute finden, die für Geld zu allem bereit sind«, fügte sie hinzu. In der jungen Republik Mali fanden *sie* einen »kleinen Leutnant« namens Moussa Traore. »Ohne französische Unterstützung hätte er niemals den Umsturz geschafft.« Dies war die einzige politische Bemerkung, welche Doris jemals von ihr zu hören bekam. Sie kannte »Moussa« persönlich, sehr gut sogar. Er stammte ja aus Kayes, wo die Sima lebten und wo jeder jeden kannte. Ibrahim Sima hatte als Kind mit »Moussa« die Schulbank gedrückt und Fußball gespielt. Der Putsch in Bamako hatte für ihn zunächst auch keine Folgen. Er hätte weiter in Paris bleiben können, aber er wollte nach Hause zurück, um familiäre Angelegenheiten zu regeln. Es war Mamadou, der ihm zur Rückkehr geraten hatte, denn der wusste aus eigener Erfahrung, dass man bei zu langer Abwesenheit die persönlichen Kontakte in der Heimat verliert und später von Vermittlern abhängig wird, »die nie verlässlich sind und nur kassieren wollen«. Zurück in Mali hatte sich Ibrahim zunächst um seine Familie in Kayes gekümmert, was Moussokoro zur leisen Bemerkung veranlasste: »Alle unsere Ersparnisse flossen ja immer nur nach Kayes. Wenigstens kaufte er rechtzeitig noch hier das Haus, so dass wir zumindest ein sicheres Dach über dem Kopf hatten.« Und das würde sie noch brauchen.
Über die folgenden Ereignisse hatte bereits Mamadou erzählt, dass der neue Staatschef Moussa Traore seinen alten Schulkameraden Ibrahim Sima »in die Politik holen« wollte, der jedoch abgelehnt habe, worauf

Vor einem Haus in Bamako

er Botschafter in Dakar werden sollte. Das hatte jedoch Mamadou verhindert, als älterer Bruder verfügte er über entsprechende Autorität. »Ich sagte ihm damals, sei kein Narr! Als Botschafter in Dakar hättest du keine ruhige Minute. Du hättest zwar einen Botschaftertitel und ein Büro, aber kein Geld, denn es gab für öffentliche Ämter ja kaum ein Budget. Bereits vor dem Frühstück werden mehr als zehn Leute auf dich warten und auf irgendeine Unterstützung hoffen, die du nicht gewähren kannst, weshalb du sie dir zu Feinden machen wirst. Und was das in Afrika bedeuten kann, war auch meinem Bruder klar. Bleib lieber Attaché in Paris, hatte ich ihm geraten.« Schließlich wurde Ibrahim Sima Botschafter in Washington, und damit war auch Mamadou einverstanden: »Ich dachte damals, die USA sind weit genug von afrikanischen Turbulenzen entfernt, und Ibrahim hätte dort ein ruhiges Leben.«

Das aber stellte sich als Irrtum heraus. Damals liefen sämtliche Ambitionen der USA im subsaharischen Raum über die Botschaft der Republik Mali in Washington D.C. »Es war eine große Herausforderung für Ibrahim«, erinnerte sich Moussokoro und beschränkte sich ansonsten darauf zu betonen, dass es eine »überaus interessante Zeit« gewesen sei. Washington hatte sie nur in allerbester Erinnerung, die Menschen waren freundlich, die Schulen für ihre Kinder ausgezeichnet und sie selbst widmete sich ausschließlich ihrer Familie. Niemals habe sie Probleme wegen ihrer afrikanischen Herkunft gehabt, was sie jedoch nur erwähnte, weil Doris sie danach gefragt hatte. Alles war offenbar perfekt an ihrem Leben in den USA. Bis eines Wintermorgens das Telefon läutete. Und noch am selben Tag nahm Ibrahim den nächsten Flug nach Bamako.

Dort hatten bereits im Mai 1977 trotz des herrschenden Versammlungsverbots Demonstrationen gegen die Politik von Moussa Traore stattgefunden, der Ruf nach einer Rückkehr von Modibo Keïta war unüberhörbar geworden. Der aber schmachtete immer noch in Kidal. Und eine Woche später war er plötzlich tot. Anlässlich seiner Beisetzung hatten sich erneut tausende Demonstranten versammelt, Moussa Traore hatte die Armee gegen sie eingesetzt. Und kurz darauf waren alle Botschafter nach Bamako zurückbeordert worden, »um die nationale Lage zu sondieren«, unter ihnen Ibrahim Sima.

Was genau beim großen Meeting am Koulouba besprochen worden war, wussten natürlich weder Mamadou noch Moussokoro. Aber sie erinnerten sich, dass Ibrahim unmittelbar danach um ein paar Tage Urlaub angesucht hatte, denn vor seiner Rückkehr nach Washington wollte er noch seine alte Mutter in Kayes besuchen. Im Wagen Richtung Kayes erreichte ihn die Meldung, die Amtsräume des Staatspräsidenten seien von Armeeangehörigen besetzt und ein Staatsstreich sei im Gang. Ibrahim vergaß den Familienbesuch in Kayes und nahm das nächste Flugzeug nach Paris.
Wer hatte diesen Putschversuch inszeniert? Mamadou hatte nur lakonisch gemeint: »Der Innenminister wollte eben den Posten des Regierungschefs oder so etwas Ähnliches. Das ist immer so bei uns, jeder will das Haus des anderen, den Posten des anderen, das Geld oder die Frau des anderen. Und ein Staatsstreich ist die ideale Gelegenheit dafür. Im Chaos danach genügt irgendeine Denunziation, und schon hast du, was du willst. Für jeden, der etwas zu verlieren hat, ist ein Staatsstreich gefährlich, ganz gleich, auf welcher Seite er steht.«
Das wusste Ibrahim offenbar auch. Mamadou hatte ihn in Orly bereits erwartet, die Lage wurde besprochen und der Entschluss gefasst, Ibrahim sollte einfach in sein Amt nach Washington zurückkehren, »als ob nichts geschehen wäre«. Zehn Tage später war der Staatsstreich gescheitert, die Putschisten inhaftiert, das Parlament aufgelöst und Moussa Traore regierte ab nun mit Dekreten. Und als Ibrahim in Bamako nun aus dem Flugzeug stieg, wartete bereits die Staatspolizei auf ihn. Die folgenden sieben Monate blieb er verschwunden und Moussokoro in Washington erhielt nicht einmal eine offizielle Verständigung über die Verhaftung ihres Mannes. Niemand wusste etwas über den Grund, den Ort und die Bedingungen seiner Haft. Ibrahim blieb verschwunden. Anklage wurde nie erhoben, kein Gerichtsverfahren fand statt, nur die Telefonleitung zwischen Dijon und Washington lief heiß. Mamadou war ja der Einzige, an den Moussokoro sich wenden konnte, und der riet ihr: »Moussa und Ibrahim kennen sich doch seit ihrer Kindheit. Du bist eine gebildete Frau, du kannst schreiben. Schreib Moussa einfach einen Brief und frag ihn, was er Ibrahim eigentlich vorwirft.«
Moussokoro schrieb diesen Brief. Aber als Antwort wurde sie nun ih-

rerseits nach Bamako zurückbeordert, und dies mitten im Schuljahr, weshalb sie den Befehl zunächst ignorierte. Unter keinen Umständen durfte die Ausbildung ihrer Kinder zum Kollateralschaden innenpolitischer Turbulenzen werden. Doch nach dem Ende des Schuljahres blieb ihr keine Wahl, sie musste Washington verlassen und landete mit ihren fünf Kindern zunächst in Paris, wo Mamadou sie vom Flughafen abholte und die ganze Familie zunächst bei sich in Dijon einquartierte. Man entschied, dass ihre beiden Söhne vorläufig in Dijon bleiben und zusammen mit Mamadous älteren Kindern dort in die Schule gehen, während Moussokoro mit den drei kleinen Mädchen nach Bamako zurückkehren und sich um das Schicksal ihres verschwundenen Mannes kümmern sollte. Ein Anwalt wurde bestellt, die ganze Sippschaft musste zu den horrenden Kosten des Verfahrens beisteuern. »Denn wenn man bei uns nicht zahlen kann, geht gar nichts.« Moussokoro meinte, Ibrahim habe seine Beziehung zu Moussa Traore offenbar überschätzt, er habe ihm gegenüber immer ehrlich seine Meinung geäußert, auch Kritik. »Moussa war ja ein ganz einfacher Mann«, sagte sie, »ohne jede Bildung. Er war ein kleiner Polizist in Kayes, bevor er in die neue Armee aufgenommen wurde. Er hatte alles Modibo Keïta zu verdanken.« Als er plötzlich zum Staatsoberhaupt »gemacht« worden war, wirkte er zunächst verloren. Bei seinem ersten Staatsbesuch in Paris war er völlig auf Ibrahim angewiesen, der ihm jedes Detail erklären musste. Moussokoro sagte: »Das war es wohl, was Moussa meinem Mann nicht verzeihen konnte, seine Überlegenheit, seine Bildung, seine Weltgewandtheit.« Und nach einer kleinen Pause fügte sie hinzu: »Sieben Jahre Botschaftsattaché in Paris, zwei Jahre Botschafter in Washington, das alles zählte in Bamako nicht. Dort zählte nur Neid. Und Schadenfreude.«
Nach ihrer Rückkehr war Moussokoro keine Botschaftergattin mehr, sondern die Frau eines Staatsverbrechers. Zwar wusste niemand etwas Genaues, aber alle wichen ihr aus. Und wovon, bitte, hätte sie mit ihren fünf Kindern nun leben sollen? Letztlich half ihr die alte Anstellung bei der Sozialversicherung über die Runden, und die Unterstützung aus Dijon. Als Ibrahim durch diverse Interventionen schließlich wieder freikam, nahm Mamadou das nächste Flugzeug nach Bamako. »Ich befahl meinem Bruder, in Hinkunft alles, was mit Politik zu tun

hat, auf der Stelle zu vergessen!« Da Ibrahim jedoch niemals angeklagt und verurteilt worden war, konnte er auch nicht rehabilitiert werden. Der Verdacht, an dem missglückten Staatsstreich gegen Moussa Traore in irgendeiner Weise beteiligt gewesen zu sein, blieb an ihm haften und hatte den Verlust aller staatlichen Funktionen und seiner sozialen Absicherung zur Folge. »Aber Ibrahim war begabt und sehr gut ausgebildet«, erzählte Moussokoro, »bereits nach kurzer Zeit fand er eine Position in der Privatwirtschaft, als Direktor einer Motorradfabrik in Bamako. Die französischen Besitzer waren froh, in Ibrahim einen verlässlichen Partner gefunden zu haben. Und sein Gehalt war wesentlich besser als das eines Botschafters in Washington.«
Was damals am Koulouba wirklich geschehen war, würde wohl niemals zu klären sein. Abdoulaye wollte von alldem nichts hören. Er meinte nur: »Alles, was in Afrika mit Politik zusammenhängt, ist gefährlich; ja, selbst noch nach dreißig Jahren.«

★

In Bamako regierte Moussa Traore weiterhin mit Dekreten und seiner Einheitspartei *Union démocratique du peuple Malien,* UDPM. Die Interessen des Westens wurden bestens bedient, das Sozialprodukt der Republik Mali schrumpfte, wobei die bekannten Interventionen des IMF und der Weltbank die übliche Rolle spielten: Die öffentliche Verwaltung, das Bildungs- Gesundheits- und Sicherheitssystem, ohnehin erst im Aufbau begriffene Sektoren, wurden marginalisiert, durch die Abschaffung öffentlicher Subventionen explodierten die Lebensmittelpreise. Dazu blieb wieder einmal der Regen aus, und das wachsende Elend wurde unübersehbar. 1980 ließ Moussa Traore in Bamako eine Studentendemonstration gewaltsam niederschlagen, ihr Anführer Abdoul Karim Camara starb unter der Folter. In Europa war die Konjunktur eingebrochen und in Frankreich wurden jene Arbeitskräfte, die vor zwanzig Jahren aus Mali in die Metropole geholt worden waren, massenweise zurückgeschickt, auch in jene Regionen, die besonders unter der wachsenden Dürre und extremen Preissteigerungen der Nahrungsmittel zu leiden hatten. Die folgende Hungersnot verschonte nun auch jene Gebiete nicht, in denen dieses Phänomen bisher unbekannt war. Doch statt für Hilfsmaßnahmen, die freilich

keine Devisen zur Bedienung der Bankschulden gebracht hätten, verschwendete die Regierung in Bamako ihre mageren Ressourcen für militärische Auseinandersetzungen rund um die rohstoffreiche Region von Agacher an der Grenze zu Burkina Faso. Daran waren auch westliche Konzerne interessiert. 1985 kam es dort zum offenen Krieg, für die westliche Presse waren es, wie immer, »ethnische Konflikte«.
Im Nordosten des Landes mobilisierten sich die Tuareg zu einem grenzübergreifenden Aufstand gegen die Regierung Moussa Traore. Ihr traditioneller Lebensraum war, nicht ganz ohne Absicht, von den ehemaligen Kolonialmächten durch die Grenzen sechs neuer Nationalstaaten zerschnitten worden und wurde nun zusätzlich durch den Abbau von Uran bedroht, der statt versprochener Arbeitsplätze und Entwicklung neue »Sperrgebiete« und »Sicherheitszonen« brachte, sowie die allmähliche Verseuchung der kargen Weidegründe. Wie überall in Afrika dienten in Mali die spärlichen Einnahmen aus den von der Regierung vergebenen Konzessionen nicht für Investitionen in den neuen Staat, sondern zur Devisenbeschaffung für den »Schuldenabbau«, das heißt zum Begleichen der Zinsen bei westlichen Banken, sowie zur militärischen Absicherung der dem Westen ergebenen Machthaber. Einige Gruppen der Tuareg spezialisierten sich mangels anderer Erwerbsmöglichkeiten und nationalstaatlicher Integration auf Überfälle auf transsaharische »Konvois« – Karawanen gehörten ja der Vergangenheit an –, andere auf Schmuggel, und wieder andere verdingten sich in der Armee von Libyens Muammar al-Gaddafi, dem Investitionen in der verarmten Sahel-Region zu einem besonderen Anliegen wurden. 1990 organisierten einige Stammesverbände aus Mali und Niger einen grenzübergreifenden Aufstand, der von Gaddafis Soldaten unterstützt wurde. Moussa Traore schickte seine Armee. Das Blutbad unter den Tuareg 1991 war sogar der internationalen Presse einige Schlagzeilen wert, politische Reaktionen des Westens freilich blieben aus. Die Sahara war für Rohstoffkonzerne eine Goldgrube, und niemand hatte besonderes Interesse daran, die Tuareg erstarken zu sehen.
In Europa bröckelte in jenen Jahren zwar die Berliner Mauer und der Eiserne Vorhang zeigte erste Lücken, aber in den Köpfen der Menschen entstanden neue Mauern, die man längst überwunden geglaubt hatte. Nach Ende des Algerienkrieges sah sich Frankreich mit einem

Am Ufer des Djoliba (Niger)

ebenso plötzlichen wie gewaltigen Strom von Einwanderern und Flüchtlingen konfrontiert, und angesichts der Massenarbeitslosigkeit schien es einigen Politikern erstmals opportun, eine »nationale Identität« zu beschwören. Es kam zu »Zwischenfällen«. In Marseille hatte ein mittelloser Algerier, eben aus einem Krankenhaus entlassen, einen Bus ohne Fahrschein bestiegen, war vom Busfahrer als Scheiß-Araber beschimpft worden, woraufhin er dem Fahrer in den Arm schoss und von Passagieren und Passanten regelrecht gelyncht wurde. Im Südwesten wurde ein Schwarzer von Mitreisenden aus dem fahrenden Zug geworfen; und nahe Toulon schlug eine rechtsradikale Bande einen pensionierten französischen Offizier dunkler Hautfarbe zusammen, so dass er an den Folgen seiner Verletzungen starb. Der Mann hatte zuvor einem von der Bande angegriffenen Algerier zu Hilfe kommen wollen. Die Tochter des Toten erhob Anklage, doch das Gericht stellte fest, die zum Tode führenden Verletzungen seien durch seinen Sturz auf das Pflaster erfolgt, und verurteilte die Schlägerbande bedingt zu einigen Monaten Haft.

Diese und andere *faits divers* waren Symptome eines Gemeinwesens, das aus dem Gleichgewicht zu geraten drohte.

★

Für das Ehepaar Ibrahim und Moussokoro in Bamako waren die späten 1980er Jahre freilich gar nicht so übel. Die Motorradfabrik war erfolgreich – noch hatte China den Markt nicht entdeckt –, der jüngere Sohn studierte in Dakar und wohnte dort bei Onkel Sourakhé Sima, bei dem auch Mamadou seine Adoleszenz verbracht hatte; eine Tochter versuchte es in Washington D.C., das sie aus ihrer Kindheit kannte, eine andere lebte in Paris. Und auch der älteste Sohn war zum Studium in die Metropole zurückgekehrt und hatte den *concours* an die Sorbonne geschafft. Er wohnte bei der Familie von Moussokoros Bruder, der nach seiner Entlassung aus der Autoindustrie Taxifahrer geworden war. Zu Weihnachten 1988 versammelte sich die Familie Sakko bei der Familie Sima in Dijon, es gab etwas Besonderes zu feiern, alle waren stolz auf den Sohn an der Sorbonne. Man verbrachte noch den Jahreswechsel zusammen und am 2. Jänner 1989 fuhr die Familie Sakko mit dem Sohn Moussokoros zurück nach Paris.

Mamadou, der damals eine Autowerkstatt leitete, stand jeden Tag ab sieben Uhr früh im Betrieb. Am Morgen des 8. Jänner 1989 klingelte dort das Telefon, ein Anruf aus der Pariser Taxizentrale. In der Leitung war Moussokoros Bruder, der kaum verständliche Satzbrocken stammelte: Er habe Nachtdienst gehabt, seine Frau habe den Jungen gefunden, bewusstlos. Er habe »irgendwelche Medikamente« geschluckt und liege nun im Koma im Spital. Als Mamadou in Paris eintraf, war Moussokoros Sohn bereits tot.

Als er von der Tragödie sprach, brach seine Stimme mehrmals, bevor er endlich herausbrachte: »Der Junge war gerade einundzwanzig Jahre alt! Als mein Vater starb, habe ich nicht geweint, auch nicht, als meine Mutter starb. Aber nun habe ich geweint. Der Junge hatte doch eine große Zukunft vor sich! Er war in allem so gewissenhaft. Er war der Ernsthafteste von allen. Während die anderen Kinder sich nur amüsieren wollten, hat er sich nur für Bücher interessiert.«

Er hatte keine Erklärung. Eine unglückliche Liebe? Dazu war der Junge viel zu ernsthaft! Nie hatte er sich mit Mädchen abgegeben. Schlechte Behandlung? An der Sorbonne, dem prestigereichen Tempel der Weisheit? Undenkbar! Höchstens, dass der Junge enttäuscht gewesen war darüber, dass er in Informatik nur eine Zwölf hatte. Bisher war er immer der Beste in der Schule gewesen, und er war ziemlich ehrgeizig. »Ja, vielleicht war es das«, wiederholte Mamadou wie zu sich selbst. »Er fühlte sich irgendwie unterbewertet. Er hatte nur einen Zettel hinterlassen, auf dem mit Bleistift ein einziger Satz hingekritzelt war: *Was mir geschehen ist, wird mir nie wieder geschehen.*«

Doris hatte Moussokoro nicht mit der Tragödie konfrontieren wollen, umso mehr, da Abdoulaye ihr davon abgeraten hatte. Doch die Tante schien nun fast erleichtert, eine Fremde an den Rand ihres Abgrunds führen zu können, der sich ungeachtet aller Gebete nicht mehr schließen wollte. Moussokoro ließ sich eine Weile Zeit, bevor sie stockend einige Sätze hervorbrachte, die zwar nichts von dem vermittelten, was wirklich geschehen war, dafür um einiges mehr.

Er war ein stilles Kind. Ein Kind, das alles verstand.

Ich glaube, er war einfach zu begabt.

So sensibel, vielleicht zu sehr. Und sehr stolz.

Er konnte keine Niederlage einstecken.

Vielleicht konnte er nicht verkraften, dass er auf der Sorbonne nicht mehr der Beste war.
Aber wie auch, in Bamako hatte es ja keine Informatik gegeben.
Er war so feinfühlig den Menschen gegenüber, immer hilfsbereit.
Die Welt war einfach nicht gut genug für jemanden wie ihn.
Oder, er war einfach zu gut für diese Welt.
Vielleicht war mein Bruder zu streng.
Vielleicht hätte ich meinen Sohn öfter besuchen sollen, um zu sehen, wie alles läuft. Vielleicht … aber es ist ohnehin zu spät.
Vielleicht hat es ja einen Sinn, dass Allah immer die Besten vorzeitig zu sich holt.
Nur diesen einen Satz hat er hinterlassen: *Was mir geschehen ist, wird mir nie wieder geschehen.*

★

Dass ein junger Mann sich wegen einer mäßigen Note in Informatik das Leben nahm, konnte Doris einfach nicht glauben. Warum beharrte die Familie auf dieser Erklärung? Niemand schien wissen zu wollen, was in den Tagen vor der Nacht vom 7. zum 8. Jänner 1989 tatsächlich geschehen war.
Abdoulaye war damals immerhin bereits fünfzehn Jahre alt. Doch er wollte gar nicht darüber sprechen und auch nicht, dass Doris auf eigene Faust Nachforschungen nach den Gründen für den Freitod seines Cousins anstellte, im familiären Umfeld, im Freundeskreis, in Archiven der Sorbonne. Wozu sollte das gut sein, meinte er. Über den Tod könne man ohnehin nichts Wahres sprechen. Als hätte er Wittgenstein gelesen.
»Unterbewertet« hatte sich der junge Mann gefühlt. Sie konnte an nichts anderes mehr denken. Was war es, was ihm »geschehen« war? Zwar wusste sie aus Büchern, dass der Islam nicht anders als das Christentum den Freitod als Frevel verurteilt, doch wer ließ sich heutzutage noch davon beeindrucken? Jedenfalls konnte dies kaum der Grund für die Zurückhaltung der Familie sein. Sie war überzeugt, dass man mit allen Mitteln herausfinden hätte müssen, warum der junge Mann so verzweifelt gewesen war; dass nur die Wahrheit über seine Motive sie von ihrer schlafraubenden Unruhe befreien hätte können. Immer

Erde zu verkaufen …

wieder fragte sie sich, warum Moussokoro und die Familie so wenig Interesse an der Aufklärung der Tragödie zeigten. Oder wussten sie alles und wollten es ihr nicht sagen? Später dachte sie, dass es bei alldem vielleicht um etwas ging, von dem sie sich gar keine Vorstellung machen konnte.

Wenige Monate nach ihrer Rückkehr nach Wien erreichte sie die Nachricht, dass Moussokoro nun auch ihren zweiten Sohn verloren hatte. Der junge Mann, der auf der Terrasse über dem Niger von seiner Tätigkeit als Informatiker und seinen Heiratsplänen erzählt hatte, war einer Blinddarmentzündung erlegen. Das Krankenhaus in Bamako habe nicht über die nötigen Medikamente zur Eindämmung der Infektion verfügt, und seine Überführung in ein Spital nach Rabat erfolgte zu spät. Doris versuchte, Moussokoro telefonisch in Paris zu erreichen, wo sie angeblich zu Besuch bei ihrer Tochter war, doch scheiterte sie an einer tonlos abweisenden Frauenstimme, die behauptete, Moussokoro Sima nicht zu kennen. Später hob niemand mehr ab.

★

1991 kam es in Bamako zu jener blutig niedergeschlagenen Studentendemonstration auf der Brücke, die seitdem *Pont des Martyrs* genannt wurde. Vier Tage danach musste Moussa Traore nun selber einem Staatsstreich weichen, angeführt von Oberleutnant Amadou Toumani Touré, der jedoch im Unterschied zu seinem Vorgänger unmittelbar nach dem Machtwechsel zugunsten einer zivilen Regierung zurücktrat. Moussa Traore erhielt ein rechtsstaatliches Gerichtsverfahren, in dem er zwar für seine politischen Verbrechen zum Tode verurteilt, jedoch vom demokratisch gewählten Präsidenten, dem Geschichtsprofessor Alpha Oumar Konaré, zu lebenslanger Haft begnadigt wurde. Ab nun ging alles zivilisiert zu in Mali, außer dass die Wirkungen der »Hilfsmaßnahmen« der Weltbank zusammen mit ihren üblichen »Strukturreformen« jetzt voll zum Tragen kamen. Die jungen staatlichen Institutionen gerieten in Bedrängnis, Politiker, Lehrer, Beamte, Soldaten, Polizisten warteten immer länger und manchmal vergeblich auf ihr ohnehin schwindendes Gehalt, was der Korruptionsbereitschaft wenig abträglich war.

Ibrahim Sima, der unter der Herrschaft von Moussa Traore immerhin verfolgt worden war, hatte auch von dessen Sturz keinerlei Vorteile. Im Gegenteil. Da in Mali für das Regime des Diktators die ehemalige Kolonialmacht Frankreich als hauptverantwortlich galt, hatte sich die Wut des Volkes gegen französische Einrichtungen gerichtet, und Studenten, die nach den Worten Mamadous »immer irgendetwas wollen«, setzten die Motorradfabrik in Brand, deren Leiter sein Bruder war. Die französischen Eigentümer wollten daraufhin abziehen, »man kann es ja verstehen«, hatte Mamadou gemeint. Doch schließlich wurden sie von den neuen Politikern zu einem Joint-Venture-Projekt und zum Wiederaufbau der Fabrik gewonnen und Ibrahim blieb Direktor.
1999 erging ein weiteres Todesurteil gegen Moussa Traore, diesmal wegen Wirtschaftsverbrechen, da endlich bewiesen werden konnte, dass er zur Zeit seiner Herrschaft Schmiergelder großen Stils von westlichen Rohstoffkonzernen angenommen und dreistellige Millionenbeträge an Subventionen veruntreut hatte. Doch nach der nächsten verfassungsmäßigen Wahl 2002 wurde Amadou Toumani Touré der neue Präsident, der bei der Bevölkerung wegen seines vorbildlichen Verhaltens nach dem Sturz von Moussa Traore noch in bester Erinnerung war. Der neue Präsident verzichtete auf sämtliche Ämter in der Armee und bemühte sich unverzüglich um Verhandlungen mit Weltbank und WTO. Als tiefgläubiger Mann begnadigte er seinen Vorgänger Moussa Traore, entließ ihn sogar vorzeitig aus der Haft, was er mit der Notwendigkeit zur »nationalen Versöhnung« begründete. Und so kam es, dass der politische und verwandtschaftliche Clan rund um Moussa Traore weiterhin im Machtapparat des Landes verankert blieb.

Im Herbst desselben Jahres stürzte Ibrahim Sima zwei Tage nach einem Besuch beim Arzt im Badezimmer seines Hauses in Djélibougou und konnte sich nicht mehr erheben. Sein Bruder sei wegen eines Magengeschwürs in Behandlung gewesen und habe die Medikamente nicht vertragen, hatte Mamadou erklärt. Die Familie wollte Ibrahim umgehend in ein Spital nach Frankreich überführen, doch am nächsten Morgen lebte er nicht mehr. Nicht einmal sechsundsechzig Jahre alt sei sein Bruder geworden, nicht einmal seinen Ruhestand

habe er genießen dürfen, hatte Mamadou gemeint, während die Verbrecher … Dann war er verstummt.
Auf der Hotelterrasse über dem Niger hob Mussokoro die Schultern und blickte der fremden Frau aus Wien schweigend in die Augen. Schließlich meinte sie schleppend, als bedeute jedes Wort eine nahezu unüberwindliche Anstrengung: »Was soll man dazu sagen. Jeder weiß doch, wie katastrophal die medizinische Versorgung hierzulande ist.«
Und wieder dachte die Frau aus Wien, warum fragt sie nicht weiter.

★

Endlich hatte sich Abdoulaye dazu durchgerungen, Bamako zu verlassen. Noch vor Anbruch des Morgens holperten sie im Osten der Stadt über die einspurige »Alte Brücke«, die kaum zwei Meter über dem Wasser ans andere Ufer führte. Auf der Hauptstraße in Richtung Osten war es gar nicht so leicht, sich in die dichten Kolonnen bizarr bemalter Fernlaster einzureihen. Dann der Stau bei der Zollstation, wo die Laster oft tagelang festsaßen und die Reisenden sich an einem der Stände ein kaffeeartiges Getränk aus einer großen Kanne einschenken ließen, während Kinder sie zum Kauf von Bananen, Keksen, Papiertaschentüchern überreden wollten.
In Segu lebte eine Cousine von Abdoulaye, die mit dem neuen Bürgermeister verheiratet war. Und tatsächlich zeigte sich dort zum ersten Mal ein Horizont. Und der Himmel war klar! Abdoulaye und Doris hatten sich zwei wackelige Stühle auf die leere Terrasse gezogen und dämmerten in der bleiernen Nachmittagshitze vor sich hin. Der breite Strom, in Segu immer noch der *Djoliba*, flimmerte im gleißenden Licht unmittelbar vor ihnen, im dunklen Speisesaal dahinter war die Stimmung drückend und das Personal aufgeregt. Eine Delegation wurde erwartet.
Unmittelbar vor der Terrasse schaukelten die spitz zulaufenden, flachen Holzpirogen, die Markenzeichen des Niger. Sie wurden mit einem einzigen Ruder an einem langen Stiel fortbewegt und waren mit bunten Ornamenten geschmückt oder mit einem arabischen Schriftzug, der für den Namen des Besitzers oder einen frommen Wunsch stand. Einige verfügten über Sitzbänke mit Lehnen unter einem Schattendach aus Schilf, andere waren für schwere Lasten gerüstet. Die meisten

Segu: Terrasse am Djoliba

waren klein und schmal, hingeworfen entlang der schlammigen Küste wie Mikadostäbchen. Im Hafen wartete eine dicht gedrängte Menge auf einen Platz für die Überfahrt ans andere Ufer, wo Kegeldächer flimmerten und Rinder als weiße Punkte auf eine Sandbank getrieben wurden. Geträumtes Spielzeug.

Ab Segu war der Niger bis Timbuktu ganzjährig schiffbar. Daher wurden hier im 19. Jahrhundert lange Flotten aneinander geketteter Lastpirogen zusammengestellt, mit Tonnen von Salz, Gold, Getreide, Kolanüssen, mit Sklaven, Waffen, Viehherden, Pferden, Stoffbahnen und Leder. Bis in die 1860er Jahre war Segu das Zentrum des Reiches der animistischen Bambara, einem Volk von Getreideproduzenten. Muslimische Soninké und Songhai siedelten ebenfalls in der Region, sie waren wegen ihrer Textilproduktion und als Handelsunternehmer berühmt, die die großen Karawanen für den Mittelmeerraum zusammenstellten. Der König von Segu lebte von den Steuern dieses Handels und war daher um eine konfliktfreie Beziehung zu seinen muslimischen Nachbarn bemüht. Seine Truppen garantierten die Sicherheit der Handelswege, konnten jedoch gelegentliche Razzien an den Rändern seines Reiches nicht verhindern. Soninké, Songhai, Peuls, Tukuloor nutzten die Nachfrage an der Ware Mensch an der atlantischen Küste, so dass die Nomination *Bambara* eine Zeit lang sogar ein Synonym für »Sklave« war. Noch 1894 sei nahezu die Hälfte der Bevölkerung von Segu »versklavt« gewesen, wusste ein britischer Verwaltungsbeamter in Gambien. Die Briten, die den atlantischen Sklavenhandel bereits 1807 verboten hatten und dies keineswegs nur aus Philanthropie, mochten ihre Gründe gehabt haben, die Kolonialmacht Frankreich vor der »internationalen Gemeinschaft« zu diskreditieren. Segu war seit kurzem von Frankreich besetzt, und in Konferenzräumen zu Berlin fand in diesem Jahr die Aufteilung des afrikanischen Kontinents unter den europäischen Mächten statt, auf makellosem Papier und fernab vom blutigen Geschehen vor Ort. Die Frage, welche Nation moralisch und ethisch für geeignet gehalten wurde, Kolonien zu besitzen, und fähig, die »Eingeborenen« zu »zivilisieren«, spielte in der öffentlichen Diskussion eine gewichtige Rolle. Und dies sollte bis zum Zweiten Weltkrieg so bleiben.

★

Segu 2005

Da Abdoulaye Touristen lieber mied, hatten sie nicht ganz unbeabsichtigt das jährlich stattfindende Kulturfestival von Segu knapp versäumt. Angeblich kamen zu diesem Ereignis viele tausend Besucher aus der ganzen Welt angereist, um Musikstars aus Westafrika und Folklore aus dem alten Reich der Bambara zu bewundern. Doch wo wurden all diese Menschen untergebracht? Es gab zwei keineswegs große Hotels, beide waren nun fast leer. Die Stadt lag im Tiefschlaf, wie in Rekonvaleszenz. Nur gelegentlich machten Pauschaltouristen auf ihrer atemlosen Rundreise zu den Moscheen und Grabstätten von Djenne, Timbuktu, Gao hier Station, bevor sie in ihren weißen Geländefahrzeugen weiterrasten, immer auf Überholspur, immer eine dichte Staubwolke hinter sich. Im Reiseführer war zu lesen, in Segu lebten über hunderttausend Menschen – aber wo? Außer dem kleinen Zentrum rund um den Hafen schien alles grün.

Freilich war Segu immer noch eine zweigeteilte Stadt. Auf der einen Seite die Bauwerke der kolonialen Vergangenheit, Villen aus Holz inmitten verwilderter Gärten am Ufer des Stroms, im Zentrum hohe Ziegelbauten mit französischen Fenstern ohne Scheiben, an den bröckelnden Fassaden waren steinerne Treppenaufgänge in ornamentalen Zickzack-Linien angebracht, ein Stiegenhaus war offenbar nicht vorhanden. Den traurigen Zustand dieser Gebäude erklärte Abdoulaye damit, dass sie nach der Unabhängigkeit enteignet und besetzt worden seien und die neuen Bewohner die Mittel nicht hatten aufbringen können, sie zu erhalten. Ein mächtiges Eckhaus überragte alle anderen Gebäude, die Fensterläden verschlossen, das Eingangstor verriegelt. Das verwitterte Schild *Office national du Niger* verwies darauf, dass hier eine Behörde von bedeutungsschwerer Geschichte untergebracht war, welche die Frau aus Wien freilich erst später begriff.

Schließlich entdeckten die beiden Reisenden die andere, traditionelle Hälfte der Stadt. Dort reihten sich die Gehöfte eng aneinander, sie waren aus Lehm und mit Schilfstroh gedeckt, und in den schmalen Gassen dazwischen waren die eigenen Schritte vollkommen lautlos. Kein Motorgeräusch, kein Maschinenlärm war zu hören, nur das Knirschen der Räder eines Eselkarrens, das Jauchzen dreier spielender Kinder, das träge Blöken der Schafe und Ziegen aus einem sorgfältig gezimmerten und dekorativ bemalten Holzverschlag, das Rezitieren der Koranschü-

ler vor einem Hauseingang und die Gesänge aus einer kleinen Moschee in Blau und Ocker. Zwei Frauen tratschten miteinander, aber so leise, dass die beiden Fremden unwillkürlich selber die Stimme senkten. Wie Eindringlinge fühlten sie sich, obwohl niemand sie zu beachten schien. Die Eingänge zu den Gehöften waren niedrig, so dass man sich bücken hätte müssen, um einzutreten, was Abdoulaye und Doris ohnehin nie gewagt hätten, sie begnügten sich mit einem gelegentlichen Blick über die Mauern. Die Höfe dahinter waren immer peinlich sauber gefegt, genau wie die Gassen und Plätze, die in diesem Stadtteil geradezu von schweizerischer Sauberkeit waren. Das fiel auf. Denn im ehemaligen Kolonialviertel waren ähnlich wie in Bamako die löchrigen Asphaltstraßen mit Unrat übersät. Die Frau aus Wien vermutete bereits ein Freud'sches Unbewusstes am Werk, welches die Menschen unwillkürlich zu einer Art Vandalismus gegenüber den Symbolen der Kolonialzeit trieb, ähnlich wie manche Berber in Marokko die imposanten Kasbas ihrer ehemaligen Feudalherren als Scheißhaus benützten; doch Abdoulaye hatte eine einleuchtendere Erklärung. Im traditionellen Stadtteil gebe es keinen »öffentlichen Raum«, er bestand aus Lebensraum der jeweiligen Besitzer. Sowohl Gehöfte als auch die Gassen dazwischen gehörten jenen Familienverbänden, die sie erbaut und für deren Bestand sie zu sorgen hatten. Traditionsgemäß kehrten die Frauen jeden Morgen und Abend mit den kurzen Handbesen aus Stroh ihr Revier sauber, sch-sch, sch-sch ... Dieses Geräusch ist überall in Afrika gegenwärtig. Während im modernen Zentrum alle Menschen gleichermaßen *nicht* zu Hause waren und sich daher niemand verantwortlich fühlte für die Verunreinigung dieses Raums. Zuständig war die »Gemeinde«, die freilich wie alle öffentlichen Institutionen ohne öffentliche Gelder ein korrupter Papiertiger war.
Am Ende des traditionellen Viertels stand ein besonders schönes Gehöft aus rotem Lehm. Und an der Mauer neben dem Eingang klebte ein kleines Plakat, auf dem Abdoulaye den Ehemann seiner Cousine erkannte, den neuen Bürgermeister. Kaum waren die beiden stehen geblieben, als der Hausbesitzer vor das Tor trat, freundlich auf Französisch grüßte und sich nach einem kurzen Wortwechsel als «Bruder des Bürgermeisters« zu erkennen gab. Er zeigte sich hocherfreut darüber, dass die Gattin des Bürgermeisters die Tochter einer Schwester von

Abdoulayes französischem Vater war – und er selbst daher Abdoulayes »Cousin«! So klein sei die Welt, ob die beiden nicht auf einen Tee hereinkommen wollten? Weniger Verständnis zeigte der neue »Cousin« für die touristische Begeisterung der beiden über sein makelloses Lehmgehöft mit den fein dekorierten Fensteröffnungen und dem gepflegten Gemüsegarten an der Uferböschung davor. Nach jeder Regenzeit sei der gesamte Hausrat rot von der weggeschwemmten Erde, zwischen den Lehmziegeln hielten keine Leitungen für Strom und Wasser, das Strohdach fange leicht Feuer, vor allem zwischen April und September bei Temperaturen von achtundvierzig Grad und sogar darüber. Sicher, zwischen den Mauern aus Lehm sei es etwas kühler, dennoch würde der »Cousin« lieber heute als morgen sein malerisches Gehöft gegen ein blechgedecktes Betonhaus tauschen. Aber Beton und Blech kostete Geld, während für die Herstellung von Lehmziegeln nur Sand und Wasser vom Fluss, Lehm aus der Grube und Stroh vom Feld nötig waren. Und natürlich ein paar jugendliche Arme. Aber die waren hier jederzeit verfügbar, es gab ja sonst keine Arbeit.

★

Der Bürgermeister bewohnte so ein Haus, wie es sein Bruder sich wohl erträumte. Es lag ziemlich weit außerhalb des Zentrums, am Ende eines Feldweges, und war ein ebenerdiges, mit Wellblech gedecktes Gebäude. Der weite Hof davor war mit unverputzten grauen Betonziegeln umfriedet. Der Bürgermeister selbst war nicht zu Hause, dafür seine Frau, Abdoulayes freundliche Cousine. Sie erklärte sogleich, dass ihr Mann nach seiner Wahl nicht in eine der schönen Villen am Nigerufer ziehen hatte wollen, wie es ihm zugestanden hätte. Er habe in diesem alten Haus bleiben wollen, denn die Menschen sollten sehen, dass ihm das Wohl der Gemeinde wichtiger sei als sein persönlicher Komfort. Sie war eine etwa vierzigjährige, hochgewachsene Frau von leichter, nicht unattraktiver Fülle und Mutter zweier Kinder aus einer früheren Ehe. Ihr Ehemann, der Bürgermeister, stammte aus Bamako, beide waren Soninké und beide gehörten einer oppositionellen »Partei zur Förderung der Demokratie und Gerechtigkeit« an. Die Menschen in Segu setzten große Hoffnungen auf ihren Mann, täglich warteten Hunderte Bittsteller vor seinem Büro, er käme daher selten vor Mitter-

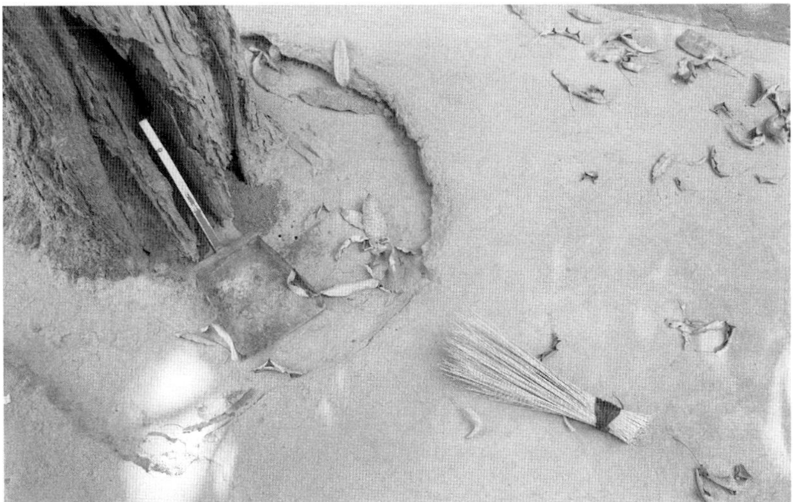

Handbesen und Schaufel

nacht nach Hause. Die Gäste sollten bitte Verständnis für seine Abwesenheit haben und einstweilen mit ihr allein vorlieb nehmen.
Cousine Mah war eine moderne Frau. Sie hatte in Bamako das Abitur und ein Diplom für Volkswirtschaft erworben und danach eine recht gut bezahlte Anstellung bei der BDM, der Entwicklungsbank von Mali, erhalten. Doch eines Tages wurde die Bank »umstrukturiert« und nahezu die gesamte Belegschaft entlassen, darunter auch sie, die über Nacht mit ihren beiden Kindern vor dem Nichts stand. In Mali sei der Aufstieg zwar langwierig, aber dafür erfolge der Abstieg im freien Fall, meinte sie lachend. »Bevor du in der oberen Etage etwas merkst, schlägst du schon unten auf der Straße auf.« Nach Kayes wollte sie unter keinen Umständen zurück, ihre Kindheit im marabutischen Haushalt der Cissé sei zwar eine gute Schule fürs Leben gewesen, aber anknüpfen wollte sie daran offenbar nicht. Fast alles andere war ihr zum Überleben lieber, sogar in den Wald gehen, Holz sammeln und damit auf dem Markt ein paar Centimes verdienen. Aber wie das Schicksal so spielt, brachte sie gerade das einsame Herumstreunen im stillen Wald auf die besten Ideen. Erstmals nahm sie die vielen wunderbaren Pflanzen und Bäume in den Wäldern ihrer Heimat wahr und erinnerte sich daran, dass Mali immer noch über gute Handwerker verfügte, Menschen, die die alten Techniken beherrschten, um aus dem heimischen Material etwas Nützliches herzustellen. Das sei doch Kapital, aus dem sich etwas machen ließe, war sie überzeugt. Statt Coca-Cola und Schweppes zu importieren, könne man Säfte aus Ingwer, Mango und Bissab produzieren, dieses verbreitete Buschwerk einer Hibiskusart mit pikanten, vitaminreichen Blättern, die gekocht als Beilage und als Sirup für ein süßsaures Erfrischungsgetränk Verwendung fanden, bis jetzt freilich nur für den Hausgebrauch. Cousine Mah wollte Bissab-Säfte industriell herstellen und kommerzialisieren, mit Produkten aus Bambus und Weidenholz die importierten Plastikmöbel ersetzen und mit einheimischen Baumwollstoffen die Dumpingimporte aus China und den USA reduzieren. Das könne dem Land doch helfen, Devisen zu sparen und Arbeitsplätze zu schaffen! Umgehend hatte sie ein Unternehmen für »natürliche Genussmittel und Gebrauchsgüter aus Mali« gegründet, »hundert Prozent biologisch«. Doch die Konsumenten in Mali waren von der Qualität ihrer Produkte nur schwer zu

Hochzeit in Segu

überzeugen, denn wie in allen ehemaligen Kolonien wurde hierzulande alles, was aus dem reichen Westen kam, für besser gehalten. Es war noch ein weiter Weg der Überzeugungsarbeit zu leisten. Außerdem hatte sie noch den Verein OMPFEF gegründet, *Organisation Malien de la Promotion de la Femme, de l'Enfant et de la Famille.* Kindergärten und neue Schulen sollten entstehen, um verheirateten Frauen Fortbildung und Arbeit außer Haus zu ermöglichen und sie dadurch unabhängiger von der Willkür des Familienoberhaupts zu machen. Erfahrungsgemäß käme eine direkte Förderung von Frauen der gesamten Familie weit mehr zugute als eine Förderung von Männern. Ohne Einbeziehung der Frauen sei keine moderne Gesellschaft aufzubauen. Stolz zeigte sie ihre neue Website, auf der die Entwicklung ihrer Projekte mitzuverfolgen war. Schweizer und Holländer seien an ihren Bio-Produkten besonders interessiert. Vielleicht könnte Doris auch die Österreicher mobilisieren? Blieben nur noch die Probleme der Handelsschranken und des teuren Markenschutzes zu lösen. Nur?, dachte Doris traurig – ähnlich mutige Initiativen hatten doch bereits in den 1960er Jahren zu den Programmen des »Dritten Weges« gehört.
Mittlerweile war es dunkel geworden und die beiden Kinder der Cousine betraten den Raum. Eine gertenschlanke Tochter im hierzulande sicher heiratsfähigen Alter und ein erwachsener Sohn, der in Abdoulaye sogleich einen wichtigen »Onkel aus Frankreich« erkannte, was dem sichtlich nicht unangenehm war. Klar, dass der Sohn auch einmal den Eiffelturm sehen wollte, aber leben wolle er nur hier in Segu, dieser wunderschönen Stadt, die so viele Möglichkeiten zu bieten habe, es brauche nur alles seine Zeit. Und schon war die Idee geboren, Abdoulaye sollte sich hier niederlassen, mit einem Fotoatelier oder einer Fotoschule; der Bürgermeister würde ihm sicher gerne eines der leer stehenden schönen Hauser am Ufer des Niger zur Verfügung stellen. Ja, warum eigentlich nicht?
Etwas später unternahm Onkel Abdoulaye mit seinem Neffen einen Spaziergang in die nächtliche Stadt, während Cousine Mah und die Frau aus Wien im bläulichen Schimmer einer Gaslampe leise Vertraulichkeiten austauschten. Die Cousine bekannte, dass ihr um vieles älterer Ehemann zwar ein großzügiger und toleranter Gatte sei und ihren Initiativen durchaus positiv gegenüberstehe; doch seine Förde-

Kinder bei der Hochzeit

rung ihrer Projekte und ihrer Unabhängigkeit hielte sich in Grenzen. Neben einer starken Frau fühlten sich Männer eben nicht so bedeutend, wie sie es gerne wären, lächelte Mah verschwörerisch. Alles, was sie benötigte, wäre eine Bankgarantie für einen Kredit, um damit ein Markenprodukt zu entwickeln. Für ihren Mann, einen vielfachen Hausbesitzer in den besten Gegenden von Bamako und Djenne, wäre das eine Kleinigkeit, aber er fände immer neue Ausreden, ihr diese Garantie zu verweigern. Das mache sie traurig.

Das Telefon läutete. Der Bürgermeister ließ ausrichten, die Gäste sollten nicht auf ihn warten, sondern ihn in den nächsten Tagen in seinem Büro besuchen. Diesmal war es Doris, die nicht abreisen wollte. Die Arbeit des Bürgermeisters von Segu aus der Nähe kennenzulernen, fand sie eine einmalige, überaus reizvolle Gelegenheit. Aber Abdoulaye wollte dann doch lieber kein Fotoatelier in Segu aufmachen und fand, die Tätigkeit des Bürgermeisters habe weniger mit seiner Familiengeschichte zu tun als mit der hierzulande immer unheimlichen Politik. Und am nächsten Morgen brachen sie auf.

Ab nun legte sich die »Geschichte der Sima« wie ein Raster über das weite Land, wie ein Netz, in dem sich alles Mögliche, Unabsehbare verfangen konnte. Anlässlich ihres Ausflugs nach Markala, wo Tante Moussokoro in den 1950er Jahren das Internat der Nonnen aus Lyon besucht hatte, war es die dramatische Geschichte des *Office du Niger*, dessen Nachfolgeorganisation in jenem Eckhaus am Hafen von Segu beheimatet war.

★

Markala war ein reizvoller Siedlungsverband ungefähr dreißig Kilometer östlich von Segu, mit Häusern in traditioneller Kastenbauweise aus rötlichem Lehm, die Hoftore waren dekorativ bemalt oder mit Reliefen aus Holz und Lehm verziert. Der Ort lag im blauschwarzen Schatten dicht stehender Mangobäume an einem Nebenarm des Niger. Ein idealer Ort für eine kleine Mittagspause, dachten die Reisenden, die, kaum dass sie ihre Baguettes ausgepackt hatten, von schwarzwolkigen Schwärmen eingehüllt wurden, dicke Fliegen, die überall aufstiegen, wohin sie auch traten. Also packten sie ihre Brote wieder ein und fuhren einige Pistenkilometer weiter zur Schule, die mitten in der Savanne lag.

Sie fanden einen weitläufigen Komplex ebenerdiger Betongebäude vor, beinahe eine kleine Stadt. Es war Mittagszeit, und bei ihrer Ankunft quollen viele hundert Jugendliche beiderlei Geschlechts aus allen Toren, in blau-weißen Schuluniformen und mit strahlenden Gesichtern. Gelächter und Geschrei unbändiger Lebenslust erfüllte die weite Landschaft und übertönte alle westlichen Kassandrarufe über das angeblich unvermeidliche allgegenwärtige Elend Afrikas. Die Schule war von der Weltbank finanziert worden, nichts erinnerte hier an ein katholisches Internat. Bis die Fremden nach einigem Herumirren in der Mittagshitze am äußersten Rand der Anlage ein verwahrlostes Backsteingebäude entdeckten. Die von Arkaden gesäumte, rundherum führende Terrasse war bemoost und die hohen Fenster waren nicht verglast, sondern mit Holzläden verschließbar. Eine alte, zufällig des Weges kommende Frau bestätigte es: Dies war das Gebäude des ehemaligen katholischen Internats. Ein Besuch des Inneren lohne sich kaum, die engen, dunklen Räumlichkeiten ohne Strom und Wasser seien nun von den Familien der Schuldiener bewohnt.
So wichtig war die Angelegenheit wieder nicht; statt langwierige Gesuche in schwülen Amtsstuben einzubringen, zogen Abdoulaye und Doris es vor, unter einem azurblauen Himmel aufatmend in die orangerote Hügellandschaft unmittelbar hinter dem Gebäude einzutauchen. Nach einigen hundert Metern sahen sie einen zerklüfteten Karubenbaum auf einem Hügel, der einzige Baum weit und breit; näher gekommen, sahen sie die sechs bemoosten, teils zerbrochenen Grabplatten darunter und ein Steinkreuz auf einem Sockel, mit Resten einer gravierten Inschrift. Doch alle Namen und Daten waren sorgfältig weggekratzt. Es sollte nicht die einzige derart revidierte Gedenkstätte im Verlauf ihrer Reise bleiben.
Schweigend gaben sich die Reisenden ihren unterschiedlichen Fantasien über die Todesumstände der Nonnen hin – wer sonst könnte hier diese letzte Ruhestätte gefunden haben? Von der Grabstätte aus fiel ein goldsandiges Gelände hinab zu den Ufern eines blitzblauen, spiegelglatten Sees, der sich am Horizont verlor. Aber nirgendwo eine Siedlung oder auch nur der Schimmer einer Grünfläche, und diese Abwesenheit allen Lebens so nahe am hierzulande doch so wertvollen Wasser mutete noch unheimlicher an als die Grabstätte auf dem Hü-

gel. Später klärte sich das Rätsel auf. Denn wenige Kilometer entfernt lag der Staudamm von Sansanding, der See war künstlich angelegtes Wasser, ein gigantischer Rückstau des Niger. Der Ort Sansanding war einst wegen seiner kunstvollen Textilmanufaktur berühmt gewesen, später wegen eines Marabus, der Wahr- und Weissagen konnte und zahlreiche Jünger um sich scharte. Nun war der Name mit dem Staudamm verbunden. Es war verboten, ihn zu befahren, und zu Fuß kamen Abdoulaye und Doris nicht weit, doch weit genug, um den wenig vertrauenswürdigen Zustand des Bauwerks zu erkennen, das seit nunmehr siebzig Jahren der Kraft des Jahrmillionen alten *Djoliba* zu trotzen hatte.

★

Dieser Staudamm repräsentierte eine ganze Epoche, und auch wenn Abdoulayes Großvater Ladji Sima nicht unmittelbar von dem Projekt betroffen war, waren dessen Auswirkungen auch für ihn zu spüren. Es entstand zu einer Zeit, als die sogenannten Technokraten die Oberhand über die sogenannten Kolonialhumanisten gewonnen hatten – den Begriff gab es wirklich. Es war dem Ehrgeiz jener Männer zu verdanken, die glaubten, mit Technologie und Kapital die Menschheitsgeschichte neu schreiben zu können. Die Geschichte dieses Staudamms von Sansanding erscheint paradigmatisch für die stets wiederkehrende Diskussion um Möglichkeiten und Grenzen einer globalisierten Nahrungsmittelproduktion. Er war das Werk des berühmten *Office du Niger,* einer kolonialbürokratischen Megainstitution.

Zu dieser Zeit war Frankreich derart verlustreich als Siegermacht aus dem Ersten Weltkrieg hervorgegangen, dass Paris wieder einmal verstärkt auf die Ressourcen der Kolonien zurückgreifen zu müssen glaubte. Das Ministerium für öffentliches Bauwesen entsandte den Ingenieur Émile Bélime auf eine mehrmonatige Erkundungsreise quer durch Französisch-Sudan, mit dem Auftrag, das wirtschaftliche Potenzial dieser Kolonie zu ermessen. Baumwolle war in der Nachkriegszeit knapp geworden, Spekulationen an der Wall Street hatten die Preise explodieren lassen, Frankreichs Textilindustrie sah sich gefährdet. Der kühne Plan, den Ingenieur Émile Bélime nach seiner Rückkehr vorlegte, schien ein Geschenk des Himmels. Mitten im Herzen der

Markala: Ehemaliges katholisches Mädcheninternat

trockensten Savanne sollten eine Million dreihunderttausend Hektar Baumwollplantagen entstehen und teure Baumwollimporte aus fremden Hoheitsgebieten überflüssig machen. Die Berechnungen des Ingenieurs hatten ergeben, dass ein einziger Staudamm am Niger die französische Handelsbilanz wieder ins Lot bringen konnte. Minister und Wirtschaftsvertreter waren begeistert.

Freilich gab es auch Gegner des Projekts. Agrarökonomen und Soziologen führten das allzu labile Klima an und befürchteten einen möglichen Widerstand der »Eingeborenen« gegen diesen massiven Eingriff in ihren Lebensraum. Man solle lieber den jahrhundertelang erfolgreich praktizierten Baumwollanbau der Einheimischen modernisieren, was zudem die Entwicklung der lokalen Bevölkerung fördern könne. (Auch der Entwicklungsbegriff im heutigen Sinn entstand in jener Zeit.) Die Technokraten belächelten derartige Überlegungen der Kolonialhumanisten freilich als fortschrittsfeindliche Romantik. Man vermied fundierte Studien des Terrains und dachte lieber in großen Dimensionen; und bald hatte Ingenieur Émile Bélime Politiker und Wirtschaftstreibende von seinem Jahrhundertprojekt überzeugt.

Die davon betroffene Region, etwas größer als das Land Tirol, war damals mit etwa hundertfünfzigtausend »Eingeborenen« besiedelt, und für die Baustelle des Staudamms wurden bis zu fünfhunderttausend Arbeiter benötigt. Umsiedlungen ganz großen Stils wurden geplant, die Mobilität der Einheimischen war ja hinlänglich bekannt und anderswo zumeist ein Ärgernis für die Administration; hier konnte sie einmal von Nutzen sein, dachten die Experten. Bald stellte sich jedoch heraus, dass die Menschen im Land keinesfalls bereit waren, ihre alten Dörfer zu verlassen, um auf Dauer zu zigtausenden in rasch errichteten Arbeitersiedlungen inmitten einer wüstenähnlichen Umgebung zu leben. Die Franzosen waren zwar der Meinung, man habe ihnen mit den Betonhütten nahe der Baustelle eine wesentlich hygienischere Unterkunft und sichere Arbeitsplätze geschaffen, aber die dummen Eingeborenen verstanden das offenbar anders und wollten einfach nicht hin. Schließlich konnte das Projekt von Sansanding nur mit Zwangsumsiedlungen aus der gesamten A.O.F. und mit Zwangsarbeit verwirklicht werden; und bald waren die Rekrutierungsmethoden des *Office du Niger* ebenso berüchtigt wie die der Armee. Und mit der

»Sicherheit« der Arbeitsplätze war es auch nicht weit her. Täglich arbeiteten bis zu achttausend Mann unter gefährlichsten Bedingungen an dieser Baustelle, und heute erinnerte ein *Monument des Martyrs* an der Auffahrt zum Damm an hunderte Zwangsarbeiter, die allein zwischen 1934-1936 bei der Arbeit an diesem »Jahrhundertprojekt des Fortschritts« ums Leben gekommen waren. Auf der steinernen Stele waren alle Namen der Unglücklichen verzeichnet.

Andererseits ließen sich Franzosen damals offenbar nicht ungern hier nieder; zu tausenden strömten sie in die Region von Segu. Die Wirtschaftskrise hatte Frankreich voll getroffen und das *Office du Niger* bot ihnen tatsächlich sichere Arbeitsplätze an. Die Kolonialpolitik der Technokraten sollte ja nicht zuletzt auch die soziale Lage der Nation und die damit verbundene politische Radikalisierung zu entspannen helfen. Damals entstand in Segu und Umgebung eine Infrastruktur für die Ansprüche französischer Ingenieure und Techniker. Die Hafenanlage, Straßen, Villen, Geschäfte, Bordelle und Schulen wurden errichtet, darunter das katholische Internat von Markala. Auch der Ausbau der Eisenbahn wurde vorangetrieben, musste doch der erwartete gigantische Ertrag an Baumwolle tausende Kilometer bis zum Atlantik transportiert werden. Alle Projekte des *Office du Niger* wurden durch öffentliche Anleihen finanziert, Generaldirektor war bis 1943 Ingenieur Émile Bélime.

Nach einer Bauzeit von siebenundzwanzig Jahren und der Unterbrechung durch einen weiteren Weltkrieg wurde der Staudamm 1947 feierlich eingeweiht, und nach zehn Jahren konnten statt der geplanten eine Million dreihunderttausend Hektar gerade einmal dreizehntausenddreihundert Hektar Land bewässert werden. Die von unterbezahlten Lohnarbeitern oder Zwangsarbeitern bewirtschafteten Plantagen erbrachten nur einen Bruchteil des erhofften Ertrags, kurzum, das Bewässerungsprojekt des *Office du Niger* war ein Desaster. Einmal abgesehen von den unglücklichen französischen Aktionären waren hunderte Dörfer überflutet und zigtausende Menschen zwangsweise umgesiedelt worden, die gesellschaftliche Organisation der Einheimischen war zerstört, ihre wirtschaftlichen Lebensgrundlagen über Generationen aus dem ökologischen Gleichgewicht gebracht worden.

Immerhin hatten die Technokraten an die Fische gedacht. Um ihnen die für ihre Reproduktion nötige Wanderung stromaufwärts zu ermöglichen, waren am Staudamm Fischleitern angebracht worden. Doch ähnlich wie die Menschen verweigerten auch die Fische die ihnen angebotene «Chance«. Ihr Bestand ging immer mehr zurück und niemand konnte erklären, warum. Vielleicht war den Fischen angesichts der gigantischen Ausmaße der Fischleitern einfach der Atem ausgegangen. Mit dem Ausbleiben der Fische waren auch die Fischer von Segu, die seit Jahrhunderten die Stadt mit Protein versorgt hatten, abgewandert und hatten sich am nordöstlichen Debo-See angesiedelt.

Nach der Unabhängigkeit wurde das glücklose *Office du Niger* nationalisiert und damit zum *Office national du Niger,* dessen Schild den Eingang des heruntergekommenen Gebäudes am Hafen von Segu zierte. Der Westen scheute sich nicht, der jungen Republik Mali »Misswirtschaft« vorzuwerfen und die Schuld am immer kärglicheren Ertrag zuzuschreiben. Die katastrophale Dürre der 1980er Jahre hatte die künstlich bewässerte Landwirtschaft nicht verschont, und nach den »Reformen« der Weltbank wurden auch die Mittel zu ihrer Erhaltung gestrichen. Eine Privatisierung des *Office national du Niger* durch eine westliche Kapitalgruppe stand angeblich unmittelbar bevor.

Auch in anderen Regionen von Mali zwangen die Statuten der Welthandelsorganisation WTO zur »Förderung der allgemeinen Konkurrenz« die Regierung, ihre staatlich gestützte Baumwollindustrie als zu teuer und nicht konkurrenzfähig zu privatisieren, was dieselbe WTO freilich nicht daran hinderte, die massiven Exportsubventionen für industriell produzierte Baumwolle in den USA und in China zu tolerieren. Ohne staatliche Unterstützung konnten die Baumwollbauern in Mali die importierten Düngemittel für eine konkurrenzfähige Produktion nicht bezahlen und mussten ihreBetriebe aufgeben. Weigerte sich Bamako, die Subventionen für die heimische Agrarwirtschaft aufzugeben, drohte die OECD unverhohlen, die »vorläufig gewährte« Stundung der Zinsen zurückzunehmen und die »vorläufig gewährten« Schutzzölle gegen Billigimporte aus China und anderswoher zu verbieten. Nach letzten Meldungen plante ein US-amerikanischer Zuckerkonzern – oder war es ein kanadischer? – auf fünfzehntausend künstlich bewässerten Hektar im Gebiet des *Office du Niger* Zuckerrohr anzubauen. Eine Zuckerfabrik zur Produktion von Treibstoff sollte errichtet werden und würde

ATELIER MODERNE de FROID

»Arbeitsplätze schaffen«. Die Gebiete um den Debo-See, wohin zwei Generationen zuvor die Fischer aus Segu abgewandert waren, hatten Saudi-Arabien und Libyen erworben, um Getreide für den Export zu produzieren. Die dort lebenden Bauern und Fischer wurden zuvor nicht einmal verständigt, sondern einfach vertrieben oder zu unterbezahlten Lohnarbeitern einer bedarfsfernen landwirtschaftlichen Exportindustrie. Meist landeten sie im Elend der Vorstädte – oder im Exil.

Das Projekt des *Office du Niger* hatte vor über einem halben Jahrhundert einen Bruch zwischen den Menschen und ihrem Land eingeleitet, der offenbar bis heute immer nur weiter vertieft wird.

★

Erinnerst du dich? Einen Tag lang machten wir Urlaub von der Familie Sima. Bei aufgehender Sonne glitten wir in einem gemieteten Kanu wie auf flüssigem Silber ans andere Ufer, wanderten durch eine menschenleere Savanne entlang sorgfältig bestellter Gärten und Äcker, fühlten uns wieder wie Kinder in einem fremden Garten. Am flimmernden Horizont der dunkle Streifen eines kleinen Waldes; am schilfbestandenen Ufer eines kleinen Sees schaukelte ein leeres Kanu. Herden blau schimmernder Ziegen und weißer Rinder begegneten uns, ein wartender Esel war vor einen Karren gespannt. Nirgendwo eine Menschenseele. Die Trockenheit hatte die Bildung von Schweiß verhindert und die ungewohnte Dimension der Landschaft jedes Maß für Zeit und Raum ausgelöscht. Hatten wir uns überhaupt fortbewegt? Unbemerkt war die Mittagsstunde vorbeigegangen. Irgendwann wurde mir schwarz vor den Augen und ich musste mich zitternd auf die Grasnarbe am Wegesrand niederlassen. Du zeigtest mir, dass man sich vor einem Hitzschlag schützen kann, indem man mit dem Inhalt der Wasserflasche den Baumwollschal benetzt und sich ihn um den Kopf wickelt. Wir lernten auch, uns vor den falschen Akazien zu hüten. Von weitem versprachen sie mit ihren leuchtend hellgrünen Baumkronen den ersehnten Schatten, der sich jedoch bei der Ankunft als trügerisch erwies. Diese schlauen Bäume schützen sich, indem sie die Kanten ihrer schmalen Blätter nach dem Sonnenstand ausrichten und auf die-se Weise die sengenden Strahlen kaum gebrochen bis auf den Grund durchlassen, der zudem von ihren zentimeterlangen, alles durchdringenden Dornen bedeckt ist. Nicht

Eckhaus in Segu

einmal Tiere lassen sich darauf nieder. Also schleppten wir uns weiter bis zu dem dunklen Streifen eines Mangohains, in dessen tiefen Schatten wir zwischen Kuhfladen und Stechmücken reglos den Nachmittag verbrachten. Vereinzelt tauchten Ziegen auf, auch ein gelber, müder Hund blickte eine Weile verstört auf die Fremden auf seinem angestammten Platz und drehte wieder um. Wir dösten ein wenig, plauderten über das Glücksgefühl, nirgendwo zu sein, und über unsere Sehnsucht nach Ambidedi, wo wir alles erfahren, alles lernen würden.

Die Richtung, die wir nach dem Nachlassen der größten Hitze fälschlich für den Rückweg hielten, führte uns durch einen kleinen Auwald bis an den Rand eines Wasserlaufs und vor einen hohen Drahtzaun rund um ein unübersichtliches, weites Terrain. Wir kletterten über den Zaun und fanden uns zwischen ein paar Bungalows aus Lehm wieder und einer Art Bar unter einem Strohdach. Offenbar eine touristische Anlage, eine weiße Motorjacht lag im Wasser und auf der gezimmerten Terrasse über dem Fluss saßen einige ältere bleiche Männer und eine derart uferlos dicke weiße Frau, wie nur die USA sie hervorbringen können, mit bloßen Schultern und nackten Schenkeln. In den letzten, durch das Blattwerk gebrochenen Sonnenstrahlen glitzerten Schweißperlen auf ihren fahlen Gesichtern und silbrige Wolken von Moskitoschwärmen über ihren Köpfen. Ein Projekt für »nachhaltigen Tourismus« im »unberührten Afrika«? Die Kehle brannte mir vor Durst und so steuerten wir auf die Bar zu. Doch da kamen sie uns entgegen: Achtung, Jäger! Dein Flüstern klang aufgeregt, erschrocken. Ich konnte nur drei in Jeans gekleidete Einheimische erkennen, die von zwei Hunden begleitet wurden und Flinten geschultert hatten. Auf ihrer bloßen Brust baumelten verschiedene Amulette an bunten Bändern. Doch dir war es ernst: »Rasch! Hauen wir ab! Jäger bringen Unheil, Jäger sind Hexer!« Schon eiltest du dem Ausgang der Anlage entgegen und ich hetzte hinter dir her, als ginge es ums Leben.
Als wir den vereinbarten Uferplatz erreichten, wo der Bootsmann glücklicherweise auf uns gewartet hatte, leuchtete der große Strom unter dem dunklen Himmel wie von innen. Doch der Mann verlangte nun doppelt so viel für die Rückfahrt als ausgemacht, und als ich zu zahlen zögerte, warfst du mir »Geiz« vor und ich war gekränkt.

Am Niger gegenüber von Segu

III

Ab nun ging es immer Richtung Westen. Denn Abdoulayes Vorfahren hatten sich nicht an den berühmten Orten im Osten angesiedelt, in Djenne oder Gao mit ihren exotischen Grabmalen und Moscheen, sondern in den damals wirtschaftlich aussichtsreichsten Regionen des Südwestens von Französisch-Sudan. In Kita hatte Großvater Ladji Sima jahrelang gelebt, und heute lebte dort noch seine vierte Frau Djitaba Tunkara, eine von Abdoulayes Großmüttern, die er nie kennengelernt hatte. Sie war die Mutter von Wally Sima in Paris, jenem Onkel, der bei ihrem Besuchs im *Foyer Sima* an der Bastille anwesend gewesen war, und Abdoulaye hatte eine Botschaft für sie. Zudem lebten dort ebenfalls unbekannte Cousins und Cousinen, Kinder jener älteren Schwester seines Vaters, die zusammen mit ihm in Bakel aufgewachsen war, später in Kita geheiratet hatte und vor wenigen Jahren verstorben war.

Die erst kürzlich asphaltierte, schmale Straße gegen Westen wand sich zwischen schwarzen Basaltfelsen und dunkel bewaldeten, glühenden Tälern bis ins Herz der Provinz Khasso. Dort war die Umgebung grellgrün und offenbar fruchtbar, denn zur Zeit der Kolonialherrschaft gab es hier ausgedehnte Plantagen für Baumwolle, Erdnüsse und Getreide, alles für den Export. Kita selbst lag in einem Kessel, der jetzt, Ende Februar, zu kochen begann. Für die gegenwärtig etwa fünftausend Einwohner schien das königsgelbe Rathaus inmitten einer Parkanlage reichlich überdimensioniert. Abdoulaye wollte sich dort nach seinen Verwandten erkundigen, doch es war Mittagszeit und alles war geschlossen. Die Reisenden zogen in ihrem Auto ratlos einige einsame Runden durch die menschenleeren Straßen rund um die *Place de Liberté*. Nicht einmal einen Verkaufsladen schien es zu geben. Die Stockhäuser aus Backsteinen waren offenbar unbewohnt und das Gebäude mit dem Schild *Compagnie Ch. Peyrissac* war baufällig. Endlich kam ein Mann des Wegs, und der wusste gleich alles über Abdoulayes Verwandte: Seine Cousins waren längst weggezogen. Und seine Großmutter Djitaba Tunkara wohnte drei Straßen weiter, gleich neben dem Bahnhof.

Was eher intuitiv begonnen hatte, enthüllte in Kita sein System. Die Reise bewegte sich entlang der Nachschublinie der französischen Truppen bei ihrer »Erschließung des Sudan«. Freilich bewegte sie sich in entgegengesetzter Richtung, aber auf derselben Linie wie »Expeditionen« im letzten Drittel des 19. Jahrhunderts, als auch die Eisenbahnlinie, die die atlantische Küste mit dem Niger verbinden sollte, entstanden war. Nach vierzig Jahren Bauzeit erreichte 1904 erstmals ein Zug Bamako, aber erst 1920 konnte ein regelmäßiger Bahnverkehr aufgenommen werden. Kita war viele Jahre lang Endstation. Von Kita aus mussten sämtliche Güter für die neuen Militärstützpunkte am Niger auf notdürftig geschlagenen, nach jeder Regenzeit von neuem zerstörten Pisten, quer durch eine keineswegs »befriedete« Region glutheißer, trockener Wälder und schwarzer Felsformationen transportiert werden. Das tonnenschwere Material war auf Planwagen geladen, die zur Freude der feindseligen Bewohner ständig auseinanderbrachen, doch erstaunlich selten geplündert wurden. Pferde, Maultiere und Esel verendeten am Weg, und so blieben als Transportmittel nur die »Eingeborenen« übrig, die in Kolonnen zu Hundertschaften aneinandergefesselt und von Armee-Einheiten begleitet wurden, um sie am Davonlaufen zu hindern. In zeitgenössischen Berichten französischer Kommandanten war nachzulesen, dass »exemplarische Bestrafung von Deserteuren« zielführender gegen Meuterei gewesen sei als jeder noch so üppige Lohn. Man kann wohl davon ausgehen, dass es zwischen Kita und Bamako in den 1880er Jahren zu ähnlichen Vorfällen gekommen war wie zehn Jahre später beim französischen Vorstoß auf Zinder, das heute zur Republik Niger gehört. Zwei Hauptleute mit Hilfe von nur sechs französischen Freiwilligen hatten im Jahr 1898 eine sogenannte »Aufklärungsexpedition« mit zweitausend afrikanischen Schützen und vielen hundert afrikanischen Trägern zu führen. Doch Hunger, Durst, Krankheit und Erschöpfung trieben die Mannschaft zum Aufruhr und die Anführer der Kolonne zu Exzessen der Grausamkeit, bis schließlich einer der beiden Führer von seinen eigenen Soldaten massakriert wurde. Der überlebende Hauptmann trieb durch totalen Terror diejenigen, die nicht bereits vorher durch Auspeitschung, Verstümmelungen oder Mangel an Nahrung und Wasser umgekommen waren, in den Tod und kam tatsächlich mit einer Handvoll Männer nahe an Zinder heran. Mittlerweile hatten jedoch die Berichte von Deserteuren in Saint-Louis zur Beunruhigung der Administration geführt, worauf ein Leutnant zur Ablöse des Kolonnenführers in den fernen Osten entsandt wurde. Nach einer an die zweitausend Kilometer langen Reise zu Pferd traf dieser schließlich auf einen »halb wahnsinnigen« Hauptmann, der sich um seinen Triumph betrogen fühlte, Zinder als Erster erreicht zu haben, und den Leutnant kurzerhand erschoss.

Was für ein Stoff für großes Kino! Wäre da nicht der Umstand, dass in diesem »Herz der Finsternis« nicht nur »Eingeborene« von einem verrückten Weißen gequält und massakriert wurden, sondern sich auch Franzosen nicht eben ehrenvoll gegenseitig ums Leben brachten. Dazu kam, dass Paris zur gleichen Zeit bestrebt war, seinen Ruf als Kolonialmacht in ein bestmögliches Licht zu stellen. Und diesem Umstand war es letztendlich auch zu verdanken, dass das Ereignis ein politisches Nachspiel im Pariser Parlament nach sich zog und als *affaire Voulet et Chanoine* zu einer der am häufigsten zitierten »Gräueltaten« in der Kolonialgeschichtsschreibung wurde.

★

Frankreichs Kolonialpolitik zeichnete sich ja von Anfang an durch eine eigentümliche Ambivalenz aus. Die Republik war zwar mit der Proklamation ihrer Werte von »Freiheit, Gleichheit und Brüderlichkeit« entstanden, doch zur gleichen Zeit fand die koloniale Expansion statt, deren Praxis in krassem Gegensatz zu diesen »republikanischen Werten« stand. Andere Kolonialmächte bekannten sich ohne Skrupel zu politischem Rassismus und Unterdrückung, nur Frankreich beanspruchte, die »Wiege der Menschenrechte« *und* Kolonialmacht zu sein. Es beanspruchte die Universalität seiner republikanischen Werte und leitete daraus das Recht zur Unterwerfung anderer Völker ab. Und während sich weder England noch Spanien, Portugal und schon gar nicht Belgien viel Gedanken um ihre kolonialen Verbrechen machten, blieb Frankreich bis heute in Beteuerungen, Selbstanklagen und leidenschaftlichen Rechtfertigungen verstrickt.

In Kita fand diese Ambivalenz ihren Ausdruck im Umgang mit den sogenannten *villages de liberté,* ursprünglich Auffanglager für befreite Sklaven. Die Zweite Republik hatte zwar 1848 die Sklaverei prinzipiell verboten, doch in ihren westafrikanischen Kolonien sah die Sache anders aus. Ähnlich wie im antiken Europa war im Sudan die Versklavung besiegter Gegner und die Kaste der Unfreien ein integraler Bestandteil des Wirtschafts- und Gesellschaftssystems. Der Besitz eines Sklaven bedeutete für seinen Herrn auch gesellschaftliches Prestige, es galt als unehrenhaft, seine Sklaven zu misshandeln oder sie im Falle einer Notlage verkaufen zu müssen. Und ungeachtet des offiziellen Verbots profitierte sogar die französische Armee weiterhin von der altafrikanischen Sklaverei, da die Kolonialarmee zu einem Großteil mit der Erlaubnis zur Plünderung vergütet wurde, und dabei handelte es sich nicht nur um Güter, sondern auch um Menschen.

Erst in der Mitte der 1880er Jahre entdeckte der Kommandant von Kayes, ein Leutnant namens Frey, sein humanitäres Gewissen. Mittels Dekret ließ er verkünden, dass ab sofort alle entflohenen Sklaven unter den Schutz der französischen Administration gestellt würden. Die Folge davon war ein Massenansturm entflohener *kome* oder *captifs* auf französische Stützpunkte, Versorgungsmängel, Chaos und der Zusammenbruch der lokalen Landwirtschaft in den Dörfern. Durch die Flucht ihrer Sklaven verloren die Dorfchefs an Ansehen und Autorität, und auch wenn dies für die Administration nicht unerwünscht gewesen sein mochte, verlor sie dadurch doch ihre Ansprechpartner, welche ihre Anordnungen in die Praxis umsetzten. Das sollte sich noch als Verhängnis erweisen.

In den französischen Stützpunkten erhielten die rasch errichteten Barackenlager für entflohene Sklaven den blumigen Namen *villages de liberté,* eines der größten befand sich in Kita. Aber die Freiheit dort war keineswegs die, die die Entflohenen meinten. Denn das Lager erwies sich bald als willkommenes Arbeitskräftereservoir für die Franzosen, die den Entflohenen untersagten, das Lager zu verlassen, es sei denn als Zwangsarbeiter oder als Träger für den militärischen Nachschub.

Die Einheimischen fanden das nicht ungewöhnlich und bezeichneten in aller Unschuld die Bewohner des »Freiheitsdorfes« als »Sklaven des Kommandanten«. Doch als der Begriff *captifs du commandant* versehentlich in einen Bericht an den Gouverneur in Saint-Louis geriet, löste dies einen Skandal und eine behördliche Untersuchung aus, die freilich ohne Folgen blieb. Zwangsarbeit war in allen europäischen Kolonien üblich, doch nur im Sudan wurden die Zwangsarbeiter-Lager »Freiheitsdörfer« genannt.
Nachdem die großen Feldzüge abgeschlossen waren und die Bahnlinie Bamako erreicht hatte, ging der Bedarf an Arbeitskräften zurück und die »Freiheitsdörfer« leerten sich allmählich. Ein Großteil der Leute kehrte zu ihren ehemaligen Herren zurück, und aus der altafrikanischen Sklaverei entwickelte sich allmählich ein Klientelismus. Nur dort, wo nachhaltige Arbeitsplätze in Landwirtschaft oder Industrie geschaffen wurden, erfuhren die Menschen die »Freiheit« der Lohnarbeit; und dies war in Kita eine Zeit lang der Fall.

★

Als Abdoulayes Großvater in Kita lebte, gehörte das *village de liberté* längst der Vergangenheit an. Hatte Ladji Sima noch mit Sklaverei zu tun gehabt? Und was wusste sein Sohn Mamadou davon?
Von Sklaverei hatte er in den französischen Schulen gelernt. Die Sklavenhändler seien ja nicht nur Franzosen oder Engländer gewesen, meinte er, sondern zuallererst die Araber, die dann später mit den Franzosen ein Vermögen im Sklavenhandel gemacht hätten. Erst als er erwachsen war, entdeckte Mamadou, dass es Sklaverei auch unter Afrikanern gegeben habe. Ursprünglich seien das wohl Leute gewesen, die in einem Krieg besiegt und unterworfen worden waren, so ähnlich wie später die Soninké von den Franzosen unterworfen worden waren und deshalb für sie arbeiten mussten.
In Kayes hatte man den Kindern im Hause Sima zwar die verschiedenen Kasten erklärt, Griots, Schmiede und so weiter; aber es hatte keinen Begriff für Sklaven gegeben, »die waren einfach da«. Die hatten für irgendeinen Herrn gearbeitet, und »das war ganz normal«. Dass sie im Rang unter den anderen Leuten standen, hatte man eigentlich gar nicht gemerkt. Sie lebten ja im selben Haushalt wie ihre Besitzer,

aßen weitgehend dasselbe, schliefen in ähnlichen Kammern wie die Verwandten, und so weiter.

Woran erkannten dann die Kinder schließlich, dass sie nicht frei waren? Mamadou dachte eine Weile nach, bevor er meinte: Zum Beispiel vor einem Fest. Da hätten sich diese Diener – er hatte den französischen Ausdruck *serviteur* bevorzugt – ganz von selbst ihrem Herrn zur Verfügung gestellt, um bei den Vorbereitungen zu helfen, ohne dass sie dazu aufgefordert worden wären. Und nach einer Weile fügte er hinzu: »Mein Vater hat noch so einen gehabt, der für ihn arbeitete, so einen *machin.*«

Machin – ein Begriff, der im Französischen ziemlich alles bedeutet, wofür einem kein präziserer einfiel, und das traf das Problem ziemlich genau. Wie sollte man diesen Mann auch nennen? Man habe den Kindern gesagt, er sei der *komo* des Vaters. Aber die Kinder hätten ihn eher als Assistenten des Vaters erlebt, als einen, der sich um alles kümmerte, vor allem um die Kinder. Er pflegte sie, wenn sie krank waren, schlichtete Raufereien, holte sie von der Schule ab und brachte sie wieder nach Hause zurück, wenn sie einmal ausgerissen waren. Er hatte seinen eigenen Platz im Haus und war immer da, wenn es Probleme gab. Er sei wie ein Mitglied der Familie gewesen, beteuerte Mamadou. Und auch dort, wo die *kome* nicht im Haus arbeiteten, sondern auf dem Feld oder bei anderen schweren Arbeiten mithalfen, unterschieden sie sich kaum von den Kindern, die immer mit ihnen zusammen arbeiten mussten. »Da gab es keinen Unterschied zwischen uns und ihnen«, erklärte Mamadou überzeugend.

Wo der *machin* des Vaters eigentlich herkam, hatte Mamadou nie gewusst, er sei einfach immer schon da gewesen. In der Generation seines Vaters sei Sklaverei ja noch ziemlich üblich gewesen, zumindest unter denen, die es sich leisten konnten. Aber in seiner Kindheit sei das Ganze eigentlich schon vorbei gewesen. Er und seine Geschwister gingen zusammen mit den Kindern der *kome* in die Schule, und angeblich wurde niemals darüber geredet, wer was war oder nicht war. Sein Vater Ladji habe seinen *komo* dann befreit, doch das änderte nicht viel an dessen Leben. Er arbeitete weiterhin im Hause der Sima, und als er heiratete, zog seine Frau zu ihm und half dort in der Küche mit. Seine Frau stammte natürlich ebenfalls von Sklaven ab, und die Kinder wären wieder *kome* gewesen, wenn sein Vater den Mann nicht befreit hätte. Nun waren seine Kinder natürlich keine *kome* mehr, und Probleme habe es deswegen nie gegeben. Nur einmal hatten die Kinder beim Spielen über irgendetwas gestritten, wie dies unter Kindern eben vorkommt, und da schrien die Kinder des ehemaligen *komo* plötzlich: Wir sind doch nicht eure Sklaven! Natürlich hatten sie damit recht, aber der Streit hatte ja gar nichts mit dem Thema zu tun gehabt, »sie wollten uns dadurch nur irgendwie ins Unrecht setzen«, war Mamadou überzeugt.

Später gab es dann noch »so eine Geschichte« mit der Tochter des Freigelassenen. Das Mädchen war von Mamadous Schwestern aufgezogen worden, und als es im heiratsfähigen Alter war, hielt ein Mann um ihre Hand an, bei ihrem Vater. Der war offenbar einverstanden, aber die Schwestern hielten den bereits mehrmals geschiedenen Freier für einen Mitgiftjäger und wollten ihm das Mädchen nicht geben. Daraufhin war der Vater des Mädchens sehr erbost und meinte, sie hätten sich da nicht einzumischen, er sei ja nicht mehr ihr Sklave. »Offenbar hatte er gar nicht verstanden, dass seine Tochter nur geschützt werden sollte«, meinte Mamadou. Leider sei es später zu einem Bruch zwischen seinen Schwestern und diesem Mann gekommen. Dabei hatte er sie doch alle aufgezogen! Mamadou, der bereits in Dijon lebte, kannte die ganze Geschichte nur aus Erzählungen und konnte kaum etwas unternehmen. Aber er hatte die Schwestern immer ermahnt, den Mann unbedingt zu respektieren, »schon wegen seines hohen Alters«.

Wiederholt betonte Mamadou, dass es in vorkolonialen Zeiten niemals irgendwelche Probleme mit den Sklaven gegeben habe, keinen Aufstand oder dergleichen. Diese Leute hätten sich ja selbst für Sklaven gehalten, »ganz ohne Zwang«. Ganz am Anfang mochte es vielleicht Härten gegeben haben, räumte er immerhin ein, aber nach einiger Zeit hätten sie sich wohl mit ihrer Lage abgefunden und sich »von selbst« unterworfen.

Von selbst? Wie das zu verstehen sei, fragte Doris. Nun, es gebe noch heute Leute in den Pariser *Foyers*, deren Vorfahren *kome* gewesen waren und die sich offenbar immer noch als solche verstanden. Ohne dass sie jemand dazu auffordern würde, arbeiteten diese Leute mehr als alle anderen Bewohner für das Heim; und einer habe Mamadou sogar

seine Dienste angeboten. Er wolle für ihn arbeiten wie in alten Zeiten und als Gegenleistung nur Nahrung und ein Dach über dem Kopf. Es gebe Leute, die von so einem Angebot tatsächlich profitierten. Aber er selbst niemals! Niemals im Leben habe er irgendjemanden als Sklaven angesehen. Bei seinem Vater freilich sei das noch anders gewesen.
Doch da war etwas, was Mamadou einfach nicht verstehen konnte, was ihn irritierte und ärgerte. Er fand das Benehmen schwarzer Amerikaner gegenüber Afrikanern meistens ziemlich arrogant, und bei der Jobsuche würden Farbige aus den französischen Antillen gegenüber Afrikanern häufig bevorzugt. »Dabei stammen die doch allesamt von Sklaven ab, während wir Afrikaner seit jeher Freie waren!«, erregte sich Mamadou. Plötzlich machte er einen gequälten Eindruck. Irgendetwas war in ihm aufgewühlt worden und durcheinandergeraten. Mit wachsender Ungeduld erklärte er schließlich, dass man als Afrikaner eigentlich gar nichts zu dem Thema sagen sollte. Entweder sei man das ewige Opfer des Sklavenhandels, oder man werde als Sklavenhalter angeklagt. Und irgendwie bleibe man dabei immer auf der Strecke.

★

Damit mochte er recht haben, dachte die Frau aus Wien. Es waren wirklich zwei Seiten derselben Medaille, welche die Stigmatisierung der Schwarzen perpetuierte und zudem eine Relativierung des atlantischen Sklavenhandels ermöglichte. Dessen unvergleichliche Dimensionen wurden jedoch durch vergleichende Forschungen eindeutig belegt. Und obgleich sie als Fragende keinesfalls belehrend wirken durfte, versuchte sie Mamadou einige prinzipielle Unterschiede zur traditionellen afrikanischen Sklaverei zu erklären, in der Absicht, ihn für künftige Anfechtungen besser zu rüsten. Immerhin war es eines ihrer Spezialgebiete, auch wenn Abdoulaye vielleicht fände, das Ganze ginge sie gar nichts an.
Was französisch kurz mit *la traite négrière* oder einfach *la traite* bezeichnet wurde, war ein »Dreieckshandel« gewesen, erklärte sie, ein Transfer zwischen Europa, Afrika und Amerika. Sklaven aus Afrika wurden nach Amerika geliefert, wo sie Rohstoffe produzierten, die, nach Europa verschifft, zu Industrieprodukten verarbeitet wurden. Diese wurden wiederum in Afrika auf den Markt gebracht und gegen Sklaven einge-

tauscht. Es war eine transkontinentale Transaktion, von der nur ein Kontinent nachhaltig profitierte, nämlich Europa. Doch zum Unterschied von der altafrikanischen Sklaverei war dieser »Dreieckshandel« kein integraler Bestandteil des Gesellschaftssystems, sondern eine schon damals dubiose Praxis an den Peripherien Europas, die ausschließlich dem Profit und der Akkumulation von Kapital diente und von der die bessere Gesellschaft in den Zentren lieber keine Details wissen wollte, ähnlich wie wir heute die Augen vor den Produktionsbedingungen unserer Konsumgüter im fernen Osten verschließen. In Frankreichs Salons diskutierte man lieber Jean-Jacques Rousseau und die Enzyklopädisten, man erbaute sich an der Proklamation der Menschenrechte und den Lehren des Marquis de Condorcet. Und der hatte ohnehin so deutlich wie kaum ein anderer die Versklavung von Menschen als »wider die Natur« verurteilt. Schließlich hatte sich auch der große Humboldt gegen die Sklaverei ausgesprochen, das sollte doch genügen.

Es mussten dreihundert Jahre vergehen, bevor auch statistisch bewiesen wurde, dass sich der atlantische Sklavenhandel grundlegend von anderen Formen der Sklaverei unterschied, nämlich durch eine zuvor nie gekannte Brutalität in Verbindung mit perfekter Bürokratisierung. Aus diesem Grund war er auch kurzlebig im Vergleich zur antiken und altafrikanischen Sklaverei. Dank der genauen Buchführung der Reedereien konnte die Anzahl der auf den amerikanischen Kontinent und in die Karibik verschleppten Afrikaner – zwischen zwölf und dreizehn Millionen – ermittelt werden, natürlich ohne Berücksichtigung des illegalen Sklavenhandels, wobei neunzig Prozent der Unglücklichen zwischen 1780 und 1850, also innerhalb von nur siebzig Jahren, aus Afrika deportiert wurden. Eine vergleichbare Konzentration des Menschenraubs in einem so kurzen Zeitraum war sonst nirgendwo auf der Welt bekannt. Möglich wurde dies durch die Verbindung der sogenannten Rassenwissenschaften mit einem skrupellosen Einsatz modernster Feuerwaffen und bürokratisch organisierter, exzessiver Brutalität.

Bezeichnend dafür war, dass der berüchtigte *Code Noir*, ein Gesetzestext unter Ludwig XIV., als Reformwerk konzipiert war, der die Bedingungen des Menschentransports und die Rechte der Sklavenhalter festschrieb, um der zuvor herrschenden grausamen Willkür einen Riegel vorzuschieben. Doch erst diese Gesetze machten aus versklavten

Menschen rechtlich »mobile Güter«, deren Nutzung ausschließlich von den Gesetzen des Marktes bestimmt wurde. Dabei nahm Frankreich im Sklavenhandel nur den vierten Rang nach Portugal, England und Spanien ein. Doch es war weltweit der bedeutendste Zuckerproduzent der Zeit und verschiffte achtzig Prozent seiner insgesamt eineinhalb Millionen versklavten Afrikaner nach Santo Domingo.
Die transatlantische Sklaverei hatte für das Marktgeschehen eine Art Turbo-Effekt, dem sich afrikanische Sklavenhändler nicht verschließen konnten. Sie richteten ihre Razzien im Landesinneren nicht mehr nur nach dem lokalen Bedarf an Sklaven aus, sondern nach der explodierenden Nachfrage durch transkontinentale Reedereien an den atlantischen Küsten. Erst dadurch entstand in den betroffenen Regionen jenes Trauma, das bis in die Gegenwart nicht überwunden werden konnte. Immerhin schrumpfte zwischen dem 17. und dem 19. Jahrhundert die afrikanische Bevölkerung um ein Drittel, die regionalen Wirtschaftssysteme wurden weitgehend zerstört, und unmittelbar darauf folgte die »koloniale Durchdringung«, die bis 1930 die Bevölkerung Afrikas um ein weiteres Drittel reduzierte. In Europa hingegen bewirkte der »Dreieckshandel« unter anderem jene Kapitalakkumulation, die maßgeblich zur industriellen Revolution beitrug.
Das alles hatte Doris freilich nicht erzählt. Denn nach den ersten Sätzen war Mamadous Blick in die freundlich verbindliche Leere schwindender Aufmerksamkeit abgeglitten, und sie war verlegen verstummt.

★

Die alte Frau bedeckte erschrocken ihren kahlen Kopf mit einem bunten Tuch und warf noch einen dunklen Schal darüber. Sie hielt den Blick gesenkt, als einer ihrer beiden Söhne ihr erklärte, Abdoulaye käme aus Frankreich und sei ein Enkel von Ladji Sima, ihrem ersten Gatten. Sie war fast blind und aus ihrem Armstuhl aus Plastik konnte sie sich kaum erheben; aber sie lächelte wie ein junges Mädchen, als er nun einen Hocker heranzog, ein altes, aus einem Block geschnitztes Stück, und seine Hände in ihre geöffneten Handflächen legte. Es war kein Nachteil, dass Abdoulaye nicht Malinké sprach und die alte Frau nicht Französisch. Das Schweigen der beiden erweiterte den engen Raum zu ihrem eigenen Kosmos, von einem Lichtstrahl durch die geöffnete Türe in ein rosa Licht getaucht. Der schwarze Kessel, der Schemel, der hölzerne Mörser stammten wohl noch aus Großvaters Zeiten. Djitaba Tunkara war damals vielleicht fünfzehn Jahre alt; dem fast sechzigjährigen Ladji Sima hatte sie drei Kinder geboren, von denen zwei früh verstarben, das dritte war Abdoulayes Onkel Wally in Paris. Von ihm überbrachte er ihr eine Nachricht, die erste seit über dreißig Jahren. Ihre Augen blieben gesenkt.

Das Gehöft der Tunkara bestand aus mehreren Gebäuden aus Lehm, Beton und Wellblech rund um einen offenen Hof, in dessen Mitte sich nun außer den Gästen die beiden Söhne aus zweiter Ehe mit ihren Frauen, Kindern und Kindeskindern versammelt hatten, insgesamt an die fünfzehn Menschen aus vier Generationen. Nur Djitaba Tunkara war mit ihrer Schwester in der Kammer geblieben, es hieß, die alten Frauen seien zu schwach. In einer großen Plastikschüssel wurden süße Melonenstücke geboten, für die Gäste, die seit dem frühen Morgen nichts zu sich genommen hatten, eine göttliche Erfrischung. Schafe und Gänse warteten in einem geordneten Kreis auf etwaige Reste, geduldig, völlig reglos, vielleicht gelähmt von der sagenhaften Hitze. Dicke Fliegen umschwärmten Mensch und Tier. Die beiden Söhne zwischen vierzig und fünfzig hießen Osiris und Adama N'Diara und Doris staunte wieder einmal über die Poesie der Namen. Beide waren sichtlich erfreut darüber, nun »Onkel« von Abdoulaye zu sein. Etwas abseits ließ ein junges Mädchen an einem Holzkohlenfeuer Maiskörner knallen. Abdoulaye tauschte lächelnde Blicke mit ihr aus, er hatte es gleich bemerkt: sie war stumm. Doch die Männer mussten nun auf Französisch eine Konversation in Gang bringen, über die »allgemeine Lage«, das »Klima«, »die Familie«. Osiris überreichte Abdoulaye ein rötlich verfärbtes Foto, auf dem er prächtig gekleidet anlässlich des Aschura-Festes im Kreis islamischer Würdenträger zu sehen war. Adama erzählte, er sei auf die Reparatur alter Eiskästen spezialisiert. Für den Alltagsbedarf müssten die bescheidenen Erträge der Landwirtschaft ausreichen, man käme schon über die Runden. In diesem Land der Entbehrungen waren niemals Klagen zu hören.

Doris spürte unter dem Kleid den Schweiß über ihren Rücken rinnen und versuchte so diskret wie möglich die schillernden Fliegenschwärme von ihren Armen zu vertreiben. Wie machten es nur die

»Großmutter« Djitaba Tunkara in Kita

anderen, so gelassen zu bleiben? Und warum hatte es Großvater Ladji Sima seinerzeit ausgerechnet nach Kita verschlagen, in dieses entlegene Nest, mitten unter die damals noch »heidnischen« Malinké, er, der in Saint-Louis aufgewachsen war? Er folgte einfach der »Entwicklung«, er folgte der Eisenbahn.

Ladji Sima hatte damals als Einkäufer für die französische Handelsgesellschaft Ch. Peyrissac die südwestlichen Provinzen bereist, erzählte Osiris. Er kam nach Kita, weil die Franzosen hier große Plantagen für Baumwolle und Erdnüsse betrieben und die Compagnie Peyrissac der bedeutendste Abnehmer für die agraren Produkte der Bauern der Region war. Die Handelsgesellschaft bezog Erdnüsse, Baumwolle, Sisal, Kork und Nahrungsmittel und lieferte dafür Haushaltswaren, Werkzeug und Zement. Es sei naheliegend, dass sich Ladji Sima mit seinem wichtigsten Geschäftspartner in Kita angefreundet habe, mit dem Bauern und Kaufmann Bulimanka Tunkara, der Patriarch der Gründerfamilie von Kita. Zur Festigung der lukrativen Freundschaft hatte er seine jüngste Tochter Djitaba dem Vertreter der Handelsgesellschaft Ladji Sima zur Frau gegeben.

Der hatte damals bereits fünfzehn Kinder von drei Frauen, von denen freilich nur Khadisiatou Diagne, die Mutter von Mamadou, bis zu seinem Lebensende mit ihm lebte. Ladji hatte sie 1934 im französischen Rathaus in Kayes geheiratet, im Geburtsjahr von Mamadou. Moussokoro hatte erklärt, Ibrahim Sima sei 1936 in Kita zur Welt gekommen und angeblich auch der 1920 geborene, älteste Halbbruder Sourakhé Sima, und daher war anzunehmen, dass Ladji Sima über Jahrzehnte zumindest zeitweise in Kita gelebt hatte. 1941 kam sein Sohn Wally zur Welt, und ein paar Jahre später wurde die junge Djitaba Tunkara zusammen mit ihrem kleinen Sohn zur Erziehung nach Bakel geschickt. Kurz darauf ließ Ladji sich von ihr scheiden und zog zusammen mit Khadisiatou Diagne für immer nach Kayes.

Diese Nachricht traf Abdoulaye unvorbereitet. Und er war sichtlich enttäuscht. Djitaba Tunkara war für ihn plötzlich nicht mehr »seine Großmutter«, deren Begegnung ihn überwältigt hatte, sondern nur mehr eine alte Frau unter anderen. Die junge Djitaba war jedenfalls nach der Scheidung nach Kita zurückgekehrt und hatte wieder geheiratet. Ihren Sohn Wally Sima hatte sie in Bakel zurückgelassen und

Schwester von Djitaba Tunkara in Kita

das letzte Mal Anfang der 1950er Jahre gesehen. Dass er 1966 nach Frankreich gegangen war, erfuhr sie von Verwandten.
Offenbar unterhielt Ladji Sima nach seiner Übersiedlung nach Kayes weiterhin gute Kontakte zu Kita. Immerhin verheiratete er drei seiner Töchter mit Männern aus dieser Region, die bis 1976 offenbar noch einiges zu bieten hatte. Die deutsche Gesellschaft SEPAMA bewirtschaftete Erdnussplantagen aus der Kolonialzeit und betrieb eine Ölfabrik, und bis zur Dürrekatastrophe in den 1980er Jahren und den Interventionen der Weltbank blieb die Region um Kita ein Zentrum des Baumwollanbaus. »Danach war es mit allem vorbei.« Adama erklärte, zwar habe die gegenwärtige Regierung eine Initiative zur Wiederbelebung der Baumwollproduktion gestartet und bei den Bewohnern von Kita dadurch einige Hoffnungen ausgelöst; doch nun bleibe die Ernte auf den Märkten liegen, denn ohne Unterstützung der staatlichen Agraragentur sei es unmöglich, mit den billigen Baumwollimporten mitzuhalten. Plötzlich war die Stimmung im Hof gedrückt.

★

Ein Zug fuhr ein. Der aus Steinquadern erbaute Bahnhof aus den 1930er Jahren war vom Hof der Tunkara aus gut einsehbar. Die alte Diesellokomotive und die niedlichen Minenwaggons hätten jeden Eisenbahnliebhaber entzückt, und Abdoulaye lief mit gezücktem Fotoapparat hinüber. Früher, meinte Osiris, hielten die Züge hier täglich. Aber nun war man schon über einen Zug alle vierzehn Tage froh. Die Lagerhallen am Bahnhof seien längst verfallen und neuerdings sei sogar der Postverkehr zum Erliegen gekommen. Dabei war nach der Unabhängigkeit der Ausbau der Bahn eine strukturpolitische Priorität der Regierung Keïta gewesen. Erst seit den 1980er Jahren wurde nichts mehr in die immerhin über tausendzweihundert Kilometer lange Strecke zwischen Dakar und Bamako investiert. 2003 wurde die Bahn im Rahmen der von der Weltbank geforderten »Reformen« privatisiert, ein franko-kanadischer Konzern erhielt den Zuschlag für eine Konzession über fünfundzwanzig Jahre unter der Bedingung, den Personenverkehr zu garantieren. Seine ersten Maßnahmen betrafen die Entlassung von über sechshundert Eisenbahnern – gleichsam über Nacht und ohne Absprache mit den Gewerkschaften – und die Schließung

Kita: Ehemaliges Kontor der Compagnie Peyrissac

von zwölf Bahnhöfen, die für die betroffenen Gemeinden eine Lebensgrundlage gewesen waren. Investiert wurde in den Ausbau des Frachtverkehrs für die Bergbauindustrie, denn die Minen im Süden und Südwesten standen im Besitz kanadischer, amerikanischer, britischer und chinesischer Gesellschaften und erlebten einen ungeheuren Aufschwung. Der Eisenbahnkonzern fuhr nunmehr einen Gewinn von eineinhalb Millionen Euro pro Monat ein. Zwar forderten 2006 die Gewerkschaften in Bamako die Rückverstaatlichung der Bahn, doch ein Jahr später ging die Konzession an einen in Belgien registrierten privaten Konzern. 2008 kam es wegen unzumutbarer Verhältnisse für Personal und Passagiere zu Unruhen und daraufhin zur vorübergehenden Verhaftung des Gewerkschaftssprechers.
Die Bewohner von Kita jedoch sahen sich eine Zeit lang ohne jede Transportmöglichkeit. Der Besitzer der *Oasis le Créole* am Rande des Ortes hüstelte leise, die Augen hinter dunklen Brillen verborgen. Seine touristische Anlage bestand aus einigen kleinen Bungalows ohne Strom und fließendes Wasser, doch verfügte sie über einen netten Garten mit funktionierenden Duschen im Freien. Der hagere, groß gewachsene Herr mit eingefallenen Wangen und grauem Haar sprach überraschenderweise völlig akzentfrei Französisch und war sichtlich erfreut über den unerwarteten Besuch. Er hatte nach zwanzig Jahren ärztlicher Praxis in Paris den Traum so vieler Exilierter zu Ende geträumt und war nach seiner Pensionierung 1996 an den Ort seiner Kindheit zurückgekehrt. Mit seinen Ersparnissen hatte er in der Hoffnung auf etwas Abwechslung und ein kleines Zusatzeinkommen dieses *campement* erbaut. Aber nun sei Kita abgeschnitten von der Welt, kaum jemand käme noch vorbei und weg könne man auch nicht mehr so leicht. Sogar die seit kurzem asphaltierte Straße sei gleich hinter Kita zu Ende. Das Leben ist, was es ist, lächelte er. Und Kita ist eine Falle, ein Kessel mit einem ziemlich hohen Rand. Der einzige Weg hinaus führt über eine Bahnstation, wo Gras zwischen den Schwellen wächst.
Plötzlich wollten Abdoulaye und Doris nichts wie weg, bevor etwas dazwischenkam, etwa ein Hitzekoller oder ein neuerlicher Konflikt.

★

Auf der Karte war der Ort Manantali neben einem großen blauen

Durch verbranntes Land

Fleck inmitten einer Grünfläche eingezeichnet, dem *Parc National du Bafing.* Fantasien von rauschenden Wäldern und kühlendem Wasser stellten sich ein, und im Reiseführer stand, in Manantali gebe es eine Siedlung für ausländische Ingenieure, mit klimatisierten Gästezimmern, Duschen und weichen Betten! Keine Großmutter der Welt hätte sie länger in Kita halten können. Trotz fortgeschrittener Stunde machten sie sich auf den Weg.

Und wirklich wurde gleich hinter Kita die Asphaltstraße von tiefen, sandigen Radspuren abgelöst. Sie führten quer durch ein gelb vertrocknetes und schwarz verbranntes Hügelland, das sich im kreidigen Nebel verlor, nur manchmal kündeten dunkelgraue Rauchwolken von einem spontanen Buschfeuer. Wie vom Teufel gejagt raste der Fahrer über alle Fährnisse hinweg, bis ein menschliches Bedürfnis die Reisenden zum Anhalten zwang. Rasch verteilten sie sich zwischen trockenen Lianen und blätterlosem Gestrüpp, wo Doris, verärgert durch ein nahes Rascheln, dachte, in Afrika ist man wirklich nirgendwo allein. Unmittelbar vor ihr tauchte auf Schulterhöhe ein schuppiger, grauer Kopf auf, gefolgt von einer hell gefleckten Brust und dem Teil eines gigantischen Beines. Ein Dinosaurier aus einem Film? Keineswegs auf »Wildnis« eingestellt, versuchte sie neugierig, sich dem Fabeltier zu nähern, als wäre sie im Tiergarten Schönbrunn. Es drehte aber ab und schob knackend und knisternd seinen Riesenleib über den ausgedörrten Grund, suchte im Unterholz Deckung, was ihm jedoch nur teilweise gelang. Unter einem Haufen trockener Äste ragte sein schuppiger Schwanz meterlang hervor und war von den Lianen rundum kaum zu unterscheiden.

Sie hatte Glück gehabt. Immerhin hatte es sich um einen grauen Riesenwaran gehandelt, eine der größten fleischfressenden Raubechsen des Planeten, die in der Not auch Menschenfleisch nicht verschmähen. Manche Völker machen aus seiner Haut Schutzamulette, andere fürchten sein Erscheinen als Vorbote oder gar Auslöser von Buschfeuern, was in der Region zwischen Kita und Manantali einleuchtend war. Einst gab es hier Giraffen, Büffel und Elefanten, jetzt nur mehr den Waran. Er war Jahrmillionen älter als der Mensch und würde ihn wohl auch überleben. Und vielleicht nicht nur hier.

Nach Bafoulabé

★

Als sie bei Einbruch der Dunkelheit Manantali erreichten, lag das ersehnte blaue Wasser hinter einer gigantischen Betonmauer verborgen. Und jede Zufahrt war verboten. Der Bafing war hier an die vierzig Kilometer zurückgestaut worden, und das Tal war nun »Nationalpark« und »Sperrgebiet«. Es handelte sich hier immerhin um das größte Wasserkraftwerk Westafrikas, eine Aktiengesellschaft, welche die gewonnene Elektrizität in den benachbarten Senegal und weiter exportierte, für die Bewohner der Region war sie ohnehin viel zu teuer. Der Ort selbst lag unterhalb der Staumauer am Beginn einer staubigen Ebene. Keine Spur einer »Luxussiedlung für europäische Ingenieure«, vielmehr eine triste Barackensiedlung, ein Kaufladen und eine Großküche mit einem menschenleeren, neonblauen Speisesaal. Einige Jugendliche führten die Reisenden zum Verwalter des Geländes, ein offenbar schwerkranker, kleiner Mann, der in einem winzigen Wächterhäuschen wohnte. Nur mühsam erhob er sich aus seinem abgenutzten Fauteuil. Er sprach heiser und leise, aber verständlich genug, um zu vermitteln, dass er mit dem abendlichen Auftauchen der Fremden wenig Freude hatte; und noch weniger mit deren Wunsch nach einem gemachten Bett. Damit sei es vorbei, röchelte er. Das feine Etablissement habe es nur während der Bauzeit gegeben, jetzt kam nur mehr einmal im Monat ein Ingenieur zur Wartung des Kraftwerks vorbei, und die wenigen Baracken für Gäste waren seit einer Ewigkeit nicht mehr genutzt worden. Es war bereits tiefe Nacht, als der Kranke doch noch ein Einsehen hatte und die Schlüssel für drei kleine Räume herausrückte, in denen weder Elektrizität noch die Duschen funktionierten. Abdoulaye und der Fahrer trugen die Enttäuschung mit männlicher Gelassenheit, versuchten ihren muffig heißen Räumen mit ihren Schlafsäcken auf der Veranda zu entgehen, bevor sie von dichten Moskitoschwärmen wieder ins Innere vertrieben wurden. Das Schlimmste für Doris war das schmutzige, kleine Fenster ihres Zimmers, das wegen der Löcher im Moskitogitter nicht zu öffnen war. Der Geruch im engen Raum nahm ihr den Atem. Immer noch war es so heiß, dass ihr der Schweiß von der Stirn tropfte, während sie im Lichte ihrer Taschenlampe die Kakerlaken zu verjagen trachtete, den gröbsten Unrat unter

Eisenbahnbrücke bei Bafoulabé

dem Bett wegschaffte und das wackelige Bettgestell nach Wanzen absuchte, bevor sie endlich ihren Schlafsack auf dem fleckigen Schaumstoffbelag entfaltete. Und wieder einmal wurde ihr klar, dass sie keine Reisende aus Leidenschaft war.

★

Es war noch stockdunkel, als sie nach wenigen schlaflosen Stunden wieder im Wagen saß. Irgendwann in der Morgendämmerung rollte der Fahrer auf eine dröhnende, von blauen Auspuffgasen umnebelte Flussfähre. Bei klarer Sicht hätten die Reisenden vom Deck aus eine berühmte Aussicht genießen können, ein beliebtes Motiv von Kolonialfotografen: die Vereinigung von Bakoy, dem »Schwarzen Fluss«, und Bafing, dem »Weißen Fluss«, zum Senegal. Auf der grün bemoosten Landzunge zwischen den beiden schimmernden Wasserarmen lagerten einige Männer unter mächtigen Baumkronen, die auf das indigofarbige Wasser ein schlammig zitterndes Spiegelbild warfen. Sie vermieden das nahe Bafoulabé, wo 1879 ein französischer Militärstützpunkt und zehn Jahre später ebenfalls ein »Freiheitsdorf« errichtet worden waren und nun ein Verkehrsknotenpunkt für die Goldminen von Bambuk entstanden war. In der Mitte des Kreisverkehrs vor der Zufahrt ins Zentrum erinnerte ein Nilpferd aus Beton daran, dass Bafoulabé »Nilpferd« bedeutete und diese Riesen mit der empfindlichen Dickhaut hier eine dichte Population gebildet hatten, bevor sie ausgerottet worden waren.
Sie bogen nach rechts ab, auf eine sandige Piste zwischen brusthohem, gelbem Gras quer durch die Provinz Khasso. Im beständigen Nebel hatte der Fahrer oft kaum ein paar Meter weit Sicht, was ihn freilich nicht am rasenden Tempo hinderte. Bei den unvermutet auseinander laufenden Spuren musste er deshalb blitzschnell Entscheidungen treffen, die er schlafwandlerisch immer richtig traf – zumindest ließ er das seine Mitfahrer glauben. Leicht verzerrt ertönte den ganzen Tag die kehlige Stimme von Nahawa Dumbia mit immer demselben Refrain: *Wenn Mann und Frau sich lieben, werden ihre Kinder ein großes Herz haben.* Der Fahrer erzählte Abdoulaye von seiner Geliebten in Bamako, die ein Kind von ihm erwarte und die er dennoch nicht heiraten dürfe, da seine Eltern auf einer anderen, kastenkonformen Frau be-

stünden, die er kaum kenne und nicht wolle. Vielleicht lag der Grund seiner selbstmörderischen Raserei ja in seiner Depression. Abdoulaye war gerührt.
Bunt gekleidete Frauen und Kinder mit Bündeln von Brennholz, Futtergras oder einem Kanister auf dem Kopf winkten dem vorbeifahrenden Auto freundlich, offenbar dem einzigen auf der gesamten Strecke; sie machten keineswegs einen elenden, sondern einen würdevollen Eindruck. Wovon lebten diese Menschen in diesem verdorrten Land? Plötzlich riss der Fahrer das Auto herum, mitten auf dem Weg stand ein Reiter auf einem weißen Pferd, in bauschigen Hosen, sein heller Burnus fiel von seinen Schultern bis über die Lenden des Pferdes, am bunten Gürtel baumelte ein langes Schwert in einer metallisch glänzenden Scheide. Und auf seinem weißen Turban saß ein spitzer Hut aus hartem Stroh mit einer breiten Krempe. Die Frau aus Wien hielt den Atem an: Der Krempenrand wurde von bunten Bändern mit der Hutspitze verbunden! Diese Art Hut hatte sie bei Frauen im marokkanischen Rif gesehen, sie trugen ihn über ihrem weißen Haik. Die Kopfbedeckung hatte also vor Jahrhunderten den Weg quer durch die Sahara gefunden! Abdoulaye war von ihrer Beobachtung weniger beeindruckt, er flüsterte jedoch bewegt: »Ein echter Peul! Ein Chef oder ein Krieger!« Doch als beide sich verzückt nach ihm umdrehten, war er bereits verschwunden. Das Phantom der Völkerkunde!, dachte die Frau aus Wien. Sie fand dieses Vorbeirasen an allem und jedem, nur um einer Idee willen, die nichts mit den Menschen zu tun hatte, denen sie hier begegneten, eigentlich eine Schande. Ratternd überquerten sie eine Eisenbahnbrücke, der Fluss war mittlerweile machtvoll angeschwollen. Am anderen, üppig begrünten Ufer verteilten sich alle drei in gebührendem Abstand voneinander, um ungestört ein wenig auszuruhen. Kaum war Doris im Schatten einer riesigen Weide eingenickt, als sie von einem entsetzten Schrei aufgerüttelt wurde: Achtung, Affen!! Über ihr flüchteten drei semmelblonde Tiere kreischend ins hohe Laubwerk, die Panik der Männer erschien ihr ein wenig albern. Schon versank sie wieder in Träume von kühlem Laken auf bloßer Haut und schlammig braunen Nilpferden rund um algengrüne Brückenpfeiler, als Abdoulaye sie unerbittlich zum Aufstehen mahnte, Affen seien gefährlich, sie überfielen alles und jeden, wenn

sie ein Baguette witterten. Und schon lief der Fahrer keuchend an ihr vorbei Richtung Straße, er hatte krank machende Dämonen erkannt, im Schilf am Ufer unmittelbar vor ihm! Keine Minute länger wollte er hier bleiben. Sie protestierte müde, doch Abdoulaye ging zu ihr auf Distanz, jeder hierzulande wisse, dass Flussufer von bösen Dämonen bewohnt seien, das solle sie gefälligst akzeptieren. Und während sie resigniert die Böschung hochkletterte, wo die Männer bereits beim Wagen warteten, dachte sie: Ich werde ihn fragen müssen, wie er es mit Geistern und Dämonen hält.

Plötzlich begann der Boden unter ihren Füßen zu vibrieren; das Getöse kam aus allen Richtungen und wurde immer lauter. Der Fahrer war wie gelähmt vor Entsetzen, und Doris dachte erschrocken an ein Erdbeben. Da tauchten sie aus dem Sandnebel auf, Schafe und Ziegen, zuerst vereinzelt, dann Schulter an Schulter bis zu einer nicht enden wollenden Herde verdichtet, die mit infernalischem Gepolter vom anderen Ufer her über die metallene Brücke auf sie zustürzte. Und dann die Frauen. In langen, rhythmischen Schritten mit bloßen Füßen oder in Plastikschlapfen stürmten sie auf die verblüfften Fremden zu, ihre weiten Hosen oder Röcke waren über ihre Knie geschürzt und ließen ihre hellbraunen, sehnigen Beine erkennen. Es waren fünf Frauen und zwei kleine Mädchen, straff aufgerichtet, mit leuchtenden Tüchern um Kopf und Schultern und darüber schwankende, prall gefüllte Säcke und Körbe, die sie mit den Händen im Gleichgewicht hielten. Aus einigen der Bündel lugten lächerlich hoch blökende Baby-Schafsköpfe heraus.

Abdoulaye versuchte mit seinem gewinnendsten Lächeln eine launige Verständigung in Gang zu bringen, etwa *Bonjour, je suis un Peul de Paris! Où allez vous?* Doch keine der Frauen reagierte. Sie änderten nicht einmal ihren starr vorwärts gerichteten Blick und marschierten in unverminderter Eile weiter. Abdoulaye versuchte, an ihrer Seite zu bleiben, um vielleicht doch noch eine Konversation in Gang zu bringen, doch nach wenigen Metern musste er aufgeben. Sie waren einfach zu schnell. Schon waren sie hinter der nächsten Kurve verschwunden, minutenlang gefolgt vom dröhnenden Getrampel der immer noch aus dem Nebel tauchenden, schier endlosen Herde. »Die Peuls«, rief Abdoulaye mit leuchtenden Augen, »sie sind wirklich das härteste Volk der Welt! Meine Mutter ist eine Peul, und ich, ich bin eigentlich auch ein Peul!« *»Ah, ces Peuls de Paris!«,* spottete der Fahrer gutmütig. Aber auch er war sichtlich beeindruckt von der Begegnung, obwohl afrikanische Stadtmenschen nicht zur Idealisierung irgendeiner Form des Landlebens neigen. Die Frau aus Wien fragte sich, woher diese ehrfürchtige Ergriffenheit bei der Begegnung mit viehzüchtenden Nomaden wohl herrühren mochte; in Marokkos Süden hatte ihr ein seine Herden mit ähnlich ausgreifenden Schritten begleitender Regebat erklärt – und dabei so gestresst wie ein Börsenmakler gewirkt –, sie müsse verstehen, er habe einfach keine Zeit, stehen zu bleiben und mit ihr zu plaudern; wenn er die nächsten Weiden nur einen halben Tag zu spät erreiche, verendeten seine Tiere. Vielleicht war es diese Fähigkeit, so viele Lebewesen immer zur rechten Zeit an den richtigen Ort zu führen, immer an der Existenzbedrohung vorbeischrammend, und gleichzeitig das eigene Leben zu organisieren; vielleicht war es die Gelassenheit, mit der diese Menschen die unvorstellbaren Strapazen und den permanenten Stress meisterten. Mit ihrer leidenschaftlichen Mobilität verhöhnten die Hirtennomaden das besessene Streben nach Bequemlichkeit, das den modernen Menschen so heilig ist. Und allen Forschungen zum Trotz blieben sie eigentlich ein Rätsel, ohne das die Menschheit zweifellos um einiges ärmer wäre.

Im Dorf Dulea hielten sie an, gegen den Willen Abdoulayes, der wieder einmal unter keinen Umständen als Tourist erscheinen wollte. Doch die Liebenswürdigkeit der Menschen begeisterte ihn derart, dass er dem Dorfchef versprach, den dringend benötigten Brunnen zu bauen; der alte sei voriges Jahr ausgetrocknet und das Ganze koste doch nur 500 Euro! Auf der Weiterfahrt legte er aufgeregt sein Vorhaben dar. Natürlich würde Abdoulaye sein Versprechen nicht halten, und er wusste das auch ganz genau. Aber hätte er dem Dorfchef die Bitte abschlagen können? Es war einfach herzzerreißend, zu sehen, dass die Frauen jeden Tag drei Stunden und mehr marschieren mussten, um an ein bisschen Wasser zu kommen. Bei der nächsten Rast bestand er darauf, einer zufällig des Weges kommenden Frau behilflich zu sein, ihren schweren Koffer und einen riesigen Sack hunderte Meter zu einem Gehöft zu schleppen. Und der Fahrer, der zusammen mit Doris beim Wagen auf ihn wartete, meinte, der, der ist tatsächlich ein guter Mensch – und das war in Mali kein Schimpfwort. Dann beobachteten beide, wie die Frau mit den Koffern zögerte, bevor sie ihm ihre Lasten anvertraute. Langwierige Überredungskünste waren nötig, sie war die selbstlose Hilfe eines fremden Mannes kaum gewohnt. Mit wachsender Ungeduld warteten sie, bis sich Abdoulaye zusammen mit der Frau und dem Gepäck endlich in Richtung des Hofes entfernten. So viel Zeit für so viel Zweifel. Die Frau aus Wien erinnerte sich an eine in Vergessenheit geratene, freilich in größerem Zusammenhang formulierte Wahrheit: Hierzulande konnte man wohl nichts richtig machen, *denn die Verhältnisse waren einfach falsch.*

★

Auf der linken Seite der Piste tauchten kegelförmige Felsformationen aus dem Nebel, an den dunkelgrauen, glühenden Abhängen ohne Spur irgendeiner Vegetation standen Rundhäuser dicht gedrängt wie Pilze. Dahinter lag das »Goldland« von Bambuk. Jahrhunderte zuvor war es ein Königreich der Malinké, das Gold wurde aus dem Felsen geklopft, Frauen wuschen es aus dem Sand der Falémé. In den Minen von Boré bewies die Farbe der prüfenden Flamme die besondere Reinheit des »magischen« Metalls. Handelskarawanen zwischen dem Golf von Guinea und Tripolis machten hier Station. Im neunzehnten Jahrhundert stritten sich der Tukuloor El Hadj Omar Tall und der französische Gouverneur Louis Faidherbe um den Schatz, beide wollten damit ihre Eroberungen finanzieren. Dem siegreichen Gouverneur gelang es, ein paar Ingenieure hinzuschicken, die bald dem unsäglichen Klima und Krankheiten aller Art erlagen, und die Minen wurden aufgegeben, bevor man fündig geworden war. Erst in den 1920er Jahren ließen die Franzosen eine geologische Karte der gesamten A.O.F. anfertigen. Sie war das Werk eines einzelnen Forschers, der in jahrelangem Nomadendasein den halben Kontinent vermessen hatte. Damals wurden die Minen von Kaniéba und Sadiola mit großem Aufwand auf den neuesten technologischen Stand gebracht. Doch es fanden sich nicht genug Bergbauingenieure und Minenarbeiter, die bereit gewesen wären, über Jahre dort zu leben, und die unter Zwang eingesetzten einheimischen Arbeiter erwiesen sich als weniger effizient als die traditionellen Goldgräber zweihundert Jahre zuvor. Bald hieß es, die Minen seien

Ein Dorf an der Straße, Provinz Khasso

erschöpft. Frankreich habe eben im Vergleich zu anderen Kolonialmächten weniger Wert auf die Ausbeutung von Bodenschätzen als auf seine zivilisatorische Mission gelegt, beteuerten Fachautoren nicht ohne eine gewisse Befriedigung. Erst ab 1948 investierte Frankreich große Beträge in die geologische Forschung, das neue Montaninstitut für Westafrika in Dakar galt weltweit als vorbildlich. Spektakuläre Vorkommen an Öl, Gold und Diamanten wurden entdeckt, deren Ausbeutung freilich den multinationalen Aktiengesellschaften der postkolonialen Ära vorbehalten blieb. In den 1990er Jahren wurden tausende Quadratkilometer Land der Republik Mali an südafrikanische, kanadische und US-amerikanische Aktiengesellschaften sowie an chinesische Unternehmen vergeben, mit modernsten Maschinen wurden viele Kubikkilometer Erdoberfläche abgetragen und weite Regionen in arsenhaltige Schlammwüsten verwandelt. Während zwischen den Weltkriegen aus der gesamten A.O.F. an die vier Tonnen Gold pro Jahr exportiert wurden, immerhin, waren es im Jahr 2006 allein aus Mali achtundfünfzig Tonnen. Mali war zum weltweit angeblich drittgrößten Goldproduzenten geworden und seine Bevölkerung zu einer der ärmsten der Welt.

★

Wer floh vor wem auf diesen Hügel über der vor Hitze flimmernden Stromlandschaft? Medina war hier keineswegs Fluchtort des Propheten, sondern mahnendes Zeugnis höchst weltlicher Ambitionen. Ein weites Land, dominiert von den Ruinen einer französischen Festung aus dem 19. Jahrhundert; die Fassade, eher ein steinernes Skelett von vier überdimensionierten *porte-fenêtres* und dem Bogen des Portals am Ende einer Freitreppe; dahinter der Hof und ehemalige Exerzierplatz, längsseitig der Backsteinbau des ehemaligen Kerkers. Von den Fundamenten der beiden eingestürzten Wachtürme aus bot sich ein Blick über den breit und träge sich windenden Senegal, seine bewaldeten Inseln, seine grünen, wilden Ufer und Lagunen. Ein schlammiger Pfad führte mitten in den Zauber dieser Flusslandschaft. Atemberaubender Duft, Geschnatter und Gezirpe, Quaken und Knurren von Amphibien und das helle Surren und Summen der Stechmücken unter fruchtschweren Baumkronen. Kein Hafen, keine Brücke, keine Straße soweit das Auge reichte.

Médine, das Fort: Auf den Ruinen des ehemaligen Wachturms

Aber natürlich hatten die Franzosen ihr Fort nicht wegen der romantischen Reize der Landschaft erbaut, sondern weil hier einst Handelswege aus allen Himmelsrichtungen aufeinandertrafen und einer der größten Marktplätze im westlichen Sudan entstanden war. Der Ort wurde zu Beginn des 19. Jahrhunderts zur Residenz von König Hawa Demba aus der Dynastie der Diallo. *Medina Khasso* wurde er erst später genannt, wahrscheinlich auf Anregung von Cheik Abdel Karim Diallo, einem einflussreichen religiösen Gelehrten der Peuls.

Ungeachtet der erstickenden Hitze des frühen Nachmittags bestand der obligatorische Führer darauf, die Fremden durch die Anlage zu schleusen. Er war einst Lehrer in Médine und erzählte nun, die Stadt habe 1865 an die zwölftausend Einwohner gehabt und sei in zehn Bezirke eingeteilt gewesen; mit Gold, Marmor, Getreide, Baumwolle, Gewürzen, Leder und Vieh wurde hier gehandelt, und gleich neben der Festung hatte sich noch lange nach 1870 einer der größten Sklavenmärkte Westafrikas befunden, unmittelbar unter den Augen des französischen Kommandanten. Das zwölf Kilometer stromabwärts liegende Kayes war damals noch ein kleines Fischerdorf. Freilich ließen die menschenleeren Wege zwischen Trümmerfeldern und einzelnen Häusern kaum eine Vorstellung von dieser lebhaften Geschäftigkeit vergangener Zeiten aufkommen. Wäre da nicht der alte Bahnhof gewesen, dessen massives Kreuzgewölbe mit den maurischen Arkaden rundherum eher an einen Sakralbau erinnerte. Doch in den Nischen der meterdicken Mauern hatten sich nicht etwa Altäre, sondern Abfertigungsschalter befunden, und die kühlen Kreuzgewölbe seien zur Lagerung von Getreide und Früchten ideal gewesen. Ein paar hundert Meter entfernt erhob sich ein hexagonaler Ziegelturm aus der sanft gewellten Landschaft, mit blinden, asymmetrischen Rundbögen an der rosa Fassade. Es war ein Wachturm, *tour de guet*, in dem bis 1939 Agrarprodukte und Gold gelagert wurden. Dann wurde die Bahnstation geschlossen, und bald war es mit Médine vorbei. Bis man sich 1942 in Paris noch einmal an den rosaroten Turm mitten im Sudan erinnerte, als scheinbar ideales Versteck für die Goldreserven der Republik vor dem Zugriff der Deutschen Wehrmacht. Der »streng geheime« Eisenbahntransport der Goldbarren von Dakar quer durch die westafrikanische Savanne hatte derartiges Aufsehen erregt, dass sich

Fassadenruine des Fort von Médine

die älteren Menschen immer noch daran erinnerten, auch wenn in den Geschichtsbüchern nichts darüber vermerkt war.
Medina Khasso war mit Sicherheit auch eine Station im Leben von Abdoulayes Großvater Ladji Sima gewesen, bis 1939 die Bahnstation nach Kayes verlegt worden war. Dort wurde der Hafen für die Plantagenökonomie ausgebaut, und danach nahmen die Handelswege einen anderen Verlauf. Die Speicher in Médine blieben leer, die Schule und der nahe Steinbruch wurden geschlossen, die Menschen wanderten ab, Médine verfiel. Überlebt hatte ein Nest gelber Vipern am Grunde der ausgetrockneten Zisterne, ein zuckendes Knäuel von langen, dünnen, angeblich sehr giftigen Schlangen, die niemanden störten. Schlangen wurden hier respektiert, vielleicht in Gedenken an Bida, das Goldsegen bringende, Regen spendende Ungeheuer der Frühzeit.

★

Erhalten war auch eine gusseiserne Kanone auf einem Marmorsockel, dessen Gravur verriet, dass es sich um ein Siegesdenkmal handelte. Es war 1863 in Erinnerung an den damals bereits sechs Jahre zurückliegenden Sieg über El Hadj Omar Tall errichtet worden. Fasziniert blieb Doris vor der Inschrift stehen:

FRANÇOIS A. PAUL HOLLE, né à Saint-Louis
DÉFENSEUR DE MÉDINE
INVESTIE PAR EL HADJ OMAR 1857

ROGER DESCEMET
LIEUTENANT D'ÉTAT-MAJOR
AIDE DE CAMP DU GOUVERNEUR
NÉ À SAINT-LOUIS
TUÉ À LA DÉLIVRANCE DE MÉDINE 1857

RENÉ DES ESSORTS
ENSEIGNÉ DE VAISSEAU
CAPITAINE DU GUET N'DAR À KHAY
EN CHERCHANT À SECOURIR MÉDINE 1857

Médine: Ruinen des ehemaligen Marktes, im Hintergrund das Fort, rechts das Hôtel de Ville

Was war damals in Médine geschehen, als Abdoulayes Urgroßvater Ahmadou Sourakhé ein etwa siebenjähriger Knabe irgendwo in einem Dorf zwischen Médine und Ambidedi gewesen war? Und wer war eigentlich dieser *El Hadj Omar*? Die recht umfangreiche Literatur beschreibt ihn entweder als Heiligen, als großen Strategen und Widerstandskämpfer, oder als religiösen Fanatiker und unerbittlichen Feind aller Weißen. Wie meistens lag die Wahrheit keineswegs »in der Mitte«, sondern jenseits dieser Begriffswelt, diesfalls in einem Niemandsland zwischen der mystischen Welt eines Gläubigen, den Größenfantasien eines Reichsgründers und der Askese eines notorischen Kriegsherrn. *L'ascétisme ne consiste pas à se retirer du monde, mais à en vider son cœur*[3], notierte El Hadj Omar Ben Said Tall im Jahr 1845, kurz nach der Rückkehr von seiner großen Pilgerreise nach Mekka. Er war irgendwann zwischen 1794 und 1797 am unteren Senegal zur Welt gekommen, als Sohn einfacher, gläubiger Bauern im fruchtbaren Schwemmland der Insel Morphil. Es hieß, der Knabe sei außergewöhnlich begabt gewesen und daher für das gehobene Koranstudium erzogen worden. Später wurde er in Futa Djalon, an der Grenze zum heutigen Guinea, von Cheik Abdel Karim Diallo in die Bruderschaft der *Tidjaniyya* initiiert. Und ab 1826 begab er sich auf eine Jahrzehnte dauernde Studienreise zu den heiligen Städten Arabiens, Ägyptens und Palästinas. In der gesamten arabischen Welt war damals das blutige Grauen noch in lebhafter Erinnerung, das vor fünfundzwanzig Jahren die über zweiunddreißigtausend napoleonischen Soldaten angerichtet hatten. Viele hatten in der Invasion eine Strafe Gottes für die Dekadenz der herrschenden Klasse des Osmanischen Reiches gesehen, mystische Reformbruderschaften waren entstanden, wie die des al-Tidjani in Alexandrien. Die *tidjaniyya* erstrebte durch entsagende Mystik und strikte Einhaltung der Gebote des Korans die unmittelbare Erfahrung Allahs, ohne Prediger oder Heilige als Mittler. Und für Predigten ersetzte sie das dem einfachen Volk unverständliche klassische Arabisch durch die jeweilige Landessprache. Die Bruderschaft wurde aus dem ägyptischen Alexandrien vertrieben und etablierte sich im von Osmanen unbeeinflussten marokkanischen Fez, von wo aus sie den gesamten subsaharischen Raum erreichte. Unter Berufung auf den Koran war al-Tidjani für eine Besserstellung der Frau und die Be-

Médine: Fahrer Moutaka vor dem ehemaligen Gefängnis des Fort

freiung der zum Islam bekehrten Sklaven eingetreten, was freilich von seinen Schülern nicht immer befolgt wurde.
Omar Tall verweilte auf seiner Rückreise von Arabien in den Sudan sieben Jahre im Kalifat von Sokoto (heute eine Provinz im Norden Nigerias) und genoss in Kankan die Gastfreundschaft der marabutischen Familie der Diakhité, Vorfahren von Heiratsverwandten der Sima. In Segu wurde Omar Tall vom »heidnischen König« der Bambara gefangen gesetzt, kam jedoch angeblich nach einem halben Jahr aufgrund der Fürsprache der königlichen Gemahlin wieder frei. Als er endlich in seinem Geburtsort Halwâar einzog, war Omar ein sagenumwobener Prediger mit einem beeindruckenden Gefolge von Schülern und schönen Frauen, die er als Geschenk illustrer Gastgeber erhalten hatte, wie es damals Sitte war. Er war nun an die vierzig Jahre alt, hatte zigtausend Kilometer zurückgelegt, Moscheen erbaut, heilige Schriften übersetzt und einige selber verfasst; und es hieß, er könne in der Wüste Wasser finden, im Buschland Feuersbrünste löschen und Regen machen und selbst weit entfernt lebende Freunde dank seiner magischen Kräfte aus Verbannung und Tod erretten. Zu seiner Erleuchtung konnte er viele Wochen ohne Nahrung und Wasser zubringen, einsame Wüstennächte neben Füchsen und Hyänen durchwachen, ohne jemals einem menschlichen Bedürfnis nachzukommen. Und in einer dieser mystischen Nächte im Jahr 1852 erhielt er den göttlichen Auftrag, das Land von Heiden zu befreien und ein islamisches Reich zu gründen.
Zur gleichen Zeit, im gleichen Raum hatten auch die Franzosen große, wenngleich trivialere Ambitionen. Sie wollten den »Freihandel« durchsetzen, koste es, was es wolle.
Alles fing ganz harmlos an. Weder Omar Tall noch der französische Gouverneur sahen im Wirken des anderen eine Gefahr. Der Marabu galt nach seiner Rückkehr als einflussreiche Persönlichkeit und wurde von der Administration in Saint-Louis in Ehren empfangen und sogar »im Namen Frankreichs« beschenkt. Die Region um Podor war die Kornkammer der Kolonie Saint-Louis und das Wohlwollen der islamischen Würdenträger daher von einiger Bedeutung. Auch Omar Tall warb wiederholt um ein Bündnis mit den Franzosen. Sein Kampf galt den afrikanischen Heiden, und dafür wollte er moderne Feuerwaffen

Vor dem ehemaligen Bahnhof, im Hintergrund der *Tour de Guet*

erwerben; außerdem wollte er *almâmy* von Podor werden, also geistliches und weltliches Oberhaupt der Gemeinde, und erhoffte dafür die Unterstützung des französischen Gouverneurs. Als Gegenleistung garantierte er den Franzosen die Sicherheit der Handelswege und war sogar bereit, Abgaben zu entrichten. 1847 fanden die entscheidenden Verhandlungen in Bakel statt. Der Gouverneur aus Saint-Louis war extra dafür angereist, doch ernst nahm er Omar Tall keineswegs, sondern speiste ihn mit leeren Versprechen ab.
So nahm das Verhängnis seinen Lauf. Einige Jahre und diverse Scharmützel später hatte Omar Tall die Provinz Boundou und einen Großteil von Khasso »zum Islam bekehrt« sowie die Goldminen von Bambuk in seiner Hand. Auch er unterschätzte wohl seinen Gegner, als er schrieb: *Les Blancs ne sont que de marchands; qu'ils apportent des marchandises dans leurs bateaux, qu'ils me payent un fort tribut lorsque je serais maître des Noirs et je vivrais en paix avec eux. Mais je ne veux pas qu'ils forment des etablissements à terre, ni qu'ils envoient des bâtiments de guerre dans le Fleuve.*[4]
Zudem erkannte Omar, dass die sprunghaft angestiegenen Textilimporte die heimische Manufaktur gefährdeten; und als ihm der Gouverneur eine weitere Runde von Verhandlungen verweigerte, erließ er einen Warenboykott, blockierte die Handelsrouten und besetzte den kommerziellen Knotenpunkt Medina Khasso, von den Franzosen Médine genannt.
Der König von Médine, Dyouka Sambala, hatte sich Omar Tall zwar unterworfen, heimlich paktierte er jedoch mit den Franzosen, die ihm Wohlstand im Diesseits in Aussicht stellten statt eines Paradieses im Jenseits. Und während Omar Tall im nordöstlichen Nioro mit neuen Bekehrungen befasst war, »verkaufte« der König ihnen den prominentesten Hügel in Médine. Innerhalb eines Jahres entstand mithilfe von sechshundert zwangsrekrutierten Einheimischen der Provinz Khasso die größte Festung entlang des Stroms, in welcher der König ständiger Gast war. Unterdessen nutzte sein verfeindeter Bruder die wachsende Unzufriedenheit im Land und überredete die Khassonké zu einem Sturm auf die französische Festung, mit dem Ziel, seinen Königsbruder samt Franzosen zu vertreiben und selbst die Macht zu übernehmen. Omar Tall, der bereits Bekanntschaft mit der verheerenden Wirkung

Mädchen nach der Tanzprobe im *Hôtel de Ville*

der französischen Artillerie gemacht hatte, stellte sich diesem Plan zwar entgegen, wollte durch eine derartige Konfrontation keinesfalls seine weit größeren Vorhaben gefährden. Dennoch kam es unter Führung des Königsbruders zu einem ersten Sturm der Khassonké, und als dieser zurückgeschlagen wurde, zu einer Belagerung der Festung, die angeblich vielen hundert Einwohnern von ganz Médine wegen Mangels an Nahrung und Wasser das Leben kostete.

Die Festung selbst wurde von Paul Holle verteidigt, einem aus afrikanisch-europäischen Vorfahren hervorgegangenen Kommandanten aus Saint-Louis, der sich zusammen mit nur acht französischen Soldaten und weniger als sechzig afrikanischen Schützen über fünf Monate mit Mühe halten konnte. Dass in letzter Minute die Belagerung doch noch durchbrochen wurde, war den unvermutet heftigen Regenfällen im Juli 1857 zu verdanken. Denn bisher hatte ein mächtiger Katarakt unterhalb von Médine das Vordringen von französischen Kanonenbooten verhindert, weshalb die Belagerer der dem Strom zugewandten Seite der Burg auch keine Beachtung geschenkt hatten. Aber das plötzlich einsetzende Hochwasser machte es möglich, dass eines Nachts drei Kanonenboote aus Bakel mit Nachschub unterhalb der Burg anlegen konnten, völlig unbemerkt von den Belagerern, die, in die Zange genommen, zu tausenden im Kanonenhagel der Franzosen verbluteten. Omar Tall, der an der Belagerung nicht teilgenommen hatte, entsandte erst im letzten Augenblick eine kleine Elite-Kavallerie, um den panischen Rückzug der Khassonké zu decken, freilich mit wenig Erfolg. Nach der verlorenen »Schlacht um Médine« zog er alle Truppen auf das rechte Ufer des Senegal zurück und beschloss eine *hedschra*, den Auszug aller Muslime aus dem von Ungläubigen beherrschten Land. Der Initiator dieser kühnen Aktion zum Entsatz der Burg, Kommandant Louis Faidherbe, wurde zum Gouverneur in Saint-Louis bestellt. Ab nun setzten die Franzosen nicht mehr auf »Verträge«, sondern auf territoriale Eroberungen. Und das große Schlachten begann.

★

Omar Tall verfügte über ein Heer von etwa dreißigtausend Mann, bestehend aus zwei Elite-Kavallerien der Peuls, die vom Pferd aus mit Lanzen und Schwertern kämpften, sowie drei Infanterien der Tukuloor

Mädchen beim Frisieren

mit Gewehren, die zunächst gegen Gold aus Bambuk und später gegen Sklaven im britischen Gambien erworben wurden. Auch einige erbeutete französische Haubitzen, für die mitfahrende Schmiede laufend die nötige Munition an Eisenkugeln gossen, kamen zum Einsatz. Die französischen Truppen hingegen waren gering an Zahl, aber gut gedrillt, bestens organisiert und bewaffnet. Diese kleinen Einheiten waren sehr beweglich, während dem Heer von Omar Tall hunderttausende Menschen inklusive Frauen und Kinder teils freiwillig, teils erzwungen auf dem Zug in den Osten folgten, die allesamt versorgt werden mussten. Und dies geschah vorwiegend durch Plünderungen der am Wege liegenden Ortschaften, wie es damals auch bei europäischen Heeren nicht unüblich war. Westliche Autoren geben an, die Verwüstungen durch die Menschenheere des Omar Tall habe den Sieg der Franzosen leicht gemacht. Andere betonen, Omar Tall habe jedes Blutvergießen verabscheut und zunächst immer »mit friedlichen Mitteln versucht, die Menschen zu bekehren«. Weigerten sie sich, sei ihm freilich nichts anderes übriggeblieben, als ihre Siedlungen plündern und niederbrennen zu lassen, denn dadurch waren sie gezwungen, sich seinem Zug anzuschließen. Dies entsprach seinem demografischen Kalkül, wonach die Menschenmassen in seinem Gefolge nach der Eroberung des »heidnischen« Reiches der Bambara dort angesiedelt werden sollten, um ein Gegengewicht zur lokalen Bevölkerung zu schaffen.
Ein Jahr vor der »Schlacht um Médine« war Omar Tall Ende 1856 ein letztes Mal auf die Insel Morphil zurückgekehrt und hatte dort wie bereits ein Jahrzehnt zuvor vergeblich versucht, seine Landsleute zu bewegen, sich ihm anzuschließen. Sie würden alles an die Nazarener verlieren, hatte er ihnen prophezeit. Doch die Leute wollten ihr fruchtbares Land einfach nicht verlassen. Und als sich sogar der *almâmy* von Podor unter den Schutz der Franzosen stellte, ließ Omar Tall sogar seinen Geburtsort Halwâar niederbrennen, was selbst seine Anhänger schockiert haben soll. Drei Jahre später standen seine Heere ungeachtet aller Widerstände am Niger, was an sich einem Wunder glich. Segu, die Hauptstadt der Bambara, wurde überrannt, Männer wurden ermordet, Frauen und Kinder versklavt, »alle Fetische verbrannt«. Segu wurde zum Zentrum des islamischen Reiches der Tukuloor. Doch Omar Tall selbst fand keinen Frieden mehr.

Dem König der Bambara, *fama* Bina Ali war die Flucht aus Segu gelungen und sogar ein Bündnis mit dem *almâmy* von Massina und dem islamischen Oberhaupt von Timbuktu, Sheikh Ahmad Al-Bakay (oder al-Bekkay, unter dessen Schutz übrigens Heinrich Barth während seines Aufenthalts in Timbuktu gestanden hatte). Beiden islamischen Autoritäten war offenbar ein Bündnis mit dem heidnischen König lieber als der religiöse Imperialismus des Omar Tall.
Jahrelang wurden zwei Heere aufgerüstet, sämtliche Ressourcen der Region dafür verbraucht. Im Mai 1862 lieferten sich bei Caaywal dreißigtausend Omariden und fünfzigtausend Peuls ein tagelanges Gemetzel. Omar Tall zog zwar mit den Resten seines Heeres in Hamdullahi, der Hauptstadt von Massina, ein, wurde jedoch zwei Jahre später wieder daraus vertrieben, nachdem die Stadt bis auf den Grund niedergebrannt worden war. (Westliche Forscher bedauern bis heute, dass kein Europäer jemals die sagenumwobene, »heilige Stadt« Hamdullahi betreten hatte können.) Nach Wochen ständiger Flucht fand Omar Tall zusammen mit einer Handvoll Getreuer einen letzten Unterschlupf in einer der Felsenhöhlen von Diéguembéré, aus der eine Pulverexplosion das Letzte war, was vernommen wurde. Omars Leiche wurde nie gefunden; und bald stand seine Apotheose im Raum.
Omars ältester Sohn Ahmadou wurde sein Nachfolger in Segu. Er war ein friedliebender Mann, ebenfalls Mystiker, der viele Tage meditierend zubringen konnte, »ohne einem menschlichen Bedürfnis nachzukommen«, wie es hieß. Über dreißig Jahre regierte er am Niger und gewährte den »Aufklärungsmissionen« der Franzosen immer großzügig Gastfreundschaft, wenngleich in sicherer Entfernung von Segu. Denn ihm war die Methode der Franzosen keineswegs entgangen, die er folgendermaßen beschrieb:
Quand un blanc arrive dans un pays, il écrit tout ce qu'il voit, et nous avons remarqué qu'après ce blanc en arrivent toujours d'autres, en nombre, qui connaissaient nos chemins, nos tatas et les positions de nos villages, et finissent ensuite par s'emparer de toute la contré.[5]
Zwar sei er von den Bambara niemals als legitimer Herrscher anerkannt worden, doch immerhin sorgte er drei Jahrzehnte für Frieden und Stabilität. Bis 1891 die Franzosen nach mehrfachen, immer wieder ein-

seitig gebrochenen »Friedensverträgen« mit einem Heer afrikanischer Schützen unter Colonel Archinar die Hauptstadt Segu stürmten. Ahmadou floh in das Kalifat von Sokoto, später nach Bandiagara, wo er 1893 aufgegriffen wurde und vier Jahre später starb, »als erbitterter Feind aller Weißen«.

Sämtliche Kolonialkriege waren von einem Muster bestimmt, welches das Bild der Afrikaner bis heute beeinflusst: Dass in zeitgenössischen Berichten Omar und seine Gefolgschaft als fanatische, blutrünstige Horden beschrieben wurden, ermöglichte Frankreich, sich glaubwürdiger als »Schutzmacht« darzustellen, was umso wichtiger war, als die blutigen Feldzüge der Franzosen im Sudan im Pariser Parlament wirtschaftlich und politisch immer umstritten waren. Fachhistoriker führen an, im Sudan seien zwei imperialistische Bewegungen aneinandergeraten, die panislamische der Tukuloor und die nationalistisch-kapitalistische der Franzosen; und der Sieg der Franzosen sei weniger ihrer Waffenüberlegenheit als ihrem militärischen Drill und ihrer größeren Skrupellosigkeit zu verdanken.

★

Eine Tafel neben dem ebenerdigen, mit *Hôtel de Ville* beschrifteten Gebäude informierte, dass hier ab 1870 die *école des ôtages* untergebracht war. Doch niemand wollte erläutern, was unter einer »Schule der Geiseln« zu verstehen sei; der Führer bemerkte ausweichend, der Name sei ohnehin bald in *école des fils des chefs* geändert worden, was soviel wie »Schule der Häuptlingssöhne« bedeutet. Doch die alte Bezeichnung war gar nicht so unpassend, handelte es sich doch um die Söhne unterworfener Chefs, die der Kommandantur in Médine zur Ausbildung anvertraut werden mussten, als Beweis der Vertragstreue ihrer Väter. Frühe Illustrationen zeigen einige am Boden hockende Knaben mit einer Schreibtafel zwischen den Knien, ganz so wie eine Koranschule; nur war der Mann, der vor den Kindern den Stock schwang, kein weiß gewandeter Marabu, sondern hatte eine weiße Hautfarbe und trug eine französische Uniform. Allmählich wurden diese Schulen dem französischen Grundschulsystem angeglichen, doch nach Verlegung der Bahnstation nach Kayes 1939 wurde die Schule in Médine geschlossen, und es sollte fast ein halbes Jahrhundert dauern, bis die Kinder wieder in

Eisenbahnschienen, Provinz Khasso

eine Grundschule gehen konnten, in einem 1987 von der Weltbank finanzierten Gebäude auf der anderen Seite des Hügels.
Um den Eingang des Hôtel de Ville drängten sich die breiten Rücken der Zuschauer, denn im Inneren, einem dunklen, fensterlosen Raum, drosch ein dünner alter Mann mit flaschenbodenartigen Brillengläsern mit einem u-förmig gebogenen Metallstab auf eine Trommel ein und erzeugte damit ein zwerchfellerschütterndes Dröhnen, das ohne Zweifel noch auf der anderen Seite des Hügels zu hören war. Das Instrument war aus Holz, mit Leder bespannt und mit einer metallenen Schelle versehen, ein Dumdum oder Gorong, traditionelle Trommeln der Mandingo, jedoch war es so groß, dass es den kleinwüchsigen Spieler beinahe überragte. Zu den mächtigen synkopischen Schlägen des schmächtigen Mannes gesellten sich ein hellerer Trommelwirbel der kleineren Sangba, der Rhythmus schriller Schellen und rasselnder Kalebassen der anderen drei Musiker, während vor ihnen in einer Reihe am Boden sitzende junge Mädchen in die Hände klatschten und synkopisch dazu ihre nackten Schenkel auf den Steinboden klatschen ließen. Und über diesem aufregenden Polyrhythmus schwebte der kehlige Jubelgesang eines kleinen Frauenchors. Gegen Ende der Darbietung bewegte sich ein Mädchen nach dem anderen tanzend dem Ausgang zu, immer zwei Sprünge nach vorne, einen Schritt zurück, den Oberkörper im Kreuz geknickt wie gebrochen und so weit nach vorne gestreckt, dass der Hintern wie losgelöst vom Körper im Kreis wirbelte, während die Oberarme um die Schultergelenke geschleudert wurden und die Unterarme umeinander kreisten, all dies zur gleichen Zeit, aber natürlich in verschiedenen Geschwindigkeiten. Später räkelten sich alle erschöpft auf der Terrasse oder kicherten kokett vor Abdoulayes Objektiv. Als sich eines der Mädchen besonders zierte und über seine Dreadlocks spottete, drohte er ihr mit erhobenem Zeigefinger und seinem süßesten Lächeln. Sie solle aufpassen, wenn sie nicht brav sei, nehme er sie glatt mit nach Paris! Diese Sprache verstanden alle, Jubel brach aus, der greise Gorong-Spieler rief begeistert aus zahnlosem Mund, er solle sich doch eine aussuchen und nicht zögerlich sein! Ach, die seien doch alle viel zu jung für ihn, konterte Abdoulaye, und wegen seiner Haare würde ihn ohnehin keine nehmen. Und Doris, etwas abseits stehend, machte sich Gedanken über »Ursprung und Bedeutung« dieser Festlichkeit, wie es ihre Gewohnheit war.

»Das Haus des Kommandanten« bei Médine

Ihr erster Gedanke beim Klang des Gorong mit seiner unheimlich magenerschütternden Frequenz bestätigte sich nicht. Denn es handelte sich keineswegs um ein »uraltes Ritual zur Vertreibung böser Geister«, sondern um ein gesellschaftlich institutionalisiertes, einem Kirtag vergleichbares Vergnügungsfest. Früher waren sämtliche Kinder und Jugendliche zwischen sechs und neunzehn Jahren in Jugendgruppen nach Alter und Stand organisiert gewesen, Mamadou hatte ja erzählt, dass er in Bakel Mitglied so einer *fede* gewesen war. Die bisweilen rauen Sitten, von denen Historiker berichteten, erinnerten an Initiationsrituale einer britischen Public School. Der Druck zum Zusammenhalt innerhalb einer Gruppe sei unerbittlich gewesen, etwaige Regelverstöße wären vom jeweiligen Anführer mit Sanktionen bedacht worden, wildere Streiche hätten zur Verbannung aus der Gemeinschaft geführt. Dennoch blieben die Mitglieder einer *fede* einander ein Leben lang verbunden, auch Mamadous bester Freund in Dakar war ein »Blutsbruder« seiner *fede* in Bakel. Dass er dort ähnliche Feste erlebt haben könnte, war schwer vorstellbar. Aber in der Region um Médine hatten noch bis Ende der 1930er Jahre die älteren Jugendgruppen regelmäßig Tanzfeste veranstaltet, die Treffpunkt für sämtliche Jugendliche aus der weiteren Umgebung waren. Niemand, vor allem kein Mädchen durfte sich diesen Veranstaltungen entziehen, die beste Tänzerin wurde ausgezeichnet und bildete bis zum nächsten Fest das bevorzugte Gesprächsthema der jungen Männer. Diese Feste seien bisweilen zu einer harten Bewährungsprobe für die Mädchen geworden, und natürlich auch zu einer Art Heiratsmarkt.

★

Das kokette Treiben wurde durch eine Gruppe von Männern in dunklen Anzügen mit Krawatten unterbrochen, die sich langsamen Schritts dem Rathaus näherten, Kommunalpolitiker aus Kayes. Denn das ganze Spektakel war eine Probe für das Erste Kulturfestival Kayes-Médine, das am kommenden Wochenende stattfinden sollte und von dem man sich touristisch einiges erwartete. Sogar eine Delegation aus Bamako war angesagt, in Begleitung des Kulturministers höchstpersönlich, im übrigen ein Kollege und Freund von Abdoulayes verstorbenem Onkel Ibrahim. Abdoulaye erwähnte dies beiläufig, fast verschämt, als käme ihm diese unvermittelte Nähe zur Macht wenig gelegen. Man beschloss, am Wochenende wieder zu kommen und Doris überlegte im Stillen bereits ihre Fragen an den Minister.

Doch wie immer würde alles ganz anders kommen.

Eigentlich wollten sie nun auf schnellstem Weg nach Kayes, um noch vor Einbruch der Dunkelheit bei Abdoulayes Tanten einzutreffen. Aber kurz nach Médine stand da diese große, leuchtend gelbe Holztafel am Pistenrand, an der sie einfach nicht vorbeifahren konnten, ohne die seltsame Inschrift genauer in Augenschein zu nehmen. Denn wieder waren alle Namen und Zahlen darauf ausgelöscht worden, wie auf dem Grabmal der Nonnen in Markala.

LE DIMANCHE 22 SEPTEMBRE 1878, UNE COLONNE MILITAIRE FRANÇAISE COMMANDÉE PAR LE LIEUTNANT COLONEL ....PARTIE DE SAINT-LOUIS DU SENEGAL, FORTE DE.......HOMMES ET MUNIE DE CANONS, A ATTAQUÉ ET PRIS APRÈS 5 HEURES DE VIOLENTS COMBATS ...., CAPITALE DU ROYAUME MALINKÈ DU......

LE ROI...................FIDÈLE AU CODE DE L'HONNEUR REFUSA DE FUIR ET FUT TUÉ PAR UN BOULET DE CANON. PERTES ENREGISTRÉES DES DEUX CÔTÉS:.......MORTS DONT....OFFICIERS ET.....BLESSÉS PARMIS LES ASSAILLANTS ET.........MORTS PARMIS LES DÉFENSEURS. LA BATAILLE DE............ FUT L'UNE DES SIX PLUS SANGLANTES LIVRÉES PAR LE COLONISATEUR FRANÇAIS ENTRE .....ET .....POUR LE CONTRÔLE DU TERRITOIRE DU FUTUR.........QUI OBTIENDRA SON INDÉPENDANCE UN CERTAIN..........

LES HOMMES ET LES FEMMES QUI SONT MORTS AU NOM DE LA LIBERTÉ ET DE LA DÉFENSE DE LA PATRIE ONT DROIT À NOTRE RECONNAISSANCE ETERNELLE.[6]

Diese Tafel war mit Sicherheit kein *souvenir colonial.* Zwar wurde wieder einer Schlacht gedacht, offenbar war der ganze Boden zwischen Médine und Kayes mit Blut getränkt. Doch diesmal waren die Verlierer die Helden. Nur das Datum, der 22. September 1878, war unversehrt geblieben und bezog sich auf ein Ereignis, das französischen Historikern als sogenannte *affaire du Logo* eine Fußnote wert, für die Einheimischen jedoch eine Katastrophe gewesen war. Mitte der 1870er Jahre waren die Zeiten eigentlich friedlich, für die Franzosen galt die Provinz Khasso als »befriedete Pufferzone« zwischen ihrem Territorium und dem Reich von Ahmadou in Segu. In Paris hatte man ohnehin andere Sorgen. Das Trauma des deutsch-französischen Krieges mit dem Verlust von Elsass-Lothringen und der Besetzung von Paris hatte den Aufstand der Pariser Kommune zur Folge, die bald darauf ausgerufene Dritte Republik wurde ab 1875 von Korruption, Wirtschaftsskandalen und vom Versuch eines Staatsstreichs erschüttert. An den »neuen Territorien« waren eigentlich nur ehrgeizige Militärführer in Saint-Louis interessiert. Und selbst dort war man zu dem freilich beunruhigenden Schluss gekommen, dass die Weiten des Sudan ohnehin nur vom Niger-Delta aus zu erobern waren. Dort aber saßen die Engländer.

Der koloniale Friede war immer und überall eine prekäre Angelegenheit. Diesmal ging es um das kleine Königreich Logo, eine *Chefferie,* wie die Kolonialmacht es nannte, in unmittelbarer Nachbarschaft zu Médine, wo ein den Franzosen ergebener König regierte, der sich von den *Chefs* der Provinz Tribute zahlen ließ. Der »König von Logo« Niamodi Sissoko verweigerte plötzlich dem franzosentreuen König von Médine den Tribut und strebte die Unabhängigkeit seines Territoriums an. Erfolglos ermahnte der französische Kommandant den König von Médine, seinen Nachbarn in die Schranken zu weisen. Ein erster Angriff seiner Truppen wurde von Niamodi Sissoko zurückgeschlagen, vor dem zweiten Sturm ersuchte Niamodi den fernen Ahmadou von Segu um militärischen Beistand. Dieser wollte wegen eines kleinen Chefs im Westen keinen Krieg mit den Franzosen riskieren und schickte nur eine Handvoll Reiter nach Sabouciré, eher eine symbolische Geste, doch ausreichend, um die Administration in Saint-Louis zu beunruhigen. Man befürchtete eine »Kettenreaktion« bei weiteren lokalen Herrschern und in der Folge die Gefährdung der französischen Handelsdominanz.

Gouverneur Brière de l'Isle konnte schließlich das zögerliche *Département de la Marine* in Paris von der Notwendigkeit eines Militärschlages überzeugen, ein Artillerieverband unter Führung von Leutnant Reybaud setzte sich von Saint-Louis aus in Bewegung, erreichte nach zwanzig Tagen die Gegend um Médine, schloss sich mit den dort stationierten Truppen zusammen und Sabouciré konnte in die Zange ge-

Gedenktafel zwischen Médine und Kayes

nommen und dem Erdboden gleichgemacht werden. König Niamodi Sissoko und seine nur mit Keulen und Messern bewaffneten Kämpfer wurden zusammen mit über eintausend Bewohnern von der französischen Artillerie zerfetzt. Die restliche Bevölkerung von Logo wurde auf das rechte Ufer des Senegal vertrieben, das Einflussgebiet von Ahmadou von Segu, ihr Land wurde unter den französischen Verbündeten in Médine verteilt. Und nach dem sogenannten »Zwischenfall von Logo« stand die Eroberung des Sudan erneut auf der politischen Agenda.

Für wen jedoch war nach immerhin hundertdreißig Jahren dieses Schlachten immer noch eine derart schwere Bürde, dass es durch diese öffentliche Kundmachung beschworen werden musste? Die gelbe Tafel konnte höchstens ein paar Jahre alt sein. War sie von Nachkommen von Niamodi Sissoko aufgestellt worden? Oder das Zeichen eines neuen Patriotismus der Provinz Khasso? Und warum und von wem wurde die Inschrift nachträglich verstümmelt? Beim Fall von Sabouciré war Abdoulayes Urgroßvater Ahmadou Sourakhé achtundzwanzig Jahre alt. Die Sima waren damals als einer der ältesten Familienverbände zwischen Médine und Bakel anerkannt und verfügten noch über ausgedehnte Grundrechte. Vielleicht war Ahmadou Sourakhé im Gefolge der kollektiven Enteignungen am linken Ufer nach Saint-Louis ausgewandert, um sich dort eine neue Existenz aufzubauen?

Die letzten zehn Kilometer bis nach Kayes führten über Schlammlöcher, Felsbrocken, morsche Holzbrücken, entlang verrosteter Eisenbahnschienen, vorbei an einer aufgelassenen Zementfabrik, vorbei an rostigen Maschinen in einem stillgelegten Steinbruch, wo einst der rote Marmor für Paläste jenseits der Sahara und des Mittelmeers gebrochen worden war.

IV

So viel hatte Abdoulaye vom Haus des Großvaters in Kayes erzählt; und auf seinen Fotos sahen die Schwestern seines Vaters so beeindruckend aus mit ihren gelassenen, faltenlosen Mienen, ihren gewichtigen, in weite, blumige Stoffe gehüllten Gestalten. Doch nun konnte er auch hier nicht ohne vorherige Erklärung mit der fremden weißen Frau aufkreuzen, das war einzusehen und dennoch etwas überraschend, hatte Doris doch angenommen, die Tanten seien längst irgendwie verständigt worden. Die Dämmerung setzte ein, als sie am Hoftor des Hauses Sima an der Rue de Liberté vorbei fuhren, sich langsam einen Weg durch das Menschengewühl eines grauen Marktes bahnten, vorbei an dunkelroten Ziegelbauten ehemaliger Kontore, vorbei an der in Kabeln und Drähten wie in einen Kokon eingesponnenen Elektrizitätszentrale, vorbei am Kino und an der Haftanstalt am Flussdamm etwas außerhalb der Stadt. Sie waren auf der Suche nach einer Bleibe.

Wie die meisten Hotels mit Alkohollizenz in muslimischen Ländern beherbergte die Bungalowanlage am Strom etwas außerhalb der Stadt nicht nur Durchreisende, sondern war auch eine Art Stundenhotel. Aber die baumbeschattete Speiseterrasse, umrahmt von gepflegten, bis zum Strom hinunter abfallenden Gemüsegärten, ließ den unfreundlichen Empfang und anderes leicht vergessen. Morgens um halb sieben dufteten Zitrusblüten, Vögel sangen in lauer Luft; und ohnehin rechnete Doris damit, bei Abdoulayes Tanten wohnen zu können, sobald die Lage geklärt war. In der Hitze des Vormittags tauchte er endlich auf und erzählte gerührt, wie sie ihn gestern Abend mit »maßloser Freude« empfangen und ihm sogar ihr großes Zimmer überlassen hätten; selbst der Fahrer sei bei ihnen willkommen gewesen. Aber Doris werde kaum bei ihnen wohnen können, fügte er beiläufig hinzu, sie werde es ja selber sehen.

In den folgenden Tagen lernte sie die Tanten kennen, zunächst drei, dann vier voluminöse Frauen mit kaltem Blick und, wie sie fand, nur mühsam verborgener Ablehnung ihr gegenüber. Vielleicht war sie ungerecht, aber mit so vielen Tanten hatte sie einfach nicht gerechnet. Die älteste, eine enorme Frau mit eng zusammenstehenden Augen, dominierte unangefochten den ihr unterstehenden Haushalt. Doris gewann den Eindruck, dass sie selbst mit ihren Angehörigen nur sprach, wenn sie etwas brauchte. Ihr früh verstorbener Ehemann hatte ihr nur einen Sohn hinterlassen, der offenbar eher Anlass zur Sorge als eine Hilfe war. Sie war als Erste wieder in das väterliche Haus nach Kayes zurückgekehrt. Die zweite war mit dem Bruder des zweiten Ehemannes von »Großmutter« Djitaba Tunkara nach Kita verheiratet worden, doch die Ehe war gescheitert. Sie hatte sich etwas Lesen und Schreiben beigebracht und tauschte Begriffe mit Abdoulaye, einen auf Soninké gegen einen auf Französisch, von beiden begleitet mit verschämtem Gelächter. Doris gegenüber war sie um Freundlichkeit bemüht, sie lächelte sogar, doch kam sie kaum gegen die dominante Muffigkeit der älteren Schwester an. Dennoch wäre nach entsprechender Zeit und mit viel Geduld wohl eine substanzielle Verständigung möglich, dachte Doris. Die dritte Tante war die Mutter jener Cousine, die sie bei Moussokoro in Bamako kennengekernt hatte, sie lebte mit ihrem Ehemann Bassirou Dramé einige Kilometer stromaufwärts. Die vierte war eine verheiratete Cissé und die Mutter der mutigen Bürgermeistergattin in Segu. Sie wohnte zwar nicht im Hause Sima, sondern bei ihrem Ehemann, einem offenbar wohlhabenden Marabu, fand sich jedoch ebenfalls zur Begrüßung in der Rue de Liberté ein; und selbstverständlich musste sie dieselbe Summe als Geschenk wie ihre Schwestern erhalten. Abdoulaye wollte »keine Schwierigkeiten mit einem Marabu«.

★

Das Haus der Sima bestand aus mehreren Gebäuden rund um einen großen Hof, in dem sich alles Leben abspielte und nun auch das große Bett einer Tante stand. Ihr Zimmer hatte sie ja Abdoulaye überlassen, der als Sohn des großen Bruders in Frankreich eine ganz besondere Stellung einnahm, die ihm keineswegs missfiel. In der Mitte des

Hofs befand sich eine Zisterne mit Pumpe und Wasserhahn, daneben standen Kübel und Kannen aus Plastik, verschiedene Töpfe und ein Waschtrog. Man nahm auf Plastikstühlen Platz und suchte die Sprachlosigkeit irgendwie zu überbrücken. Heiße Windböen wirbelten den Staub der Rue de Liberté über die Mauer und vertrieben die Menschen bald aus dem Hof. Doris solle sich einstweilen mit der Umgebung vertraut machen, meinte Abdoulaye zerstreut. Doch schließlich zwang die Mittagsglut auch sie zum Rückzug, Abdoulaye bot ihr sein Zimmer an, während er als Einziger im glühenden Hof sitzen blieb, reglos.

Das dämmrige Zimmer verfügte nur über ein großes Bett, auf dem Doris ausgestreckt dem Pochen in ihren Schläfen lauschte. Zwei einander gegenüberliegende Türen waren mit Decken verhängt, wodurch die Luft in Bewegung und die Hitze draußen gehalten wurde. Auf der Hinterseite des Hauses befand sich eine zwei Meter hoch ummauerte Terrasse unter freiem Himmel. Es war das Badezimmer, der Abort war sorgfältig aus Rohbeton geformt, daneben standen ein Krug und ein Eimer, auch ein Stück Seife lag bereit. Alles war peinlich sauber.

Doris musste einsehen, wohnen konnte sie hier kaum; zu wenig Platz, zu viele Unklarheiten, zu große Hitze. Besorgt überlegte sie, wie sie es wohl anstellen sollte, mit den Tanten zu arbeiten, ohne ihnen durch gemeinsames Wohnen näherkommen zu können. Sie war wohl eingedöst, als Abdoulaye den Kopf beim Vorhang hereinstreckte und ihr mitteilte, Tante Marietou habe sich das Auto und den Fahrer für ein paar Besorgungen ausgeborgt. Eine Taufe wäre vorzubereiten, zu der Doris im übrigen eingeladen sei.

Nach drei Stunden war der Hof immer noch menschenleer, Tante, Fahrer und Auto immer noch verschwunden. Das Wasser aus der Zisterne war ungenießbar, der Eiskasten funktionierte nicht und war leer, Doris fühlte sich wie in einer Falle. Bei den herrschenden Temperaturen war an einen Fußmarsch ins Hotel nicht zu denken. Schließlich war es Abdoulaye gelungen, bei einem Verkaufsstand am Rande der Straße eine Cola und ein paar Kekse aufzutreiben. Der Tag verging in völliger Reglosigkeit, ohne Gespräche, ohne Gedanken. Irgendwann nach Einbruch der Dunkelheit läutete Abdoulayes Mobiltelefon. Der Fahrer fragte, was er tun solle, er warte seit Stunden im Auto irgendwo in der Nähe des Marktgebietes und die Tante bleibe verschwunden.

»Das ist eben Afrika«, erklärte Abdoulaye lächelnd, und irgendwann tauchte Tante Marietou wieder auf, ohne Kommentar und so selbstverständlich, wie sie verschwunden war. Doch als die Frau aus Wien später in ihrem seltsamen Hotel einen köstlichen »Kapitän« verspeiste, eine Art Wels aus dem Senegal, kam ihr der Verdacht, *das* war nicht Afrika, sondern die Art seiner Tante.
Abdoulaye jedoch schien wie berauscht, er merkte nichts und sah alles wie verklärt. Er habe sich sogar dabei ertappt, gestand er, dass ihm der Gedanke, das Haus der Sima könnte einmal »in fremde Hände geraten«, unerträglich sei. Und er stelle Überlegungen an, das Gehöft zu adaptieren, um selber dort eine Weile zu leben. »Ich weiß, das Ganze ist völlig verrückt«, lächelte er verschämt. »Die Familie ist höllisch, wenn man ihr zu nahe kommt.«

★

»Bei uns war das nämlich so«, hatte Mamadou erklärt, »die Eltern waren praktisch sakrosankt, beide Eltern, Vater und Mutter. Und beide waren sehr streng. Am wichtigsten war die Ehre der Familie. Wir Kinder mussten immer perfekt und ein Vorbild für alle anderen Kinder sein. Und als Mann musstest du ein echter Mann sein – *un homme jusqu'au bout*. Und natürlich die Gebote des Islam genau befolgen, die Gebete, Waschungen, Almosen.«
Fragen hätten die Kinder niemals stellen dürfen, weder dem Vater noch der Mutter. Niemals durften die Eltern angesprochen werden, die Kinder durften sich nicht einmal anmerken lassen, ob sie glücklich oder unglücklich waren oder mit den elterlichen Anweisungen einverstanden oder nicht. Natürlich seien die Kinder auch geschlagen worden, meistens mit der Hand, seltener mit Stock oder Peitsche, womit man ihnen den Hintern versohlt habe. Später habe es zwar keine Schläge mehr gegeben, doch die Eltern wurden ein Leben lang geachtet und alles habe man mit den Eltern teilen müssen. Seit Mamadou Geld verdiente, hatte er ihnen immer einen Teil davon überwiesen. Und selbst nach ihrem Tod hatten sie ihm ja eine nicht unbeträchtliche Last hinterlassen. Zwar waren alle acht Schwestern verheiratet worden, aber einige hatten eben kein Glück gehabt und waren wieder in das väterliche Haus zurückgekommen, mittellos natürlich. Keine hatte einen

Beruf gelernt, so etwas hatte es damals nicht gegeben. Diesen Schwestern musste man einfach helfen, sonst könnten sie nicht überleben. Und seit sein Bruder Ibrahim gestorben war, hing eben alles an ihm. In Europa hatten die Kinder ja eine völlig andere Haltung gegenüber der Familie, meinte Mamadou. Aber in Afrika war es einfach undenkbar gewesen, nicht zu helfen. Es war ein heiliges Gebot. Das Leben gehörte nicht einem selbst. Es gehörte Allah, der es einem geschenkt hatte.
Diese Solidarität der Familie Sima schloss nicht nur den Vater und die eigene Mutter, sondern immerhin auch sechzehn Geschwister von den vier verschiedenen Frauen seines Vaters mit ein. Der älteste Bruder war 1920, die jüngste Schwester 1950 geboren, und theoretisch sollten sich alle untereinander gleich nahe fühlen. Alle Söhne waren gleich erbberechtigt, was in alten Zeiten häufig zu blutig ausgetragenen Rivalitäten führen konnte. Doch bereits in der folgenden Generation war es mit der Gleichheit vorbei. Zwar waren die Kinder aller Söhne untereinander »Geschwister«, aber die Kinder der Töchter waren ihnen untergeordnete »Cousins« und »Cousinen« und in früheren Zeiten den Kindern der Söhne gegenüber sogar zu Dienstleistungen verpflichtet. Die Schwestern waren verheiratet worden und ihre Kinder waren keine Sima mehr, sondern gehörten zu den Familien ihrer Väter, die für sie auch verantwortlich wären. Heutzutage freilich musste jeder helfen, der dazu in der Lage sei, meinte Mamadou, und immer häufiger blieb dafür nur er übrig. So half er eben, so gut er konnte.
Etwa jener Tochter einer Schwester, die mit ihrem Mann nach Marseille gezogen und dort von ihm verlassen worden war. Sie sei wirklich in einer elenden Lage gewesen, mit drei kleinen Kindern habe sie natürlich nicht außer Haus arbeiten können, und da der Typ einfach abgehauen war, habe sie nicht einmal die nötigen Papiere gehabt, um sich scheiden zu lassen und entsprechende Alimente einzuklagen. Diese Nichte, eine anständige, fleißige und intelligente Frau, sei plötzlich völlig schuldlos in eine ausweglose Situation geraten. Ihr Mann war einfach verschwunden. Mamadou fuhr damals extra nach Dakar, um seine Familie auszuforschen. Aber die gab an, nichts vom Verbleib des Mannes zu wissen, und kümmerte sich keineswegs um das Schicksal seiner Frau und seiner Kinder. So ein Verhalten wäre in seiner Jugend undenkbar gewesen, betonte Mamadou. Damals wären der Ehemann

und seine Familie immer verantwortlich für die Kinder geblieben, selbst nach einer Scheidung und sogar über seinen Tod hinaus. Dann war der jüngere Bruder des Ehemanns verpflichtet, die Witwe zu heiraten, damit sie und ihre Kinder wieder zur Familie gehörten. Das sei früher ganz normal gewesen und in ländlichen Regionen auch kein Problem. Dort hatten die Brüder mit ihren Familien ohnehin zusammen am selben Hof gelebt. Doch das System der traditionellen Fratrie ließ sich in modernen Städten kaum mehr verwirklichen. Auch in Afrika orientierte sich die moderne Architektur an der westlichen Kernfamilie und stellte damit das afrikanische Familiensystem vor unlösbare Probleme. Und wie, bitte, hätte Mamadou in Frankreich diesen Anforderungen entsprechen sollen?

Als 1986 in Dakar einer seiner älteren Halbbrüder gestorben war, hinterließ er eine Witwe mit dreizehn Kindern. Mamadou, der in der Altershierarchie dem Verstorbenen nachfolgte, wurde aufgefordert, sie zu heiraten. Natürlich lehnte er ab. Wie hätte er das in Dijon auch machen sollen! Sein jüngerer Bruder Ibrahim war damals Botschafter in Washington und ebenfalls nicht in der Lage, die Witwe zu heiraten. Aber die Frau war von dieser Zurückweisung durch die Brüder Sima sehr verletzt, sie war eine Diakithé aus Bakel und ihre Familie seit Generationen mit den Sima verschwägert. Er sei in einer höchst unangenehmen Lage gewesen, als Kind hatte er die Koranschule der Diakithé besucht und mit der Witwe war er zudem persönlich befreundet. Ihre ganze Familie habe ihn unter Druck gesetzt. Er habe der Witwe schließlich erklärt, er könne sie einfach nicht heiraten, sie müsse das verstehen, sie habe dreizehn und er sechs Kinder, das sei einfach zu viel. Wie solle er denn in der Wohnung in Dijon den Haushalt mit ihnen teilen! Aber wenn sie Probleme habe, könne sie selbstverständlich auf ihn zählen.

Mamadou hatte bei dieser Erzählung mit keinem Wort erwähnt, dass in Frankreich Bigamie verboten war und er deshalb womöglich gar aus der Armee entlassen hätte werden können, wenn er den Forderungen ihrer Familie nachgekommen wäre. Offenbar spielte die französische Gesetzeslage gegenüber familiären Verpflichtungen eine untergeordnete Rolle. Gleichzeitig war er sich durchaus bewusst, dass die viel beschworene afrikanische Familiensolidarität ihre Kehrseite hatte. Wäre er in Afrika geblieben, hätte er seinen Verpflichtungen nicht entgehen können; er wäre damit und mit allen Folgen unmittelbar konfrontiert gewesen. Mamadou hatte auf seine auf dem Tisch ruhenden Hände geblickt und leise erklärt: »Es gibt Leute, die sich wegen der Familie komplett ruinieren müssen.«

★

Ab 1887 gehörte die Region zwischen Médine und Bakel dem neu geschaffenen Protektorat *Haute Fleuve et Niger* an, das von einer Militärregierung in Kayes verwaltet wurde, der neuen Basis für alle weiteren Eroberungen im Osten. Nach der Jahrhundertwende gab es in Kayes ebenfalls ein »Freiheitsdorf«, denn Telegrafenleitungen, Straßen und Hafenanlagen, Bewässerungskanäle und vor allem das »Jahrhundertprojekt« der Eisenbahn konnten nur mithilfe von Zwangsarbeitern verwirklicht werden. Gegenüber den kritischen Parlamentariern in Paris wurde diese Praxis damit gerechtfertigt, dass in den »neuen Territorien« große öffentliche Aufgaben eben nur durch einen »öffentlichen Arbeitsdienst« zu realisieren seien. Denn die Region am oberen Senegal war relativ dünn besiedelt, und weder Natur noch Mensch waren den großen Projekten des Fortschritts besonders wohlgesonnen: Dürreperioden, Überschwemmungen, Gelbfieber, Cholera und Malaria erschwerten das Leben der Einheimischen ebenso wie das der Besatzer. Die Dorfchefs der Soninké waren zudem nur unter dem Druck der französischen Armee zu bewegen, Männer, die eigentlich für die lokale Landwirtschaft benötigt wurden, für diesen Arbeitsdienst bereitzustellen. Immer mehr junge Männer verließen ihre Dörfer in Richtung Saint-Louis und viele, die etwa zum Eisenbahnbau rekrutiert worden waren, desertierten bei erster Gelegenheit. Der Kommandant in Kayes klagte, die Eingeborenen seien sich ihrer »militärdienstlichen Bürgerpflichten« offenbar gar nicht bewusst, und meinte damit die von Soldaten überwachte Zwangsarbeit.
Der Ausbruch des »Großen Krieges« 1914 unterbrach alle Projekte der Infrastruktur, der Eisenbahnverkehr zwischen Atlantik und Niger konnte erst dreiunddreißig Jahre nach Baubeginn im Jahr 1923 wieder aufgenommen werden. Entlang der Strecke entstand eine extensive Plantagenwirtschaft, welche die Verhältnisse der gesamten Region mit

einem Schlag veränderte. Zigtausende Tonnen Erdnüsse, Baumwolle und Sisal wurden nach Europa exportiert, Kayes wurde zum zentralen Umschlagplatz und erlebte einen ungeahnten Aufschwung. Clevere Unternehmen in Saint-Louis wie die mächtige alte Handelsgesellschaft Devès & Chaumet hatten bereits vor dem Krieg in der Umgebung von Kayes bedeutende Agrarkonzessionen erworben, die nun im Rahmen einer eigenen Société Anonyme bewirtschaftet wurden. Und da es keine »Freiheitsdörfer« mehr gab, rekrutierte die Armee erneut Zwangsarbeiter aus der Bevölkerung, freilich nicht mehr für die Administration, sondern für private Gesellschaften. Dass diese Zwangsrekrutierungen »nur« etwa sieben Prozent der hundertzweiundzwanzigtausend Einwohner des Kreises betrafen, und dies im Vergleich zu den Praktiken in britischen und belgischen Kolonien gering gewesen war, wird den Betroffenen kaum ein Trost gewesen sein. Besonders die Zwangsrekrutierung freier Grundbesitzer wurde als demütigende Versklavung empfunden und bewirkte bittere, nachhaltige Ressentiments. Dazu kam, dass der Ausbau der Plantagenwirtschaft überall von Landenteignungen und Vertreibungen begleitet wurde und die Vernichtung der lokalen Landwirtschaft zur Folge hatte. In einigen Gebieten wurde die Nahrungsmittelknappheit derart dramatisch, dass sich sogar ein französischer Funktionär dagegen empörte.

Er hieß Kommandant Duranton, war im Kreis von Nioro stationiert und prangerte in seinem Bericht an den Gouverneur die drohende Nahrungsmittelknappheit nach nunmehr dreißig Jahren französischer Herrschaft als skandalöse Schande an. Für den Notstand machte er explizit die vermehrten Zwangsrekrutierungen verantwortlich, die zur massenweisen Emigration der Jugendlichen und zur Vernachlässigung der Felder geführt hätten.[7] Für die Flucht der Jugendlichen wurden die Dorfchefs bestraft, was ihre ohnehin schwindende Autorität weiter schwächte. Kommandant Duranton hatte ausgerechnet, dass zwischen 1914 und 1921 die Steuerlast für die Bewohner beinahe verdreifacht worden war, ohne dass die landwirtschaftliche Produktivität eine Steigerung erfahren hätte. Seiner Meinung nach wäre die katastrophale Hungersnot von 1920/21 durchaus vorhersehbar und vermeidbar gewesen. In der Vergangenheit hatten die einheimischen Chefs Vorsorge getroffen, dass die Getreidespeicher für Notfälle gefüllt waren, und im

Falle einer drohenden Hungersnot wurden von ihnen Hilfslieferungen aus benachbarten Provinzen organisiert. Die Administration habe diese Chefs jedoch entmachtet, selber aber keine Vorkehrungen getroffen, und daher habe die Hungerkatastrophe bisher nie gekannte Ausmaße erreicht. Kommandant Durantons Empfehlungen aus den 1920er Jahren gelten gegenwärtig wieder als einzig zielführende Maßnahmen gegen den »Hunger in Afrika«: Statt exportorientierter Monokulturen im Eigentum ausländischer Aktiengesellschaften müsse der Bau von Agrarspeichern und eine Modernisierung der traditionellen Landwirtschaft vorangetrieben werden.

★

Zur Zeit als Abdoulayes Großvater Ladji Sima sich in Kayes ein Haus baute, war dies ein vielversprechendes Unternehmen. Es war ihm nicht zuletzt durch die Unterstützung seines Jugendfreundes Wally N'Diaye gelungen, der ab den 1920er Jahren für die Compagnie Ch. Peyrissac in Kayes arbeitete. Es hieß, er habe Ladji Sima die Stellung als Einkäufer bei Peyrissac vermittelt und ihm später sogar das Grundstück für sein Haus in der Rue de Liberté geschenkt. Einfach aus Freundschaft, meinte Abdoulaye, in Afrika sei so etwas nicht ungewöhnlich. Doris war diesbezüglich eher skeptisch.

In die Lebensspanne seines Großvaters fielen Eroberung, Besatzung, zwei Weltkriege, das Ende der Kolonie Französisch-Sudan, sowie die turbulenten Anfänge der Republik Mali. Alle, die ihn gekannt hatten, waren sich einig: Ladji Sima sei hochgebildet gewesen, womit seine überdurchschnittlichen Kenntnisse des Koran gemeint waren, die auch seine Nähe zu marabutischen Familien erklärten. Seine Söhne verdankten ihm zwar die damals bestmögliche Ausbildung und den guten Ruf ihres Namens, mussten sich jedoch seiner gefürchteten Autorität unterwerfen. Bezüglich seiner Töchter war Ladji Sima überzeugt, dass sie keine Schule nötig hatten. Seine Aufgabe sah er darin, für alle einen geeigneten Ehemann zu finden, was schwierig genug war in Zeiten permanenter Kriege und Abwanderung. Einmal verheiratet, würden die Töchter ohnehin jedes zweite Jahr ein Kind gebären und den Haushalt ihrer Männer nach traditioneller Weise versorgen, und dazu wäre weder Lesen noch Schreiben nötig. Ohnehin hätte es im

damaligen Kayes für Mädchen nur eine Haushaltsschule gegeben, in der ihnen Kochen, Nähen und Waschen nach französischer Art beigebracht wurde, denn Dienstmädchen in einem französischen Haushalt zu werden galt als einzige Berufschance. Die konservative Haltung seines Vaters würde seinen Sohn Mamadou zu Beginn des zweiten Jahrtausends freilich teuer zu stehen kommen.
Als Doris einmal beiläufig meinte, ob nicht auch andere Familienmitglieder in Afrika zur Unterstützung der Tanten beitragen könnten oder gar die Tanten selbst irgendeine Arbeit hätten suchen können, wurde Abdoulaye böse. Sie wisse nicht, was sie da sage! Tante Marietou habe alles versucht, und manchmal gelängen ihr sogar kleine Geschäfte. Keine Ahnung habe sie von den afrikanischen Verhältnissen!
Natürlich hatte sie keine Ahnung. Aber sie fand es verständlich, dass diese in jedem Sinne starken Frauen, die zur totalen Abhängigkeit erzogen worden waren, nun auch totale Abhängigkeit reklamierten, und zwar mit ihrer ganzen Stärke. Sie war enttäuscht, als sich zeigte, dass eine Arbeit mit ihnen nicht möglich sein würde. Abdoulaye war viel zu befangen, um als Vermittler zu agieren, und seine ständigen Vorbehalte und Ermahnungen stellten eher ein Hindernis für eine unbefangene Kommunikation dar. Doris fühlte sich nicht ausreichend akzeptiert, es war das erste Mal im Laufe ihres langen Berufslebens. Was machte sie falsch? Oder war es nur die unausweichliche Hitze, die jede umsichtige Verständigung zu erschöpfend werden ließ? Irgendwann passierte es: Sie weigerte sich, vielleicht etwas ungeduldig, einen Kochkessel von eineinhalb Meter Durchmesser nach Dakar mitzunehmen, um ihn dort für die Tante am Markt zu verkaufen; und ein anderes Mal lehnte sie das Ersuchen der Tante ab, zehn Säcke Salz zu je hundert Kilo auf dem Dach des Wagens nach Bamako zu befördern, ebenfalls zum Verkauf. Bei den »kleinen Geschäften« von Tante Marietou könne sie leider nicht behilflich sein, erklärte sie, es sei schwer genug, in der knappen Zeit und mit den beschränkten Mitteln die eigenen Ziele zu bewältigen. Sogar der Fahrer kam ihr zu Hilfe und machte geltend, dass er für den Transport einer Tonne Salz weder befugt noch versichert sei. Abdoulaye jedoch war entsetzt über ihre »Herzlosigkeit«. Und Tante Marietou warf ihr ab nun Blicke zu, von denen *alles* zu erwarten war.

★

Der Täufling war ein Mädchen, dessen Vater ein Sohn von Mamadous in Kita verstorbener Lieblingsschwester Seynabou. Zur angegebenen Mittagszeit hatte sich Doris erwartungsvoll im Hause Sima eingefunden, nur um zu erfahren, dass die Taufzeremonie bereits am frühen Morgen stattgefunden hatte. Das religiöse Zeremoniell war den Männern der Familie vorbehalten, selbst wenn der Täufling ein Mädchen war. Abdoulaye war natürlich dabei gewesen und erläuterte, was Doris versäumt hatte: Am Morgen des siebenten Tages ließ die Familie des Vaters als Opfer ein Lamm schlachten und die besten Stücke für den Imam reservieren, der ins Haus kam, dem Baby den Kopf rasierte und ihm einen Allah und der Familie gefälligen Namen verlieh. Erstgeborene Mädchen erhielten den Vornamen der Großmutter väterlicherseits, in diesem Fall Seynabou. Abdoulaye war außer ihr der einzige Anwesende auf dem Hof, und das blieb so, bis gegen fünf Uhr Nachmittag ein junges Mädchen den Hof betrat, schweigend eine Schüssel mit Reis, Kürbis und etwas Fleisch auf den Schemel in der Mitte stellte und wortlos wieder verschwand. War dies das angekündigte Fest? Nein, erklärten die beiden unbekannten Männer, die pünktlich zur Mahlzeit aufgetaucht waren. Ein pockennarbiger Franzose aus Kamerun und ein dünner, freundlicher Mann namens Boubou Sima, der in Kayes als Anstreicher beschäftigt war und aus Ambidedi kam. Das eigentliche Fest finde im Hause der Säuglingsmutter statt, hundert Meter weiter in der Rue de Liberté.

Schließlich führte eine junge Cousine Abdoulaye und Doris zu dem Haus, vor dem bereits eine kleine Bretterbühne und einige Stühle aufgestellt worden waren. Ein paar Musiker probierten die kreischende Tonanlage aus, und einige junge Frauen hatten sich auf den Stühlen niedergelassen. Sie trugen einen in Mali höchst unüblichen Gesichtsschleier und eine auffallende, schwarz-weiße Tracht, die an katholische Klosterschwestern erinnerte. Auf die verwunderte Frage von Doris erklärte der Vater des Täuflings, dass diese Frauen und die Musiker dem islamischen Orden Ançar Dine angehörten. Und ihre späteren Erkundungen ergaben, dass dieser Orden unter Leitung des einflussreichen Predigers Cherif Ousmane Madani Haidara in Bamako beheimatet und seit zwanzig Jahren über mehrere westafrikanische Länder verbreitet war. Er vertrete einen »authentischen Islam«, setze sich für Toleranz und Frieden ein und habe sich entgegen jüngster Gerüchte ausdrücklich gegen die Einführung der Scharia in Mali ausgesprochen. Gegenwärtig werde gegen eine Gruppe gewalttätiger Extremisten im Norden des Landes prozessiert, die sich unbefugt den Namen Ançar Dine zu eigen gemacht hätte. In den Medien war es dadurch zur verhängnisvollen Verwechslung gekommen, die den richtigen Orden in Misskredit brachte. Aber warum trugen diese Frauen einen hierzulande keineswegs üblichen, bis zur Taille fallenden Gesichtsschleier? Das sei eben so eine Mode, ohne Bedeutung, lächelte der junge Vater, als spräche er von irgendwelchen Punks. Die jungen Frauen seien »Assistentinnen« der Musiker bei ihren Auftritten anlässlich von Taufen, Hochzeiten und anderen Ereignissen. Bereits die ersten Klänge ihrer Musik waren verblüffend. Doris hatte lange Zeit in Marokko gearbeitet und erkannte nun eindeutig die Musik der Gnaoua (oder Gnawa) wieder, einer religiösen Bruderschaft, die im 17. Jahrhundert aus dem Reich der Songhai entlang der Sklavenrouten den Weg nach Marokko gefunden hatte. Dort waren die Gnaoua ebenfalls mit »Assistentinnen« aufgetreten, sie hatten die gleichen Instrumente gespielt und die gleichen Melodien in den für sie charakteristischen Rhythmen. In Marokko freilich waren durch Trance evozierende Rezitationen Heilige beschworen und Kranke geheilt worden, während bei diesem Tauffest in Mali einfach Unterhaltung geboten wurde; doch offensichtlich wurde anlässlich dieser städtischen Familienfeier in Kayes an die gleiche, vier- bis fünfhundert Jahre alte lokale Musiktradition angeknüpft, und das fand Doris so aufregend, dass sie die lange Wartezeit und das Versäumnis der religiösen Zeremonie gerne vergaß.

Es war ein reines Frauenfest. Der Vater des Täuflings und Abdoulaye waren die einzigen anwesenden Männer – immerhin. Frauen eilten geschäftig durch den Hof hin und her, in den Räumen drängten sich stehende, sitzende, liegende Frauen so dicht aneinander, dass man nicht einmal eintreten konnte. Alle trugen den langen, farbenprächtigen Boubou, der mit seinem verführerischen Ausschnitt und dem raffiniert gewickelten Turban jede Frau gleich welchen Alters und welcher Statur zu einer attraktiven Erscheinung werden ließ. Manche waren

Vier Schwestern des Vaters und eine Freundin (2.v.r.)

mit einer bestickten oder mit fantastischen Ornamenten bedruckten Djellaba bekleidet, dazu wurde üppiger Schmuck getragen, vielleicht nicht mehr aus Gold von Bambuk, sondern *made in China,* aber was machte das schon aus. Abdoulayes beide Cousinen hatten sich in einer bemerkenswerten Mischung aus westlicher Popkultur und *soninkara*-Traditionalismus zurechtgemacht: ihr Boubou war enger als üblich, ließ die Schultern frei und reichte nur bis zu den Waden. Dazu trugen sie bis zu den Ellenbogen reichende Handschuhe und statt der üblichen Pantoffel glänzende Pumps mit hohen Absätzen, in denen sie sich mit beachtlicher Grazie bewegten. Statt durch den üblichen, großzügig gesteckten Turban wurde ihr Haar nur teilweise durch ein schmales Kopftuch bedeckt, rosa Lippenstift, blaugrüne Lidschatten, verlängerte Wimpern, Wangenrouge und Glitzerpuder ließen ihr hinreißend kokettes Lächeln noch strahlender erscheinen. Für wen hatten sich die beiden jungen Mädchen so verführerisch zurechtgemacht, wo doch gar keine Männer anwesend waren? Doris hatte nicht begriffen, was alle Frauen in segregationistischen Gesellschaften wussten, nämlich dass man sich ohne Männer wesentlich besser unterhalten konnte. Sie war neben dem Vater zu stehen gekommen, der stolz sein erstaunlich hellhäutiges Baby im Arm hielt, sich Doris zuwandte und meinte, wie sie sehe, würden Kinder hierzulande weiß geboren; und Greise gingen wieder weiß von dieser Welt. Was habe das wohl zu bedeuten?
Der ohrenbetäubende Lärm verhinderte freilich, der Frage auf den Grund zu gehen. Die Mutter des Kindes rauschte vorbei, eine hochgewachsene, schlanke Frau in Smaragdgrün, ohne Spur eines Lächelns. Als Einzige schien sie etwas gestresst zu sein, hatte sie doch erst vor sieben Tagen entbunden, was hierzulande immer noch ein lebensgefährliches Unterfangen war. Dessenungeachtet drang die Musik immer schriller von der Straße in den Hof, und schließlich begannen die Frauen auf dem engen, aufgeheizten Hof zu tanzen. Alle Frauen tanzten, allein oder in Gruppen, jung oder alt, dünn oder dick, sie tanzten, selbst wenn ihre Körperfülle überwältigend war. Auch Abdoulayes Tanten tanzten, und dies mit beachtlichem Geschick. Marieme lachte strahlend und selbst Marietou sah heute so freundlich aus wie auf den Fotos. Sogar die »Assistentinnen« der Musiker tanzten. Im Schutze des Hofs hatten sie ihren Gesichtsschleier und die strenge Oberbekleidung

Eine Freundin der Familie

abgelegt, darunter kam eine Art Djellaba zum Vorschein, zum Teil mit Ornamenten bedruckt, die an Kreationen der »Wiener Werkstätte« erinnerten. Eine trug am Rücken das schwarz-weiß gedruckte Portrait eines amerikanischen Popstars – war es Jimi Hendrix? Den arabischen Schriftzug darunter wollte oder konnte niemand übersetzen. Doris war jedenfalls von diesen lebenden, transkulturellen Kunstwerken fasziniert. Als eine der umfangreicheren Frauen durch die schmale Brettertüre in der Latrine verschwand, fragte sie sich, wie sie in dem winzigen Holzverschlag mit ihren bauschigen Gewändern wohl zurechtkommen mochte. Sie kam zurecht. Alle Frauen kamen zurecht, immer und irgendwie und überall. In diesem engen Haus, bei ohrenbetäubendem Lärm, umwirbelt vom Straßenstaub und einer Temperatur von über vierzig Grad war es ihnen möglich, noch nach Stunden auszusehen wie frisch gebadet, würdevoll, gelassen, makellos und lebensfroh; während die Frau aus Wien bereits nach einer halben Stunde verschwitzt, verdreckt und halb taub um einen Rest an Haltung rang.

Nur eine tanzte nicht. Ein junges, tödlich ernst wirkendes Fräulein in schlichtem Weiß. Sie saß unmittelbar vor ihr auf einem Hocker, reglos. Sie sei eine Sima, flüsterte die Frau neben ihr, die jüngste Tochter des Dorfchefs von Ambidedi. Ambidedi! Das große Ziel! Doch warum saß das junge Mädchen da wie gelähmt, während alle anderen Frauen sich an Ausgelassenheit überboten? Eine unvermutete Beklemmung zwang sie, tief Atem zu holen. Abdoulaye stand in einem Winkel am gegenüberliegenden Ende des Hofs, mit seinem Fotoapparat vor dem Gesicht, ohne auf den Auslöser zu drücken. Sie konnte sich nicht einmal durch ein Zeichen mit ihm verständigen.

Plötzlich trat Stille ein und wie auf Befehl setzten sich alle Frauen auf den Boden. Die *griotte* werde erwartet, die wichtigste Person des Festes. Eine echte *griotte*, aus einer Familie, die seit Jahrhunderten der Kaste der *griots* angehörte. Die Frauen zu ihren Füßen tuschelten. Die *griotte* habe das gesamte Fest organisiert und würde nun mit traditionellen Lobgesängen auf die Gastgeber und das Baby beginnen. Danach würde sie jeden einzelnen Gast beim Namen nennen und unter allgemeinem Jubel verkünden, wie viel jeder Einzelne an Geschenken beigebracht habe. Doris, angelehnt an einen Stützpfeiler, hatte bis jetzt

Kayes: Cousine Khadiatou

stehend das Geschehen verfolgt. Sie wollte sich hinsetzen, doch zwischen die dicht gedrängt am Boden sitzenden Frauen hätte nicht einmal eine Nadel gepasst. Schwarze Ringe begannen vor ihren Augen zu tanzen, immer dichter und dunkler, und vielleicht wäre sie weich gefallen. Aber in wachsender Panik stieg sie über die am Boden sitzenden Frauen hinweg und flüchtete auf die Straße. Dort herrschte die gleiche Hitze wie im Hof, dazu ein aufdringlicher Verkehrslärm unter einer blauen Bleiwolke – und plötzlich ein wahnsinniger Gestank. Erst jetzt bemerkte sie den offenen Kanal zwischen Haus und Straße, übervoll mit unsagbarem Unrat. Sie torkelte, ihre Knie gaben nach, im letzten Moment wurde sie vom Fahrer aufgefangen, der die ganze Zeit über im Wagen vor dem Haus gedöst hatte. Er brachte sie zum Hotel zurück und zeigte Verständnis für ihre Schwäche: Das könne leicht passieren, wenn man so etwas nicht gewohnt sei. Sie aber schämte sich verzweifelt. *Sie* jedenfalls hätte »so etwas« aushalten müssen, selbst in ihrem Alter. Diese *griotte* zu erleben, wäre die gesamte Reise wert gewesen. Nie wieder würde sie Gelegenheit haben, eine echte *griotte* bei einem wirklichen Fest in Afrika zu hören! Die kleinen Videomaschinen im Musée Quai Branly würden das einzige, inadäquate Zeugnis dieser beeindruckenden altafrikanischen Kunst bleiben. Wie erbärmlich.
»Das nächste Mädchen werden sie auf deinen Namen taufen!«, versuchte Abdoulaye sie später zu trösten, was sie angesichts der bescheidenen Summe, die sie zufällig bei sich getragen und dem Vater des Täuflings übergeben hatte, nur noch mehr beschämte. Niemand, auch Abdoulaye nicht, hatte sie zuvor über das Geschehen informiert. Die *griotte* habe die Gabe jedes Gastes »auf Heller und Pfennig« öffentlich preisgegeben, um jedermann genau darüber zu informieren. Nicht nur Sozialanthropologen wussten, dass die Höhe einer Gabe das Prestige des Gebenden bestimmte und daher diese öffentliche Kundmachung ein Verfahren für das soziale *ranking* war. Ganz entgegen dieser Lehrmeinung hegte Doris nun den Verdacht, dass die Veröffentlichung der Geschenke eigentlich die Gebenden beschämen sollte, um dem Beschenkten dadurch sein Schuldgefühl zu ersparen, das er empfinden müsste, wenn er eine Gabe empfing, die er nicht erwidern konnte. Nur Abdoulaye versicherte tröstend, die Summe spiele keine Rolle, was zähle, sei die Geste! Als spräche er über einen bürgerlichen Salon,

dachte sie etwas bitter, wo es zum guten Ton gehörte, über Geld *nicht* zu sprechen, weil man es hatte.
Noch lange verfolgte sie dieses beeindruckende Fest, an dem sie nicht teilgehabt hatte, obwohl sie anwesend gewesen war; von dem sie nichts verstanden hatte, obwohl ihr alles erklärt worden war.
Ihr Lebensgefühl.

★

Es war nicht zu übersehen: Bei allen drei Reisenden stellten sich erste Zeichen einer nervösen Erschöpfung ein. Sogar Abdoulaye schlief schlecht, er war muffig und machte Doris Vorwürfe, dass sie alles viel zu schnell angehe, wo in Afrika doch »alles seine Zeit« brauche. Viele Monate an einem Ort wären nötig, um das Vertrauen der Leute zu gewinnen. Doch die Frau aus Wien fand, die für die Reise geplanten drei Monate überforderten sie ohnehin, sowohl physisch als auch materiell. Sie hatte seine Ermahnungen keinesfalls nötig, um die Probleme zu erkennen, doch sie wusste, mehr Zeit allein würden sie nicht lösen. Auch sie konnte sehen, wie schwer es für seine Tanten war, täglich die nötigen Mittel für ihren afrikanischen Haushalt aufzutreiben. Sie fand, sie tue ohnehin, was sie könne, und wollte ihnen keinesfalls länger als unbedingt nötig zur Last fallen.
Im Haus der Sima wohnten derzeit außer den beiden Tanten noch zwei ihrer Töchter und ein etwa siebenjähriges, zartes Mädchen mit großen braunen Augen, Tochter einer Cousine auf dem Land, die zu viele Kinder habe, wie es hieß. Auch der dunkle, pockennarbige Mann aus Frankreich saß neuerdings ständig im Hof herum; er trug stets ein Sakko und betonte mehrfach, wie schwer ihm das Leben in Afrika fiele, lieber heute als morgen würde er nach Frankreich zurückkehren. Er stamme aus Kamerun und sei Katholik. Was der eigentlich hier zu suchen habe, fragte sich Abdoulaye und erfuhr zu seiner Verwunderung, dass seine Cousine, die bei Moussokoro in Bamako wohnte, mit diesem Mann verlobt worden war. Warum verlobten sie seine Cousine, immerhin die Tochter eines Marabus, mit diesem fremden Katholiken, der zudem geschieden war und schon zwei Kinder hatte, fragte sich Abdoulaye bestürzt, was sollte denn aus ihr werden mit so einem Mann? Das klärte sich bald. Die Cousine sollte diesem Mann

nach Frankreich folgen, damit »etwas aus ihr werden« konnte. Sie wolle dort studieren. Außerdem wohnte noch Boubou Sima aus Ambidedi in einer der Kammern. Seine verwandtschaftliche Beziehung war unklar, und er erklärte, in Ambidedi gebe es nichts, gar nichts. Dort sei alles wie seit ewigen Zeiten.

Doris konnte das »alles« kaum erwarten. Ihre Unterkunft in Kayes war zu kostspielig und ihre einsamen Abende unter den zumeist durchreisenden Geschäftsleuten empfand sie als deprimierend. Als sie eines Abends Abdoulaye anrufen wollte, war das Telefon beim Empfang gestört und ein Knabe wurde angewiesen, sie zur nächsten öffentlichen Telefonzelle zu begleiten. Sie folgte ihm, als er von der Straße auf einen schmalen Fußpfad abbog, es war stockdunkel und sie konnte nicht sehen, wohin sie trat. Der Boden war weich unter ihren Sandalen und der Weg führte über einen Hügel, offenbar querfeldein. Manchmal raschelte etwas in der Nähe. Und allmählich wunderte sie sich über einen eigentümlichen Geruch. Da besann sie sich ihrer kleinen Taschenlampe, die sie immer bei sich trug, und erkannte schließlich, dass sie sich mitten auf einer riesigen Müllhalde befand. Die Telefonzelle befände sich am anderen Ende, dort bei den Lichtern, deutete der Knabe, der natürlich bloßfüßig ging, es sei nicht mehr weit. Erschrocken verzichtete sie auf das Telefonat und kehrte um.

Am nächsten Morgen fand sie sich wie ausgemacht wieder im Hause Sima ein, als ein gebrechlicher Greis mit wieselschnellen Gesten den Hof betrat. Es war Djibril Sima, angeblich Dorfchef von Ambidedi, der ältere Bruder des »Cousins« aus dem Pariser *Foyer,* für den Abdoulaye eine Botschaft hatte. Er war zufällig vorbeigekommen und zeigte sich über den Besuch aus Frankreich überrascht. Das war etwas erstaunlich, da Abdoulayes Tanten doch seit Beginn über ihr Reiseziel Ambidedi informiert gewesen waren. Bald stellte sich heraus, dass Djibril keineswegs in Ambidedi lebte, sondern wenige Meter entfernt in derselben Straße. Als Abdoulaye ihm die Botschaft seines Bruders in Paris zeigte, ergriff der Alte schweigend seinen Arm und führte ihn unverzüglich zu seinem Haus. Doris trottete hinterher.

Sein »Haus«, ein verwinkelter Verschlag aus Wellblech und Planen über einem wirren Durcheinander von Bettgestellen, Fahrrädern, Matten, Stühlen, einem alten Motorrad, Werkzeugen, Körben und schwarzen

Waschplatz

Töpfen, verfügte über keinen Brunnen. Alles war mit feinem rötlichem Staub überzogen, der sich während der Regenzeit zwischen Juni und September in eine Schlammschicht gleicher Farbe verwandeln würde, im ganzen Haus sei dann kein einziger trockener Fleck zu finden. Djibril erwähnte dies wie eine Selbstverständlichkeit. Warum er als Dorfchef in derart bescheidenen Verhältnissen in der Stadt lebte, erklärte er damit, dass er es vorgezogen habe, in Kayes zu leben. Sein Amt in Ambidedi habe er einem Jüngeren überlassen, hier sei es besser, meinte er schlicht. Er wohnte zusammen mit zwei Frauen, welche die Gäste mit einem liebenswürdigen, leider unverständlichen Wortschwall auf Soninké begrüßten. Beide stammten aus Ambidedi und waren offenbar die besten Freundinnen. Mit ihnen konnte sich Doris von Anfang an verständigen, zumindest in einfachen Dingen. Man redete und verdeutlichte die Worte mit Zeichen und Gesten, einem Lächeln oder einem Seufzer. Es waren Frauen vom Land, unkompliziert und ohne Allüren.

Wie viele alte Menschen wartete Djibril keine Frage ab, sondern erzählte sogleich aus seinem Leben. Er sprach schnell und undeutlich und ließ sich durch nichts unterbrechen. Er sei hier im Hause Sima bei Ladji Sima und Khadisiatou Diagne aufgewachsen und wisse alles über die Familie Sima, erklärte er nicht ohne Stolz. Doch dann sprach er vorwiegend über sich selbst. Er habe später als Koch des französischen Kommandanten gearbeitet, als *boy cusinier*, sagte er, denn die Sprache der Kolonialgesellschaft war offenbar tief in ihm verwurzelt. Das sei keine einfache Aufgabe gewesen, denn er habe den Geschmack der Franzosen mithilfe der lokalen Ressourcen treffen müssen. Auf dem Markt habe es Yams und Süßkartoffeln gegeben, Bissab-Spinat und Hirse, manchmal ein Huhn oder einen guten Fisch, doch die Franzosen wollten Spargelsoufflé und Bœuf Bourguignon auf ihrem Mittagstisch, und das Omelett musste unter allen Umständen flaumig sein. Doch der Kommandant sei immer zufrieden mit ihm gewesen. Und als er später zur Armee hätte einrücken sollen, habe ihn der Kommandant für unabkömmlich erklärt. »Der Kommandant hat mir das Leben gerettet«, erklärte Djibril.

★

Schließlich kam er doch noch auf Abdoulayes Großvater zu sprechen. Er erklärte, dass Ladji Sima eine Art Verbindungsingenieur im Dienste der Eisenbahngesellschaft gewesen war. Er hatte den Zustand der Gleiskörper und der Bahnhöfe zu überwachen und regelmäßig die Funkverbindung und die Verkehrssignale zu überprüfen. Ihm unterstand die gesamte Strecke zwischen Tambacounda und Kita. Es sei eine sehr verantwortungsvolle Aufgabe gewesen, meinte Djibril ernst. Die Bahnstrecke war hunderte Kilometer lang und nur einspurig befahrbar, wetterbedingte oder andere Zwischenfälle waren häufig. Wenn ein Signal nicht funktionierte, konnte dies schwere Unfälle zur Folge haben. Irgendwann sei Ladji Sima diese Arbeit wohl zu anstrengend geworden und er habe diese Stellung als Buchhalter bei Ch. Peyrissac angenommen. Mehrmals versicherte er, Ladji sei ein hoch geachteter Mann gewesen, »sehr streng, aber gerecht«. Und um seinen Charakter zu illustrieren, erzählte er folgende Geschichte, von der freilich nicht klar wurde, ob er sie selbst erlebt oder nur von ihr gehört hatte:

Zu jener Zeit war der französische Kreiskommandant in Kayes ein allgemein gefürchteter Mann. Begegnete man ihm auf der Straße, musste man ihn militärisch grüßen, mit strammer Haltung, deutlich vernehmbarer Stimme und erhobener Hand, widrigenfalls drohten Strafen. Nur Ladji Sima, damals bereits Buchhalter bei Peyrissac, fürchtete den Kommandanten nicht. Eines Morgens auf dem Weg ins Büro lief ihm der Kommandant wieder einmal über den Weg, doch Ladji, versunken in Gedanken, verabsäumte den vorschriftsmäßigen militärischen Gruß. Gegen Mittag stürmte der französische Assistent oder Adjutant des Kommandanten in sein Büro, »ohne vorher anzuklopfen!« Bevor der Mann den Mund aufmachen konnte, brüllte Ladji Sima ihn an, ob er denn keinen Anstand habe, ohne anzuklopfen bei ihm einzutreten! Er habe jetzt keine Zeit und werde sich später beim Kommandanten melden. Erschrocken über diesen Wutausbruch zog sich der Mann zurück.

Am Abend fanden im Hause Sima alle Bewohner das Betragen des Großvaters als ungeheure Frechheit gegenüber dem Chef der Administration und machten sich große Sorgen über die möglichen Folgen. Nur Ladji blieb ungerührt. Tags darauf begab er sich in die Kommandantur, ging an der Sekretärin vorbei, betrat – »ohne anzuklopfen!«

– das Büro des Kommandanten und fragte, was denn so dringend gewesen sei, dass er ihn bei der Arbeit habe stören müssen. Der Kommandant erwiderte verärgert, er werde es Ladji schon zeigen! Morgen lasse er ihn vom Inspektor holen, und dann sei es mit ihm vorbei. Ladji Sima antwortete ruhig, das Problem zwischen ihnen werde weder vom einen noch vom anderen gelöst, nur Allah könne das entscheiden. Er grüßte kurz und verließ den Raum. Doch er war sich der drohenden Gefahr durchaus bewusst und befragte in der folgenden Nacht ein Orakel, was zu tun sei. Er machte Feuer, brachte Wasser in einem Kessel zum Kochen, warf ein Amulett mit den Federn eines bestimmten Vogels hinein und fragte dabei: »Wie wird kochendes Wasser beruhigt?« Dann wartete er. Und irgendwann beruhigte sich das Wasser. Die Antwort des Orakels lautete daher, man muss zuwarten können, die Zeit löst alle Probleme. Den Rest der Nacht verbrachte Ladji in friedlichem Schlummer, und der nächste Tag im Büro verlief ungestört, kein Inspektor ließ sich blicken. Auch am übernächsten Tag wurde Ladji nicht »abgeholt«. Am dritten Tag erschien der Kommandant persönlich in seinem Büro und erklärte, Ladji habe recht gehabt, Gott habe entschieden. Er werde versetzt, und zum Abschied wolle er sein Bedauern ausdrücken, falls er ihm unrecht getan habe. Der Kommandant hatte ein Telegramm vom Generalgouverneur der A.O.F. aus Dakar erhalten, mit dem Befehl, sich zu seiner Einheit in Europa zu begeben. Dort war der Zweite Weltkrieg ausgebrochen.

Ob diese Geschichte tatsächlich so stattgefunden hatte, schien Doris nicht wichtig. Sie machte in jedem Fall deutlich, dass der Konflikt zwischen Ladji Sima und dem Kommandanten bereits seit längerer Zeit währen und tiefer gehende Gründe gehabt haben mochte als einen versäumten Gruß. Und sie ließ die allgemeine Einstellung der Sima gegenüber der französischen Administration erkennen: Die Besatzungsmacht bot zwar gewisse wirtschaftliche Möglichkeiten, doch deshalb fühlte man sich ihr gegenüber keineswegs verpflichtet und schon gar nicht subaltern. Die Geschichte illustrierte die Unerschrockenheit des Großvaters gegenüber der Autorität und seine erwähnten »marabutischen Fähigkeiten«. Und sie ließ erkennen, dass zu jener Zeit tatsächlich überirdische Kräfte im Spiel gewesen sein mussten, wenn ein »Eingeborener« einmal *nicht* im Gefängnis landete, nach-

dem er den vorschriftsmäßigen Gruß gegenüber dem Kommandanten verabsäumt hatte.
Über Abdoulayes Urgroßvater Ahmadou Sourakhé wusste Djibril immerhin, dass er in Saint-Louis gelebt und seinen Sohn Ladji in einer berühmten Koranhochschule in Mauretanien erziehen hatte lassen, weshalb Abdoulayes Großvater die arabische Schrift und den Koran überdurchschnittlich gut beherrscht habe. Ahmadou Sourakhé war offenbar ein ziemlich religiöser Mann gewesen. Dem Militärausweis von Ladji Sima hatten Doris und Abdoulaye entnommen, dass er 1888, im Jahr der Geburt seines Sohnes, achtunddreißig Jahre alt gewesen war, er war daher 1850 zur Welt gekommen, irgendwo zwischen Médine und Bakel, wahrscheinlich in Ambidedi. Abdoulayes Urgroßmutter Taifour Camara war 1888 dreißig Jahre alt und 1908 bereits »Witwe, wohnhaft in Bakel«. Ahmadou Sourakhé musste daher irgendwann zwischen 1889 und 1908 in einem Alter zwischen neununddreißig und achtundfünfzig Jahren verstorben sein. Djibril war der Ansicht, der einzige, der über Ahmadou Sourakhé Genaueres sagen könne – oder dürfe? –, sei Sourakhé Sima in Dakar, der als ältester Bruder Mamadous das Oberhaupt der Familie Sima war. Schließlich wurde der Greis müde, und man vereinbarte ein weiteres Gespräch am folgenden Tag.
Doch als Abdoulaye und Doris sich zur festgesetzten Stunde einfanden, war Djibril »eben ausgegangen«. Seine beiden Frauen lächelten und wussten nicht, wann er zurückkommen würde. Also gingen sie wieder in die Rue de Liberté zurück und begannen sich für die Abreise nach Ambidedi vorzubereiten, wo ohnehin alles in Erfahrung gebracht werden würde. Doch anderentags ließ Djibril ihnen durch Tante Marietou ausrichten, in Ambidedi empfinge man keine Fremden. Die Leute wollten das nicht. Und die Tante fügte hinzu, selbst eine Empfehlung durch Djibril würde daran nichts ändern. Doris dachte bestürzt, wie sie sich dessen so sicher sein konnte, die Tante kannte Ambidedi doch gar nicht. Und warum mischte sie sich überhaupt ein? Sie bestand darauf, zusammen mit Abdoulaye Djibril persönlich zu fragen, und der erklärte nun, dass Besucher in Ambidedi nur in seiner Begleitung empfangen würden, doch leider habe er »keine Zeit« für diese Reise. Nach langen Verhandlungen schlug er schließlich seinen älteren Sohn, der in Kayes in einer Autowerkstatt arbeitete, als Be-

gleiter vor. Ihn würden die Leute in Ambidedi ebenfalls als Vermittler anerkennen. Doris war erleichtert. Auch versicherte er, dass einer Übernachtung im Dorf nichts im Wege stünde, das Einverständnis des Dorfchefs natürlich vorausgesetzt. Doch nach einer Pause fügte Djibril hinzu, bequem sei es dort nicht, es wäre vielleicht besser, sie würden nicht in Ambidedi übernachten. Es sei dort nicht sicher. Seine beiden Frauen saßen daneben und nickten ernst.

Was war plötzlich los? Ambidedi sei ein Dorf mit gastfreundlichen Menschen, hatte der »Cousin« in Paris versichert, Abdoulaye hatte von ihm Botschaften für die Bewohner erhalten – warum sollte es plötzlich »nicht sicher« sein? Vielleicht richtete sich das Misstrauen gegen die Frau aus Wien, die Fremde, die Weiße, der Gedanke war erschreckend.

Oder vielleicht wollte der alte Djibril nur seine Unentbehrlichkeit unterstreichen? Empört über diesen Verdacht, stellte Abdoulaye klar: Selbst wenn es so wäre, müssten sie seine Anweisungen unbedingt respektieren. Ohne Zustimmung des Alten sei jedenfalls nichts zu unternehmen.

★

Der Fahrer behauptete plötzlich, er werde krank vom Lesen des Buchs *Les diasporas des travailleurs soninké* von François Manchuelle. Doris hatte sich zwar gewundert, ihn wiederholt in dieser trockenen Lektüre voller Zahlen und Daten blättern zu sehen. Aber warum machte es ihn krank? Er fand, all diese Detailinformationen zum Schicksal »seines Volkes« gingen niemanden etwas an; wem sollte das nützen? Zu viel Wissen bringe doch nur Unheil. Als Doris lachend protestierte, gab Abdoulaye zu bedenken, dass der kanadische Autor immerhin teuer dafür habe bezahlen müssen. Er sei doch knapp vor Fertigstellung seiner Studie bei einem Flugzeugabsturz ums Leben gekommen, kaum vierzig Jahre alt …

Aber was hatte das denn mit seinem Buch zu tun!

Daraufhin erklärte Abdoulaye ernst, afrikanische Hexerei könne auch auf einem anderen Kontinent zum Tod eines Menschen führen. Es gebe diese geheimen Kräfte, auch wenn sie sie nicht verstehe.

Was war plötzlich in ihn gefahren? Er war doch Franzose, ein intelligenter, interessierter junger Mann, sogar das Abitur wolle er irgendwann nachmachen, hatte er behauptet. Wie sollten sie zusammenarbeiten, wenn »zu viel Wissen« plötzlich als Gefahr galt? Es lag ihr fern, den Glauben an Magie gering zu schätzen, aber sie hatte sich nie explizit damit befasst und stand dem betonten Interesse vieler Ethnologen an Hexerei etwas misstrauisch gegenüber; als wären »Eingeborene« nur irrationale und abergläubische Wesen. Die Existenz irgendwelcher »geheimer Kräfte«, die sich der abendländischen Rationalität entziehen mochten, war ja durchaus möglich; aber sie konnten nicht Grundlage ihres eigenen Denkens sein, das nun einmal von der europäischen Aufklärung geprägt war. Es war ihr nie in den Sinn gekommen, Abdoulaye könnte die Welt anders begreifen. Nun wagte sie endlich, ihn danach zu fragen. Was wusste er über »afrikanische Hexerei«? Doch er erklärte nur, es gebe sie einfach, man dürfe nicht darüber sprechen, sonst beschwöre man sie. Als Doris sich gleichmütig zeigte, wurde er etwas gesprächiger. Sein Vater habe früher den Kindern mit Vorliebe Geschichten über afrikanische Hexerei erzählt, am liebsten vor dem Schlafengehen. Vielleicht war dies eine Art, sein Heimweh zu bewältigen. Doch Abdoulaye konnte danach nicht schlafen, und lange Zeit wollte er aus Furcht vor diesen geheimen Kräften keinesfalls nach Afrika reisen. Mittlerweile habe er jedoch seine Angst verloren, versicherte er, denn er habe gelernt, diese Kräfte einfach zu akzeptieren. Auch einige seiner Tanten verfügten über sie, aber natürlich dürfe man nicht danach fragen. Eine könne bestimmte Leiden auf geheimnisvolle Weise lindern, eine andere verfüge über den »bösen Blick«. Sie könnten zum Beispiel auch sehen, was jemand dachte.

Das kann ich auch, dachte Doris böse und sagte laut, sie könnten deshalb doch nicht ihr Reiseziel aufgeben! In Afrika lasse sich nichts erzwingen, entgegnete Abdoulaye in aufreizender Ruhe, man müsse den Dingen einfach ihren Lauf lassen. Sie hasste seinen besserwisserischen Ton. »Dann lassen wir den Dingen eben ihren Lauf! Fahren wir endlich nach Ambidedi! Wir werden ja sehen, was dort passiert und ob sie uns übernachten lassen oder nicht.«

Abdoulaye legte seine Stirn in Falten und nach einer Weile meinte er missmutig: »Gut, fahren wir eben hin.«

Am nächsten Morgen kurz nach Sonnenaufgang hatte sie ihren Koffer gepackt, ihre Rechnung bezahlt und war bester Laune, als sie auf der Terrasse einen Kaffee trank. Wie sehr freute sie sich auf einen vermutlich kühlen und sauberen Lehmboden in einem afrikanischen Dorf, auf dem sie besser schlafen würde als in dem schmuddeligen Hotelbett. Als Abdoulaye und der Fahrer eintrafen, um sie abzuholen, bestellten sie rasch noch einen Kaffee. Plötzlich erklärte Abdoulaye:

»Wir können nicht in Ambidedi übernachten. Auf keinen Fall.«

»Warum auf einmal?«

»Wenn sie sagen, es geht nicht, dann geht es eben nicht.«

»Wer sind *sie*!?«

Er schwieg trotzig, bevor er nach einer Weile erklärte, er jedenfalls übernachte dort sicher nicht. Der Fahrer saß daneben und sekundierte, auch er würde unter keinen Umständen in Ambidedi übernachten. Und sanft wie zu einer Irren wandte er sich an Doris, sie solle doch vernünftig sein, sie müsse solche Dinge einfach ernst nehmen. Natürlich spräche man mit ihr, der Fremden, nicht darüber; aber mit ihnen, den Einheimischen, sprachen sie …

»Wer sind *sie*? Die Tanten?«

»Die Leute eben«, meinte der Fahrer achselzuckend und blickte rasch zu Abdoulaye hinüber. Der meinte nach einer Weile betretenen Schweigens, man könnte ja tagsüber in Ambidedi arbeiten und am Abend zurück nach Kayes fahren. Es seien nur fünfzig Kilometer.

Nur fünfzig Kilometer? Sie war außer sich. Das bedeutete hundert Kilometer täglich auf schlechten Straßen, drei oder mehr Stunden tägliche Autofahrt, bei Temperaturen über 40 Grad und den horrenden Treibstoffpreisen! Sie hätten niemals genügend Zeit, um den Dorfbewohnern nahe genug zu kommen für eine ernsthafte Arbeit. Sie wisse, wovon sie spreche, sie mache so etwas ja nicht zum ersten Mal! So etwas? Was sie denn damit meine, fragte Abdoulaye. Je wütender sie wurde, desto entspannter schien er. Wenn sie unbedingt wolle, könne sie allein in Ambidedi übernachten. Für sie gebe es ohnehin keine Gefahr. Nur für Angehörige der Familie.

Doris schwieg verblüfft. Mittlerweile stand die Sonne hoch, der Tag war ohnehin verdorben. Sie erhob sich, verließ den Tisch und lief den schmalen, schlüpfrigen Pfad zwischen den Gärten hinunter zum Strom. Und weiter das Ufer entlang, vorbei an spielenden Kindern,

an Frauen zwischen Weidenbüschen beim Geschirrwaschen oder bei ihrer Toilette; vorbei an jungen Männern bei Liegestütz und Jogging; oder beim Beten. Sie war für alles blind. Fühlte nur ihren heißen Kopf und ihren Herzschlag. Irgendwann bemerkte sie das türkisfarbige Licht, den katzensilbrig funkelnden Sand in den Ufermulden. Wie schön war es hier. Aber was wollte sie hier eigentlich? Sie hatte den Faden verloren. War keine Verständigung mit Abdoulaye mehr möglich, war die gemeinsame Arbeit ohnehin zu Ende. Ganz ohne Hexerei. Sie wusste nicht mehr genau, wo sie war, und kletterte den Abhang zwischen Mais- und Hirsepflanzungen hinauf, wo das Hämmern und Klopfen die Anwesenheit von Menschen vermuten ließ. Im Schatten einiger Bäume entdeckte sie einige Männer rund um den Rumpf eines halb fertigen Kanus, ein langes Holzgerippe auf zwei mächtigen, quer liegenden Baumstämmen ruhend. Eine kleine Bootswerft. Die Männer sahen von ihrer Arbeit auf, grüßten die Fremde kurz mit abgewandtem Blick und ohne Lächeln. Ihre fast schwarzen Gesichter waren zerfurcht, wie dies hier selten zu sehen war. Doris nannte ihren Namen, entschuldigte sich für die Störung. Ein kleiner Morgenspaziergang, auf dem sie sich verlaufen habe. Die Männer boten ihr von ihrem Tee an. Die Verständigung wurde eine von Gesten begleitete Herausforderung, die die Männer offenbar amüsierte, als handle es sich um Scharaden. Geduldig zeigten sie ihr, wie sie die Bootsplanken aus dem Holz eines bestimmten Baumes zuschnitten, zusammenfügten und leimten, ganz ohne Nägel oder Schrauben; wie sie das Harz eines Baumes mit einer besonderen Asche vermischten und dadurch eine schwarze Paste herstellten, die sie an den Schnittstellen auftrugen, bevor sie alles mit Schnüren unter Druck setzten. Das halte hundert Jahre und länger! Die Männer lachten. Endlich war sie wieder unter normalen Menschen, fremd, aber keineswegs verdächtig; der gemeinsame Wortschatz war klein, aber die Kommunikation problemlos.
Einer der Männer deutete stromaufwärts in die Ferne, wo die große Brücke das Zentrum von Kayes mit dem anderen Ufer verband. Drüben sei vor kurzem Öl gefunden worden, oder Ölsand; in jedem Fall bedeutete das nichts Gutes. Sie würden ihm alles wieder nehmen … Im vergangenen Jahr war der Mann ans andere Ufer gezogen, denn in Kayes seien die Preise unerschwinglich geworden. Drüben besaß

seine Familie einige Felder, und er hatte sich dort ein Haus gebaut. Aber wenn sie ihre Ölpumpen dort hinstellten, wohin sollte er gehen? Er habe Frau und Kinder. Einige Nachbarn seien schon abgesiedelt worden. Wer waren *sie*? Nun, wer schon, dieselbe Gesellschaft, der hier ohnehin alles gehörte … jetzt gebe es noch andere, ausländische Investoren. Die Männer blickten einander und dann Doris an und lächelten verlegen, als schämten sie sich für sie.

Plötzlich wollte sie alles über Kayes wissen, diese seltsame, wie aus der Bahn geworfene Stadt; alles wissen über diese »geheimen Kräfte« inmitten moderner Straßenzüge, über die Geschichte und die Stellung der Familie Sima hier und in Ambidedi. Ernsthaft erwog sie, sich von Abdoulaye zu trennen, um endlich arbeiten zu können, wie sie es für richtig hielt. Doch die ausweglos hohen Temperaturen setzten ihr auf Dauer derart zu, dass sie mit dem Überleben von Tag zu Tag völlig ausgelastet war.

Und so ließ sie den Dingen eben ihren Lauf.

V

Genealogie der Sima

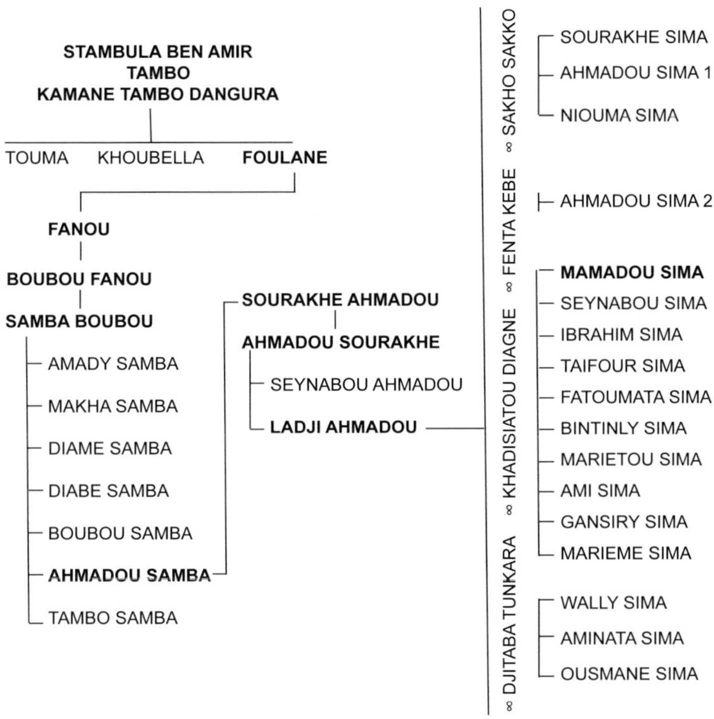

Es war einmal ein König aus dem Geschlecht der Sima, der hieß Tambo Dangura (auch Tangura geschrieben) und herrschte über das Königreich Gadiaga. Im 13. Jahrhundert wurde er durch einen Krieger aus dem Geschlecht der Bathily entmachtet, und die Umstände dieses Machtwechsels waren mehrfach überliefert, freilich immer nur aus dem Umfeld der Familie Bathily.

Die Bathily waren ebenfalls Soninké, ihre Vorfahren kamen aus Tlemçen im heutigen Algerien und waren der Überlieferung zufolge unter der Führung eines Kriegers namens Manga quer durch die Sahara zunächst bis nach Sokolo nördlich von Segu gezogen. Diese Region war damals von Bambara bewohnt. Und da die neu Angekommenen allesamt an einer Hautkrankheit litten, bezeichneten die Bambara sie nach dem Namen dieser Krankheit, nämlich Simpere. Im Verlauf weiterer Raubzüge gerieten die Simpere bis nach Boundou, wo sie ihr Lager am Rande eines Weihers namens Bathily aufschlugen, dessen Gewässer derart verseucht waren, dass alle Lebewesen schwer daran erkrankten oder starben. Als die Simpere darin badeten und sogar von dem Wasser tranken, ohne Schaden zu nehmen, nannte sie die lokale Bevölkerung – aus Scherz oder aus Ehrfurcht – »Herren des Sumpfes Bathily« und später einfach Bathily.

Die Herren des Königreichs Gadiaga waren damals die Sima. Es erstreckte sich zwischen Gandé und der Region um das heutige Médine und ihr *tunka* Tambo Dangura residierte in der Mitte des Reiches, in Ambidedi. Als Manga Bathily nach Ambidedi zog, wurde er vom Sima-König zuvorkommend empfangen, denn Tambo Dangura hoffte, die fremden Krieger als Verbündete gegen Aufständische in seinem Reich zu gewinnen. Als Opfer im Zeichen der neuen Freundschaft übergab der König dem Gast sogar einen Büffel, wie erinnerlich der mythische Schutzpatron aller Herrscher seit dem Auszug der Soninké aus Ägypten. Manga Bathily wurde aufgefordert, das Tier nach altem Brauch zu schächten, doch gab er vor, von dieser Praxis nichts zu verstehen. Er führte das Messer so ungeschickt, dass *tunka* Tambo Dangura es ihm aus der Hand nahm und selbst dem Rind die Gurgel durchschnitt. Der Büffel verblutete, er wurde enthäutet, sein Fell ausgebreitet und Manga Bathily aufgefordert, darauf Platz zu nehmen. Dann ging *tunka* Tambo Dangura seine Hände waschen. Manga Bathily ließ sich auf der Büffelhaut nieder, und zwar auf der Seite des Schädels. Heimlich gab er seinem Heerführer ein Zeichen. Als der König zurückkehrte und Manga Bathily aufforderte, ihm Platz zu machen, erwiderte der, die Haut sei zu klein für zwei Personen. Da erkannte Tambo Dangura, dass er von den Kriegern des Manga Bathily umstellt war. Statt zu den Waffen zu greifen, entschloss er sich zu langwierigen Verhandlungen, die schließlich zu einem Bündnis zwischen *tunka* Tambo Dangura und Manga Bathily führten. Der Bathily übernahm die politische Macht des *tunka*, während der Sima sein Mittelsmann wurde und im Besitz von allem Grund und Boden blieb.

Es war dieses Bündnis, das in der Versammlung im Pariser *Foyer*, von der Abdoulaye erzählt hatte, beschworen hätte werden sollen. Die

Wechselreden zwischen den zwei Gruppen und die rituelle Übergabe eines Büffelhorns sollten den in Frankreich geborenen Generationen die Vereinbarungen in Erinnerung rufen, die vor über einem halben Jahrtausend zwischen den Sima und den Bathily in einem Ort am oberen Senegal getroffen worden waren. Es handelte sich um *lada*, ein ehrenvolles Bündnis zwischen Gleichen.

Dass der Machtwechsel zwischen den Sima und den Bathily gewaltlos und auf dem Weg von Verhandlungen stattgefunden hatte, entsprach offenbar wenig dem heroischen Geschichtsverständnis des imperialen Zeitalters. Der vernünftige König Tambo Dangura wurde in der Literatur eher als einfältiger Tölpel dargestellt. Die friedliebenden Sima zerstreuten sich im Laufe der Zeit in alle Welt, während die kriegerischen Bathily zahlreiche, häufig untereinander verfeindete Abstammungsgruppen in Gadiaga bildeten, mit teilweise verheerenden Auswirkungen auf die Geschichte der Region. Da die Kolonialmacht zunächst die »Söhne der Chefs« in ihre Schulen schickte, gab es unter den Bathily bereits Ende des 19. Jahrhunderts die ersten Lehrer und »Interpreten« und im 20. Jahrhundert erste im Westen ausgebildete Akademiker, die mit westlichen Wissenschaftern zusammenarbeiteten, etwa der Historiker und Soziologe Abdoulaye Bathily, der 1969 eine Geschichte des alten Königreichs Gadiaga publizierte. Sämtliche Spezialisten des Westsudan arbeiteten zwangsläufig mit herrschenden Klans der Bathily zusammen, Nachkommen des letzten Königs, der noch bis in die 1950er Jahre in Tiyabu, wenige Kilometer stromabwärts von Bakel residierte. Es war daher wenig verwunderlich, dass die Überlieferungen der Bathily zur Grundlage der Lokalgeschichte wurden und die Sima darin nur im Zusammenhang mit ihrem Machtverlust Erwähnung fanden.

Doch nun hatte Abdoulaye eine Genealogie der Sima in Händen, alte Aufzeichnungen, die von seinem Großvater an seinen ältesten Onkel Sourakhé Sima übermittelt worden waren. Sie waren teils von Hand, teils auf einem PC geschrieben, die Schreibweise von Namen und Orten war nicht immer kohärent, manches schien unvollständig zu sein. In Verbindung mit publizierten Studien boten sie jedoch wertvolle Informationen, etwa dass unterschiedliche etymologische Erklärungen für den Namen des Königreiches Gadiaga auch verschiedene Ideologien repräsentierten.

In der Präambel der Genealogie der Sima wurde der Name »Gadiaga« folgendermaßen interpretiert:

Au nom de Dieu Clément et Miséricordieux. Nach Überlieferung der Chronisten der Soninké waren die Sima die ersten Siedler von Gadiaga, einer naturbelassenen Region am linken Ufer des Senegal zwischen Kayes und Gandé, stromabwärts von Bakel. Der Name Gadiaga entstand, da bei der Ankunft der Sima die gesamte Region noch mit Urwald bedeckt und von wilden Tieren bewohnt war, vor allem von Affen. Auf Soninké heißt Affe gadio. Daher erhielt die Region den Name Gadiago (Wohnstätte der Affen).

Traditionalisten der Bathily leiteten »Gadiaga« hingegen von *gaja* ab, was »kämpfen« bedeutet, »sich schlagen«, und interpretierten den Namen daher als »Land des Krieges«. Andere, ebenfalls von den Bathily beeinflusste Publikationen führten das Königreich Gadiaga auf den Begriff *khaniaga* zurück und übersetzen ihn als »Ort der Jagd«. Und von Wolof, Franzosen und Briten am Delta des Senegal wurde die Region *galam* genannt, »Land des Goldes«. Die einen waren an Krieg und an der Jagd interessiert, die anderen am Gold. Die Sima jedoch betrieben Ackerbau. Sie machten das Land durch Brandrodung urbar und verdankten dem Feuer auch ihren Namen. Denn in der Präambel hieß es weiter:

Die Sima legten ab Kégnou (bei Médine, A. d. V.) Feuer an diesen Urwald, und die Flammen erloschen erst in Gandé im Haïre am rechten Ufer stromabwärts von Bakel. Der wichtigste uns bekannte Ahne der Sima nannte sich STAMBOULA BEN AMIR. Er war von arabischer Abstammung, Muslim und ein bedeutender Krieger, der über eine große Armee verfügte und sich offenbar dem Heiligen Krieg widmete. Er kam ursprünglich aus Goundébi in der Region von Timbuktu und besetzte mit seinen Truppen zunächst Dindillah (weiter unten Dendinla geschrieben, A. d. V.), danach N'Diéco und erreichte schließlich Kégnou. Er wurde zum König von Gadiaga ernannt und herrschte über diese Region von Vater zu Sohn über eine Periode, welche die Chronisten auf hunderte, sogar tausende Jahre schätzen.

Im Verlauf seiner Wanderungen und Kriegszüge gegen die maurischen Regebat, die Bambara und die Khassonké veränderte sich der ursprüngliche Name STAMBOULA zunächst in TAMBO und wurde später zu SIMA. Denn in den Pausen entzündeten die Krieger des Nachts ein Feuer, um sich zu erholen, und der Schein der Glut stieg weithin sichtbar zum Himmel und zog die Menschen der Umgebung an, vor allem die Khassonké, die herbeiliefen und riefen: *alankhata siman!* (gehen wir essen!). Auf diese Weise wurde uns der Name SIMA zugeordnet und ersetzte unseren alten Namen KHADIOMBÉ.

Was die Wanderbewegung der Sima betraf, war vermerkt, dass Stamboula Ben Amir drei Söhne namens Touma, Koubella und Foulane hatte. Touma ließ sich in Ambidedi, Gadiaga nieder. Koubella blieb in »Dendinla« als Imam der Moschee. Foulane zog mit seinem Vater Tambo in den Krieg und zwar über N'Diéco, einen Gebirgspass zwischen den Provinzen Kamera und Diombokho, bis nach Diawara. Danach kehrte er nach Lani Moodi zurück und schließlich nach Ambidedi, welches seine Hauptstadt wurde.

Diese Angaben erfordern einige Erläuterungen bezüglich Zeit und Raum. Im Allgemeinen repräsentieren Urahnen einer Gentilgesellschaft die gesamte Abstammungsgruppe, und daher konnte der Zeitraum ihrer Herrschaft hunderte oder gar tausende von Jahren betreffen. Die Genealogie der Sima erstreckt sich über zehn Generationen, entsprechend fand der Machtwechsel zwischen den Sima und den Bathily ungefähr Ende des 13. Jahrhunderts statt. Als letzter Sima-König von Gadiaga wird Kamane Tambo Dangura genannt, wobei *kamane* ein Titel war, der »Eigentümer« bedeutete, vielleicht ein Hinweis auf die Vereinbarung mit dem Bathily. Tambo Dangura hätte demnach die Königswürde an den Bathily kampflos abgegeben, um Eigentümer aller Länder zu bleiben.

Bemerkenswert ist, dass sowohl die Sima als auch die Bathily ihren Namen auf eine Fremdbezeichnung durch die lokale Bevölkerung zurückführen, die Bathily durch die Bambara, die Sima durch die Malinké der Provinz Khasso, daher auch Khassonké. Um die Wanderbewegungen der Gruppen nachzuvollziehen, sind zudem die geografischen Bezeichnungen zu verifizieren. Dem Text entsprechend ließen sich die Ahnen Touma und Fulane zuerst in Ambidedi nieder, ihr Vater Tambo Dangura folgte ihnen etwas später nach. Aber wo in aller Welt lag dieses Dindillah oder Dendinla? Entlang des Senegal war nirgendwo ein Ort ähnlichen Namens zu finden, auch nicht auf alten Karten. Aber auf einer 1855 publizierten Karte des deutschen Forschers Heinrich Barth war ein Landstrich namens Dendina verzeichnet, den der Geograf auf seiner Rückreise von Timbuktu in das Kalifat von Sokoto durchquerte. Heinrich Barth beschrieb dieses Dendina als »ehemalige Kornkammer des Reiches der Songhai«; und er vermerkte, dass Say, das alte Handelszentrum der Region, seine ehemalige Bedeutung bereits eingebüßt hatte und Dendina noch von »unabhängigen Stämmen« besiedelt war, die sich gegen den zunehmenden Einfluss benachbarter islamischer Reiche in Aufruhr befanden. Auf neuen Karten ist dieselbe Region mit dem Namen Dendi bezeichnet und liegt im Grenzgebiet zwischen den heutigen Staaten Niger und Benin, am rechten Ufer des Niger. »Dendi« gilt auch als Bezeichnung eines Volkes oder einer Sprache der Songhai. Das alte Dendina befand sich daher mehrere Meridiane östlich des oberen Senegal, weit entfernt vom Siedlungsgebiet der Sima. In Anbetracht der großen Wanderbewegungen jener Zeit ist es jedoch durchaus wahrscheinlich, dass von Timbuktu aus eine Gruppe der Soninké zunächst den Niger stromabwärts gegen Osten gezogen und über Gao bis in das fruchtbare Dendina gelangt war; dass einer der drei Söhne namens Koubella sich dort als Imam niederließ, während die beiden anderen namens Fulane und Touma zusammen mit ihrem Vater Tambo Richtung Westen bis in die Provinz Khasso weiterzogen, waren es doch »Khassonké«, die ihnen den Namen »Sima« gaben. Von dort aus beherrschten diese Sima allmählich beide Ufer des Senegal und machten schließlich Ambidedi zu ihrem Zentrum.

Einer der beiden Söhne namens Fulane war der Begründer jener Linie, an deren Ende Abdoulayes Großvater Ladji Sima mit vier Frauen und siebzehn Kindern stand. Über den »alten Namen Khadiombé«, der in der Genealogie Erwähnung fand, war freilich nichts zu erfahren. Möglicherweise könnten Nachkommen von Koubella irgendwo in der heutigen Provinz Dendi Auskunft darüber geben.

Zusammenfassend ist festzustellen: Vorfahren der Sima kamen aus der Region von Timbuktu über den östlichen Umweg nach »Dendina« (heute Dendi) in die Provinz Khasso und von dort aus bis zum Senegal. Die Sima waren Ackerbauern und gründeten am Oberlauf des Senegal ein Königreich namens Gadiaga, das sich von Kégnou (bei Médine im heutigen Mali) bis nach Gandé (am rechten Ufer gegenüber von Matam im heutigen Senegal) erstreckte. Vorfahren der Bathily kamen aus

Erster Besuch in Ambidedi

Sokolo (heute ein Ort im östlichen Grenzgebiet zu Mauretanien) und erreichten Gadiaga auf dem Umweg über Boundou. Die kriegerischen Bathily brachten das Königreich Gadiaga unter ihre politische Kontrolle, während die Sima weiterhin als Ureinwohner der Region anerkannt wurden und als Eigentümer von Grund und Boden in einem Gebiet von immerhin über dreihundert Kilometern links und rechts des Senegal. Noch im ersten Drittel des 20. Jahrhunderts war bei jeder Ernennung eines neuen Königs in Tiyabu die Zustimmung der Sima und zweier weiterer alter Familienverbände nötig. Erst im Verlauf der vergleichsweise kurzen französischen Kolonialherrschaft reduzierten sich ihre Ländereien auf das Gebiet rund um ihren Stammsitz Ambidedi.

★

Selbstverständlich würden sie ihre Besuche in Ambidedi auf Tagesausflüge beschränken; und es war erstaunlich, dass wenigstens dies gelang. Denn im letzten Moment vor der Abfahrt hatte Djibrils Sohn ebenfalls »keine Zeit« gehabt, die Reisenden zu begleiten, er sei in seiner Autowerkstätte unabkömmlich. Djibril hatte weiterhin darauf beharrt, dass ohne Begleitung eines Mitglieds seiner Familie ein Besuch in Ambidedi ausgeschlossen sei. Doch auch Doris konnte stur sein. Und schließlich hatte der Alte die Idee, ihnen seine Erste Frau als Begleiterin mitzugeben, die freundliche, runzlige Manda. Sichtlich erfreut über diese unverhoffte Abwechslung plauderte sie während der gesamten Fahrt munter vor sich hin, und es störte sie keineswegs, dass nicht einmal der Fahrer sie verstand. Sein Soninké aus der Provinz Kaârta habe einen anderen Akzent als hier am Senegal, behauptete er, und Doris war untröstlich, dem Redeschwall der Frau nicht folgen zu können, so vieles wäre von der Alten zu lernen.

An der Abzweigung eines Feldweges stand eine rostige Autotüre im Gras und darauf deutete ein mit zittriger Hand gemalter Pfeil nach rechts in Richtung Strom. Darunter stand geschrieben *Ambidedi village SIMA*. Tatsächlich wurden nach einigen hundert Metern auf einer leichten Anhöhe lange, rotbraune Mauern sichtbar. Der Fahrer stellte den Wagen in den Halbschatten einer Akazie, bestand jedoch darauf, im Auto sitzen zu bleiben. Abdoulaye und Doris betraten nun wirklich eine andere Welt.

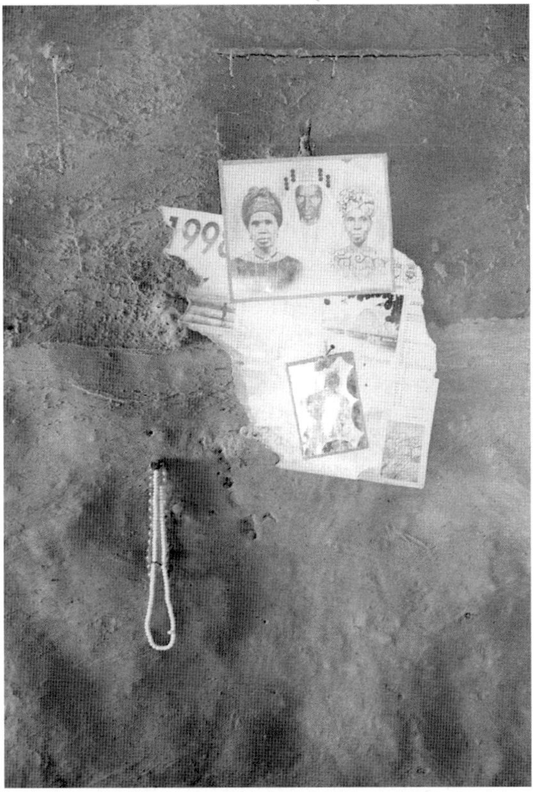

Ambidedi: Gebetskette und Erinnerungen

Die alte Manda war vorausgegangen und gleich hinter dem ersten Tor verschwunden, aus welchem nach einer Weile des Wartens endlich eine Frau heraustrat und erklärte, der Dorfchef sei nicht da. Er habe plötzlich nach Same verreisen müssen, um etwas Wichtiges mit dem Marabu dort zu besprechen. Handelte es sich um den Ehemann von Abdoulayes Tante? Doris wagte nicht zu fragen. Nach einigem Zögern bat die Frau die beiden in den Hof, dann verschwand auch sie. Offenbar war niemand auf den Besuch vorbereitet, dabei war in Kayes seit Tagen von nichts anderem gesprochen worden. Mit einigem guten Willen wäre es den Tanten oder dem alten Djibril doch möglich gewesen, eine Botschaft nach Ambidedi zu senden. Doch vielleicht war der Dorfchef gewarnt worden und seine Abwesenheit Absicht, vielleicht wollten die Leute von Ambidedi tatsächlich niemanden empfangen, vor allem nicht eine fremde weiße Frau! Der weite Hof war menschenleer, mehrere Gebäude rundherum waren aus rötlichem Lehm mit ornamental gestalteten Fensteröffnungen. Nirgendwo eine scharfe Kante oder eine gerade Linie. Und keine Fliegen! In der Mitte des Hofes ließen einige stumme, reglose Schafe im Schatten einer Tamarinde ihre Köpfe hängen, das zögernde Krächzen eines Huhns, das wie in Zeitlupe pickend seine Runden zog, war das einzige Geräusch. Die Luft flimmerte vor Hitze. Plötzlich stürmte von irgendwoher mit Gepolter und Geblöke eine Herde Ziegen über den Hof und verschwand durch das Eingangstor wieder irgendwohin. Immer noch kein Mensch.
Bis aus dem einen kleinen Haus neben einem Speicher schließlich zwei sehr alte Frauen traten, gebückt, hinkend und überaus farbenprächtig gekleidet. Sie winkten die beiden zu sich, und als Abdoulaye sich als »Sima aus Frankreich« vorstellte, begann die eine Frau vor Freude zu weinen. Endlich habe er den Weg an den Ort gefunden, wo alles begonnen habe, stammelte sie. Sie murmelte nicht enden wollende Formeln, in denen das Wort Allah häufig war. Wurden seine Augen feucht? Doris stand schräg hinter ihm, entschlossen, sich aus allem herauszuhalten, es war Abdoulayes Stunde. Bis die andere Alte sie am Arm ergriff und ebenfalls auf sie einredete, mit weit offenen Augen. Sie war blind.
Und seltsamerweise war auch die Frau aus Wien gerührt. Als wäre sie an einem auf obskure Weise seit jeher in ihr gegenwärtigen Ort angekommen; als läge alles, was es auf der Welt zu wissen gab, in dieser

Ambidedi: Dorfchef Hamidou Sima

zeitlosen Stille, getragen vom glühenden Aufwind aus dem Flusstal. Am liebsten wäre sie zu Boden gesunken, als hätte sie nach Monaten auf hoher See neues Land entdeckt. Selbstverständlich würde sie hier die kommenden Tage und Nächte, wenn nicht gar Wochen verbringen, gegebenenfalls auch allein!

Die alte Frau hielt Abdoulayes Hand fest in ihren mit schweren silbernen Ringen verwachsenen knochigen Fingern und führte ihn in ihre Kammer. An der dunklen rauen Wand hingen zwei Gebetsketten an einem Nagel und darüber ein Kalenderblatt des Jahres 1998, die Ränder von Feuer zerfressen. Daneben ein vergilbtes Foto mit dem Portrait eines Mannes mit steifem Lächeln in der weißen, zu beiden Seiten herabfallenden Kopfbedeckung des arabischen Emirs, die hierzulande keineswegs üblich war, und links und rechts von ihm zwei junge Frauen im westafrikanischen Turban. Eine der beiden war mit Ohrringen und einer Halskette geschmückt. Die Alte deutete auf diese Frau und auf sich selbst und erklärte etwas, das die Fremden offenbar falsch verstanden, denn das Foto konnte kaum sie selbst darstellen, wie Abdoulaye zunächst angenommen hatte, denn die Frau auf dem Bild war jung und die Alte musste über siebzig Jahre alt sein. Abdoulaye meinte später, das Foto sei vielleicht in einem Studio aufgenommen worden, anlässlich einer Hochzeit oder eines anderen Festtages, und die Kopfbedeckung des Mannes wäre vielleicht geborgt. Vielleicht war die geschmückte Frau an seiner Seite die Tochter der Alten. Doch was war vor sieben Jahren geschehen, was das verkohlte Kalenderblatt so wertvoll machte? Was wollte die Alte mitteilen? Man müsste mit ihr reden können, dachte Doris, vielleicht später, wenn sie sich eingelebt hätte. Aber wie alles, was man hierzulande auf später verschob, würde sich auch dafür keine Gelegenheit mehr bieten.

Nun betrat ein hochgewachsener, älterer Mann in alten Hosen und kragenlosem Hemd den Hof und stellte sich als Bruder des abwesenden Dorfchefs vor. Höflich bat er die Gäste in seinen benachbarten Hof, bemüht um französische Konversation. Doris glaubte zu spüren, dass Abdoulaye die imaginäre Intimität des heimgekehrten Sohnes lieber exklusiv ausgekostet hätte. Sie ersuchte den Gastgeber um Erlaubnis für einen kleinen Rundgang durch die Siedlung, was er ohne Umstände gestattete. Als sie vor das Hoftor trat, fühlte sie sich erleichtert.

Die Gebrüder Sima und Cousin Boubou

Einige Fruchtbäume, kleine Pflanzungen von Mais und ein wenig Zuckerrohr waren rund um den Sima-Hof zu erkennen. Ein schlüpfriger, steiler Pfad führte durch stacheliges Gestrüpp hinunter zum Strom, wo eine kleine Piroge am Ufer festgemacht war. Das spiegelglatte, hellblaue Wasser strahlte eine leichte Kühle aus, niemand war ihr gefolgt. Sie widerstand der Versuchung, in das Boot zu steigen, und kletterte wieder hoch. Vor dem Gehöft der Sima begann der Weg am Damm entlang, quer durch das ganze Dorf, doch nach wenigen Schritten sprang ein Mann hinter einer Mauer hervor und verstellte ihr mit ausgestreckten Armen und bösem Blick den Zutritt. Ihre fragenden Gesten beantwortete er mit zusammengezogener Stirn und heftigem Kopfschütteln. Erschrocken kehrte sie in den Hof der Sima zurück. Sie erzählte nichts. Aber die Lust, alleine in Ambidedi zu übernachten, war ihr vergangen.

Der Dorfchef kam keineswegs wie angekündigt »am späten Nachmittag« zurück. Und als zwei Frauen schließlich begannen, ein mageres Huhn durch den Hof zu jagen, um es zu Ehren der Gäste zu schlachten, verabschiedeten diese sich rasch, und alle schienen erleichtert. Manda blieb in Ambidedi zurück. Sie wenigstens fürchtete nicht die »geheimen Kräfte«.

★

Tags darauf war alles anders. Der Dorfchef kam, festlich in eine weiße bestickte Tunika gekleidet, den Gästen bereits vor den Mauern entgegen. Sein Name war Hamidou Sima und sein Hof diesmal voller Leben. Wo mochten all diese Frauen, Jugendlichen und Kinder gestern wohl gesteckt haben? Auch seine drei Brüder gesellten sich zu den Besuchern, Tambo, mit dem vorislamischen Namen des letzten Königs, sowie Moussa und Issa, also »Moses« und »Jesus«. Bei den Sima in Ambidedi kamen alle Propheten zu Ehren. Es waren ältere, hochgewachsene und ziemlich magere Männer in langen Gewändern und Turban, in Worten und Gesten bedächtig. An Abdoulayes Dreadlocks nahmen sie keinerlei Anstoß, auch seine Jugend und seine mangelnden Kenntnisse des Soninké störte sie offenbar nicht, sie nahmen ihn sogleich in ihre Mitte. Die »Genealogie der Sima«, die er mitgebracht hatte, ging von Hand zu Hand und wurde aufmerksam

Frauen und Kinder in Ambidedi Sima

studiert. Bald erfüllte entspanntes Lachen den Hof. Chef Hamidou erzählte die alte Geschichte von der Machtübergabe der Sima an die Bathily, als habe sich der Vorgang gestern abgespielt. Freilich nannte er Touma als letzten Sima-König, entsprechend den Angaben in der Genealogie, und nicht dessen Vater Tambo Dangura, wie in den von den Bathily beeinflussten Überlieferungen. Demnach könnte der Verlust der Königswürde erst eine Generation später erfolgt sein, aber was hatte das schon für eine Bedeutung angesichts der Ewigkeit des Ortes. Die Männer amüsierten sich über die Geschichte mit der Büffelhaut, die sie wohl schon hunderte Male gehört hatten, und alle waren der Meinung, der alte König Touma wäre ein weiser Mann gewesen, »der einfach seine Ruhe haben wollte«.

Abdoulaye bemühte sich, die genaue Verwandtschaft zwischen den Sima in Dijon und denen in Ambidedi zu klären; und mit einiger Beharrlichkeit und viel Geduld brachte er schließlich in Erfahrung, dass die Sima von Ambidedi zwar ebenfalls von Fulane abstammten, sich jedoch vor vier Generationen von der Linie seiner eigenen Familie getrennt hatten.[8] Doris befasste sich lieber mit der jüngeren Vergangenheit. Vor allem wollte sie das Schicksal von Abdoulayes Urgroßvater Ahmadou Sourakhé klären. Immerhin war es ihm zu verdanken, dass sein Großvater Ladji in Saint-Louis zur Welt gekommen und Abdoulaye nicht mehr am Oberlauf des Senegal, sondern an der Seine beheimatet war. Sie fand, Abdoulayes Stammvater war eigentlich dieser geheimnisvolle Urgroßvater Ahmadou Sourakhé. Doch Dorfchef Hamidou beantwortete alle ihre Fragen mit dem gleichen Refrain wie Djibril in Kayes: Nur sein Onkel Sourakhé Sima in Dakar als ältester der väterlichen Linie könne – oder dürfe – darüber Auskunft erteilen.

Doris wurde den Verdacht nie los, man wolle ihr ein Wissen vorenthalten. Vielleicht wäre mit einiger Geduld von den beiden freundlichen Greisinnen, die am anderen Ende des Hofes neugierig, doch in gebührender Distanz vor ihrem kleinen Haus saßen, mehr zu erfahren. Frauen hatten weniger gesellschaftliches Gewicht und waren daher meist gesprächiger als Männer mit ihrer ewigen Sorge um Ruf und Ehre und ihrer ritualisierten Geheimnistuerei.

Aber nun stellte ihr Chef Hamidou seine junge Zweitfrau mit ihrem Neugeborenen vor, das gebührend bewundert und auf den Arm ge-

Boubacar Sima, Sohn des Dorfchefs

nommen werden wollte. Später gesellte sich eine weitere Frau dazu, sie hieß Fenta Diakithé. Fast verschwörerisch flüsterte sie Doris ins Ohr, sie stamme eigentlich aus Bakel. Fenta sprach fließend französisch, sie hatte jahrelang in Paris gelebt und bei einer Kosmetikfirma in Montreuil gearbeitet, während ihr Ehemann Adama Sima in der Süßwarenfabrik Crema beschäftigt gewesen war, wie Abdoulayes Onkel Wally. Hatte es ihr in Paris gefallen? Fenta verzog das Gesicht. Und hier im Dorf? »Hier … hier kann ich einfach nicht bleiben!«, flüsterte sie, und es klang wie ein Schrei. In Paris sei ihr Mann plötzlich gestorben, ein schrecklicher Unfall, und sie sei zurückgeschickt worden und in Ambidedi gelandet. Ihre beiden in Paris geborenen Töchter durften in Frankreich bleiben, sie hatte nie wieder etwas von ihnen gehört. Hastig schrieb Fenta den Namen der Kinder in das Notizbuch der Frau aus Wien, in der Hoffnung, diese könnte herausfinden, was aus ihnen geworden sei. Dann führte sie Doris in den Waschraum hinter dem großen Schlafhaus der Frauen, der ähnlich wie jener im Hause der Sima in Kayes angelegt war. Am Weg dorthin quer durch den Hof blickte sie unruhig um sich, während sie eindringlich, doch beinahe unverständlich flüsternd von ihrem Schicksal erzählte und schließlich meinte: »Jetzt bin ich vollkommen allein, ich muss unbedingt weg, sobald wie möglich!« Wohin wollte sie gehen? Zu Verwandten nach Dakar. Brauchte sie Geld für die Fahrt? Sie schüttelte den Kopf. Aber was konnte die Frau aus Wien, die Fremde, denn sonst für sie tun? Vielleicht wollte sie im Auto mitgenommen werden, schnell und heimlich, Doris hätte dafür Verständnis, konnte jedoch die Verantwortung dafür nicht übernehmen. Warum wandte sie sich nicht an Abdoulaye, einen »Verwandten«, einen Mann? Verlegen legte sie den Arm um Fentas Schultern, tröstete sie, es werde sich sicher alles irgendwie regeln lassen, überließ ihr das Stück Marseiller Seife, das sie bei sich trug und deren Duft Fenta derart rührte, dass Doris vor Scham über ihr Unvermögen zu helfen am liebsten im Erdboden versunken wäre.
Im Hoftor, wo sie sich einen Augenblick allein an die kühlenden dicken Mauern gelehnt hatte, trat plötzlich der Fahrer auf sie zu und erklärte unumwunden, Doris müsse ihm helfen. Sie dachte, es sei ihm etwas zugestoßen, denn er verbrachte den ganzen Tag irgendwo außerhalb des Dorfes, das ihm offenbar auch bei Licht nicht geheuer war. Er

Die beiden Frauen des Dorfchefs

müsse hier unbedingt weg, sagte auch er, und sie vermutete, er meinte Ambidedi. Doch dann erzählte er, wie sehr er sich auf das Baby seiner Freundin in Bamako freue; dass er jedoch für Mutter und Kind nicht ausreichend sorgen könne, in Mali gebe es doch »nichts, gar nichts« für ihn zu tun. Von seinen Fahrdiensten könne nicht einmal er ausreichend leben. »Nimm mich mit, bitte, irgendwohin, du bist meine einzige Rettung! Es muss nicht Frankreich sein …« Wie um Himmels willen stellte er sich das vor? Doris zählte alle guten Gründe auf, warum sie nicht seine »Rettung« sein konnte, und meinte schließlich, in jedem Fall sei der Augenblick, nach Europa zu gehen, nicht günstig und er solle sich das Ganze gut überlegen. Er habe keine Ahnung, wie hart das Leben in Europa sein könne, und wieder empfand sie dieses bleischwere Unbehagen. Von der anderen Seite des Hofes drang helles Gelächter herüber, Abdoulaye war umringt von Frauen und Kindern, er war dabei, Marka zu fotografieren, Hamidous Tochter, die bald heiraten würde. Ungezwungen posierte das Mädchen inmitten anderer Jugendlicher und niemand hätte in ihr das tödlich ernste Fräulein vom Tauffest in Kayes wiedererkannt. Warum wollen alle nur weg von hier, dachte die Frau aus Wien, um ihr Gewissen zu beruhigen, das ohnehin rein hätte sein müssen. Oder nicht?

In der größten Hitze des Nachmittags hatte Hamidou für sie eine im Dorf gefertigte Bambusliege in den Schatten einer Mauer stellen lassen. Ausgestreckt lauschte sie ihrem eigenen Herzschlag, den gedämpften Stimmen von Kindern und Frauen, dem Trippeln bloßer Füße, dem Gemurmel der Männer, dem rhythmischen Rascheln beim Sieben der Hirse, dem Stampfen des Mörsers, dem trägen Blöken eines Schafes. In der Mitte des Hofes befanden sich unmittelbar neben dem Unterstand der Tiere zwei große Öfen aus Lehm, der eine zum Backen, der andere zum Kochen. Das sei praktisch und hygienisch zugleich, erklärte Hamidou, die Frauen müssten nicht weit laufen, um nach den Tieren zu sehen, und der Rauch schütze vor Parasiten. Kuskus wurde vorbereitet, der echte, wie es ihn nur am Land gebe, schwärmte der Fahrer, der nur zu den Mahlzeiten auftauchte. Der Backofen glich einem mächtigen Termitenhügel und war mit drei Öffnungen versehen, eine für den Abzug des Rauchs, eine an der Seite für Zündspäne und Luftzufuhr, und vorne unten eine große, in der die glühende Spitze

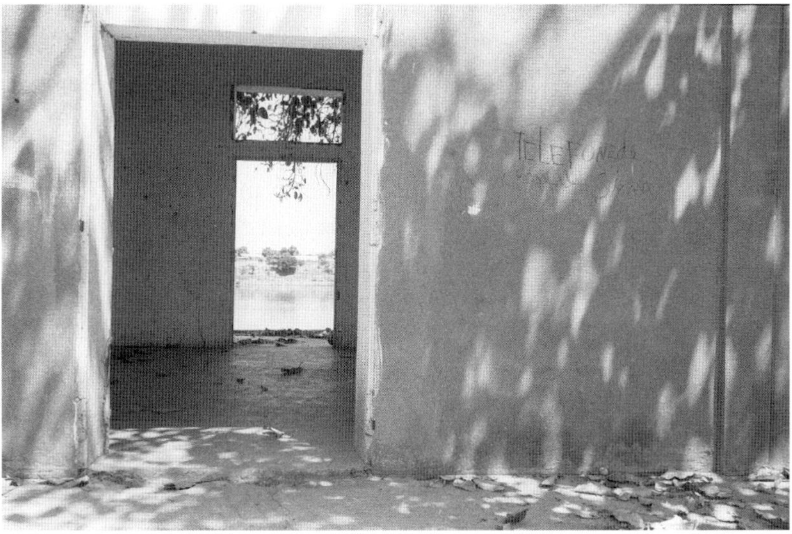

»Das Haus des Kommandanten« in Ambidedi Sima

eines weit in den Hof ragenden Baumstammes steckte. Er lag auf metallenen Schienen und sein Ende gloste Tag und Nacht. Bei Bedarf wurde die Glut durch Luftzufuhr zu einem Feuer entfacht und der Stamm langsam nachgerückt. Das Hacken von Brennholz, bei den herrschenden Temperaturen und den mangelhaften Werkzeugen eine unverhältnismäßig energieaufwendige Schufterei, wurde auf diese Weise überflüssig. Auf dem etwas kleineren, ähnlich gebauten Ofen daneben begann Wasser in dem großen Kessel sanft zu wallen, Marka setzte eine flache, tönerne, mit einem weißen Tuch ausgelegte Schale darauf, in die im Mörser zerstampfte Weizen- und Hirsekörner geleert und im Dampf langsam gegart wurden. Nach etwa einer Stunde hob Marka die tönerne Schale vom Kessel, schlug mit dem Tuch das halb gegarte Getreide ein, das nach einer weiteren halben Stunde des Rastens in einer großen Kalebasse so lange zerstoßen wurde, bis es die feinkörnige Konsistenz des Kuskus angenommen hatte. Das Ganze wurde nochmals auf den Ofen gehoben und gar gedämpft. All diese Arbeiten verrichtete die junge Marka zusammen mit einer kindlichen Gehilfin mit schwerelos scheinenden Bewegungen, bei schwindelerregenden Temperaturen unmittelbar vor dem Ofen. Das Spiel ihrer Rückenmuskeln glänzte unter Strömen von Schweiß. Hinter ihr hatten sich in einem Halbkreis mittlerweile sämtliche Mitbewohner und Nachbarn versammelt, geduldig wartend, stumm, hungrig.
Über zwei Stunden dauerte die Prozedur, ein halber Baumstamm und viel Menschenschweiß wurden dafür aufgewandt. Die Zubereitung des industriell vorgekochten Kuskus aus dem Supermarkt benötigte höchstens fünfzehn Minuten und der dadurch gewonnenen Zeit war alles zu verdanken, was man »Fortschritt« nennt. Doch nichts auf der Welt hat ewig Bestand. Und einmal könnte eine Zeit kommen, in der es keine Supermärkte mehr gibt und auch die industrielle Lebensmittelproduktion könnte aus irgendeinem Grund zum Erliegen kommen. Dann wären Frauen wie Marka als Einzige noch in der Lage, aus reifen Ähren eine bekömmliche Mahlzeit zuzubereiten und die Menschheit vor dem Hungertod zu bewahren.

Die Sima-Brüder waren allesamt vom Leben gezeichnete Männer, ihre Mienen wie verkarstet, doch in ihrem Auftreten, in ihrer distanzierten

Freundlichkeit lag eine gewisse Noblesse, wie sie verarmten Grundherren aus altem Geschlecht eigen sein mag. Im Verlauf der Gespräche stellte sich heraus, dass alle bei der französischen Armee gedient hatten. Hamidous Vater war gar »Besatzungssoldat in Tirol« gewesen und hatte seinen Kindern in Ambidedi von dort eine Postkarte mit schneebedeckten Bergen geschickt. Hamidou sprach von Tirol wie von einem Nachbarland. Nach dem Krieg war der Vater todkrank nach Ambidedi zurückgekehrt und bald darauf gestorben. Hamidou wurde 1959 mit der französischen Armee in Mauretanien stationiert und arbeitete später ebenfalls bei Crema in Paris, zusammen mit seinem Bruder, dem alten Djibril in Kayes, wie zuvor Onkel Wally Sima und danach Adama Sima, der verstorbene Ehemann Fentas; der gesamte Sima-Klan schien mit der Herstellung französischer Süßwaren beschäftigt gewesen zu sein, oder in der Autoindustrie, wie einer von Hamidous Brüdern. Dann brach die Konjunktur ein und alle kehrten nach Ambidedi zurück.
Zur Erfrischung wurde nun eine hölzerne Kalebasse mit frischer, gezuckerter Milch und etwas grauer Hirse reihum gereicht, danach teilte der Chef persönlich den Kuskus aus, mit Stücken von Kürbissen und Fisch. Jeder Gruppe war ein eigener Platz zugewiesen worden, den Männern, den Jugendlichen, den Kindern, den Frauen mit ihren Säuglingen, und ganz am Rand den alten Frauen. Einige Leute saßen auf geschnitzten Hockern mit Sitzflächen in Form eines Hundes, eines Krokodils oder anderer figurativer Symbole. Es hieß, die »Schmiede« in *Ambidedi-Kore* drüben am anderen Ufer stellten diese Hocker her. Doris hätte gerne einen erworben, doch sie wollte nicht wie jene von den Einheimischen meistens verachteten Touristen erscheinen, die alles, auch jedes private Objekt für käuflich hielten. Nachträglich freilich bedauerte sie ihr Zögern. Vielleicht wären die Leute sogar froh über eine kleine Einnahme gewesen. Wieder einmal fand sie, hierzulande war einfach nichts richtig zu machen.
Die Gäste bildeten eine gesonderte Gruppe und Hamidou gesellte sich nicht etwa zu ihnen, sondern zu den Kindern. Er mochte ihre Gesellschaft, erklärte er, und so könne er sie besser kontrollieren. Denn Hamidou hatte auf seinem Hof alles unter Kontrolle. Er achtete darauf, dass jeder seine Arbeit verrichtete, schlichtete kleine Streitereien, be-

freite ein erbärmlich blökendes Schaf aus seinem verknoteten Seil; er griff ein, als ein Bock sich losgerissen hatte und über die in der Sonne zum Trocknen ausgelegte Wäsche zu den Essensresten in den Kalebassen stapfte; die Frauen hatten nicht schnell genug reagiert und wurden gerügt, mit gedämpfter Stimme. »Das Elend beginnt erst, wenn man nichts mehr unter Kontrolle hat«, erklärte Hamidou.

★

An diesem Nachmittag führte er die Gäste auf demselben Weg durch das Dorf, auf dem Doris am ersten Tag die schroffe Abweisung erfahren hatte. Hamidou erklärte, die Gehöfte zu beiden Seiten dieses Weges seien von »Fremden« bewohnt, von Leuten, die erst »vor kurzem« nach Ambidedi gekommen seien. Ihre Namen seien die Namen ihrer früheren Besitzer, Traore, Sangaré oder sonst irgendwie, und erst nach einer Weile wurde klar, dass damit Nachkommen freigelassener Sklaven gemeint waren. Hamidou sagte ernst: »Alle diese Leute unterstehen mir.«

Ihre Gehöfte waren aus Lehm wie die der Sima, ihre Aussicht auf den Strom war die gleiche wie die der Sima, und alle waren gleichermaßen abhängig vom kargen Boden und dem prekären Arbeitsmarkt in den Städten. Dennoch trennten Welten die Sima von diesen »Fremden«. Würden sie jemals untereinander heiraten? Natürlich nicht! Niemals! Hamidou hatte sogar seine Stimme etwas gehoben. Er grüßte niemanden, außer einen blinden Greis mit weiß rollenden Augäpfeln im Winkel eines Hofes, der eben von einer alten Frau gefüttert wurde. Der Mann sei ein Seher. Vor der brusthohen Mauer stehend wechselte Hamidou sogar einige Worte mit ihm. Aber sonst sprach er mit niemandem. Den Gästen erklärte er dafür in aller Ausführlichkeit die Anlage des Dorfes, oder besser, eines Siedlungsverbandes, der immerhin auf einen siebenhundertjährigen Bestand verweisen konnte.

Ambidedi war in drei Bezirke gegliedert: Am linken Ufer bildete *Ambidedi-Sima* den ältesten Teil, das Zentrum der einstmals königlichen Residenz. Noch zwischen den beiden Weltkriegen hätten hier tausende Menschen gelebt, heute seien es vielleicht knapp über hundert. Nur in sechs Gehöften am Anfang des Dorfes lebten die *hoore,* »edle Freie«, die Höfe gehörten den Sima und ihren Verbündeten; davon waren drei derzeit nur von Frauen und Kindern bewohnt, die Männer lebten in Kayes, Bamako, Dakar oder Frankreich. Gegenüber am rechten Ufer in *Ambidedi-Kore* wohnten Angehörige der Berufskasten, die zwar in der Republik Mali offiziell längst abgeschafft waren, im ländlichen Raum jedoch nach wie vor die gesellschaftliche Realität bestimmten. Gesetzlich waren die Leute in *Ambidedi-Kore* nicht mehr von den Sima abhängig und ihnen völlig gleichgestellt. Doch Hamidou legte Wert auf die Feststellung, dass es ihnen nicht möglich war, Grundeigentümer zu werden, und sie die Erlaubnis der Sima einholen mussten, um das Land rund um ihre Häuser zu bestellen. Denn nur die Sima waren immer noch das, was der Titel des Urahnen bezeichnete, sie waren *kamane,* die Herren von Grund und Boden an beiden Ufern des Senegal. Zumindest theoretisch. Wie eine kleine Prozession bewegten sich Hamidou und die Gäste in Begleitung zweier Brüder und einiger Jugendlicher langsam durch dieses Stück »authentisches Afrika«, vorbei an einer Scheune, in der ehemals Baumwolle getrocknet worden war und die nun als Hühnerstall diente; vorbei an einer leeren Werkstatt, in der die Frauen bis vor kurzem Garne und Stoffbahnen fabriziert hatten, vorbei an der Moschee, ein bescheidenes, fensterloses Gebetshaus aus Lehm. Es lag außerhalb der Häuserzeile am Damm, mitten im Gelände, damit alle Gruppen gleichermaßen Zugang hatten, erklärte Hamidou, was den Schluss zuließ, dass in *Ambidedi-Sima* die Bewegungsfreiheit nicht grenzenlos war. Etwa hundert Meter nach dem letzten Haus erhob sich eine steinerne Ruine, »ein Haus nach Art der Europäer«, erklärte Hamidou. Aus den leeren Fensteröffnungen ragten tote Bäume, durch den Eingang sah man das Wasser des Stroms glitzern. Abgesehen von einigen gebrochenen Türrahmen war das Gebäude vollkommen leer, innerhalb der dicken Mauern herrschten vergleichsweise angenehme Temperaturen, doch niemand wollte es nutzen, nicht einmal als Speicher. Nur die Graffiti an den Mauern zeugten vom gelegentlichen Besuch verwegener Jugendlicher. Es hieß, das Gebäude sei verflucht. Und das spürte sogar die Frau aus Wien.

Einst wohnte in diesem Gebäude Kommandant L., der hatte auf seinem regelmäßigen Inspektionsrundgang durch die Plantagen rund um Ambidedi immer seine Peitsche mit dabei. Zwangsarbeiter bestellten die Pflanzungen, hauptsächlich Sisal und Erdnüsse. Der Ertrag wurde auf Barken stromabwärts bis zur Bahnstation *Ambidedi-Poste* transportiert und von dort per Bahn bis zum Atlantik. Zuvor hatten diese Felder den Sima gehört, die darauf Baumwolle und Hirse angebaut hatten. Doch damit war es dann vorbei. Die meisten hatten damals *Amdidedi-Sima* verlassen, erklärte Hamidou leise. Wann war dieses »damals«? In den 1920er Jahren oder noch davor, oder nach dem Zweiten Weltkrieg? Früher, sagte Hamidou. Sein Vater habe es jedenfalls noch erlebt. Dann schwieg er. Immer wollten die Weißen Daten und Namen wissen, die hier ohnehin keine Bedeutung hatten. Genügte nicht der Umstand, dass die Erinnerung an diese Zeit noch so lebendig war? Dass die Folgen immer noch die Gegenwart beherrschten? Seit »damals« seien alle Bewohner von Ambidedi auf gekauftes Getreide angewiesen, auch die Sima.

Hamidou sprach sichtlich ungern von der Zeit der Kolonialherrschaft, tonlos und ohne Anklage. Unglück, Armut, Demütigungen und selbst der Tod bedeuteten ein Stigma und niemand erzählte gerne davon. Aus den Arbeitern auf den Plantagen waren später Soldaten und danach Arbeiter in Frankreich geworden; und danach das, was sie heute waren. Ganz Ambidedi lebte von den regelmäßigen Zuwendungen der Auswanderer. Das war es also, das »ursprüngliche Afrika«.

Seit unsere Jungen nicht mehr nach Frankreich dürfen, stellte Hamidou trocken fest, weiß niemand, wie es weitergehen soll. Hier gebe es nichts mehr zum Leben. Das Land sei erschöpft. Der Regen bleibe aus. Jobs gebe es nirgendwo. Und niemand sei mehr stark genug, um den ausgelaugten Boden zu bestellen. »Ambidedi stirbt«, sagte Hamidou tonlos. »Und es sind immer die Besten, die zuerst sterben.«

Nach dem Rundgang bei weit über 40 Grad im Schatten war selbst der Chef von der Anstrengung gezeichnet. Doris sank auf ihre Bambusliege im Schatten der Mauer, Abdoulaye war mit Boubou Sima unterwegs nach *Ambidedi-Poste*, etwa drei Kilometer stromaufwärts. Dort waren die Häuser aus Beton und Wellblech, ausgenommen das Postamt und die aufgelassene Bahnstation, rote Ziegelgebäude im Kolonialstil. Auch in *Ambidedi-Poste* gab es eine allseits gemiedene uine, ein »Haus nach Art der Europäer«, das von einem französischen

Kommandanten bewohnt gewesen war. Doch seit kurzem gab es hier auch ein neues Schulgebäude und eine Krankenstation, der freilich noch die Einrichtung fehlte. Dennoch wartete eine kleine Schlange Frauen und Kinder davor, um den Arzt und die Krankenschwester aus Kayes zu erwarten, die einmal pro Woche hier ordinierten. Unweit der Station war ein neuer Brunnen gegraben worden, der freilich wieder ausgetrocknet war. All dies war mit Geldern aus dem *Foyer Sima* in Paris finanziert, Abdoulaye sollte im Auftrag seines »Cousins« in Paris die Einrichtungen inspizieren und über den Stand der Dinge berichten. Auch das war das »authentische Afrika«.

Am späten Nachmittag tauchten Hamidous beide Söhne auf, sie kamen »aus den Gärten«, sanken verschmutzt und sichtlich erschöpft auf einen Stuhl, bevor sie die Kleider wechseln gingen und sich zu den Gästen gesellten. Der ältere von beiden lächelte nie, seine glänzenden, übergroßen Augen blickten wie erstarrt in eine Welt, deren Ausweglosigkeit er in fließendem Französisch und nüchterner Klarheit darlegte: Mehr als alle Schinderei laste der Umstand auf ihm, dass er nicht heiraten dürfe, wen er wolle. Die erste Frau würde ja immer vom Vater bestimmt, und für eine zweite Frau habe man heutzutage nicht mehr die Möglichkeiten. Er sprach freimütig, während sein Vater Hamidou zwei Meter weiter weg saß und alles mit anhörte. Es war ja auch kein Geheimnis, was der Sohn erzählte, es war ewiges Gesetz. »Aber was ist ein Leben ohne Liebe«, sagte der Sohn ohne Scheu und ohne Anflug eines Lächelns.

Der jüngere Bruder sollte am nächsten Morgen nach Bamako aufbrechen, um zu studieren und um Arbeit zu suchen. Er sei sehr begabt. Aber man solle besser nicht darüber sprechen. »In Ambidedi sterben alle Sima, von denen man zu viel Gutes sagt.« Ganz nebenbei erfuhr Doris, was Abdoulaye offenbar längst gewusst hatte: dass Hamidous dritter und ältester Sohn Adama in Frankreich tödlich verunglückt war. Er sei der begabteste und die große Hoffnung von allen gewesen. Beklommen dachte Doris an den plötzlichen Tod von Ibrahim Sima und an das Schicksal seines unglücklichen Sohnes in Paris. Diesmal stellte sie keine Fragen. Der Tod war ein Fluch, eine Hexerei oder Allahs Wille – und nichts, kein Wissen und kein Sprechen darüber konnte ihn bannen.

»Alles hängt jetzt an mir«, sagte der ältere Bruder und es klang, als wäre er zu lebenslanger Haft verurteilt.
Später kam man auf die Ölbohrungen am anderen Ufer zu sprechen, die »Gesellschaft« sei nun tatsächlich fündig geworden. In *Ambidedi-Kore* hätten bereits erste »Evakuierungen« begonnen. Es gebe Gerüchte über den Plan eines neuen Hafens bei *Ambidedi-Poste*. Der Senegal solle für große Frachter schiffbar gemacht werden, eine Öl-Pipeline zwischen Kayes und *Ambidedi-Poste* sei geplant. Wenn sie den Ölhafen wirklich bauten, sei es mit ihrem Fluss ohnehin vorbei, meinte der eine. Doch der andere fand, davon rede man bereits seit zwanzig Jahren und nichts sei geschehen. Und wenn auch, entgegnete der dritte, wenigstens würde irgendetwas in Ambidedi weitergehen. Das Dorf stirbt ohnehin.
So redeten die Männer. Doris erinnerte sich plötzlich an Hamidous Bemerkung, die Sima hätten vor kurzem einen Großteil ihres Landes der Gemeinde von *Ambidedi-Poste* überlassen, weil es ohnehin keinen Wert gehabt und der Chef von *Ambidedi-Poste* ein Verbündeter der Sima und ein »guter Mann« sei. Hatte der »gute Mann« von dem Projekt gewusst, wonach auf den Sima-Gründen ein Ölhafen entstehen sollte? Um das bedrückende Thema zu wechseln, erkundigte sie sich, ob drüben in *Ambidedi-Kore* noch Griots der Sima lebten. Hamidou antwortete, nein, die Sima hätten keine Griots mehr, denn sie hätten damals alle Macht den Bathily überlassen, auch die Griots. Er sprach von »damals« wie vom vergangenen Jahr.
Wie sollte Ambidedi jemals sterben, es lag längst außerhalb von Zeit und Raum. In einer Welt, in der die Bewohner kaum mehr etwas »unter Kontrolle« hatten, bot die alte Ordnung die einzige, unverzichtbare Orientierung.

Jeden Abend waren die Reisenden nach Kayes zurückgekehrt, stumm und gedankenlos vor Erschöpfung; dennoch war es ihnen erschienen, als hätten sie ein ganzes Leben in Ambidedi zugebracht, mit allen Mühen des Anfangs, dem trügerischen Glück des Glaubens an ein Ziel, der Euphorie vermeintlicher Erkenntnis, der Banalität des Abschieds. Als sie das letzte Mal an die Kreuzung kamen und nicht dem nach rechts gerichteten Pfeil an der verrosteten Autotüre folgten, sondern

geradeaus weiter fuhren, waren sie in Gedanken schon in Bakel. Sie würden sicher bald wiederkommen, Ambidedi war ja ganz nahe. Es war einer jener Orte, die man niemals verlässt.
Schau lieber nicht ins www; unter »Ambidedi« findet sich heute alles: Aktien an Bergbaulizenzen, an Wasserrechten, an Siedlungsprojekten, sogar an Hotels.
Nur nicht der Name Sima.

VI

Die Gegend war unbewohnt, als einige junge Prinzen der Wolof ihr Lager am Hügel über dem Strom aufschlugen. Sie gehörten dem Geschlecht der N'Diaye an und waren nach einem Zerwürfnis mit ihrem König in der atlantischen Küstenregion stromaufwärts gezogen, auf der Suche nach einer neuen Heimat. In den luftigen, fruchtbaren Hügeln oberhalb des Senegal wollten sie sich ansiedeln. Nur einige fromme Hirten hatten in den Felsenhöhlen über dem Ufer ihre flüchtige Bleibe errichtet, sie lasen im Koran oder meditierten, während ihre weißen Rinder das fette Gras abweideten. Sie hatten nichts gegen die Fremden einzuwenden, erhofften sich von ihnen sogar Schutz gegen die gelegentlichen Überfälle der maurischen Trarzas. Und wenige Kilometer stromabwärts in Tiyabu (in der älteren Literatur auch Tuabou) residierte der *tunka* der Soninké, König von Gadiaga. Die N'Diaye kündigten ihre Ankunft zunächst mit einem großen Tamtam an, bevor sie ihre Abgesandten nach Tiyabu schickten und mit dem König ein endgültiges Niederlassungsrecht gegen entsprechenden Tribut aushandelten. Sie nannten die neue Siedlung Bakel, »Ort der Trommel«, denn *bak* bedeutet auf Wolof Trommel. Das war zu Beginn des 18. Jahrhunderts. Die N'Diaye bauten Häuser und Brunnen, wurden Kaufleute und Krieger, machten den Ältesten zu ihrem Chef. Sie heirateten Frauen der Soninké und eigneten sich ihre Sprache an, und im Verlauf der Generationen wurden aus den N'Diaye von Bakel ebenfalls Soninké.[9]

Bakel wurde ein Zentrum des Warenaustauschs zwischen den Bauern entlang des Stroms, den Völkern der Sahara und dem tropischen Afrika, eine Zwischenstation für Karawanen auf ihrem Weg in die französische Handelskolonie Saint-Louis. Zur Zeit der Französischen Revolution fiel Saint-Louis unter britische Dominanz, und als 1817 mit Julien Schmaltz wieder ein französischer Gouverneur die Handelskolonie leitete, entstand der Plan, am oberen Senegal Baumwollplantagen zu etablieren, um Frankreichs Verluste in Amerika zu kompensieren. Schwarze Arbeitskräfte seien vor Ort zu finden und müssten daher nicht erst über den Atlantik geschifft werden, dachte der Gouverneur und ließ zum militärischen Schutz des Projekts 1818 ein Fort in Bakel errichten. Bereits drei Jahre später verbündeten sich die N'Diaye von Bakel mit den Franzosen, freilich gegen den Willen des *tunka* in Tiyabu. Die N'Diaye waren Händler wie die Franzosen und daher vom Profit einer Plantagenökonomie zu überzeugen, während die Soninké als bäuerliches Volk um ihr Land und ihre Freiheit bangten. Das ganze Projekt scheiterte noch vor seiner Umsetzung am Klima, an der Entfernung vom Atlantik und am Widerstand der lokalen Bevölkerung. Die Begehrlichkeit der Europäer richtete sich nun auf eine gallertartige Substanz, die aus der Rindenblutung einer bestimmten Akazie gewonnen wurde. *Gummi arabicum* wurde ausschließlich von Beduinen in der Sahelzone produziert und war in Afrika seit jeher als Emulgator und Stabilisator von Textilfarben verwendet worden. Die neue europäische Textilindustrie ließ die Nachfrage plötzlich explodieren.

Der Handel mit *Gummi arabicum* war ein komplizierter Dreieckshandel zwischen Händlern aus Saint-Louis, Getreidebauern der Flussregion und nomadischen Viehzüchtern der Sahara. Doch die Beduinen ernteten *Gummi arabicum* erst zwischen März und Juni, mussten sich jedoch bereits im Jänner an den Ufern des Senegal mit Getreide versorgen, und zu dieser Zeit hatten sie den begehrten Rohstoff noch nicht zur Verfügung. Da schaltete sich die Königliche Handelsgesellschaft in Saint-Louis ein und gewährte den Beduinen im Jänner einen Kredit für den Ankauf von Getreide, den diese ab Mai in Form von *Gummi arabicum* an die Franzosen zurückzuzahlen hatten.[10] Die Bedingungen dieses Kreditgeschäftes wurden in der Theorie alljährlich durch einen Vertrag zwischen der französischen Administration in Saint-Louis und dem Emir der Beduinen festgelegt, doch die Praxis vor Ort sah anders aus. Die Franzosen verfügten zwar über Kapital, aber die Beduinen hatten das *Gummi arabicum* und erwiesen sich als geschickte, wenn nicht gar skrupellose Verhandlungspartner, wenn es um die »Konzessionen« ging. Von der gestiegenen Nachfrage an Getreide profitierten

wiederum die Bauern. Vor allem die unabhängigen Siedlungsgemeinschaften am rechten Ufer, in der Soninké-Provinz Guidimakha, legten damals weite Getreidefelder für den Export an. Der Gewinn wurde in den Ankauf von Sklaven, die die Felder bewirtschafteten, investiert, während die Grundeigentümer lukrativeren Geschäften nachgingen oder gar Unternehmer im Gummihandel wurden.
Im Machtbereich des *tunka* von Tiyabu hingegen weigerten sich die Leute hartnäckig, Getreide für den Export zu produzieren. Nach François Manchuelle bereitete dieses Verhalten den Franzosen einiges Kopfzerbrechen, denn es widerlegte die evolutionistische Kulturtheorie der Zeit, die ein zentralistisch regiertes Königtum als Entwicklungsfortschritt gegenüber unabhängigen Dorfgemeinschaften ansah, als Voraussetzung zur Überschussproduktion und zur Herausbildung von »Zivilisation« schlechthin. Das Verhalten der Soninké am oberen Senegal widersprach also jeder Theorie.
Um im Handel mit *Gummi arabicum* erfolgreich zu sein, musste ein Europäer damals nicht nur über Kapital, einen Frachtkahn und Feuerwaffen verfügen, sondern auch über diplomatisches Geschick, eine starke Kondition und vor allem intime Kenntnisse der gesellschaftlichen und politischen Hintergründe, welche diesen Handel bestimmten. Bis in die Mitte des 19. Jahrhunderts hatten alle Völker ziemlich gleiche Chancen auf Profit oder Verlust. Erst als die großen Reeder aus Bordeaux und Nantes den Königlichen Monopolgesellschaften ein Ende gesetzt hatten, wurden die Karten neu gemischt. »Freihandel« war nun die Devise, wenn nötig mit Gewalt.

Ein Foto zu Beginn des zwanzigsten Jahrhunderts zeigt Bakel als ausgedehnte Siedlung mit strohgedeckten Lehmhäusern zwischen schattigen Bäumen. Zu Beginn des dritten Jahrtausends lebten dort zehn- bis fünfzehntausend Menschen in meist heruntergekommenen Häusern aus Beton, und statt des Schattens von Bäumen lagen Staub, Schutt und blauer Dieseldunst in den Straßen. Hier also hatte Mamadou seine Kindheit verbracht, hier lebte seine jüngste Schwester Ami und ihr Sohn E., mit dem Abdoulaye sich bei seinem letzten Besuch vor zwei Jahren angefreundet hatte. Er freute sich bereits auf ein Wiedersehen.
Die Hoffnung der Reisenden richtete sich jedoch auf Samba Dramé,

den Imam der Großen Moschee. Er war ein Onkel von Cousin E., und die Begegnung mit ihm vor zwei Jahren hatte Abdoulaye offenbar ziemlich beeindruckt. Mamadou hatte gemeint, der Alte sei zwar »ziemlich streng«, aber sie könnten ja versuchen, mit ihm zu arbeiten. Er könnte noch einiges über die Familie wissen, vielleicht sogar über Urgroßvater Ahmadou Sourakhé. Und da stand er bereits wie eine göttliche Fügung unter dem Tor seines Anwesens, gehüllt in einen weißen Burnus, als die eben angekommenen Reisenden eine Runde durch die Stadt machten und durch die Alte Straße fuhren. Abdoulaye ließ den Fahrer anhalten und stieg aus, um Samba Dramé zu begrüßen. Der erkannte ihn sogleich und würdigte sogar die fremde weiße Frau eines freundlichen Grußes mit erhobener Hand, obwohl sie im Auto sitzen geblieben war. Ein baldiger Besuch wurde vereinbart, und Doris fühlte wohlgelaunt, in Bakel mit seinem luftigen, hügeligen Hinterland würde sie sich vielleicht ein wenig entspannen können.

★

Doch zunächst fanden sich die Reisenden in einem Hof zwischen einem Wohnblock aus Beton und einer alten Koranschule aus Backstein wieder, die Ismahil Dramé gehörte, einem Cousin des Imam. In der Mitte des Hofes befand sich das kleine Haus von Tante Ami, vor dem die Gäste auf improvisierten Sitzgelegenheiten Platz genommen hatten. Als könnten sie einander wieder entwischen, hielten Abdoulaye und Cousin E. einander mit verzücktem Lächeln an beiden Händen fest.
Oh, Dramé! Bist du es wirklich – wie gut, dich zu sehen! Wie geht's?
Gut! Gott sei Dank, ach Sima! Wie schön, dich zu sehen, Sima! Und wie geht es dir?
Sehr gut! Ach, Dramé! Nein so etwas!
Ach, Sima! Wirklich! Und wie geht es der Gesundheit?
Sehr gut, Dramé, ausgezeichnet. Und deiner?
Bestens! Und deinen Kindern, wie geht's denen?
Sehr gut, danke der Nachfrage.
Und wie geht es deiner Frau in Paris, der sanften, zarten?
Ausgezeichnet. Und dein Bruder in Paris? Wie geht's ihm?
Sehr gut, Gott sei Dank! Ach, Sima! Und wie geht es deiner Mutter und deinem Vater?

Gut geht es ihnen, sehr gut! Und deinem Onkel? Deinen Brüdern, Deinen Cousins?
Sehr gut, alle sind wohlauf. Wirklich, Sima, ich kann es kaum glauben …
Ach, Dramé, ich bin so froh, dich zu sehen …
Diese Wechselrede setzte sich noch eine Weile fort, während Doris schweigend gegenübersaß und fasziniert bemerkte, dass sich die beiden trotz aller offensichtlichen Vertrautheit mit dem Familiennamen ansprachen. Unterdessen gingen zahlreiche Menschen über den Hof, die offenbar alle miteinander verwandt oder seit Generationen bekannt waren, sich aber dennoch jedes Mal von neuem mit jener dialogischen Ausführlichkeit begrüßten, die in vielen muslimischen Ländern üblich war. Die beiden jungen Männer nahmen nichts von all dem wahr, eingehüllt in die undurchdringliche Aura ihrer geheimnisvollen Intimität, wie unter einer Glasglocke. Aus der Koranschule nebenan ertönten helle Rezitationen, und plötzlich öffnete sich das große Hoftor und eine Gruppe von Männern und Frauen drängte von der Straße herein, nahm in einer Reihe Aufstellung und begann mit scheinbar endlosen religiösen Wechselgesängen von derart eindringlicher Lautstärke, dass sogar Cousin E. und Abdoulaye sich ihnen zuwandten. Nein, heute war kein hoher Feiertag, deutete Cousin E., sondern ein gewöhnlicher Donnerstag, der Abend vor dem Tag des Großen Gebets. Und die Darbietung war nichts anderes als die allwöchentliche Lobpreisung der Bewohner des Viertels Moodicané für den Koranschullehrer Ismahil Dramé.
Tante Ami hatte sich nur kurz zu den Gästen gesellt, bei dem herrschenden Lärm war an eine Verständigung ohnehin nicht zu denken. Erst beim nächsten Besuch empfing sie Abdoulaye und Doris in Anwesenheit ihres Sohnes im Inneren ihrer Hütte und bewirtete alle mit Salat, harten Eiern und Bissab-Saft. Sie war eine sanfte, füllige Frau von ungefähr fünfzig Jahren mit einem freundlichen, stillen Lächeln. Sie war fünfzehn Jahre alt gewesen, als ihr Vater Ladji Sima 1965 in Kayes gestorben war, und ein Jahr später war sie von ihrer Mutter mit dem sechzig Jahre alten Fode Dramé verheiratet worden. Elf Kinder hatte sie ihm geboren, bevor er 1991 gestorben war. Fode Dramé war damals Imam von Bakel und ein älterer Bruder des heutigen Imams

Samba Dramé. Und irgendwie waren beide mit jenem Dramé verwandt, den Abdoulayes Urgroßmutter Taifour Camara in zweiter Ehe geheiratet hatte.

Erstmals zu Gast, wollte Doris nicht gleich nach Verwandtschaftsverhältnissen fragen, eine in Abstammungsgesellschaften immer delikate Angelegenheit. Sondern sie wandte sich einem ihrer Meinung nach unverfänglichen, historischen Thema zu: Ob es eine Verbindung gebe, wollte sie wissen, zwischen der Familie Dramé in Bakel und diesem Mamadou Lamine Dramé, von dem sie gelesen hatte, er habe im 19. Jahrhundert den Franzosen derartige Schwierigkeiten bereitet, dass er sogar als »Mahdi des Westens« bezeichnet worden war. Auf ihre harmlose Frage folgte betretenes Schweigen; und Abdoulaye warf ihr einen Blick zu, als hätte sie eine Taktlosigkeit begangen. Vielleicht hätte sie gar nicht den Mund aufmachen sollen, dachte sie.

Erst viel später würde sie in Erfahrung bringen, dass vor hundertzwanzig Jahren eben dieser Mamadou Lamine Dramé den Monat April im selben kleinen Haus verbracht hatte, in dem heute Tante Ami lebte und sie bewirtet worden waren. Doch warum hatte die Nennung seines Namens Irritation ausgelöst? Warum wollte in Bakel auch sonst offenbar niemand über ihn sprechen? Cousin E. behauptete, seine beiden alten Onkel Ismahil und Samba Dramé wüssten sicher nichts von diesem Mann, in seiner Familie befasse man sich nicht mit Geschichte, sondern mit dem Koran. Andere Befragte nannten ihn Marabu, manche sogar Prophet, doch niemand äußerte sich konkreter über ihn. Nicht einmal der aus Dakar zurückgekehrte Geschichtslehrer aus einer angeblich hochgebildeten Familie in Bakel wollte mit ihr über Mamadou Lamine Dramé reden; bedauerlicherweise habe er seine eigenen Notizen zu dem Thema im Zuge der Umsiedelung verlegt…

Klar, dass die Frau aus Wien nun alles über diesen Mann wissen wollte.

★

Moodicané, der älteste Teil von Bakel, erstreckte sich entlang der Alten Straße oberhalb des Stroms. Hier wohnten die marabutischen Familien Dramé, Diakithé, Tandia, Sy und andere, deren Vorfahren teilweise bereits vor der Ankunft der N'Diaye hier gelebt hatten. Das weiß getünchte, quadrische Minarett der Großen Moschee dominierte den

Bezirk. Als sie erstmals daran vorbeigingen, drang eine dunkle und dennoch klare Stimme nach außen, so mächtig und einsam, als wäre sie die einzige Stimme auf der Welt. Etwas an dieser Stimme berührte die Frau aus Wien tief, etwas, das allen Menschen gemeinsam war, das über alle menschlichen Unzulänglichkeiten hinauswies. Der andalusische Mystiker Ibn Arabî hätte dieses Etwas vielleicht in der »Idee von der Einheit der Liebe, des Liebenden und des Geliebten« gefunden und diese Einheit *Allah* genannt. War es einfach Kunst? Abdoulaye war von ihrer Betroffenheit überrascht, sie sei doch keine Muslimin. Doch wurde nicht auch er, ohne Christ zu sein, etwa von Mozarts Requiem berührt? Cousin E. erklärte stolz, vor einigen Jahren habe sein Onkel Samba Dramé genauso schön singen können, vielleicht sogar noch schöner. Cousin E. hatte einen Termin für Arbeitsgespräche vereinbaren wollen, meinte jedoch plötzlich, es werde nicht leicht sein, sein Onkel sei ein viel beschäftigter Mann.

Neben der Großen Moschee hatten im 19. Jahrhundert die französischen Handelsgesellschaften aus Saint-Louis ihre Kontore errichtet, kaum aus religiösen Erwägungen, sondern wegen der Nähe zum Strom. Von der ältesten, der Compagnie Devès & Chaumet, errichtet auf einem Grundstück der Dramé, war nur mehr ein Trümmerfeld übrig, auf dem eine gefleckte Ziege lustlos nach etwas Essbarem suchte. Angeblich schlug Samba Dramé, der auf der anderen Straßenseite wohnte, alle Kaufangebote aus.

Die Handelsunternehmer kamen damals aus dem von post-napoleonischen Unruhen verwüsteten Europa und versuchten am Senegal ihr Glück. Es waren jugendliche, hungrige Männer. Als einer der letzten etablierte sich Chérie Peyrissac in Saint-Louis; er war gerade fünfzehn Jahre alt, als er 1870 in Saint-Louis von Bord eines Hochseedampfers seines Vaters ging, eines Reeders aus Nantes. Der Senegal war damals bereits bis hinauf nach Médine unter französischer Kontrolle, doch die großen Eroberungen im Osten standen noch bevor. Das Etablissement Ch. Peyrissac, bei dem später Abdoulayes Großvater Karriere machte, folgte den Baustellen entlang der militärischen Nachschublinien, und mit Unterstützung der Armee reichte die Kette seiner Niederlassungen schließlich vom Atlantik bis an den Niger. Das ehemalige Kontor Peyrissac in Bakel war nun ein langes, ebenerdiges Gebäude, königsgelb renoviert. Das alte Schild sei erst vor kurzem abmontiert worden, ein Unternehmer aus Dakar habe das Haus erworben.

Am Ende der Alten Straße war in den 1960er Jahren ein modernes Rathaus errichtet worden, und hinter dem anschließenden freien Platz führte eine Freitreppe zum ehemaligen französischen Fort, das nun die Polizeipräfektur beherbergte und mit einem blassgelben Putz und lindengrünen Jalousien versehen worden war. Außer zwei alten Kanonen vor dem Tor und dem mit einer meterdicken Mauer umfriedeten Burghof erinnerte nichts an seine martialische Vergangenheit. Auf der Mauer saß ein junger Mann und rezitierte aus einem Heft auf seinen Knien heilige Verse. Hinter ihm tauchte die untergehende Sonne die hügelige Landschaft in die unwirklich leuchtenden Farben allzu trockener Atmosphären. Unterhalb der Festung wurden grellgrüne Inseln und Lagunen im silbrig glitzernden Strom von ultramarinblauen Wirbeln umspült; am Hafen spiegelten sich bunte Pirogen und weiße Rinder im Wasser. Eine Menschenmenge in blau oder weiß wallenden Gewändern, in üppig gefältelten Hosen, schwarzen Turbanen, bunt schillernden Tüchern und Schleiern, auch in Jeans und T-Shirts, standen um einen Platz auf einem Boot an. Alle wollten noch vor Sonnenuntergang samt ihren Körben, Plastikstühlen, Schaumstoffmatratzen, Säcken mit Baumaterial, Salz und Getreide, samt ihren Fahrrädern, Stromgeneratoren, Hühnern und Ziegen ans andere Ufer übersetzen, wo seit Jahrhunderten ihre Familien siedelten und wo heute die Islamische Republik Mauretanien lag. Hinter der ehemaligen Burg führte ein Gehweg an einem grauen Gebäude vorbei, mit dem Schild über dem Eingang: *École élémentaire Ibrahim Diaman Bathily*. Hier war Mamadou bis zu seinem fünfzehnten Lebensjahr in die Schule gegangen; doch hinter dem Namen verbarg sich eine Tragödie, auf die noch zurückzukommen sein wird.

Auf einem Hügel im Westen der Stadt stand weithin sichtbar ein Gebäude mit hölzerner, rundum laufender Veranda unter einem breiten Giebeldach aus Blech und dem klingenden Namen Maison René Caillié. Warum und seit wann es so hieß, war nicht zu klären. Der französische Reisende René Caillié hatte dort sicher nicht gewohnt. Als er 1818 ein paar Tage in Bakel Station gemacht hatte, war er Gast des Kommandanten im damals brandneuen Fort gewesen. Die Villa auf

dem Hügel war Jahrzehnte später als Residenz für den Stellvertreter des Kommandanten errichtet worden. Dieser war meistens ein Einheimischer, ein N'Diaye oder ein Camara, mit der delikaten Aufgabe, die Befehle des Kommandanten der Burg der Bevölkerung zu vermitteln. Die Position dieses Stellvertreters war daher unter den Bewohnern eher umstritten, und dies mochte der Grund dafür gewesen sein, warum das Gebäude, als einziges aus der Kolonialzeit, nun zu einer Halbruine verkommen war. Nur ein paar Obdachlose lebten dort.
In N'Diayega, dem Marktviertel unterhalb des Hügels, bröckelten die Häuserfronten und der Schutt auf den Wegen erinnerte an die Folgen eines Bombenangriffs oder Erdbebens. Doch es war nur der Wandel der Zeit. Im Schatten der Mauern spielten alte Männer in langen Gewändern Domino, rauchten, lachten und tauschten wahrscheinlich Erinnerungen an ihre Militärzeit aus. Auf dem Markt, einem lückenhaft überdachten Areal, dösten ein paar Frauen vor alten Korbwaren und kleinen Häufchen trockener Substanzen vor sich hin; keine Spur von nützlichen Waren oder geläufigen Lebensmitteln. Am frühen Morgen gebe es manchmal Gemüse, Fische und Hühner, Eier und Brot zu kaufen, meinte Cousin E. Aber die rötlichen Staubwolken, die beim geringsten Luftzug aus den Trümmern aufstiegen, waren am Marktplatz besonders dicht, denn Lastautos und Motorräder ratterten dort geschäftig durch die Gegend und hüllten den ganzen Bezirk in eine bleiverseuchte Staubwolke. In dieser immerhin fünfzehntausend Einwohner zählenden Stadt war keine einzige Straße asphaltiert, nicht etwa aus Geldmangel, sondern wegen einer traditionsbedingten Eigentümlichkeit. In Bakel existierte eine Spezialtruppe von Männern, die seit jeher für Arbeiten im öffentlichen Raum zuständig war. In früheren Zeiten unterstand diese Truppe dem obersten Imam, für den sie unbezahlte Dienste zum Wohle der Allgemeinheit zu leisten hatte. Wie in einer modernen Gemeinde üblich, wurden diese Männer vor einigen Jahren vom Bürgermeister beauftragt, gegen einen entsprechenden Stundenlohn die Alte Straße zu asphaltieren. Aber die Gruppe wollte kein Geld für ihre Arbeit, sondern sie ersuchte den Bürgermeister, ihnen dafür ein Stück Land außerhalb der Stadt zur Verfügung zu stellen, um eine neue Moschee darauf zu errichten. Der Bürgermeister verwehrte den Männern ihre Bitte, worauf diese

Bakel: *Maison René Caillié*

ihre Asphaltierungsarbeiten einstellten; seit damals war nichts mehr geschehen. Das Anliegen der Männer sei doch nur recht und billig gewesen, meinte Cousin E. – und die Frau aus Wien staunte, dass der junge Mann ganz selbstverständlich die Legitimität der alten islamischen Institution und nicht etwa die der Gemeinde vertrat.

Andererseits mangelte es in Bakel keineswegs an Zeichen des Fortschritts. Gegenüber dem Rathaus war kürzlich mit Hilfe einer französischen NGO ein neues »Medienzentrum« entstanden und mit ausrangierten Rechnern ausgestattet worden, die niemand bedienen konnte; und am Stadtrand hätte ein dem »traditionellen Stil« nachempfundenes, sechseckiges Betonhaus als Kindergarten dienen sollen, war jedoch niemals genutzt worden und stand leer. Zahlreiche Baustellen ließen jedoch ökonomische Aktivitäten erkennen, die ohne westliche Hilfsgelder auskamen. Wohlhabende Senegalesen aus Dakar kauften Grundstücke und historische Gebäude am Senegal auf; und entlang des Stroms entstanden »Residenzen« und »Hotels«, in denen jedoch meistens Verwandte lebten. Seit kurzem konnte man im Schutze der Dunkelheit sogar in einer kleinen »Bar« außerhalb des Zentrums Flaschenbier und wer weiß was noch alles erwerben. All dies entstand mit »Kapital der Emigration«. Seit diese »illegal« geworden war – ein Visum war kaum mehr zu erhalten –, mit »schwarzem Geld« aus wer weiß welchen Quellen. Jeder hier wusste das und niemand zeigte sich davon beeindruckt. Hier war das Geld immerhin »für die Zukunft der Jugend« investiert.

★

Etwas außerhalb von N'Diayega, inmitten trockener Gärten und einiger Mandelbäume, lag das Gehöft der Sima. Hier hatte Mamadou bis zu seinem fünfzehnten Lebensjahr unter der Obhut von Tante Seynabou gelebt. Es hieß, das Haus habe Großvater Ladji Sima irgendwann vor dem Ersten Weltkrieg für seine Schwester erbaut, »Verwandte« hätten ihm dabei geholfen. Gespannt öffnete Abdoulaye das Tor zum Anwesen seiner Großeltern, betrat den Hof mit dem üppig belaubten Flammenbaum in der Mitte, begutachtete den Hydranten mit einem Wasserhahn, und stellte bewundernd fest, dass sogar einige Tomaten, Paprika und Kürbisse angepflanzt waren. Da könnte man ja gleich einziehen, scherzte er. Das ebenerdige Wohnhaus und die Scheune daneben waren aus Lehmziegeln erbaut, doch die drei Fenster waren mit Holzläden verschlossen, die Türen verbarrikadiert. Vor dem niedrigen Seitentrakt aus Beton verrieten jedoch in der Sonne ausgelegte Kleider, dass hier Menschen lebten. Fremde, sagte Cousin E. tonlos, wahrscheinlich Arbeiter irgendeiner Baustelle. Er selbst teilte seit Jahren eine provisorische Unterkunft mit einem Freund und wünschte sich nichts sehnlicher, als hier einziehen zu können – immerhin war seine Mutter eine Tochter von Ladji Sima. Doch die Besitzer hätten die Räume einfach vermietet, ohne an ihn zu denken oder ihn auch nur zu verständigen. Wer waren diese Besitzer, wenn nicht die Sima? Doris begab sich mit dieser unvorsichtigen Frage auf das gefährliche Terrain lokaler Erbangelegenheiten und erntete zunächst betretenes Schweigen, gefolgt von gemurmelten Bemerkungen darüber, wie kompliziert alles sei. Die Dokumente verwahre der kranke Onkel Sourakhé in Dakar, dessen Kinder keinerlei Interesse am Haus im fernen Bakel hätten, aber keine noch so flehentliche Bitte seiner jüngsten Halbschwester Ami, ihr das Haus zu überlassen, habe Sourakhé bewogen, die Papiere herauszurücken. Seit vielen Jahren stand das Haus leer, wenn nicht bald etwas damit geschähe, werde das Gehöft noch von der Gemeinde konfisziert. Schließlich gestand Cousin E., was ihn besonders kränkte: Eines Tages habe sein eigener Onkel und Ersatzvater, der mächtige Imam Samba Dramé, einfach diese Fremden hineingesetzt! Was ermächtigte ihn dazu? War Samba Dramé denn der Besitzer? Cousin E. hob vielsagend die Schultern und schwieg. Und sämtliche Antworten auf die Frage, warum das Haus bei der allgemeinen Wohnungsnot so lange leer gestanden habe, waren so ausweichend, dass ihr bald klar war, etwas stimmte nicht mit diesem Haus. Schließlich erfuhr sie, zuletzt habe die vierte Frau von Onkel Sourakhé darin gewohnt, die Mutter von fünf seiner sieben Kinder, die der Onkel verlassen und der er, »um frei zu werden«, das Haus in Bakel überlassen hatte. Doch danach sei es noch »viel schlimmer mit ihm geworden«, und seit damals habe kein Sima mehr das Haus betreten. Und wie um weitere Fragen abzuschneiden, fügte Abdoulaye rasch hinzu, sein Vater wolle unter keinen Umständen in diese Angelegenheit verwickelt werden. Dabei war sein Halbbruder Sourakhé seit seiner Jugend wie ein Vater für ihn gewesen. Abdoulaye erinnerte sich an den letzten Besuch seines Vaters bei Onkel Sourakhé in Dakar, als er das erste Mal in seinem Leben seinen Vater in »seiner eigenen Sprache« reden hatte hören, auf Soninké! Er war direkt erschrocken, erzählte er, weil der sonst so ernste und strenge Vater plötzlich so entspannt und heiter gewesen war, wie er ihn nie zuvor erlebt hatte. Es war bewegend. Doch gewohnt habe sein Vater schon damals nicht mehr bei seinem Bruder, denn er wusste seit langem, was los war. Ja, was war denn los? Die Antwort machte das Ganze nur noch dunkler: Alles habe man versucht, um Sourakhé zu retten, Ärzte und sogar ein Marabu waren konsultiert worden, doch vergeblich.

★

Dabei war das Leben von Mamadou Lamine Dramé durchaus kein Geheimnis. Es war sogar im Internet abrufbar. Und in dem Drama von Bakel bildeten die Ereignisse um diesen Mann im Jahr 1886 die Peripetie, welche den Ort bis heute prägte. Die Voraussetzungen dafür wurden bereits zwischen 1872 und 1885 gelegt, als Bakel seine größte wirtschaftliche Blütezeit erlebte. Im östlichen Sudan war nach dem siegreichen Aufstand des »Mahdi« Mohamed Ahmed der britische Export von *Gummi arabicum* praktisch zum Erliegen gekommen, wodurch die Region am oberen Senegal einige Jahre lang eine Monopolstellung einnahm. Der französische Reisende Paul Soleillet schilderte anschaulich den Reichtum von Bakel im Verhältnis zu anderen Dörfern: alle Getreidespeicher seien gefüllt, die Viehherden wohlgenährt und Frauen trügen Geschmeide aus echtem Gold. Und der neue Bezirkskommandant in Kayes, Oberstleutnant Frey, schwärmte davon, dass die Familienchefs »hunderte von Sklaven, Pferden und Rindern« besäßen und sämtliche Männer in Bakel über Gewehre neuester Fabrikation verfügten, »echte Luxusstücke« seien darunter. Das war freilich vor seinem Vorgehen gegen die »Horden« des Mamadou Lamine Dramé.

Der neue Reichtum war nämlich von Maßnahmen der Administration begleitet, die die Bewohner immer wieder zu Revolten trieb. Um den Getreideanbau für den Export zu intensivieren, wurde das brachliegende Land rund um Bakel kurzerhand enteignet, vorwiegend

Land jener Soninké, die vorübergehend in der Fremde arbeiteten, um danach in der Heimat eine Familie gründen zu können. Die Einführung einer »Kopfsteuer« sollte die Bauern ebenfalls zur Produktion für den Export veranlassen und galt, wie in allen Kolonien, als »zivilisatorische Maßnahme«, um die »Eingeborenen« mit Bargeldwirtschaft, mit Sparsamkeit und Ordnung vertraut zu machen. Gegen den Protest der Bevölkerung machte die Administration geltend, die Abgaben an den *tunka* in Tiyabu oder an Omar Tall seien wesentlich höher gewesen, doch die Leute sahen das offenbar anders. Der traditionelle *zakat* bestand aus Vieh und einem Teil der Ernte und variierte je nach Haushalt und dem Ertrag der Saison. »Kopfsteuer« aber wurde individuell und in bar eingehoben, unabhängig von der Wertschöpfung der Arbeit. War ein Ernteertrag zu mager, musste die nächste Ernte verpfändet werden, und der Kredit musste mit Zinsen zurückgezahlt werden. Traditionelle Allianzen zur wechselseitigen Hilfestellung wurden von neuen, schwer durchschaubaren Abhängigkeiten abgelöst; selbst freie Grundbesitzer und Mitglieder der Königsfamilie lernten die »Schuldenfalle« des Kapitalismus kennen, die Ehre, Freiheit und Existenzgrundlage in einem Atemzug vernichten konnte. Doch das war noch nicht alles. Um den »Freihandel« durchzusetzen, war den Grundbesitzern verboten worden, die traditionelle Maut von durchziehenden Handelskarawanen einzuheben, die seit Jahrhunderten ein sicheres Einkommen gebildet hatte. Dazu kamen die zunehmenden Zwangsrekrutierungen zur Arbeit oder zum Militär. Als Folge kündigte zunächst der Stellvertreter des Kommandanten in Bakel, ein N'Diaye, im Jahre 1872 das Bündnis der N'Diaye mit den Franzosen auf, das immerhin seit fünfzig Jahren bestanden hatte. Ein neuer Kommandant sollte daraufhin Ordnung schaffen; er hieß Zimmermann und führte in seinen Berichten nach Saint-Louis ständig Klage über den »Ungehorsam der *talibe*«. Er forderte gar eine »geheime Überwachung der fanatischen Marabus«, womit zweifellos auch die Familie Dramé gemeint war. Strafmaßnahmen wie öffentliche Auspeitschung für geringste Vergehen selbst alter und vornehmer Bürger von Bakel trieben die Bewohner schließlich zur Revolte, der Kommandant richtete die Kanonen auf Bakel, Teile des Handelsviertels N'Diayega standen in Flammen. Und weiter stromaufwärts nahmen die Spannungen ebenfalls zu: Als ein Schiff mit dem Bezirkskommandanten an Bord auf Grund gelaufen war, weigerte sich der Dorfchef von Tubabukane, Hilfskräfte zu schicken, und ließ dem Kommandanten ausrichten, sie seien keine Sklaven der Franzosen! 1881 versammelten sich in Daramané an der Falémé alle Chefs der Provinzen Goye, Khasso und Boundou und schworen auf den Koran, den Franzosen keine Arbeitskräfte mehr zu überlassen. Gouverneur Brière de l'Isle schiffte sich auf einem Kanonenboot ein und beschoss die unbotmäßigen Dörfer am Senegal, unter ihnen Tiyabu und Yafera.

Selbst in der alten Handelskolonie Saint-Louis regte sich Widerstand gegen die Franzosen. Eine »Mechaniker-Kompanie« der Kolonialtruppen weigerte sich, an einem Freitag eine Weinlieferung zu entladen und vorbei an der Großen Moschee bis zur Kaserne zu transportieren. Dieser Streik wurde brutal niedergeschlagen, denn er hatte die Administration besonders beunruhigt. Bisher waren die gefürchteten »marabutischen Agitationen« nur aus dem entfernten Bakel oder aus dem noch ferneren Médine gemeldet worden. Doch in Saint-Louis lebten seit Jahrzehnten zahlreiche Soninké, und viele arbeiteten als sogenannte *navetanes,* als Schiffer oder Matrosen auf den zwischen Saint-Louis, Bakel und Kayes pendelnden Frachtkähnen. Diese Leute unterhielten enge Verbindungen mit ihren Heimatdörfern am Oberlauf des Senegal, sie waren stets noch vor der französischen Administration über die Ereignisse dort informiert und organisierten einen regen Waffenschmuggel aus Beständen der Armee. Zu dieser Zeit hatte Mamadou Lamine Dramé, ein etwa fünfzigjähriger, äußerst angesehener Prediger, seine neuen Ideen unter die Leute in der oberen Flussregion gebracht und eine wachsende Schar von Anhängern gewonnen. Am 4. und 5. April 1886 brach eine Tragödie über Bakel herein, welche die Bewohner offenbar bis heute sprachlos machte.

★

Mamadou Lamine Dramé kam Mitte der 1830er Jahre in Gundiuru nahe Medina Khasso zur Welt und wurde als Jugendlicher nach Bakel zu Verwandten zum Koranstudium geschickt. Dort begegnete er zufällig Omar Tall, und es ist anzunehmen, dass er von dem großen Prediger beeindruckt war. Doch zu seinem Gefolge gehörte er nie.

Er schlug eine eigene Laufbahn ein, die damals offenbar beliebt war: jahrzehntelange Pilgerfahrt zu den islamischen Gelehrten in Konstantinopel, Kairo und auf der arabischen Halbinsel, und auf der Rückreise eine jahrelange Gefangenschaft bei Ahmadou von Segu, der es Mutmaßungen französischer Autoren zufolge auf Ma' Lamines schöne Lieblingsfrau abgesehen hatte. Bei seiner triumphalen Rückkehr in seinen Heimatort Gundiuru im Jahre 1885 wurde der neue Marabu nicht nur von zahlreichen Würdenträgern, sondern auch von vielen Kindern und schönen Frauen begleitet; berittene Herolde trugen eine Sammlung wertvoller Koranschriften, Geschenke illustrer Gastgeber, seinem Zug voraus. Der König von Médine bürgte für ihn gegenüber der französischen Administration, und er selbst versicherte in einem auf Arabisch kalligrafierten Brief an den Kommandanten in Kayes seine Loyalität gegenüber den Franzosen. Angeblich habe Mamadou Lamine, um sich gefällig zu erweisen, sogar entlaufene Zwangsarbeiter retourniert. Niemand dachte etwas Böses, als der neue Hadsch 1885 nach Bakel aufbrach, um dort seine gelehrten Verwandten zu besuchen, die Dramé und die Tandia, bei denen er einst sein Studium begonnen hatte.

Mamadou Lamine sah sich als friedlichen Reformer und in den Franzosen zunächst seine natürlichen Verbündeten gegen das Reich der Tukuloor in Segu. Er habe alle Soninké in einem Staatswesen vereinen und auf diese Weise das alte Reich Wagadu als zeitgemäßen islamischen Nationalstaat wiederauferstehen lassen wollen, meinen Fachhistoriker; dieser Plan musste zwangsläufig auf Kosten des Einflussgebiets der Tukoloor am rechten Ufer des Senegal gehen, das uraltes Siedlungsgebiet der Soninké war. Zweifellos war Mamadou Lamine über die Gegnerschaft zwischen Ahmadou von Segu und der französischen Administration am Laufenden. In Bakel hielt sich der charismatische und attraktive Hadsch drei Monate auf und begeisterte vor allem die Jugend. Diese war der alten Gerontokratie und der erstarrten Klientel-Verhältnisse ebenso überdrüssig wie der Willkür der Franzosen, und ein souveräner Staat der Soninké schien ihr eine ideale Lösung. Der Kommandant in der Burg sah jedoch den wachsenden Einfluss von Mamadou Lamine Dramé nicht ohne Besorgnis und veranlasste ihn schließlich, samt seinem Gefolge von mittlerweile über zweitausend

Anhängern in Richtung Süden abzuziehen. Angeblich wollte er die Provinzen Khasso und Boundou nur durchqueren, um die Soninké im »heidnischen« Gambien für seine Ideen zu gewinnen, mit der »friedlichen Überzeugungskraft seiner Worte«, wie er immer wieder betonte. Mamadou Lamine sah sich keineswegs als Gotteskrieger, darüber sind sich alle Berichte einig. Doch als der Chef von Boundou den Heerscharen des Marabu den Durchzug verwehrte, angeblich aus Angst vor französischen Repressionen, kam es zu einem Gefecht, bei dem seine Residenz in Flammen aufging, und seine Söhne, die in einer gegen den Vater gerichteten Intrige Mamadou Lamine zunächst unterstützt hatten, flüchteten nun unter französischen Schutz in das Fort von Bakel. In Kayes ließ Distriktkommandant Oberstleutnant Frey daraufhin den Heimatort von Mamadou Lamine niederbrennen und alle vierunddreißig Mitglieder seiner Familie in die Festung von Médine verbringen. Französischen Quellen zufolge seien sie dort »mit Menschlichkeit behandelt worden«; nach Yaya Sy, einem aus Bakel stammenden und in den USA lehrenden Historiker, wurden sämtliche Frauen und Kinder als Sklaven an die Kolonialtruppen verteilt, was die ursprünglich freundliche Haltung Mamadou Lamines gegenüber den Franzosen erschüttert habe. Jedenfalls zog er nun erneut gegen Bakel, diesmal, um die Auslieferung der im Fort verschanzten Prinzen von Boundou zu erzwingen, die er als »heimtückische Verräter« bezeichnete. An einen Krieg mit den Franzosen dachte er nie. Auch war seine Gefolgschaft kaum dafür gerüstet, sie war ein heterogener, spärlich bewaffneter Haufen, zusammengesetzt aus Koranschülern, den *talibe*, aus frustrierten Jugendlichen und Verlierern des wirtschaftlichen Aufschwungs, enteigneten Bauern, malträtierten Bediensteten der Administration, verschuldeten Händlern. Für die Franzosen war das Ganze »eine Zusammenrottung rebellierender Banden«, die Kommandant Lefranc mit einer kleinen Kavallerie noch vor ihrer Ankunft in Bakel abfangen und zerstreuen wollte. Ma' Lamines Truppen lagerten neun Kilometer stromaufwärts bei Kungani, wo ihnen der des Nachts aus Bakel herbeigeeilte »Interpret« Alpha Séga die Pläne des Kommandanten verriet. Daher geriet die französische Kavallerie am 13. März 1886 bei der Furt von Makana in einen Hinterhalt und wurde zum Rückzug gezwungen; dieser Sieg über die allmächtigen Franzosen trug dem Hadsch nun im ganzen Land den Ruf eines

»Propheten« ein, der über magische Kräfte verfüge. Mamadou Lamine zog unverdrossen weiter Richtung Bakel, und da er Konflike vermeiden wollte, begab er sich zunächst nach Tiyabu und ersuchte den greisen *tunka* Sine Hawa (Bathily) um Vermittlung seines Auslieferungsbegehrens. Der Alte wollte jedoch keine Probleme mit den Franzosen und gewährte den Truppen des Marabu nur ein vorübergehendes Gastrecht. Und in Bakel wollte Kommandant Lefranc von einer Auslieferung der »Prinzen« erst recht nichts wissen.
Unterdessen versammelten sich an die achttausend Soninké auf den Hügeln rund um Bakel. Niemand dachte dabei an eine militärische Belagerung, und im Ort wurden intensive Verhandlungen geführt, wie mit dieser Situation umzugehen sei, die franzosentreuen N'Diaye und Camara auf der einen Seite, die eher oppositionellen religiösen Familien Dramé, Tandia und Sy auf der anderen. Aber war eine derartige Kategorisierung überhaupt angebracht? Unter den Belagerern befanden sich zahlreiche Söhne aus Bakel, und Mamadou Lamine war für alle Bewohner ein guter Bekannter, Freund, Schüler, Verwandter, dem niemand eine Gewalttat zutraute. Die Stellvertreter des Kommandanten, Diabé N'Diaye und Ali Camara, ordneten sogar an, die Belagerer mit dem Nötigsten zu versorgen, Vieh wurde geschlachtet und auf Karren zusammen mit Säcken von Getreide und Wasserbehältern vor den Stadtrand gebracht.
Doch der französische Kommandant auf der Burg hatte Verstärkung aus Kayes angefordert. Sie wurde angeführt von Oberstleutnant Frey persönlich. Sein Ultimatum an Mamadou Lamine Dramé, unverzüglich mit seinen »Horden« abzuziehen, beantwortete dieser mit der Drohung, die Festung zu stürmen und die Prinzen von Boundou selber herauszuholen. Wer löste den ersten Schuss aus? Die Folge war jedenfalls ein mörderisches Artilleriefeuer der Franzosen, Scharen der Belagerer strömten in die Stadt, und in den brennenden Straßen von Bakel schlugen, stachen und schossen die Menschen aufeinander ein, ganze vier Tage lang. Dann »verzichtete« Mamadou Lamine Dramé auf die Einnahme des Forts und zog ab.
Was im Frühjahr 1886 in Bakel geschah, war wohl ein blutiger Bürgerkrieg unter französischem Artilleriebeschuss. Die Fronten verliefen quer durch Familienverbände, die seit Generationen miteinander ver-

wandt und verbündet und nun, innerhalb weniger Stunden, zu Todfeinden geworden waren. Zu den wichtigsten Mitstreitern von Mamadou Lamine Dramé gehörte sein »Verteidigungsminister« Souraxé (Sourakhé) aus Diawara, sein »Ideologe« Nafé Tandia aus Bakel sowie Bacari Soulé N'Diaye, der sich in Tiyabu auf die Seite der Aufständischen gestellt hatte. Nach dem Tod des alten Tunka verweigerte der neue König Moussa Kissi (Bathily) den Franzosen seine Auslieferung und wurde dafür hingerichtet. Bacari Soulé N'Diaye fiel wenig später einem Anschlag franzosentreuer Verwandter aus Bakel zum Opfer.

★

Vor seinem Abzug hatte Mamadou Lamine Dramé das Kommando seinem Sohn Soyabou übergeben und ihn beauftragt, mit den am rechten Ufer erschöpft zurückgezogenen Männern »für den Schutz der Bevölkerung« zu sorgen. Doch ohne Nahrung, Wasser und Munition, versuchte bald ein jeder, sein Heimatdorf zu erreichen. Genau das wollten die französischen Kommandanten Frey, Combes und Lefranc verhindern. Zur Durchführung der folgenden »Strafmaßnahmen« wurde Ousmane Fall beauftragt, der getreue »Interpret« des Kommandanten von Kayes. Am 2. Mai 1886 ließ er in Diawara alle Getreidevorräte plündern, dazu zweitausend Stück Vieh und sämtliches Edelmetall, hauptsächlich Schmuck der Frauen. Gold und Silber wurden Kommandant Lefranc ausgehändigt, Vieh und Gefangene unter den franzosentreuen Bewohnern von Bakel verteilt. Eine Woche später brannte eine Kavallerie unter dem persönlichen Kommando von Oberstleutnant Frey in einer vierzehntägigen Raserei hunderte von Dörfern der Soninké entlang des linken und rechten Ufers des Senegal nieder, unter ihnen Golmi, Kungani, Dramané, Ambidedi.

Frey begriff sich selbst als beispielgebenden, aufgeklärten Kolonialbeamten, immerhin war er der Initiator der Befreiung der Sklaven und der »Freiheitsdörfer« gewesen. Das Verhalten der »Eingeborenen« war für ihn eine Missachtung der zivilisatorischen Mission des französischen Kolonialismus und überdies eine persönliche Kränkung, hatte Mamadou Lamine doch sein anfängliches Vertrauen, wie er fand, missbraucht. In seinem großen Bericht über den »Feldzug im Sudan« war zu lesen, der Umstand, dass der Aufstand von Persönlichkeiten getragen worden war, die »am längsten mit den Ideen der Zivilisation vertraut« gewesen seien, hätte die unausrottbare Barbarei und die Undankbarkeit dieser »Eingeborenen« unter Beweis gestellt. Sie seien durch Frankreich zu Wohlstand gekommen, aber statt dafür die französische Kultur zu achten, seien nur ihre »kriegerischen Instinkte« geweckt worden. Eine milde Behandlung wäre von diesen Barbaren nur als Schwäche ausgelegt worden, rechtfertigte Frey seine Maßnahmen und schilderte nicht ohne spürbare Befriedigung die Wirkung seines Rachefeldzugs in nachgerade poetischen Details. Die Siedlungen hätten »freudig und leicht wie Stroh« gebrannt, die in allen Farben lodernden Flammen hätten sich »wie zuckende Feuerschlangen« ausgebreitet und noch lange nach ihrem Verglühen »einen blutroten Schein auf den Wellen des Stroms« hinterlassen. In kürzester Zeit wären von den reichen Dörfern der Sarakholé nur mehr verkohlte Mauern übrig gewesen.

Unterdessen hatte Mamadou Lamine Dramé versucht, in Richtung des britisch besetzten Gambien zu entkommen. Ende September 1886 schickte er noch einen versöhnlichen, letzten Brief an den Gouverneur in Saint-Louis, den er als »obersten Herrn aller Länder« betitelte. Er beteuerte, niemals einen Krieg mit den Franzosen angestrebt zu haben und ein »Opfer von Verleumdung und Intrigen« zu sein. Er sei sich immer bewusst gewesen, dass sein Ziel nur mit Hilfe der Franzosen zu erreichen war, denn nur sie seien in Besitz von »Waffen und Papier«, die zur Herrschaft in einem souveränen Staat der Soninké unerlässlich seien. Er ersuchte den Gouverneur um die Großzügigkeit, »die unglücklichen Ereignisse in Bakel« zu vergessen, wie auch er selbst »das Unrecht an seiner Familie« vergessen wolle.

Als Antwort entsandte der Gouverneur im November 1886 ein beflaggtes Kriegsschiff unter dem Kommando von Joseph Gallieni nach Bakel, an Bord hundertacht französische und vierhundertfünfundvierzig afrikanische Soldaten, sowie die neuesten *Kropatschek*-Repetiergewehre und Kanonen schwersten Kalibers. Es war ein Kinderspiel, den flüchtigen Soyabou zu fassen, der im Südosten der Provinz Kaârta zwischen die Fronten der Omariden und der Franzosen geraten war. Um der Welt die Rechtsstaatlichkeit der Kolonialmacht vorzuführen, organisierte Gallieni einen Scheinprozess vor Ort. Später notierte er in seinen Erinnerungen: »Er war ein schöner, junger Mann von nur achtzehn Jahren, mit intelligenten, feinen und energischen Gesichtszügen. Bei den Verhören antwortete er auf keine einzige Frage. […] Nach Verkündung des Todesurteils durch Erschießen bewahrte er größte Gelassenheit und bedankte sich beim Kommandanten, mit Gewehrkugeln getötet und für seinen Heimgang zu Allah nicht entwürdigt zu werden.« Diesen Angaben zufolge erhielt Soyabou eine würdige Bestattung unter einem Baobab an der Mündung der Falémé in den Senegal. Sein Vater Mamadou Lamine Dramé wurde von Gallieni erfolglos bis an die Grenzen Gambiens verfolgt, danach ein hoher Preis auf seinen Kopf ausgesetzt. Doch es dauerte noch eineinhalb Jahre, bis das vom Rumpf abgetrennte Haupt des nationalistischen Propheten in einem britischen Militärposten in Gambien abgeliefert wurde und schließlich in die Hände der französischen Administration gelangte, bereits im Zustand der Verwesung.

Freys Spektakel und seine Folgen hatten in den folgenden Monaten etwa ein Drittel der fünfzigtausend Soninké zwischen Bakel und Kayes das Leben gekostet, auf französischer Seite wurden dreihundert Gefallene vermerkt. Die politischen Folgen für die Provinz Futa Toro und für Bakel waren verheerend und nachhaltig. Das gesamte linke Ufer des Senegal verlor seine bis dahin formale Autonomie und wurde der Militärregierung in Kayes unterstellt. Im Pariser Parlament hatten die »Ereignisse in den neuen Territorien« eine Polemik zwischen Befürwortern und Gegnern des Kolonialismus ausgelöst. Vor allem die hohen Kosten des »Feldzuges« wurden kritisiert, und Frey wurde an die Ostfront gegen Ahmadou von Segu versetzt. Joseph Gallieni wurde zum General befördert und stellte zehn Jahre später als Gouverneur von Madagaskar in einem berüchtigten Blutbad unter Zigtausenden einheimischen Kämpfern, unter ihnen eine Einheit von Frauen, »Ruhe und Ordnung« wieder her.

★

Im Jahr 1886 lebte Abdoulayes Urgroßvater Ahmadou Sourakhé (Sima) bereits in Saint-Louis und arbeitete als »Chauffeur«. Das, was sich Mamadou darunter vorstellte, nämlich Fahrer einer Limousine in französischen Diensten, bedeutete diese Tätigkeit kaum, denn damals

gab es keine Autos und schon gar keine Limousinen in Saint-Louis. Ahmadou Sourakhé bediente wohl irgendwelche dampfbetriebene Motoren oder Fahrzeuge und verdiente immerhin genug, um mit Taifour Camara aus Bakel, die aller Wahrscheinlichkeit nach mit jenem im Frühjahr 1886 an den Verhandlungen mit Mamadou Lamine beteiligten Ali Camara nahe verwandt war, eine Familie zu gründen. Im selben Jahr gebar sie ihrem Mann eine Tochter namens Seynabou und zwei Jahre später einen Sohn namens Ladji.
War Ahmadou Sourakhé ein Anhänger von Mamadou Lamine Dramé? Er war offensichtlich ein religiöser Mann, denn er hatte seinen Sohn Ladji in einer renommierten Koranschule in Mauretanien erziehen lassen und nicht im katholisch geprägten Saint-Louis. Und als »Chauffeur« wäre er durchaus in der Lage gewesen, sich am Waffenschmuggel für die Aufständischen in der oberen Flussregion zu beteiligen. Doch gleichgültig, wo immer er 1886 gestanden haben mochte, er konnte den Zwängen der Ereignisse kaum entkommen sein. 1908 war er bereits tot. Und weder Zeitpunkt noch Umstände seines Todes waren bekannt.
Seine Witwe Taifour Camara lebte 1908 mit ihren beiden Kindern jedenfalls wieder in ihrem Heimatort Bakel. Und auch wenn Kolonialhistoriker die ersten Jahre des 20. Jahrhunderts als »Zeit der Konsolidierung« bezeichnen, weil die blutigen Feldzüge vorbei waren und der *Soudan Français* nun als international anerkannte Kolonie bis zum Tschadsee reichte, so war Bakel doch weit von einer »Konsolidierung« entfernt. Die Handelsbeziehungen waren ruiniert und der Ort war von Flüchtlingen, entlaufenen Sklaven und Deserteuren aller Art überfüllt. Ein anhaltendes Hochwasser hatte die Felder vernichtet, Seuchen waren ausgebrochen, die Männer waren umgekommen oder suchten Arbeit in der Ferne. Frauen waren in großer Überzahl, sie waren es, die die Versorgung garantierten, sie produzierten nicht nur Grundnahrungsmittel, sondern auch Baumwolle und Indigo für die heimisch gefertigten Stoffbahnen, die als Zahlungsmittel nach wie vor begehrt waren. Und diese weibliche »Schattenwirtschaft« blieb von den Steuereintreibern der Administration weitgehend verschont.
Taifour Camara kam jedenfalls in ein verarmtes Bakel zurück. Sie ging eine zweite Ehe mit dem Imam Buna Dramé ein, einem Vorfahren

des Imam Samba Dramé, weshalb dieser mit ziemlicher Sicherheit über das Schicksal von Ahmadou Sourakhé Bescheid wissen musste. Taifour Camara hatte mit Buna Dramé zwei weitere Kinder, einen Sohn Boubakar Dramé und eine Tochter Fenta Dramé. Fenta heiratete später den Koranschullehrer Kao Diakithé und hatte mit ihm einen Sohn, der die Koranschule des Vaters übernahm und wieder eine Sima heiratete, eine ältere Cousine von Mamadou.
Eine Tochter von Fenta und Kao Diakithé hieß Baturo und war eine gebrechliche Greisin mit selektiven Gedächtnisblitzen und jenem verklärten Lächeln, das Doris bereits an anderen alten Frauen bewundert hatte, als sie an diesem Nachmittag in Begleitung einer Nichte ihr dunkles, kleines Haus in einer Nebengasse der Alten Straße betrat. Baturo richtete sich in ihrem Bett auf, legte einen leichten Schal um den kahlen Kopf und war verwundert über das plötzliche Interesse an ihr. Sie war 1932 geboren, und die Frau aus Wien dachte an Frauen gleichen Alters in ihrer Heimat, die alles andere als Greisinnen waren und auch über kein verklärtes Lächeln verfügten. Baturo war ein sieben Jahre altes Mädchen, als Mamadou in Bakel ankam, und über seinen Großvater Ahmadou Sourakhé wusste sie nichts. Aber sie hatte seinen Vater Ladji Sima gekannt und erinnerte sich, dass dessen zweite, sehr junge Frau namens Fenta Qébé eine Tochter des alten »Marabu« Alhaly Qébé war. Und Ladjis ältere Schwester war mit Alhaly Qébé verheiratet worden. Es handelte sich demnach um einen generationsübergreifenden Frauentausch: Du gibst mir deine Tochter und ich gebe dir meine Schwester.
Wer die erste Frau Sakho Sakko war, erfuhr Doris unerwarteterweise von Scheich Boubakar N'Diaye, genannt Boubou N'Diaye, einem über sechzigjährigen ehemaligen Artilleriekommandanten der senegalesischen Armee i. R., der bezüglich Namen und Daten ein wahrhaft lexikalisches Gedächtnis besaß. Und weil in Bakel offenbar jeder mit jedem verwandt war, stellte sich heraus, dass sein Vater, ebenfalls ein Soldat bei der Kolonialarmee, mit Sakho Sakko verheiratet gewesen war, bevor er sich wegen seiner Versetzung nach Mauretanien von ihr scheiden hatte lassen. Die junge Frau heiratete in zweiter Ehe Ladji Sima, den Boubou N'Diaye nun ohne Zögern als »Vater« bezeichnete, obwohl Sakho Sakko nicht einmal seine leibliche Mutter gewesen war.

★

Allmählich formierte sich ein ziemlich kohärentes Lebensbild von Abdoulayes Großvater. Ladji Sima war 1888 in Saint-Louis geboren, in seinem 1908 ausgestellten Militärausweis wurde Bakel als sein Wohnsitz angegeben und »Geschäftsinhaber« als sein Beruf. Nach der Übersiedlung seiner Mutter hatte der junge Ladji im Kaufladen der Companie Peyrissac an der Alten Straße zu arbeiten begonnen und später besaß er einen eigenen Verkaufsstand neben dem Grundstück, auf dem er das Haus für seine Schwester Seynabou erbaut hatte. Er war gerade zwanzig Jahre alt, als er zu den Kolonialtruppen einberufen wurde, als Schütze 2. Klasse in Reserve. Wie für viele Reservisten war sein erster Einsatz beim Bau der Eisenbahn in Tambacounda, wo er Gelegenheit hatte, jene von Mamadou bereits erwähnten »Abendkurse« zu besuchen und die nötigen Kenntnisse in Rechnen, Französisch und Buchhaltung zu erwerben, die ihm, der keine Grundschule besucht hatte, seine spätere berufliche Laufbahn ermöglichten.
Doch zuvor ereilte ihn das unausweichliche Schicksal sämtlicher »Sudanesen« seiner Generation. Wie hatte sein Sohn Mamadou es genannt? *Immer wenn irgendwo Krieg war, kamen sie und holten sich die jungen Männer aus Bakel.*
Im Sommer 1914 griffen britisch-französische Truppen die deutschen Kolonien Togo und Kamerun an. Dabei kamen erstmals auch afrikanische Schützen zum Einsatz, insgesamt achttausend Mann. Im Herbst desselben Jahres schickte Frankreich zehntausend Afrikaner an die Front der Dardanellen, kaum ausgebildet, schlecht ausgerüstet gegen die winterlichen Verhältnisse, ohne festes Schuhwerk. In der Picardie wurden afrikanische Schützen sogar als Sturmtruppen eingesetzt, die unter einem von Granaten wummernden Himmel und im Donner der Minen kaum begriffen, wo sie sich befanden, bevor sie in ihren feschen rot-blauen Uniformen unter dem gegnerischen Feuer dahinschmolzen wie bunte Puppen – so ähnlich hatte es Albert Camus für die Soldaten aus Algerien formuliert. Das französische Oberkommando war vom Einsatz der afrikanischen Soldaten »enttäuscht«; mehr als ein Drittel von ihnen war dabei umgekommen.
Ladji Sima wurde etwas später mobilisiert. Seinem 1908 vom Ober-

kommando der A.O.F. in Dakar ausgestellten *Fascicule de Mobilisation* war zu entnehmen, dass er achtundzwanzig Jahre alt, fast zwei Meter groß und von mächtiger Statur war, als er am 29. Juni 1916 in Dakar in einen Militärzug nach Bamako gesetzt wurde. Er war einer der insgesamt dreiundfünfzigtausend Afrikaner, die ungeachtet aller anfänglichen »Enttäuschung« des Heeresoberkommandos in Paris zusätzlich an die europäischen Fronten geschickt wurden. Nach einer Ausbildung von drei Wochen war Ladji Sima bis Februar 1918 als Soldat 1. Klasse »außerhalb der Kolonie« im Einsatz, danach erhielt er »dreißig Tage Heimurlaub in der Kolonie«, und danach war er ohne Unterbrechung im 10. und im 7. Artilleriebataillon im Einsatz, bis Kriegsende im Oktober 1918. Was er in diesem ersten industrialisierten Massenschlachten der Geschichte, in dem es nicht zuletzt um die Neuaufteilung Afrikas unter den europäischen Mächten gegangen war, erlebt haben mochte, blieb zwischen diesen dürren Angaben verborgen.
Seinem Sohn Mamadou hatte Ladji Sima niemals vom Krieg erzählt. Nur dass er ebenfalls in Rochefort gewesen war, und auch in Pau, wo er zusammen mit afrikanischen Kameraden in einem Lager auf den nächsten Einsatz wartete, während die französischen Soldaten auf Heimaturlaub waren. Auch Marseille hatte Ladji Sima gut gekannt. Dort war seine Truppe erstmals an Land gegangen und in den Kellern einer berüchtigten Gasse zusammengepfercht worden. Eingesetzt wurde er an der Marne und an der Somme, das hatte Mamadou genau gewusst, er hatte sogar den »Heldenfriedhof« besucht, »dort, wo die vielen Kreuze auf den Feldern stehen, ein Meer von hölzernen Kreuzen«. Mehr als die Hälfte des 61. Bataillons war aufgerieben worden, aber Mamadou hatte kein einziges muslimisches Grab finden können und sich bestürzt gefragt, wie so etwas möglich war. Jeder wisse doch, wie viele Sudanesen dort gefallen seien.
Dabei war das Heeresoberkommando in Paris äußerst skeptisch im Hinblick auf einen nochmaligen Kampfeinsatz von Afrikanern gewesen. Doch der »sudanesische Klan« hatte sich durchgesetzt. Louis Archinar und Joseph Gallieni waren durch »Expeditionen« im Sudan und durch die Eroberung Madagaskars berühmt geworden, Charles Mangin war 1898 beim großen Schlachten in Faschoda im Ostsudan mit dabei gewesen, nun waren sie Generäle im Großen Krieg und

propagierten den ihnen so wohlbekannten Kampfesmut der Afrikaner. Und so kamen 1917 noch einmal dreißigtausend Afrikaner in Nordfrankreich zum Einsatz, von denen die Hälfte in den Schützengräben blieb. Selbst wenn – wie von französischen Historikern wiederholt beteuert wurde – die Verluste unter afrikanischen Soldaten proportional kaum höher waren als die unter Franzosen, ist zu vermuten, dass in den afrikanischen Kolonien der »Heldentod fürs Vaterland« weniger einleuchtend empfunden wurde. Und mit Sicherheit hatte er im dünn besiedelten, ökologisch labilen Französisch-Sudan noch verheerendere Konsequenzen als im Mutterland. Berichten zufolge blieb in der gesamten A.O.F. die Ernte auf den Feldern, die Menschen hungerten, und beim Herannahen einer weiteren Rekrutierungskommission leerten sich die Dörfer; junge Männer, die von ihren Müttern nicht versteckt werden konnten, flohen in die Wälder, verstümmelten sich oder desertierten bei erstbester Gelegenheit und wurden hingerichtet.

Da Frankreichs bedrängte Armee jedoch bis zum Kriegseintritt der USA Zeit gewinnen musste, und in den afrikanischen Kolonien niemand mehr mit herkömmlichen Methoden zum Kriegseinsatz zu bewegen war, erfand der Generalstab die sogenannte »Republikanische Mobilisierung«. Im Jänner 1918 wurde dafür ein eigener Kommissar ernannt, Blaise Diagne, erster afrikanischer Abgeordneter im Pariser Parlament. Er stammte aus Goré, jenem Ort, der einst als Ausgangspunkt für die atlantischen Sklaventransporte traurige Berühmtheit erlangt hatte und nun zu einer der »Vier Kommunen« gehörte, die Teil der Französischen Republik waren. Im Auftrag dieser Republik bereiste Blaise Diagne die Dörfer zwischen Atlantik, Niger und Tschadsee und verkündete, Mutter Nation sei in Gefahr und müsse von all ihren Kindern gerettet werden, den weißen und den farbigen. Mit Frankreichs Sieg oder Niederlage in diesem Großen Krieg stehe nichts weniger als die universelle Kultur auf dem Spiel, daher sei das Schicksal Frankreichs mit dem seiner Kolonien untrennbar verbunden. Die Kolonialvölker sollten sich daher freiwillig für diesen letzten Kampf zur Verfügung stellen, ihr Lohn sei ein gesicherter Sold, eine Entschädigung für die Familien und, nach Kriegsende, Arbeitsplätze und volle Bürgerrechte. Blaise Diagne prägte den berühmten Satz: *En versant le même sang, vous gagnez les même droits* – Gleiches Blut für gleiche Rechte.

Der Erfolg dieser Kampagne war überwältigend, statt der erhofften fünfzigtausend Mann meldeten sich weitere siebzigtausend Afrikaner für den Kriegseinsatz. Im Juli 1918 retteten sie die Stadt Reims vor dem Einfall der Deutschen und bis zum Waffenstillstand im November 1918 nahmen sie an allen Offensiven teil. Zu ihren Ehren ließ Frankreich nach dem Krieg in Reims sogar ein Denkmal errichten, eine überlebensgroße, in Erz gegossene Gruppe von fünf Soldaten der Kolonialarmeen in heroischen Posen. Das Heldendenkmal in Reims wurde 1940 von deutschen Truppen als »Schandmal für Untermenschen« zerstört. Im übrigen hatten jene farbigen Einheiten besonderes Pech, die unter amerikanischen Befehl gerieten. Sie mussten die gleichen Diskriminierungen erdulden wie schwarze US-Soldaten, die nur zu inferioren Dienstleistungen zugelassen waren; manche weiße Kommandeure weigerten sich, sie in ihre Einheiten aufzunehmen, andere beraubten sie ihrer Auszeichnungen und degradierten sie, und einige wurden gar von weißen Kameraden umgebracht.[11]

In Frankreich wurde nach dem Erfolg der Kampagne von Blaise Diagne der »freiwillige und heldenhafte Einsatz der Kolonialarmee« als Beweis für den Erfolg der »zivilisatorischen Mission« gefeiert, als Beweis für die Loyalität und Liebe der kolonialen Untertanen ihrem Mutterland gegenüber. Doch es wäre immerhin denkbar, dass die Menschen einfach an die großen republikanischen Versprechungen geglaubt hatten, von denen nach Ende des Kriegs keine Rede mehr war, als die Kolonialverwaltung wieder militarisiert und bereits errungene politische Rechte der Einheimischen rückgängig gemacht wurden.

★

Mamadou hatte behauptet, sein Vater Ladji Sima und sein Großvater Ahmadou Sourakhé seien bereits *citoyens français* gewesen, die Sima in Dijon daher seit vier Generationen Franzosen. Doch was war unter einem *citoyen français* zu verstehen? Der Konvent vom 4. Februar 1794 hatte tatsächlich sämtliche Kolonien zum integralen Bestandteil der Französischen Republik erklärt und deren Bewohner zu »französischen Bürgern«. Freilich veränderte sich dieser Kolonialbesitz laufend, und in der Zweiten Republik ab 1872 durften sich nur mehr diejenigen »französische Bürger« nennen, die in Frankreich oder in den »alten

Denkmal für die Gefallenen der beiden Weltkriege (in Markala)

Kolonien« der Karibik und am Horn von Afrika geboren worden waren oder dort ihren Wohnsitz hatten. Zu Kriegsbeginn 1914 wurde allen Bürgern der »Vier Kommunen« Saint-Louis, Goré, Rufisque und Dakar die volle französische Staatsbürgerschaft zuerkannt. Doch da jede nationale Integration auch eine ausschließende Abgrenzung impliziert, wurden nun alle Bewohner außerhalb dieser »Vier Kommunen« von den politischen Rechten der Republik ausgeschlossen und einer eigenen Eingeborenen-Gesetzgebung unterworfen, dem *régime de l'indigénat.*

Nach den Gesetzen von 1872 wären Abdoulayes Urgroßvater Ahmadou Sourakhé und sein Großvater Ladji Sima *citoyens français* gewesen, aber galt dies auch noch 1914, als Ladji Sima bereits seinen Wohnsitz in Bakel und einige Jahre später in Kayes hatte? In seinem Militärausweis fand sich weder ein Hinweis auf einen staatsbürgerlichen Status, noch auf einen Sold. Als »französischer Bürger« wäre sein Einsatz in der Kolonialarmee etwas weniger exponiert, seine Verpflegung und seine Ausrüstung etwas besser, sein Sold etwas höher gewesen. Diese Privilegien für Soldaten aus den »Vier Kommunen« hatten innerhalb der Kolonialarmee immer wieder Anlass zu Unmut gegeben, selbst wenn es sich dabei nur um etwa fünftausendvierhundert Männer gehandelt hatte – bei insgesamt etwa zweihunderttausend Soldaten aus afrikanischen und karibischen Kolonien.

Erstaunlicherweise wird in neuen französischen Publikationen der heroisierende Diskurs über afrikanische Soldaten zwischen 1914 und 1918 wieder aufgenommen. Von ihrem »wilden Kampfesmut« und ihrem »kindlichen Gemüt« ist darin zu lesen, und wie stolz sie auf ihre schmucke rot-blaue Uniform mit der leuchtend roten Chechia mit Quaste gewesen seien. »Alte Kämpfer« seien heute noch stolz auf ihre Teilnahme am Großen Krieg, und ihre Auszeichnungen und Orden seien ihnen lieb gewordene Erinnerungen an eine wie nie zuvor erfahrene Gleichbehandlung von Farbigen und Weißen.

Es mag sein, dass dieses Bild heute für Afro-Franzosen und für Afrikaner leichter zu akzeptieren ist als die stigmatisierende Rolle des ewig passiven Opfers. Aber die selbst im anglophonen Raum verbreitete Meinung, dass die »Kolonialvölker« erst durch die Teilnahme am Ersten Weltkrieg jenes Selbstbewusstsein erlangt hätten, das ihnen später ihre Emanzipation und letztlich ihre Unabhängigkeit ermöglicht habe, darf wohl infrage gestellt werden. Dies würde bedeuten, dass ihr Selbstbewusstsein abhängig gewesen wäre von dem, was die Kolonialherren ihnen zugemutet hatten, und ganz allgemein, dass Menschen, die missachtet werden, sich zwangsläufig selbst verachten müssten; dass nur durch Abhängigkeit eine Vorstellung von Freiheit entstehen könne, und dass dieser »Dialektik« jedweder »Fortschritt der Geschichte« zu verdanken sei. Postkoloniale Historiker weisen indes auf die Grenzen dieses Denkens hin. Sie meinen, Sklaven erleben das Machtverhältnis zwischen ihnen und ihrem Herrn naturgemäß anders als der bürgerliche Philosoph. Ihnen und ihren Nachkommen ist diese europäische »Dialektik« aus dem 19. Jahrhundert bestenfalls ein Kopfschütteln wert.

★

Eine Zusammenfassung des Lebensentwurfs von Abdoulayes Großvater Ladji Sima und seiner zahlreichen Kinder macht einiges zur sozialen und ökonomischen Entwicklung der Region im allgemeinen deutlich. Nach Kriegsende zurück in Bakel, heiratete Ladji Sima 1920 mit zweiunddreißig Jahren seine erste Frau Sakho Sakko, eine geschiedene N'Diaye. Seine zweite, sehr junge Frau Fenta Qébé war die jüngste Tochter des alten Marabu Alhaly Qébé, dem er seine Schwester Seynabou zur Frau gab. 1934 heiratete er in Kayes seine dritte Frau Khadisiatou Diagne, die im selben Jahr Mamadou zur Welt brachte, ihm insgesamt sieben Kinder schenkte und ihn als einzige Frau bis zu seinem Lebensende 1965 begleitete. Von seiner 1942 in Kita angetrauten vierten Frau, der sehr jungen Djitaba Tunkara, ließ er sich 1950 wieder scheiden. Dem über Sechzigjährigen hatte sie noch drei Kinder geboren, von denen nur der in den 1960er Jahren nach Paris ausgewanderte Wally überlebte und französische Nachkommen hatte.
Die Polygamie des Großvaters war wenig spektakulär. Ladji Sima heiratete seine vier Frauen hintereinander in einem Abstand von fünf bis zehn Jahren, und nur einmal lebten zwei Frauen gleichzeitig in seinem Haushalt. Beachtlich scheint, dass in dieser muslimischen Gesellschaft Jungfräulichkeit bei der Wahl der Ehefrauen keine Rolle spielte. Was zählte, war die durch eine Ehe begründete Familienallianz sowie eine

reiche Nachkommenschaft. Alle Frauen von Ladji Sima entbanden im Jahr der Eheschließung ein Kind von ihm, als wäre dieses Zeichen ihrer Fruchtbarkeit eine der Voraussetzungen für die Verbindung. Und solange sie mit Ladji Sima zusammenlebten, wurden sie jedes zweite Jahr schwanger. Das strikt patrilineare Verwandtschaftssystem wurde ausschließlich vom biologischen Zyklus des Mannes bestimmt, der noch im fortgeschrittenen Alter mit sehr jungen Frauen Kinder zeugen kann. Kinder waren stets willkommen und stellten kein Hindernis für die Wiedervermählung einer geschiedenen oder verwitweten Frau dar. Dass Männer offenbar häufig Frauen aus der Generation ihrer Töchter heirateten, hatte zur Folge, dass biologische und genealogische Generationsfolgen keineswegs deckungsgleich waren. In dreißig Jahren wurden Ladji Sima sieben Söhne und zehn Töchter geboren, wobei ein achter Sohn nicht in der Genealogie aufscheint und ein Stiefsohn seiner ersten Frau Sakho Sakko in die Ehe mitgebracht wurde. Einige Kinder überließ Ladji Sima zur Erziehung seiner Schwester Seynabou in Bakel, was ebenfalls nicht ungewöhnlich war. Insgesamt wurde »Verwandtschaft« weniger durch biologische Abstammung als durch das Familienoberhaupt begründet (weshalb die seit kurzem von Einwanderungsbehörden praktizierte DNA-Analyse zur Bestimmung von Verwandtschaftsverhältnissen wenig zielführend ist).

In den 1930er Jahren arbeitete Ladji Sima als eine Art Streckenmeister im Dienste der französischen Eisenbahngesellschaft auf der Strecke zwischen Tambacounda, Kayes und Kita, wurde Einkäufer für die französische Handelsgesellschaft Ch. Peyrissac und in den 1940er Jahren Buchhalter der Niederlassung in Kayes. Ungeachtet seiner bewegten Laufbahn kehrte er immer wieder nach Bakel zurück, dem kulturellen Zentrum der Soninké. Anfang 1963 trat er als Chefbuchhalter in Kayes in den Ruhestand und starb zwei Jahre später im Alter von siebenundsiebzig Jahren. Trotz Kriegseinsatzes und seiner langjährigen Arbeitsverhältnisse in vergleichsweise gehobenen Positionen in französischen Diensten waren Abdoulayes Großvater und Großmutter im Alter auf die Unterstützung ihrer Kinder angewiesen. Der Name Peyrissac findet sich heute in der Geschichte eines multinationalen Konzerns für Baumaschinen mit Sitz in Bordeaux.[12]

In die Lebensspanne des Großvaters fiel die sogenannte »Konsolidierung« des französischen Kolonialimperiums, der Fronteinsatz im »Großen Krieg«, die Repression der Zwischenkriegszeit, der wirtschaftliche Aufschwung in Kayes, der Abzug der Franzosen und das Auseinanderbrechen der Konföderation Mali. Am Lebensentwurf seiner Nachkommen offenbart sich die jüngere Geschichte in besonderer Weise. Stiefsohn Mahmadou N'Diaye wurde vor dem Ersten Weltkrieg in Bakel geboren und übersiedelte in den 1920er Jahren nach Dakar, wo er angeblich eine »gute Position im Finanzamt« innehatte. Die Administration gewährte ihm ein Jahr »Urlaub in Frankreich«, wohl zur Weiterbildung, doch in Marseille verliebte er sich in eine Französin, verfiel dem Alkohol und versäumte seine rechtzeitige Rückkehr nach Dakar, wo er unterdessen seine Stellung verloren hatte und schließlich einer Leberzirrhose erlag. Auch das Schicksal jenes anonymen Sohns, der nicht in der Genealogie aufscheint, galt in der Familie Sima lange Zeit als abschreckendes Beispiel für den verderblichen Einfluss der westlichen Welt. Gegen den Willen seines Vaters Ladji heuerte er als Matrose auf einem Hochseedampfer an und heiratete später eine Französin aus Toulouse, die anlässlich eines Besuchs in Kayes zu ihrer bitteren Enttäuschung entdeckte, dass der erhoffte »große Grundbesitz der Sima« aus zumeist unfruchtbarem Brachland in kollektivem Eigentum der gesamten Abstammungsgruppe bestand. Er kehrte nach Frankreich zurück, brach schließlich jede Verbindung zu seiner Familie in Afrika ab und beendete sein Leben vereinsamt in einem Armenhaus nahe von Toulouse. Für seinen Vater Ladji war der Verlust dieses Sohnes der Grund für seinen viele Jahre anhaltenden energischen Widerstand, seine Söhne auswandern zu lassen, bis er Mamadou nach Frankreich ziehen ließ; doch da waren bereits neue Zeiten angebrochen.

Der Genealogie zufolge war Sourakhé Sima der erstgeborene Sohn. Er kam 1920 in Kita zur Welt, seine Mutter war Sakho Sakko aus Bakel. Er war das erste Kind, das Ladji Sima zeitweise seiner Schwester in Bakel zur Erziehung überließ. Danach absolvierte er das Collège in Kayes und schaffte sogar die Aufnahmeprüfung für die damals brandneue Eliteschule *École normale supérieure William Ponty* in Sébikotane. Kurz nach seinem Abschluss wurde er zur Armee eingezogen und folgte schließlich dem Ruf General de Gaulles zum Kampf gegen die Deutschen Truppen. Und in den letzten Jahren des »kolonialen Zeit alters« war Sourakhé in gehobener Position bei der französischen Post-, Telefon- und Telegrafengesellschaft PTT in Dakar angestellt und wurde in den ersten Monaten der unabhängigen Konföderation zum Kabinettchef in das Ministerium für Erziehung und Arbeit berufen, wo sein vorgesetzter Minister Abdoul Demba N'Diaye ein Bruder des ersten Ehemannes seiner Mutter Sakho Sakko war. Nach dem Zerfall der Konföderation galten jedoch der Minister und sein Kabinettchef über Nacht als Staatsbürger der neuen Demokratischen Republik Mali und waren als Politiker im Senegal unerwünscht. Sourakhé kehrte in die nunmehr senegalesische Post- und Telegrafenanstalt in Dakar zurück und beendete dort seine Laufbahn als Verwaltungsdirektor. Er war angeblich ein wohlhabender Mann, hatte sieben Kinder von fünf Frauen, bevor nach der Trennung von seiner vierten Frau sein unaufhaltsamer Abstieg begann.

Ladjis zweitgeborener Sohn Ahmadou (1) starb als Kind. Der dritte Sohn Ahmadou (2) stammte von der sehr jungen Fenta Qébé in Bakel. Auch er absolvierte die Eliteschule *École normale supérieure William Ponty* in Sébikotane, setzte jedoch sein Studium an der Technischen Hochschule in Dakar fort und wurde schließlich Meteorologe am Institut für Meteorologie und Geodynamik in Dakar, wo er 1986 starb.

Ladjis vierter Sohn Mamadou wurde 1934 in Kayes von Khadisiatou Diagne zur Welt gebracht, mit fünf Jahren nach Bakel geschickt, später von der französischen Armee zum Flugzeugmechaniker ausgebildet und vier Jahre im Algerienkrieg eingesetzt, bevor er schließlich in Dijon stationiert wurde, wo er sieben Kinder großzog, darunter Abdoulaye.

Der fünfte, 1936 ebenfalls in Kayes von Khadisiatou Diagne geborene Sohn Ibrahim wählte als Einziger eine Laufbahn in der neuen Demokratischen Republik Mali. Sein Abitur erhielt er im Französischen Lycée in Bamako, danach besuchte er eine Verwaltungshochschule in Prag und wurde unter Modibo Keïta leitender Beamter in der Sicherheitsdirektion, später Diplomat in Paris, sowie unter Moussa Traore Botschafter in Washington. An einem gescheiterten Putschversuch gegen den Diktator war er offenbar nicht beteiligt, verlor danach aber

dennoch alle Ämter und wurde ohne Anklage inhaftiert; wieder freigelassen, fand er schließlich als Direktor einer französischen Motorradfabrik in Bamako ein gutes Auskommen und starb überraschend im Jahr 2002.
Ladjis sechster Sohn Ousmane starb als Kind in Kita. Die Mutter war seine vierte, sehr junge Frau Djitaba Tunkara, die ihm 1942 den siebten Sohn Wally Sima, genannt *talibe,* schenkte, der seine Kindheit ebenfalls in Bakel verbrachte und 1966 als Facharbeiter nach Frankreich auswanderte.
Zählt man die beiden nicht in der Genealogie erwähnten Nachkommen dazu, starben von insgesamt neun Söhnen zwei als Kind, drei wanderten nach Dakar aus, drei nach Frankreich. Nur einer schlug eine Laufbahn in Bamako ein. Die, die vor dem Ersten Weltkrieg zur Welt kamen, hatten ungleich weniger Chancen als diejenigen, die zwischen den Kriegen geboren wurden, die alle eine höhere Schulbildung abschlossen und eine Laufbahn in Verwaltung und Politik der neuen Republiken Senegal und Mali einschlugen oder, wie Abdoulayes Vater, eine Karriere als Angehöriger der französischen Armee in Frankreich machten. Der jüngste, während des Zweiten Weltkriegs geborene Sohn erhielt keine höhere Schulbildung mehr, sondern wanderte 1966 als Arbeiter nach Frankreich aus.
Von Ladji Simas zehn Töchtern starben zwei als Kind; alle anderen wurden verheiratet und lebten in Mali und Senegal. Ihre Ehepartner entsprachen meist der alten Allianz mit den Bathily oder sie kamen aus marabutischen Familien wie die der Dramé und Cissé.
Es war Abdoulayes Generation und seine jüngeren Cousins, die die ganze Härte der asymmetrischen neuen Weltordnung zu spüren bekamen. Und wie sich zeigen wird, waren es die nach 1980 geborenen, die offenbar am wenigsten Chancen auf einen angemessenen Lebensunterhalt in ihrer Heimat hatten. Diejenigen, die in Europa, in den USA oder Kanada ihren Platz gefunden hatten, verdankten dies weniger dem Universalismus westlicher Werte als ihren besonderen Fähigkeiten und einigem Glück.

★

Die Grundschule, die Mamadou in den 1940er Jahren in Bakel besucht hatte, trug damals noch nicht die Aufschrift *École élémentaire Ibrahim Diaman Bathily.* Sie wurde später nach einer Persönlichkeit benannt, die in Bakel in den letzten Jahren vor Mamadous Abreise gewirkt hatte und mehr als andere von den Widersprüchen ihrer Zeit zerrissen worden war. Der Soziologe Abdoulaye Bathily fand in den 1960er Jahren in Tiyabu den Nachlass seines Großonkels Ibrahim Diaman und publizierte dessen Biografie, die er mit dem treffenden Satz resumierte: *Il était venu trop tôt dans un monde qui tardait à mourir.*[13]

Versuchen wir, diese Welt zu verstehen. Während Europa von Diktaturen, galoppierender Inflation, von politischem Rassismus und Judenhass heimgesucht wurde, entwickelten sich am Senegal, angeregt durch die Gewerkschaftsbewegung in Marseille in den 1930er Jahren, Anfänge einer Parteiendemokratie. In der südfranzösischen Hafenstadt waren damals bereits zahlreiche Soninké als Seeleute und Docker etabliert, hatten dort Häuser gekauft und die ersten Wohnheime für Afrikaner gegründet, meist mit durch Schmuggel erworbenem Schwarzgeld. Diese *Foyers* waren kleine afrikanische Kolonien in Europa, die, ähnlich wie europäische Kolonialgesellschaften in Übersee, nur Interesse an den Dörfern ihrer Heimat und wenig an den Institutionen ihres Gastlandes hatten. Erst als während der großen Depression die meisten Soninké über Nacht ihre Arbeit verloren, lernten sie das französische Parteien- und Gewerkschaftssystem schätzen. Und das sprach sich auch in ihrer afrikanischen Heimat herum. In Saint-Louis gründete 1934 Lamine Guèye die Sozialistische Partei Senegals. Doch der aus Medina Khasso stammende erste afrikanische Jurist in Französisch-Sudan und spätere Politiker in Frankreich und Senegal stellte das koloniale System, das ihm ja seine Positionen ermöglicht hatte, nicht prinzipiell infrage, sondern wollte es reformieren. Er vertrat zwar republikanische Bürgerrechte, doch am Status quo der afrikanischen Gesellschaften, die nach wie vor von Kasten bestimmt waren, rührte er nicht. Ohnehin vertrauten in ländlichen Gebieten die Menschen weniger den importierten politischen Programmen, als starken Persönlichkeiten aus alten Familien, die sich nun im Namen des Sozialismus gegen die herrschenden »Cliquen« in Saint-Louis und Dakar zur Wehr setzten. Und so kam es, dass der Sozialismus den

École élémentaire Ibrahim Diaman Bathily, Grundschule in Bakel

größten Zuspruch bei den Eliten fand, den religiösen Würdenträgern und freien Grundbesitzern.

In Bakel waren 1934 wieder einmal tausendfünfhundert Hektar brachliegendes Land enteignet worden. Die in der Fremde arbeitenden Männer kehrten immer seltener zurück, insbesondere wenn sie ihre Arbeit verloren hatten, was häufig als persönliches Versagen empfunden wurde. Dann brach der Zweite Weltkrieg aus, und aus Französisch-Westafrika wurden wiederum nahezu eine Million Soldaten an wechselnden Fronten in Nordafrika und Europa eingesetzt. Bakel blieb auch davon nicht verschont und versank allmählich im Elend. Über die politische Orientierung von Ladji Sima war zwar nichts bekannt, doch von seiner Schwester Seynabou wusste man, dass sie in der sozialistischen Partei engagiert war.

Im benachbarten Tiyabu hatte sich unterdessen der greise König *tunka* Konko Gallo (Bathily) sämtlichen Maßnahmen der Administration widersetzt, und alle Franzosen vom Kreiskommandanten bis hinauf zum Generalgouverneur in Dakar hatten die ewigen Konflikte mit dem Alten satt. Um seinen Einfluss auszuschalten, plante die Administration, die politische Verantwortung einem französisch gebildeten und reformfreudigen Mitglied der königlichen Familie Bathily zu übertragen, ohne den Königstitel offiziell infrage zu stellen. Ibrahim Diaman Bathily, ein Neffe des Königs, schien dafür wie geschaffen. Er stammte aus Tiyabu, war auf französischen Schulen für »die Werte der Republik« begeistert worden und viele Jahre als Lehrer im Sudan tätig gewesen. Nun wollte er mit seiner Familie nach Hause zurück, und sein Ansuchen um Versetzung nach Bakel kam der Administration wie gerufen. 1944 begann Ibrahim Diaman Bathily als Lehrer in Bakel und wurde bald zum »Kommissar« der Provinz ernannt. Die Erwartungen an ihn waren jedoch denkbar widersprüchlich. Er selbst sah seine verantwortungsvolle Position als Berufung, um »der erstarrten Gesellschaft der Soninké neue Chancen in einer veränderten Welt« zu eröffnen; die französische Administration erhoffte sich durch diesen frankophilen Beamten einen günstigen Einfluss auf die traditionalistischen Cliquen in Bakel und Tiyabu, und der *tunka* und sein Umfeld erwarteten von dem Verwandten die Durchsetzung ihrer eigenen Interessen gegenüber der Administration. Am 31. Juli 1946 schrieb Ibrahim einen Bericht an den Generalgouverneur in Dakar mit dem Titel: *Bakel sous les cendres de l'oubli* (Bakel unter der Asche des Vergessens). Darin wagte er als erster »Eingeborener«, den dramatischen wirtschaftlichen Verfall der Region öffentlich anzuprangern. Auch innerhalb der eigenen Gesellschaft plante er Reformen, die bezeichnend waren für den bemerkenswerten Traditionalismus dieser Region. Etwa sollte das Verhältnis zwischen Freigelassenen und ihren Herren nach dem öffentlichen Arbeitsrecht geregelt werden, und die in den 1940er Jahren immer noch übliche Weitergabe ehemaliger Sklaven als Mitgift oder als Erbschaft verboten werden. Auch die Totenfeiern, die durch ihren Aufwand ganze Familien in den Ruin treiben konnten, wollte Ibrahim reformieren. Üblicherweise mussten Kondolenzbesucher aus nah und fern von den Hinterbliebenen bewirtet und beschenkt werden, und da das Ansehen eines Verstorbenen an der Großzügigkeit seiner Familie gemessen wurde, verschenkten die Hinterbliebenen ihr letztes Hab und Gut an Gäste und Griots und vergeudeten dabei das Erbe der Kinder. Dazu kamen neue Probleme durch die alljährliche Erntehilfe, die einst, als die jungen Leute für ihre freiwillige Hilfe von den Bauern noch Naturalien erhalten hatten, eine segensreiche Einrichtung wechselseitiger Hilfestellung gewesen war. Doch neuerdings fielen junge Arbeitslose alljährlich in Scharen über die Bauern her, um so viel Bargeld wie möglich aus ihnen herauszupressen, und dieses Schmarotzertum sollte durch entsprechende Verordnungen ein Ende finden. Gegen die immer häufigeren Hungerperioden plante Ibrahim Diaman Bathily den verpflichtenden Bau von Getreidespeichern und die Einführung neuer Technologien wie Pflugschar und Dreschmaschinen, um den landwirtschaftlichen Ertrag zu steigern. Am folgenschwersten waren wohl seine Pläne zur allmählichen Abschaffung der Berufskasten und Altersklassen, die er durch ein Netzwerk zivilrechtlich geregelter Vereine ersetzten wollte, wovon er sich eine Demokratisierung der Gesellschaft von innen heraus versprach. Zwar war sich Ibrahim des Konfliktpotenzials seiner Vorhaben bewusst, doch er rechnete fest mit der Unterstützung der exilierten Soninké, die er nun mit allen Mitteln zur Rückkehr ermutigte. Er stellte sich vor, die Ausgewanderten hätten die Segnungen eines demokratischen Gesellschaftssystems in Frankreich erlebt und würden dieses nun auch in der Heimat befürworten, auch würden ihre Weltoffenheit und ihre beruflichen Kenntnisse zum Fortschritt der Region beitragen. Doch es sollte ganz anders kommen.

Dass der greise *tunka* und seine Klientel gegen Ibrahims Pläne agitierten, war wenig überraschend; aber dass auch die heimkehrenden Soninké nichts anderes im Sinn hatten, als Berater des *tunka* zu werden und sich im alten Kastensystem mit seinen Privilegien zu etablieren, das enttäuschte Ibrahim zutiefst. Er fand bittere Worte für diese Heimkehrer, die statt Weltoffenheit nur eitle Prahlerei zu bieten hätten. Die zurückgekehrten Soninké waren wesentlich konservativer als die in ihrer Heimat verbliebenen, denn ihnen war im Laufe der harten Arbeitsjahre in der Fremde die Entwicklung in Bakel entgangen, sie wollten nach ihrer Rückkehr an ihr verklärtes Bild ihrer Heimat anknüpfen. Zu wissen, dass es sich kaum anders in europäischen Exilgesellschaften in Übersee verhält, wäre wohl kaum ein Trost für Ibrahim gewesen.
Der in Bakel verbliebenen Jugend war hingegen keine Reform radikal genug und Ibrahim war für sie ohnehin nur ein Vasall der Kolonialmacht. Aber selbst diese hatte an Ibrahims Reformen keine Freude, denn sie kosteten Geld. Und Ibrahim selbst verfügte nur über ein mageres Gehalt und daher nicht über die notwendige Autorität. Nicht einmal die vorgeschriebenen Steuern erhielt er von den Leuten, die es vorzogen, dem alten *tunka* in Tiyabu den traditionellen *zakat* abzuliefern. Ibrahim hatte zu viele Interessen auf einmal verletzt. Er wurde zur Zielscheibe böser Verleumdungen und schließlich unverhohlener Drohungen. Seine brieflichen Hilferufe an den Generalgouverneur in Dakar blieben unbeantwortet, der hatte unmittelbar nach Kriegsende andere Sorgen, Ibrahim war ja nicht einmal in der Lage, die wichtigste, wenn nicht einzige in ihn gesetzte Erwartung zu erfüllen, nämlich Gehorsam, Ruhe und Ordnung zu garantieren.
Aber die Zeichen der Zeit wurden nicht nur von den Soninké in Bakel verkannt, sondern auch von der Vierten Republik. Nach Kriegsende setzte Paris wieder einmal auf seine Kolonien. 1946 mahnte die französische Handelskammer, dass »alle Kräfte zur Intensivierung der Rohstoffgewinnung aus den Kolonien mobilisiert« werden müssten, um die heimische Wirtschaft zu retten; Kritiker des Kolonialismus sollten sich gefälligst bewusst sein, dass »Frankreich, auf die eigenen

Ressourcen reduziert, zweifelsfrei zu einer dritt- oder gar viertklassigen Macht herabsinken« würde. Noch schien die »koloniale Weltordnung« für die Ewigkeit gedacht. Nur Ibrahim Diaman Bathily verabschiedete sich davon. Anfang 1947 verfasste er noch einen Bericht seines Scheiterns und am 26. Juni 1947 schoss er sich eine Gewehrkugel in den Kopf, an seinem sechzigsten Geburtstag.

Mamadou war damals immerhin dreizehn Jahre alt, alt genug, um sich an Ibrahim Diaman zu erinnern. So groß war Bakel nun wieder nicht, dass der Selbstmord des leitenden »Kreiskommissars« selbst unter Jugendlichen unbemerkt geblieben wäre. In seinen Erzählungen hatte er zwar die bedrückende Atmosphäre und die Armut in Bakel durchblicken lassen. Aber natürlich keine Details, die Doris damals ohne Hintergrundkenntnisse auch nicht erfragen hatte können. Etwas über ein Jahr nach Ibrahim Bathilys Freitod war Mamadou von seiner Tante Seynabou in eine Piroge in Richtung Kayes gesetzt, nach über einer Woche Fahrt von seinem Vater am Hafen von Kayes abgeholt und zwei Tage später in den Zug nach Saint-Louis gesetzt worden, nachdem ihm ein Brief an einen ihm unbekannten Mann zugesteckt worden war, an Anioun N'Diaye, seinen künftigen »Tutor«.

Es habe keinerlei Gespräche zwischen ihm und seinem Vater gegeben, hatte Mamadou erklärt.

★

Es gab die mächtigen und geheimnisvollen Ströme wie Kongo oder Niger und die weniger gewaltigen wie Gambia oder Senegal, doch gemeinsam war allen ihre verräterische Durchlässigkeit, die es Europäern seit Jahrhunderten ermöglicht hatte, vom Ozean bis in das Innere des Kontinents vorzudringen, wie Parasiten über die Blutbahn ins Herz. Afrikaner hingegen suchten stromabwärts ihr Glück. Das alte Land der Soninké lag zwar im Binnenland am Rande der Wüste, dennoch erschloss es sich nur vom Wasser aus. Der Blick auf das Land war vom Strom aus um vieles älter als von der Straße. Es traf sich gut, dass Cousin E. einen Freund hatte, der ein kleines Kanu besaß und bereit war, den Gästen den Strom zu zeigen, »als Geschenk«, wurde betont. Der ernste, groß gewachsene junge Mann sprach kein Französisch, denn er hatte bis zum achtzehnten Lebensjahr die Koranschule der Dramé besucht. Er gab Doris nicht die Hand und sah sie nicht an, doch Cousin E. meinte nur, er sei eben »schüchtern«. Das Gehöft seiner Familie befand sich auf der Alten Straße unmittelbar über dem Strom, die Vorfahren seiner Familie hatten bereits vor der Ankunft der Prinzen der N'Diaye im 18. Jahrhundert an derselben Stelle gelebt. Der schmale Pfad führte am Hof vorbei quer durch das Grundstück, bevor er zwischen Bohnen- und Kürbisranken bis zum Ufer abfiel, wo sich das Maisfeld von Tante Ami erstreckte. Alljährlich setzte Cousin E. zusammen mit einigen Brüdern je drei Samenkörner in die mit einem Grabstock vorbereiteten Löcher in dreißig Zentimeter Abstand. Das gebückte Arbeiten unter sengender Sonne war nur von jungen, kräftigen Männern zu bewältigen. In guten Jahren reichte der Ertrag gerade, um sich selbst und die Mutter zu ernähren, ein Teil wurde für die nächste Aussaat zurückgelegt, zum Verkauf blieb nie etwas zurück. Doch blieb der Regen wieder einmal aus, wie das dieses Jahr offenbar der Fall gewesen war, gerieten die Schösslinge zu klein für die Saison und würden wohl vorzeitig vertrocknen. Die Erde rund um Bakel sei ein Gottesgeschenk des Stroms, erklärte Cousin E., verwehter Sand aus der Sahara, der seine Fruchtbarkeit der alljährlichen Überflutung des Senegal verdankte. Die rechtzeitig gesetzten Maispflanzen könnten danach viele regenlose Monate überstehen und voll ausreifen. Blieb die Flut aber aus, nützten auch die Wasserpumpen der Entwicklungshelfer nichts. »Jeder weiß das hier seit jeher«, sagte Cousin E., »aber Fremde wissen natürlich immer alles besser.« Die Pumpen seien im schlammigen Grund des Stroms nicht fest genug zu verankern, die Leute könnten sich die nötige Energie dafür nicht leisten, und nun lagen sie unbenutzt und verrostet weiter stromaufwärts auf der Uferböschung. Die plötzliche Bitternis in seiner Stimme überraschte, denn Cousin E. war ein ausgesprochen freundlicher junger Mann.

Doch kaum saßen sie in dem schmalen Kanu und glitten langsam stromabwärts, fühlten sich alle wie in einem anderen Land. Jede Unstimmigkeit war vergessen. Der Strom hatte hier ein breites, grellgrünes Tal gegraben und ein mediterran anmutendes Mikroklima wie in einer Wüstenoase hervorgebracht. Wie Seide umfloss die Abendluft die aufgeheizten Körper. Am linken Ufer dehnte sich die dunkle Wildnis ehemaliger Plantagen, am rechten die ockergelbe Vorwüste Mauretaniens, dazwischen grün bewachsene Lagunen, in denen Silber-

reiher und Störche nisteten und rosa Flamingos auf goldsandigen Landzungen paradierten. In Ufernähe war das Wasser wie flüssiger Achat. Schließlich wagte Doris die Frage an Cousin E., was sein Vater eigentlich für ein Mensch gewesen sei. Sie wollte sich ein Bild von der Ehe dieses sechzigjährigen Marabu mit der sechzehnjährigen Ami machen und von seiner Kindheit im Bakel der 1970er Jahre. »Oh nein, jetzt komm auch ich noch dran«, wehrte Cousin E. lachend ab, ließ sich dann jedoch überzeugen, dass ihr Interesse nicht nur billige Neugier war. Sein Vater Fode Dramé sei ein sehr gebildeter Mann gewesen, an irdischen Gütern nicht interessiert, sondern nur am Jenseits. Zu Hause war er fast nie. Die Hütte im Hof der Dramé, wo heute noch seine Mutter lebte, war ja auch wirklich zu klein für die wachsende Kinderschar. Aber das Grundstück, das sein Vater von einem Freund erhalten hatte, verkaufte er gleich wieder, um sich mit dem Geld auf eine jahrelange »Studienreise zu sämtlichen Gelehrten zwischen Alexandria und Guinea« zu begeben.
Warum er dann eine so junge Frau geheiratet habe, wenn er doch nur »am Jenseits interessiert« gewesen sei? Aus Nostalgie, vermutete Cousin E. Denn seine Mutter Ami war die jüngste Schwester seiner ersten Ehefrau Niouma Sima, die seine große Liebe gewesen war. Niouma war die älteste Tochter von Ladji Sima. Sein Vater habe mit ihr in Kayes »wie ein modernes Ehepaar« gelebt, mit Kinobesuchen und Büchern, ja, auch solchen, die nicht auf den Koran bezogen waren. Der plötzliche Tod seiner geliebten Frau habe seinen Vater schwer getroffen und ihn veranlasst, sich von der Welt zurückzuziehen. Schließlich wurde er zum Imam in Bakel gewählt, und in dieser Position konnte er unmöglich auf Dauer ohne Frau leben. Und da ihm keine der vorgeschlagenen Frauen aus dem provinziellen Bakel gut genug gewesen sei, wurde ihm schließlich die jüngste Schwester seiner verstorbenen Frau aus Kayes geschickt.
Aber wenn er »nur am Jenseits interessiert« gewesen war, warum zeugte er, der damals bereits Vater und sogar Großvater war, noch elf Kinder mit der jungen Ami!?
»Das lag doch außerhalb seiner Macht!«, rief Cousin E. in einer Mischung aus Belustigung und Erstaunen, »Kinder sind doch Allahs Wille!«

Und folglich brauchte er sich auch nicht um seine Kinder zu sorgen, ausgenommen natürlich um deren religiöse Erziehung. Die Koranschule der Dramé war keine Spielerei, die Kinder hätten sich keine Nachlässigkeit erlauben dürfen. Insgesamt sei sein Vater jedoch recht angenehm gewesen, weniger streng als andere Väter zu seiner Zeit. Er war eben nur am Jenseits interessiert.
Cousin E. und sein Zwillingsbruder A. waren seine jüngsten Söhne und die ersten der gesamten Sippschaft der Dramé, die die staatliche Grundschule besuchen durften. »Wir hatten Glück«, sagte Cousin E., lächelnd, »sonst könnte ich mich jetzt nicht mit euch unterhalten.« Das Glück war nur insofern etwas getrübt, als die Zwillinge erst nach Beendigung der Koranschule eingeschrieben werden konnten, als sie bereits über zehn Jahre alt waren, während die Aufnahme in die staatliche Grundschule mit dem Beginn des zehnten Lebensjahres begrenzt war. Im Unterschied zur Kolonialzeit, als Mamadou vor einem ähnlichen Problem gestanden war, ließen jedoch die Behörden des unabhängigen Senegal »mit sich reden«. Das Geburtsdatum der beiden Zwillinge wurde kurzerhand »auf dem Papier« um drei Jahre korrigiert, eine in Bakel gängige Praxis, wie Doris später erfuhr, denn alle Kinder standen vor dem gleichen Problem. »Was ist schon Papier!«, meinte Cousin E., »es ist ja nicht das Leben!« Und im übrigen, wäre es in einer Demokratie nicht Aufgabe der Behörden, die Schule den Bedürfnissen der Bürger anzupassen? Nach der Grundschule übersiedelten die beiden Zwillingsbrüder nach Kayes, wo sie das Collège besuchten und im Hause Sima unter Obhut der verwitweten Khadisiatou Diagne wohnten, der Mutter seiner Mutter Ami. Danach trennten sich die Wege der Brüder. Weil er Vaters Liebling gewesen sei, wurde Cousin E. für das religiöse Studium auserkoren. Und während sein Bruder in Dakar das Französische Lycée besuchte und im Haushalt von Sourakhé Sima wohnte, ging er nach Bamako und studierte dort an der islamischen Hochschule *El Hilal* in Missira II. Diese Institution war in ganz Westafrika für ihr hohes Niveau ebenso berühmt wie für ihre Strenge berüchtigt. Prügelstrafen gehörten dort zum Alltag. »Man wurde auch zu viert genommen«, erklärte Cousin E., das sei die übliche Strafe für Unpünktlichkeit, Vergesslichkeit oder eine ungenaue Aussprache der heiligen Texte gewesen. Zu viert genommen?, was denn das bedeu-

te, wollte Doris wissen. »Nun, vier Kameraden halten dich fest, während der Meister dich prügelt – mit dem Seil!« Cousin E. lächelte und meinte, am Schluss sei er sogar ziemlich gut gewesen, er habe fließend Arabisch gekonnt und sogar das frankophone Abitur bestanden, was damals nur wenigen gelungen war. »Wer weiß, ob ich ohne Angst vor der Prügelstrafe ebenso viel gearbeitet hätte«, setzte er immer noch lächelnd darauf, wie um die sichtlich entsetzte Frau aus Wien zu provozieren. Sein sehnlicher Wunsch, Sprachen oder Geschichte an einer Universität zu studieren, ging danach freilich nicht in Erfüllung, denn ob in Dakar, Rabat oder Frankreich, überall wurde sein Ansuchen um ein Stipendium abgelehnt. »Ohne Geld und ohne Beziehungen geht eben nichts.« Zehn Jahre hatte er in Bamako bei Ibrahim und Moussokoro Sima das Zimmer mit ihrem jüngeren Sohn geteilt. Der ältere sei ja früh ins Jenseits gegangen, meinte er leise und fügte, wie um eine etwaige Zwischenfrage zu vermeiden, im selben Satz hinzu, Moussokoro sei wie eine Mutter für ihn gewesen und Ibrahim wie ein Vater. Manchmal habe Onkel Ibrahim von der berüchtigten Strenge seines eigenen Vaters Ladji Sima erzählt und gemeint, wenn er sich so verhalten würde wie sein Vater damals ihm gegenüber, hätten die beiden Jugendlichen schon längst das Haus verlassen. 2001 starb Fode Dramé mit über achtzig Jahren, 2002 kam das plötzliche Ende von Ibrahim Sima. Erfolglos hatte Cousin E. versucht, in Bamako einen Job zu finden, nun musste er nach Bakel zurück, in die Hütte seiner Mutter in Moodicané, in den Kreis seiner marabutischen Onkel. Seitdem tat er das Einzige, was hier zu tun war: beten und sich den jährlich immer ein wenig früher sterbenden Maispflanzen widmen.

★

Sein Zwillingsbruder hingegen war kurz nach dem Abitur in Dakar nach Frankreich gegangen, ja, natürlich *ohne Papiere*. Freilich folgte er nicht den gefährlichen Fluchtrouten, die man damals aus den Medien kannte, denn »er wusste, wie es geht« und »landete einfach in Orly«. Anfangs sei es schwer für ihn gewesen, sehr schwer sogar, aber nun habe der Bruder eine gut bezahlte Arbeit in einem Restaurant, und vor kurzem hatte er sogar geheiratet! Cousin E. sah Doris triumphierend an, und diese fragte reflexartig: »Hat er denn jetzt Papiere?« Seine heitere Miene erlosch wie ein ausgeblasenes Streichholz. »Das ist wohl das Einzige, was dich interessiert!«, meinte er, und nach einer trotzigen Pause fügte er hinzu, »immerhin kann er unserer Mutter Geld schicken, während ich hier auf der Straße verspottet werde, he, Sima, du bist immer noch da, wozu hast du denn so lange studiert!?«

Tatsächlich erinnerte sich Doris, einmal Zeuge einer derartigen Begegnung geworden zu sein, die sie jedoch als Scherz ohne Bedeutung abgetan hatte. Nun wurde klar, dass »Weggehen« für einen jungen Mann hier mehr als eine existenzielle Frage war. Es war eine Frage der Ehre.

Von einer Terrasse oberhalb der Felder ertönte ein sanfter Trommelwirbel wie das Schnurren einer glücklichen Katze, der junge Trommler winkte aus der Ferne, er war ein »Cousin«; unweit von ihm wartete ein weiterer junger Mann auf die Stunde des Abendgebets, ebenfalls ein »Cousin«. Die Uferböschungen waren so sauber wie am Züricher See, keine Plastikfetzen, Fäkalien, leere Flaschen, wie sonst nahezu überall am Ufer des Senegal.

Es ist unglaublich schön hier, schwärmte Doris, die beiden Freunde könnten doch mit dem Kanu hin und wieder Touristen herumfahren…

»Touristen!«, rief Cousin E. entsetzt, »auf unserem Strom! Niemals! Die wollen dann womöglich auch noch schwimmen!« Einmal hätten einige Touristen in einem gemieteten Kanu den Strom befahren und einer habe sich sogar ausgezogen und sei ins Wasser gesprungen! So etwas sei hier nicht zu machen. Angewidert schüttelte Cousin E. seinen Kopf. Erst jetzt fiel der Frau aus Wien auf, dass sie noch keine einzige Frau gesehen hatte, wie an anderen Ufern des Senegal oder des Niger, wo Frauen selbstverständlich Haus- und Gartenarbeiten verrichteten oder einfach spazieren gingen. »Bei uns gehen Frauen nicht an den Strom«, meinte Cousin E. kurz angebunden, »das wäre zu gefährlich.«

Beduinen? Krokodile? Doris lachte. Sie jedenfalls hatte sich nirgendwo sicherer und wohler gefühlt als hier am Strom bei Bakel. Das Wasser funkelte in der untergehenden Sonne, sie ließ ihre Hand über die lauen Fluten gleiten und nahm sich vor, den Gründen für die geheimnisvolle Abwesenheit von Frauen später nachzugehen, wenn sie wieder an Land wären. Unerwartet schneidend traf sie die Stimme von Cousin E.: »Nimm sofort die Hand aus dem Wasser!«

Milde gestimmt zog sie die Hand heraus, dachte, dass Skipper wohl überall auf der Welt etwas pedantisch sind, und blickte erwartungsvoll dem zauberhaften Sandstrand entgegen, den der rudernde Freund nun ansteuerte. Dichte Schwärme weißer Vögel stiegen wie silbrige Wolken aus dem Schilf. Um dem abendlichen Farbenspiel näher zu sein, setzte sie sich auf eine grün bemooste Stelle nahe am Wasser, träumte davon, hier die ganze Nacht und den morgigen Tag zu verbringen, fern von Staub, Hitze und unverständlichen Menschen. In einiger Entfernung flackerte ein kleines Feuer auf, ein junger Mann fischte seine Abendmahlzeit aus dem Fluss, mit einem Nylonfaden in der bloßen Hand, er war ein Bruder. Eine Angelrute als Geschenk wäre das nächste Mal sicher willkommen, dachte Doris, als sei Bakel bereits ihr Zweitwohnsitz geworden. Der Fischer winkte herüber und rief etwas, von dem sie nur *tubab* verstand, der Begriff für »Weiße«. Cousin E. blickte kurz zu ihr hinüber, sagte aber nichts. Erst nach einer Weile meinte er: »Setz dich lieber nicht so nah ans Wasser. Das kann gefährlich werden.«
»Barrakudas? Drachen?«
Cousin E. lachte, doch er fragte, ob sie die Warnung seines Bruders nicht gehört habe. Aber sie verstand doch kein Soninké! Und bitte, was könne denn hier so gefährlich sein!? Da wies er hinüber ans andere Ufer, dorthin, wo eine Höhle unter einem Felsvorsprung zu erkennen war. Dort wohne er, der Strom. Man dürfe ihn nicht stören. Er mag das nicht. Der Strom mag keine Fremden. Und warum hatte er dann die Franzosen heraufgelassen? Er habe sich doch ohnehin gewehrt, meinte Cousin E., so viele seien dabei draufgegangen.
So scherzten sie sich über ihre Missverständnisse hinweg. Natürlich wusste Cousin E., dass die Frau aus Wien nicht an einen Geist oder gar eine Gottheit des Senegal glaubte; sie glaubte ja nur an »Papier«. Und er? Was glaubte er? Machte er sich lustig über sie?
Zwar war die Sonne bereits im Sinken, aber nun äußerte der still vor sich hin paddelnde Freund den Wunsch, einem alten Onkel drüben am anderen Ufer einen kurzen Besuch abzustatten, er habe seit Monaten nichts mehr von ihm gehört. Am rechten Ufer lag die Soninké-Provinz Guidimakha, die nun zu Mauretanien gehörte, und ein kleiner Stopp dort hätte durchaus spannend sein können. Doch außer Sichtweite der Grenzpolizei im Hafen von Bakel nach Mauretanien

überzusetzen, war eigentlich verboten, was zwar normalerweise kaum jemanden beeindruckte, aber mit einer *tubab* an Bord hätte sie jemand beobachten und bei der Hafenbehörde anzeigen können, fürchteten die Freunde. Schließlich verzichteten sie auf den Besuch am rechten Ufer. »Die Leute in Bakel glauben wahrscheinlich, wir verdienen ein Vermögen mit der Weißen«, meinte Cousin E. »So sind die Leute hier, nichts bleibt vor ihnen geheim, keine Bewegung, kein Wort. Es herrscht nur Neid und Missgunst.«
»Wie machst du das nur?«, entfuhr es der Frau aus Wien, »niemals allein zu sein...«
»Manchmal entkomme ich ihnen, den Leuten, meinte er. Dann rudere ich nach Einbruch der Dunkelheit ganz alleine hinüber ans andere Ufer und setze mich auf einen Felsen in die totenstille Dunkelheit. Nichts, wirklich gar nichts gibt es dort drüben, nur Einsamkeit und Finsternis. Während am anderen Ufer die Lichter von Bakel glitzern, dort wachsen Bäume und Freunde und Familie leben dort. Und nach einer Weile denke ich, eigentlich ist Bakel gar nicht so übel, und rudere in bester Laune wieder zurück. Wirklich, vom anderen Ufer aus gesehen ist Bakel fast das Paradies.«

★

Stromaufwärts zeigte sich das Land der Soninké von einer weniger romantischen Seite. Vorwand für die Fahrt in einem angemieteten Motorkanu nach Golmi war die Information, dass der Sohn des besten Freundes von Großvater Ladji Sima dort beheimatet war. Eine Fotografie aus den vierziger Jahren zeigte ein Doppelportrait von Ladji Sima und Wally N'Diaye, als gleichermaßen unzertrennliche wie unterschiedliche Freunde. Den Sima als mächtigen Mann mit langem Schädel und düsterer Miene in einer ausladenden weißen Tunika mit hohem Fez, den N'Diaye als eher zarte Gestalt mit einem verschmitzten runden Gesicht in einer dunklen Tunika und Fez. Beide trugen einen weißen kurzen Bart. Es wäre immerhin möglich, dass der Sohn dieses Mannes gleichen Namens sich an die alten Sima in Bakel erinnern konnte, dass der Dorftratsch ihm vielleicht gar etwas über das Schicksal von Urgroßvater Ahmadou Sourakhé zugetragen hatte. Das ungefähr zehn Kilometer entfernte Golmi auf dem Wasserweg anzusteuern, hielt der Hafendirektor freilich für eine abwegige Touristenlaune, führte doch eine Piste an Land in wesentlich kürzerer Zeit dorthin. Unverständliche und aufgeregte Verhandlungen zwischen Cousin E. und der Hafenbehörde waren nötig, bevor ein Bootsbesitzer schließlich entschlossen einen schwarz verrußten, kleinen Motor am Heck eines altersgrauen Kanus befestigte. Und schon tuckerte es langsam gegen den Strom, während das zwischen dem rostigen Wellblech am Boden eindringende Wasser über die Füße der Passagiere schwappte. Kaum war die *Préfecture* hinter der großen Biegung verschwunden, bedeckte dorniges Buschwerk die steile Uferböschung aus rötlichem Schlamm, und anschwellendes Rauschen kündigte die Furt von Makana an, wo im April 1886 eine französische Kavallerie in den folgenschweren Hinterhalt der Männer des Mamadou Lamine Dramé geraten war. Der Bootsmann wich den heftigen Wirbeln nahe dem anderen, mauretanischen Ufer aus, steuerte wenige Meter vorbei an blau schimmernden Felsen und schwarz verbrannten Baumstrünken, bis der Motor plötzlich ausfiel und die Zündkerzen mit Spucke gereinigt werden mussten. Nach wenigen Minuten verstummte der Motor ein zweites Mal, aber wie durch ein Wunder schaffte es das Kanu im Leerlauf gerade noch bis zu einem Holzsteg, der rechtzeitig aufgetaucht war.

Doch es war kein Wunder, sondern Kalkulation. Der Streit am Morgen im Hafen von Bakel war nämlich um etwas anderes als vermutet gegangen, nämlich um Treibstoff, der in Bakel ausgegangen war. Der Bootsmann hatte die Fahrt mit seiner letzten Reserve begonnen und kalkuliert, dass er es gerade noch bis zu diesem Steg in Diagili schaffen würde, einer uralten Siedlung der Soninké am nunmehr mauretanischen Ufer. Schwer beladene Esel ließen zwischen den Kanus im Sand ihre Köpfe hängen, Männer rannten rufend auf und ab, Frauen wuschen bunte Tücher, Töpfe, Kinder und sich selbst. Hinter der Uferböschung lugten die Spitzen zweier weißer Minarette hervor. Gegenüber am anderen Ufer befand sich Kungani, jene marabutische Siedlung, wo einst die Truppen von Mamadou Lamine Dramé ihr Lager aufgeschlagen hatten. Von dort näherte sich nun mit ohrenbetäubendem Krach eine voll besetzte Motorfähre und entließ eine Gruppe lachender, schwatzender Frauen und Kinder, fröhlich winkend und durch

das knietiefe Wasser ans Ufer wankend. Cousin E. kannte sie alle, es waren Frauen aus Bakel, die hier in Mauretanien ihre Familien besuchten und vielleicht das eine oder andere kleine Geschäft machten, wie seit jeher, mit oder ohne Staatsgrenze, auf jeden Fall *ohne Papiere*. Auch ein voll besetztes Passagierboot glitt stromab vorbei, eine bunt bemalte, motorbetriebene Schaluppe mit Sonnendach und Sitzreihen mit Lehnen wie in einem Bus. Sie kam wohl aus Kayes oder noch weiter aus dem Inneren von Mali, der Senegal war immer noch der verlässlichste und billigste Verkehrsweg, selbst wenn die Männer am Strand nun mit aufgeregten Zurufen warnten, dass es in Bakel keinen Treibstoff mehr gab. Stromabwärts kam man immer irgendwie weiter.
Schließlich erschien der Bootsmann, hielt triumphierend eine halb volle Literflasche hoch, und nach einer weiteren knappen Stunde hatten sie Golmi erreicht. Ein schlüpfriger Pfad führte den lehmigen Abhang hinauf, vorbei an einem Hühnerstall und einer langen Mauer, doch unmittelbar dahinter betraten sie einen asphaltierten Platz inmitten geschlossener Häuserzeilen, wo im Schatten eines roh gezimmerten Dachs einige würdige Männer in indigoblauen und weißen Gewändern auf einer bunten Matte saßen, als posierten sie für einen historischen Film. Nach entsprechend ausführlichen Begrüßungsformeln erkundigte sich Cousin E. respektvoll nach Wally N'Diaye junior, der eben um die nächste Ecke bog, als hätte er die Gäste erwartet. Die Ähnlichkeit mit seinem Vater auf der alten Fotografie war verblüffend, und dies nicht nur wegen seiner indigoblauen Tunika und der ähnlichen Kappe. Ohne geringstes Erstaunen reichte er den Fremden die Hand, führte sie wie selbstverständlich quer über den Platz zu seinem Haus und pries in makellosem Französisch den Fortschritt von Golmi. Der Hauptplatz und die wichtigste Straße seien bereits vor Jahren asphaltiert worden, auf Initiative der Anrainer und natürlich ohne Hilfe der Gemeinde, von der nie etwas Nützliches zu erwarten sei. Sogar ein kleiner Laden mit alkoholfreien Erfrischungsgetränken sollte in Kürze eröffnet werden, für Besucher. Er führte die Gäste über eine schmale Treppe in den zweiten Stock seines Hauses halb aus Lehm, halb aus Beton und Wellblech, wo am Ende eines leeren, dunklen Raumes das rhythmische Stampfen eines Mörsers ertönte. Auf einer Terrasse mit Aussicht über die gleißende gelbe Flusslandschaft berei-

teten seine beiden Töchter Hirsekuskus vor, die eine in einen malvenfarbigen, die andere in einen lindengrünen Boubou gekleidet. Später setzte sich noch seine Ehefrau zu den Gästen auf die schmale Bank vor der sepiadunklen Wand und führte ihren Enkel vor, einen zweijährigen, pausbäckigen Knaben, der im Lichtstrahl der Terrasse in einem roten Plastikauto für ein Foto posieren sollte.

Ohne Fragen abzuwarten, erzählte Wally N'Diaye junior von sich und seinem Leben, mit einer Selbstverständlichkeit, als sei dies nicht das erste Mal. Er kam 1936 in Golmi zur Welt, in diesem Haus, das bereits seinem Vater und seinem Großvater gehört hatte, im Zuge diverser »Strafexpeditionen« mehrmals zerstört und immer wieder neu aufgebaut worden war. Die Grundschule besuchte er in Kayes, wo sein Vater einen Laden der Compagnie Ch. Peyrissac führte. Es war durchaus kein kleiner Stand, betonte er, sondern beinahe ein Kaufhaus, in dem zeitweise mehr als drei Männer unter ihm arbeiteten. Ladji Sima, der unzertrennliche Freund seines Vaters, war ihm seit Kindheit vertraut, er sei oft hier in Golmi zu Gast gewesen, und natürlich hatte der Junior nur die allerbesten Erinnerungen an diesen »außergewöhnlich gebildeten Mann«. Den Koran habe er perfekt wie kaum ein anderer beherrscht, er sei »sehr streng, aber gerecht« gewesen; und auch von Ladjis Schwester Seynabou in Bakel wusste er nur das Beste zu erzählen, sie sei eine strenge, starke und »von allen geachtete Persönlichkeit« gewesen. Ladji habe ihr mehrere seiner Kinder zur Erziehung überlassen, um sie dem »schlechten Einfluss in Kayes« zu entziehen, und er selbst sei einige Male am Hof der Sima zu Besuch gewesen.

Umso erstaunlicher war es, dass Wally N'Diaye junior sich an den nur zwei Jahre älteren Mamadou überhaupt nicht erinnern konnte, dabei hatte er angeblich ebenfalls die Koranschule der Diakithé in Bakel besucht, bevor er nach Kayes übersiedelt war. Und über seinen eigenen Vater erzählte er nur, er sei in Saint-Louis auf das Lycée Faidherbe gegangen, vermutlich habe er Ladji Sima aus dieser Zeit her gekannt, was jedoch wenig wahrscheinlich war, da Ladji Sima nie ein Lycée sondern eine Koranhochschule in Mauretanien besucht hatte. Dafür erinnerte sich Wally N'Diaye junior genau an die mehrere Tage andauernden Trauerfeierlichkeiten für Ladji Sima im Jahr 1965, ganz Kayes habe daran teilgenommen.

Doris erschien es immer seltsamer, dass ausgerechnet Ladjis Vater Ahmadou Sourakhé ohne jede Erinnerung verstorben sein sollte, denn auch Wally N'Diaye junior wusste natürlich nichts von ihm.
Seine eigene Laufbahn war dem bereits bekannten Muster gefolgt. Zunächst ebenfalls »Koch des Kommandanten«, offenbar eine begehrte Stellung, sei er später nach Dakar zum Studium geschickt worden und habe danach in Frankreich gearbeitet, zuletzt in einer Werft in Le Havre, als Angestellter im Büro, betonte er.
1963 starb sein Vater, er kehrte nach Golmi zurück, »um für die Frauen zu sorgen«, und verließ den Ort nie wieder, obwohl er bei seiner Rückkehr erst siebenundzwanzig Jahre alt war. Offenbar war Wally N'Diaye junior dem Militärdienst entgangen, denn er erwähnte ihn nicht, als Einziger unter den Männern aus der Region, mit denen sie gesprochen hatte. Er erzählte den Gästen nur, dass er bald nach seiner Rückkehr eine Cousine aus Golmi geheiratet hatte, der er ein Leben lang treu geblieben war. Eine Liebesheirat, versicherte er stolz, erst nach dem Tod seiner Frau habe er ein zweites Mal geheiratet. Das Bekenntnis zur Monogamie war ihm ein Anliegen. Seine beiden Töchter lebten in Golmi und versorgten die Familie, der Schwiegersohn arbeitete in Frankreich, während seine beiden Söhne es in Afrika »zu etwas gebracht hatten«, der eine bei der Post in Dakar, der andere im Diamantengeschäft zwischen Guinea und Sierra Leone, wo er »ein Vermögen« verdiene. Immer wenn er die Familie in Golmi besuche, bringe er reiche Geschenke mit.
»Blutdiamanten«?, argwöhnte die Frau aus Wien im Stillen.[14] In welcher Rolle und auf welcher Seite sollte sie sich den Sohn vorstellen? Plötzlich hatte die afrikanische Idylle einen Sprung. Aber vielleicht war alles ganz anders als im Film. Der Bürgerkrieg war ja seit zwei Jahren vorbei, und ein Bürger des benachbarten Senegal mochte möglicherweise keinerlei Probleme haben, bei der Minengesellschaft in Guinea einen lukrativen Job um satte hundertzwanzig Dollar im Monat zu finden oder mit ein paar Rohdiamanten »ein Vermögen« zu verdienen, ganz legal. Irgendwo mussten die Männer ihr Geld ja hernehmen, um ihre Familien zu Hause zu erhalten und ihre Kinder in die Schule zu schicken. Wally N'Diaye junior war jedenfalls zufrieden mit sich und seinem Leben. Friede im Haus und Gesundheit seien

die allerhöchsten Güter, versicherte er, und diese erreiche man durch strengste Beachtung der Gebote Allahs, der alltäglichen Hygiene und durch eine monogame Lebensführung.
Golmi war eine gepflegte Gemeinde mit festen Häusern und einem asphaltierten Hauptplatz. Die Luft war klar, es herrschte Friede. Und die Heimfahrt nach Bakel verlief ohne Zwischenfälle und in gedankenverlorener Schweigsamkeit.

★

Der Imam von Bakel, El Hadj Samba Dramé war nun die letzte Hoffnung, etwas Genaueres über Abdoulayes Urgroßvater zu erfahren. Denn in Anbetracht der seit Urgroßmutter Taifour Camara etablierten Heiratsverwandtschaft zwischen den Dramé und den Sima sowie der traditionellen Bedeutung von Trauerfeiern konnte dem alten Imam kaum entgangen sein, wann, wo und wodurch Ahmadou Sourakhé umgekommen war. Zudem hatte Samba Dramé als Kind noch die repressivste Zeit des Kolonialismus erlebt, er war ein, wenn auch jugendlicher, Zeuge des Dramas um den unglücklichen Ibrahim Diaman Bathily gewesen, er hatte das Auseinanderbrechen der Konföderation Mali erlebt, als die Bewohner von Bakel plötzlich nicht mehr dem Verwaltungsbezirk von Kayes unterstanden, sondern unversehens senegalesische Staatsbürger geworden waren. So vieles hatte er vermutlich zu erzählen, und Doris konnte das Treffen mit ihm kaum erwarten.
Doch Cousin E. ließ durchblicken, ein Treffen mit seinem Onkel sei nicht so leicht, der Alte sei müde und ein viel beschäftigter Mann. Und außerdem möge er keine Franzosen. Cousin E. erklärte dies damit, dass sein Onkel wie die meisten Männer in Bakel in den 1950er oder 1960er Jahren in Frankreich gearbeitet und dort offenbar schlechte Erfahrungen gemacht habe. Genaues wusste er freilich nicht. Nur dass Samba Dramé offenbar alles in Frankreich verabscheut habe, den unwürdigen Umgang der Menschen miteinander und den Lebensstil im Allgemeinen.
Nun erzählte Abdoulaye von seiner ersten Begegnung mit dem Imam vor zwei Jahren, als der Alte ihn nach dem Grund seiner Reise gefragt und er ihm geantwortet hatte, er sei gekommen, um die Familie in Afrika kennenzulernen. Daraufhin hatte Samba Dramé ihn gefragt,

ob er beten könne. Und Abdoulaye hatte ergeben und wahrheitsgemäß geantwortet, nein, aber er wolle es lernen. Mein Sohn, hatte der Alte daraufhin erklärt, solange du Allah nicht gefunden hast, sind all deine Reisen umsonst. Ohne Allah wirst du das Land deiner Väter nie kennenlernen und deine Familie nie verstehen. Abdoulaye war zwar betroffen gewesen, fand aber, er habe daraus »etwas fürs Leben gelernt«. Was, wurde nicht ganz klar; doch Doris dachte im Stillen, vielleicht hatte der Alte ja recht, vielleicht konnte man die Menschen in diesem von islamischen Heilspredigern geprägten Land wirklich nur »verstehen«, wenn man ihren Allah »verstand«. Für sie wurde alles, selbst die innige Freundschaft, die Abdoulaye mit seinem Cousin verband, immer unverständlicher, was sie freilich wenig störte. Außer der Urgroßmutter Taifour Camara schien es wenig Gemeinsamkeiten zu geben zwischen Cousin E. mit dem geschorenen Haupt des religiösen Muslims und Abdoulaye mit seinen langen Dreadlocks, die hier jeder schrecklich fand. Doch Abdoulaye schwärmte voller Bewunderung von dem »reinen und einfachen Leben« seines Cousins, und dieser hatte wohl auch seine Fantasien über Abdoulayes Leben in der Theaterwelt Frankreichs.

★

Die Überlieferung der Dramé nahm, ähnlich wie die der Sima, im 13. Jahrhundert ihren Anfang und vermittelte die Identität dieses Familienverbandes bis in unsere Tage. In alter Zeit siedelten drei Gruppen der Soninké in der Region von Medina Khasso, an drei verschiedenen Orten, die allesamt wegen der nahen Goldminen wohlhabende Handelszentren waren. Die Sima, bevor sie Ambidedi zu ihrem Mittelpunkt machten, in Keniu, die Dramé in Gundiuru und eine dritte Gruppe namens Tranjigora in Diakhali. Alle drei stammten aus dem Nordosten jenseits der Sahara und waren damals bereits islamisiert. Die Sima waren Bauern und Handwerker, die Tranjigora Händler, und von den Dramé hieß es, sie befassten sich mit Literatur, womit der Koran und seine Auslegungen gemeint waren. Die Dramé galten also bereits damals als schriftkundige Gelehrte. Dann kam Manga Bathily mit seinen Kriegern, damals allesamt noch Animisten, und löste den Sima-König in Ambidedi auf die bekannte unblutige Weise ab. Es hieß, die Tranjigora verbündeten sich zwar mit den neuen Machthabern, doch heimlich verachteten sie die Bathily als »Heiden«, und wenn ein Bathily gestorben war, packten sie ihn bei den Füßen, warfen ihn in eine Grube und verscharrten ihn. Als ein Dramé Zeuge davon wurde, war er erschüttert. Der Islam schrieb vor, dass alle Menschen vor Allah gleich waren und Sorge dafür tragen sollten, in Ehren vor ihren Schöpfer zu treten. Also nahm der Dramé den Leichnam wieder aus der Grube, was die entsetzten Bathily zunächst vermuten ließ, er wolle ihn verspeisen; doch dann beobachteten sie, wie der Dramé den Leichnam wusch und einbalsamierte, ihn in ein weißes, reines und parfümiertes Linnen kleidete, wie er über dem Toten betete und ihn erst danach zu Grabe legte. Die Bathily waren von dieser Zeremonie derart beeindruckt, dass sie den Dramé ersuchten, sich fortan immer um ihre Toten zu kümmern. Ein später überlieferter Lobgesang betonte freilich, dass die Dramé niemals Leichen gewaschen hätten, offenbar galt diese Tätigkeit zur Zeit, als die Dramé sich als überregionale religiöse Autoritäten etablierten, als wenig ehrenvoll. Doch als die Geschichte mit den Bathily ihren Anfang nahm, waren die Dramé noch Untertanen des Herrschers von Mali. Berichtet wurde, dass Dramé Kanja zu Soundiata Keïta an den Niger reiste, um die Erlaubnis zur endgültigen Niederlassung in der Provinz Gadiaga einzuholen. Der Herrscher von Mali willigte ein, entließ den Dramé jedoch nicht aus seinen Verpflichtungen ihm gegenüber, sondern es hieß, er »verborgte« ihn an die Bathily in Gadiaga, als eine Art Lehen des Herrschers von Mali an die Herren von Gadiaga. Als Marabus der königlichen Linie der Bathily trugen sie die Verantwortung für deren islamische Erziehung und die Einhaltung der Gebote, sie spendeten Rat bei wichtigen Entscheidungen und Beistand am Anfang und Ende des Lebens, waren jedoch wie alle marabutischen Familien von jeder politischen und kriegerischen Tätigkeit ausgeschlossen. In der Folge siedelten die »Dramé der Bathily« in Nachbarschaft des *tunka* in Tiyabu, wurden jedoch bald eine unabhängige, einflussreiche Familie islamischer Würdenträger in Bakel. Alle Dramé gehören heute der sufischen Bruderschaft der Tidjaniyya an, die während der Kolonialherrschaft als radikal und den Franzosen nicht besonders wohlgesonnen galt, während sie in der senegalesischen Gegenwart eher als elitär und weltfremd angesehen wird, besonders im Vergleich zu der politisch höchst einflussreichen und wirtschaftlich erfolgreichen Bruderschaft der Muriden, die irdischen Gütern keineswegs abgeneigt ist.

★

Dieser Tag war vielleicht entscheidend für ihr ganzes Unternehmen. Mit einiger Mühe hatte Cousin E. doch noch ein Treffen mit dem Imam arrangieren können, und an diesem Nachmittag sollte es stattfinden. Doch kurz nach Sonnenaufgang, als Abdoulaye und Doris ihren Nescafé aus den Blechtassen tranken, erklärte er plötzlich: »Der Besuch beim Alten findet nicht statt.« Und auf ihre Verblüffung reagierte er mit Trotz: »Frag nicht warum, das ist eben so.«
Sie murmelte, er sei wohl verrückt geworden, und zog benommen von der üblichen Schlaflosigkeit ihren Stuhl vor den Eingang der dumpfen Halle der landwirtschaftlichen Kooperative, die ihr Quartier geworden war. Die Spatzen tschirpten in den Kronen der wilden Mandelbäume, vielleicht hatte sie falsch verstanden. »Und was wird aus unserem Projekt?«, fragte sie mit betonter Lässigkeit. Er war es doch, der den Ursprung seiner Familie erforschen hatte wollen, und dieser fände sich kaum in mittelalterlichen Überlieferungen, sondern höchstens in den Umständen des Lebens und Sterbens seines Urgroßvaters, der immerhin bereits während der Zeit der kolonialen Expansion in Saint-Louis für die Franzosen gearbeitet hatte. Aber Abdoulaye wiederholte verbissen: »Ich jedenfalls gehe auf keinen Fall mehr zu dem Alten. Er hasst Franzosen.«
»Das ist ja nichts Neues,« versuchte sie ihre Panik mit Spott zu überspielen. Schließlich konnte sie ihm entlocken, dass er den Imam bereits besucht hatte, und zwar allein, ohne sie davon zu informieren. Und offenbar ohne Erfolg. Sie versuchte zu verstehen, was passiert sein könnte. Offenbar war er verletzt. Hier in Bakel gehörte er zwar zur »Familie«, war jedoch gleichzeitig fremd. Er sprach kein Soninké, hatte in Frankreich keine islamische Erziehung genossen, und er war jung in einer Gesellschaft, in der nur die Alten zählten. Wahrscheinlich galt es hier immer noch als Anmaßung, wenn ein Sohn seinen Vater etwas fragte, ein junger Mann einen Alten, noch dazu einen Imam. Zur Zeit ihrer eigenen Adoleszenz war das in Europa nicht viel anders. Dazu war er Franzose, ein ziemlich patriotischer sogar, wie sie

bemerken konnte. Sie war sicher, mit ihr hätte der Alte gesprochen; denn sie hatte hier keine gesellschaftliche Stellung, allenfalls die eines Gastes. Sie war immerhin in einem Alter, das hierzulande ernst genommen wurde, und sie war keine Französin! Aber er hörte gar nicht zu, sondern wiederholte verstockt: »Er will uns nicht mehr sehen, auch dich nicht. Es ist vorbei.«

»Warum haben wir dann diese ganze mühsame und teure Reise unternommen? Nur damit du dich in Szene setzen kannst?«

Sie war gekränkt und wütend und er war natürlich empört. Dennoch überraschte sie die Heftigkeit seiner Worte, mit denen er ihr nun entgegenschleuderte, sie solle ihn »endlich in Ruhe lassen mit dieser blöden Familiengeschichte«, sie interessiere ihn überhaupt nicht mehr. Und schließlich: »Was geht dich das Ganze überhaupt an? Warum interessierst du dich so für meine Familie!?«

Ja, warum eigentlich? Lächerlich war ihre abgrundtiefe Enttäuschung, als hinge vom Schicksal seines Urgroßvaters ihre Existenz ab. Aber ihr Herz schlug bis zum Hals und in Gedanken packte sie wieder ihre Koffer. Sie wiederholte nicht, was sie bereits unzählige Male besprochen und beschrieben hatten, dass sie gemeinsam die Geschichte seiner Familie zwischen Afrika und Europa vor dem Hintergrund des Zeitgeschehens erarbeiten wollten, um voneinander zu lernen und das Verhältnis zwischen den beiden Kontinenten in einem neuen Licht zu sehen; sondern sie hörte sich leise und voller Hass sagen: »Nein, das kannst du nicht mit mir machen. Ich werde den Alten besuchen, auf jeden Fall.«

Eigentlich hatten sie bei Sonnenaufgang einen Ausflug zu den alten Dörfern stromabwärts unternehmen wollen, nach Tiyabu, der ehemaligen Königsresidenz, und weiter nach Diawara, wo im Mittelalter einige von Abdoulayes Urahnen siedelten, wo 1887 die »Strafexpeditionen« des Kommandanten Frey wüteten, wobei immerhin noch »viele hundert Stück Vieh, Eselskarren voller Goldschmuck und Tonnen von Getreide« erbeutet werden konnten. Hundert Jahre später, während der großen Dürreperiode in den 1980er Jahren, führte ein läppischer Flurschaden maurischer Rinder auf den Feldern der Soninké zu einer Welle des Aufruhrs entlang des Senegal und hatte die gewaltsame Vertreibung der jeweiligen Minderheiten in ganz Senegal und Mauretanien zur Folge. Sogar im verschlafenen Bakel kam es damals zur Revolte gegen die senegalesische Regierung, die offenbar weder willens noch in der Lage war, die Sicherheit in dieser heruntergekommenen Grenzregion zu gewährleisten. Der immer heitere Cousin E. hatte sich ebenfalls an den keineswegs friedlichen Demonstrationen beteiligt, er war in den Ferien gerade zu Besuch bei seiner Mutter, als ein Verwandter beim Versuch, den Streit mit den mauretanischen Tierhaltern am anderen Ufer zu schlichten, einfach erschossen worden war. Man habe sich das doch nicht gefallen lassen können, hatte Cousin E. verschämt gelacht, als er davon erzählte.

Derartige Auseinandersetzungen zwischen Hirten und Bauern gab es, seit Menschen in dieser Gegend lebten. Aber nun mischte sich Muammar al-Gaddafi als Präsident der Arabischen Liga auf seiten Mauretaniens ein, und Frankreich mobilisierte seine Truppen im Senegal. Und beinahe wäre es zum Krieg gekommen, zu einem modernen Krieg mit Panzern und Bomben, hätte nicht der damalige senegalesische Präsident Abdou Diouf höchstpersönlich die Siedlungen entlang des Senegal bereist und den aufgebrachten Bewohnern erklärt, jeder Krieg sei Wahnsinn, und hier würden nur drei Tage Krieg genügen, um ganz Senegal und Mauretanien um Jahrzehnte zurückzuwerfen.

Als sich Abdoulaye und Doris reichlich lustlos nun doch noch zum Aufbruch entschlossen, brannte bereits die hoch stehende Sonne auf sie nieder, aber zwischen ihnen herrschte eisiges Schweigen. Die etwa dreißig Kilometer lange Strecke war auf der Karte gut markiert und sollte bis zur Mittagszeit leicht zu bewältigen sein. Der Fahrer hatte sich am Vortag nicht wohlgefühlt und Abdoulaye gerne den Wagen überlassen; es war das erste Mal, dass die beiden so reisten wie ursprünglich geplant, nämlich zu zweit.

Gleich zu Beginn erforderten kurvenreiche, tiefe, sandige Spuren entlang des Stroms eine Achtsamkeit von Abdoulaye, die Doris ihm in Anbetracht seiner Wut nicht unbedingt zutraute. Von der Seite spürte sie seinen giftigen Blick. Später verengte sich der Weg, mehrmals fanden sie sich blockiert zwischen Gebäuden aus Beton und Lehm, mussten Leute zurate ziehen, die nur Soninké sprachen. Sie verstanden schließlich, dass sie weder Tiyabu noch Diawara passiert hatten, dass sie die Uferböschung hinunter und wieder hinauf fahren und

nach dem letzten Haus über eine Brücke nach links auf die Piste in Richtung zur Hauptstraße biegen sollten. Die dichte Besiedlung überraschte sie. Es war nicht festzustellen, wo ein Dorf aufhörte und das andere anfing. Unter den oft unbewohnten Häusern waren repräsentative, alte Amtsgebäude, Schulen und Moscheen, jedoch zumeist verwahrlost und nur durch diesen einen, sandigen, menschenleeren Weg verbunden. Die französische Administration hatte in den 1950ern die Autostraßen weiter südlich im sogenannten »Erdnussbecken« ausgebaut, um den Agrartransport aus dem Landesinneren nach Dakar zu beschleunigen. Dadurch war der Schiffsverkehr ab Saint-Louis allmählich zum Erliegen gekommen, die Fahrtrinnen waren versandet und die historischen Siedlungen am oberen Senegal wurden von der Welt buchstäblich abgeschnitten.
Irgendwann nach den letzten Hausmauern bogen sie nach links ins Landesinnere ab, überquerten ein ausgetrocknetes Flussbett über eine bröckelnde Brücke ohne Geländer, deren Breite kaum der Reifenspur ihres alten Geländewagens entsprach. Im Stillen bewunderte sie nun die Kaltblütigkeit seiner Fahrkünste. Dahinter dehnte sich ein leeres, dunkelgraues Flachland, auf dem mehrere Spuren in verschiedene Richtungen führten. Sie folgten einer, die nach etwa einer Stunde im Nirgendwo verlöschte. Zum Umkehren war es zu spät. Sie fuhren daher weiter in die von ihnen vermutete südwestliche Richtung quer durch eine flimmernde, farblose Ebene, die mit ihren Verkarstungsrissen aussah wie eine alte Keramikglasur. Irgendwann hielten sie an, um zu überlegen, was zu tun sei. Doch als sie ausstiegen, um sich die Füße zu vertreten, verbrannte ihnen die Gluthitze Gesicht und Hände, so dass sie sich erschrocken in den klimatisierten Wagen zurückzogen. Es war klar, diese Hitze tötete schnell.
Sie lächelten einander an, ratlos; längst war ihr morgendlicher Groll vergessen. Schließlich setzten sie ihre Fahrt fort, die Risse am Boden wurden zu stufenweisen Einbrüchen, die mäanderförmig das hartgebrannte Erdreich überzogen und die sie nun im langsamen Schritttempo überwinden mussten, immer gefasst darauf, aufzusitzen, umzukippen oder in den losen Lehmschichten einzubrechen.
»Wenn etwas passiert, bleibst du einfach im Wagen und lässt die Klimaanlage laufen, ich hole Hilfe«, lächelte Abdoulaye seltsam verklärt.

Und sie lachte auf wie nach einem gelungenen Scherz: Wo er denn hier Hilfe hernehmen wolle? Er hob grinsend die Schultern. Plötzlich fand sie die ganze Situation wahnsinnig komisch. Sie befanden sich ja keineswegs auf einer »Saharadurchquerung«, kein Sandsturm zog auf, kein Treibsand bedrohte sie, weit und breit war keine malerische Sanddüne oder pittoreske Felsformation zu sehen, sondern nur eine banale graue Ebene irgendwo zwischen Autostraße und Fluss, mit Einbrüchen im festgebackenen Staub. Wenn sie hier umkamen, wäre das wie Ertrinken im eigenen Swimmingpool. Ihre Wasserflasche war längst leer, die rote Nadel zeigte den Reservetank an, ihre Schläfen pochten, aber sie fühlte weder Durst noch Müdigkeit; nur eine heitere Leichtigkeit und diese befreiende Entspannung, wie nach einer unvermutet gewonnenen Erkenntnis. Als wären sie am Ziel.
In der Ferne tauchten einige schwarze Baumstämme auf, die beim Näherkommen zu mächtigen, toten Skulpturen in den Himmel wuchsen und sich hoch oben spärlich verästelten, wie gegen den Himmel gerichtete schwarze Hände. Der Baobab, mythischer Baum des Lebens, konnte tausende Jahre alt werden. Nichts vermochte ihn umzubringen – außer dieser tödlichen Mondlandschaft hier. Da flüsterte Abdoulaye: »Voilà, ein Dorf!« Und tatsächlich waren rechts vor ihnen einige schwarze Mauern zu erkennen. Doch beim Näherkommen wiesen keinerlei Spuren darauf hin, dass hinter diesen blinden, brüchigen Steinen mit dem offenstehenden, schadhaften Tor Menschen leben könnten. Als sie schweigend daran vorbei und weiter über diesen verbrannten Boden ins Ungewisse holperten, wurde Doris von Hoffnungslosigkeit überwältigt. Alles, wirklich alles war vergeblich. Selbst als am abendlich rot flammenden Horizont endlich die Masten einer Hochspannungsleitung die nahe Autostraße ankündigten, spürte sie nur Durst und ihren schmerzenden Rücken.

★

Und alles nahm wieder seinen Lauf. Cousin E., der zunächst versichert hatte, er wolle sich keinesfalls noch einmal dem Unmut seines Onkels aussetzen, gelang es wider Erwarten doch noch, ein weiteres Treffen zu arrangieren, ausgerechnet an einem Freitag. Es war tiefschwarze Nacht, als Samba Dramé die Gäste schließlich empfing. Es hieß, der

Alte sei sehr müde. Er hatte an diesem Tag des Großen Gebets ein reiches Programm im Dienste der Gläubigen zu absolvieren gehabt. Doris erkannte ihn nicht gleich auf seinem hohen Lehnstuhl nahe der Wand am Ende des weiten Hofes. Er trug eine weiße, weite Robe und um den Kopf ein weißes, lose herabfallendes Tuch. Im schwachen Schein eines bläulichen Lichts schien er sehr blass, die schütteren Barthaare waren ebenfalls weiß, die Augen hinter dicken Brillengläsern verborgen. Er musste fast blind sein. Dass Samba Dramé der Frau aus Wien nicht die Hand reichen wollte, störte sie wenig. Die Religion gestatte ihm nicht, eine fremde Frau zu berühren, erklärte er höflich, und sie wusste, Händeschütteln war ja in vielen Kulturen nicht üblich. Viel mehr störte sie der Umstand, dass diese schwierige Begegnung unter den kritischen Blicken etlicher junger Männer stattfinden musste. Denn außer Abdoulaye und Cousin E. hatten sich dahinter mehrere seiner Brüder und Cousins niedergelassen, sogar der Fahrer, den Abdoulaye ebenfalls eingeladen hatte, was sie denkbar überflüssig fand. Alle waren nur aus Neugierde hier, ein Publikum für eine Talk-Show.

Nach einer Weile gespannter Stille ergriff Samba Dramé das Wort und entschuldigte sich für sein, wie er meinte, ungeübtes Französisch, er habe seit den 1950er Jahren die Sprache nie wieder benützt. Doch das konnte kaum stimmen, denn abgesehen von seinem Aufenthalt in Frankreich verwies eine literarische Referenz darauf, dass er in den 1960er Jahren mit dem französischen Anthropologen Claude Meillassoux und dem Historiker Abdoulaye Bathily gearbeitet hatte. Die Frau aus Wien beeilte sich mit einem beflissenen Lächeln zu erklären, sie sei gar keine Französin, was wohl reichlich naiv war; als würde es in Österreich einen großen Unterschied ausmachen, ob jemand aus Mali oder aus Kamerun kam. Nach einem kaum merklichen Kopfnicken fragte Samba Dramé nach ihrem Alter, er fragte, ob sie verheiratet sei und ob sie Kinder habe; er fragte sie nach ihrem Beruf. Und schließlich fragte er, was sie mit seinen Informationen anzufangen gedenke. Doris fühlte sich in Frage gestellt. »Informationen? Wir sind doch keine Spione! Abdoulaye möchte die Geschichte seiner Familie kennenlernen und ich helfe ihm dabei. Das ist alles.«

Daraufhin zählte Samba Dramé die Ahnen aus der Genealogie der Dramé auf, leise und schnell, wie eine auswendig gelernte Rezitation.

Doris verstand ihn kaum, wagte aber nicht, ihn zu unterbrechen. Das Leitmotiv war ohnehin erkennbar: Alle Dramé dienten Gott, seit zwanzig Generationen. Sie aber war nur an den letzten dreien interessiert. Vorsichtig pirschte sie sich an die ungelösten Fragen nach Abdoulayes Urgroßvater heran, fragte nach dem genauen Verwandtschaftsverhältnis zwischen den Sima und den Dramé. Nun erfuhr sie einiges über die mehrfache Verbindung von Sima-Frauen mit Dramé-Männern im Laufe der Geschichte: dass Taifour Camara mit Ahmadou Sourakhé (Sima) zwei Kinder gehabt hatte, Ladji und Seynabou. Dass Taifour Camara in zweiter Ehe den Marabu Buna Dramé geheiratet hatte; und Buna Dramé mit einer zweiten und einer dritten Frau weitere Söhne gezeugt hatte, darunter Fode Dramé, den Vater von Cousin E., und zuletzt ihn selbst, Samba Dramé.
»Ich bin also ein Vater von E.«, fügte der Alte freundlich hinzu, »und auch ein Vater von Abdoulaye.«
Doris nickte in geheucheltem Verständnis und fragte dann, ob der Imam Ladji Sima gekannt habe, den Großvater von Abdoulaye.
»Natürlich habe ich ihn gekannt, sehr gut sogar!«, war die Antwort. »Er war ja mein großer Bruder.«
Dann könnte der Imam doch auch etwas über den Vater von Ladji Sima wissen, über Ahmadou Sourakhé, meinte Doris. Aber da schwieg der Alte. Und schließlich erklärte er kurz: »Dazu kann ich nichts sagen. Der gehörte ja nicht zu meiner Familie.«
Wieso gehörte der plötzlich nicht zu seiner Familie, dachte Doris verwirrt, wenn dessen Sohn Ladji Sima sein »großer Bruder« und Abdoulaye »sein Sohn« war? Wusste er wirklich nichts? Umso lieber sprach der Imam von der religiösen Berufung der Dramé: dass diese erblich war und der Älteste jeder Generation zum Imam der Großen Moschee ernannt wurde; und wenn einer besonders begabt war und mit Allahs Segen nach Mekka pilgern konnte, wie er selbst, wurde er zum obersten Imam des gesamten Kreises erwählt. In allen Einzelheiten schilderte er den großen Festtag, als anlässlich seiner eigenen Wahl zum obersten Imam sich alle Marabus zwischen Bakel und Médine in der Großen Moschee von Moodicané versammelt hatten. Aus Scheu, ihm zu nahe zu treten, zögerte sie einen Augenblick, ihn nach Persönlichem zu fragen, etwa nach seinen Erfahrungen in Frankreich. Und

schon war wieder sie die Befragte. Woher sie Abdoulaye kenne, wollte Samba Dramé nun wissen, und was sie *eigentlich* hier suche. Er misstraut mir, dachte sie bedrückt, und erzählte geduldig die Geschichte der Begegnung mit Abdoulaye in einer Oase in Marokko, erzählte, wie er ihr bei ihrer Arbeit im Hohen Atlas als Fotograf geholfen hatte, und sie schließlich gemeinsam das Projekt zur afro-europäischen Familie Sima entwickelt hatten. Sie sagte: »Hadsch, Ihr Sohn aus Frankreich möchte ein Bild von seiner Familie in Afrika gewinnen, damit er sich selbst klarer sehen kann. Denn nur wer ein Bild von sich selbst hat, kann auch andere Menschen verstehen und seinen Lebensweg finden.«

Samba Dramé schwieg lange. Dann wandte er sich seinen Söhnen zu und sagte etwas auf Soninké. Cousin E. übersetzte: »Der Alte sagt, er versteht kein Wort von dem, was du sagst.«

»Auch ich verstehe ihn kaum«, entgegnete sie etwas irritiert und ersuchte, ob nicht jemand das schrille Radio im Hintergrund abdrehen könne. Um den Alten besser zu hören, hatte sie sich etwas vorgebeugt. Doch nun sagte er wieder etwas auf Soninké, und darauf folgte betretenes Schweigen. Niemand wollte übersetzen. Nach einer Zeitspanne, die ihr unendlich lange erschien, flüsterte Cousin E. dem neben ihm sitzenden Abdoulaye etwas ins Ohr und der beugte sich schließlich zu ihr und sagte leise: »Der Alte fragt, warum du ihm so nahe rückst. Er mag das nicht.«

Erschrocken lehnte sie sich zurück, entschuldigte sich, verwies auf das störende Radio, das sie am Verstehen seiner Worte gehindert habe. Irgendjemand drehte nun den Apparat im Hintergrund ab, doch die Stimmung entspannte sich nicht.

Und als der Alte höfliches Verständnis dafür zeigen wollte, dass sie sich nun, da ihr Kind erwachsen sei, die Freiheit für so ein *Abenteuer* erlaube, und zudem den Verdacht äußerte, sie werde wohl viel Geld verdienen mit dem Buch, das sie mithilfe *seiner* Informationen schreiben würde, da war ihre Geduld erschöpft. Nein, sie suchte wahrlich kein *Abenteuer* und der Grund dieser Reise war kaum *das ungeheuer viele Geld*, das ihr ausgerechnet ein Buch über die Familie Sima einbringen würde! Doch Samba Dramé hatte Erfahrung mit Ethnologen und meinte schlicht:

»Es ist ohnehin alles falsch, was ihr über uns schreibt.«
Die Frau aus Wien hatte verstanden. Aber wie unter Zwang beharrte sie: »Hadsch, ich bitte Sie, für die Nachkommen der Sima in Frankreich wäre es wichtig zu wissen, aus welcher Welt ihre Eltern gekommen und warum sie weggezogen sind. Das ist der Grund, warum wir den Menschen hier näherkommen wollten und warum wir hofften, Sie würden uns etwas über Ihre Jugend in Bakel erzählen.«
»Ihr kommt immer zu uns, ihr wollt immer alles von uns wissen, uns *näherkommen.* Warum nur? Ich zum Beispiel will gar nichts von euch wissen. Und näherkommen will ich nur Allah.«
Und dann kam die Frage aller Fragen: »Glaubst du an Gott? Betest du?«
Plötzlich war sie es müde, über die Letzten Dinge unter Verhör genommen zu werden. Sie wusste natürlich, dass man hierzulande als Ungläubige kaum Chance auf Anerkennung hatte, während man als bekennende Christin oder Jüdin durchaus geachtet wurde. Und schon wollte sie mit einem klaren Ja das Thema beenden. Da erinnerte sie sich an all die Reisenden, die stolz von ihren, wie sie meinten, listigen Täuschungsmanövern ihren afrikanischen Gastgebern gegenüber berichteten, um an ihr Ziel zu gelangen, allen voran René Caillié, der sich auf seinen Reisen nach Timbuktu als Muslim ausgegeben, eine falsche Biografie erdichtet und sich hinterher in seinem Buch eher verächtlich über seine Gastgeber geäußert hatte. Und sie entschloss sich wieder zur Wahrheit. »Hadsch«, sagte sie, »Sie suchen Allah, ich versuche eben, die Menschen zu verstehen.« Da richtete sich der Alte ein wenig in seinem Lehnstuhl auf und sagte: »Alles, was es über die Menschen zu verstehen gibt, ist aus dem Islam zu lernen. Denn der Islam ist der Weg zu Allah, ihrem Schöpfer.«
Doris nickte resigniert. Sie kamen überein, dass sie beide müde waren, und verabschiedeten sich höflich, aber kurz.

★

Draußen auf der Alten Straße fühlte sich die Nacht schwarz und warm an, wie ein Backrohr. Doris schwankte vor Erschöpfung und aus Erleichterung, die Konfrontation mit dem Imam hinter sich gebracht zu haben. Die Begegnung hatte über zwei Stunden gedauert, immerhin

hatte der Alte eine beachtliche Geduld an den Tag gelegt. Und wenn das Ergebnis dieser Reise wäre, dass Abdoulaye wirklich das Interesse an seiner Familie in Afrika verloren hätte? Wäre das schlecht? Doch da hörte sie ihn zu seinem Cousin E. sagen, wirklich, der Alte sei ein beeindruckender, weiser Mann, und sie empfand es wie einen Verrat. Alle drei kehrten dann bei einer Cousine ein, einer Diakithé, ebenfalls eine Familie von Marabus. Es war nur deren Tochter zugegen, eine freundliche junge Frau, die eben dabei war, zusammen mit ihren Kindern die Abreise zu ihrer Mutter nach Dakar vorzubereiten. Sie lächelte verständnisvoll: »Ach, ihr kommt vom Alten.«
Am flimmernden, batteriebetriebenen Fernsehschirm in der Mitte des Hofes rezitierte vor dem Hintergrund maurischer Keramikfliesen ein dunkel gekleideter Herr aus dem Koran; und Abdoulaye fragte die Tochter seiner Cousine nach der Koranschule der Diakithé, die sein Vater als Knabe hier besucht hatte. Das lange Gebäude, eine alte, seitlich offene Holzkonstruktion stand unverändert und bildete eine Seite des Hofes. Nirgendwo war ein Entkommen. Wie machte das nur Cousin E., dachte Doris wieder, dieser intelligente, hübsche junge Mann, mit seiner modischen roten Schirmkappe, seiner manchmal etwas zu lauten Stimme und seinem herzlichen Lachen? Zu ihrer Überraschung wandte er sich jetzt ihr zu und sagte leise, fast verschwörerisch, eigentlich habe er den Alten ziemlich arrogant gefunden. Und sie, weil sie müde und unsicher war, antwortete leichthin, vielleicht klappt es ja nächstes Jahr besser. Ja, vielleicht, lächelte er und fügte mit gedämpfter Stimme hinzu: »Aber nächstes Jahr bin ich nicht mehr hier!«
Auf ihre verblüffte Frage erfuhr sie, es sei längst beschlossene Sache. Sein Bruder lebte ja seit vielen Jahren in Paris, habe eine gute Arbeit und eine Frau, die nun sogar ein Kind erwarte! Seine Mutter sei zuckerkrank und brauche Medikamente, die Reisen nach Kayes zur Behandlung seien teuer. Er warte nur, bis sein Bruder das nötige Geld für sein Flugticket zusammengespart habe. »Auch ich werde mich beweisen«, erklärte er, »und alle werden es sehen!« Und als Doris erschrocken einwandte, aber du hast doch keine Ahnung von der Härte der Pariser Vorstädte, der Kälte im Winter, der Brutalität der Polizei, die Immigranten ohne *Papiere* sogar in öffentlichen Toiletten und bei einem Arztbesuch verhaftet; du hast keine Ahnung von den Zustän-

den in den Auffanglagern und in den Gefängnissen, wo du landest, hast du einmal deine *Papiere* nicht zur Hand oder nur irgendeinen Termin versäumt; keine Ahnung von den rassistischen Anfeindungen, von der Erpressung durch irgendwelche Vermittler einer Schlafstelle oder einer Arbeit, nichts, nicht einmal deine Würde wird dir am Ende bleiben – du hast es doch hier viel besser!, da entgegnete Cousin E. mit ungewohnter Kälte: »Was weißt denn du schon. Ich will ja gar nicht bei euch leben, sondern nur meine Verwandten besuchen und mich ein wenig umschauen. Ich habe sogar eine Arbeit in Aussicht. Warum sollte ich das nicht dürfen? Wo ihr doch überall hinfahren, überall Geld verdienen und den Einheimischen die Arbeit und das Land wegnehmen könnt! Ist nicht Bewegungsfreiheit eines eurer Menschenrechte?«

Ihr, sagte er jetzt, wenn er mit der Frau aus Wien sprach. Und *eure* Menschenrechte. Er warf die Arme in die Luft, als wolle er fliegen, und lachte wieder sein ungestümes Lachen, von dem sie freilich nicht mehr sicher war, ob es von Herzen kam.

»Was sollte mir schon bei euch geschehen? Ich bin jung und gesund, habe viel Energie, ich weiß viel, kann einiges. Und ich habe *unsere* Magie, mit der ich *eure* elektrischen Zäune überwinden und *eure* Polizisten behexen werde! Was sind schon eure Gesetze! Sie ändern sich ohnehin jedes Jahr. Es wird immer Wege geben, immer. Merk dir das. Man kann niemandem verbieten, sein Leben in die Hand zu nehmen.«

Hatte er das mit der Magie ernst gemeint? Doris schwieg betreten. Und Abdoulaye, der eben noch das »einfache, naturverbundene Leben« seines Cousins bewundert hatte, lächelte ihm nun in innigem Einverständnis zu.

★

Später, als sie in ihrem Zimmer den wilden und geheimnisvollen Geräuschen der warmen Nacht hinter dem Moskitogitter lauschte, dachte sie, vielleicht hätte sie Cousin E. doch zur Vernunft bringen sollen, wie man so sagt, hätte ihm etwa von den Kosten der sogenannten »Migrationspolitik im Schengenraum« erzählen sollen. Schau, hätte sie sagen können, *wir*, die Steuerzahler in Europa, geben jährlich ungefähr hundertzwanzig Millionen Euro allein für den Unterhalt und die

Überwachung von »Abschiebezentren« aus. Und an die sechshundert Millionen für die »Fremdenpolizei«, um diese Zentren zu füllen; weitere siebenhundert Millionen gibt allein Frankreich pro Jahr für polizeiliche und administrative Maßnahmen sowie Flugtickets für »Abschiebungen« aus; das ganze viele Geld dient nur der *Entfernung* von Leuten wie dir und nicht etwa ihrer Unterstützung oder Ausbildung, die der Allgemeinheit auf irgendeine Weise wieder zugutekommen könnte, hüben oder drüben. Vergiss deinen rückständigen Marabutismus, hätte sie sagen können, *wir* sind fortschrittlich und reich, *wir* lassen uns die Vernichtung von Existenzen etwas kosten. Und wir sind innovativ. Im Handumdrehen verschieben wir die Grenzen Europas bis in die Sahara, schließen an den *limes* des Imperium Romanum an, wo bekanntlich unser aller Wurzeln liegen, und bezahlen jene Länder, die nicht einmal einen Begriff von Menschenrechten haben, dafür, *uns* vor Leuten wie dir zu schützen. Wir wissen, das fällt ihnen leichter als uns, die wir an lästige Gesetze gebunden sind. Wir finanzieren ihnen Grenzanlagen und, ja, Konzentrationslager nicht nur an den nördlichen Küsten des Mittelmeeres, sondern in ganz Nordafrika und am liebsten in Libyen, von dem uns bekannt ist, dass es als einziges nordafrikanisches Land niemals die Genfer Konvention anerkannt hat und keiner Hilfsorganisation Zutritt zu den Lagern gewährt. Sogar das Waffenembargo haben *wir* aufgehoben, um Muammar al-Gaddafi das nötige Kriegsgerät für *unseren* Grenzschutz liefern zu können. Denn dafür haben wir allemal genug Geld. Millionenbeträge hat die EU für Gaddafi lockergemacht, allein Italien hat mit ihm einen Vertrag über jährlich zweihundert Millionen Dollar auf fünfundzwanzig Jahre abgeschlossen, damit er uns Leute wie dich vom Leib hält! Als zusätzliches Dankeschön für seine bekannte Art, die Flüchtlinge in der Wüste zu entsorgen, wurde ihm die »Rückkehr in die westliche Wertegemeinschaft« zuteil und ein prunkvoller Empfang samt Gefolge und seinem pittoresken Zeremonialzelt vor dem Louvre. (Sein grausames Schicksal, das ihn wenig später mit Beihilfe jener ereilte, für die er eben noch ein geschätzter Kunde und Finanzier ihrer politischen und wirtschaftlichen Laufbahn gewesen war, konnte sie damals noch nicht ahnen. Aber sie wusste von den umfangreichen Investitionen Libyens in Mali und von den Zigtausend Maliern, die in

Libyen arbeiteten, weil sie dort nicht nach *Papieren* gefragt wurden, dafür aber den allseits bekannten Rassismus der Bevölkerung zu spüren bekamen, dem es insbesondere Flüchtlingen gegenüber an grausamem Einfallsreichtum nicht mangelte.) Und vergiss nicht die vielen hundert Millionen, hätte sie sagen können, für sogenannte »Kontrolldispositive zur Abwehr illegaler Einwanderer«, etwa FRONTEX, die die »Flüchtlingsabwehr« innerhalb und außerhalb der Grenzen Europas zu Land, in der Luft und zu Wasser mittels militärischer Technologie und Logistik in einem legalen Niemandsland koordiniert und deren Budget von 6 Millionen im Jahr 2005 auf satte 86 Millionen im Jahr 2011 gestiegen ist. Ihr Budget soll wieder erweitert werden – da soll noch einer sagen, Europa sei sich nicht einig, wenn es darum geht, die Sicherheits- und Waffenindustrie zu unterstützen. Was willst denn du dagegen ausrichten mit deiner hinterwäldlerischen Zauberei!? Und deine rückständige Religion, die die Unterstützung Notleidender zur heiligen Pflicht erklärt, kannst du *bei uns* ohnehin vergessen. In Frankreich, dem Land der Menschenrechte und der Vernunft, wird seit kurzem jede private Hilfestellung für gestrandete Menschen ohne gültige Papiere als »Solidaritätsdelikt«, jawohl, als *délit de solidarité* geahndet; wir in Europa wissen, wie man sogar aus dem Elend von Flüchtlingen eine wirtschaftliche Wachstumsbranche schafft, Arbeitsplätze und Karrierechancen in der Sicherheitsindustrie, im Polizeiapparat, für soziale und juristische Dienstleistungen, alle von Steuergeldern bezahlt. So viel Vernunft kannst du gar nicht annehmen! Und wer weiß, vielleicht ist während unserer Abwesenheit bereits eine neue Verordnung zur *Migrationsprävention* in Kraft getreten, nach welcher wir uns strafbar machen, wenn wir dein Vorhaben nicht umgehend denunzieren. Nimm doch Vernunft an, hätte sie sagen können, das alles ist längst ein Krieg, »Politik mit anderen Mitteln«.

Aber Doris hatte ihm nichts von alldem gesagt, sondern irgendetwas Sentimentales von ihren Sorgen und guten Wünschen, wie alle, die es sich leisten können, sentimental zu sein.

★

Am Abend vor ihrer Abreise machte sie einen letzten Spaziergang am Strom, vorbei an ehemaligen, zu einem undurchdringlichen Gestrüpp

verwilderten Plantagen. Ein ausgetrockneter, von Lianen zerrissener Bewässerungskanal aus Beton war das einzige Zeugnis vom Schweiße der Vergangenheit; und in den Baumkronen jubilierten tausende Stare. Ein Maultier trabte mit hellem Schellenklang vorbei, einem Karren auf zwei alten Autoreifen vorgespannt, in dem ein sorglos singender Knabe aufrecht stehend die Zügel durch die Hände gleiten und seine Peitsche knallen ließ. Aus strohtrockenen Feldern tauchten in großem horizontalen Abstand voneinander plötzlich drei Hirten auf, die mit weit ausgreifenden Schritten und mit Hilfe eines gelben Hundes ihre Herden vorantrieben. Ihre dunkelblauen Turbane schwebten wie Räder über ihren Köpfen, Mund und Nase waren mit schützenden Tüchern bedeckt, ihre bunt bestickten Jacken über einem weiten Leinenhemd machten einen festlichen Eindruck. Sie führten buntscheckige Schafe und Ziegen nach Bakel. Bald war Aschura. Das Fell der wohlgenährten Tiere glänzte in der Abendsonne, wie stellten die Viehzüchter das bloß an in diesem verbrannten Land? Im Eilschritt gingen sie an der *tubab* vorbei, grüßten nicht, würdigten sie keines Blickes, als wäre sie nicht von dieser Welt; womit sie ja nicht unrecht hatten.
Schließlich kam ihr noch dieser imposante Mann entgegen. Er kam aus der Richtung Tiyabu oder Diawara, trug Jeans, einen knöchellangen, dunkelbraunen Burnus und um den Kopf den dunklen Turban der Beduinen, der nur die Augen freiließ. Ein prall gefüllter Sack hing an einem Riemen über seinem Rücken, in der einen Hand trug er eine braune Reisetasche, in der anderen einen langen Gehstock, und seine – obwohl die Dämmerung bereits angebrochen war – zügigen Schritte wiesen auf einen weiten Weg hin. *Salam!*, rief er ihr im Vorbeigehen munter zu, *moi, je m'en vais maintenant!*, und sie wünschte ihm eine gute Reise, als handle es sich um einen Urlauber aus ihrer Nachbarschaft in Wien, und fügte, nur um irgendetwas zu sagen, hinzu: »Wir fahren morgen ab!« Einen Atemzug lang empfand sie sein Hochgefühl, wie vertraut war ihr diese beglückende Illusion, *alles* hinter sich zu lassen, um zu leben! Da drehte er sich nochmals um und rief: »Ihr habt es wohl auch satt, dieses Elend hier? Warum seid ihr überhaupt gekommen, wo ihr bei euch doch alles habt?« Und war in der Dunkelheit verschwunden.

VII

Einer Autopanne verdankten sie drei Nächte erholsamen Schlafes im herrlich gemäßigten Klima von N'Dioum. Auf der Terrasse der Herberge im Freien zu speisen, war wie Urlaub in der Schweiz. Und der freundliche Verwalter stellte ihnen sogar seinen Lieferwagen zur Verfügung, um im zwölf Kilometer entfernten Podor nach einer neuen Batterie zu suchen, immerhin war Podor ein bedeutender Ort aus der Kolonialzeit und in jedem Reiseführer vermerkt. Doch nach seiner Rückkehr erklärte der Fahrer: »In Podor gibt es nichts. Gar nichts.« Dafür fand in N'Dioum gerade der Wochenmarkt statt; und zwischen Kartoffeln und Zwiebeln, geflochtenen Körben, bunten Plastikkannen und Stoffen fand sich schließlich auch eine brandneue Batterie zu einem erstaunlich günstigen Preis. Das Schmuggelparadies zwischen Richard Toll und Rosso konnte nicht mehr weit sein.

Später erwies sich das »Nichts« von Podor als adrette kleine Stadt mit einer bunten Häuserzeile von mediterranem Flair an der alten Hafenanlage. Der Senegal war hier von einem satten Ultramarin und mehr als dreißig Meter tief, aber so schmal, dass früher Überfälle durch maurische Beduinen keine Seltenheit waren. Gouverneur Louis Faidherbe hatte hier daher das erste große Fort seiner Amtszeit errichten lassen, denn Podor mit seiner fruchtbaren Aulandschaft war der wichtigste Stützpunkt für die Versorgung von Saint-Louis. Am gegenüberliegenden Ufer lag eine archäologische Stätte, angeblich das prähistorische Zentrum des entschwundenen Reiches Tekrur, das pulaarsprachige Hirten aus der Sahara lange vor unserer Zeitrechnung gegründet hatten. Von ihm leitet sich der Name für die Tukuloor ab, auf französisch *toucouleur*, was freilich zu Missverständnissen führt, denn mit Farbe – *couleur* – hat der Name nichts zu tun. Nachfahren der Bewohner dieses entschwundenen Reiches siedelten später am linken Ufer und bildeten eine islamische Stammeskonföderation mit einem *almâmy* an

Insel Morphil im Senegal

der Spitze, der vom Rat der geistlichen Führer, der *ulema,* gewählt wurde – bis auch dieser Staat nach den Auseinandersetzungen um den von hier stammenden, prominentesten aller Tukuloor, El Hadj Omar Tall, im Dunkel der Kolonialgeschichte aufgegangen war.

Ihre Religiosität war den Menschen offenbar bis heute geblieben. Nicht nur, dass es in Podor keine Autowerkstatt und nicht einmal eine Tankstelle gab, selbst eine Bar oder Herberge suchte man hier vergeblich. Der Hafen lag verlassen in der brütenden Mittagsglut, die idyllischen Häuser waren reichlich renovierungsbedürftig, bis auf eines, das durch Glasscheiben in neuen Fensterrahmen auffiel und durch einen frischen Putz. Aus dem blütenumrankten Hof drang das Lachen spielender Kinder in blauer Schuluniform, und die Reisenden erfuhren, dass das Gebäude einer französischen Marien-Mission gehörte, was in Anbetracht der islamischen Tradition dieser Stadt eher überraschend war. Weniger erstaunlich war, dass das alte Fort kenntnisreich restauriert worden war, natürlich mit französischen Mitteln, immerhin handelte es sich um ein »Kulturdenkmal« der *grande nation.* Monsieur Sô, ein schlanker, grauhaariger Herr, sperrte für die Gäste die renovierten Zimmerfluchten auf, an den Wänden erinnerten alte Flinten, Fotos und Infotafeln an zwei für die ganze Region schicksalshafte Persönlichkeiten, an Louis Faidherbe und Omar Tall. Von der Terrasse aus bot sich ein Rundblick über das flache, von Wasserläufen durchzogene grüne Land, auf die wild umrankte Ruine der im klassizistischen Stil erbauten ehemaligen Gouverneursresidenz, die offensichtlich dem Verfall preisgegeben war, sowie auf eine bescheidene Moschee aus frisch getünchtem Beton. Monsieur Sô zufolge sei sie von Omar Tall einst persönlich errichtet, seit langem zerstört und vor kurzem wieder aufgebaut worden. »Für Touristen?«, fragte die Frau aus Wien, worüber Monsieur Sô nur den Kopf schütteln konnte: »Touristen, hier? Niemals!« Doch diesmal war es nicht »der Strom«, der die Fremden nicht duldete, sondern es waren die Bewohner von Podor, die nicht den zur Schau getragenen Blößen der Fremden ausgesetzt sein wollten, ihrem lärmenden Alkoholkonsum und der lächerlichen Herablassung, mit der sie Bonbons, Kugelschreiber oder billige Sonnenbrillen verteilten. Sogar Touristen aus Saint-Louis, die auf ihrer »Kreuzfahrt« mit dem alten, kürzlich restaurierten Postschiff Bou El

Insel Morphil: Meditationshaus von Omar Tall

Mogda in Podor Station machten, mussten sich mit einem geführten Landgang begnügen und spätestens zur Stunde des Abendgebets wieder an Bord sein. Die Leute vermieden, dass sich Fremde über Nacht hier aufhielten, meinte Monsieur Sô, aber entlang der Autostraße gebe es genügend Orte mit Hotels.

★

N'Dioum war ein solcher Ort. Die Herberge der Reisenden, ein ehemaliges Schulungszentrum für Krankenschwestern, lag an der Doue, einem Nebenarm des Senegal, der in einem weiten Bogen die Insel Morphil umschrieb. Die Insel sei gastfreundlich und fruchtbar, hatte ein einheimischer Gast geschwärmt, und am anderen Ende sei der Senegal so breit wie der Niger. Daher machten sich Abdoulaye und Doris auf, das wunderbare Eiland zu erkunden, während der Fahrer mit der Reparatur des Wagens beschäftigt war. Für die Überfahrt nahmen sie eine der Pirogen, die am Ufer der Doue jedermann zur freien Verfügung standen, vorausgesetzt man ruderte selbst und vertäute das Boot wieder am anderen Ufer. Drüben angekommen, fanden sie sich jedoch auf einer schnurgeraden, breiten Schotterpiste quer durch eine endlose, staubige Ebene wieder, so weit das Auge reichte nur krüppelige Stechakazien und gigantische Agaven mit in sich zusammenstürzenden Blütenständen.
Aufatmend stürmte Abdoulaye voran, erschüttert von der Weite dieser belanglosen Landschaft. Das bedeutungsschwere Verharren auf unbequemen Sitzgelegenheiten war für ihn ebenso wie für die Frau aus Wien eine der anstrengendsten Herausforderungen dieser Reise. Als er sich außer Hörweite wähnte, warf er die Arme in die Luft und rief so laut er konnte über die Ebene, dass seine weit zurück gebliebene Begleiterin nicht umhin konnte, es zu verstehen: Immerzu wolle er so marschieren, sein ganzes Leben lang! »Ich bin ein Peul!«, schrie er dem weißen Licht entgegen, »ja, ein Peul!« Der Abstand zwischen ihnen vergrößerte sich, und als nach Stunden endlich ein dunkelgrüner Streifen am Horizont das nahe Wasser ankündigte, erklärte ein vorbeiziehender Fuhrmann, es handle sich wieder nur um einen Nebenarm und der große Strom sei erst nach Überwindung weiterer Wasserläufe zu erreichen. Abdoulaye wollte natürlich unbedingt die Insel

Insel Morphil: Der Imam von Halwaâr

bis an ihr Ende erkunden und den großen Strom erreichen, während Doris in der Hitze des frühen Nachmittags ziemlich am Ende ihrer Kräfte war. Und so kamen sie überein, dass sie im Schatten eines malerisch über das Wasser ragenden Baumes auf ein Fuhrwerk warten und allein nach N'Dioum zurückkehren sollte. Erst als er am anderen Ufer von der Fähre ging, inmitten der Passagiere, von denen er sich durch nichts unterschied, seit er Haare und Mund gegen den Staub mit seinem Gesichtstuch bedeckt hatte, als er, ohne sich noch einmal umzusehen, hinter der nächsten Kurve verschwunden war, wurde ihr bewusst, dass sie sich nicht auf einem Ausflug im Wienerwald befand, sondern im senegalesisch-mauretanischen Grenzgebiet. Allein. Und schon bewegte sich ein etwas zerlumpter Jugendlicher auf sie zu. Nein, er bettelte keineswegs, sondern machte ihr mit unverkennbaren Zeichen einen obszönen Antrag. Nicht dass sie sich fürchtete, aber dass dies auf dem Land, in unmittelbarer Nähe der Anlegestelle und vor den Augen der dort wartenden Männer geschehen konnte, ließ ihren erbärmlichen Status als *tubab* ohne Begleitung erkennen. Einer der Männer, der die Szene beobachtet hatte, erklärte ihr später in rudimentärem Französisch, das Fernsehen aus dem Westen sei daran schuld. Weiße Frauen würden darin in einer Weise vorgeführt, die bei einem etwas beschränkten Jugendlichen vom Land eben zu Missverständnissen führen könne. Als endlich ein Lastwagen von der Fähre rollte, hielt der Fahrer auf ihr Zeichen hin an und wies mit dem Kopf nach hinten auf die Ladefläche, die randvoll war mit Säcken, Werkzeugen und Männern mit müden, erdigen Gesichtern. Alle musterten schweigend die *tubab*, die sich mühsam hochwand, einige lachten ein wenig, Bemerkungen fielen, die sie, Gott sei Dank, nicht verstand. Die Stimmung entspannte sich erst, als auch eine Frau aus der Region mit schweren Körben voller Tomaten und Kartoffeln die Ladefläche erkletterte, natürlich mithilfe der Männer. Sie war auf dem Weg zum Markt in N'Dioum und Doris schloss daraus, offenbar hatten sie hier das fruchtbare Land verfehlt, das es irgendwo geben musste.
Sie habe Glück gehabt, meinte der Fahrer spöttisch, als sie endlich bei einbrechender Dunkelheit in der Herberge eintraf, und Abdoulaye sei wohl nicht ganz bei Trost, sie in dieser Gegend alleine zu lassen. Mit zunehmender Sorge warteten beide in der Dunkelheit der menschen-

Die Familie des Imam

leeren Parkanlage, bis Abdoulaye lange nach Mitternacht endlich aus der Dunkelheit auftauchte, verschmutzt und sichtlich erschöpft, im Vorbeigehen nur erklärte, auch er habe den großen Strom nicht erreicht, und ohne ein weiteres Wort in seinem Bungalow verschwand. Auch am nächsten Tag verharrte er in seiner Schweigsamkeit.
Monate nach ihrer Rückkehr nach Wien erreichte Doris eine E-Mail aus Paris, in der Abdoulaye sich zu seinem Verhalten in N'Dioum äußerte. Er habe damals keineswegs etwas verheimlichen wollen, sondern sei einfach zu verwirrt gewesen, um das erstaunliche Erlebnis dieses Tages mit jemandem teilen zu können. Nach weiteren Stunden zu Fuß habe er sich gezwungen gesehen, in der nächstbesten Hütte um etwas Wasser zu bitten, und war dort von einem alten Mann und dessen Tochter überaus freundlich willkommen geheißen worden; sogar etwas Reis habe man ihm angeboten, obwohl die Leute sichtlich arm waren und er, wie immer, keinen Cent bei sich getragen hatte. Er befand sich in Halwâar, erklärte der Alte, dem Geburtsort von Omar Tall. Und der Alte selbst war niemand anderer als ein Ururenkel des großen Marabu und Imam der großen Moschee von Halwâar. Abdoulaye schrieb von seiner großen Bestürzung über die »außerordentlich prekäre Lage dieser Familie und des gesamten Ortes, aus welcher immerhin vor gar nicht langer Zeit eine Persönlichkeit hervorgegangen war, welche die gesamte Geschichte verändert hatte. Schließlich hatte der Alte ihm sogar gestattet, was er sonst keinem Fremden gewährte, nämlich Fotos von der Moschee zu machen. Es war ein ungewöhnliches Bauwerk aus Lehm, das auf dem beigefügten Bild an eine über der grauen Ebene schwebende Wolke erinnerte. Auch die Gedenktafel für Omar Tall hatte Abdoulaye fotografiert, auf der ein einziger, kühner Satz das widersprüchliche Leben dieses Mannes paragraphierte:
Étrange extraordinaire aventure assurément que celle d' Omar Tall, né dans une modeste famille de l'île de Morphil, qui fit un long voyage, revient riche de gloire et de ferveur, s'allia par le sang au Bornou, au Sokoto, au Macina, se tailla par le verbe et le sabre un empire qui s'étendit de Tombouctou au Fouta Djalon avant de disparaître un jour de fevrier 1864 dans le mystère des falaises de Déguembéré.[15]

Abdoulaye, der nie zuvor von der Existenz dieses Ortes gehört hatte,

Koranstudent vor der Großen Moschee in Halwaâr

war von dieser zufälligen Begegnung offensichtlich sehr beeindruckt. Eines sei er sich nun sicher, schrieb er weiters, immer wenn er seinen Beinen und seinem Herzen folge, werde er belohnt. Er sehne sich unendlich danach, einfach wieder aufzubrechen, ohne zu wissen wohin, einfach alles aufzugeben, um endlich seinen Platz zu finden in der Welt.

★

Donnernd überquerten sie die mächtige metallene Brücke, die über den breiten, leuchtenden Strom zur Insel führte, dem Zentrum der Stadt. Hier in Saint-Louis hatten Abdoulayes Urgroßeltern Ahmadou Sourakhé und Taifour Camara gelebt, als 1888 Ladji Sima zur Welt gekommen war. Allein die Lage der Stadt war schwindelerregend. Sie war umspült von salzigen, brackigen, süßen, wilden und trägen Strömungen, umgeben von Sanddünen, Sümpfen und Lagunen, ein Paradies für Zugvögel auf ihren Routen zwischen den Kontinenten. Das Delta des Senegal hatte hier die sandige Insel N'Dar aufgeschwemmt, das Zentrum von Saint-Louis. Freilich würde heute kein Soninké mehr tausende Kilometer stromabwärts fahren, um hier sein Glück zu versuchen. Saint-Louis sei tot, hatte Cousin E. auf ihre Frage erklärt, warum er nicht lieber in der alten Hauptstadt sein Glück versuchen wolle als in den grauen Betonwüsten Europas. Sicher, der Glanz der Vergangenheit war verblasst. Aber tot? Allein die aufregende Geschichte dieses Ortes könnte doch jeden Stein der Stadt zum Leben erwecken! Hier hatten sich Kühnheit und Profitgier, Liberalität und Sklaverei, Innovation und Traditionalismus zu einer einmaligen Symbiose verbunden. Saint-Louis war keineswegs nur eine »europäische Stadt auf dem afrikanischen Kontinent«, wie manche Autoren behaupteten. Es war ein Ort, der zum Verweilen verführte, weil er nirgendwo verankert war. Dass die Stadt heute im Abseits lag, verstärkte für Abdoulaye und Doris nur ihren Zauber.
Im Westen hatte der Kleine Arm des Senegal aus den Ausläufern der Sahara eine flache Landzunge geschnitten, die wenig Schutz gegen die Brecher der Passatwinde bot. Sie wurde *Langue de Barbarie* genannt, noch im 19. Jahrhundert, zweihundert Jahre nach der Gründung des ersten europäischen Handelsstützpunktes auf der Insel N'dar war sie von Krokodilen, Schildkröten und Gazellen bevölkert, und Löwen

Große Moschee in Halwaâr, Rückseite

lauerten den aus Mauretanien durchziehenden Büffelherden auf. Die Fischerei war hier seit jeher ein gefährliches Unternehmen und dennoch die Lebensgrundlage der dicht gedrängten Menschen in den Dörfern Guet N'Dar und Ndar Toute gegenüber der Insel. An der Südspitze der Langue de Barbarie zeugten einige Betonskelette verlassener Tourismusprojekte von einer Entwicklung, die sich im Sand verlaufen hatte. Aber die windgepeitschten Dünen, das bunte Schauspiel der mächtigen, kunstvoll bemalten Fischerboote, in denen bis zu zwanzig stehende Ruderer jeden Morgen die gefahrvolle Ausfahrt durch die Strommündung auf die hohe See wagten, waren für die ermüdeten Reisenden Grund genug, die einfache Herberge auf der Langue de Barbarie dem malerischen Gästehaus in Saint-Louis vorzuziehen.
Für die Frau aus Wien war es ein Paradies. Ihr kleiner Bungalow war vom Rauschen des Ozeans erfüllt und die Sonne am Horizont sandte Farborgien auf ihr blütenweißes Bett.

★

Der König von Walo ahnte wohl kaum, welche Folgen es haben würde, als er im Jahre 1658 einem Agenten der französischen Handelskompanie *Cap-Verd et Senegal* die Errichtung eines Depots auf N'Dar gestattete. Für die Bauern der Region war die sandige Insel ziemlich wertlos, sie bot aber den Handelsschiffen Schutz vor Piraterie, die zur Zeit Ludwigs XIV. eine durchaus legale Methode des Gütertransfers war. Das Depot wurde mit einem Palisadenzaun befestigt, rundherum entstanden ein paar kleine Häuser aus Ziegeln und einige Strohhütten, und wie viele andere Orte in »Übersee« wurde die Niederlassung nach dem Sonnenkönig benannt. Hier war Saint-Louis jedoch ein kleiner, unbedeutender Handelsstützpunkt am Delta eines schwer schiffbaren Stroms, an einer unwirtlichen Küste ohne natürlichen Hafen. Aber es war der einzig mögliche Stützpunkt zwischen Mogador (heute Essaouira) und der Kapverdischen Halbinsel.
Absoluter Herrscher vor Ort war der Direktor der Königlichen Monopolgesellschaft, der alljährlich eine bestimmte Tonnage an *Gummi arabicum* an das Reich des Sonnenkönigs in Paris und eine festgesetzte Anzahl an Sklaven für dessen amerikanische Kolonien zu liefern hatte. Seine Mitarbeiter unterwarf er drakonischen Reglementierungen, die

Große Moschee in Halwaâr, Front

ihren Tag und ihre Nacht bestimmten und bis in die intimsten Sphären reichten. Es hieß, dies sei notwendig gewesen, um dem stets lauernden Chaos auf dem Stützpunkt entgegenzuwirken, denn die Menschen kamen aus verschiedenen Ländern Europas und Afrikas und sie lebten auf engstem Raum und in äußerst beschränkten Verhältnissen zusammen. Untereinander waren sie allesamt »Fremde«, was nichts anderes bedeutete, als dass sie durch keine gemeinsamen Konventionen miteinander verbunden waren. Und die schuf nun der Direktor der Handelskompanie. Nach kurzer Unterbrechung durch eine englische, vergleichsweise liberale Verwaltung, folgten französische Aktiengesellschaften, die sich im Besitz einer königlichen Konzession für den Handel entlang des gesamten Senegal befanden. Diese Unternehmen waren nur an einer maximalen Ausschüttung ihrer Dividenden interessiert, und daher galt bis in die Mitte des 19. Jahrhunderts jedwede Investition in eine kommunale Entwicklung als unökonomisch. Doch auf der Insel hatte sich mittlerweile durch die Vermischung von europäischen Kaufleuten mit einflussreichen afrikanischen Frauen eine eigene Gesellschaft herausgebildet, in der die Männer kamen und gingen, die Frauen aber blieben. Und diese Gesellschaft schuf sich ihren eigenen, um nicht zu sagen eigentümlichen Vertrag. Mit dem freilich zögerlichen Segen der allgegenwärtigen katholischen Kirche wurden Mischehen auf Zeit – *à la mode du pays* – legalisiert. Die gemeinsamen Kinder trugen zwar den Namen ihrer europäischen Väter, aber die Macht vor Ort hatten ihre afrikanischen Mütter aufgrund ihrer weiträumigen verwandtschaftlichen Verflechtungen und ihres unternehmerischen Talents. Da es den Mitarbeitern der »Monopolgesellschaft« verboten war, Geschäfte auf eigene Kosten zu betreiben, blieb es ihren afrikanischen Ehefrauen vorbehalten, unter ihrem eigenen Namen ein privates Unternehmen zu gründen und dieses mit dem Geld ihres Gatten zu finanzieren. Diese sogenannten *Signaren* waren starke Frauen, gekleidet in bestickten Damast, Korsette und Krinolinen und hohe, spitz zulaufende Kopfbedeckungen mit Schleiern aus französischer Spitze. Der höfischen Lebensart des 18. Jahrhunderts fügten sie afrikanische Farbenpracht hinzu, führten den Haushalt auf europäische Art und herrschten mit afrikanischer Magie. Zahlreiche Legenden rankten sich um ihre magischen Machenschaften, ihre Eleganz und ihren Reichtum, ihre Verständigkeit und ihre Habgier.

Saint-Louis am Senegal, Pont Faidherbe 2005

Gegen Ende des 18. Jahrhunderts lebten an die achttausend Menschen auf der Insel N'Dar, ein Drittel davon waren Sklaven. Dieses gemischtrassige Handelsbürgertum war eine Sklavenhaltergesellschaft, die jedoch keine Rassentrennung kannte. Ein Bürgerrat wurde gewählt und stand dem Gouverneur freilich nur beratend zur Seite, die Französische Revolution wurde sogar mit einer schriftlichen Note an den Konvent der Jakobiner unterstützt. Man hatte sich durch sie eine Befreiung vom königlichen Handelsmonopol erhofft und war naturgemäß enttäuscht, als der Konvent 1794 zunächst einmal den Sklavenhandel verbot. Doch der Schaden hielt sich in Grenzen, da Napoléon bereits 1802 den Sklavenhandel wieder gestattete. Ein Jahr später verkaufte er für ein Trinkgeld von fünfzehn Millionen Dollar das durch Sklavenunruhen unsichere Louisiana an die nunmehr Vereinigten Staaten, um sich voll und ganz auf die blutige Repression des Sklavenaufstandes auf der Zuckerinsel Santo Domingo konzentrieren zu können, die im übrigen schon damals durch Rodung und extensive Plantagenwirtschaft verwüstet war. Zucker war damals wirtschaftlich so bedeutend wie heute Erdöl, und Frankreich war der weltweit größte Zuckerproduzent. Napoléons Aufhebung des Sklavenhandelsverbots und seine Ehe mit Joséphine sollten ihm die politische Unterstützung der einflussreichen Zuckerbarone garantieren. Dennoch gelang es 1804 den Schwarzen von Santo Domingo, die Übermacht französischer und spanischer Truppen zu vertreiben und ihren unabhängigen Staat Haiti zu gründen. Das folgende totale Wirtschaftsembargo der europäischen Mächte und die enormen Kompensationszahlungen für enteignete Zuckerbarone dauerten bis zum Ende des 19. Jahrhunderts und verhinderten jede wirtschaftliche und gesellschaftliche Konsolidierung der Insel, was für das imperialismustrunkene Europa, wo die neuen Rassenwissenschaften blühten, ein willkommener Beweis für die »rassisch bedingte Unfähigkeit des Negers zur Staatenbildung« war.

Als die Zweite Republik 1848 die Sklaverei endgültig verbot, war dies für die Bürger von Saint-Louis zwar ein Schock, doch immerhin durften sich die Sklavenbesitzer über eine Entschädigung von 330,15 Francs pro Sklave freuen; und in der Praxis blühte der Sklavenhandel ohnehin weiter. Erst die Konkurrenz der großen Reedereien aus Bordeaux und Nantes mit ihren engen Beziehungen zur politischen Elite in Paris gefährdeten die Existenz der alteingesessenen, farbigen und katholischen Handelsunternehmer.

★

Es war die Compagnie Maurel & Prom, die Gouverneur Louis Faidherbe in seiner ersten Amtszeit (1854–1861) überzeugen konnte, dass der »Freihandel« nur mit Waffen durchzusetzen war; und während seiner zweiten Amtszeit (1863–1865) wurde Saint-Louis zum Ausgangspunkt der kolonialen Eroberungen im Landesinneren und mit der dazu nötigen Infrastruktur ausgestattet. Der Kai am großen Strom wurde für die Verankerung von Kanonenbooten ausgebaut, die afrikanischen Hütten mussten gradlinigen Straßenzügen aus Steinhäusern weichen, um den Truppen den Durchzug zu ermöglichen, eine neue Holzbrücke verband die Langue de Barberie mit der Insel, damit Fischer und Hirten trockenen Fußes das Zentrum mit Nahrung versorgen konnten. Und schließlich ermöglichte eine schwimmende Brücke über den breiten Strom ein schnelleres Ausrücken der Armee auf das Festland. Die französischen Soldaten kamen damals meist aus den von Armut und Hunger heimgesuchten nördlichen Provinzen Frankreichs, aus der Picardie und der Normandie, oder aus dem 1830 eroberten Algerien. Man musste schon ziemlich elend, unbändig ehrgeizig oder auf andere Weise unglücklich sein, um seine Haut in diesem unergründlichen, glühenden Land zu riskieren. Immerhin gehörte man in Saint-Louis zur Elite. Die sogenannten *spahi* (ein Name türkischen oder persischen Ursprungs) waren zunächst Kavalleristen aus Nordafrika, später auch aus Frankreich, die in prächtigen, goldbetressten, rot-weiß-blauen Uniformen mit hohen, leuchtend roten Helmen mit weißem Federbusch auf dem Kopf stolz ihre Musketen, Bajonette und ihre langen Säbel zur Schau stellten. Ihre Kaserne lag gegenüber der Gouverneursresidenz am Hauptplatz von Saint-Louis, der auch zum Exerzieren diente. Um den chronischen Mangel an französischen Soldaten auszugleichen, hatte Faidherbe jedoch bereits kurz nach seiner ersten Amtsübernahme beschlossen, auch Afrikaner als Schützen einzusetzen. Es sollte jedoch noch über dreißig Jahre dauern, bis aus den sogenannten *tirailleurs sénégalais* ab 1888 eine reguläre Infanterie für den Eroberungskrieg wurde.

Der Westsudan war ein gigantisches, unübersehbares Gebiet, dessen Eroberung keinesfalls Folge eines heroischen Entschlusses war, sondern eher ein allmähliches Hineinschlittern in ein Abenteuer, bis es irgendwann kein Zurück mehr gab, nicht zuletzt wegen der britischen Konkurrenz am Nigerdelta. Frankreich fürchtete um sein 1830 erobertes Algerien, sollten die Engländer bis nach Timbuktu und weiter in die Sahara vorrücken.

★

Louis Faidherbe galt damals – und gilt auch heute noch – als liberaler fortschrittlicher Humanist. Er war es, der die *école des ôtages*, die »Schule der Geiseln« einführte, von der die Reisenden durch eine Gedenktafel in Medina Khasso informiert worden waren. Der Kaufmannssohn aus Lille war ein Polytechniker, der sich ganz allgemein für das französische Bildungswesen und für den Städtebau engagierte, und der bereits Erfahrungen in den Kolonien Algerien und Guadeloupe gesammelt hatte, bevor er als achtunddreißigjähriger Junggeselle nach Saint-Louis versetzt worden war. Eine gute Kolonialverwaltung sei maßgeblich von der Verständigung zwischen Herrschern und Beherrschten abhängig, war er überzeugt und verlangte daher von seinen Untergebenen die Kenntnis zumindest einer afrikanischen Sprache. Als beste Lernmethode empfahl er die Liaison mit einer »Eingeborenen« und ging selbst mit gutem Beispiel voran. Er heiratete *à la mode du pays* eine fünfzehnjährige Tukuloor namens Diukunda Sidibé, ein Geschenk des *almâmy* von Podor im Rahmen eines »Schutzvertrags« mit den Franzosen. Ganz offiziell wohnte die sehr junge Frau im Palast des Gouverneurs und gebar ihm einen Sohn, der mit vierundzwanzig Jahren als *lieutenant indigène* »im Einsatz gegen rebellierende Eingeborene in den neuen Territorien« zu Tode kam.
Ab den 1860er Jahren wurde es für die Kinder der gemischtrassigen Handelsbourgeoisie zunehmend schwieriger, einen standesgemäßen Ehepartner unter Europäern zu finden. Zum wirtschaftlichen Abstieg ihrer Familien kam hinzu, dass die Franzosen von der neuen Rassenlehre Gobineaus beeindruckt waren; und bei der muslimischen schwarzen Bevölkerung standen »Mulatten« ohnehin wegen ihrer angeblichen Arroganz, ihrer Sittenlosigkeit und nicht zuletzt wegen ihres

Katholizismus in Verruf. Gegen Ende des 19. Jahrhunderts tendierten Beamten und Reeder in Saint-Louis zwar eher zur Freimaurerei, was jedoch der nunmehr muslimischen Bevölkerungsmehrheit noch verdächtiger war als der alteingesessene Katholizismus.
Eine repräsentative katholische Kirche im klassizistischen Stil stand bereits seit dem 18. Jahrhundert auf der südlichen Hälfte der Insel, während die Große Moschee im Norden erst Mitte des 19. Jahrhunderts errichtet worden war. Den Ort hatte angeblich niemand Geringerer als El Hadj Omar Tall persönlich ausgewählt, indem er mit seinem Stock auf einen Stein gewiesen und dadurch eine sprudelnde Quelle hervorgerufen hatte, die heute noch religiösen Waschungen dient. Denn ungeachtet aller städtebaulichen Errungenschaften verfügten um 1870 die immerhin bereits zwanzigtausend Bewohner von Saint-Louis weder über Trinkwasser noch über eine Kanalisation. Und an der Südspitze der Insel standen dicht gedrängte Hütten aus Holz und Stroh, in denen die neu Zugewanderten aus der oberen Flussregion lebten.

★

War Ahmadou Sourakhé einer von ihnen? Er wäre damals etwa Mitte zwanzig gewesen, es sei denn, er kam erst nach 1882 in die Stadt, als eine Gelbfieber-Epidemie mehr als die Hälfte der Bewohner hinweggerafft hatte und dadurch viele Arbeitsplätze frei geworden waren. War er bereits »französischer Bürger«, *citoyen français,* wie Mamadou behauptet hatte? Wenn dem so war, müsste dies aus amtlichen Dokumenten ersichtlich sein. Zwar hatte die Archivarin vom *Centre des Archives d'Outre Mer* in Aix-en-Provence versichert, dass in Französisch-Sudan nur katholisch getaufte Bürger administrativ registriert worden waren, und zu denen gehörte der Urgroßvater sicher nicht; doch Ahmadou Sourakhé war allemal Einwohner von Saint-Louis und diese Stadt war eine der »Vier Kommunen«, deren Bewohner bereits seit 1848 dem französischen Gemeinderecht, dem *loi municipale métropolitaine* unterlagen, das ihnen ausdrücklich das Bürgerrecht, den *état civil* »ohne Unterschied von Religion oder Rasse« zusicherte.
Doch wollte der Urgroßvater überhaupt diese französischen Bürgerrechte, mit all den Vorschriften für Geburt, Ehe und Tod, den Steuer-

gesetzen und der Militärpflicht? Es wäre durchaus denkbar, dass Ahmadou Sourakhé der Scharia den Vorzug gegeben hätte; immerhin hatte er seinen Sohn in einer renommierten Koranschule in Mauretanien erziehen lassen und nicht im katholisch geprägten Saint-Louis. Gouverneur Faidherbe hatte in seiner zweiten Amtszeit nahe dem Zentrum ein muslimisches Gerichtsgebäude errichten lassen, und dort wurden keineswegs Gliedmaßen amputiert oder Frauen gesteinigt, wie man sich das im gegenwärtigen Europa unter diesem Begriff gerne vorstellt. Entsprechend der Militärdokumente seines 1888 geborenen Sohnes Ladji Sima war die Wohnadresse der Familie damals Rue de la Mosquée. Aber eine Straße dieses Namens war nirgendwo verzeichnet, da nach der Unabhängigkeit die Namen sämtlicher Straßen und Plätze geändert worden waren. Einer historischen Dokumentation war zu entnehmen, dass es sich um die lange Straße gehandelt hatte, die von der Großen Moschee im Norden der Insel bis ins Zentrum führte und nun Rue Blaise Diagne hieß. Sie begann als asphaltierte Geschäftsstraße am Hauptplatz, ehemals Place de la Gouvernance, heute Place Faidherbe, und führte an der Großen Moschee vorbei in den Norden der Insel, wo einst die Kaserne der afrikanischen Schützen lag. Auf der rechten Seite befanden sich die mächtigen Backsteingebäude der ehemaligen französischen Handelshäuser mit straßenseitigen Geschäften, hofseitigen Verwaltungsräumen und den Lagerhallen an der Wasserfront, aus denen nunmehr feine Hotels und Restaurants geworden waren. Gegen Norden zu reihten sich Häuser »im Stil von Bordeaux« mit kleinen Geschäften und Handwerksbetrieben aneinander, bevor sich die Straße zu einer staubigen Piste quer durch Grünflächen verengte. Nichts, was einen Anhaltspunkt für die urgroßväterliche Wohnadresse bieten konnte.

Besuche im C.R.D.S., *Centre de Recherches et de Documentation du Sénégal,* der Nachfolgeinstitution des aus der Kolonialzeit ehrwürdig überkommenen I.F.A.N., *Institut Français de l'Afrique Noir*, dem die allermeisten Publikationen zur kolonialen Vergangenheit zu verdanken sind, erbrachten einige Hinweise. Das Gebäude des Instituts war 1954 an der Südspitze der Insel im Stil des französischen Konstruktivismus erbaut worden und nun in einem ziemlich beklagenswerten Zustand. Die von der UNESCO in Aussicht gestellte Renovierung ließ auf sich warten, obwohl das Institut wahre Schätze an Quellen, Literatur und Artefakten enthielt. Sämtliche Intellektuelle aus Saint-Louis gingen hier ein und aus und vermittelten das befreiende Gefühl, dass der Menschen Wissensdurst allen Wechselfällen der Geschichte trotzt. Noch lange würde die Frau aus Wien die sinnliche Erwartungsfreude beim Wühlen im staubigen Zettelkasten der ebenso reichhaltigen wie verkommenen Bibliothek in den Fingerspitzen fühlen, den Geruch dunkler Holzregale in jahrzehntelang abgestandener Luft; sie würde sich der erhebenden Aussicht durch die trüben Fensterscheiben auf die Mündung des Stroms in den Ozean erinnern, der trägen Möwen, die ihre Kreise zogen, und der Ziegen, die an der Uferpromenade weideten, begleitet von den Gesängen aus der Koranschule nebenan. Vor allem aber würde sie sich in Dankbarkeit der kompetenten Hilfsbereitschaft der neuen Direktorin Fatima Fall erinnern, die noch voller Zuversicht und großer Pläne war. Unter anderem empfahl sie Alioun Sow, einen »alten Kämpfer« des Koreakriegs von 1948 und eine Art »historisches Gedächtnis der Stadt«. Tatsächlich erinnerte sich dieser Mann, dass früher der Name Rue de la Mosquée das gesamte Viertel zwischen dem islamischen Gerichtsgebäude und der Großen Moschee bezeichnete, und genau in diesem Viertel die Unruhen in den 1880er Jahren ausgebrochen waren. Abdoulayes Urgroßeltern mochten in einem jener Holzhäuser gewohnt haben, die sich gegenüber der alten Häuser der Signaren befanden. In einem davon hatte der Schriftsteller Pierre Loti gewohnt, weshalb die Straße nun seinen Namen trug. Oder vielleicht hatte Ahmadou Sourakhé in einem der alten Handelshäuser am Kai eine Unterkunft erhalten, wenn er als »Chauffeur« dort gearbeitet hatte. Und es wäre ihm durchaus zuzutrauen, dass er am folgenreichen »Streik der Mechanikerbrigade«, die sich geweigert hatte, an einem Freitag Wein zu entladen und an der Großen Moschee vorbei bis zur Kaserne an der Nordspitze der Insel zu transportieren, beteiligt gewesen war.

Der Kai war erst 1892 befestigt worden, was bedeutete, dass noch während der wirtschaftlichen Blütezeit der Stadt alle Überseedampfer und Frachtkähne an langen Holzbrücken über einem stets wechselnden, schlammigen Ufer anlegen mussten. Alioun Sow wusste schließlich auch, dass damals ein »Chauffeur« in Saint-Louis die neuen, mit

Dampf betriebenen Lastautomobile bedient hatte, welche die Pferdebahn ablösten, oder den »Omnibus« von Amédée Bollée père, auf dem der Dampfkessel auf der Rückseite platziert war, um mehr Platz für die Passagiere zu schaffen, der »Chauffeur« stand auf der rückwärtigen Plattform. Diese Fahrzeuge verkehrten zwischen dem Kai und der neuen Bahnstation drüben am Festland, wobei sie zunächst noch die schwimmende Brücke überqueren mussten. Vielleicht war Ahmadou Sourakhé einer von denen gewesen, die während der Unruhen in Bakel von 1886 Waffen in die obere Flussregion geschmuggelt hatten. Oder er hatte im selben Jahr einfach seine mit der ersten Tochter schwangere Frau Taifour Camara zu sich nach Saint-Louis geholt, um sie den unheilvollen Entwicklungen in der oberen Flussregion zu entziehen. Jedenfalls war es unwahrscheinlich, dass, wie Mamadou angenommen hatte, sein Großvater Ahmadou Sourakhé als Schütze in der Kolonialarmee gedient hatte, zumindest nicht aus freiem Willen. Nach den Aufzeichnungen von Kommandant Frey entschieden sich Soninké kaum jemals für den Dienst in der Kolonialarmee, der Sold war ihnen zu schlecht und der Einsatz zu hart. Soninké hätten vielmehr die besten Positionen bei den Handelskompanien und in der Administration besetzt, berichtete Frey, und ein »Chauffeur« habe damals zwanzig Mal mehr als etwa ein zwischen Bakel und Saint-Louis pendelnder Matrose verdient, ein *navetan.* Im Landesinneren hätten die Soninké gute Ackerbauern und Viehzüchter abgegeben, auch ausgezeichnete Kaufleute seien unter ihnen gewesen, doch sie seien harte Herren ihrer Sklaven gewesen und »fanatische Muslime«. Mancherorts hätten sie den Franzosen sogar den Zugang zu ihren marabutischen Niederlassungen gänzlich verweigert.

Wenn Ahmadou Sourakhé 1897 noch am Leben war, hätte er sich unter der jubelnden Menge befinden können, die sich zur Einweihung der beeindruckenden Metallbrücke über den immerhin an die sechshundert Meter breiten Strom eingefunden hatte. Weltweit eine der ersten hängenden Metallbrücken, ersetzte sie nun die schwimmende Brücke und wurde nach Gouverneur Faidherbe getauft, ein Name, den sie über alle Wechselfälle der Geschichte hinaus behalten durfte. Sie sah aus wie ein horizontaler Eiffelturm und verfügte über einen damals sensationellen Schleusenmechanismus, der die Durchfahrt großer Ozeandampfer bis zum Handelskai ermöglichte. Zur Eröffnung wurden Rettungsringe an die Tausende von Zuschauern auf der Brücke verteilt. Es gab Truppenparaden, Kanonensalven, ein glanzvolles Pferderennen der *spahi,* und als Höhepunkt bei Sonnenuntergang ein Feuerwerk auf der Brücke, das die Menschen in einen Farbenrausch versetzte. Sogar Kolonialminister André Lebon war aus Paris angereist, und der Präsident des Stadtrates dementierte entschieden alle böswilligen Gerüchte über einen angeblichen Bankrott der Kolonie. Er betonte, die Brücke sei ausschließlich auf Initiative und durch die Finanzierung der Stadt entstanden, denn die nun vollbrachte »Erschließung des Sudan« versprach einen enormen wirtschaftlichen Aufschwung der Kolonie und viele neue Investoren.

Doch es sollte anders kommen. Bereits nach der Einnahme von Segu 1895 verlegten viele Handelskompanien ihren Sitz nach Dakar, wo der Hafen ausgebaut worden war und nun ein Generalgouverneur residierte, der über das gigantische, von der »Völkergemeinschaft« als Kolonie anerkannte Französisch-Westafrika regierte. Saint-Louis verlor an Bedeutung. Gleichzeitig versuchten jene Menschen aus dem eben »erschlossenen« Landesinneren ihrer Verelendung durch Kriege und Kolonialwirtschaft zu entgehen, indem sie die neuen Transportmittel nutzten und in die ohnehin krisengeschüttelte Stadt strömten. Die meisten von ihnen landeten in den neuen Slums am östlichen Festland, dessen Sümpfe im Zuge des Eisenbahnbaus trockengelegt worden waren und wo sich nun der Stadtteil Sor befand mit dem größten Markt von Saint-Louis; gegenwärtig zählte Sor an die hundertachtundvierzigtausend Einwohner.

Le Pont Faidherbe war das letzte Mal 1947 gewartet worden, und so sah die majestätische Brücke heute auch aus: imposant, malerisch und verlottert.

★

Das Leben des Urgroßvaters Ahmadou Sourakhé fiel in die glorreiche Zeit der großen Eroberungen, der Rebellionen und »Strafexpeditionen«, einer Zeit zahlreicher Epidemien und überaus gefährlicher Arbeitsbedingungen. Es gab zweifellos viele Möglichkeiten, vorzeitig zu sterben. Vielleicht war Ahmadou Sourakhé der Gelbfieber-Epidemie von 1900 zum Opfer gefallen, die ausbrach, als in Paris die pompöses-

te Kolonialausstellung aller Zeiten neue Investoren für die Kolonien anlocken hätte sollen, und die von der Administration daher tunlichst verheimlicht worden war.
Das Unternehmen, das für die Laufbahn von Großvater Ladji Sima entscheidend gewesen war, das *Établissement Ch. Peyrissac*, hatte zum Unterschied von anderen den wirtschaftlichen Niedergang der Stadt recht gut überstanden. Die Direktion wurde zwar 1904 nach Dakar verlegt, wo nun die großen Exportgeschäfte mit Rohstoffen abgewickelt wurden, gleichzeitig wurde jedoch die Niederlassung in Saint-Louis ausgebaut. Dazu erwarb man historische Gebäude der Frères Ploërmel, eines katholischen Ordens, der seit 1841 ein Internat für mittellose afrikanische Kinder führte, das nun wegen angeblicher finanzieller Unregelmäßigkeiten geschlossen worden war. Die Zeiten standen auf Laizismus. In Paris wurde 1904/05 die Trennung von Kirche und Staat in die Verfassung aufgenommen, und in der Kolonie häuften sich die Beschwerden über Zwangstaufen der Pères Blanches in Kita und anderswo. Der Militärkommandant von Timbuktu etwa zitierte 1905 in einem Bericht an den Generalgouverneur den obersten Imam der Stadt, der sich über den Proselytismus der Missionare beschwerte: Wir schicken unsere Kinder gerne in eure Schulen, hatte der Scheich dem Kommandanten erklärt, wenn dort ein Mann wie du sie eure Sprache lehrt; aber wir wollen nicht, dass unsere Kinder dort von einem weißen Marabu lernen, uns zu verachten und uns und unsere Väter zu beleidigen. Wie solle man unter diesen Umständen den kolonialen Untertanen den republikanischen Wert der Toleranz vermitteln, fragte sich der aufgeklärte Kommandant.
Die Aktivitäten der Missionen wurden eingeschränkt, und um etwaige Konflikte zwischen verschiedenen Konfessionen von vornherein auszuschließen, wurde das Schulsystem in den Kolonien eine öffentlich-rechtliche, der Trennung von Kirche und Staat verpflichtete Institution. Die Handelsgesellschaft Peyrissac adaptierte das Gebäude der Frères Ploërmel in Saint-Louis, verwandelte es in Lagerhallen und baute Wohnungen und Geschäfte rund um den alten Innenhof. In Zusammenarbeit mit lokalen Unternehmen wurden nun die Provinzen zwischen Senegal und Niger mit Baustoffen, Rohren, Grundnahrungsmitteln, Sanitäts- und Haushaltswaren beliefert, und bald wur-

de Peyrissac zum führenden Handelshaus für Konsumgüter zwischen Senegal und dem Tschadsee. Ladji Sima wurde sein Handelsagent in Kita, später Buchhalter in Kayes.
Anfang der 1960er Jahre wurde der Firmensitz in Saint-Louis endgültig geschlossen. Im historischen Gebäude mit seinem galeriegeschmückten Hof fand viele Jahre lang das renommierte Jazz-Festival von Saint-Louis statt, bis es 1999 einem kaisergelben Betonklotz der senegalischen Telekommunikationsgesellschaft SONATEL weichen musste.

★

Der wirtschaftliche Niedergang von Saint-Louis erklärte freilich nicht das Unbehagen, ja, die Verzweiflung des jugendlichen Mamadou im Jahr 1947/48. Auf den Spuren seines Vaters wanderte Abdoulaye durch den südlichen Teil der Insel, vorbei am hellen Gelächter der uniformierten Mädchen im klassizistischen Hof des Lycée Ameth Fall, das einst das Knaben-Collège Général Blanchôt gewesen war, das sein Vater besucht hatte. Er wanderte vorbei an Kirche, Post und Bank bis zum Kai des Kleinen Arms, wo Lagerhallen und weiße Villen einander abwechselten und jeder Hauseingang mit der arabischen Kalligrafie eines islamischen Heiligen geschmückt war. Das ehemalige Militärspital war nun die städtische Klinik, einige Patienten in weißen Hemden saßen auf den Stufen davor oder spazierten, umringt von Verwandten, am Ufer des Kleinen Arms. Der erste Passant, den Abdoulaye nach der Familie von Anioun N'Diaye, dem ehemaligen Tutor seines Vaters, fragte, führte ihn ohne Zögern zum Haus, einem niedrigen Gebäude mit gelb-rot bemalter Fassade, direkt gegenüber dem Fischerhafen von Guet N'Dar. Hausherr Abdelkarim N'Diaye war der Sohn von Anioun N'Diaye, ein zarter, älterer Herr in einer ultramarinblauen Tunika, einen grünen Seidenschal um den Hals und eine weiße muslimische Kappe auf dem Kopf. Er sprach akzentfrei Französisch und war ein Hadsch, der, wie sich später herausstellte, als religiöse Autorität Menschen begleitete, die zum Islam übertreten wollten. Und davon gab es viele in Saint-Louis. Als Baby während der Kolonialzeit waren sie, weil ihre Eltern für die Verwaltung gearbeitet hatten, »ganz automatisch« katholisch getauft worden und entschieden sich nun im reifen Alter für die Religion ihrer Vorfahren, den Islam.

Die Nennung des Namens Abdoulaye Sima, Sohn von Mamadou Sima in Frankreich, hatte genügt, dass Abdelkarim N'Diaye Abdoulaye als seinen »Sohn« bezeichnete, und er beteuerte, die Tür seines Hauses stehe ihm jederzeit offen. Die Soninké seien ein wahrhaft erstaunliches Volk, meinte er, sie hätten sich auf der ganzen Welt ausgebreitet, seien in vielen Ländern Afrikas, Europas, in Kanada und in den USA zu Hause, hätten sich mit allen Völkern vermischt und seien dennoch Soninké geblieben, selbst wenn sie deren Sprache gar nicht mehr beherrschten, wie du, mein Sohn Abdoulaye, der du Blut von meinem Blut bist – Abdoulaye war gebührend ergriffen von diesem Empfang. Im Wohnzimmer mit Plüschsofa, TV-Gerät, einigen Büchern und Siegerpokalen auf der Kommode fühlte man sich wie in einer französischen Kleinstadt, und das Gespräch entwickelte sich ganz von selbst. Das Foto von General de Gaulle an der Wand hatte Abdelkarim selbst geschossen, er war dabei gewesen und offenbar immer noch stolz darauf, als der große Mann auf der festlich geschmückten Tribüne auf der Place de la République die Unabhängigkeit des Senegal verkündet hatte; während Abdoulayes Vater zur gleichen Zeit in Algerien das Wirken des Generals wohl etwas weniger festlich erlebt haben dürfte.
Sein Vater Anioun N'Diaye, der den kleinen Mamadou in Obhut genommen hatte, war einer von den vielen Tausenden, die Anfang des 20. Jahrhunderts aus den ausgebluteten Regionen am Oberlauf des Senegal nach Saint-Louis gezogen waren. Er hatte Glück gehabt und in den neu adaptierten Lagerhallen des Etablissement Ch. Peyrissac Arbeit gefunden. Bald war er zum »Chefmagazineur« avanciert und wenig später wurde er nach den Worten von Abdelkarim der »Botschafter der Soninké von Bakel«. Damals wollten sämtliche freie Familien in Bakel ihre Söhne im Collège Blanchôt oder im Lycée Faidherbe im Norden der Insel (heute das Lycée Omar Tall) unterbringen und Anioun N'Diaye kümmerte sich um sie. Eine zweite Ehe mit der Tochter des Bürgermeisters eröffnete ihm die nötigen Beziehungen, um ein richtiges Kinderheim zu organisieren, ein *Foyer*, und dafür zwei Räume im öffentlichen Pensionsheim für »alte Kämpfer« anzumieten. Die meisten seiner Schützlinge waren jedoch im Haus der Familie untergebracht, das aus vier kleinen, hintereinander gereihten Räumen ent-

lang eines schmalen Hofes bestand. Manchmal sei es eng geworden, bekannte Abdelkarim, aber in der heißen Periode schliefen die Kinder ohnehin lieber unter einem improvisierten Dach am Kai. Alle seien hier gewesen, erinnerte er sich voller Stolz: Abdoulayes Onkel Sourakhé, der jetzt in Dakar lebte, der Historiker Abdoulaye Bathily, der als möglicher Kulturminister im Gespräch war, und natürlich Abdoulayes Vater Mamadou. Warum er sich in Saint-Louis »nicht wohlgefühlt« hatte, konnte Abdelkarim nicht sagen; er habe mit dem um drei Jahre Älteren wenig Kontakt gehabt, meinte er.

Finanziert wurde das *Foyer* von den Kindern. Sie brachten von zu Hause indigoblaue Batikstoffe mit, die bei den Kaufleuten in Saint-Louis immer noch begehrt waren, und während ihres Aufenthalts mussten sie sich als Beitrag zur Verpflegung mit Hilfsarbeiten ein »Taschengeld« verdienen. Der Lohn seines Vaters als Magazineur bei Peyrissac sei bescheiden gewesen, betonte Abdelkarim, ein Teil davon wurde zudem in Lebensmittelgutscheinen abgegolten, die nur im firmeneigenen Geschäft einzulösen waren. Die Welt von Peyrissac war die geschlossene Welt der Kolonialwirtschaft; es war wenig überraschend, dass Abdelkarim nach dem Tod seines Vaters 1950 dort ebenfalls als Magazineur arbeitete. Erst nach der Unabhängigkeit konnte er sich verbessern, wurde zunächst Hilfskrankenpfleger im nahen Militärspital und später nach einer entsprechenden Ausbildung »Chefpharmazeut« des gesamten Bezirks. »Ich hatte ein erfülltes Leben«, erklärte Abdelkarim, »alle waren immer zufrieden mit meiner Arbeit, und ich war der Gemeinschaft von Nutzen.«

Einige Zeit später stattete Doris Abdelkarim N'Diaye einen weiteren Besuch ab, diesmal allein und ohne die Bürde vorgeblicher »Blutsbande«. Ihr gegenüber erzählte er zwar nichts von Mamadou, an den er sich offenbar gar nicht erinnern konnte, dafür von dessen Vater Ladji Sima, denn an ihn erinnerte er sich sehr genau. Er bekannte sogar, Angst vor ihm gehabt zu haben. Ladji Sima sei eine ungemein respektierte, aber »sehr harte« Persönlichkeit gewesen, erklärte Abdelkarim, er selbst habe lieber die Flucht ergriffen, wenn dieser Mann mit der enormen Statur bei seinen Eltern zu Besuch war. Und das war gar nicht so selten, denn Wally N'Diaye, der unzertrennliche Freund von Ladji Sima, war ein (Halb)Bruder seines Vaters Anioun N'Diaye und daher ein Onkel von Abdelkarim. Und natürlich war der Freund des Vaterbruders auch der Freund seines Vaters. Über diesen Onkel gab es nun eine Geschichte, die Abdelkarim offenbar lieber einer Fremden erzählte:

Zu dieser Zeit waren die meisten französischen Angestellten von Peyrissac in Saint-Louis nach Frankreich zurückgekehrt, unter ihnen auch der Kassier. Daraufhin hatte die Firmenleitung in Dakar entschieden, seinen Onkel Wally N'Diaye, einen in Kayes jahrzehntelang treu dienenden Angestellten, auf den verantwortungsvollen Posten des Kassiers nach Saint-Louis zu holen. »Als erster Afrikaner! Das war damals eine kleine Sensation.« Irgendwann zwischen 1948 und 1950 war Wally N'Diaye nach Saint-Louis übersiedelt und hatte ganz in der Nähe ein schönes einstöckiges Haus am Kai des Kleinen Arms bezogen. Die beiden Brüder Anioun und Wally N'Diaye hätten sich in der Folge ziemlich oft gesehen, meinte Abdelkarim, bis eines Tages aus der Firmenkassa Geld verschwunden war. Und ohne eine Anzeige zu erstatten oder etwaige Ermittlungen abzuwarten, beschuldigte die Firmenleitung sogleich Wally N'Diaye, der ungeachtet seiner beharrlichen Unschuldsbeteuerungen für den gesamten Schaden aufzukommen hatte. Sogar sein schönes Haus sei konfisziert worden, völlig zu Unrecht, war Abdelkarim überzeugt. Warum hätte er so etwas tun sollen, der Onkel sei doch ein betagter und allseits geachteter Mann gewesen, er hatte doch alles im Leben erreicht! Warum hätte er sich die Finger schmutzig machen sollen? Jeder in der Firma hätte es gewesen sein können, vor allem aus der Chefetage! Denn damals seien etliche französische Angestellte ziemlich überstürzt in ein vom Krieg ausgezehrtes Frankreich zurückgekehrt, wo sie kaum ein so komfortables Leben haben würden wie in Saint-Louis. Aber natürlich sei dem einzigen Afrikaner alles in die Schuhe geschoben worden, ohne Anzeige, ohne Untersuchung, ohne gerichtliches Urteil. Wally N'Diaye habe sich nicht wehren können, er sei dann nach Kayes zurückgekehrt und dort 1963 gestorben, zwei Jahre vor Ladji Sima, mit dem er bis zum Schluss unzertrennlich gewesen sei.
Ob Mamadou von diesem Vorfall wusste?

★

Die Besitzerin der Herberge auf der Langue de Barbarie war eine zarte, nach westlicher Mode sportlich-elegant gekleidete Senegalesin und eine energische Chefin. Alle Angestellten waren in irgendeiner Weise mit ihr verwandt; und alle fürchteten sich vor ihr. Äußerlich erinnerte die Chefin keineswegs an die Signaren aus alten Illustrationen, mit ihrer prunkvollen, in Spitzen und Seide gehüllten Behäbigkeit. Doch ihr Grundstück für die Herberge auf der geschützten Landzunge war mit dem Geld ihres französischen Lebensgefährten erworben und der Vertrag mit ihrem Namen unterzeichnet worden, fast wie in alten Zeiten. Der weißen, älteren Frau aus Wien, die allein mit zwei jungen Afrikanern in einem ziemlich verlotterten, in Bamako registrierten Wagen reiste, misstraute die Chefin von Anfang an. Um ihrer strengen Miene ein Lächeln zu entlocken, erzählte ihr Doris eines Tages, dass Abdoulaye keineswegs Afrikaner, sondern Franzose sei und sie tausende Kilometer quer durch den Sahel auf den Spuren seiner afrikanischen Familie zurückgelegt hätten. Daraufhin misstraute die Chefin ihr noch mehr. Abends hörte sie im Vorbeigehen an der Bar, wie sie ihrem braungebrannten Lebensgefährten erklärte, es sei eine Schande, dass sie nun auch die sogenannten »benachteiligten Jugendlichen«, *les jeunes défavorisés*, aus den französischen Stadtrandghettos nach Afrika brächten, als gäbe es von solchen Typen hierzulande nicht ohnehin genug. Als Doris später Abdoulaye scherzhaft erzählte, ist dir klar, man hält dich hier für einen »benachteiligten Jugendlichen«, meinte er nur lakonisch, umso besser.

Am freundlichsten war ein Cousin der Chefin, der als Fahrer beschäftigt war. Er war intelligent und mitteilsam und langweilte sich offenbar. Er hatte zuvor als Taxifahrer in Dakar gearbeitet, bis das Pflaster dort »zu hart« geworden sei, und jetzt träumte er von einem eigenen Geländewagen, um als selbstständiger Fremdenführer arbeiten zu können, doch er wusste, seine Chancen standen schlecht. »In Saint-Louis gibt es rein gar nichts zu tun. Es ist einfach kein Geld im Umlauf«, sagte er. Zwei seiner Cousins hatten bereits »so ein Boot auf die Kanarischen Inseln« genommen, man habe nie wieder etwas von ihnen gehört. In den Nachrichten konnte man täglich von neuen Flücht-

lingsdramen hören, und er würde niemals auf diese Weise sein Leben und seine Ehre riskieren, beteuerte er.
Während Malis Präsident Ahmadou Toumani Touré sich immerhin geweigert hatte, vom französischen Präsidenten Geld anzunehmen, um einen totalen Emigrationsstopp zu verfügen – er ließ Präsident Sarkozy wissen, die Menschen im demokratischen Mali hätten ein Grundrecht auf Bewegungsfreiheit und darauf, ihre Familien in Frankreich zu besuchen, und erhielt schließlich eine Visaregelung für Malier mit Angehörigen in Frankreich –, hatte Senegals Präsident Abdoulaye Wade erklärt, gegen ein paar Millionen könne man ihm die gestrandeten Senegalesen getrost wieder zurückschicken und er würde dafür sorgen, dass sie im Lande blieben. Dank der gewaltigen Empörung im Senegal war der Deal letztlich doch nicht zustande gekommen.
»Es ist eine Schande«, meinte der Cousin der Chefin, »unsere jungen Leute ziehen es vor, auf dem Meer zu verrecken, statt in ihrer Heimat zu leben. Und die Regierung tut nichts für sie, gar nichts! Und will daraus noch ein Geschäft machen!« Dass die gemütliche Herberge außer den drei Reisenden derzeit nur einen einzigen Gast beherbergte, einen älteren weißen Herrn, der sich um seine sehr junge schwarze Nichte kümmerte, sei ebenfalls eine Folge der Geschäftemacherei des Präsidentenklans. Das kürzlich erfolgte Einfuhrverbot für sämtliche über fünf Jahre alten Autos sei ein »Geschenk an die libanesische Mafia« gewesen, empörte sich der Fahrer und meinte damit die Lobby der Autoimporteure in Dakar. Falls sich die Leute wirklich daran hielten, werde es in ganz Senegal bald keine Ersatzteile mehr geben, der Wüstentourismus in Saint-Louis kam ohnehin bereits zum Erliegen. Die Herberge mit ihren hellen Bungalows, ihrem großen Gemeinschaftszelt nach Art der Beduinen und ihrem Campingplatz daneben sei ein beliebtes Ziel für diese Klientel gewesen.
Vor drei Jahren hatte der Fahrer eine Frau aus Saint-Louis geheiratet, sie sei zwanzig Jahre jünger, wunderschön und sehr intelligent. »Wenn du willst, stell ich sie dir vor«, schlug er vor, »sie lebt jetzt in einem Dorf am Land, nahe bei Richard Toll.« Es war klar, dass sich der Mann von der neugierigen Touristin nur einen günstigen Transport zu seiner jungen Frau erhoffte, vielleicht auch mehr. Doch einige Zeit später erinnerte sich Doris daran, dass man von niemandem jemals

etwas lernen konnte, wenn man sich von der Frage nach den Beweggründen des Lehrers abhalten ließ, und sie nahm sein Angebot an. Zunächst raste er entlang der tosenden Brecher an der sandigen Küste nach Norden bis ans Ende der Langue de Barbarie, bis über die Grenze nach Mauretanien, obwohl weder er noch seine Begleiterin *Papiere* mit dabei hatten, aber er konnte die müde verdutzten Zollbeamten im gestreiften Häuschen mit zwei Flaschen Cola dazu bewegen, den Balken für einen viertelstündigen Ausflug nach Mauretanien zu öffnen. Die Gegend, wo der Kleine Arm sich vom großen Strom trennte, war ein weites, wild wucherndes Feuchtgebiet mit Salzlacken und Sümpfen. Aus gebührender Entfernung konnte man Kolonien von Pelikanen, Flamingos und Reihern bestaunen, sogar einige Gazellen flüchteten aus dem Schilf. Dann nahmen sie eine holprige Piste Richtung Osten und erreichten die Hauptstraße in Richtung Richard Toll.
An einem Straßenmarkt hielt er an, kaufte ein paar Eier und Brot für seine Frau. Hatte sie ihn erwartet? Jedenfalls schien sie überwältigt vor Freude, als sie aus dem kleinen Betonhaus mitten in einem trockenen Feld hinter der Dorfstraße heraustrat. Sie war tatsächlich von beeindruckender Schönheit. Er war zwar ein ziemlich stattlicher Mann in mittleren Jahren, aber neben dieser jungen Frau mit ihrem zart geschwungenen Hals über makellosen Schultern, der feinen Nase unter hoher Stirn, den mandelförmigen, strahlenden Augen und der Eleganz ihrer dezent gemusterten, die schlanke Figur betonenden Tunika wirkte er wie ein alternder Bär. Es war seine zweite Frau, die erste in Dakar hatte bereits erwachsene Kinder von ihm. Noch überraschender war, dass diese scheinbar so junge Zweitfrau bereits Mitte dreißig war und eine teilweise in Frankreich ausgebildete Physikerin. Auf dem nahen Lycée unterrichtete sie Mathematik und Physik, was ihren Mann offensichtlich mit Stolz erfüllte. Sie sei unglaublich klug, widerholte er mehrmals schwärmerisch. Zusammen mit zwei Kollegen lebte sie nun in diesem angemieteten Häuschen abseits der Hauptstraße zwischen Makhana und Rosso. Es war auf Pfählen mitten in das Feld gestellt. Das einzige Zimmer dominierte ein mit einem grün-gelb gestreiften Tuch bedecktes Doppelbett. Den Duschraum mit Toilette hatte sie mithilfe ihrer Kollegen später angebaut, das Wasser wurde in Kanistern aus der benachbarten Koranschule geholt. Die Türe zur Veranda

war mit einem Vorhang verhängt, dort schliefen ihre beiden selten anwesenden Kollegen unter dem Vordach. Mehrfach hatte sie um Versetzung nach Saint-Louis angesucht, vergeblich.
Während Doris sich ein wenig ausruhte, bereitete sie auf einem kleinen Gaskocher auf der Veranda aus den mitgebrachten Eiern und einigen Feldchampignons ein Omelett zu, ein flaumiges Wunderwerk, das sie auf der Matte vor dem Bett mit hinreißender Anmut servierte. Wegen der Hitze und der Fliegen wurde niemals im Freien gegessen. Beim anschließenden Tee holte ihr Mann stolz das Fotoalbum ihrer Hochzeit hervor, mit bunten Bildern von einem üppigen Bankett in einem mit Girlanden geschmückten Garten, lebhaft geschminkten Frauen und Männern in dunklen Anzügen. Natürlich sehnten sich beide danach, zusammen in Saint-Louis ein normales Leben zu führen. Aber die junge Professorin sagte lächelnd: »Ich habe Glück, denn ich habe immerhin eine Anstellung in dem Beruf, den ich liebe.« Wie sie danach am Boden kniend mit etwas Sand und einer einzigen Kanne Wasser sämtliche Teller und Tassen, Stück für Stück über einer Schüssel wusch und darauf achtete, keinen Tropfen am Boden zu verschütten, weil das Wasser danach auf der Toilette weiterverwendet wurde, wie sie lächelnd jeden einzelnen Gegenstand sorgfältig abtrocknete, während sie angeregt und intelligent mit den Gästen über Politik, Liebe und die Zukunft plauderte, ohne jemals zu klagen, wurde für die Frau aus Wien zum beeindruckendsten »Bild von Afrika«. Und während sie sich anschließend hinter dem Haus die Füße vertrat, um dem sichtlich verliebten Paar ein wenig Intimität zu ermöglichen, dachte sie beschämt an ihr anfängliches Misstrauen, und dass dieser Ausflug ein wahres Geschenk für sie war.

★

An diesem Morgen folgte sie Abdoulaye einfach, als er, ohne Erklärung, den Weg in die Stadt zu Fuß einschlug, am Strom entlang, der hier unweit der Mündung milchig weiß und so breit war, dass das andere Ufer kaum zu erkennen war. Die Straße führte vorbei am Getränkestand und an der Eisfabrik, vorbei an den langen Fischerbooten, die heute wegen des hohen Seegangs auf dem offenen Meer aneinandergekettet im Strom liegen geblieben waren; vorbei an wartenden, von blauen Auspuffschwaden umnebelten Lastwagenkolonnen vor tausenden, auf Gittern über offenem Rauch ausgebreiteten, silbrigen Fischen, im zunehmenden Menschengewühl von N'Dar Toute; Abdoulaye marschierte gelassen und zielsicher durch tobende Horden uniformierter Schulkinder, vorbei am Versammlungsplatz der Alten mit magischen Zeichen im Gebälk und schließlich über die Brücke des Kleinen Arms bis zu den elegant heruntergekommenen Kolonialpalästen an der Place Faidherbe. Neben dem traditionsreichen Hôtel de Poste bog er rechts in eine Straße und blieb schließlich vor einem Geschäftsportal aus altem, dunklem Holz stehen. Erst jetzt ließ er sich zu einer Erklärung herbei. In dieser Firma habe Wally Bathily gearbeitet, der Ehemann von Taifour Sima, einer älteren (Halb-)Schwester seines Vaters. Damals sei das Geschäft Teil eines großen Textilunternehmens gewesen und Onkel Bathily habe mit Tante Taifour und ihren Kindern ein großes Haus ganz in der Nähe bewohnt. Abdoulayes Eltern seien dort häufig zu Gast gewesen, seine Mutter habe dort 1963 seinen ältesten Bruder zur Welt gebracht, während sein Vater in Dijon die Übersiedlung vorbereitet hatte.

Das Textilunternehmen war mittlerweile auf diesen einen dunklen Raum geschrumpft, den sie nun betraten. Auf braunen Holzstellagen stapelten sich Stoffe, Kleider, Zubehör, auch allerlei Hausrat, und auf dem Verkaufspult stand eine pittoreske silbrige Handkassa. Dahinter, kaum wahrnehmbar in der Dunkelheit des Raumes, saß eine Frau, eine moderne Frau mit glatt nach hinten gebürstetem, unbedecktem Haar und einem dunkelbraunen, langärmeligen Rollkragenpullover, was in Anbetracht der hierzulande üblichen, eher farbenprächtigen Kleidung und der drückenden Hitze auffallend war. Sie erhob sich nicht, als die Fremden eintraten, und als Abdoulaye sich höflich nach der Familie Bathily erkundigte, musterte sie ihn ohne Spur eines Lächelns. Erst als er sich als »ein Sima aus Frankreich« zu erkennen gab, hellten sich ihre Züge auf. Aber ihr trauriger Blick ging durch ihn hindurch und ihr Interesse an der französischen Verwandtschaft der Bathily hielt sich offenbar in Grenzen. Sichtlich befangen wechselte Abdoulaye einige Sätze mit ihr über das Wohlbefinden seiner Eltern in Dijon, über die zunehmende Hitze und die allzu trägen Geschäfte in Saint-Louis. Er erfuhr, dass »das ehemalige Haus der Bathily gleich

um die Ecke« nun von fremden Leuten bewohnt sei. Onkel Bathily war bereits in den 1990er Jahren gestorben und Tante Taifour sei nach Dakar zu ihrem ältesten Sohn gezogen; von dem jüngeren, nach Kanada ausgewanderten Sohn habe man »nichts mehr gehört«. An der Wand hinter dem Verkaufspult glitzerten Lamettagirlanden in Gold, Rot und Grün, wie Christbaumschmuck, dachte Doris, doch es war Schmuck für das islamische Neujahrsfest Aschura.
Und an der Front des Verkaufspultes prangte ein Plakat mit dem Portrait des bärtigen Bin Laden mit weißem Kopftuch, mildem Jesusblick, zwei zur Segnung erhobenen Fingern, und über ihm eine Sprechblase: *Meilleurs vœux pour la nouvelle année!*

Nächstes Ziel war der Justizpalast, ein stilvolles weißes Gebäude aus der Zeit Louis Napoléons, in dem sich angeblich die ältesten Manuskripte der schwarzafrikanischen Kolonien und die Register des *état civil* von Saint-Louis seit 1732 befanden. Vom Säulenhof aus schwang sich eine doppelte Freitreppe zu den Galerien empor, wo sich die Vernehmungsräume und der Gerichtssaal befanden. Und im Hochparterre dazwischen wartete eine bunte Menschenmenge aus allen Bevölkerungsschichten vor der, wie es schien, immer verschlossenen Türe des Stadtarchivs. Der Direktor hatte »auswärts« immer Wichtigeres zu tun, und Abdoulaye und Doris verbrachten lange Stunden vor dieser Türe, hinter der sie Unterlagen über Urgroßvater Ahmadou Sourakhé zu finden hofften. Als der Direktor endlich einmal anwesend war, nahm der ergraute, freundliche Herr huldvoll entgegen, was Abdoulaye zu bieten hatte, Geburtsurkunde, Heiratsurkunde und Militärdokumente seines Großvaters Ladji Sima, aus denen Namen, Wohnsitz und Alter seiner Urgroßeltern hervorgingen. Der Direktor prüfte alles mit großem Ernst und versprach in fließendem Französisch, Nachforschungen anstellen zu lassen. Doch nach einer Woche und abermaligem stundenlangen Warten vor verschlossener Türe teilte er mit, was Doris als Historikerin beschämte, da sie es selber hätte wissen müssen: Alle Personaldokumente aus der Kolonialzeit waren längst in das Senegalesische Nationalarchiv nach Dakar überführt worden.
Dorthin wollten sie ohnehin. Und es traf sich gut, dass ein Cousin von Abdoulaye im Nationalarchiv angestellt war.

★

Da Doris erkrankt war, fuhr Abdoulaye schließlich alleine nach Dakar, wo sein Vater immerhin »die beste Zeit seines Lebens verbracht« hatte. Wie in Trance bewegte er sich auf seinen stundenlangen Märschen quer durch die Stadt in bleierner Hitze durch Verkehrschaos, Staub und Getöse, er besuchte Verwandte und Bekannte der Familie und, überwältigt von den Eindrücken, flüchtete er schließlich in eines der Cybercafés in Thiaroye, einem Randbezirk von Dakar.

Im November 1944 war Thiaroye noch ein Dorf, wo in einem Transitlager eintausendzweihundertachtzig afrikanische Soldaten auf eine Rückführung in ihre Heimatorte und auf ihren Sold warteten. Seit Kriegsbeginn hatten sie an der Seite Frankreichs gegen die deutsche Offensive gekämpft, viele von ihnen waren in schlechtem Gesundheitszustand, hatten in deutscher Kriegsgefangenschaft Massentötungen, rassistische Quälereien und »medizinische Experimente« überlebt. Nun warteten sie auf ihre Rückführung und ihren Sold und niemand sagte ihnen, warum die Wartezeit kein Ende nahm. Schließlich entlud sich ihre Empörung in einer Demonstration, die von der französischen Administration in Dakar unter Einsatz von Panzern niedergeschossen wurde. Fünfunddreißig unbewaffnete Männer fanden dabei den Tod, hunderte wurden verletzt, die mutmaßlichen Anstifter der Demonstration zu zehn Jahren Haft verurteilt.

Es war nur eine Episode in einem verdunkelten Kapitel des Zweiten Weltkrieges, das bis in die Gegenwart kaum Beachtung erfährt. Bis zum Waffenstillstand im Juni 1940 kämpften bereits mehr als fünfundachtzigtausend afrikanische Soldaten auf französischem Boden. Viele kamen dabei um, wenige überlebten die deutsche Gefangenschaft, wie der spätere Präsident des Senegal, Léopold Sédar Senghor, der dank der rettenden Intervention eines französischen Offiziers am 20. Juni 1940 nur knapp dem Tod entkam. Nach der Kapitulation Frankreichs organisierten sich die gaullistischen Streitkräfte zunächst in Zentralafrika, von wo aus sie etappenweise die französischen Kolonien zurückeroberten. In Dakar, der Hauptstadt von Französisch-Westafrika, kam es zu dramatischen Konfrontationen, als die anglofranzösischen Truppen unter General de Gaulle vom Atlantik her versuchten, die vichytreue Heeresführung der westafrikanischen Kolonialarmee als Mitstreiter zu gewinnen. Im August 1943 entstand aus dem Zusammenschluss der Truppen des »Freien französischen Afrika« (AFL) mit den »Freien französischen Streitmächten« (FFL) – jenen französischen Soldaten, die sich geweigert hatten, ihre Waffen niederzulegen, und in den Untergrund gegangen waren – die so genannte Armée d'Afrique. Sie bestand zu drei Viertel aus afrikanischen Soldaten und bildete das Herz der gaullistischen Streitmächte. Überall waren sie mit dabei: In Tunesien im Kampf gegen das Deutsche Afrika-Korps ebenso wie ein Jahr später bei der überaus verlustreichen Landung in Neapel im April 1944 und bei allen folgenden Kämpfen während des Vorstoßes nach Rom und weiter in den Norden; sie waren bei der Befreiung von Marseille und Toulon dabei (allein im Kampf um Toulon fanden fünfhundertsiebenundachtzig Afrikaner den Tod); sie waren beim weiteren Vorstoß durch das Rhônetal Richtung Norden dabei und integrierten allmählich die im besetzten Frankreich im Untergrund zerstreuten oder in Lagern zusammengezogenen afrikanischen Soldaten; sie waren dabei, als ihre Einheiten im September 1944 mit den in der Normandie inzwischen gelandeten alliierten See- und Luftstreitkräften zusammengezogen wurden; und sie waren bei allen folgenden Kämpfen entlang der Saône und über die Vogesen bis nach Elsass dabei.

Doch plötzlich waren sie nicht mehr dabei. Auf höchsten Befehl waren ihre siegreichen Einheiten einer »Weißwaschung« unterzogen worden, vorgeblich, um die Afrikaner vor dem bitterharten Winter zu schützen, in Wahrheit eher auf Druck der anglo-amerikanischen Alliierten, die nach wie vor auf Rassensegregation bestanden und ebenso wie die Grande Nation einen Prestigeverlust befürchteten, sollte Frankreich vor den Augen der Welt durch »Eingeborene« befreit werden. Die »Weißwaschung« war ein überraschender, blitzartiger Prozess. Farbige Soldaten wurden von ihren Einheiten und ihren Kampfgefährten getrennt, mussten ihre Ausrüstung französischen Widerstandskämpfern überlassen, die nie an der Front gekämpft hatten, und wurden in verschiedenen Lagern unter ziemlich erbärmlichen Bedingungen zusammengezogen. De facto waren bei der Befreiung von Paris durch die 2. Französische Panzerdivision unter General Leclerc ebenso wie bei den Siegesparaden auf den Champs Élysées am 26. und 29. August 1944 keine farbigen Soldaten mehr dabei, mit Ausnahme einzelner Angehöriger der Artillerie. Erst am 11. November 1944 und später am 18. Juni und 14. Juli 1945 durften einige Infanterieeinheiten aus den Kolonien durch die Pariser Champs Élysées marschieren.[16] Und der aus der Karibik stammende französische Politiker und Jurist Gaston Monnerville brachte die Verdienste der schwarzen Soldaten in einem Satz auf den Punkt: *Sans Empire, la France ne serait qu'un pays liberé: grâce à son Empire, elle est un pays vinqueur.*[17]

Insgesamt wurden während des Zweiten Weltkriegs mindestens neunhunderttausend Schwarze mobilisiert, etwa zehn Prozent davon waren Afro-Amerikaner, deren Geschichte wieder eine andere war.

Die große Masse der afrikanischen Soldaten hatte keinen Anteil am Triumph des Sieges; Enttäuschung und Wut über diese Behandlung waren umso größer, als diesmal, im Unterschied zum Ersten Weltkrieg, die große Mehrheit freiwillig und aus Überzeugung in den Krieg gegen Hitler gezogen war. Viele waren mit Tapferkeitsmedaillen ausgezeichnet worden und hatten – wieder einmal – den verschiedenen Freiheitsversprechungen im Falle eines Sieges geglaubt. In mehreren Lagern quer durch Frankreich kam es nun zu Befehlsverweigerung und Rebellionen, während im fernen Dakar General de Gaulle im Herbst 1945 die Gemüter zu beruhigen suchte, indem er in einer Ansprache vor den bereits rückgeführten Truppen in seinem bekannt tragenden Tenor ihre Leistungen würdigte:

Répondant à l'appel de la France en péril de mort, vous avez rallié les Forces Françaises Libres. Vous avez été de l'équipe volontaire des compagnons qui ont maintenu votre pays dans la guerre et dans l'honneur. Vous avez été de ceux qui, au premier rang, lui ont permis de remporter la victoire. Au moment où le but est atteint, je tiens à vous remercier amicalement, simplement, au nom de la France![18]

Die zu jahrelanger Haft verurteilten Demonstranten von Thiaroye kamen 1946 wieder frei, freilich nicht ohne massiven Druck einflussreicher afrikanischer Politiker, unter ihnen Léopold Sédar Senghor und Lamine Guèye. Doch der Kampf um Sold, Pensionsansprüche und Anerkennung ging weiter; und in Frankreich erwachten alte rassistische Ressentiments umso heftiger, je chaotischer die Zustände in der Nachkriegsgesellschaft wurden. Spätere Versuche einer Würdigung der farbigen Truppen wurden bald von den Befreiungskämpfen in den Kolonien überschattet.

★

Während seines Aufenthalts in Thiaroye dachte Abdoulaye an alles andere als an diese Ereignisse, die in französischen Schulen kaum Unterrichtsgegenstand waren. Zwar wusste er eigentlich mehr als die meisten Franzosen darüber, doch es gehörte zu jenen Themen, die ihn als Franzose afrikanischer Abstammung etwas ratlos machten, die er, der jede »Opferrolle« vehement ablehnte, auf diffuse Weise zweifach beschämend empfinden musste, weshalb er lieber nicht daran dachte, und noch weniger davon sprach. Dafür versuchte er, der die Schule nicht zuletzt auch wegen seiner Schreibhemmungen abgebrochen hatte, das erste Mal in seinem Leben, schriftlich festzuhalten, was ihn bewegte. Zunächst starrte er untätig auf den flimmernden Schirm, überzeugt davon, dass alle anderen Menschen im Raum sich ausschließlich für die Schreibversuche dieses schwarzen Franzosen interessierten, der nicht einmal Wolof beherrschte und dem man alles erst erklären musste. Erst beim zweiten Besuch überwand er seine Hemmungen. Und danach kehrte er regelmäßig zu den Monitoren in dem dunklen Raum zurück, um im Banne der blauen Lichter Ruhe und Besinnung zu finden wie in einem sakralen Raum.

Zurück in Saint-Louis überreichte er Doris vierundzwanzig ausgedruckte Seiten. Darin las sie von seinen regelmäßigen Besuchen bei seiner »Freundin«, einer alten Frau, die am Bahnhof von Thiaroye Früchte an herumlungernde »Papierlose« und »Geheime« verkaufte, namenlose, unfreiwillige Rückkehrer, die auf Französisch bezeichnenderweise nicht »Illegale«, sondern *sans papier* oder *clandestins* genannt werden. Fasziniert beobachtete er die Alte, wie sie den schweren Korb auf ihrem Kopf am Ende einer ziemlich krummen Wirbelsäule balancierte und gleichzeitig immerzu lächelnd ihre mittellose Kundschaft bediente, die für sie offensichtlich keine Bettler waren. Während seiner langen Fußmärsche zwischen Thiaroye und dem Viertel, in dem seine Verwandten lebten, genoss er den Verkehrslärm, die wahnsinnige Hitze, den flammenden Sonnenuntergang, er freute sich an den Gesängen der zum Abendgebet im Freien versammelten Männer, Frauen, Kinder, Freunde und Familien. Er war beeindruckt von der scheinbaren Freiheit und sportlichen Disziplin der fußballspielenden Jugendlichen auf der Straße, und entdeckte, ungeachtet seiner zunehmenden Erschöpfung, im Spiegel einer Auslagenvitrine zu seiner Überraschung ein unwillkürliches Lächeln auf seinen Lippen.

Der Frau aus Wien gegenüber meinte er nur lakonisch: »Klar fühle ich mich in Afrika wohl. Alle haben die gleichen Hautfarbe, und endlich nervt mich niemand mit dummen Bemerkungen darüber – zumindest so lange man nicht weiß, dass ich Franzose bin.«

Denn es gab auch weniger erfreuliche Begegnungen in Dakar, wie jene mit der Schwiegermutter einer Cousine, die ihm ernsthafte Vorwürfe machte wegen seines Unvermögens, sich auf Soninké auszudrücken, als sei er eine Art Verräter. Oder die ältere Tochter seines Onkels Sourakhé, die er noch nie gesehen hatte, die sich jedoch nicht scheute, ihn gleich bei seinem ersten Besuch in aller Strenge zu tadeln, weil er weder Soninké sprach noch betete. Abdoulaye war betroffen. Doch dann sagte er sich, er müsse sich dieser unerwarteten Realität eben stellen.

Im Haus des bereits in Dijon erwähnten »besten Freundes« des Vaters lernte er das »organisierte Chaos« eines echten afrikanischen Haushalts kennen. Ein ganzes Buch müsste man darüber schreiben, meinte Abdoulaye. Ein Haus wie ein Bienenstock, dessen Waben je nach Bedarf rund um einen Hof angefügt worden waren und in dem sich alle Bewohner in einem ständigen Kommen und Gehen befanden; zur Zeit waren es an die dreißig. Und niemand hatte jemals auch nur eine Minute Intimität! Was bedeutete, dass die jüngeren, oft arbeitslosen Männer meist unterwegs waren zu irgendwelchen Frauen außerhalb des Hauses, während innerhalb des Hauses ihre Ehefrauen das immer neue Wunder vollbrachten, täglich bis zu vierzig Menschen zu füttern. Der Hausherr selbst, ein pensionierter Richter oder Anwalt, war ebenfalls kaum je daheim. Als »Tutor« der Soninké in Dakar war er pausenlos im Einsatz, um für seine Schützlinge Geburten, Taufen, Todesfälle, Ehen, Scheidungen, Spitalsaufenthalte zu organisieren oder Schulprobleme, Arbeitsprobleme und Erbschaftsstreitigkeiten zu lösen.

Sein Vater habe allzu recht gehabt, meinte Abdoulaye, an ein Gespräch mit diesem Freund war nicht zu denken. Seine mittlerweile betagte Tante Taifour, genannt Yaye, verwitwete Bathily, deren Haus er in Saint-Louis vergeblich gesucht hatte, lebte nun bei ihrem Sohn, der eine Apotheke besaß. Von ihrem zweiten, nach Kanada ausgewanderten Sohn hatte auch sie nie wieder gehört; und ein dritter Sohn war angeblich in Bamako ein derart wohlhabender Mann geworden, dass er ebenfalls keinen Kontakt mehr zur Familie pflegte.

Doch es waren Abdoulayes jüngere Cousins – und von denen gab es eine Unzahl in Dakar –, die manchmal schwierig waren. Meist arbeitslos und nur an Fußball interessiert, gehörten sie einer Generation an, in der nicht einmal die Eltern sich noch an die großen Ideale und Hoffnungen der 1960er Jahre erinnern konnten. Manche zeigten unverhohlen ihre Enttäuschung darüber, dass der Cousin aus Frankreich, der ihrer Meinung nach in Europa doch »alles hatte«, keine Reichtümer vorweisen konnte. »Sie haben keine Ahnung von unserem Leben«, meinte Abdoulaye, »und es interessiert sie auch nicht. Nichts interessiert sie. Alle wollen nur weg.«

Partir – das Zauberwort, das alle Probleme zu lösen versprach. Zur Zeit benötigte man dafür an die vierhunderttausend CFA, etwa vierundzwanzigtausend Euro, eine für die meisten unvorstellbar hohe Summe. Einem seiner Cousins wäre es trotzdem beinahe gelungen, denn nach dem Tod seines Vaters hatte ihm ein Onkel diesen Betrag überlassen, mit dem Auftrag, von Europa aus für den Rest der Familie zu sorgen. Als er endlich die nötigen *Papiere* beisammenhatte – die verschlungenen Wege einer bei weitem nicht nur in Afrika korrupten Bürokratie benötigten vielerlei Kenntnisse, Beziehungen und einige Geduld – und sich mit dem Geld dem vereinbarten Treffpunkt mit dem »Agenten« näherte, wurde dieser unmittelbar vor seinen Augen festgenommen, knapp bevor er ihm das Geld hatte übergeben können, so dass die von Büroklammern zusammengehaltenen Bündel von Scheinen immer noch seine Hosentaschen bauschten. Zu Tode erschrocken ging er weiter und mischte sich unter die Passanten, als wäre nichts geschehen. Das konnte nur »ein Zeichen« gewesen sein! Und der Cousin beschloss, Europa zu vergessen und sein Geld in eine Ausbildung in Dakar zu investieren. Er schaffte die Aufnahmeprüfung an eine private und entsprechend kostspielige Wirtschaftsuniversität, überwand mit Fleiß und Beharrlichkeit sogar die Vorbehalte des französischen Professors gegenüber dem neuen Studenten, der keineswegs dem üblichen Profil wohlhabender Sprösslinge entsprach; und als er sein MBA in der Tasche hatte, vermittelte dieser Professor ihm sogar eine Stellung in einem französischen Unternehmen in Dakar. »Na also, es geht doch!«, meinte Doris erfreut. Doch Abdoulaye hob die Hand: »Warte, die Geschichte ist noch nicht zu Ende.« Der Cousin arbeitete nun seit drei Jahren in dieser Firma, und alle waren mit ihm zufrieden. Doch immer noch erhielt er das gleiche, minimale Gehalt wie in seinem Probejahr. Alle Ansuchen um Beförderung waren erfolglos geblieben, an eine Unterstützung seiner Familie war nicht zu denken. Seine Vorgesetzten wechselten ständig und waren immer Franzosen, zumeist ehemalige Militärangehörige mit entsprechender „Erfahrung in Afrika", aber ohne die geringsten betriebswirtschaftlichen Kenntnisse, während er selbst, der über alle Qualifikationen und Praxis verfügte, sich von ihnen herumkommandieren lassen musste und keine Chance auf einen anständigen Lebensunterhalt hatte. Es sei wie in der Kolonialzeit, hatte der Cousin gemeint, und wollte nun doch wieder auswandern, nach Frankreich oder Kanada, wo bereits Verwandte lebten.

★

Es dämmerte bereits. Doris und Abdoulaye saßen auf der windgeschützten Terrasse hinter der blendenden Sanddüne, lauschten dem weißen Rauschen des Meeres und tranken ein »Flag«, das leichte senegalesische Bier in diesen orange-roten Dosen, die so vorzüglich zur Farbe des Himmels passten. Abdoulaye erzählte von jenem Tag, den er in Gesellschaft seiner jüngsten Cousine und ihrer kleinen Tochter verbracht hatte. Er erzählte von der makellosen Schönheit dieser neunzehn Jahre jungen, mit einem in Frankreich lebenden, vierzigjährigen Mann verheirateten Frau, die, immer tief verschleiert, keinen fremden Mann jemals grüßte oder ihm gar in die Augen blickte. Zusammen mit ihrem Kind lebte sie im Hause der Schwiegermutter, wo sie praktisch Sklavenarbeit leistete; sie lehnte Kino, Radio, Fernsehen und jede Art von Unterhaltung ab, ja selbst jede Art von Bildung für Frauen.

Und warum? Weil diese nicht vom Koran vorgeschrieben sei, erklärte sie dem bestürzten Abdoulaye, der sich offensichtlich in einem Zwiespalt befand zwischen Bedauern für dieses, wie er fand, verschwendete Leben, und einer gewissen Bewunderung für die gelassene Würde dieser jungen Frau. Doch sie, deren Leben von der Hingabe an irgendwelche religiösen Dogmen bestimmt war, nahm sich dennoch die Freiheit, einen ganzen Tag lang in Gesellschaft ihres Cousins aus Frankreich zuzubringen, der kein Soninké sprach, nicht betete und, ohne verheiratet zu sein, mit einer »ungläubigen« weißen Französin zusammenlebte. Sie konnte seine Lebensweise zwar nicht billigen, aber akzeptieren; und auch er billigte ihre Lebensweise nicht, aber er akzeptierte sie. Abdoulaye meinte, nur so sei eine Verständigung möglich, und überlegte sogar, wie Leute wie er etwas zur Veränderung in diesem extrem konservativen Teil der Soninké-Gesellschaft beitragen könnten, »natürlich mit der nötigen Achtung vor gewissen Traditionen.« Glücklicherweise habe er auch einige Cousins getroffen, die seine Kritik an den Zuständen teilten.
Als die Frau aus Wien jedoch später in seinen Aufzeichnungen von seiner schwärmerischen Bewunderung für die Schönheit seiner Cousine las, für ihre heitere Hingabe an ihr Schicksal, für ihre innere Reinheit, ihre Gelassenheit, ihre geheimnisvolle Stärke, die er bei keiner der umtriebigen Französinnen jemals erfahren habe, so als könne diese Welt der tief verschleierten jungen Frau wirklich nichts anhaben, als sei sie ein »Kind Gottes« – da meinte sie: Warum er eigentlich nicht so eine heirate, vielleicht wäre das eine Lösung für ihn? Dabei dachte sie an seine Lebensgefährtin in Paris, eine etwas ältere, unabhängige Filmemacherin, die eigenwillige Tochter eines republikanischen Spanienkämpfers, in die er offensichtlich sehr verliebt war. »Dazu ist es längst zu spät«, antwortete er mit spöttischer Ungeduld in der Stimme. Und dann: »Ich komme doch längst aus einer anderen Welt. Das Leben meiner Cousinen in Dakar ist einfach nicht mehr zeitgemäß!«
War es das wirklich – nicht zeitgemäß? Welche »Zeit« sollte damit gemeint sein? Doris dachte an Abdoulayes Tanten, Mütter und Großmütter in Mali, die, allesamt sehr religiös erzogen, niemals einen Gesichtsschleier getragen hatten, nicht einmal die Frauen der marabutischen Familien am Land und in Bakel. Diese tief verschleierten

Cousinen in der Großstadt Dakar, die, hermetisch von der Welt abgeschirmt, sich total unterwarfen, hatten kaum etwas mit »vergangenen Zeiten« oder Soninkara-Tradition zu tun, und noch weniger mit dem Islam. Sondern mit einer brüchigen Gegenwart, die ihnen und ihren Männern kaum eine Perspektive bot außer Flucht, Flucht auf einen anderen Kontinent, Flucht in totale Unterwerfung oder totale Herrschaft, Flucht in eine radikale Gruppenideologie.

Zögernd erzählte Abdoulaye schließlich von seiner Begegnung mit Onkel Sourakhé, dem »Doyen der Familie«, der letzte, der alles, wirklich alles wissen hätte müssen. 1920 in Kita zur Welt gekommen, stand er als Erstgeborener seinem Vater Ladji Sima am nächsten; von seinem Vater hatte er die Genealogie der Sima erhalten, bevor er sie seinem Bruder Mamadou in Frankreich weitergereicht hatte. Es galt als sicher, dass er in das Schicksal seines Großvaters Ahmadou Sourakhé eingeweiht war; immerhin trug er auch dessen zweiten Namen, um sein Andenken zu bewahren. Onkel Sourakhé hatte die bestmögliche Erziehung genossen und als Soldat im Zweiten Weltkrieg freiwillig mit den Truppen von General de Gaulle gekämpft, bis eine Granate unmittelbar neben ihm einschlug und alle Kameraden um ihn zerfetzte. Nur er überlebte, »nach Allahs unerforschlichem Willen«, und machte danach eine beachtlich Karriere in Verwaltung und Politik des neuen Senegal; Onkel Sourakhé war ein geachteter und vergleichsweise wohlhabender Bürger Dakars gewesen, mit einem großen Haus und sieben Kindern von vier, schließlich fünf Ehefrauen.

Nun fand ihn Abdoulaye gefangen in einer kleinen, finsteren Wohnung einer Betonburg an der Peripherie, völlig gelähmt, ohne medizinische Betreuung, mittellos und vergessen. Nur seine fünfte Frau sorgte für ihn, und manchmal kam ihr Sohn vorbei, der stark genug war, ihn zu tragen.

Abdoulaye war zu spät gekommen. Sein Onkel war an nichts mehr interessiert, nicht an der Genealogie der Sima, nicht am Haus in Bakel, nicht an seinen Verwandten in Frankreich, nicht am Schicksal seines Großvaters Ahmadou Sourakhé. Er reagierte auf keine seiner Fragen, war nur noch mit seiner Hinfälligkeit befasst. Die meiste Zeit schlief er, seitlich zusammengerollt wie ein Fötus. Abdoulaye konnte einfach

nicht verstehen, wie es mit seinem Onkel so weit hatte kommen können. In Europa wäre das vielleicht normal, da würden die Alten vergessen und in ein Asyl abgeschoben, wo sie dann ebenfalls alles vergaßen. Aber in Afrika! Da würden die Alten doch geehrt, und sie vergaßen nichts! Der Verfall seines Onkel konnte einfach nicht mit rechten Dingen zugegangen sein. Sogar in den Brunnen habe er sich stürzen wollen. Einmal, als er kurz erwachte, murmelte er, er warte nur mehr auf den Tod, damit Allah sich ihm endlich offenbare. Angesichts des Todes sei nichts mehr von Bedeutung. Und man begreife, dass jedes Leben nur dem Verfall entgegenstrebe.
Die Frau aus Wien begriff: Wenn die Verständigung zwischen den Menschen abgebrochen ist, stellt Magie oder Religion den Zusammenhang wieder her. Oder *Papiere*. Damit das Leben weitergehen kann.

★

Abdoulayes Verwandtschaft mit dem Archivar im Senegalesischen Nationalarchiv hatte ihm stundenlanges Warten erspart. Bei seinen Recherchen über Urgroßvater Ahmadou Sourakhé hatte er jede Unterstützung erfahren, doch *Papiere* fanden sich keine. Schließlich wurde ihm erklärt, alle Dokumente zur fraglichen Periode seien mittlerweile nach Frankreich transferiert worden, nach Nantes, in die Hafenstadt am Atlantik mit ihren Werften und ihrer großen Vergangenheit. In Dakar seien derart viele Menschen auf der Suche nach verstorbenen Verwandten gewesen, oder nach Unterlagen, die irgendeinen Anspruch aus der Kolonialzeit legitimieren hätten können, dass das Archiv dem Ansturm einfach nicht mehr gewachsen gewesen sei. Nantes an der französischen Atlantikküste wäre also die nächste Station auf den Spuren der Sima aus Gadiaga.

Ihre letzte gemeinsame Wanderung führte sie ans Ende der Langue de Barbarie, wo Senegal und Atlantik ineinanderfließen, wo salzige und süße Wasser sich in einer unendlichen perlmutterfarbenen Fläche mischen und mächtige Wirbel erzeugen. Am Horizont stiegen große weiße Vögel in den Himmel, Reiher oder Pelikane, und unmittelbar vor ihnen vollführten Silbermöwen ihr unermüdlich gieriges Spiel zwischen den Brechern. Ein Amulett lag im Sand, ein *grisgris*, von der Dünung an Land gespült, neben Plastikflaschen, Holzstücken und dem zerfetzten Ärmel eines Hemdes. Das Leder des Anhängers war aufgequollen, das geflochtene Band zerrissen. Als sie es aufheben wollte, fiel er ihr in den Arm. Es hätte Unglück bringen können.

Epilog

In diesem Buch werden Eindrücke aus Mali und Senegal von drei verschiedenen Reisen in den Jahren 2002, 2005 und 2006 verarbeitet. Seitdem hat sich einiges ereignet.
Im Frühjahr 2009 absolviert der Staatspräsident von Mali, Amadou Toumani Touré, einen Staatsbesuch in Wien. Zuvor half er bei der Befreiung zweier österreichischer Wüstentouristen, die von Tunesien bis in den Norden von Mali verschleppt worden waren, nun beschwört er vor der politischen Elite Österreichs die Gefahren in den Wüstenregionen seines Landes, die auch Europa betreffen: Drogenkartelle aus Lateinamerika, die die Sahara als Transitzone für Kokain nach Europa benützen; skrupellose Geschäftemacher, die mit illegalen Waffen oder mit Flüchtlingen Profite lukrieren; schließlich Terroristen – wie solle Mali mit seinen bescheidenen Mitteln die rund neun Millionen Quadratkilometer große Sahelzone kontrollieren? Nein, er wolle weder Geld noch Waffen, davon gibt es in der Region bereits zuviel. Er wünscht sich »logistische Unterstützung«, etwa durch ein paar Lastfahrzeuge, und dass ihm jemand zuhört und politische Visionen für eine neue Zusammenarbeit zwischen Europa und der Sahelzone entwickelt …[19]

Zwei Jahre später, im Jahr 2011, führt ein von Frankreich initiierter und von den USA angeführter NATO-Einsatz zur Unterstützung eines gegen Muammar al-Gaddafi rebellierenden Stammesverbands in der Cyrenaika zur Zerstörung des libyschen Staatswesens und der Tötung des Diktators. Die Folgen für die Republik Mali sind dramatisch, wenngleich wenig überraschend für jeden, der mit den Verhältnissen in der Region einigermaßen vertraut ist. Diejenigen, die in Paris und anderswo medienwirksam die intensiven Bombardements libyscher Städte und den Sturz Gaddafis »aus humanitären Gründen« befürworteten, verstummen plötzlich, als sich über Nacht an die achthunderttausend Flüchtlinge an Libyens Grenzen stauen, um dem Chaos, der Verfolgung, der Lynchjustiz und Folter durch »revolutionäre Milizen« zu entgehen. Es handelt sich ja zu einem großen Teil nur um Schwarze aus dem subsaharischen Raum. Denn das dünn besiedelte Libyen, das in den Statistiken von 2011 als höchstentwickeltes Land auf dem afrikanischen Kontinent aufscheint, war seit Jahrzehnten ein Einwanderungsland für Millionen von Menschen jenseits der Sahara. Sie wurden von Gaddafi zum Teil intensiv angeworben, als Arbeitskräfte für Industrie und Privatwirtschaft, als Studenten, die er mit großzügigen Stipendien ausstattete, und schließlich als gut bezahlte Soldaten für seine Armee. Berüchtigtes Transitland für afrikanische Flüchtlinge auf ihrem Weg nach Europa wurde Libyen erst nach 2002, nachdem Europa die Routen über Marokko, Gibraltar und die Kanarischen Inseln praktisch unpassierbar gemacht hatte. Gaddafi war nicht nur ein exzentrischer Akteur innerhalb der »Achse des Bösen«, nicht nur ein begehrter Kunde der europäischen Rüstungs- und Infrastrukturindustrie, nicht nur grausamer Tyrann und flexibler Verhandlungspartner für die europäische »Grenzsicherungspolitik«, mit ihm verliert Mali nun einen bedeutenden Investor und einen Vermittler im ewigen Konflikt zwischen den Bewohnern des nördlichen Wüstenregionen und der Regierung in Bamako, Gaddafi trug einiges zur Stabilität der gesamten Sahelzone bei. Die meisten libyschen Kriegsflüchtlinge kommen nun in den nordafrikanischen Nachbarländern unter, ein paar tausende erreichen Italien, wo sie, mit nutzlosen *Papieren* und sonst nichts ausgestattet, bis heute auf der Straße leben; oder sie vegetieren immer noch unter unvorstellbaren Bedingungen in irgendwelchen Lagern am Rande der Wüste. Wem es irgend möglich ist, der kehrt in sein Heimatland zurück, unter ihnen zigtausende Malier, die viele Jahre in Libyen ein ziemlich gutes Auskommen fanden und davon ihre Familien zu Hause unterstützten. Nun stranden sie arbeitslos am Rande Bamakos und anderer Städte, oder sie schließen sich Drogenschmugglern, radikal islamischen Gruppierungen und, wenn sie noch über libysche Armeebestände verfügen, aufständischen Gruppen der Tuareg an. Europa schaut weg. Sein Interesse gilt mehr denn je der »Grenzsicherungspolitik«, für die zusätzliche Millionen und die neuesten und teuersten Radaranlagen zur Verfügung gestellt werden.

Die Beziehungen zwischen Bamako und Paris stehen zu dieser Zeit nicht zum Besten. Mehrfach verletzten französische Armeekommandos bei diversen Geiselbefreiungsversuchen ohne Vorankündigung Malisches Territorium. Zusätzlich fügte der konservative Präsident Frankreichs, Nicolas Sarkosy, durch einen unilateral verordneten Einwanderungsstopp dem Ansehen von Amadou Toumani Touré im eigenen Land schweren Schaden zu, selbst wenn schließlich ein restriktives Visa-Abkommen ausgehandelt werden konnte. Dabei steht für Mali nicht wenig auf dem Spiel. Immerhin steuern zu diesem Zeitpunkt die Emigranten durch ihre Überweisungen jährlich an die 11% zum Bruttoinlandsprodukt bei und übertreffen damit die gesamte Entwicklungshilfe. In Senegal sind es sogar 15%. Dort wird im April 2012 durch einen vorbildlich demokratischen Urnengang der greise Abdoulaye Wade abgelöst, und eine der ersten Maßnahmen des neuen Präsidenten Macky Sall ist die Verabschiedung eines neuen Visa-Abkommens mit Spanien.

In Bamako läuft es anders. Im März 2012 stürmt ein Hauptmann namens Amadou Sanogo mit ein paar Soldaten den Regierungspalast am Koulouba, jagt den Präsidenten aus dem Amt, lässt Rundfunk- und Fernsehstationen besetzen und schickt das Parlament nach Hause. Der staunenden Weltöffentlichkeit erklärte er, seine Soldaten hätten es satt, ohne entsprechende Ausrüstung gegen modern bewaffnete Aufständische eingesetzt zu werden; und im übrigen setze er die Verfassung außer Kraft. Die Westmächte verurteilen den Putsch, stoppen sogleich alle Hilfslieferungen – und zeigen kein Interesse, dem immerhin demokratisch gewählten Präsidenten Amadou Toumani Touré wieder in sein Amt zu verhelfen. Im folgenden Machtchaos rücken aufständische Verbände der Tuareg, unterstützt von ehemaligen Soldaten aus Libyen und islamistischen Gruppen mit wechselnden Allianzen und Namenskürzeln, bis nach Mopti vor und verkünden unter Berufung auf vorkoloniale Siedlungsgebiete eine unabhängige Republik Azawad. Das beanspruchte Territorium umfasst den gesamten Nordosten Malis. Über Nacht sind an die hundertfünfzigtausend Menschen auf der Flucht.

Seltsamerweise findet der Staatsstreich nur wenige Wochen vor den verfassungsmäßigen Neuwahlen statt, bei denen Amadou Toumani Touré ohnehin nicht mehr angetreten wäre. Über etwaige Hintergründe wird nichts bekannt, doch selbst seine Befürworter sind überzeugt, dass der Putsch ohne vorheriges Wissen der Westmächte kaum erfolgt sein kann. Doch wem wäre der Schwarze Peter zuzuschieben? Die Player sind zahlreich. Der Putschist Capitaine Sanogo wurde von den US-Marines ausgebildet, teilweise in den USA, die zwischen 2002 und 2004 unter dem Etikett »Trans-Sahara Counterterrorisme Partnership« die militärische Kontrolle in der Sahel Zone anstrebten und Bamako in dieser Zeit etwa 138 Millionen Dollar Militärhilfe zukommen ließen. Noch bis kurz vor dem Putsch führten kleinere US-Einheiten im Norden Malis »Spezialeinsätze« durch, all dies »zur Ausbildung« der malischen Armee – offenbar mit beschränktem Erfolg. Moskau stellte Bamako ab 2003 an die 3000 Kalaschnikow-Gewehre »für humanitäre Einsätze« zur Verfügung. Und Frankreich? Dort regiert zwar der neue sozialdemokratische Präsidenten François Hollande, doch die Interessen haben sich wenig geändert. Die Energieversorgung Frankreichs ist ebenso wie die Rüstungsindustrie vom Uran abhängig, das vom französischen Konzern Areva in Niger nahe der Grenze zu Mali gefördert wird. In Brüssel erkennt man zwar als Grund für die zunehmende Radikalisierung im Norden Malis mangelhafte Verwaltung und extreme Armut; ab 2011 wird eine »Strategie für Sicherheit und Entwicklung in der Sahelzone« entwickelt, doch die dafür großteils aus dem Europäischen Entwicklungsfonds bereitgestellten 650 Millionen Euro dienen zur »Terrorismusbekämpfung« und der »Abwehr illegaler Einwanderer«. Im Nordosten Malis finden gemeinsame Übungen deutscher Soldaten mit US-Einheiten statt, die 2008 in die so genannte AfriCom (United States Africa Command) münden, eine Organisation für »Militärische Zusammenarbeit zur Bekämpfung des Terrorismus« im Sahel. Und niemand wusste etwas von einem geplanten Putsch in Bamako …[20]

Dafür stehen bereits Anfang Dezember 2012 französische Militäreinheiten vor Ort. Und einiges weist darauf hin, dass die im Jänner 2013 gestartete Operation Serval seit geraumer Zeit vorbereitet wurde. Der Militäreinsatz dient der »Wiederherstellung der territorialen Integrität des Landes und dem Schutze der etwa sechstausend Franzosen im

Land«. Friedensinitiativen bedeutender Persönlichkeiten in Bamako, das, entgegen Medienberichten zu keiner Zeit ernsthaft bedroht ist, werden übergangen, alles muss schnell gehen, die diplomatischen Bemühungen Frankreichs gelten ausschließlich der Legitimierung des Militäreinsatzes durch die UNO und der Gewinnung von Bündnispartnern für den Waffengang. Sogar die Afrikanische Union macht mit, ungeachtet ihrer nachhaltigen Verärgerung über die Zerstörung Libyens, und, noch ungewöhnlicher, selbst das traditionell gegnerische Algerien öffnet seinen Luftraum. Die USA und Deutschland steuern zunächst nur einige Transportmaschinen und Drohnen bei, dafür entsendet China im Rahmen der »UN-Friedensmission« erstmals fünfhundert Soldaten in den Raum; und Japan macht zwischen 2012 und 2013 ganze 183 Millionen Dollar flüssig.

Im Rahmen der – natürlich erfolgreichen – Operation Serval sind mehr als dreißigtausend afrikanische und weitere vier- bis sechstausend französische Soldaten im Einsatz, zahlreiche Söldner auch aus Osteuropa sind darunter, ein großer Teil soll über Jahre hinaus in Mali stationiert bleiben. US-Geheimdienste geben die Anzahl der feindlichen Kämpfer mit ungefähr zweitausend an. Das wissen sie immerhin.

Fragen, wie angesichts des Zusammenbruchs der Grundversorgung in großen Teilen des Landes die schlecht ausgebildeten afrikanischen Truppen ausgerüstet und versorgt werden, wie Plünderungen verhindert werden, oder wie es all den Drohnen, Bombern und Raketen gelingen kann, feindliche Kämpfer, die ja keine Uniformen, sondern lokale Kleidung zumeist mit Gesichtsschleier tragen, von der Bevölkerung in ihren Lehmhäusern oder Beduinenzelten, unter die sich diese Kämpfer jederzeit mischen können, zu unterscheiden, sind angesichts der in Endlosschleifen um die Welt flimmernden Bildern islamistischer Barbarei in Gao und Timbuktu allenfalls kleinlich. Menschenrechtsverletzungen werden wie immer »auf beiden Seiten« begangen. *Le travail est fait* – die Arbeit ist getan, kann Präsident Hollande (frei nach George W. Bush) verkünden, alle Malier sind ihm dankbar, bereits im Sommer 2013 dürfen sie ihren neuen Präsidenten wählen. Alles muss schnell gehen. Paris benötigt einen legitimierten Verhandlungspartner und kann nicht auf die nach wie vor prekäre Sicherheitslage im Norden

Rücksicht nehmen, oder auf neue politische Formationen warten. Ibrahim Boubacar Keïta, der neu gewählte Präsident mit alter politischer Erfahrung und einem noch älteren Namen, lässt denn auch wenig Zweifel an seiner konservativen Gesinnung und seiner unbeugsamen Haltung gegenüber den mehr Autonomie fordernden Tuareg.
Dass Mali mit seinem traditionell toleranten Islam, den originellen Moscheen und der ergreifenden Musik quasi über Nacht in die Fänge radikaler Islamisten geraten konnte, erklärt Aminata Traore, Kulturministerin von 1997-2000, sowie Aktivistin für Frauenrechte und Frieden, damit, dass es »Islamisten« waren, die seit langem dort, wo staatliche Institutionen versagten, der Bevölkerung einen gewissen Schutz, eine Gesundheitsversorgung und Bildungsmöglichkeiten boten. Hunderte von ihnen finden nun den Tod, unter ihnen viele Jugendliche, die sich den Islamisten nur anschlossen, um ihre Familien zu ernähren. Kritische Kommentatoren machen für den Zerfall der demokratischen Institutionen in Mali die von der Weltbank seit den 1980er Jahren verordneten, neoliberalen »Reformen« verantwortlich. Frankreich habe diese Politik mitgetragen, der Krieg in Libyen bedeute nur den Todesstoß für Mali. Seit dreißig Jahren sei die gesamte Politik des Westens gegenüber der Sahelzone verfehlt, nun werde geerntet, was man gesät habe. Doch die eigentlichen Probleme sind militärisch niemals zu lösen ohne umfassende Neuordnung der politischen Beziehungen zwischen Europa und Westafrika.[21]

Der unverhältnismäßige militärische Aufwand in einer klimatisch unerträglichen Wüstenregion könnte jedoch auf bedeutendere Ziele hinweisen als die – durchaus legitime – »Wiederherstellung der territorialen Integrität eines befreundeten Landes«. Dabei geht es weniger um die bereits bekannten – und teils umstrittenen – Uranminen in Arlit, Akouta oder Imourarem, es geht auch nicht so sehr um die riesige internationale Gasförderanlage bei Amenas im südöstlichen Grenzgebiet der algerischen Wüste, die Anfang 2013 zum Schauplatz eines spektakulären Überfalls mit vierzig bis sechzig Toten wurde. Die eigentliche Herausforderung liegt noch unter der Erde, denn im Grenzraum zwischen Mauretanien, Mali und Algerien wurden schier unermessliche Erdgas- und Ölfelder sowie Uranvorkommen geortet. Eine Pipeline

quer durch die Sahara soll diese Schätze über die nordafrikanische Küste bis nach Europa befördern, nach dem Vorbild der viertausend Kilometer langen Pipeline von Nigeria an die algerische Küste, die vom algerischen Energiekonzern Sonatrach und der russischen Gazprom finanziert wird. Hinter der Bühne ist längst ein »globalisierter« Wettkampf um das Eldorado in der Wüste im Gang. Seit 2009 geht es auch um gigantische Solaranlagen in der Sahara, die nach den Plänen des deutsch-französischen Konsortiums Desertec innerhalb der nächsten vierzig Jahre 20% des Energiebedarfs Europas decken sollen. Sämtliche Energie- und Umweltprobleme Europas wären dadurch gelöst, und das alles um vergleichsweise lumpige Investitionen von 400 Milliarden Euro, die selbstverständlich europäischen Konzernen ebenso wie der lokalen Bevölkerung zugute kommen werden – alle werden davon profitieren, versichert der Konzern …
Doch der Raum in den betroffenen Regionen wird durch industrielle Großprojekte und den Klimawandel zunehmend bedroht, und was in der westlichen Öffentlichkeit als Aufstand, als Bürgerkrieg, als ethnischer oder religiöser Konflikt dargestellt wird, verweist in Wirklichkeit auf den verschärften Kampf um Wasser, Agrar- und Weideflächen, in den sich Drogen-, Menschen- und Waffenhändler plus Djihadisten in jeweils eigener Sache einschalten – und alle profitieren voneinander …

Die Große Wüste als Ort aller Verheißungen – ein Déjà-vu.

Die Personen in diesem Buch fühlen sich von alldem wenig betroffen. Man ist froh, dass »in Mali wieder Ruhe herrscht«, vorrangig ist die Bewältigung des Alltags. Ein halbes Jahr nach der Reise 2005 verlor der Fahrer des gemieteten Geländewagens nach einem Autounfall seine Arbeit; das ersehnte Baby seiner Lebensgefährtin in Bamako überlebte nur ein knappes Jahr. Tante Moussokoro zog zu ihrer Tochter nach Paris. Cousine Mah in Segu ist durch den Abgang ihres Ehemannes zwar keine Bürgermeistersgattin mehr, wurde jedoch mit ihren Naturprodukten in Mali zu einer erfolgreichen Geschäftsfrau und ist beruflich häufig in Europa unterwegs. Und Cousin E. konnte seinen initiatorischen Weg nach Frankreich verwirklichen, mit Hilfe eines ganz trivialen, wie auch immer ergatterten Touristenvisums, worauf er ziemlich stolz ist. Seit einigen Jahren lebt er in wechselnden, provisorischen Unterkünften in einem Pariser Randbezirk, arbeitet in einem Unternehmen für Gebäudereinigung, ist mit einer in Frankreich geborenen Cousine verheiratet, Vater einer Tochter und nun sogar im Besitz der begehrten *carte de séjour*, einer befristeten und immer wieder zu aktualisierenden Aufenthaltsbewilligung. Dank seiner Unterstützung kann seine zuckerkranke Mutter in Bakel regelmäßig nach Kayes zur ärztlichen Versorgung fahren. Er sagt, es gehe ihm gut, »sehr gut sogar«. Doch die Sehnsucht nach seiner Heimat ist groß, »sehr große sogar«. Er würde wohl zurückkehren, sobald dort irgendwelche Lebensperspektiven zu erkennen wären.

Abdoulaye, inzwischen Ende dreißig, ist weiterhin fest in der französischen Theaterwelt etabliert. Als Fotograf beleuchtet er vorzugsweise Persönlichkeiten ohne dauerhafte Bleibe und hat einige erfolgreiche Ausstellungen hinter sich. Er selbst hat offenbar seinen »Ort in der Welt« gefunden, an der Seite einer jungen Französin, einer Kostümbildnerin; die Geburt einer kleinen Tochter vervollständigte das Glück. Abdoulayes ältester Sohn, der mit zehn Jahren auf tragische Weise seine Mutter verlor, lebt seither mit seinem Vater. Bereits mit siebzehn schafft er das anspruchsvolle *Baccalauréat scientifique* und studiert nun mit Hilfe eines – freilich erbärmlich niedrigen – Stipendiums an Frankreichs bester technischer Universität für das Ingenieursdiplom. Abdoulayes älteste Tochter bereitet sich in Marseille auf das Bac vor, sie möchte Staatsanwältin oder Richterin werden.

Abdoulayes gelegentliche Besuche in Österreich sind meist von skurrilen Erlebnissen begleitet. Wie etwa in Salzburg, als er anlässlich des Gastspiels einer Opernproduktion aus Aix-en-Provence in der Garderobe eines Restaurants nahe der Getreidegasse seine Jacke holen will und dabei von einem Herrn im Lodenanzug lautstark als Dieb verdächtigt wird. In Wien versucht er, wie aus Paris gewohnt, eine Bücherkiste auf dem öffentlichen Gehweg vor einem Altwarengeschäft in Augenschein zu nehmen, als der Inhaber mit hochrotem Kopf aus dem Laden stürmt und ihn unter wildem Geschrei verjagt. Abdoulaye versteht nur »Neger«, ein in Österreich bekanntlich immer noch beliebter

Begriff. In Frankreich bezeichnet *nègre* allenfalls abschätzig jemanden, der anonym für einen vorgeblichen Autor irgendwelche Texte verfasst (oder eine andere Knochenarbeit verrichtet). Das nächste Mal hau' ich dem Typen eine rein, erklärt Abdoulaye der erschrockenen Doris auf dem Weg in ein kleines Café in der Innenstadt, wo die beiden von einer älteren Dame derart aufdringlich mit ihrem Fotoapparat belästigt werden, dass sie aus dem Lokal flüchten. Und als Abdoulaye in einem Kopierladen einige Dokumente seiner Familie ablichten will, zögert der Besitzer ihn zu bedienen, da er den Verdacht hegt, einen »Illegalen« vor sich zu haben, der *Papiere* fälschen möchte.
Abdoulaye ist immer ein wenig erleichtert, wieder in Paris zu sein, in seiner kleinen Wohnung nahe dem Friedhof Père Lachaise, für deren Miete er nahezu zwei Drittel seines durchschnittlichen Monatseinkommens aufbringen muss. Mit Cousin E., der ihm im fernen Mali so nahe stand und nun in derselben Stadt lebt wie auf einem anderen Stern, hat er kaum mehr Kontakt.
Und die mittlerweile über siebzigjährige Frau aus Wien ist seit einigen Jahren wieder in Österreich, lehnt sich in ihren ergonomisch einwandfreien Lehnstuhl zurück und denkt: Das war's.

Fußnoten

1 Manchmal vollendet sich die Metamorphose nicht; sie führt ins Hybride und belässt uns darin. Dann verbergen wir uns, von Scham erfüllt.

2 In Mali werden dreizehn Sprachen als Nationalsprachen anerkannt, darunter Bambara, Bozo, Bobo, Peul, Dogon, Soninké, Songai, Senoufo, Tamasheq. Französisch ist offizielle Sprache, Bambara die Verkehrssprache. Im Senegal ist Französisch die offizielle Sprache, weitere anerkannte Nationalsprachen sind unter anderen Wolof, Pulaâr, Serere, Soninké.

3 »Askese besteht nicht darin, sich von der Welt zurückzuziehen, sondern das Herz von ihr zu befreien.«

4 »Die Weißen sind nur Händler; sollen sie doch auf ihren Schiffen ihre Waren zu uns bringen und mir einen anständigen Tribut zahlen, wenn ich Herr über die Schwarzen bin, und ich werde in Frieden mit ihnen leben. Aber ich will weder, dass sie Festungen an Land erbauen, noch dass sie Kriegsschiffe den Strom hinauf schicken.«

5 »Wenn ein Weißer in ein Land kommt, notiert er alles, was er sieht, und wir haben bemerkt, dass diesem einen immer viele andere nachfolgen, die dann unsere Wege, unsere Befestigungsanlagen und die Lage unserer Dörfer bereits kennen und sich schließlich das gesamte Land aneignen.« Zit. nach Yves-J. Saint-Martin, op.cit., S. 796.

6 »Am Sonntag, den 22 September 1878, griff eine französische Militärkolonne aus Saint-Louis am Senegal unter dem Kommando von Leutnant.......mit ....Mann sowie mit Kanonen bewaffnet die Hauptstadt des Königreiches der Malinké von..... an und nahm sie nach fünf Stunden heftigen Kampfes ein. Dem Ehrenkodex treu, weigerte sich König........vor der Übermacht zu fliehen, und wurde durch eine Kanonenkugel getötet. Gezählte Verluste auf beiden Seiten: .....Tote auf Seiten der Angreifer, ...auf Seiten der Verteidiger. Die Schlacht von.........war eine der sechs blutigsten der französischen Kolonisatoren zwischen.....und....., um die Kontrolle über das Territorium des künftigen.........zu erhalten, welcher am........ in eine unsichere Unabhängigkeit entlassen wurde. Die Männer und Frauen, die im Namen der Freiheit und zur Verteidigung ihrer Heimat starben, haben ein Recht auf unsere ewige Dankbarkeit.«

7 François Manchulle sah als Grund für die verstärkte Abwanderung der Soninké weniger die Zwangsarbeit, sondern die verbesserten Verkehrsmöglichkeiten. Es spielten wohl beide Faktoren eine Rolle.

8 Ladji Ahmadou Sima, Sohn von Ahmadou Sourakhé (Sima), Sohn von Sourakhé Ahmadou (Sima), Sohn von Ahmadou Samba (Sima). Ahmadou Samba hatte einen Bruder namens Boubou Samba, von dem die in Ambidedi lebenden Sima abstammen.

9 Diese Angaben folgen der Erzählung von *sheikh* Sidati N'Diaye, genannt Boubou. Seine Bekanntschaft war der Empfehlung seines Neffen in Saint-Louis zu verdanken, dem Soziologen und Autor Louis Abdelkarim Camara, dessen Vater der letzte stellvertretende Kommandant im Maison René Caillié in Bakel gewesen war.

10 Zahlungsmittel waren zunächst die in Westafrika üblichen, mit Indigo gefärbten Stoffbahnen *bandes de guinée*, die einem alljährlich neu ausgehandelten Wechselkurs unterlagen und später von einer entsprechenden Münzwährung abgelöst wurden. Die Abgaben für die Konzessionen betrugen durchschnittlich 25 bis 30 Guinéen. 1 Guinée kostete 400 Francs, wobei ein monatlicher Durchschnittsgehalt eines Arbeiters in Saint-Louis damals 600 Francs betrug.

11 Allein aus Französisch-Sudan wurden 134.000 Afrikaner an die Fronten geschickt, weitere 27.000 kamen als *citoyens français* aus den »Alten Kolonien« der Karibik und im Indischen Ozean. Nur 5.400 *citoyens français* kamen aus den »Vier Kommunen« Saint-Louis, Rufisque, Goré und Dakar. Insgesamt waren etwa sechshunderttausend Männer aus Afrika und Madagaskar im Einsatz.

12 www.OPTORG (14.10.2006)

13 »Er kam zu früh in eine Welt, die zögerte zu sterben.«

14 Gemeint sind Rohdiamanten, mit denen Kriege von korrupten Regierungen oder Oppositionellen finanziert werden; oder Rohdiamanten, die von westlichen Konzernen zwar legal, aber steuerfrei abgebaut werden, unter Arbeitsbedingungen, die die lokale Bevölkerung ins Elend stürzen, wodurch sie in die Opposition getrieben wird.

15 »Seltsame, außergewöhnliche Erscheinung des Omar Tall, geboren in einer bescheidenen Familie auf der Insel Morphil, der eine lange Reise unternahm, reich an Weisheit und Leidenschaft zurückkehrte, Blutsbande in Bornu, Sokoto und Massina knüpfte und sich mit Wort und Schwert ein Reich zwischen Timbuktu und Futa Djalon schuf, bevor er eines Tages im Februar 1864 für immer im Mysterium der Felsen von Déguémberé entschwand.«

16 Diese Ausführungen folgen *La France Noir*, Paris 2011, S. 182-189. Die Darstellung in *La Force Noir*, Paris 2006, beurteilt die Rolle Frankreichs weniger kritisch und betont die Würdigung der afrikanischen Soldaten durch die Republik.

17 »Ohne sein Kolonialreich wäre Frankreich nur ein befreites Land; dank seines Reiches ist es ein siegreiches Land.«

18 »Ihr seid dem Ruf des tödlich gefährdeten Frankreich gefolgt und habt euch den Truppen des Freien Frankreich angeschlossen. Ihr wart ein Teil jener Freiwilligen,

die ihr Land im Kampfe und in Ehren gehalten haben. Ihr wart unter den ersten, die ihm in vorderster Reihe den Sieg errungen haben. Nun, da dieses Ziel erreicht ist, liegt es mir am Herzen, euch in Freundschaft ganz einfach zu danken, im Namen Frankreichs!«

19 www.kreisky-forum.org/pdfs/2009_05_26.pdf

20 Wiener Institut für internationalen Dialog und Zusammenarbeit – vidc.org – Andreas Buro und Clemens Ronnefeld: Der Kampf um die Kontrolle von Nord- und Westafrika (= Dossier VI), Juli 2013.

21 Jean-François Bayart: *Mali: Le choix raisonné de la France*, und *Chronique d'une faillite programmée*, in: Le Monde, 23. 1. 2013, S.19. Zur Rolle der Weltbank vgl. auch den außergewöhnlichen Film *Bamako* von Abderrahmane Sissoko, Frankreich-USA-Mali 2006.

Anhang
Kommentierte Leseliste

Die frankophone Schreibweise von Namen und Begriffen wurde überall dort beibehalten, wo nicht auf Deutsch andere Schreibungen allgemein verbreitet sind (z.B. Timbuktu, statt Tombouctou).

Zur Einführung:

Cheik Hamidou Kane: *L'aventure ambigue.* Paris: Julliard 1962. Der Autor stammt aus Matam am Senegal, westlich von Bakel, und thematisierte in diesem poetischen Roman die Konflikte, die mit dem Entschluss, nach Europa auszuwandern, einhergehen.

James Scott: *The Art of Not Being Governed: An Anarchist History of Upland Southeast Asia.* Yale University 2009. Scotts entwickelte am Studium südostasiatischer Bergvölker seine Theorie, wonach zwischen dominierenden Staaten ein mobiler, geschichtsmächtiger Lebensraum existiert, ein »Zwischenraum«, der sich einer nationalstaatlichen Ordnung verweigert; in jüngster Zeit wurde dadurch die Migrationsforschung ganz allgemein inspiriert.

Paul Virilio: *Ville Panique, ailleur comme ici.* Paris: Editions Galilée 2004. Der Essay entstand unter dem Einfluss der Folgen von 9/11. Er thematisiert die «innere Leere« und das allmähliche Hineingleiten in einen »Welt-Bürgerkrieg«.

Jacques Derrida: Interview mit Jean Birnbaum: *Das Leben, das Überleben. Vom Ethos des Denkens.* Lettre Internationale 66, Okt. 2004.

Zur kulturvergleichenden Familientheorie:

André Burguière, Christiane Klapitsch-Zube, Martine Segalen, Françoise Zonabend: *Le choc des modernités. Histoire de la famille.* Bd. 3. Paris: Arman Collin 1986.

Zur Geschichte der vorkolonialen Reiche:

Christian Girier: *Parlons Soninké.* Paris: L'Harmattan 1996. Transkription des Soninké ins Französische mit historischen Anmerkungen.

Germaine Dieterlen, Diarra Sylla: *L'empire de Ghana. Le Wagadou et les Traditions de Yéréré.* Paris: Karthala 1991. Diarra Sylla, Meister der Traditionalistenschule von Yéréré, rezitierte die Überlieferung und begleitete sich selbst auf der Oud, seine Gesänge wurden von Mamadou Soumaré ins Französische übertragen. Originaltext und Übersetzung wurden mit allen bisher publizierten Überlieferungen verglichen und unter Mitarbeit von Mamadou Lamine Cissé, Youssouf Tata Cissé, Tyébel Dramé und Lisa Minost interpretiert. Das Ergebnis wurde mit Diarra Sylla noch vor seinem Tod 1992 in Bamako durchgearbeitet, das ganze Projekt von der Anthropologin Germaine Dieterlen koordiniert.

Abdoulaye Bathily: *L'ancien Royaume Soninké à Gadiaga.* Bulletin de l'IFAN, Bd. XXXI, sér. B, Nr. 1/1969.

Heinrich Barth: *Reisen und Entdeckungen in Nord- und Zentralafrika in den Jahren 1849 bis 1855.* Gotha: Justus Perthe 1860, Bd. 2. Die mehrbändige Arbeit des großen Geografen und Forschungsreisenden unterscheidet sich von anderen Reiseberichten der Zeit durch das völlige Fehlen kultureller oder rassistischer Überheblichkeit, sowie durch ihre unprätentiöse, wissenschaftliche Seriosität.

Vincent Monteil: *L'Islam Noir. Une réligion à la conquête de l'Afrique.* Paris: Edition du Seuil 1980. Seit der Erstausgabe 1964 wiederholt aufgelegter Versuch einer Synthese.

Lieutenant de l'infanterie coloniale Féfontant: *Histoire de Tombouctou dès sa fondation à l'occupation française* (XIIe siecle-1893). Paris: Bulletin du comité d'Études historiques et scientifiques de l'A.O.F., Nr. 1/1922, S. 81-113. Detailverliebte, durchaus lesenswerte Darstellung durch einen Soldaten der Kolonialarmee.

Zur westafrikanischen Geschichte des 19. Jahrhunderts:

Catherine Coquéry-Vidrovitch: *L'Afrique et les Africains au 19ième siècle.* Paris: Armand Colin 1999.

René Caillié: *Voyage à Tombouctou.* Paris: La Découverte 1996, 2 Bände. Erschien erstmals 1830 in drei Bänden und blieb die einzige Beschreibung einer Reise nach Timbuktu eines Europäers aus der Zeit vor der Kolonisation. Der Ausgabe von 1996 ist eine kenntnisreiche kritische Einführung von Jacques Berque vorangestellt.

Denis Bouche: *Histoire de la Colonisation Française,* Bd. 2. Paris: Fayard 1991. Synthese und kritisches Standardwerk.

Abdoulaye Bathily: *La Conquète Française du Haut-Fleuve.* Bulletin de l'IFAN, Bd. XXXIV, sér. B, Nr. 1/1972.

Ibrahim Diaman Bathily (1897-1947): *Notice socio-historique sur l'ancien royaume Soninké du Gadiaga.* Presentée, annotée et publiée par Abdoulaye Bathily. Bulletin de l'IFAN, Bd. XXXI, sér. B, Nr. 1/1969.

Abdoulaye Bathily: *Mamadou Lamine Dramé et la Résistance anti-imperialiste dans le Haut-Sénégal* (1885-1887). Notes Africaines, Bulletin de l'IFAN, Bd. XXXII, sér. B, 1970.

Yves-J. Saint-Martin: *La Volonté de paix d'El Hadj Omar et d'Ahmadou dans leurs relations avec la France.* Bulletin de l'IFAN. Bd. XXX, sér. B, Nr. 3/1968.

Samba Dieng: *El-Hadj Omar, la perle de l'Islam.* Les Nouvelles éditions Africaines du Sénégal, o. J. Diese Schrift ist in ihrer bedingungslosen Verehrung gegenüber dem »Propheten« Omar Tall ein lesenswertes Beispiel postkolonialer Geschichtsrevision.

Charles Monteil: *Fin de Siècle à Médine (1898-1899).* Hrsg. v. Vincent Monteil. Bulletin de l'IFAN, Bd. XXVIII, sér. B, Nr. 1-2/1966. Aufzeichnungen eines in Médine stationierten, aufgeklärten Kolonialbeamten, herausgegeben von seinem Sohn Vincent. Darin finden auch die Sima Erwähnung.

Yaya Sy über Mamadou Lamine Dramé und den Kampf um Bakel in: www.soninkara.org. Die Homepage bietet auch Einblicke in die Regionalpolitik und die Probleme der Diaspora.

Daniel Nyambarza: *Le marabou El Hadj Mamadou Lamine d'après les archives françaises.* Cahiers d'Études Africaines, 33, vol. IX, Paris: École pratique des Hautes Études 1969.

Lieutenant-colonel H. Frey: *Campagne dans le Haut Sénégal et dans le Haut Niger 1885-1886.* Paris: Plon 1888.

Joseph Gallieni: *Deux Campagnes au Soudan Français, 1886-1888.* Paris: Hachette 1891. Die beiden Werke von Frey und Gallieni sind beeindruckende Quellen zur Mentalität der Zeit.

Zur Geschichte der afrikanischen Soldaten in den beiden Weltkriegen:

Jean-Pierre Dozon: *Frères et Sujets. La France et l'Afrique en perspective.* Paris: Flammarion 2003. Ein historischer Essay zur Ideologie und politischen Praxis der Republik.

Eric Deroo, Antoine Champeaux (Hrsg.): *La Force Noire. Gloire et infortune d'une légende coloniale.* Paris: Edition Tallandier 2006. Eine illustrierte Dokumentation.

La France Noire. Trois siècle de présence. Sous la direction de Pascal Blachard, préface de Alain Mabanckou. Paris: La Découverte 2011. Umfangreiche Fotodokumentation mit informativen Beiträgen führender Wissenschafter aus Frankreich, Afrika und der Karibik.

Aus der umfangreichen Literatur zum Algerienkrieg und seinen Folgen:

Benjamin Stora: *Histoire de la Guerre d'Algérie 1954-1962.* Paris: La Découverte 1994.

Benjamin Stora: *La gangrène et l'oubli. La mémoire de la guerre d'Algérie.* Paris: La Découverte 1998 (1991).

Abdelmalek Sayad: *L'immigration ou les paradoxes de l'alterité,* Bd. 1: *L'illusion du provisoire;* Bd. 2: *Les enfants illegitimes.* Paris: Raison d'Agir 2006. Der algerische Soziologe und Mitarbeiter von Pierre Bourdieu schrieb die maßgebliche Studie über die Folgen des Algerienkrieges und die postkoloniale Immigration in Frankreich.

Zur Diaspora der Soninké:

François Manchuelle: *Les diasporas des travailleurs soninké (1848-1960), Migrants volontaires.* Ohio University Press 1997 und Paris: Édition Karthala 2004. Dieses Standardwerk des kanadischen Soziologen beruht auf statistischem Material und Berichten der Kolonialverwaltung.

Mahamet Timara: *Les Soninké en France. D'une histoire à l'autre.* Paris: Édition Karthala 1996. Eine Feldstudie in französischen Foyers der 1980er Jahre.

Zur jüngsten Migrationsbewegung:

Gérard Noiriel: *Immigration, antisémitisme et racisme en France 19.-20. Jh. Discours public, humiliations privées.* Paris: Fayard 2007. Eine Synthese von über 700 Seiten mit umfangreichem Quellenmaterial.

Atlas des Migrants en Europe. Géographie critique des politiques migratoires. Hrsg. v. Olivier Clochard, Armand Colin. Paris: MigrEurop 2009. Dieses vergleichende Lexikon bietet jene Informationen, die in der öffentlichen Diskussion zum Thema oft schmerzhaft vermisst werden.

Marges et Mondialisation – Les Migrations Transsahariennes. Sous la direction d'Ali Bensaad. Paris: Choiseul 2005 (= Maghreb-Machrek, Nr. 185). Eine der ersten Studien zur Immigrationspolitik der EU, insbesondere ihrem Verhältnis zu Muammar al-Gaddafi.

Ali Bensaad: *Über die alte Route für Salz und Hirse.* In: Immer der Arbeit nach. Migration im Zeitalter der Globalisierung. Edition Le Monde Diplomatique, Nr. 4/2008.

Claire Rodier: *Xenophobie Business – à qui servent les controles migratoires?* Paris: La Découverte 2012. Spannendes Datenmaterial über die europäische Migrationspolitik als wirtschaftliche Wachtumsbranche und Karriereschmiede.

La France Noir. Trois Siècle de Présences. Sous la direction de Pascal Blanchard, Vorwort Alain Mabanckou. Paris: La Découverte 2011. Siehe oben.

Elite du Monde nomade Touareg et Maure. Sous la direction de Pierre Bonte et Hèlène Claudot-Hawad. Aix-en-Provence: Edisud 2000. Akademische Essays für jeden an Nomadismus in der Sahara interessierten Leser.

Hélène Claudot-Hawad: *Business, profits souterains et stratégie de la terreur. La recolonisation de la Sahara.* www.temoust.org. Die französische Anthropologin, Forschungsdirektorin am CNRS, publizierte am 6. April 2012 auf diesem Informationsportal der Diaspora der Tuareg eine brilliante Zusammenfassung der westlichen und nordafrikanischen Interessen, die sich hinter der Tuareg-Tragödie im Allgemeinen und dem jüngsten französischen Militäreinsatz in Mali im besonderen verbergen.

Zur Privatisierung im Zeitalter der Globalisierung des Kapitals:

Ausverkauft. Wie das Gemeinwohl zur Privatsache wird. Edition Le Monde Diplomatique, Nr. 6/2009. Eine Dokumentation zur Landnahme in Mali und zur Eisenbahnlinie Dakar-Bamako.

Zur Geschichte von Saint-Louis:

Régine Bonnardel: *Saint-Louis du Sénégal: Mort ou Naissance?* Paris: L'Harmattan 1992. Eine profunde historische Darstellung mit Schwerpunkt auf Wirtschaftsgeschichte.

Abdoul Hadir Aïdara: *Saint-Louis du Sénégal, d'hier à aujourd'hui.* Brinon-sur-Sauldre: Edition Grandvaux 2004. Ein illustrierter historischer Überblick von den Anfängen bis in die 1960er Jahre.

Félix Brigaud: *Histoire Moderne et Contemporaine du Sénégal.* Etudes Sénégalaises no 9, fascicule 11, Saint-Louis du Sénégal: C.R.D.S. 1966. Dokumentation eines ehemaligen französischen Generals.

Pierre Loti: *Roman d'un Spahi.* Paris: Folio 1992. Erstmals 1881 erschienene, melodramatische Geschichte eines französischen Kavalleristen in Saint-Louis, der bei seinem Einsatz in »Galam« ums Leben kommt und eine untröstliche farbige Geliebte zurücklässt. Der Autor kam 1850 in Rocheford zur Welt und lebte in den 1870er Jahren zur gleichen Zeit und in der gleichen Gegend wie Abdoulayes Urgroßvater Ahmadou Sourakhé in Saint-Louis. Ein Stimmungsbild.

Zur Theorie von Rassismus, Kolonialismus, Sklaverei:

Aimé Césaire: *Discours sur le colonialisme.* (1953) Paris: Présence Africaine 1995. (Dt. bei Wagenbach 1968.) Die knappen 59 Seiten dieser Polemik wurden zum zeitlosen Klassiker der Anklage gegen das kolonialistische Verbrechen. Erstmals formulierte der aus Martinique stammende französische Intellektuelle in herausragender Dichte, was später hundertfach akademisch verwässert nachgebetet wurde: Der »barbarische Neger« ist eine projektive Erfindung des dekadenten Bürgertums.

Jürgen Osterhammel: *Kolonialismus. Geschichte, Formen, Folgen. München:* Beck 2002. Ein informativer Überblick von nur 123 Seiten über die verschiedenen Formen des modernen Kolonialismus. Ein akademisches Kunststück.

W.E.B. Du Bois: *The Souls of Black Folks.* Chicago 1903. (*Die Seelen der Schwarzen.* Berlin: orange press 2003.) Der 1868 in Massachusetts »frei« geborene und als Staatsbürger Ghanas 1963 verstorbene Dichter und Soziologe schuf mit diesem unvergleichlichen Text über die Bedeutung des Schwarzseins unter Weißen eine Pionierarbeit zur Emanzipation im Allgemeinen. Max Weber war davon begeistert.

Eric Williams: *Capitalism and Slavery.* London: André Deutsch 1964 (1944). Der Wirtschaftshistoriker, später sozialistischer Premierminister von Trinidad und Tobago, publizierte diesen Essay erstmals in den USA, da trotz Unterstützung durch Oxford damals kein Verlag in England zu einer Veröffentlichung bereit war.

Paul Gilroy: *The Black Atlantic. Modernity and Double Consciousness.* Cambridge/ Mass.: Harvard University Press 1993. Der führende Theoretiker des Postkolonialismus entwickelt darin eine Theorie über das »schwarze Denken im Westen« als Grundlage für die unausweichliche Hybridisierung und Interferenz der Ideen im 21. Jahrhundert. Zur Kritik der Hegel'schen Dialektik vgl. Kap. 2: Master, Mistresses, Slaves, and the Antinomies of Modernity.

Étienne Balibar: *Races, nation, classe. Les identités ambigues.* Paris: La Découverte 1988; Paris: PUF 2011. Eine unerschöpfliche Quelle fundierter Theorien zu politischem Rassismus und Kulturalismus.

Étienne Balibar: *Sind wir Bürger Europas? Politische Integration, soziale Ausgrenzung und die Zukunft des Nationalen.* Hamburg: Hamburger Edition 2003. (Paris: La Découverte 2001)

Louis Sala-Molins: *Le Code Noir, ou le calvaire de Canaan.* Paris: Quadrige 1987; Paris: PUF 2002. Kommentierte und mit Hintergrundinformationen versehene Edition des Gesetzeswerks von 1685.

L'Atlas des Ésclavages. Sous la direction de Marcel Dorigny, Bernard Gainot, Fabrice Le Goff. Paris: Autrement 2006. Bietet einen Überblick über die großen Sklavenhandelswege, mit neuesten Forschungsergebnissen.

Nicolas Bancel, Pascal Blanchard, François Vergès (Hrsg.): *La République coloniale.* Paris: Albin Michel 2003.

La fracture coloniale. La société française au prisme de l'héritage colonial. Sous la direction Pascal Blanchard, Nicolas Bancell et Sandrine Lemaire. Paris: La Découverte 2005. Über den Widerspruch zwischen kolonialistischen und republikanischen Wertvorstellungen und dessen politische Auswirkungen.

Michael Taussig: *Sympathiezauber. Texte zur Ethnographie.* Konstanz: Konstanz University Press 2013. Eine atemberaubende Überschreitung von Mythologie und Wissenschaft, die beide gleichermaßen der Sprache inhärent sind.

Familienbilder S. 19-24 sowie alle anderen Fotos mit Ausnahme S. 277: © A. Sima.
Historische Fotos S. 37- 38 und *Maison René Caillié* S. 277: © D. Byer.
Bildbearbeitung: Elmar Bertsch
Umschlag: & Co www.und-co.at
Satz: AD
Druck: Theiss

ISBN 978-3-85420-956-0

Literaturverlag Droschl Stenggstraße 33 A-8043 Graz
www.droschl.com